KB181912

파비안 리스크 Fabian Risk

스웨덴 스톡홀름의 국립 범죄수사국 강력반 형사다. 마흔두 살 중년의 나이지만 그보다는 10년은 젊어 보이는 외모와 마르고 민첩한 몸을 지녔다. 냉철한 판단과 끈질긴 저력으로 사건 수사에 있어서는 몸을 사리지 않고 뛰어드는 반면, 수사에 관한 일이라면 상관의 지시나 원리 원칙 따위는 가볍게 무시해버리는 반항적인 기질도 갖고 있어 종종 상사들의 골칫거리가 되기 일쑤다. 화가인 아내 소냐와의 사이에 사춘기에 접어든 고학년생 아들 테오도르, 저학년생 딸 마틸다를 두고 있으며, 부부 사이에 이혼 위기를 겪고 있다. 언제나 일이 우선이라 가족들에게는 늘 미안한 상태지만, 어떻게 소통해야 할지 잘 몰라 흔들리고 갈등하는 남편이자 아빠이기도 하다.

편지의
심판

파비안
리스크
시리즈
2

**DEN
NIONDE
GRAVEN**

스테판 안헴 지음 | 김소정 옮김

마시멜로

프롤로그

10년 전

너무 어두워서 바로 앞도 제대로 보이지 않았다. 거친 길 위에서 죄수 호송차가 요란하게 흔들리는 바람에 그가 쓰고 있는 편지는 거의 읽을 수 없을 정도였다. 하지만 그로서는 쓰지 않을 수 없었다. 어쩌면 지금이 발밑에 고이는 피 웅덩이가 엄청나게 커지기 전에 그가 모든 것을 뒤로하게 했던 사랑 이야기를 남길 마지막 기회일지 모르니까. 그는 자신이 자신의 사람들에게 총을 맞고 잡힌 이야기를, 거의 확실하게 죽음을 향해 가는 이유를 기록해야 했다.

그는 어떤 정부도 통치하지 않는 요르단강 서안지구에 주둔한 이스라엘 군사 기지에서 찾은 펜을 가지고 타미르의 배낭에 있던 다이어리에서 찢은 빈 종이에 글을 썼고, 이미 쓴 봉투를 뒤집어서 사용했다.

써야 할 내용을 모두 쓴 그는 피 묻은 손으로 편지를 접어 봉투에 넣고 가능한 한 최선을 다해 봉했다. 우표도 없고 주소도 알지 못했다. 그가 아는 것은 오직 이름뿐이었다. 하지만 주저하지 않고 트럭 벽에 난 얇은 틈으로 편지를 밀어 넣어 밖으로 떨어뜨렸다. 신이 원하신다면 편지는 반드시 도착하리라, 그는 그런 생각을 하면서 밀려드는 피로에 굴복했다.

편지는 바닥에 떨어질 기회도 없이 강한 바람에 실려 폭풍이 칠 것 같은 나블루스산맥 위로, 별 하나 없는 시커먼 밤하늘로 높이 높이 날아올랐다. 둔탁하게 울리는 소리와 번쩍이는 빛 사이의 간격이 줄어들고 언제라도 비가 내릴 것 같았다. 이제 곧 쏟아질 빗줄기에 편지봉투는 땅으로 떨어지고 건조한 흙은 축축한 진흙으로 바뀔 것이다. 그런데 비는 내리지 않았고, 피 묻은 봉투는 나블루스산맥을 넘어 요르단 국경을 향해 계속해서 날아갔다.

살라딘 하자이메흐는 침낭에 누워 새벽빛이 망설이면서 산봉우리 위로 고개를 내밀려 하는 하늘을 쳐다보고 있었다. 밤새 몰아친 강한 폭풍이 마침내 잠잠해지고 오늘은 아름다운 하루가 될 것 같았다. 마치 태양이 살라딘의 70번째 생일을 기념하려고 어질러진 하늘을 치워주는 듯했다. 열흘 동안 도보여행을 하는 이유가 바로 그 생일 때문이지만 살라딘 하자이메흐는 다른 생각에 사로잡혔다.

하늘에서 그것을 처음 봤을 때 살라딘은 수천 미터 위에 떠 있는 비행기라고 생각했다. 그러다 곧 한쪽 날개를 다친 새라고 고쳐 생각했다. 하지만 이제는 불과 50미터 정도 앞에 떨어지면서 태양 빛을 받아 반짝이는 그것이 무엇인지 도통 짐작이 가지 않았다.

살라딘 하자이메흐는 침낭에서 일어났다. 아침이면 늘 그를 괴롭히는 등의 통증이 느껴지지 않았다. 살라딘은 서둘러 침낭을 뭉쳐 배낭에 넣었다. 분명히 무슨 일이 일어나고 있었다. 그것도 아주 중요한 일이. 살라딘은 온몸으로 넘치는 에너지를 느꼈다.

저것은 분명히 그가 기억하는 모든 순간부터 자신이 믿는 신의 계시일 수밖에 없었다. 그가 옳은 길을 가고 있다고 말하는 신의 계시임이 분명했다. 이번 생일에 살라딘은 예수의 발자취를 따라 예루살렘에서 갈릴리호까지 걷고 있었다.

어제는 안자라에 있는 성 동굴에 들어가 예수와 사도들, 성모 마리아가 그랬던 것처럼 그곳에서 하룻밤 묶기를 원했으나 경비원들이 그를 발견하고 쫓아냈기 때문에 이렇게 탁 트인 하늘 아래서 잘 수밖에 없었다. 하지만 모든 일에는 의미가 있을 테지, 살라딘은 생각하면서 가벼운 발걸음으로 울퉁불퉁한 땅을 가로질러 신의 계시를 자신의 긴 가지로 받아준 올리브 나무를 향해 서둘러 갔다.

올리브 나무 아래에서 살라딘이 본 것은 봉투였다. 봉투라고?

아무리 고민해봐도 살라딘은 그 봉투가 어디에서 왔는지 논리적으로 설명할 수 없었다. 그는 결국 그런 설명은 하늘이 해야 할 일이라고 결론 내렸다. 게다가 그 결론이 완전히 틀린 것 같지는 않았다. 살라딘의 내면에서 목소리 하나가 찬가처럼 계속해서 저 봉투를 나뭇가지에서 내리는 일이, 매우 중요하다고 말했다. 저 봉투를 내리는 일이(다른 게 아니라 바로 그 일이) 그가 계속해서 걸어야 했던 이유일 거라는 생각이 들었다.

여러 번 시도한 끝에 살라딘은 가까스로 돌을 던져 봉투를 맞혔고, 봉투가 땅에 떨어지기 전에 잡을 수 있었다. 지저분하고 여기저기 찢긴 봉투는 온갖 불가능을 이겨내고 이 세상 끝에서 살아남은 것만 같았다. 봉투는 생각보다 묵직했다.

봉투를 손에 잡는 순간 살라딘의 모든 의심은 사라졌다. 신께서 그를 택하셨다. 이것은 그저 사소한 낡은 봉투가 아니었다. 그는 단서를 찾으려고 봉투를 앞뒤로 살펴봤다. 하지만 낙서하듯이 적힌 '아이샤 샤힌'이라는 이름 말고는 어떠한 글자도 적히지 않았다.

살라딘 하자이메흐는 돌 위에 앉아 정성껏 그 이름을 불러봤지만 특별한 감정은 느껴지지 않았다. 잠시 머뭇거리던 살라딘은 칼을 꺼내 조심스럽게 봉투를 갈라 열었다. 봉투에서 편지를 꺼내 직접 손으로 적은 긴 글을 볼 때까지 살라딘은 자신이 숨을 참고 있다는 사실도 알아채지 못했다.

편지는 히브리어로 적혔다는 것, 살라딘은 그 정도밖에는 알 수 없었다. 아랍어도 제대로 읽지 못하는 그가 히브리어를 읽을 리 없었다.

신께서는 무슨 말씀이 하고 싶은 걸까? 글을 배울 생각을 하지 않은 살라딘을 벌하시려는 걸까? 아니면 이 편지는 애초에 살라딘에게 보낸 것이 아닐까? 살라딘은 그저 엄청난 과정의 중간 기착지일 뿐일까? 아무리 노력해도 떨쳐지지 않는 실망을 느끼며 살라딘은 편지를 봉투에 다시 넣었다. 계속해서 북쪽으로 걸어 아즐룬에 도착한 그는 한참을 주저하다가 결국 편지를 우체통에 집어넣었다.

많은 사람이 칼레드 샤와브케는 부끄럽고 비윤리적인 행동을 했다고 생각할 것이다. 하지만 우표도 붙어 있지 않고, 보내는 사람도, 받는 사람의 주소도 적히지 않은 그 봉투를 집어 들었을 때 칼레드는 조금도 죄의식을 느끼지 않았다. 보내는 사람이 자기 의무를 다하지 않은 봉투는 늘 칼레드의 재산이 됐다. 그것은 43년 동안 우편물 분류 작업을 해온 칼레드로서는 절대로 예외를 만들지 않는 규칙이었다.

집에는 주인 잃은 편지를 보관하는 상자가 많았다. 칼레드는 매년 그런 상자를 한 개씩 만들었다. 칼레드는 상자들 가운데 아무 데서나 편지를 한 통 꺼내 다른 사람이 읽었어야 할 내용을 들여다보는 게 좋았다. 오늘 가져온 이 봉투에는 뭔가 특별한 점이 있었다.

누렇게 바랜 봉투는 벌써 한차례 모험을 거치고 왔음을 말해줬다. 게다가 이미 누군가가 봉투를 찢어놓았다. 하지만 내용물은 그대로 남아 있었다. 그 내용물은 다른 사람이 아닌 칼레드를 위한 것이 분명했다.

칼레드 샤와브케는 평소보다 정확히 98분 일찍 집에 도착해 현관문을 열었다. 하리사 케이크를 샀지만 애프터눈티는 건너뛰고 버스에서 내려 집까지 줄곧 뛰었다. 숨이 찼고 몸에 딱 맞는 폴리에스터 셔츠로 땀이 스며드는 것을 느꼈다. 저녁 식사는 급하지 않았다. 책장에 꽂힌 책 뒤에 감춰둔 와인 병을 꺼내 한 잔 따라 들고 안락의자에 앉아 봉투를 들고 엄숙하게 천천히 편지를 꺼냈다.

"드디어!"

칼레드는 와인 잔을 들면서 말했다. 다행히 수년 동안 왼쪽 다리에서 서서히 쌓여온 혈전이 마침내 제자리를 벗어나 폐로 향하는 혈관을 따라 곧바로 올라오고 있음은 전혀 눈치채지 못한 채 말이다.

삼촌이 폐색전증으로 죽은 지 1년이 넘었지만 마리아는 이 집에 발을 들여놓을 수 없었다. 마리아의 남자 형제들은 삼촌의 유언에 수긍하지 않았고 마리아가 삼촌의 유산을 받지 못하게 온갖 압력을 행사했다. 심지어 마리아의 아버지도 칼레드 샤와브케는 오래전부터 정신이 나가 있었기 때문에 집을 엉망으로 해놓았을 거라며 딸에게 상속을 포기할 것을 종용했다. 아버지는 여자는 그런 재산을 관리할 수 없다고 믿었다.

마리아는 그 모든 일을 묵묵히 견뎠고 결국 자신에게 남겨진 집의 현관문에 열쇠를 꽂고 안으로 들어갈 수 있었다. 상속 문제를 처리하면서 마리아는 형제들과도 부모와도 멀어지고 말았다. 이 집은 깨끗하게 정리하고 매각할 것이다. 이 집을 매각한 돈이라면 의상실을 그만두고 암만으로 가서 요르단 국립 여성 위원회에서 일하고 싶다는 꿈을 이룰 수 있을 것이다.

당연히 가능하지 않은 일이었다. 그 편지가 수취인에게 도달할 가능성은 그 어디에도 없었다. 그 모든 장애를 극복하고 편지가 수취인에게 도착할 확률은 계산도 할 수 없을 만큼 너무나도 작았다.

그런데 정확히 그 불가능해 보이는 일이 일어났다.

죄수 호송차 틈새를 빠져나와 칠흑 같은 밤하늘의 바람을 타고 날아오른 지 1년 하고도 4개월 16일 만에 편지는 마리아 샤와브케의 손에 들어왔다. 몇 시간 뒤에 마리아는 누락된 정보를 모두 모을 수 있었다.

편지에 적힌 끔찍한 이야기를 읽은 뒤로 사흘이나 잠을 자지 못한 마리아는 인터넷을 검색하고 봉투에 우표를 붙이고 완벽한 주소를 적어 자신의 행동이 어떤 결과를 낳을지는 조금도 생각하지 못한 채 가까운 우체국으로 갔다.

스웨덴

헤게르스텐 129 37

셀메달스베겐 40번지 7층

아이샤 샤힌 앞

1부

2009년 12월 16일 ~ 12월 19일

내가 한 일 때문에 많은 사람이 끔찍해하겠지. 내 행동을 지금까지 벌어진 모든 부당함에 복수한 것이라고 보는 사람도 있을 테고, 사회 체계를 속이고 한 사람이 얼마나 멀리까지 갈 수 있는지 보여주는 믿기 힘든 게임이라고 생각하는 사람도 있겠지. 하지만 대부분은 극단적으로 병든 사람이 저지른 행동으로 치부해버릴 거야.

하지만 그 생각들은 모두 틀렸어.

이틀 전

소피에 레안데르는 초음파 검사를 하려고 차례를 기다리며 스톡홀름 남부 종합병원 대기실에 앉아 있었다. 그녀는 아름답고 행복한 엄마 아빠 사진이 잔뜩 실린 손때 묻은 잡지 〈우리는 부모다〉를 뒤적이면서 자신도 이런 엄마 가운데 한 명이 될 수 있기를 간절히 바랐다. 하지만 여러 번 시도한 시험관 시술이 실패로 끝나면서 소피에는 자신의 난자에 생산력이 있기는 한지 의심되기 시작했다.

이번이 마지막 기회임이 분명했다. 이번 시술도 실패한다면 이제는 포기하는 것 말고는 다른 길이 없을 것 같았다. 물론 남편은 이미 오래전에 포기해버린 것 같지만.

남편은 소피에가 필요로 하면 언제나 옆에 있겠다고 약속했지만, 오늘도 병원에 오지 않았다. 소피에는 휴대전화를 켜고 남편이 보낸 문자를 다시 읽었다. *지금 다툼이 생겨서 미안한데 못 갈 거 같네.* 남편은 산부인과 진료 문제도 퇴근하다가 가게에 들러 우유를 사 오는 일처럼 취급했다. 심지어 '잘될 거야'라는 말조차 해주지 않았다.

3년 전에 스웨덴으로 왔을 때, 소피에는 두 사람의 관계가 회복되기를 바랐다. 더구나 남편이 소피에의 성을 쓰기로 결정했을 때는 두 사람 사이에 희망이 있다고 생각했다. 남편의 결정은 사랑을 의미한다고, 어떤 일이 있었건 간에 두 사람이 함께하겠다는 의지의 표현이라고 생각했다. 하지만 이제는 더는 그런 확신이 들지 않았고 두 사람은 점점 더 멀어지고 있다는 느낌을 떨쳐버릴 수 없었다. 소피에는 그런 이야기를 나누고 싶었지만 남편은 계속해서 사랑한다고만 말했다. 하지만 그의 눈을 보면 알 수 있었다. 아니, 더 정확히는 그녀의 눈을 피하는 남편을 보면 알 수 있었다.

한때 그녀의 인생을 구해준 남자는 갑자기 생긴 다툼을 처리해야 하는 사람으로 변해버렸고 그녀를 거의 쳐다보지도 않았다. 소피에는 남편에게 전화해 이제는 더는 그녀를 사랑하지 않는지, 누군가 다른 사람이 생겼는지 묻고 싶었다. 하지만 그럴 수는 없었다. 더구나 남편은 전화를 받지 않을 것이 분명했다. 일하고 있을 때는, 그것도 새로운 프로젝트 때문에 한창 바쁠 때는 절대로 소피에의 전화를 받지 않으니까. 남편은 프로젝트의 내용에 대해서는 말하지 않았다. 그저 비밀 프로젝트이기 때문에 그 누구에게도 말하면 안 된다고만 했다. 이제 소피에에게 남은 희망은 의사에게서 긍정적인 답을 얻는 것뿐이었다. 이번 시도가 성공한다면 다시 모든 일이 잘될 것이 분명했다. 소피에는 남편에게 두 사람이 언제나 바라던 아기를 줄 수 있을 테고, 남편은 자신이 소피에를 얼마나 사랑하는지 진심으로 깨달을 테니까.

"소피에 레안데르 씨!"

소피에를 부르는 소리가 들렸다. 그녀는 조산원을 따라 복도를 걸어갔다. 조산원은 그녀를 블라인드가 쳐지고 커다란 컴퓨터처럼 보이는 장비와 병원 침대가 있는 작은 검사실로 안내했다.

"여기 옷걸이에 옷을 걸어두고 침대에 누워 계세요. 곧 의사 선생님이 오실 거예요."

소피에는 고개를 끄덕이고 조산원이 검사실에서 나가는 동안 코트와 부츠를 벗었다. 침대에 누운 소피에는 블라우스를 위로 잡아 빼고 바지 단추를 풀었다. 어쨌거나 남편에게 병원에 함께 오지 못할 정도로 중요한 일이 무엇이었는지는 반드시 물어봐야겠다고 생각했다. 전화기를 꺼내려고 핸드백을 집어 들 때 검사실 문이 열리면서 의사가 들어왔다.

"소피에 레안데르 씨?"

의사의 말에 소피에는 고개를 끄덕였다.

"좋습니다. 자, 제가 등을 볼 수 있게 옆으로 누워주세요."

소피에가 지시대로 하자 의사는 그녀의 뒤에 있던 플라스틱 용기를 열었다. 정확히 무엇 때문이라고는 할 수 없지만 왠지 뭔가 잘못되고 있다는 느낌이 들었다.

"저기, 오늘은 난소를 검사하려고 온 건데요."

"물론입니다. 그저 먼저 처리할 게 있는 것뿐입니다."

의사는 소피에의 척추를 누르면서 말했다.

갑자기 따끔한 뭔가가 등을 찔렀다.

"지금 뭐 하시는 거예요? 주사를 놓은 것 같은데요?"

소피에는 뒤를 돌아봤다. 의사는 바지 주머니로 뭔가를 집어넣고 있었다.

"도대체 지금 무슨 일을 하고 계시는……."

"전혀 걱정하실 필요 없습니다. 으레 하는 일이니까요. 이게 당신 거 맞죠?"

의사는 소피에의 코트와 부츠를 가리키면서 말했고, 대답을 기다리지도 않고 그것들을 그녀의 발밑에 놓았다.

"빠뜨리고 가면 안 되니까요, 안 그래요?"

난소 초음파는 몇 번이나 해본 검사였다. 그러니 이런 일이 으레 하는 일일 수 없음은 분명히 알았다. 도대체 무슨 일이 벌어지고 있는지 알 수가 없었다. 그녀가 확실하게 아는 것은 더는 이 검사를 하고 싶지 않다는 것, 그저 이 의사에게서, 이 검사실에서, 이 병원에서 완전히 벗어나고 싶다는 것뿐이었다.

"이제 가야겠어요."

소피에는 일어나려고 애쓰면서 말했다.

"가고 싶어요. 내 말 들려요?"

하지만 그녀의 몸은 꼼짝도 하지 않았다.

"이게 무슨 일이에요? 나한테 무슨 짓을 한 거예요?"

의사는 웃으면서 몸을 숙여 그녀의 뺨을 톡톡 두드리고는 그녀의 얼굴에 산소마스크를 씌웠다.

"곧 이해하게 될 겁니다."

소피에는 마스크를 쓰지 않으려고 저항하면서 있는 힘껏 소리를 질렀지만, 그녀의 목소리는 마스크 안으로 빨려들어 가고 말았다. 그녀가 미처 깨닫기도 전에 누워 있던 침대의 브레이크가 풀리고, 복도로 미끄러져 나갔다.

이제 소피에가 무엇이든지 붙잡고 몸을 일으키기만 하면 복도에 있는 사람들이 무슨 일이 벌어지는지 알 것이다. 하지만 그녀는 꼼짝도 할 수 없었다. 소피에가 할 수 있는 일이라고는 가만히 누워서 천장을 뚫어지게 보는 것, 형광등이 계속해서 지나가고 앞에 있는 문들이 열리고 닫히는 모습을 보는 것밖에 없었다.

소피에는 많은 얼굴을 봤다. 임신한 엄마들, 곧 아빠가 될 남자들, 조산원들, 그리고 의사들. 그 사람들은 모두 아주 가까이 있었지만, 아주 멀리 있기도 했다. 사람들 목소리를 들었고 엘리베이터 문이 열렸다 닫히는 소리를 들었다. 아니, 닫힌 게 아니라 열린 것인지도 몰랐다. 그녀는 확신할 수 없었다.

이윽고 소피에는 다시 의사와 단둘이 남았다. 의사가 부는 휘파람 소리가 벽을 맞고 튀어나왔다. 자신의 숨소리 외에 그녀가 들을 수 있는 것은 그 휘파람 소리뿐이었다. 그녀의 숨소리는 어린 시절에 고생해야 했던 천식 소리처럼 들렸다. 천식이 발작해 숨을 제대로 쉬려고 놀기를 멈춰야 했을 때는 언제나 너무나도 무기력하다는 생각에 사로잡혔다. 소피에는 지금도 무기력한 작은 아이처럼 느껴졌고, 그저 주저앉아 울고 싶었다. 하지만 그마저도 할 수 없었다.

짙은 콘크리트 천장에서 빛나던 형광등이 사라지고 소피에는 처음에는 자신의 다리가, 그다음에는 상체가 이동 침대에 실리는 모습을 지켜봤다. 의사는 곧 이해하게 될 거라고 말했다. 하지만 무슨 수로 이 일을 이해하라는 말인가? 소피에가 할 수 있는 생각은 말뫼의 한 성형외과 의사가 환자들을 강간하려고 환자 몸에 어떤 물질을 주입해 저항하지 못하게 했다는 이야기뿐이었다. 하지만 나를 강간한다고? 도대체 누가 그런 걸 원하겠어?

구급차 안으로 옮겨지면서 소피에는 소리에 집중하려고 노력했다. 운전석 문이 닫히는 소리가 들렸고 시동 거는 소리가 들렸다. 앞으로 달려가던 구급차는 링베겐에서 서쪽으로 방향을 바꿔 호른스가탄을 따라 호른스툴을 향해 달려갔다. 하지만 호른스툴에서 회전교차로를 도는 순간 소피에는 혼란에 빠지고 말았다. 그때부터는 완전히 방향 감각을 상실했다.

20분쯤 지나자 구급차는 마침내 멈춰 섰다. 어디에 와 있는지는 알 수 없었지만 소피에는 차고 문이 열리는 소리를 들을 수 있었다. 구급차는 30미터쯤 더 이동한 뒤에 시동을 껐다.

구급차 문이 열리고 소피에를 누인 이동 침대는 밖으로 실려 나와 움직이기 시작했다. 다시 천장 위로 지나가는 형광등이 보였다. 의사의 발걸음이 빨라졌고, 갑자기 멈추기 전까지 단단한 바닥을 치는 의사의 발소리가 메아리처럼 퍼져나갔다. 비밀번호를 누르는 소리가 들리고 잠금장치가 해제되는 소리가 나자 전동기가 돌아가기 시작했다.

어두운 방 안으로 들어가자 뭔가 닫히는 소리가 들리고, 천장에서 네모난 탁자 위로 강렬한 불빛이 쏟아져 내렸다. 방에는 창문도, 방의 크기를 가늠할 물건도 하나 없었다.

소피에는 오직 전등과 탁자와 탁자 주위에 있는 몇 가지 장비만을 볼 수 있었다. 앞으로 이동하는 동안 그녀는 탁자에 덮여 있는 비닐과 여러 개의 끈, 중앙에서 조금 밑에 뚫려 있는 지름이 2.5센티미터쯤 되는 구멍을 봤다. 탁자 옆에는 흰색 수건 위에 다양한 수술 도구가 놓인 작은 금속 탁자가 있었다.

가위와 핀셋, 메스를 보는 순간 소피에는 자신이 이곳으로 끌려온 이유를, 곧 어떤 일이 벌어질지를 분명하게 이해할 수 있었다.

DEN NIONDE GRAVEN

파비안 리스크는 휴대전화에 뜬 문자를 읽고 또다시 고개를 들어 묻는 표정을 짓고 있는 교사를 쳐다봤다.

"죄송하지만, 아무래도 못 올 것 같습니다. 그 사람 없이 그냥 시작하는 게 좋겠군요."

"그런가요? 그럼 그래야 할 것 같군요."

교사는 못마땅하다는 기색을 완연히 드러내며 말했다.

"엄마, 못 온대?"

마틸다는 엄마 없이 학부모 상담을 받을 바에는 서쪽 다리에서 떨어지는 게 더 낫다는 표정으로 파비안을 쳐다봤다. 지금까지 여러 번 다양한 이유로 학부모 상담 시간에 모습을 드러내지 않았다는 사실을 생각하면 파비안은 딸이 느끼는 감정에 충분히 공감할 수 있었다. 마틸다가 벌써 3학년이 됐는데도 파비안은 담임교사 이름조차 알지 못했다.

"안타깝지만 엄마는 일해야 하잖아. 전시회를 앞두면 엄마가 얼마나 바쁜지 알지?"

"하지만 꼭 온다고 했단 말이야."

"알아. 엄마도 마틸다만큼이나 속상해하고 있을 거야. 하지만 엄마 없이도 잘할 수 있으니까 걱정 안 해도 돼."

파비안은 딸의 머리를 토닥이면서 도와달라는 표정으로 교사를 봤지만 교사는 자기 일이 아니라는 표정으로 그저 웃을 뿐이었다.

"하지 마."

마틸다는 파비안의 손을 밀어내고 어깨까지 닿는 검은 머리에 꽂힌 분홍색 핀을 빼더니 다시 꽂았다.

"마틸다는 학습 의욕도 높고 학습 능력도 뛰어나서 선생님들 모두 좋은 평가만 해주셨어요."

교사가 서류를 넘기면서 말했다.

"국어와 수학은 아주 뛰어난 학생이에요."

교사는 잠시 입을 다물고 다시 떨리기 시작하는 파비안의 휴대전화를 물끄러미 바라봤다.

"죄송합니다."

파비안은 휴대전화를 뒤집어 발신자를 확인했다. 놀랍게도 헤르만 에델만이었다. 에델만은 파비안이 스톡홀름 국립 범죄수사국에서 근무하기 시작했을 때부터 그의 상사였다. 예순 살이 된 지금도 에델만은 무시할 수 없는 존재였고, 변함없이 진실을 갈망했다. 파비안은 에델만이 없었다면 그 많은 수사를 제대로 해내지 못했으리라는 사실을 솔직하게 인정할 수밖에 없었다.

그런데 점심시간부터 에델만이 보이지 않았다. 오후에 커피를 마실 때도 파비안은 물론이고 같은 팀 동료들조차 그의 소식을 듣지 못했기 때문에 무슨 일이 있는지 궁금해하던 참이었다.

그리고 지금 에델만이 전화를 하고 있었다. 퇴근 시간이 지나서 전화한다는 것은 한 가지 의미밖에 없었다. 분명히 무슨 일이 일 어났다는 것. 절대로 지체하면 안 되는 일이 일어난 것이다.

파비안이 전화를 받으려는 순간 교사가 헛기침을 했다.

"우리가 저녁 시간을 모두 쓸 수는 없어요. 다른 학부모들도 만나봐야 하니까요."

"죄송합니다. 어디까지 말씀하셨죠?"

파비안은 통화 거절 버튼을 누르고 전화기를 옆으로 밀어놓았다.

"마틸다, 따님 이야기를 하고 있었죠."

교사는 웃으려고 애썼다.

"말씀드린 것처럼 저희 선생님들은 모두 마틸다를 높게 평가하고 있어요. 하지만."

교사는 파비안의 눈을 똑바로 봤다.

"괜찮으시다면, 아버님하고만 말씀을 나누고 싶은데요."

"예? 아, 알겠습니다. 괜찮습니다. 그렇지, 마틸다?"

"무슨 말을 할 건데?"

마틸다가 물었다.

"내 생각에는 아마 어른들 이야기를 할 것 같아."

웃으며 고개를 끄덕이는 교사를 보면서 파비안이 말했다.

"마틸다, 잠깐만 복도에서 기다릴래? 금방 나갈게."

마틸다는 한숨을 쉬면서 무거운 발을 질질 끌고 교실 밖으로 나갔다. 파비안의 눈은 마틸다를 따라갔지만 생각은 에델만이 전화한 이유를 찾고 있었다.

"제가 드리고 싶은 말씀은 이겁니다."

교사는 두 손을 탁자에 올리고 깍지를 꼈다.

"여러 선생님이 마틸다에게 심각한 징후가 나타난다고……."

교사는 또다시 떨리기 시작한 파비안의 휴대전화를 보면서 입을 다물었다. 상당히 짜증 나 있다는 사실만은 분명했다.

"죄송하지만, 무슨 일인지 알아야 할 것 같습니다."

파비안은 전화기를 들고 발신자를 확인했다. 이번에는 세미나 때문에 코펜하겐에 가 있는 말린 렌베리였다. 에델만이 파비안을 찾으라고 말린에게 전화를 건 것이 분명했다.

"죄송하지만, 선택의 여지가 없……."

"그럼 상담은 여기서 마쳐야겠군요."

교사는 서류를 한데 모으면서 말했다.

"하지만, 잠깐만요, 그저 잠시만……."

"학교 안에서는 절대로 전화기를 켤 수 없습니다. 어른이라고 예외일 수는 없고요."

교사는 정리한 서류를 가방에 넣기 시작했다.

"중요한 전화 같은데 받으시죠. 정말로 아이에게 관심 있는 부모는 모두 그렇게 행동하니까요. 좋은 밤 보내시고요."

교사가 자리에서 일어났다.

"잠깐만요, 제가 정말 잘못했습니다."

파비안은 음성 메시지가 도착하는 걸 확인하면서 말했다. 제발, 무슨 일이 벌어지고 있는지 문자로 알려달란 말이야, 파비안은 속으로 외쳤다.

"죄송합니다. 물론 마틸다 때문에 여기 온 겁니다. 전적으로 마틸다 때문에요."

파비안의 말에 교사는 퍽이나 그렇겠다, 라는 표정을 지었다.

"좋습니다. 마지막으로 한 번 더 시도해보죠."

교사는 다시 서류철을 펼치더니 마틸다의 서류를 꺼냈다.

"보통 이런 문제에는 저희가 관여하지 않지만, 따님의 경우에는 그냥 지나치면 안 될 중요한 문제가 있는 게 분명해 보여 말씀드립니다. 부모님이 빨리 조치를 취하지 않으면 아이의 학업에 지장이 생길 수도 있으니까요."

"죄송하지만, 제대로 이해를 못했습니다. 무슨 일 때문에 그러시는 거죠?"

교사는 그림 한 장을 탁자에 올려놓았다.

"최근에 마틸다가 그린 그림이에요. 자, 아버님을 찾아보세요."

그림 속에서 파비안을 찾기는 쉬웠다. 파비안은 몇 주 전에 이미 밀어버린 염소수염을 하고 있었고, 그의 맞은편에 서 있는 소냐는 부엌칼을 들고 있었다. 두 사람은 모두 얼굴이 빨갰고, 입을 크게 벌리면서 고함을 지르고 있었다. 그때 파비안은 소냐에게 저녁에 그렇게까지 오래 일해야 할 필요가 있느냐고 물었고, 소냐는 불같이 화를 내면서 지난 몇 년 동안 파비안이 늦게까지 일한 그 모든 날을 열거하면서 그는 자기 일만 중요하게 여기는 이기주의자라고 비난했다. 두 사람은 아이들 앞에서는 절대 싸우지 말자는 데 합의했지만, 그날 매우 화가 난 순간에는 파비안의 입에서 이혼하자는 말까지 나왔다.

"무슨 말을 해야 할지 모르겠습니다. 이건, 이건……."

"또 있어요."

교사가 파비안의 말을 끊었다.

이번에는 마틸다의 침실을 그린 그림이었다. 그림 밑쪽에는 정말로 마틸다의 방처럼 침대 옆 벽지와 베개 위에 일렬로 늘어선 동물 인형들이 보였다. 파비안의 내면에서는 극히 일부는 딸이 그림에 엄청난 소질이 있다는 사실에 감명받을 수밖에 없었지만, 나머지 부분은 벽의 반대쪽에서 흘러나오는 험악한 말이 잔뜩 적힌 말풍선을 어떻게 받아들여야 할지 몰라 당혹해하고 있었다. 이번 그림은 섹스에 관한 내용이었고, 파비안이 보는 바로는 어떤 말들은 고통스러울 정도로 진실에 가까웠다.

파비안은 의자에서 스르르 미끄러져 나와 교실을 빠져나가고 싶었다.

"물론 아이니까 과장도 하고 상상도 했으리라 생각합니다. 하지만 요즘은 마틸다가 하는 모든 과제에 같은 주제가 계속해서 나오더군요. 그래서 이 사실을 부모님이 알고 계시는 게 좋겠다는 생각이 들었습니다. 부모로서 저라도 이런 상황은 알고 싶을 테니까요."

"물론입니다."

파비안은 또다시 떨리기 시작한 휴대전화를 감추려고 애쓰면서 대답했다. 비에른고르드 학교 밖으로 나가면서 파비안은 에델만에게 전화를 걸었지만 통화 중이라는 안내 음성이 나왔다.

"와, 마틸다, 눈이 점점 더 많이 내리네. 내일은 눈사람 만들 수 있겠다."

파비안은 눈이 내려 쌓이는 운동장을 보면서 말했다.

"내일이면 녹아서 아무것도 할 수 없을 거야."

마틸다가 계단을 달려 내려가면서 대답했다.

"마틸다, 기다려봐."

파비안이 급하게 쫓아가면서 말했다.

"엄마랑 내가 헤어질지도 몰라서 걱정하는 건 아니지? 그렇지?"

"엄마랑 아빠가 헤어진다고 했잖아."

"그랬나? 그래서 걱정하는 거야?"

마틸다는 대답하지 않고 길 건너편에 세워둔 자동차를 향해 달려갔다.

파비안은 마틸다가 자동차를 탈 수 있도록 리모컨으로 차 문을 열었다. 아이와 보조를 맞추면서 가고 싶었지만 무슨 말을 해야 할지 몰라 뒤처져 걸었다. 마틸다의 말이 옳았다. 계속해서 이런 상황이라면 두 사람의 결혼이 끝나는 것은 시간문제였다. 소냐에게만이 아니라 자신에게도 파비안은 어떤 일이 있어도 부모의 전철을 밟지 않겠다고 다짐했다. 아무리 힘든 일이 생겨도 그 어떤 이유로도 결혼 생활을 끝내는 일은 없을 거라고 생각했다.

하지만 이제는 확신이 서지 않았다. 마치 자동차 바퀴에서 공기가 모두 빠져나갔는데도 더는 수리할 수 없다는 의심이 들기 전까지는 어떻게 해서든 그 바퀴로 달려가는 상황처럼 느껴졌다. 파비안은 한숨을 쉬고 운동장 한가운데 서서 말린 렌베리에게 전화를 걸었다.

"파비안? 지금 어디 있는 거야? 지금 내가 널 그냥 내버려두는 건 600킬로미터나 떨어져 있기 때문이라는 걸 알아야 해. 왜 전화는 안 받아서 헤르만이 미친 거머리처럼 나한테 계속 전화하게 만드는 거야? 내가 네 비서라도 되는 것처럼 난리잖아. 좋아, 아무도 신경 쓰지 않겠지만 나는 지금 코펜하겐에 와 있어. 그것도 아주 재미난 세미나에 참석하려고."

"알았어, 그런데 헤르만이 왜……."

"근데 침대는 아주 엉망이야. 게다가 난 잔뜩 부풀어 오른 땀투성이 돼지가 된 것 같단 말이야."

"이해해. 그런데……."

"두 달 남은 것 따위는 신경 쓰지 않을 거야. 무슨 짓을 해서든 이 녀석들을 지금 당장 꺼내고 말 거야. 여보세요? 파비안? 내 말 듣고 있어?"

"혹시 무슨 일로 전화한 건지는 말 안 했어?"

"안 했어. 중요한 일인 건 분명한데, 왜 전화했는진 모르겠어."

"알았어."

"다음에 헤르만이 전화하면 받아."

찰칵, 전화를 끊는 소리가 났고 파비안은 알았다는 뜻으로 고개를 끄덕였다. 말린의 임신 기간이 빨리 끝났으면 좋겠다는 생각이 들었다. 15초 뒤에 말린은 심하게 말해서 미안하다고, '지옥 같은 임신 기간'이 끝나면 원래의 자신으로 돌아갈 거라고 사과하는 문자를 보냈다.

파비안은 운전석에 올라앉으면서 뒷좌석의 마틸다를 돌아봤다.

"차오차오에 들러 피자 사서 갈까?"

마틸다는 어깨를 으쓱했다. 마틸다는 최선을 다해 어떤 표정도 드러내지 않으려 애썼지만 파비안은 딸의 표정이 살짝 밝아지는 걸 놓치지 않았다. 학교를 나선 파비안은 마리아 프레스트고르스가탄 쪽으로 차를 돌리면서 에델만에게 다시 한번 전화를 걸었다.

"안녕하세요, 헤르만. 전화하셨더군요."

"말린한테 감사해야겠군."

"학부모 상담 시간이었습니다. 오늘은 제가……."

"좋아, 그건 됐어. 내가 전화한 이유는 오늘 밤 8시에 세포(SePo, 스웨덴 비밀경호국)에 가야 하기 때문이야. 자네도 같이 가야 해."

"오늘 밤 말입니까? 죄송하지만, 오늘은 제가 아이들 담당입니다. 제가 아이들을 반드시 맡아야 하는 이유는……."

"여기 대장이 누구지? 자넨가 난가?"

"그거하고 지금 문제는 아무 상관이……."

"잘 들어봐. 페르손하고 페이비넨은 이제 막 아담 피셰르 사건의 새 단서를 찾았어. 회글룬드하고 카를렌은 디에고 아르카스 문제를 해결하느라 정신이 없고, 결국 책상에 앉아서 아무 일도 하지 않는 사람은 자네와 렌베리뿐인데, 내가 알기로는 렌베리는 코펜하겐에 있지."

"좋습니다. 하지만 무슨 일인지 말씀해주실 수 있습니까?"

"그걸 알려고 가는 거야. 세포 5번 출구 앞에서 보자고. 들어가게."

파비안은 헤드셋을 벗고 뉘토리스가탄 쪽으로 방향을 바꿨다. 아담 피셰르 사건에 관해서는 그가 유명한 플레이보이였고 최근에 사라졌다는 것이 파비안이 아는 전부였다. 두 동료는 그가 납치됐다고 생각했지만 파비안은 그저 8일 동안 흥청망청 노느라 아직 집에 가지 않은 것뿐이라고 생각했다. 디에고 아르카스는 조금 더 익숙한 이름으로, 스톡홀름에서 매춘업소를 여러 곳 운영하는 무자비한 악당이었다. 수년 동안 에델만의 수사팀은 매춘과 마약 거래 혐의로 아르카스를 체포하려고 여러 차례 시도했지만, 그때마다 아르카스는 교묘하게 빠져나갔다. 파비안은 회글룬드와 카를렌이 그토록 원하던 증거를 확보하길 바랐지만 사실 개인적으로는 불가능하리라 생각했다. 아르카스는 붙잡히기에는 너무나도 영리했으니까.

파비안은 다시 도로 상황을 주시하면서 저녁 약속을 생각했다. 비밀경호국은 여러 번 다녀왔지만 근무 시간이 아닐 때 들어가는 것은 이번이 처음이었다. 그 이유는 어쩌면 파비안이 경찰 서열 말단부이기 때문일 수도 있었다. 그와 달리 헤르만 에델만은 언제나 그곳에 들어갔고, 비밀경호국 사람들을 만날 때는 항상 등을 벽에 붙이고 있는 것이 매우 중요하다는 사실을 강조할 기회를 놓치는 법이 없었다.

그런 에델만이 파비안도 함께 비밀경호국에 들어가야 한다고 말한 것이다.

"아니, 그렇게 할 수 없어, 파비안. 미안. 다른 방법을 찾아봐야 할 거야."

"다른 방법이라니, 어떤 방법 말이야?"

파비안은 눈 덮인 지붕마루를 쳐다보며 말했다. 전화기 너머에서 소냐가 또다시 암을 유발하는 연기를 힘껏 들이마셨다가 내뿜는 소리가 들렸다. 그녀의 기분이 정말로 좋지 않다는 뜻이었다.

"나도 몰라. 당신이 방법을 찾아야지. 더 말할 시간 없어."

"하지만, 잠깐만……."

파비안은 창문 위로 비치는 마틸다를 쳐다봤다. 마틸다는 부모의 대화에 귀를 기울이고 있었다. 파비안은 리모컨을 집어 들어 텔레비전을 켜고 소리를 높였다.

플레이보이 아담 피셰르가 아무 흔적 없이 8일 동안 자취를 감췄습니다. 경찰은 납치 사건으로 판단하고 수사를 벌이고 있습니다.

"소냐, 이건 내가 결정한 게 아니야. 선택의 여지가 없어."

"그럼, 나는 어떨 거 같아?"

스튜디오에 범죄 전문가 게르하르드 링에 교수님을 모셔…….

"그냥 붓을 던지고 에바한테 전시회는 그만두자고 해?"

"그건 아니야. 하지만……."

"그럼 어쩌라고?"

"제발 좀 진정해."

경찰은 왜 이 사건을 발표하기로 했을까요? 어째서 몸값을 요구하는 목소리는 들리지 않는 걸까요?

"흥분하지 않았어."

소냐는 다시 담배를 한 모금 빨고 있다는 사실을 숨기지도 않으면서 말했다.

"내가 이해할 수 없는 건, 왜 꼭 내가 일해야 할 때만 이런 문제가 발생하느냐는 거야."

"알았어. 내가 다른 방법을 찾아볼게. 집에는 언제 올 거야?"

"좋아, 일이 끝나면 가겠지. 그리고 제발 부탁인데, 끝나는 시간 같은 건 묻지 마. 나도 몰라. 내가 아는 건 시간이 흐를수록 이 그림들이 지긋지긋해진다는 것뿐이야."

또다시 담배를 빨아들이고 한숨을 쉬는 소리가 들렸다.

"미안. 그냥 모든 게 너무 지긋지긋해서 그림 위에 토해버리고 싶다는 것 말고는 아무 바람도 없어."

"달링, 잘해낼 거야. 원래 전시회를 앞두면 늘 그랬잖아. 일단 전시회가 열리면 언제 그랬느냐는 듯이 완전히 괜찮아질 거야."

"그거야 두고 봐야 알지."

"아니, 분명히 그럴 거야. 그러니까 너무 걱정하지 마."

"알았어."

"사랑해."

"나중에 얘기해."

파비안은 부엌으로 들어가 마틸다 옆에 앉아 피자를 집어 들면서 물었다.

"바나나 피자 어때?"

"맛있어. 아빠, 질문해도 돼?"

"뭘?"

"엄마가 아빠 사랑한대?"

마틸다의 질문에 파비안은 딸을 똑바로 보면서 어떻게 대답해야 할지 고민했다.

"아니, 그런 말 안 하던데."

"엄마가 스트레스가 많아서 그랬을 거야."

딸의 말에 파비안은 고개를 끄덕이면서 오래전에 식어버린 피자를 한입 크게 베어 물었다.

비밀경호국에 들어온 것이 처음은 아니지만 이렇게 보안 검사를 많이 하고, 이렇게 깊숙이 들어온 것은 처음이었다. 파비안은 방향 감각을 완전히 잃었다. 오직 엘리베이터를 여러 번 탔고 창문이 없는 복도들을 지나 헤르만과 함께 조명이 어두운 커다란 방으로 들어온 것만 알 수 있었다. 그가 기억하는 한, 에델만이 한마디도 하지 않는 모습을 보는 것도 이번이 처음이었다.

집에서 나오기 전에 파비안은 테오도르와 재빨리 협상했다. 결국 테오도르는 플로어볼을 마치고 와서 마틸다를 돌봐주겠다고 약속했다. 평범한 수요일 저녁이지만 그는 두 아이한테 감자칩과 탄산음료를 먹으면서 침실에서 비디오를 봐도 좋다고 허락했다. 그 대가로 파비안이 요구한 것은 아빠가 그런 일을 허락해줬다는 사실을 엄마에게 말하지 말 것, 마틸다는 이 이야기를 학교에서 그리지 말 것이 전부였다.

"헤르만 에델만과 파비안 리스크겠군요."

어둠 속에서 한 여자가 걸어 나오면서 두 사람과 악수를 나눴다.

"잘 오셨습니다. 안데르스 푸르하에 국장과 다른 사람들은 이미 와 있습니다."

그 여자는 두 사람을 데리고 다시 어둠 속으로 걸어 들어갔다. 어둠에 익숙해지자 파비안의 눈에 바닥에서 1미터쯤 떠 있는 것처럼 보이는 검은색 정육면체들이 들어왔다. 비밀경호국에 수천만 크로나(스웨덴의 화폐 단위-옮긴이)를 들여 도청이 불가능한 방을 만들었다는 소문은 들은 적이 있지만 실제로 보는 것은 처음이었다. 하지만 에델만은 눈 하나 깜빡하지 않았다. 그저 쓰고 있던 작고 둥근 안경을 벗어 손수건으로 닦으면서 계속 앞으로 걸어갔다. 10년쯤 전에 아내가 암으로 죽었을 때 이후로는 에델만이 이렇게 심각하고 엄숙해진 모습을 본 적이 없었다.

"전화기는 저에게 주시죠."

오두막처럼 생긴 정육면체 방 하나로 이어진 계단 옆에 서더니 여자가 말했다. 계단 위 정육면체의 문은 열려 있었지만, 일단 문이 닫히면 완전히 밀폐될 것 같았다.

두 사람은 전화기를 여자에게 건네고 계단을 올라 방으로 들어갔다. 방은 갈색 페인트로 칠해졌고 바닥 전체에 빨간색 카펫이 깔려 있었다. 양복을 입고 각기 다른 색의 넥타이를 맨 세 남자가 타원형 호두나무 탁자 앞에 앉아 있었고, 탁자에는 미네랄워터와 유리잔이 몇 개 놓여 있었다. 파비안은 두 사람 뒤에서 문이 닫히는 동안 탁자에서 일어나 인사를 건네는 사람이 비밀경호국 국장 안데르스 푸르하예인 것을 즉시 알아봤다.

"급한 연락이었을 텐데도 신속하게 와줘서 고맙습니다. 당연히 알고 있겠지만 이 방에서 오간 이야기는 철저히 함구해야 합니다."

파비안과 에델만은 고개를 끄덕이면서 자리에 앉았다.

"단도직입적으로 말하죠."

비밀경호국 국장은 두 사람의 눈을 똑바로 보면서 말했다.

"어떤 일이, 그러니까 어떤 상황이, 사실은, 그럴 수 없는 상황이라고 할 일이 벌어졌습니다. 그다지 중요하다고 할 수는 없지만."

파비안은 에델만을 흘긋 쳐다봤다. 에델만도 파비안 못지않게 당혹스러워하는 듯했다.

"개인경호 담당 멜빈 스텐베리가 자세하게 말해줄 겁니다."

푸르하예는 파란색 넥타이를 맨 남자를 보면서 고개를 끄덕였다.

"오늘, 의회에서 질의를 마치고 한 시간쯤 지난 3시 24분에 칼 에릭 그리모스는 의회 서문으로 나와 기다리고 있던 차에 올라탔습니다. 우리 기사는 그 뒤로 그리모스를 보지 못했다고 합니다."

"잠깐만, 지금 법무부 장관이 실종됐다는 겁니까?"

에델만이 물었다.

스텐베리는 넥타이를 바로잡으면서 짧게 고개를 끄덕였다.

"법무부, 로센바드 주변을 샅샅이 뒤지고 가족과 법무부 직원들을 조사했지만, 모두 법무부 장관의 소재를 몰라 어리둥절해 있었습니다."

녹색 넥타이를 맨 남자가 말했다.

방 안에 있는 사람들이 이 나라 고위직 관리이자 자신들의 최고 상사인 법무부 장관이 어떠한 흔적도 남기지 않고 사라졌다는 사실을 받아들이는 동안 무거운 침묵이 내려앉았다.

"그런데도 중요한 일이 아니란 말입니까?"

에델만이 고개를 저으며 말했다.

"헤르만, 그런 뜻으로 한 말이 아닙니다."

푸르하예가 에델만을 보면서 웃었다.

"사소한 일에 꼬투리 잡지 맙시다. 이제는 이해하겠지만, 현재 우리는 장관이 어디에 있는지 아직……."

"실종됐다고 하지 않았습니까? 망할, 대체 얼마나 많은 정치인이 희생돼야 정신을 차릴 겁니까? 아니, 그리모스는 24시간 개인경호원이 붙는 거 아니었습니까?"

푸르하예는 헛기침을 하는 파란색 넥타이의 남자를 쳐다봤다.

"음, 모든 게 자원과 우선순위 문제겠지요. 위험도 평가에서 우리는 장관이 의회 건물 안에 있는 한 당장은 위험한 일은 생기지 않을 거라고 판단했습니다."

그래, 지금 우리가 도청이 안 되는 곳에서 말하고 있다는 거지? 파비안은 푸르하예가 녹색 넥타이를 맨 남자에게 탁자에 장착된 버튼을 누르라고 신호 보내는 모습을 보면서 생각했다.

벽 한 곳에서 스크린이 내려왔다.

"이 화면은 서문에 설치한 감시 카메라에 찍힌 장면입니다."

푸르하예가 프로젝터를 작동하면서 말했다.

1분가량 되는 영상에서 칼 에릭 그리모스는 왼손에 서류가방을 들고 이중 보안 유리로 된 문을 향해 걸어오고 있었다. 문에 도착한 그리모스가 출입 카드를 카드 인식기에 대자 이중문이 차례로 열렸고, 장관은 눈보라 속으로 사라졌다.

장관은 신문에서 자주 보던 옷차림이었다. 커다란 모피 깃이 달린 검은 외투와 법무부 장관의 트레이드마크가 된 챙 넓은 모자. 화면 왼쪽 위에서는 장관이 의회를 나간 시간이 오후 3시 24분임을 알려주고 있었다.

할 일을 마친 프로젝터는 다시 소리 없이 천장 속으로 돌아갔다.

"밖에서 법무부 차가 대기하고 있었다고요?"

당시 상황을 이해하기 힘든 파비안이 물었다.

녹색 넥타이가 고개를 끄덕였다.

"눈이 심하게 내려서 운전사가 문 쪽을 제대로 볼 수 있는 상황이 아니었습니다."

"도착은 언제했습니까?"

"장관 말씀이라면 오전 11시 43분입니다. 의회 서쪽 현관으로 들어갔습니다."

신속하게 정확한 정보를 줄 수 있어 만족한다는 표정으로 녹색 넥타이 남자가 말했다.

"오전 11시 38분에 로센바드를 나와서 스트룀가탄을 따라 잠시 걸었지만 릭스브론이 아니라 바사브론을 지나 칸슬리카이엔까지 갔습니다. 물론 경호원과 함께요."

파란색 넥타이가 대답했다.

"청문회 시작은 몇 시였습니까? 12시였나요?"

"아닙니다. 12시 30분에 시작했지만, 그리모스는 늦는 법이 없었습니다."

"의회에서 기다리고 있었다는 차 말입니다, 몇 시에 가 있기로 했었습니까?"

"3시입니다."

파란색 넥타이가 물을 한 모금 마시면서 말했다.

"그렇다면 언제나 제시간에 나타나기로 정평이 난 사람이 3시 24분까지 의회 건물을 나설 생각을 하지 않았다는 겁니까?"

파비안의 말에 넥타이를 맨 남자들은 서로를 쳐다봤고, 푸르하예는 헛기침을 했다.

"한 가지, 분명히 해야 할 점이 있군요. 지금 당신은 여기 조사를 하러 온 게 아닙니다. 정보를 들으러 온 겁니다. 실제로 범죄가 일어났음이 분명해지지 않는 한 이 조사를 지휘하는 건 우리입니다."

"범죄가 아니라면, 이 상황을 어떻게 설명할 겁니까?"

에델만이 수염을 잡아당기면서 말했다.

"사실, 아직은 범죄라고 단정할 부분이 없습니다. 그저…… 아, 미안한데, 이름이 뭐라고 했죠?"

푸르하예가 파비안에게 물었다.

"파비안 리스크입니다."

"그저 리스크의 말처럼 몇 가지 풀리지 않는 의문이 있을 뿐입니다. 현재 그 의문들을 풀려고 애쓰고 있습니다. 내 생각에는 갑자기 여러 결론을 내는 일은 의미가 없습니다. 물론, 우리는 입수한 정보를 당신들에게 실시간으로 전달할 생각입니다."

"그렇군요. 하지만 이 문제를 3시 30분부터 알고 있었는데도 지금에야 알렸지 않습니까? 정말로 실시간으로 알리는 거 맞습니까?"

에델만이 말했다.

"상황은 이렇습니다. 현재 사체가 발견된 것도 아니고 어떤 명백한 위협이 있는 것도 아닙니다. 이 문제를 테러와 관계있다거나 테러 행위라고 생각할 부분은 하나도 없다는 뜻입니다. 그에 반해 요즘 장관이 스트레스를 많이 받고 집중하지 못했다고 증언한 사람이 꽤 많습니다. 따라서 잠시 혼자 있으려고 자기 의지로 사라졌을 수도 있습니다."

푸르하예의 말에 에델만이 콧방귀를 뀌었다.

"국장의 '위협' 분석은 하등 쓸모가 없는 것 같은데, 안 그런가요? 지금 국장이 하는 행동을 보면 경호팀이 보스가 태만했다는 증거를 없애버릴 시간을 버는 걸 수도 있다는 생각이 드는군요."

"헤르만, 서로 예의는 갖춥시다."

에델만의 공격에 전혀 흔들리지 않으며 푸르하예가 응수했다.

"감추려는 사람은 아무도 없습니다. 그런 식으로 일했다면 우리가 이 자리에 있을 수도 없었을 겁니다. 우리가 하는 일은 정확히 당신이 하는 일과 같습니다. 무슨 일이 있었는지 알아내는 것 말입니다. 물론, 우리가 위협 분석을 잘못했을 가능성은 있습니다. 그렇다고 해서 실제로 범죄가 일어난 것이 분명해지지 않는 한, 조사 주체가 우리인 것은 변하지 않습니다. 분명히 말씀드리지만, 지금 수사국을 이번 사건에서 완전히 배제하려는 게 아닙니다. 되도록 조용히 사건을 해결하는 게 좋기 때문입니다. 왜 그래야 하는지는 당신이나 나나 잘 알지 않습니까, 헤르만? 수사국이 움직이기 시작하면 모든 타블로이드 신문 1면 기사를 장식할 테고 결국에는 매일 기자 회견을 해야 할 겁니다."

"내가 동의하지 않는다면?"

"하실 겁니다. 괜히 머리 아프실 일 없게 이미 크림손과 그 부분은 명확히 해뒀으니까요."

파비안은 근육 하나 움직이지 않고 가만히 앉아 있는 에델만을 쳐다봤다. 에델만은 뒤통수를 맞았고, 그 사실을 스스로도 알고 있었다. 푸르하예는 에델만을 제치고 경찰국장과 직접 접촉해 장관 실종 수사에서 수사국을 배제한다는 약속을 했다. 에델만과 파비안이 비밀경호국에 들어와 정보를 듣는 것은 크림손이 두 사람을 지목했기 때문이 분명했다. 두 사람은 경찰국장에게 허를 찔린 것이다.

에델만은 생각을 조금도 드러내지 않은 채 잠시 가만히 있다가 한 손으로는 작은 시가를 꺼내고 다른 손으로는 오래된 론손 라이터를 꺼냈다. 누군가 미처 입을 열기도 전에 에델만의 손에 잡힌 시가는 맹렬한 불길을 내뿜기 시작했다. 푸르하예도 넥타이를 맨 남자들도 아무 말 하지 않았다. 길게 두 모금을 빤 에델만은 유리잔에 시가를 비벼 껐다.

"좋습니다. 우리는 손을 빼지요. 하지만 새로운 정보가 들어오는 즉시 알려줘야 합니다."

"물론입니다. 당연히 맨 먼저 알려드릴 겁니다. 약속합니다."

푸르하예가 손을 내밀었다.

에델만은 푸르하예의 손을 무시하고 벌써 일어나 방을 나서는 파비안을 바라봤다. 파비안은 무슨 일이 있어도 관리직은 절대로 되지 않겠다고 생각하면서 밖으로 나왔다.

에델만은 비밀경호국에 도착했을 때처럼 구불구불한 복도를 걸어가는 동안 한마디도 하지 않았다. 에델만이 침묵하는 이유는 누군가 엿들을지 몰라 걱정하기 때문인지 아니면 단순히 너무 화가 나서 말이 나오지 않는 것인지 알 수가 없었다. 묻고 싶은 것이 많지만, 파비안도 아무 말 하지 않고 걸었다.

눈보라가 치는 밖으로 나와 폴헴스가탄까지 가서야 에델만은 이미 기다리고 있는 택시를 내버려둔 채 파비안의 차가 있는 곳으로 함께 걸어갔다. 두 사람은 길을 건넜고, 자동차로 들어간 파비안은 시동을 걸고 히터를 틀었다. 조수석에 앉은 에델만은 눈 덮인 앞유리를 뚫어져라 봤다.

"자네가 알고 있는지는 모르겠지만, 그리모스는……."

에델만은 크게 숨을 들이마셨다.

"내가 아직도 신경을 쓰고 있는 오랜 친구네."

파비안은 고개를 끄덕였다. 오래전에, 파비안이 아직 수사국에서 근무하지 않을 때, 그리모스는 경찰 조직을 떠나 정치계로 들어가기 전까지 에델만의 상사였다. 그 시절을 함께한 사람들은 두 사람이 만든 풍성한 결실을 직접 목격했고, 에델만은 그 시절에 자신과 그리모스가 해낸 일을 떠벌릴 기회를 놓치지 않았다. 하지만 지금껏 연락하고 지낸다는 사실은 놀라웠다.

"무슨 일이 생긴 걸까요? 짐작 가는 일이 있습니까?"

파비안의 말에 에델만은 고개를 저었다.

"하지만 왠지 최악의 일이 발생한 것 같아. 그러니까 비밀경호국 청소부 녀석들이 일을 망치기 전에 가능한 한 빨리 알아내는 게 중요해."

"반장님은 그러니까 저 사람들이……."

"뭘 할지는 나도 모르지. 하지만 푸르하예가 누구보다도 못 믿을 녀석인 건 알지."

"그럼, 베르실 크림손이 무슨 약속을 했건 우리도 조사를 시작해야겠군요."

"아니, 우리가 아니야. 자네지. 솔직히 말해서 정보부에는 무슨 일이 일어났는지 감조차 잡을 녀석이 없어. 나나 자네나 그건 잘 알지 않나?"

에델만이 파비안을 쳐다보면서 말했다.

"하지만 베르실 크림손이 분명히 수사에 손대지 말라고 했는데, 저 혼자 조사할 방법은……."

"조사라는 용어는 쓰지 마. 내 말은, 우리가 진실을 찾지 않으면 도대체 누가 찾느냐는 거야. 정보부 놈들?"

파비안은 고개를 끄덕였다. 에델만의 말은 전적으로 옳았다.

"절대로 저놈들이 눈치채지 못하게 신중하게 움직여야 해. 좀 더 제대로 알기 전까지는 나 말고는 그 누구에게도 보고하면 안 되고."

에델만은 차 밖으로 나가 문을 힘껏 닫았다. 그 바람에 앞유리에 쌓여 있던 눈이 대부분 떨어져 내렸다. 파비안은 와이퍼를 움직여 나머지 눈을 털어내고 달리기 시작했다. 운전에 집중하려 했지만 생각이 자꾸 멋대로 활발하게 살아나 그를 괴롭혔다. 실제로 무슨 일이 일어난 것인지 짐작해보려 애쓰다가 결국 파비안은 노르 멜라르스트란드 주차장에 차를 세우고 창문을 내리고는 차가운 밤공기를 깊이 들이마셨다.

법무부 장관이 이해할 수 없는 상황에서 사라져버렸을 뿐 아니라 파비안은 그 사건을 은밀하게 조사해야 할 임무까지 맡았다. 하지만 파비안은 어디에서부터 시작해야 하는지, 누구와 접촉해야 하는지 잘 알고 있었다.

말린 렌베리로서는 접시에 놓인 스테이크와 완벽하게 어울리는 레드 진판델을 한 잔 가득 채워 마시는 일 말고는 바라는 것이 없었다. 스톡홀름에 있는 집에서는 임신 기간에 알코올을 멀리하는 것은 일도 아니었다. 집에서는 알코올을 마시고 싶다는 욕구 자체가 일어나지 않았다. 하지만 덴마크의 수도에서는 이야기가 전혀 달랐다. 이곳에서는 왠지 술을 마시고 싶다는 욕구가 완전히 되살아나 있었다. 어쩌면 그 이유는 처음 만난 코펜하겐 강력반 형사 두냐 호우고르가 레드 진판델 한 병을 혼자서 거뜬히 마셔버릴 것처럼 들이켜고 있기 때문인지도 몰랐다.

두 사람은 국경을 초월한 수사망을 구축하려고 유럽 전역에서 온 강력계 수사관들이 이틀 동안 고강도로 진행한 회의장에서 몇 시간 만에 서로를 찾아냈다. 두 사람은 그 즉시 서로 연락망이 되어 일하기로 결정했고, 말린이 함께 나가 저녁을 먹자고 한 제안은 분명히 즐거운 일이었다.

그리고 지금 뉘하운에 있는 바로크 식당에서 말린은 어째서 스웨덴 아이들이 이 세상에서 말하는 법을 가장 늦게 배우는지 알 것 같았다. 레드 진판델을 딱 한 잔 마시고 나서부터 두냐 호우고르는 영어라는 안전한 항구를 떠나 덴마크어로 떠들기 시작했고, 와인이 몸 안으로 들어가는 양이 증가할수록 그녀의 말은 점점 더 알아듣기 어려워졌다. 처음에는 이해하기 힘든 부분이 있으면 그녀의 말을 멈추고 다시 한번 말해달라고 부탁했지만, 곧 그저 고개를 끄덕이고 웃으면서 전체 맥락을 이해하는 것으로 만족해야 했다.

하지만 이제는 그조차도 감당할 수 없게 됐다. 두냐의 말은 모두 합쳐지고 짓이겨져 전혀 이해할 수 없는 진창처럼 돼버려서 말린은 여러 번 임신하지 않은 덴마크인이 부럽다거나, 원하는 만큼 잔뜩 와인을 마시고 싶다거나, 덴마크인이 입은 빨간색 청바지와 모든 것이 여전히 제자리에 있는 그녀의 몸이 질투 난다는 것 같은 완전히 다른 생각에 빠져들 수밖에 없었다.

말린은 자신의 지금 모습이 싫었다. 보기 흉한 산모복을 입어야 하고 눈 깜빡할 사이에 말린이 아닌 다른 사람의 몸으로 바뀌어버렸다. 벌써 10킬로그램이나 쪘는데도 아직 두 달이나 더 남았다. 지옥에서 두 달을 더 버텨야 하는 것이다.

아무리 애를 써도 말린은 자신의 몸에서 붓지 않고 아프지 않고 땀에 젖지 않은 부분을 단 한 곳도 떠올릴 수 없었다. 왠지 온몸이 언제라도 폭발해 정말로 극심한 고통을 느낄 경련과 불만으로 가득 찬 불쾌한 지뢰밭이 돼버린 것만 같았다. 배만 해도 그랬다. 매일 아침저녁으로 안데르스에게 거짓말까지 하고 산 비싼 크림을 발라대는데도 말린은 고개를 숙일 때마다 마치 넘어져서 터진 것 같은 자국을 봐야 했다.

"정말로 와인은 전혀 안 할 거예요?"

갑작스러운 말에 말린은 깜짝 놀라 정신을 차렸다.

"뭐라고요?"

"와인 좀 마시지 않겠느냐고요."

두냐가 와인 병을 들어 올리면서 서툰 스웨덴어로 말했다.

"고맙지만, 사양할게요. 임신 기간에는 술을 한 모금도 안 할 거라고 다짐했거든요."

"왜요?"

두냐가 정말로 이해할 수 없다는 표정을 지었기 때문에 말린은 그녀가 바로 이웃 나라에 사는 사람이 아니라 다른 행성에서 온 외계인은 아닌지 의아할 정도였다.

"당연히 태아한테 나쁜 영향을 주니까요. 알코올이 태반을 통해……."

"너무 스웨덴 사람 같은 말이네요."

"네?"

"당신들은 규칙이랑 하면 안 되는 일이 너무 많아요. 솔직히 말해서, 너무 무서워하는 거 같아요. 도대체 와인 한 잔이 뭐 그렇게 큰 문제를 일으키겠어요."

말린은 깊이 숨을 들이마시면서 솟구치는 짜증을 내리눌렀다.

"아직 덴마크에는 소식이 전해지지 않았는지 모르겠지만, 실제로 엄마가 알코올을 섭취하면 태아의 발달에 문제가 생기고,

ADHD에 걸릴 가능성이 높다는 연구 결과가 많아요. 게다가……."

"아니, 그건 사실이 아니에요."

두냐는 잔에 남은 와인을 단숨에 들이켜고는 말린을 쳐다봤다.

"여기, 덴마크에서 다섯 살 아이 수천 명을 대상으로 실험했어요. 의사들은 임신 중에 매일 술 두 잔을 마신 엄마와 전혀 마시지 않은 엄마의 아이들에게서 어떠한 차이도 나타나지 않았다고 했어요."

"좋아요, 조금 이상한 결과 같기는 하지만요. 뭐, 그런 연구들이야 무엇이든 입증할 수 있겠죠. 중요한 건……."

"내가 무슨 생각 하는지 알아요?"

두냐가 집게손가락을 들어 올리며 말했다.

"내 생각엔 오늘 밤 당신이 와인을 한 잔 마셨을 때 감당해야 할 위험은 딱 하나예요. 당신 아이가 행복한 엄마를 갖게 된다는 거."

"행복이라니, 무슨 말이에요? 난 행복해요, 아닌가요?"

말린은 결국 짜증이 내면의 싸움에서 승리하고 밖으로 튀어나오는 것을 느낄 수 있었다.

"좋아요, 말린. 일단, 나는 취한 상태니까 조금 이해해줘요. 하지만 이 말은 해야겠어요."

"좋아요, 들어줄게요."

말린은 자신이 갑자기 덴마크어를 한 단어도 놓치지 않고 듣고 있음을 깨달았다.

두냐는 말린의 눈을 똑바로 봤다.

"안됐지만, 당신은 행복해 보이지 않아요."

말린은 어떤 말을 해야 할지, 어떤 반응을 보여야 할지 알 수가 없었다. 어쩌면 버럭 화를 내고 떠나면서 새로 사귄 덴마크 친구에게 술 좀 작작 마시라고, 함께 일할 스웨덴 수사관은 따로 찾아보라고 말해야 할지도 몰랐다. 저런 신랄한 말을 하는 사람이 안데르스였다면 말린은 눈 하나 깜빡 않고 그의 코를 잘라버렸을 것이다.

하지만 전혀 알 수 없는 이유로 말린은 화가 나지 않았다. 오히려 그 반대였다.

"좋아요……."

말린은 잔에 담긴 미네랄워터를 단번에 마셔버렸다.

"와인 조금 줘요, 마셔보자고요."

말린이 잔을 내밀자 두냐는 크게 웃으면서 와인을 한 잔 가득 따르더니, 종업원에게 한 병 더 가져오라는 신호를 보냈다.

두 사람은 잔을 들어 건배했다. 혀끝으로 와인을 음미하면서 말린은 온몸으로 행복이 퍼져나가는 것을 느꼈다.

"우아, 세상에, 정말 좋아요."

말린은 와인을 조금 더 마셨다.

"하지만 한 가지, 완전히 잘못 아는 게 있어요. 당신뿐 아니라 덴마크 사람들 전부가요. 스웨덴 사람들이 덴마크 사람들보다 금기가 더 많은 게 아니에요. 사실은 완전히 반대라고요."

말린은 와인을 한 모금 더 마셨다.

"예를 들어서, 덴마크 사람들은 실제로 원하는 만큼 여름 별장에서 지내지 못하잖아요. 그냥 식품 보조제일 뿐인데도 간장은 살 수도 없고 일요일에는 개업도 할 수 없잖아요. 보모 이야기는 해서 뭐하겠어요."

"알았어요, 알겠다고요. 당신이 무슨 말을 하고 싶은지는 알겠어요. 하지만……."

"가장 놀라운 건 당신들 덴마크 사람들은 야외에서 일할 때는 반드시 햇빛 차단 효과가 있는 립밤을 발라야 한다고 법으로 제정해놓았다는 거예요."

"그건 농담이에요."

"아니, 사실이에요!"

두 사람은 동시에 웃음을 터뜨렸고 말린은 또다시 잔을 들어 '건배!'를 외쳤다.

"이거 알아요? 나, 당신 임신을 미수넬리해요."

"미수넬리라고요? 혹시, 그게 '부럽다'는 뜻이라면, 나는 기꺼이 당신하고 내 처지를 바꿔줄 용의가 있다고 말해야겠네요."

"왜요? 아기를 갖는 건 정말 놀라운 일이잖아요."

"살찐 오리가 돼서 온갖 곳이 다 아픈 게 놀라운 일이라면 그렇긴 하죠. 아기를 갖는 게 나쁘다는 소린 아니에요. 정말로 임신에 반대하는 건 아니에요. 쌍둥이를 임신한 게 보통은 보너스라는 것도 알아요. 아이들과 함께하는 시간을 최소로 줄여주니까요. 하지만 임신은…… 정말로 솔직히 말하면 매일매일 너무나도 싫어져요."

"진심으로 하는 말은 아니죠, 그렇죠?"

"당신도 그랬잖아요. 내가 그다지 행복해 보이지 않는다고. 그 이유가 이거 때문이 아니라면 뭐겠어요?"

말린은 한 손으로는 배를 가리키면서 다른 손으로는 와인 잔을 들었다.

"처음 몇 주 동안은 남편한테, 안데르스한테 임신을 하건 출산을 하건 양육을 하건 한 가지 결정해서 하라고 농담을 했거든요. 하지만 이제는 농담이 아니에요. 뭐가 됐든 빨리 선택해서 떠맡지 않으면 다시는 다른 아이는 낳지 않을 거예요. 내가 진지하게 충고하는데, 당신의, 음, 이렇게 말해도 되는지 모르겠지만, 그 멋진 몸을 임신에 바치지 말아요. 절대로요."

"조만간 임신하게 될 것 같지는 않아요."

"그게 무슨 말이에요? 싱글이에요?"

"아니에요. 하지만 남자친구랑 나는 섹스 횟수가 너무 적어요."

"너무 적다고요?"

말린은 엄지손가락과 집게손가락을 마주 대고 그 사이로 손가락을 하나 집어넣어 보였다.

두냐는 고개를 끄덕였다.

"그 문제로 이야기도 해보고 적어도 일주일에 한 번은 하려고 일정도 잡아봤지만 도움이 안 됐어요."

"그를 사랑해요?"

"카르스텐이요? 물론이죠. 올여름에 결혼할 거예요. 가을에는 실케보르로 이사 갈 거예요."

"실케보르요? 그거 유틀란에 있는 거 아니에요? 세상에, 도대체 거기서 당신이 무슨 일을 할 수 있다는 거예요?"

"카르스텐이 아버지 회계 사무소를 물려받을 거예요."

"하지만 당신은요? 당신 일은 여기 있잖아요, 안 그래요?"

"그건 그래요. 하지만…… 어차피 아이를 기르면서 온종일 일하고 싶지는 않아요."

"두냐, 내 말을 들어봐요."

말린은 두 사람의 와인 잔을 채우면서 말했다.

"너무 취하지 않게 조심해야 할 것 같은데요."

"이제부터는 내가 말할 거예요. 그러니까 잘 들어요. 이 말은 누구에게도 한 적 없고, 아마도 다시는 하지 않을 거예요. 하지만 당신, 아이는 절대로 갖지 말아요. 아무튼 이 카르스텐이란 사람하고는, 이름이 뭐가 됐건 이 남자하고는 안 돼요."

"어떻게 그런 말을 할 수 있죠?"

두냐는 와인 잔을 옆으로 치우면서 말했다.

"솔직히 말해서, 당신 같은 몸이랑 함께 침대를 쓰면서도 섹스를 적게 한다면, 그건 아주 특이한 거라고요."

"솔직히 말해서, 라고요?"

"카르스텐이 동성애자거나 아니면 당신을 사랑하지 않는 거예요. 문제는 당신이 그를 사랑하는가 아닌가겠지만요."

"당연히 우린 서로 사랑해요. 도대체 당신이 무슨 권리로 이런 말을 하는지 모르겠어요."

"그냥 내 눈에 보이는 걸 말할 뿐이에요."

"보이는 거라니, 그게 뭔데요?"

"내 눈에는 한 여자가, 그러니까, 좋아요, 내 생각에는 자명한 거 같아요. 그 카르스텐이라는 사람이랑은 절대로……."

말린은 갑자기 입을 다물었다. 자신이 얼마나 얇은 살얼음판을 걷고 있는지 깨달았기 때문이다. 그녀는 와인 잔을 옆으로 치우고 손으로 입을 막았다.

"이런 세상에, 미안해요."

말린은 자기 생각을 쓸데없이 떠벌린 적이 이번이 처음은 아니지만 이렇게 전혀 모르는 사람에게는 처음이었다.

"용서해요. 미안해요. 내가 모든 걸 주워 담을게요. 이렇게 불쑥 마구 떠들 생각은 없었어요. 그냥…… 왜 이렇게 멍청하게 구는 걸까요? 대체 내가 왜 이러는 거죠?"

"음, 좋은 걸 조금 많이 마신 게 아닐까요?"

"그럴지도 몰라요. 게다가 지금은 내 호르몬도 장난 아니거든요. 당신이 할 수 있는 최선은 나한테서 멀리 떨어지는 거예요. 나도 그럴 수 있으면 좋겠어요."

말린의 말에 두냐는 웃음을 터뜨리며 와인 잔을 들어 올렸다.

파비안은 아케이드 파이어의 〈블랙 미러〉를 들으면서 리다르피에르덴을 쳐다봤다. 쇠데르말름 언덕에 솟아 있는 수천 개의 창문에서 쏟아져 나오는 불빛이 비치는 물은 감동적일 정도로 아름다웠다. 수면에서 피어오르는 유혹적이지만 위험한 증기는 물이 따뜻하리라는 착각을 불러일으키지만 실은 몇 시간 안에 얼어붙을 것이다. 노래는 점점 더 강렬해졌다.

파비안은 볼륨을 낮추고 전화기에서 번호를 찾아 통화 버튼을 눌렀다. 신호가 두 번 울리기 전에 전화를 받았다.

"안녕, 오랜만이네."

"그렇지. 아마 네가 그만둔 뒤로는 거의 2년 만인 거 같은데. 조금 늦은 시간에 전화해서 미안."

전화기 너머에서 들려오는 목소리는 피곤하고는 거리가 멀었지만, 어쨌거나 파비안은 그렇게 말했다.

"아무 문제 없어. 아직 초저녁인 데다 내가 어떤지 알면서 그래."

"어쩌면 정착했을 수도 있으니까. 가족을 이루고, 아침 일찍 일어나고."

전화기 너머에서 커다랗게 웃는 소리가 들렸다. 니바 에켄히엘름에게 가족은 달에 생명체가 있다는 것만큼이나 있을 것 같지 않은 존재였다. 두 사람은 6년 동안 국립 범죄수사국에서 함께 일했지만 이제 니바는 IT 조사관(그들이 SF 경찰이라고 부르는)으로 일하고 있었다. 다른 사람들이 집으로 돌아갈 때도 여전히 일하고, 밤을 새운 뒤에 다른 사람들이 출근하면 그때 집으로 가는 것은 니바에게는 예외가 아니라 거의 규칙에 가까웠다.

파비안도 니바와 함께 수없이 많은 밤을 수사국에서 지새웠다. 대부분은 한창 수사할 때는 불면증에 시달리느라 퇴근을 하지 않은 거지만 단순히 책상을 치우려고 집에 가지 않을 때도 있었다.

파비안이 니바와 함께 수사국에 남을 때마다 소냐는 부부 관계가 위태로울 정도로 심하게 질투했다. 하지만 소냐의 반응을 어느 정도는 이해할 수 있었다. 니바는 카리스마가 있는 데다 믿을 수 없을 정도로 근사하게 생겼으니까. 게다가 파비안을 대하는 니바의 태도에는 분명히 뭔가가 있었다. 파비안은 처음에는 니바가 모든 남자를 그런 식으로 대한다고 생각했지만, 곧 그녀의 관심이 그에게만 있음을 알게 됐다. 파비안은 니바에게 그런 식의 관심은 전혀 없음을 분명히 밝혔지만 니바는 자신의 마음을 계속해서 은근하게 드러내 보였고, 자신이 원하는 것을 점점 더 감추려 하지 않고 분명하게 나타냈다.

하지만 이번에 뭔가를 원하는 사람은 니바가 아닌 파비안이었다.

"파비안, 내가 뭘 해주면 좋겠어? 아직 이혼은 안 했지? 그렇지?"

"응, 안 했어. 그러니까 그렇게 많은 재미를 누리지는 못할 거야."

입에서 말을 내뱉은 순간 후회한 그는 웃음으로 무마해보려 했다.

"농담은 그만하고, 비밀을 유지해야 하는 사건이 있어서 도움을 좀 받으려고 전화했어."

"내일까지 기다려도 되는 문제야?"

"아마, 아닐 거야."

파비안은 리다르피에르덴 반대쪽에 있는 뮌헨브뤼그예리에트 회의장 건물을 뚫어지게 보면서 불이 꺼지지 않은 창문의 수를 세기 시작했다. 전화기 너머에서 파켓 마루를 이리저리 걸으며 경쾌한 소리는 내는 니바의 하이힐 소리가 들렸다.

"좋아, 무슨 일인지 말해봐."

카렌 네우만은 언제나 어둠이 두려웠다. 아주 어릴 때, 코펜하겐 외곽에 있는 작은 마을에 살 때는 침대 밑이나 커튼 뒤에는 괴물이 숨어 있다고 믿었다. 그래서 늘 잠을 잘 때도 불을 끄지 않았다. 카렌의 부모는 아이라면 그럴 수 있다고 생각했고, 나이가 들면 자연스럽게 고쳐질 거라고 믿었다. 하지만 카렌의 두려움은 시간이 갈수록 더 커졌고 결국 10대가 됐을 때는 수면제를 먹지 않으면 잠을 잘 수 없을 정도로 심각한 불면증으로 고생해야 했다.

물론 이제는 침대 밑에 괴물이 있다는 생각은 하지 않지만 어둠에 대한 두려움은 여전히 그녀를 움켜잡고 있어서 약을 먹지 않으면 감당할 수 없었다. 이제는 그 무엇으로도 나아지지 않는 상태가 됐고, 막 시작된 겨울이 하루하루 조금씩 더 어두워질수록 카렌의 상황은 더욱 나빠질 것이 분명했다.

카렌은 반쯤은 나무로 지은 집에서 살았는데, 그것도 카렌의 두려움을 없애는 데는 크게 도움이 되지 못했다. 카렌의 집은 근사한

외레순 해협이 보이는 덴마크 해변에 자리한 사랑스러운 집이지만, 카렌은 집도 주변 경치도 즐기지 못했다. 전혀 다른 시각으로 보면 바다는 가까운 이웃이 아니라 끝없는 어둠일 뿐이니까.

시간이 지나면서 카렌의 가슴을 억누르는 두려움은 조금은 사라졌다. 그 이유는 많은 시간 동안 치료를 받았고 악셀이 약간의 돈을 들여 집 밖에도 조명을 설치했기 때문이다. 하지만 두려움은 언제나 카렌의 마음속에 있었다. 더구나 이렇게 일주일에 세 번, TV2의 이브닝 쇼 때문에 악셀이 집을 비워 카렌 혼자 있어야 할 때면 그 두려움은 더욱 커졌다. 그런 날이면 악셀은 전기료가 많이 나온다고 불만을 터뜨렸지만 카렌은 밤새 집 안의 전등을 모두 다 켜뒀다.

오늘 밤은 두려움이 훨씬 뚜렷하게 느껴졌다. 요가 수업을 마치고 9시가 조금 지나 집에 도착했을 때 카렌은 분명히 이상한 점을 느꼈다. 일단 감멜 스트란바이에서 조금 떨어진 곳에 스포츠카가 한 대 놓여 있다는 점이 이상했다. 외지인들이 도로에 차를 세워두고 사라지는 것은 이상한 일이 아니었다. 사람들은 길가에 차를 대고 해변을 따라 걷는 일이 많았으니까. 하지만 이런 겨울에는 아니었다. 더구나 루이지애나 박물관이 북쪽으로 1킬로미터 정도밖에 떨어져 있지 않다고 해도 스웨덴 번호판을 단 차가 티베루프까지 오는 경우는 거의 없었다.

카렌은 두려움에 항복하려는 마음을 애써 억누르고 치료사에게 약속한 것처럼 침착하게 발을 내디디면서 정원으로 들어섰다. 그런데 불이 켜지지 않았다. 동작 감지기를 작동하려고 팔짝팔짝 뛰고 손을 휘둘러봐도 전등은 켜지지 않았다. 왠지 무기력해지고 상실감에 사로잡혔으며 심장박동이 두 배는 빨라졌다. 카렌은 현관까지 내달렸고 재빨리 문을 열고 떨리는 손으로 경보기를 껐다.

다행히 실내 등은 작동했기 때문에 카렌은 리모컨으로 집 안의 모든 등을 켰다. 부엌으로 들어가 물을 끓이고, 끓인 물에 레몬과 히말라야 소금, 꿀을 넣고 마셔서 비크람 요가를 한 뒤 상실했을 미네랄을 보충했다. 일단 조금 진정됐다는 기분이 들자 바깥 전등이 켜지지 않은 것은 퓨즈가 나갔기 때문이라는 판단을 내렸다.

"당연히 아무것도 아니야."

거실로 걸어가면서 카렌은 몇 번이고 큰 소리로 외쳤다. 커피 탁자에 놓인 태블릿PC를 재빨리 집어 들고 목소리를 들으면 진정이 되는 리사 닐손의 노래를 찾았다. 재생 버튼을 누르자 천장에 숨겨진 스피커에서 음악이 흘러나오기 시작했다. 악셀은 CD로 듣는 것보다 스트리밍으로 음악을 듣는 것이 훨씬 더 좋다는 사실을 카렌에게 이해시키느라 애를 먹었다. 그리고 이제 카렌은 단 한 번의 터치만으로도 집 안 어디에서나 음악을 들을 수 있는 자유가 없는 상황은 상상할 수도 없게 됐다.

욕실로 간 카렌은 욕조에 뜨거운 물을 받으면서 요가복을 벗고 머리카락을 말아 올리고는 공기 방울이 올라오는 욕조로 들어가 몸을 치며 돌아가는 물의 흐름에 온몸을 맡겼다. 나른해진 카렌은 눈을 감았다.

"아무것도 아니야. 틀림없이 아무것도 아니야."

카렌은 다시 한번 말하고 나서 그녀가 할 수 있는 가장 그럴듯한 스웨덴 억양으로 〈헤븐 라운드 더 코너〉를 따라 불렀다.

악셀은 베스테르브로에 있는 아파트에서 밤을 보내고 내일 아침 식사를 할 때에야 집으로 돌아올 거라고 했다. 텔레비전 쇼에 출연한 게스트들 때문에 쇼가 끝난 뒤에는 함께 몇 잔 마시러 갈 것이 분명했다. 하지만 집에서라면 카렌은 시간을 보내는 데 전혀 문제가 없었다. 목욕을 끝내면 어제 먹은 닭고기 샐러드에 퀴노아를 조금 넣고 텔레비전 앞에 앉을 것이다. 악셀은 자기 쇼를 시청해주기를 바라겠지만, 카렌은 미국 드라마 〈매드맨〉을 마음껏 음미할 생각이었다.

하지만 리사 닐손의 목소리가 사라지자 불안이 다시 슬금슬금 기어들었다. 현관문 닫히는 소리가 들린 것 같은데 지금 악셀이 돌아왔을 리는 없었다. 쇼는 아직 시작하지도 않았으니까. 카렌은 욕조의 마사지 단추를 눌러 껐다. 거품이 잦아들고 태블릿PC에서 흘러나오던 음악이 멈추고 다른 음악이 시작될 때까지 잠시 침묵이 내려앉았다. 카렌의 손은 축축하게 젖어 있었고 리사 닐손은 〈네버, 네버, 네버〉를 부르기 시작했다.

카렌의 머릿속에서 수많은 생각이 빙글빙글 돌기 시작했다. 욕실에 숨어 있어야 하나, 밖으로 나가 정말로 누군가 있는지 확인해봐야 하나? 카렌은 욕조 밖으로 나와 음악을 끄려고 손의 물기를 닦았다.

갑자기 욕실에 찾아든 침묵 때문에 카렌은 가슴이 내려앉을 정도로 놀랐다. 카렌은 온몸이 스프링처럼 긴장했고, 그녀는 다시 다섯 살로 돌아간 것만 같았다. 침대 밑에 괴물이 있다고 믿는 다섯 살 아이가 된 것만 같았다.

카렌은 살며시 걸어가 욕실 문에 귀를 가져다 댔다. 카렌의 숨소리 말고는 아무 소리도 들리지 않았다. 카렌은 모든 용기를 끌어모아 손잡이를 내리고 문을 조금 열었다. 문에서 카렌의 배를 가르고 들어올 것처럼 엄청나게 거슬리는 소리가 났다. 욕실 문에서 삐걱거리는 소리가 난다는 말을 여러 번 했지만 악셀은 그저 농담으로 받아넘겼다.

지금 정말로 악셀이 돌아온 건지도 몰랐다. 텔레비전 쇼가 취소됐을 수도 있으니까. 카렌은 욕실 문밖으로 고개를 내밀고 악셀을 불렀다. 대답은 돌아오지 않았다. 당연히 대답은 들리지 않아야 했다. 이 집에 있는 사람은 카렌뿐이니까. 하지만 정말로 그럴까?

카렌은 다시 한번, 이번에는 정말로 큰 소리로 악셀을 불렀다. 하지만 질식할 것 같은 침묵 외에는 아무것도 없었다. 현관문 닫히는 소리가 들렸다고 생각한 건 그저 카렌의 상상일 수 있었다. 그녀의 아버지는 언제나 딸이 상상력이 풍부하다고 했으니까.

카렌은 고개를 저으며 다시 욕조로 돌아갔다. 조금 더 쉬려고 했지만 갑자기 마음을 바꿔 욕조에서 벌떡 일어나 몸을 닦았다. 카렌은 온몸에 로션을 골고루 문질러 발랐다. 특히 흉터 주변은 더욱 세심하게 발랐다. 벌써 10년이 넘게 흘렀는데도 카렌은 벌거벗은 채 거울 앞에 설 때면 지독하게도 부도덕한 냄새가 나는 것 같았다. 더구나 감각 신경은 전혀 수선될 마음이 없어 보였다. 그곳은 감각이 완전히 사라져 손가락으로 문질러도 마치 다른 사람을 문지르는 것만 같았다. 하지만 카렌은 불만이 없었다. 무슨 일이든 대가를 치러야 하는 법이니까.

실크로 만든 실내복을 입고 욕실에서 나와 〈헤븐 라운드 더 코너〉를 흥얼거리면서 부엌으로 갔다. 언제나처럼 복도는 얼어붙을 것처럼 추웠다. 카렌은 악셀이 결국 동의할 때까지 바닥 열선을 복도에도 깔자고 졸라댄 기억이 났다. 하지만 오늘은 평소보다 더 추웠다. 복도 한가운데에서 걸음을 멈춘 카렌은 방향을 바꿔 현관문으로 걸어갔다. 문이 조금 열려 있었다. 내가 제대로 닫지 않은 걸까? 카렌은 언제나 현관문을 야무지게 닫았다. 밤이 아니라 낮에도 현관문은 확실하게 닫고 들어왔다.

확실히 집에 도착했을 때부터 카렌은 조금 신경과민 상태였다. 이상한 곳에 주차한 차를 봤고 정원 등도 작동하지 않았으니 그럴 수밖에 없었다. 현관문을 닫으면서 카렌은 자신이 부주의하게 열어 뒀을 거라고 생각했다. 이번에는 정말로 제대로 잠겼는지 확인하고 닭고기 샐러드와 탄산수를 꺼내놓은 부엌으로 걸어갔다. 저녁거리를 쟁반에 담아 거실로 들어갔을 때 전화벨이 울렸다.

카렌은 쟁반을 내려놓고 전화기 옆으로 걸어갔다. 전화기를 움켜잡은 채 순수한 정신력만으로도 전화벨을 멈출 수 있다는 듯이 뚫어지게 응시했지만 소리는 멈추지 않았다. 결국 카렌은 용기를 끌어모아 수화기를 집어 들었다.

"네, 여보세요?"

"왜 전화 안 받아?"

"악셀? 당신이야?"

"당연히 나지, 누구겠어? 당신한테 여러 번 전화했는데 도대체 왜……?"

"내 휴대전화로?"

그러고 보니 카렌은 휴대전화를 어디에 뒀는지 기억이 나지 않았다.

"오늘 여기 호텔에서 자고 가도 되는지 물어보려고 전화했어."

"꼭 그래야 해?"

"하지만 자기야, 알잖아. 쇼가 끝나면 꼭 한잔하려는 손님들이 있단 말이야. 카스페르도 그중 한 명이고."

카렌은 복도에서 또다시 소리가 들린 것 같았다. 이번에는 문이 닫히는 소리는 아니었다. 뭔가 구르는 듯한, 사뭇 다른 소리였다. 그저 바깥에서 바람이 지나가는 소리일까?

"미안, 못 들었어. 뭐라고 했어?"

"중요한 말은 아니야. 빨리 자. 내일 갓 구운 빵 사가지고 갈게."

"싫어. 난 당신이 여기 있었으면 좋겠어. 오늘은, 제발, 지금 당장 오면 안 돼?"

"지금? 일은 어떻게 하고. 8분 뒤에 쇼가 시작돼."

"알아. 하지만 집에, 누군가, 뭔가가 있는 것 같단 말이야. 확실하지는 않지만, 그냥 돌아오면 안 돼? 제발, 부탁이야."

"자기야, 벌써 여러 번 겪어봤잖아. 어둠은 당연히 무서울 수 있어. 누구나 다 그렇게 생각한다고. 하지만 침대 밑에는 괴물이 없을 거야. 내가 약속할게. 원래부터도 없었고 앞으로도 없을 거야, 알았지? 텔레비전을 켜봐. 내가 집에 있는 거랑 마찬가지일 거야."

"알았어."

"이제 가봐야 해. 사랑해. 내일 봐."

악셀은 전화를 끊었고, 카렌은 한숨을 내쉬면서 수화기를 내려놓았다. 복도로 나가 둘러봤지만 평소와 다른 부분은 발견할 수 없었다. 바닥을 내려다보기 전까지는 말이다. 투명한 비닐 방수포가 현관에서 복도로 이어지는 모퉁이까지 길게 펼쳐져 있었다.

"저기요? 누구 있어요? 대답해봐요!"

카렌은 방수포가 펼쳐진 복도를 따라가면서 소리쳤다.

완벽하게 침묵에 둘러싸인 집 안에서 카렌은 자신이 밟은 비닐 소리만 들을 수 있었다. 어째서 반대 방향으로 도망치지 않는 걸까? 카렌은 자기 자신에게 놀라고 있었다. 아마도 카렌의 내부에 있는 뭔가가 이제는 두려워하는 데 지친 것만 같았다. 카렌은 두렵다기보다는 화가 났다. 어떤 괴물이 기다리고 있건 간에 카렌은 그 괴물의 눈을 똑바로 보고 싶었다. 치료사도 그래야 한다고 했으니까.

카렌은 비닐 방수포를 따라 침실로 들어가 둘러봤다. 비닐은 바닥에 깔린 카펫을 지나 더블침대 위까지 이어져 있었다.

"여기, 누구 있어? 거기 있으면 나와! 할 수 있으면 나와보란 말이야! 나와서 내 눈을 똑바로 봐!"

카렌은 잠시 기다렸다. 다리가 대책 없이 떨리는 게 느껴졌다.

"그럴 줄 알았어. 감히 내 앞에 나타날 생각은 못하겠지."

카렌은 조금 더 기다렸지만 자기 발밑과 침대 위에 깔린 비닐 방수포 말고는 아무것도 발견할 수 없었다. 그때 무슨 소리가 났다. 그녀 뒤에서 쉭쉭거리는 소리가 들렸다. 카렌이 몸을 돌려 무슨 소리인지 알아보려 하는데 옷장 틈새로 새하얀 연기가 흘러나왔다. 카렌은 도망쳐야 한다는 생각은 고려하지도 않았다. 가까이 다가가 안을 들여다보는 것 말고는 선택의 여지가 없다는 듯이 옷장을 향해 걸어갔다.

옷장을 열어젖혔을 때 카렌은 자신이 내내 옳았음을 알았다. 얼굴을 방독면으로 가리고 짙은 검은색 옷을 입고 부츠를 신은 사람이 옷장 밖으로 걸어 나왔다.

"당신 누구예요? 도대체 여기서 뭘 하고 있는 거예요?"

카렌은 벌컥 울음을 터뜨렸고 다리는 무너져 내렸다.

"대답해요, 제발. 대체 원하는 게 뭐예요? 왜 여기 있는 거예요?"

하지만 카렌은 대답을 듣지 못했다. 카렌이 들은 것은 방독면에서 새어 나오는 쉭쉭거리는 소리뿐이었다. 그리고 카렌은 다시는 두려움에 떨 필요가 없었다.

점점 더 거세지는 폭풍을 뚫고 스톡홀름을 빠져나오면서 파비안 리스크는 두 손으로 운전대를 잡고 있었다. 그는 자신이 가늠할 수도 없는 어마어마한 일을 맡았을지 모른다는 불편한 감정을 떨쳐버리려 애썼다. 지금 당장 에델만의 지시를 거부하고 아이들에게 돌아가야 한다는 사실을 알고 있었지만, 그럴 수 없으리라는 사실도 잘 알았다.

에델만은 특별히 파비안을 지목해 임무를 맡겼고, 파비안은 아무리 수많은 경보등이 번쩍이더라도 자신이 수사를 해나가리라는 사실을 분명히 알았다. 오늘 오후에 법무부 장관이 사라져버렸고, 에델만처럼 파비안도 법무부 장관이 자신의 의지로 잠시 사라졌다가 곧 나타나리라는 의견에는 조금도 동의할 수 없었다.

뭔가 심각한 일이 벌어진 게 분명했다.

파비안은 집으로 전화를 걸었지만 곧바로 음성사서함으로 넘어갔다. 그는 마틸다와 테오도르에게 아빠가 예상보다 조금 더 늦을 거 같으니 이제는 각자 침대로 들어가라고 녹음했지만, 이미 아이들은 자고 있을 거라는 생각이 들었다. 어쨌거나 11시 30분이 넘었으니까. 파비안은 해럴드 버드와 브라이언 이노의 〈더 펄〉을 CD플레이어에 넣으면서 생각했다. 〈더 펄〉은 그가 아주 좋아하는 앨범은 아니지만 어쨌거나 맨 처음 구입한 CD 가운데 하나였기 때문에 이노가 참여한 프로젝트 대부분과 함께 언제나 파비안의 컬렉션에서 한 자리를 차지하고 있었다. 그리고 오늘 같은 날에는 〈더 펄〉의 곡조가 파비안의 감성과 완벽하게 어울렸다.

드로트닝홀름 다리를 건너는 동안 파비안의 자동차 안은 엄숙한 피아노 소리로 가득 메워졌다. 바깥에서 거칠게 날리는 눈송이가 마치 개인 극장에서 설치한 즐거운 무대 위를 흩날리는 연출된 눈처럼 느껴졌다. 하지만 이 폭풍이 곧 잠잠해지지 않는다면 파비안은 집으로 돌아갈 수 없을지도 몰랐다.

파비안은 에셰르외베겐을 따라 뢰르뷔베겐까지 가서 왼쪽으로 돌아 50미터쯤 더 간 뒤에 바깥쪽에 자동차가 몇 대 서 있는 영주의 저택 같은 건물 앞에 섰다. 건물 앞에 서 있는 차 가운데 붉은색 마츠다 RX-8이 비상등을 깜빡이고 있었다. 파비안은 차에서 내려 휘몰아치는 눈발을 뚫고 그 차를 향해 빠르게 걸어갔다. 그가 조수석에 앉자마자 니바는 기어를 넣고 재빨리 차를 움직였다.

"진짜 빌어먹을 날씨 아니야? 아무튼, 잘 왔어."

니바는 내일은 없다는 듯이 가속 페달을 밟았다.

"안녕. 차 좋네."

"날씨가 안 좋을 땐 꼭 차가 아니라 얼음 위에 서 있는 밤비같이 느껴진다니까. 네 차가 더 안전하기는 하겠지만, 우리가 괜히 지나치게 시선을 끌 필요는 없으니까."

"정말로 이렇게 해도 괜찮은 거야?"

"으음, 괜찮지 않으면 내가 왜 따뜻한 스파이 바가 아니라 여기에 있을까?"

"당연히 나를 보러?"

파비안이 씩 웃으면서 말했다.

니바는 웃음을 터뜨리면서 오른쪽으로 돌아 국립 방어전파국(NDRI)이라는 커다란 간판이 있는 건물의 문 앞에 차를 세웠다.

"넌 진짜 웃겨."

리모컨으로 건물의 문을 열면서 니바가 말했다.

"아무튼 오늘 밤에는 데이트를 해야 하니까, 이것 때문에 밤을 새울 수는 없어."

파비안이 뭐라고 대답하기도 전에 니바는 차를 세우더니 문을 열고 나갔다.

두 사람은 눈보라를 뚫고 정체 모를 건물들 중 한 문을 향해 걸어갔다. 그제야 니바의 심상치 않은 머리와 작은 모피 재킷, 하이힐, 반짝이는 금색 미니스커트가 그의 눈에 들어왔다. 니바는 정말로 일이 끝난 뒤에 데이트를 할 생각이었다. 파비안은 언제 마지막으로 저녁 외출을 했는지 기억이 나지 않았다. 특히 평일 밤에 밖에서 시간을 보낸 게 언제인지조차 생각나지 않았다.

니바가 카드 인식기에 출입 카드를 대고 긴 비밀번호를 입력하자 문이 열렸다. 파비안은 문 위에 붙어 있는 간판을 기묘한 표정으로 쳐다봤다. 작전지원부?

"너는 기술개발부에 있는 줄 알았는데."

"맞아. 하지만 지금은 이 길로 가는 게 좋을 것 같아."

니바는 급하게 계단을 내려가면서 말했다.

니바는 하이힐을 신었는데도 파비안은 그녀를 따라가기가 힘들었다. 밑에서 본 건물이 위에서 보던 것보다 훨씬 크다는 사실에 파비안은 감동받았다. 몇 층 내려간 니바는 다시 한번 출입 카드를 꺼내더니 두툼한 철문을 열고 어둠 속으로 사라졌다. 파비안은 콘크리트 바닥에 울리는 니바의 하이힐 소리를 따라 들어가는 것 말고는 선택의 여지가 없었다. 니바가 일렬로 늘어선 형광등을 켜자 두 사람이 100미터는 족히 넘는 전기 매설구에 있다는 사실을 알 수 있었다. 또다시 묵직한 철문을 지나고 엘리베이터를 타자 두 사람은 마침내 기술개발부에 들어갈 수 있었다.

기술개발부는 국립 방어전파국에서 가장 인정받는 부서지만 일반인들은 거의 알지 못했다. 기술개발부는 국립 방어전파국의 다른 부서와 달리 법적 제약을 받지 않았고 기본적으로 '기술개발'이라는 이름만 붙이면 어떤 일이라도 마음껏 도청할 수 있었다.

"좋아, 법무부 장관이란 말이지."

창문 하나 없는 방으로 들어간 니바는 책상 앞에 앉더니 가시 범위를 대부분 덮는 아주 커다란 컴퓨터의 전원을 켰다.

"법무부 장관 전화번호 알아?"

"그거 알아내려고 여기 온 거 아냐?"

파비안이 니바 옆으로 의자를 끌어당기면서 말했다.

"전화를 한 건 너잖아."

니바가 어깨를 으쓱해 보였다.

니바가 여러 명령어를 입력하고 다양한 서버로 들어가고 있을 때 그녀의 휴대전화 화면이 밝아졌다.

"안녕, 미안. 옛날 친구를 도와줘야 할 일이 생겨서. 조금 늦을 것 같아. 완전히, 알았어. 약속할게, 알았어, 안녕."

니바는 전화기를 내려놓고 검색창에 칼 에릭 그리모스라고 쳤다.

"데이트 상대?"

"으음."

"남자가 화났나봐."

"왜 남자라고 단정해?"

"아, 미안. 나는……."

파비안은 씩 웃는 니바를 보면서 그녀가 자신을 놀리고 있다는 것을 알았다. 정말 니바답군, 파비안은 생각했다. 컴퓨터 화면에는 수많은 이름이 쭉 나열되어 있었다.

"지금 어디 들어가 있는 거야?"

"세포 개인경호부."

니바는 옆에 있는 또 다른 컴퓨터 모니터 검색창에 법무부 장관의 전화번호를 입력하면서 말했다. 검색을 누르자 또 다른 화면에서 스톡홀름 지도가 확대되기 시작했다. 몇 분이 지나자 칸슬리카이엔 외곽에서 점 하나가 깜빡이기 시작했다.

"저게 장관의 휴대전화가 마지막으로 있던 곳이야?"

파비안의 질문에 니바가 고개를 끄덕였다.

"오늘 오후 3시 26분이네."

법무부 장관이 의회 건물을 나와 사라진 지 2분이 지난 시간이었다. 그 말은 장관이 의회 건물을 나오자마자 자기 전화기를 물속에 집어 던졌거나 자신이 직접 뛰어들었다는 뜻이다. 도대체 왜 그런 짓을 했을까? 한낮에 얼음처럼 차가운 물에 뛰어드는 것보다 훨씬 쉽게 자살할 방법은 많았다. 혹시 그곳으로 가는 길에 누군가를 만난 게 아닐까?

"그즈음에 장관이 전화한 곳이 있는지 알아볼 수 있을까?"

니바는 고개를 끄덕이더니 컴퓨터 화면에 3시 26분까지 장관이 전화를 건 목록을 띄웠다.

"오늘 아침에 몇 건 했네. 로센바드에 있을 때."

"누구랑 통화한 건지 알 수 있어?"

"당연하지. 하지만 그다지 특이한 건 없는 듯한데. 9시 직전에는 헤르만 에델만이랑 잠깐 통화했네."

"에델만이랑?"

에델만이 왜 이 이야기를 하지 않았는지 파비안은 이해가 되지 않았다.

"다른 사람은?"

"13분 뒤에는 이스라엘 대사관에 전화했지만 통화가 되기 전에 끊었고, 9시 30분에는 세포의 개인경호원 멜빈 스텐베리하고 통화했어."

"분명히 의회까지 걸어가겠다는 말을 했을 거야."

"다른 장관들이랑도 통화했고, 보좌관하고도 통화했어. 별로 눈에 띄는 건 없어."

"어쨌든 통화 내용은 다 녹음해뒀지?"

파비안의 말에 니바가 크게 웃었다.

"넌 조지 오웰의 책을 너무 많이 읽은 게 분명해."

"그럴지도. 하지만 지금 법무부 장관 이야기를 하는 거잖아. 분명히 장관 전화에 특별히 관심을 가질 것 같은데."

"그거야 그렇지. 하지만 우리도 할 수 없는 일이 있어. 아무튼 장관 통화 내역을 모두 프린트해줄게. 시간이랑 통화한 사람들이랑. 그럼 오늘 밤에 할 일은 끝난 거지?"

"끝나?"

화면에 뜬 장관의 전화 통화 목록을 뚫어지게 보면서 파비안이 물었다.

"그래, 눈 때문에 우리가 여기 갇히면 소냐가 뭐라고 하겠어?"

니바는 자리에서 일어나 벌써 종이를 내뱉을 준비를 하는 프린터 앞으로 갔다.

"아내 이름이 소냐 맞지?"

"그래, 하지만……."

파비안은 입을 다물었다. 그는 자신이 덫에 걸려들고 있음을 깨달았다. 니바는 그녀를 기다리는 데이트 상대까지 있으면서 파비안을 희롱하고 있는 거였다. 파비안의 결혼 생활이 위기를 맞고 있음을 감지하기만 하면 니바는 언제라도 그에게 발톱을 박을 것이다.

"하지만 뭐?"

니바가 웃으면서 파비안에게 다가왔다.

"잠깐, 저게 뭐지? 둘 다 3시 26분 이후에 걸린 거잖아."

파비안이 그래프에 찍힌 두 점을 가리키면서 말했다.

"맞아, 하지만 둘 다 통화는 되지 않았어."

"장관의 전화기가 물에 빠진 뒤에 건 거니까. 누가 걸었는지 알 수 있을까?"

니바는 한숨을 쉬면서 시계를 쳐다봤다. 이미 니바의 얼굴에서는 웃음기가 사라지고 없었다.

"제발, 부탁이야."

"이 빚은 갚아야 할 거야. 알겠지만."

니바는 그를 노려보더니 다시 의자에 앉아 키보드를 두드렸다.

"안됐지만 3시 28분 전화는 발신자 표시가 제한된 거야."

"그럼 누가 전화한 건지 알 방법이 없어?"

"있지. 하지만 당장은 알 수 없어. 시간이 걸려."

"좋아. 그럼 3시 26분 건?"

"그 번호는, 보자…… 스텐 구스타브손 거야. 그 사람은……."

니바의 손가락은 다른 일은 전혀 해보지 않은 것처럼 키보드 위에서 춤을 추듯 날아다녔다. 파비안은 지금도 컴퓨터 모니터에서 눈을 떼지 않은 채 자판을 두드리는 사람을 보면 자신이 감동받는다는 사실을 깨달았다.

"로센바드 소속 운전기사야."

"아마 계속 기다려도 그리모스가 나타나지 않으니까 전화한 거겠지. 그건 그렇고, 이건 무슨 뜻이야?"

통화 기록을 나타내는 그래프에 찍힌 번호를 가리키며 파비안이 말했다.

"그건 얼마나 오래 통화했는지 나타내는 거야. 스텐 구스타브손은 분명히 음성사서함이 시작되자마자 전화를 끊었네."

"하지만 발신자 정보를 차단한 사람은 그렇지 않았어."

파비안은 그래프를 더욱 뚫어지게 보면서 말했다.

"이 사람은 24초나 듣고 있었잖아. 그렇다면 메시지를 남길 시간이 충분하지 않았을까?"

파비안이 쳐다보자 니바는 대답 대신 어깨만 으쓱했다. 하지만 파비안은 굴복하지 않고 침묵 속에서 길게 니바를 쳐다봤다.

"알았어. 하지만 이게 마지막이야."

니바가 고개를 내저으면서 말했다.

"물론이지."

파비안은 니바가 일하는 동안 프린터에서 뱉어낸 전화 통화 목록을 뽑아 왔다. 몇 분 뒤에 니바가 장관의 음성사서함에 있는 메시지를 들려줬다.

"칼 에릭 그리모스는 지금 전화를 받을 수 없습니다. 메시지를 남겨주시거나, 그보다는 이메일을 주시면 감사하겠습니다."

"안녕, 나야."

여자 목소리였다.

"알아, 여기로 전화하면 안 된다는 거. 다른 전화기로 여러 번 해봤는데, 당신이 전화를 받지 않아서. 당신은 믿지 않겠지만, 나한테도 나만의 인생이 있단 말이야. 당신이 내 인생의 전부가 아니야.

이젠 정말 지겨워.”

그 뒤로 전화가 끊기는 소리가 났고, 아무 소리도 들리지 않았다.

니바가 파비안을 돌아봤다.

“너도 분명히 들었지?”

파비안은 고개를 끄덕였다.

그리모스에게는 전화기가 한 대 더 있었다.

두냐 호우고르는 자전거를 타고 눈보라에 저항하면서 고테르스가데를 따라 달렸다. 그러다 3년 전에 카르스텐이 베스테르브로에서 밤새 술을 마신 뒤 자전거를 타고 집으로 오다가 일어난 일을 기억해내고는 결국 자전거에서 내려 그냥 끌고 가기로 했다.

3년 전, 인도 가장자리까지의 거리를 잘못 가늠한 카르스텐이 그대로 아스팔트에 얼굴을 처박은 일이 있었다. 하지만 그는 도움을 청하지 않고 아무 일도 없던 것처럼 계속 자전거를 타고 집으로 돌아왔고, 아침이 돼서야 이가 몇 개 부러지고 고기 가는 기계에 들어갔다 나온 것처럼 얼굴이 짓이겨진 사실을 발견했다. 그때부터 카르스텐을 술을 마시지 않았다. 하지만 두냐는 자신을 비난하거나 새로 알게 된 스웨덴 협력자 말린 렌베리를 비난할 수는 없었다. 오늘 밤은 생각보다 훨씬 재미있었고 정말로 아주 오랜만에 마음껏 웃어본 날이니까.

처음에 그 스웨덴 경찰은 두냐가 만난 스웨덴 사람들 대부분이 그렇듯이 아주 지루했다. 하지만 와인을 몇 잔 마신 뒤로는 딱딱하게 굳어 있던 모습은 완전히 사라지고 아주 담백하고 재미있는 사람이 됐다. 두냐는 두 사람이 정기적으로 연락하고 지내면 몇 년 안에 정말로 좋은 친구가 되리란 것을 분명히 알 수 있었다.

하지만 두냐가 평온하게 있기를 거부하는 뭔가가 그녀를 괴롭혔다. 말린은 불도저처럼 달려들어 카르스텐이 두냐를 사랑하지 않는다고 말했다. 비록 말린은 6개월 만에 와인을 마셨기 때문에 아무 소리나 내뱉은 거라고 용서하라고 했지만 쉽게 용서할 말은 아니었다.

문제는 카르스텐과 자신이 정말로 사랑하고 있다고 확신하는데도 말린의 말이 두냐의 머릿속에서 떠나지 않는다는 데 있었다. 확실히 두 사람에게는 둘만의 문제가 있었다. 하지만 문제가 없는 관계가 있을까? 사람들은 실제로 얼마나 자주 섹스를 할까? 두냐는 자신과 카르스텐이 영원히 함께하리라는 사실을 추호도 의심하지 않았다. 그러니까 오늘 밤까지는 말이다.

하지만 이제는 무엇을 믿어야 할지 알 수가 없었다. 말린이 옳을 가능성이 아주 조금이라도 있다면 두냐는 감당하지 못할 것이다. 하지만 여전히 취해 있기에 별일이 아닌 걸 크게 부풀려서 생각하는지도 몰랐다. 두냐는 생각을 머릿속에서 몰아내려 애쓰면서 눈보라가 그녀를 강타하는 뇌레포르르트를 따라 계속 걸었다.

블로고르스가데 4번지에 있는 아파트로 들어갔을 때 두냐는《티베트에 간 탱탱》에 나오는 설인처럼 보였다. 언제나처럼 두냐는 지나치게 얇은 옷을 입었기에 요도 감염이 어느 때라도 모퉁이를 돌아 그녀를 덮칠 준비를 했음을 느낄 수 있었다.

거실 불은 켜져 있었고 스테레오에서는 카르스텐이 좋아하는 음악이 흘러나왔다. 수천 번은 들은 클래식 음악이지만 두냐로서는 도무지 제목을 외울 수 없었다. 그러니까 카르스텐은 아직도 일하고 있는 거였다.

평소 같으면 거실로 들어가 인사하고 아직 차가 남았는지, 없으면 두냐가 끓여주기를 바라는지 물었을 것이다. 하지만 오늘 밤은 그러지 않을 생각이었다. 오늘 밤은 전적으로 다른 일을 할 생각이었다. 두냐는 그 임신한 스웨덴 사람에게 자신과 카르스텐이 얼마나 사랑하고 있는지 보여줄 생각이었다.

두냐는 조용히 욕실로 들어가 문을 닫았지만 낡은 욕실 문이 거슬리는 소리를 내서 자신이 돌아왔음을 알리는 일이 없도록 문은 잠그지 않았다. 샤워실로 들어간 두냐는 물을 틀었다. 비누질을 하고 몸을 깨끗하게 씻은 두냐는 크림을 몸에 바르고 면도칼로 비키니 라인을 정리해나갔다.

비키니 라인을 정리해야겠다는 생각은 여러 번 했고, 남자들은 대부분 깔끔하게 정리된 비키니 라인을 좋아한다는 글도 읽었지만 감히 실행해볼 용기는 없었다. 하지만 오늘 밤에는 지금 하지 않으면 절대로 할 수 없으리라는 각오로 실행했다. 비키니 라인을 깔끔하게 정리하고 몸을 닦은 두냐는 거울 앞에 서서 얼마 전에 카르스텐이 스톡홀름에서 사다 준 올리브 향기가 나는 크림을 온몸에 발랐다.

두냐로서는 욕실의 열기 때문인지 오락가락하는 생각 때문인지 온몸을 어루만지며 지나가는 부드러운 손 때문인지는 모르겠지만 완벽하게 욕망에 사로잡혀 있었다. 두냐가 실내복을 걸쳐 입고 거실로 들어가자 컴퓨터 화면에 두 눈을 고정하고 책상 앞에 앉아 있는 카르스텐이 보였다.

아직 카르스텐은 두냐가 온 것을 눈치채지 못했기에 그녀는 그를 찬찬히 살펴봤다. 카르스텐은 멋졌다. 항상 멋졌다. 체육관에 발을 들여놓는 법이 없는데도 늘 운동하는 사람처럼 보였다. 두냐의 마음에 들지 않는 부분은 지난달부터 기르는 콧수염뿐이었다. 콧수염은 카르스텐에게 어울리지 않았다. 분명히 자신도 그 사실을 알 텐데도 그녀를 놀리느라 콧수염을 깎지 않는 거였다.

"안녕, 허니."

두냐는 카르스텐에게 다가가면서 말했다.

"벌써 와 있던 거야?"

증권거래소 명단에서 눈을 떼지 않은 채 카르스텐이 말했다.

"으음, 내가 뭘 했는지 맞혀봐."

"좋아, 스웨덴 경찰이랑 저녁을 먹었잖아. 어디에서 먹었어?"

"아니, 그거 말고. 집에 돌아온 뒤에 뭐 했는지 맞혀보라고."

두냐는 카르스텐이 반응하기를 기다렸지만 그는 끝없는 숫자 표에서 헤어 나오지 못했다.

"방금 샤워해서 아주 따뜻하고 깨끗해졌어. 그러니까, 내 생각에는, 우리가…… 너무 피곤해지기 전에……."

두냐는 카르스텐의 어깨를 어루만지기 시작했다.

"차 끓여놨으니까, 원하면 마셔."

카르스텐이 부엌을 가리켜 고갯짓하며 말했다.

"아냐, 괜찮아."

두냐는 계속 시도해야 하는지 알 수가 없었다. 이렇게 서서 영원히 마사지만 하고 있을 수는 없었다.

"할 일, 많이 남았어?"

"이제 곧 도쿄 시장이 개장하는데, 아직 미국 시장을 처리하지도 못했어."

두냐의 욕망은 정말로 완벽하게 사라져버렸다. 지금 두냐가 원하는 것은 김이 모락모락 나는 차를 들고 담요 밑으로 기어 들어가 유시 아들레르 올센의 《믿음의 음모》를 계속 읽는 것뿐이었다. 하지만 스스로 할 수 있는 일은 모두 하기로 다짐했으니 절벽 아래로 곧장 떨어지기로 마음먹었다. 이제는 카르스텐이 그녀가 땅바닥으로 곤두박질치기 전에 잡아주기만을 바랄 뿐이었다.

"그럼 그 전에 잠깐 우리 할 일을 할까?"

두냐는 카르스텐의 셔츠 단추를 풀고 안으로 손을 집어넣어 가슴을 어루만졌다.

"뭐 하는 거야?"

카르스텐이 두냐 쪽으로 의자를 빙그르르 돌렸다.

"뭐 하는 거 같아?"

두냐가 손을 내려 카르스텐의 허리띠를 풀기 시작했다.

"지금은 안 돼. 할 일이 너무 많아. 씻은 지도 오래됐어."

카르스텐이 두냐의 손을 밀어냈다.

"그건 잊어버려."

자, 이제 나 뛸 거야! 두냐는 실내복을 벗어 바닥에 떨어뜨렸다.

카르스텐이 두냐를 쳐다봤다. 아니, 응시했다는 편이 더 옳았다. 두냐는 헬무트 뉴턴이 찍은 사진 속 모델이 된 느낌이었지만, 자신의 느낌이 좋은 건지 나쁜 건지는 도무지 알 수 없었다. 카르스텐은 무슨 말을 해야 할지 몰라 당황한 듯 보였고 고개를 들어 두냐의 눈을 똑바로 봤다.

"지금 하면 요도 감염 위험이 훨씬 높다는 거, 당신도 알잖아?"

두냐는 방금 있었던 일을 모두 지워버리고 가능한 한 빨리 그 자리를 벗어나고 싶었지만 다리가 움직이기를 거부했다. 그래서 그 어느 때보다도 더욱 발가벗겨진 기분을 느끼면서, 첫 섹스의 경험 따위는 잊어버리고 마치 성을 경험해보지 못한 사람으로 돌아간 듯한 표정을 지은 채 카르스텐 앞에 서 있었다. 그러다 갑자기 실내복을 집어 들고 재빨리 거실에서 나갔다.

"허니, 미안. 내 말은 그런 뜻이……."

카르스텐은 두냐를 따라 욕실까지 왔지만, 두냐는 그에게 따라잡히기 전에 욕실 문을 잠갔다.

"당신을 정말로 걱정하니까 한 말이야. 난 당신이 정말로 아름답다고 생각해. 하지만……."

"괜찮아, 카르스텐. 나도 아주 피곤해."

두냐는 남자 잠옷을 꺼내고 변기에 앉았다.

"사랑해. 당신도 알지?"

"나도 사랑해."

두냐는 그렇게 대답했지만 그 임신한 스웨덴 사람이 옳았다는 생각을 하지 않을 수 없었다.

제대로 본 것일까, 아니면 단지 그렇게 보이는 것일까?

악셀 네우만은 또다시 백미러를 힐끔 쳐다보면서 핸들을 힘껏 움켜잡았다. 젠장, 제대로 본 것이다. 몇 차 뒤에 경찰차가 있었다. 맥주를 석 잔 마시고 진토닉을 한 잔 반 마셨을 때 악셀은 갑자기 그곳에서 벗어나 차를 타고 티베루프로 돌아가 카렌을 놀라게 해줘야겠다고 생각했다. 그때는 그게 정말 좋은 생각 같았다. 카렌은 혼자 있는 걸 걱정했고, 그의 가슴은 밤새 그녀를 혼자 내버려둘 정도로 냉혹하지 않으니까. 더구나 똑똑한 사륜구동 자동차임을 자랑하는 새 차 BMW X3라면 30분도 안 되어 그를 집으로 데려다줄 테니까.

하지만 이제는 더는 좋은 생각 같지 않았다. 어째서 코펜하겐 베스테르브로에 있는 아파트에서 잠을 잘 생각을 하지 않은 걸까? 사실 카렌이 어둠을 두려워하는 것은 하루 이틀 일도 아닌데. 카렌이 계속 이런 식이라면 악셀은 이브닝 쇼를 그만둬야 할지도 몰랐다.

백미러를 보니 경찰차는 여전히 같은 거리를 유지하면서 달리고 있었다. 지금 경찰이 그를 잡아 세운다면 꼼짝없이 구설수에 오르고 말 것이다. 신문에 어떤 식으로 기사가 날지 충분히 상상됐다. '유명한 텔레비전 쇼 진행자, 음주운전으로 하룻밤 감옥에서 보내다!' 언론은 그의 이름을 발표하기 전에 사람들의 관심을 끌려고 유명한 진행자의 정체에 관해 다양한 소문을 만들어낼 테고, 며칠이 지나면 그가 어떻게 바지에 오줌을 지렸는지, 자동차에서 나오려고 어떤 도움을 받았는지 이리저리 세세하게 양념을 가한 엄청난 폭탄을 터뜨릴 것이다.

어쩜 이렇게 멍청할 수 있을까? 지난번이 분명히 마지막이라고 그렇게 다짐을 했으면서. 어쩌면 감옥에 가고 운전면허가 취소되는 게 마땅한지도 몰랐다. 그것이야말로 그에게는 정말로 필요한 건지도 몰랐다. 하지만 그게 지금일 수는 없었다.

너무 느리게 가는 것도 위험했다. 술을 마신 사람들이 가장 많이 저지르는 실수가 바로 그거였다. 사고를 내지 않겠다고 지나치게 의식해 제한속도에 훨씬 못 미치는 속도로 달리는 차도 경찰의 주의를 끌 수밖에 없다. 따라서 가능한 한 제한속도에 가까이 가되 그 속도를 넘지 않는 것이 중요했다. 가장 어려운 일은 그러면서도 같은 차선에 계속 머물러야 한다는 것이었다. 젠장, 악셀은 여전히 술에 취해 있었다. 자동차에 올라탔을 때보다 훨씬 더 취해 있었다. 그는 창문을 내리고 차가운 바람을 맞으면서 차선에 집중하려고 애썼다.

이제부터는 아주 쉬웠다. 얼마 남지 않았으니까. 이제 1킬로미터만 더 가면 루이지애나 박물관이었다. 그 뒤로는 교회를 지나서 물 쪽으로 방향만 틀면 되는 거였다. 그곳에서는 100미터쯤만 더 가면 집에 도착했다.

나쁜 영화에서처럼 파란 불빛이 악셀의 차로 다가오더니 안으로 스며들어 왔다. 젠장, 결국 결승선을 앞에 두고 고꾸라져야 할지도 몰랐다. 백미러로 경찰차가 얼마나 가까이 있는지 보려고 했지만 강렬한 불빛에 아무것도 보이지 않았다. 차를 멈추고 이 상황을 빠져나가려고 이런저런 말을 해보는 수밖에는, 어쨌거나 그가 잘하는 기술을 발휘해보는 수밖에는 다른 선택의 여지가 없었다. 그런데 경찰차가 빠른 속도로 악셀의 차를 지나치더니 어둠 속으로 사라져 버렸다.

"좋았어!"

악셀은 기분이 좋아 손가락으로 신나게 핸들을 두드렸다. 구사일생으로 위기를 모면했으니 술을 마시고 운전하는 것은 정말로 이번이 끝이라고 다짐했다.

훔레벡 교회를 지나 천천히 속도를 줄이면서 오른쪽으로 돌아 감멜 스트란바이를 향해 나아갔다. 곧 집이 보였고 마침내 악셀의 심장은 위험이 지나갔다는 사실을 인지한 형태로 뛰기 시작했다. 길가에 주차해 있는 은색 포르셰를 천천히 지나 50미터를 더 간 뒤에 진입로로 접어들어 카렌의 차 옆에 차를 세웠다.

무슨 일인지 투광조명들이 켜지지 않았다. 악셀은 자동차에서 내려서야 정원 등이 켜지지 않는다는 사실을 깨달았는데 카렌은 혼자 있을 때면 언제나 집 안의 불을 모두 다 켜뒀다.

악셀은 집 쪽으로 몰아치는 눈을 맞으며 조약돌이 깔린 길을 따라 걸어갔다. 집에 도착해 열쇠를 구멍에 넣을 때는 넘어지지 않도록 벽에 몸을 기대야 할 정도였다. 악셀은 열쇠를 돌릴 수 없었다. 문이 이미 열려 있었기 때문이다. 카렌답지 않은 일이었다. 정원의 등도 이상했는데, 이 문도 이상했다.

카렌의 목소리는 평소보다 훨씬 심각했고, 심지어 쇼를 그만두고 빨리 집으로 와달라고 간청하기까지 했다. 하지만 그때는 그런 사실을 눈치채지 못했다. 방송이 시작됨을 알리는 빨간불을 기다리고 있을 때는 그 어떤 일에도 정신을 쏟을 수가 없었다. 그 순간만큼은 앞으로 진행할 방송에만 온 정신이 쏠려 있었다.

현관으로 들어가면서 악셀은 방송을 앞두고 그가 그런 상황에 빠지는 것은 그녀를 향한 사랑과는 전혀 관계가 없음을 강조하면서 그 이유를 설명해야 했던 순간이 얼마나 많았는지 생각했다. 방송을 앞둔 악셀을 지배하는 것은 전적으로 무의식이었다. 스튜디오 밖의 세상은 완전히 사라지지만 그 사실은 쇼가 끝난 뒤에야 깨닫게 되는 것이다.

하지만 카렌은 단 한 번도 악셀의 설명을 받아들이지 않았다. 그저 늘 그렇게 된다는 것은 그의 지독한 자기애일 뿐이며, 언제나 자기만을 사랑하는 사람의 삶에서는 그녀의 자리는 있을 수 없다고 말했다. 그런 말을 들을 때마다 악셀은 자신은 카렌을 경제적으로 뒷받침할 뿐 아니라 아플 때도 돌봐줬다는 말을 하면서 그녀의 생각이 전혀 사실이 아니라고, 실제로는 그 반대라고 설득하려 했다. 자신의 배려가 사랑의 증거가 아니라면 도대체 어떤 게 증거가 될 수 있을까? 신발을 벗다가 악셀은 거의 넘어질 뻔했다.

문제는 과연 그가 다시 정신을 차릴 수 있을까 하는 것이었다. 지금 당장은 혈중알코올농도가 매우 높은 것 같았다. 거실을 들여다본 악셀은 카렌이 깨어 있지 않다는 결론을 내렸다. 그 말은 가까스로 진정하고 마침내 침대에 누웠다는 뜻이다. 하지만 침실 문이 열렸다가 닫히는 소리가 난 것으로 보아 카렌은 이제 막 침실로 들어간 듯했다. 그것은 적어도 그가 집에 돌아온 사실을 알고 있다는 거였다.

욕실로 가는 내내 악셀은 휘파람을 불었다. 악셀은 욕실에서 옷을 벗어 바닥에 놓고 샤워실로 들어가 뜨거운 물을 온몸으로 맞았다. 샤워기에서 물이 평온한 여름비 모드로 떨어지게 맞추고 자신이 장맛비부터 짙은 안개까지 수증기의 모든 상황을 재현할 수 있는 이 샤워기를 설치하고 얼마나 좋아했는지를 떠올렸다.

비누를 헹구고 몸을 닦은 뒤에 배를 힘껏 집어넣은 채로 악셀은 거울 앞에서 앞모습과 옆모습을 비춰봤다. 몸매는 근사했고 바닥에 엎드려 아주 빠른 속도로 팔굽혀펴기를 서른 번 이상 거뜬히 할 수 있을 만큼 힘도 넘쳤다. 그는 욕실에서 나와 어둠 속으로 머리를 쓱 집어넣으며 침실을 향해 걸었다.

"자기야, 들어가도 돼?"

침실 안에서는 아무 소리도 들리지 않았다.

아하, 오늘 밤에는 게임을 해야 하는군, 악셀은 그런 생각을 하면서 침실로 들어갔다. 두 사람은 말을 하지 않는 게임, 오직 몸짓과 육체적 욕망만이 언어가 되는 게임을 해야 하는 거였다. 보통 카렌은 악셀이 방으로 들어와 옆에 누울 때까지 램프를 켜두지만 오늘은 완전히 불을 껐기에 그는 더듬거리며 침대까지 가야 했다. 악셀은 이불 속으로 들어가 똑바로 누웠다. 아직 술이 깨지 않았기 때문에 바라는 것은 그저 카렌이 술 냄새를 맡지 못했으면 하는 것뿐이었다. 아무튼 오늘은 카렌이 먼저 나설 차례라고 생각해서 그는 슬며시 잠든 척을 했다.

한참 동안 악셀은 자신의 숨소리 말고는 환풍기 돌아가는 소리밖에는 들을 수 없었다. 카렌은 거의 완벽하게 아무 소리도 내지 않고 있었다. 악셀은 밤새 코를 골았기 때문에 카렌은 코골이 방지 마우스피스를 끼지 않으면 따로 자야 할 거라는 협박을 심심치 않게 해왔다. 하지만 거의 매일 밤 이 약속을 지키지 않았다고 스스로 인정하면서 악셀은 자신도 모르게 이불을 밀어젖혔다. 악셀은 완전히 흥분한 상태였다.

하지만 카렌은 아무런 반응도 하지 않았다. 어둠이 조금 무섭다고 했다고 그가 방송을 취소하고 곧바로 차를 타고 집으로 돌아오지 않은 것에 크게 화를 낼 카렌은 아닌데, 그렇지 않나? 물론이다. 참을성 없고 격정적인 사람은 카렌이 아니라 악셀이었다. 그는 입을 두 손으로 감싸고 입김을 불어봤다. 술 냄새가 나는지 가늠할 수가 없었다.

또다시 한참을 기다린 뒤에 악셀은 카렌 쪽으로 몸을 돌리고 이불 속에서 한 손을 뻗어 그녀를 만졌다. 카렌은 똑바로 누워 있었다. 악셀은 손을 올려 카렌의 유두를 살며시 간질였다. 카렌은 언제나 유두에 반응했다. 하지만 이번에는 아무런 반응도 하지 않았다.

심지어 악셀이 입으로 애무하기 시작했을 때에도 카렌은 꼼짝도 하지 않았다.

악셀은 자신이 무엇을 잘못하고 있는지 의아해지기 시작했다. 이번에는 좀 더 아래쪽을 공략하기로 했다. 너무 노골적이면 카렌이 즉시 식어버릴 수 있음을 알았지만, 그로서는 다른 선택의 여지가 없었다. 그는 카렌의 가슴을 지나 갈비뼈와 배를 따라 손을 움직였다. 그 순간 갑자기 끈적끈적한 물질이 만져졌고 그는 본능적으로 손을 뒤로 빼고 벌떡 일어나 앉았다. 이게 뭐야? 침대 옆 램프를 켜면서 악셀은 생각했다.

처음에는 자신이 벌써 잠이 들어 카렌을 혼자 내버려뒀다는 죄책감에 이런 끔찍한 꿈을 꾸는 거라고 생각했다. 하지만 잠시 뒤에는 충격이 물밀듯이 밀려왔고, 숨을 쉴 수가 없어 바깥 공기를 마시려고 침실을 빠져나갈 수밖에 없었다.

파비안 리스크는 베리스가탄 쪽으로 방향을 바꿨다. 아침 뉴스에서는 법무부 장관의 실종 사건은 단 한 마디도 나오지 않았다. 아침 뉴스를 장식한 것은 플레이보이 아담 피셰르의 납치 사건이었다. 아직 몸값을 요구하는 소리는 없었다. 피셰르의 아버지인 외교관이 죽으면서 가족들에게 약간의 재산을 남겼다는 사실을 생각하면 이상한 일이었다. 뉴스는 이제 돼지독감 백신을 아이들과 임산부에게 접종해야 하느냐 마느냐를 두고 악의적일 정도로 격렬한 토론이 벌어지고 있다는 소식으로 넘어갔고, 리스크는 라디오를 껐다.

니바가 빨리 연락해오면 좋을 텐데. 국립 방어전파국에서 나와 돌아오는 동안 니바는 장관의 비밀 전화번호를 조사해 알려주겠다고 약속했고, 데이트가 결국 깨졌으니 파비안이라도 함께 술을 마셔주는 게 당연하다는 주장을 관철하려 애썼다. 그게 적어도 네가 나한테 보답할 방법 아니야? 니바는 그렇게 주장했다.

하지만 술 한잔이 불러올지도 모를 결과가 두려운 파비안은 아이들만 집에 있어서 안 된다는 핑계로 그 초대를 거절했다. 좋아, 그럼 다음에는 꼭 한잔해야 해, 니바는 그의 귀에 대고 속삭였고, 파비안은 꼭 한잔 사겠다고 대답했다.

파비안은 창문을 내리고 카드 판독기에 작은 플라스틱 키를 대고 경찰서 주차장으로 들어갔다. 파비안은 말린과 다른 동료들이 출근하기 전에 누구보다도 먼저 도착해 기존 단서들을 조사할 시간을 갖고 싶었지만, 오늘 아침은 하루를 시작하는 최악의 방법을 보여주는 예로 교과서에 실려도 부족함이 없을 시간을 보내야 했다.

소냐는 작업실에서 밤을 새우고 집에 오지 않았고 잠을 전혀 자지 못한 것 같은 마틸다와 테오도르는 침대에서(정확히 말하면 파비안의 침대에서) 꺼내기가 거의 불가능했다. 12시 30분에 집에 도착했을 때 두 아이는 이불 밑에서 함께 웅크린 채 누워 있었다.

처음에 파비안은 자기 눈을 믿을 수가 없었다. 두 아이는 함께 노는 법이 없었다. 일단 나이 차도 많이 났고 두 아이의 관심사는 서로 짜증 나게 할 뿐이었으니까. 소냐는 두 아이가 좀 더 자라면 훨씬 사이좋은 남매가 될 거라고 말했지만 파비안은 어림도 없는 소리라고 생각했다. 오히려 아이들의 모든 징후가, 자신과 자신의 형이 그렇듯이, 서로 상관하지 않는 남매로 자랄 거라는 사실을 가리킨다고 믿었다.

DVD플레이어 위에 놓인 〈나이트메이〉 커버를 보자 두 아이가 같이 자는 이유를 충분히 이해할 수 있었다. 두 아이가 잠에서 깨면 다시 오래된 역할로 돌아가 마지막 남은 초콜릿 가루를 누가 먹어야 하는지부터 욕실을 몇 분이나 점유하는 것이 옳은지에 이르기까지 사사건건 다투는 사이가 될 것이 분명했다.

지금은 8시 30분이었고, 파비안은 코펜하겐에서 오늘 아침에 도착했을 텐데도 이미 출근한 말린 렌베리의 자동차를 볼 수 있었다.

"안데르스…… 하지만 안데르스, 제발 지금은 내 말 좀 들어봐."

말린이 옷걸이에 코트를 걸고 있는 파비안을 보고 눈을 굴리면서 전화기에 대고 말했다.

"이번 세기에 그 일을 모두 끝내려면 진짜로 건설업자를 데려와야 한단 말이야. 당신은 눈치채지 못했는지도 모르지만, 나는 정말로 임신한…… 아니, 지금은 내가 말하고 있잖아."

말린은 말을 멈추고 콜라를 벌컥벌컥 들이켰다.

"지금 나보고 주말 내내 욕실에 타일이나 붙이면서 보내라는 거야? 뭐라고? 아니, 흥분한 거 아니야. 그냥 임신한 거라고!"

말린은 거칠게 수화기를 내려놓았다. 전화기가 망가지지 않은 게 감동적일 정도였다.

"너희 남자들은 가끔, 정말 가끔만 뇌 회로가 연결되는 게 분명해. 4년에 한 번씩만 연결되는 게 분명하다니까."

말린은 고개를 저으면서 콜라를 한 잔 가득 따르더니 벌컥벌컥 마셨다. 몇 초 뒤에 다시 수화기를 들고 다이얼을 눌렀다.

"안녕, 또 나야. 그게, 미안…… 그렇게 할 생각은 없었는데……

하지만 이제 더는 집을 수리하는 데 쓸 에너지가 없어. 나도 사랑해. 쪽쪽."

수화기를 내려놓고 말린은 파비안을 쳐다봤다.

"그러잖아도 전화하려고 했어. 어제 세포에는 왜 들어간 거야?"

"무슨 문제 있는 거 아니지?"

파비안이 말린의 반대쪽 책상 앞에 앉으면서 말했다.

말린은 어디서부터 말해야 할지 모르겠다는 표정을 지었다.

"너랑 소냐는 절대로 수리해야 하는 집은 사지 마. 절대로, 절대로, 절대로 그런 생각은 하지도 마. 시골집 매매 목록 따위는 절대로 보면 안 돼. 절대로, 아무리 가장 친한 친구들이 거기서 살아도 단독 주택에는 절대로 발을 들여놓으면 안 돼. 그냥 도시에 있어야 해. 절대로, 목숨을 부지하고 싶으면 절대로 도시의 경계를 넘으면 안 돼."

"좋아, 약속할게."

파비안은 컴퓨터를 켜면서 말했다.

"사실 이 녀석들이 생긴 뒤로 처음으로 숙취에 시달려서 그래."

말린은 배를 가리키면서 또다시 유리잔에 콜라를 채웠다.

"하지만 내 얘기 말고, 빨리 어제 이야기나 해봐."

"숙취라고?"

파비안은 비밀경호국에 들어갔던 이야기를 적절하게 피할 방법을 고민하면서 말했다.

"임신 말기지만 술을 마셨기 때문에 숙취가 생겼다의 그 숙취 말이야?"

파비안과 눈을 마주친 말린은 피곤해 보였다.

"덴마크 사람들이 어떤지 알잖아."

"글쎄, 잘 모르겠는데. 그래, 연락망은 찾았어?"

"응, 아주 유쾌한 사람이야. 아무튼 와인은 한 잔 반밖에 안 했어. 많아야 두 잔일 거야."

"얼마나 큰 잔으로?"

"그 이야기는 그만하고, 어제 들어갔던 이야기나 해봐. 전부 다 알고 싶다고."

"좋은 아침이군. 코펜하겐에서의 일은 잘됐나?"

파비안과 말린은 소리가 나는 곳으로 고개를 돌렸다. 에델만이 문 앞에서 한 손에 김이 나는 컵을 들고 겨드랑이에 아침 신문을 낀 채로 서 있었다.

"네, 정말 재미있었어요. 9시 회의 때 다 말씀드릴게요. 회의 이야기가 나와서 말인데, 내가 알기로는……."

"좋았어. 잠깐 시간 되나?"

에델만이 파비안을 보며 말했다.

"물론입니다."

파비안이 일어섰다.

"그럼 내 방에서 잠시 보지."

"차 마실 시간은 있어요?"

말린도 일어서면서 말했다.

"물론이지. 회의는 20분도 안 걸릴 테니까. 멋진 코펜하겐 이야기는 그때 들어보자고."

복도를 걸어가는 내내 파비안은 목덜미를 강타하는 말린의 뜨거운 눈길을 느낄 수 있었다.

파비안은 에델만의 어수선한 집무실 문지방을 넘을 때면 언제나 그 순간에 30년 전으로 돌아간 것 같은 느낌이 들었다. 수사반장으로 근무하는 동안 에델만은 고집스럽게도 그 어떤 혁신도 받아들이지 않았고, 이제는 미래 세대를 위해 집무실을 원래 상태 그대로 보존하는 것이 좋으리라는 의견까지 나올 정도였다.

파비안은 에델만이 정말로 지키고 싶은 것은 언제나 칼레스 캐비어, 붉은 양파, 차가운 맥주를 채워두는 시끄러운 냉장고뿐이지 않을까 생각했다. VHS플레이어가 달린 구형 텔레비전은 거의 켜는 일이 없지만 선반에 놓인 옛날 영화 비디오테이프들을 버리지 않는 한 에델만이 텔레비전을 버리는 일은 없을 것 같았다.

에델만은 심지어 금연 규칙을 어겼다는 사실이 탄로 날지도 모른다는 걱정에도 불구하고 니코틴 때문에 누렇게 변한 벽을 새로 칠한다는 계획조차 반대했다.

"자, 앉아."

에델만은 창가의 독서 의자에 앉아 파이프를 채우기 시작했다.

파비안은 쿠션 하나와 바인더 몇 개를 치우고 낡은 가죽 소파에 앉았다.

"별로 시간이 없어. 내가 들은 마지막 정보는 세포에서 휴대전화를 찾았다는 거야."

에델만은 라이터 불을 끄고 파이프를 빨았다.

"칸슬리카이엔 쪽 리다르피에르덴에서 말입니까?"

파비안이 물었다.

"맞아, 그걸 어떻게 알았지?"

"어젯밤에 휴대전화 위치를 추적해 마지막으로 신호가 잡힌 곳을 찾았으니까요. 우리는 장관에게 번호를 알 수 없는 또 다른 휴대전화가 있다는 사실도 알아냈습니다. 모든 게 계획대로 진행된다면 오늘쯤 그 번호를 알 수 있을 겁니다."

파비안의 말에 에델만은 잠시 생각하면서 커피를 마셨다.

"우리라고? 음, 또 다른 사람이 나라는 생각은 안 드는군."

"우리하고는 더는 관계가 없는 이전 동료가 도와줬습니다. 노바크한테 부탁하는 것보다는 나을 것 같았습니다."

"이전 동료라……."

에델만은 담배 연기를 내뿜어 작은 구름을 만들었다.

"니바를 말하는 거겠지. 내 생각에는 다른 사람은 그 누구도 알게 해서는 안 된다는 걸 분명히 했던 것 같은데."

"니바라면 걱정하지 않으셔도 됩니다. 니바는 상황을 정확히 이해하고……."

"걱정해야 하는지 아닌지는 내가 결정해."

파비안은 고개를 끄덕일 뻔했지만 곧 멈췄다. 지금 에델만의 비난을 인정한다면 앞으로 이 사건을 마음껏 수사할 자유를 잃을 수도 있었다. 물론 본질적으로 에델만은 파비안의 수사에 자신이 원하는 만큼 조언하고 수사 방향을 정해줄 수 있었지만 이번 사건은 평범하지 않은 데다 파비안을 꼭두각시처럼 부릴 수 있다고 생각하는 게 분명했다.

"그리모스가 사라지기 몇 시간 전에 반장님이 전화를 하셨던데요. 무슨 말씀을 나누셨습니까?"

파비안의 말에 에델만은 분명히 당황한 것 같았지만 재빨리 전열을 가다듬고 담배 연기를 다시 한번 내뿜었다.

"특별한 건 없었어. 중요한 말을 했다면 당연히 어제 말했겠지."

"하지만 조사 책임자는 저니까, 중요하고 않고는 제가 듣고 결정하겠습니다."

파비안의 말에 에델만은 살며시 미소 짓더니 결국 웃음을 터뜨렸다.

"아주 의미심장한 말이군, 파비안. 장관이 참석해야 할 청문회 이야기를 했어. 내 기억이 맞는다면 몇 가지 입법 수정안에 관해서도 말했을 거야."

"그러니까 실종과 관계있을 만한 이야기는 전혀 하지 않으셨다는 겁니까?"

에델만은 고개를 저으면서 다시 웃었다.

"전혀. 하지만 뭔가 기억나는 게 있으면 분명히 말해주겠네. 전화기 이야기가 나와서 하는 말인데……."

에델만은 의자에서 일어나 책상 뒤로 가서는 낡은 노키아 63109 전화기와 충전기를 가지고 왔다.

"이제부터는 나한테 연락할 때는 이 전화로 해. 유대 극장이라고 입력한 전화번호가 내 거야."

파비안은 마치 고대에서 온 듯한 전화기를 바라봤다. 사실 1년 전만 해도 파비안도 이런 전화기를 썼는데 말이다.

"좋아, 이쯤 하면 되겠어. 자네도 더는 질문하고 싶지 않은 것 같으니까."

"한 가지만 더 묻겠습니다. 오해가 있으면 안 되니까요."

파비안은 에델만의 반어법은 무시하고 말했다.

"그래?"

"지금 반장님은 경찰국장이 분명하게 내린 지시를 완벽하게 거역하라는 임무를 제게 주신 거 아닙니까?"

"그렇지. 하지만 자네는 나도 같은 상황인 걸 알잖……."

"헤르만, 반장님은 방어할 필요가 없지 않습니까? 물론 그게 잘못이라는 생각은 하지 않습니다. 오히려 정확히 무슨 일이 있었는지를 알아내는 게 우리의 의무라고 생각합니다. 하지만 말벌의 둥지로 들어가는 건 접니다. 말벌에 쏘이는 건 저란 말입니다, 반장님이 아니라."

"옳은 말이야. 그러니까 최선을 다해 벌집을 건드리지 않도록 조심해야겠지."

"그게 바로 제가 하는 일입니다. 그래서 몇 가지 단서를 쫓을 생각입니다. 그저 지금 상황이 그렇다는 걸 반장님이 아셨으면 하는 것뿐입니다."

파비안은 자기가 원하는 것을 얻을 때까지 에델만이 시선을 돌리지 못하도록 하겠다고 결심했다.

두 사람은 그대로 잠시 앉아 있었고, 두 사람 사이의 침묵은 점점 더 강력해졌다. 하지만 마침내 간신히 알아볼 수 있는 끄덕임으로 상황은 종결됐다.

"이미 2분이 지났어. 다른 사람들을 기다리게 할 이유는 없잖아."

에델만은 의자에서 일어나 문을 향해 걷기 시작했다.

파비안도 고개를 끄덕이면서 자리에서 일어났고 몸속 깊은 곳에서 솟아 나오는 한숨을 내쉬었다. 이제 그는 완벽하게 자유롭게 일할 수 있었다.

소피에 레안데르는 눈을 떴지만 바로 위에서 엄청난 빛을 쏟아내는 전등 때문에 곧바로 눈을 찡그려야 했다. 어쨌거나 그녀로서는 눈을 감고 뜨는 것 말고는 할 수 있는 일이 없었다. 발부터 엉덩이, 팔, 몸통 할 것 없이 단단하게 묶여 있었고, 수많은 곳에 감각이 없었다. 목을 두른 끈은 아주 단단하게 묶이지는 않았지만 1밀리미터 이상 고개를 드는 것은 불가능했다.

어느 정도는 이런 일을 당해도 마땅하다는 생각이 들었다. 현실을 바꾸려던 죄는 너무나도 무거워서 어쨌거나 벌을 받아야 한다는 생각이 드는 것이다. 도대체 무슨 일이 생기리라 생각했던 걸까? 몇 년이나 아무 일 없이 지나갔기 때문에 그녀가 한 일에는 공소시효가 있다고 안심했던 걸까?

결국 진실이 그녀의 발목을 붙잡고 벌을 줄 거라는 생각에 늘 괴로웠지만 그 벌이 이런 식으로 오리라는 생각은 한 번도 해본 적이 없었다. 쏟아지는 불빛에 그대로 노출된 채 비닐을 덮고 배설물이 떨어질 구멍을 뚫어놓은 탁자 위에 묶여 있다니. 가장 끔찍한 악몽 속에서도 지금 소피에가 처한 상황만큼 끔찍한 일은 당한 적이 없었다. 탁자 옆에 있는 작은 금속 탁자는 여전히 번쩍였고 여러 도구가 놓여 있었다. 아직 기계 장비는 움직이지 않았지만 언제라도 스위치를 켜고 작동할 수 있었다. 소피에의 입에는 액체 주입기와 영양분 공급관이 꽂혀 있었다. 이 모든 상황이 정말로 일어날 것이냐가 아니라 언제 일어날 것이냐가 문제임을 말해줬다.

소피에는 며칠이 지났는지 세어보려 했지만 꺼지지 않는 불빛 때문에 제대로 잠을 자지 못한 그녀로서는 사실상 불가능한 일이었다. 그래도 얼추 사흘에서 나흘 정도 이곳에 누워 있었을 테니 경찰이 머지않아 그녀를 찾을 것이다. 남편도 소피에가 사라진 밤에 경찰에 연락해 가능한 한 빨리 그녀를 찾기 위해 필요한 정보를 모두 제공했을 것이 분명했다.

문제는 경찰이 제시간에 이곳에 도착할 수 있는가였다.

윙, 탁자 밑에 있는 음식물 공급기가 작동하는 소리가 들렸다. 이제 곧 소피에의 입은 화학약품으로 만든 딸기 맛이 나는 끈끈한 반죽으로 가득 찰 것이다. 반죽 냄새만 맡으면 토할 것 같았다. 한번은 그 반죽을 뱉으면 어떻게 되는지 알아보려 했다. 하지만 입 위로 테이프가 잔뜩 붙어 있어 반죽을 뱉다가 숨이 막혀 죽을 뻔했다. 그때부터는 반죽이 입으로 들어오면 토하지 않으려고 다른 생각을 하면서 적은 양으로 나눠 재빨리 삼키려 애썼다.

하지만 이번에는 반죽을 삼키는 일이 특히나 더 힘들었다. 소피에는 자신이 반죽을 삼키는 횟수를 세고 있음을 알았다. 보통 반죽은 서른 번에서 마흔 번 정도까지 삼켜야 모두 사라졌다. 소피에는 이제 스물둘을 세고 있었고 마흔 번 이상 삼키는 건 상상도 하기 싫었다.

스물다섯, 스물여섯, 스물…… 잠깐, 저게 무슨 소리지? 소피에는 세는 것을 잊고 소리에 귀를 기울였다. 정말로 발소리일까, 아니면 그저 착각일까? 반죽이 입안에 가득 찼기 때문에 구역질을 해가며 모두 삼켰다. 그녀의 마음이 장난을 치는 것이 아니라면 저 소리는 이곳에 온 뒤로 그녀가 처음 듣는 다른 사람의 소리였다.

음식물 공급기가 작동을 멈추고 인공 영양죽이 소피에의 뱃속에서 부풀어 오르기 시작하자 소피에는 판금 벽 너머에서 정말로 누군가가 걷고 있다는 결론을 내렸다. 발소리는 아주 멀리에서 들렸지만 두 사람의 거리는 점점 더 가까워지고 있었다.

구조하러 오는 걸까? 하지만 경찰팀이 움직인다고 보기에는 소리가 너무 작았다. 분명히 한 사람이 소피에가 있는 쪽으로 걸어오는 듯했다. 어쩌면 마음속에서 억누르려고 최선을 다했지만 결국에는 며칠 안에 벌어질 것임을 분명히 알고 있던 끝이 오는지도 몰랐다. 발소리가 점점 커지자 그녀는 갑자기 지금까지 믿고 있던 것과 달리 자신이 조금도 준비되지 않았다는 것을 깨달았다. 온몸으로 공포가 들불처럼 번져나갔다. 할 수만 있었다면 폐 깊숙한 곳부터 터져 나오는 비명을 질렀을 것이다.

하지만 그것은 소피에가 원하는 반응이 아니었다. 그녀는 조용히 눈물을 흘리면서 메스가 자기 몸을 가르는 모습을 떠올렸다. 이제 슬레이트로 된 미늘 문을 여는 전기 모터가 작동하면 오랫동안 그녀가 카펫 밑에 쓸어 넣은 진실이 앞에 나타나 웃어대기 시작할 것이다.

하지만 전기 모터는 작동하지 않았고, 발소리는 멈추지 않고 그대로 지나갔다. 다른 사람인 것이다. 소피에는 휘파람을 불어보려고, 어떤 소리든 내보려고 했지만 불가능했다. 그녀가 할 수 있는 일은 그저 가만히 앉아서 멀어져가는 발소리를 듣는 것뿐이었다.

아직은 그녀의 시간이 오지 않았음이 분명했다.

무슨 일이 일어났는지를 생각해보면, 무엇보다도 그 일이 누구에게 일어났는지를 생각해보면 두냐 호우고르가 그 지역 모든 언론이 같은 사건을 일제히 다루고 있다는 사실에 놀랄 이유는 없었다. 덴마크의 주요 신문들(〈베를링스케〉, 〈폴리티켄〉, 〈엑스트라 블라데트〉)과 두 텔레비전 방송국(DR과 TV2)은 실시간으로 그 사건을 보도하고 있었다. 솔직히 말해서 두냐는 아무것도 예상하지 못했다. 오늘 아침에 해야 할 일이 너무나도 많았기 때문이다.

두냐는 얀 헤스크와 다른 동료들보다 한 시간 늦게 도착했다. 시큼하게 올라오는 트림을 꾹 눌러 참으며 기자들을 헤치고 걸어가면서 두냐는 다시는 이런 일을 만들지 않겠다고 다짐했다. 숙취보다 지독한 것은 없었다. 지금 두냐의 상태라면 붕괴라는 표현이 더 적절하겠지만 말이다.

두통은 사실 문제가 되지 않았다. 두통약 몇 알이면 항상 해결할 수 있었으니까. 두냐에게서 살아갈 의욕을 앗아간 것은 메슥거림이었다. 그녀의 위는 완전히 뒤집혀서 무엇이든지 아래로 내려오는 것을 막아버려 몸의 나머지 부분들을 공포에 떨게 만들었다. 벌써 두 번이나 길가에 차를 세우고, 카르스텐이 그녀의 기분을 제대로 파악하지 못하도록 아침에 그 앞에서 꾸역꾸역 먹은 식사를 대부분 토해냈다.

"드디어 왔구먼. 그래, 대체 어디 숨어 있은 거야?"

건물 안으로 들어가자 얀 헤스크가 물었다.

"오는 길에 복잡한 일이 몇 개 있었어."

두냐는 언제나 날씬하던 얀의 셔츠 밑으로 이제는 봉긋하게 솟은 뱃살을 쳐다보면서 대답했다.

"그랬겠지. 무슨 일이 있었……."

"장담하지만, 너는 모르고 싶을 거야. 그보다는 여기 상황이 어떤지 듣고 싶은데?"

두냐는 신발을 신발 보호대에 밀어 넣으면서 말했다.

"뭐, 아주 전형적인 사건이야. 몇 가지 의문이 있기는 하지만 결국에는 모두 알아낼 거야. 평화롭게 수사만 할 수 있다면 말이야."

얀은 집 안 곳곳을 두냐에게 보여줬다.

"지금 가장 큰 문제는 기자들을 가까이 오지 못하게 하는 거야. 기자 놈들은 스웨덴에 있는 내 시골집 모기보다 더 골치 아픈 존재니까."

집 안을 둘러보는 즉시 두냐는 자신이 전체 강력반을 이끄는 반장이 된다고 해도 자기 월급으로는 이런 집은 비슷한 곳도 살 수 없으리란 사실을 깨달았다.

"춤을 춥시다, 였나? 춤추는 프로그램에 나온 남자잖아. 3년인가 4년 전에. 사실은 춤도 못 췄으면서."

"뭐 좀 찾은 거 있어?"

"직접 보는 게 좋을 거야."

얀은 침실 앞에 서더니 두냐에게 먼저 들어가라고 했다.

두냐는 방 안으로 첫발을 내디딘 순간 멈춰 서서 방 한가운데 있는 더블침대를 물끄러미 바라봤다. 카렌 네우만은 치과 대기실에 있던 가십지에서 마지막으로 봤다. 잡지에 나온 카렌과 악셀은 어떤 영화 시사회에 참석했는데, 두 사람은 결혼한 지 20년이 지났는데도 여전히 서로를 사랑하는 게 분명해 보여서 감동을 받았다.

그런 카렌이 이제는 혼자서 아무것도 걸치지 않은 채 자기 자신의 피에 파묻혀 누워 있었다. 카렌의 피는 질과 몸통에 난 상처에서 흘러나오고 있었다. 가까이 다가가서 본 카렌의 상처는 평범한 칼로 찌른 것이 아니었다. 피부는 물론이고 피부 아래 있는 연골조직과 뼈까지 잘라낼 수 있는 훨씬 크고 무거운 흉기를 사용했음이 분명했다.

"아니, 고개를 돌리지 마. 계속 보라고."

흰색 가운을 입은 검시관 오스카르 페데르센이 침실에 딸린 욕실에서 나오면서 말했다.

"사람은 습관의 동물이지. 지루한 건 알아차리지도 못할 때가 많아. 장담하지만, 훼손된 사람의 몸도 마찬가지야. 이건 정말로 흥미로울 거야."

페데르센은 레고랜드에 놀러 온 아이처럼 신나 보였다. 그 앞에 놓인 것은 레고 블록이 아니라 벌거벗은 채 훼손된 여자지만.

"살인 무기는 알아냈어요?"

"분명히 칼은 아니야."

페데르센이 두냐 옆으로 걸어오며 말했다.

"내 월급을 걸고 말하라면 도끼라고 말할 것 같아. 장난감 같은 도끼 말고."

페데르센은 두 손으로 도끼의 길이를 표시했다.

"단 한 번에 통나무를 갈라버릴 수 있는 진짜 도끼 말이야. 내부기관은 물론이고 갈비뼈까지 어떻게 잘렸는지 보라고."

페데르센은 배에 남은 상처 가운데 하나를 벌려 보여줬다.

"이 정도면 충분히 본 것 같아요."

두냐는 남은 아침 식사가 모두 밖으로 나올 것만 같았다.

"아니지, 와서 들여다봐."

얀은 두냐를 구해주지 않았다. 그는 옷장 옆에서 등을 보이고 서 있었다. 어떤 경우에도 검시관이 자신을 놀리는 상황을 만들고 싶지 않았기 때문에 두냐는 몸을 숙이고 완전히 잘린 창자를 내려다봤다. 달큼하면서도 지독한 냄새 때문에 두냐는 숨을 힘껏 참았다.

"봤지? 완전히 잘려나갔거든. 마치 누군가 탈곡기에 밀어 넣은 것 같잖아."

두냐는 고개를 끄덕이고 조금 더 참은 뒤에 몸을 똑바로 펴고 페데르센을 쳐다봤다.

"그럼 피는 배에서 흘러나온 건가요?"

"아직 단정할 수는 없어. 하지만 그 녀석이 미쳐서 날뛰기 전에 재미를 좀 본 것 같아."

"그 녀석이라니, 누굴 말하는 거예요?"

페데르센은 이제 두 사람 옆으로 온 얀을 쳐다봤다.

"증거 대부분이 악셀 네우만을 범인으로 지목하고 있어."

얀이 대답했다.

"악셀? 남편 말이야?"

두냐의 말에 얀이 고개를 끄덕였다.

"확실해? 그 사람이 자기 아내를 이렇게 할 수 있을 거란 생각은 전혀 들지 않는데?"

두냐는 고개로 침대에 고인 피를 가리키면서 말했다. 다시 활력이 돌아옴을 느낄 수 있었다.

"무슨 근거로 그런 말을 하지? 〈시 앤 히어〉 지에 실린 가십? 여기 온 지 얼마나 됐지? 음, 1분 됐나?"

두냐는 반박을 하려다가 그만뒀다. 어쨌거나 이 사건의 담당자는 그녀가 아니라 얀이니까. 공식적으로 두 사람의 직책은 같지만 입사 시기는 얀이 빨랐다. 그 말은 세간의 이목을 끄는 복잡한 수사는 자동적으로 얀의 차지라는 뜻이었다. 두나는 얀을 도우면서 생각과 의견을 제시하는 보조 역할을 해야지 지휘하는 역할을 맡을 수는 없었다. 게다가 가십 잡지 이야기는 얀이 정확하게 맞혔다.

"좋아, 그럼 내가 어떻게 범인을 추정했는지 알려주지."

얀은 방 한가운데로 걸어갔다.

"네우만은 코펜하겐에 있는 카리레 바에서 어젯밤 자신의 토크쇼에 나온 카스페르 크리스텐센과 함께 있었어. TV2 직원들 말에 따르면 네우만은 베스테르브로에 있는 자기 아파트에서 잘 예정이었어. 그런데 갑자기 집으로 돌아왔지. 키엘이 네우만의 BMW X3의 이동 경로를 확보했어."

"지금, 내 얘기 하는 거야?"

현장 감식반 키엘 리크테르가 방 안으로 들어오면서 말했다.

"악셀 네우만이 여기에 왔다가 다시 차를 타고 나갔다는 단서를 찾았다고 설명하는 중이었어."

얀의 말에 키엘은 생각하는 것처럼 수염을 긁으면서 고개를 끄덕였다. 키엘은 수염도, 구레나룻도, 눈썹도 한동안 정리하지 않고 내버려둔 것이 분명했다.

"문제는 세 번째 차가 있었던 흔적을 찾았다는 거야."

"그게 무슨 말이야? 세 번째 차라니?"

"자정이 지난 뒤에 한동안 악셀과 카렌의 차 옆에 또 다른 차가 서 있었어."

"그게 자정 이후라는 걸 어떻게 알아?"

얀이 물었다.

"새로 눈이 내린 흔적이 없고, 기상청 발표대로라면 자정 무렵에 눈이 그쳤으니까."

"그럼 세 번째 인물이 이 사건에 개입되어 있다고?"

두냐의 말에 키엘이 고개를 끄덕였다.

"그럼 내 추론이 힘을 얻겠네. 한 여자가 남편이 도시에서 돌아오지 않는다는 걸 알고는 한 남자를 끌어들인 거지. 하지만 늙은 남편은 집에 돌아왔고 현장을 보게 된 거야. 돈 후안이 도망칠 동안 완전히 꼭지가 돈 남편이 도끼를 들고 온 거지. 세 번째 사람이 우리 증인이겠구먼."

얀의 말에 두냐는 어깨만 으쓱해 보였다.

"아직도 악셀이 아니라고 생각하는 거야?"

얀은 정말로 짜증 난 것 같았다.

두냐는 어떻게 대답해야 할지 알 수 없었다. 가십이 뭐라고 하건 두냐는 악셀 네우만은 아내를 살해하지 않았다고 확신했다.

"도대체 왜 내 말을 믿지 않는지, 단 한 가지 이유라도 댈 수 있으면……."

"미안, 전화가 와서."

두냐는 얀의 말을 막고 휴대전화를 들여다봤다.

"이런, 슬레이스네르야. 이 전화는 받는 게 좋겠어. 네, 여보세요, 두냐 호우고르입니다."

"이런, 이번에는 정말로 상처받았어. 도대체 언제가 돼야 내 번호를 입력할 거야?"

슬레이스네르가 짐짓 상처 입은 투로 말했다.

"물론 반장님인 거 알았어요. 하지만 근무 시간에는 늘 그렇게 전화를 받는걸요."

두냐는 왜 반장이 얀이 아니라 자신에게 전화를 걸었는지 파악하려고 애쓰면서 대답했다.

"그렇군. 그렇다면 이제부터는 근무 시간이 아닐 때 좀 더 자주 걸어야겠어, 하하."

두냐는 당황한 표정을 짓는 얀에게 한 손을 내저었다.

"하지만 그래서 전화한 건 아니고, 기자들이 거머리처럼 달라붙어서 말이야."

"여기도 그래요. 혹시 수사 진행 상황을 알아보려면 얀하고 말씀하시는 게 더 나아요."

"얀에게 할 말이 있으면 얀에게 전화했겠지. 자, 용건을 말하지. 한 시간쯤 뒤에 기자 회견을 할 거야. 그때 발표할 거리가 필요해."

"네? 하지만?"

"뭐든 좋아. 그럼 잠시 잠잠해지겠지."

"너무 일러요. 아직 어떤 가설도 세우지 않았고, 키엘이 좀 더 단서를……."

"두냐, 우리가 경로를 벗어났다는 느낌이 드는데? 분명히 뭔가 있을 거 아냐? 지금까지 거기서 대체 뭐 한 거야?"

"세 번째 인물이 있을지도 모른다는 단서를 찾기는 했지만, 그 사람이 어떤 역할을 했는지, 어떤 일이 있었는지는 알 수 없어요."

"연인이거나 가해자일 가능성은?"

"둘 다일 수도 있죠."

두냐는 기적이라도 일어나야 깨뜨리지 않을 살얼음판을 걷는 것 같았다.

"하지만 아직은 모두 가설일 뿐이에요. 내가 반장님이라면 분명히 아주 극단적으로 조심할……."

"다행히 나는 자네가 아니니까. 다들 돌아오면 곧바로 회의할 거라고 전해줘. 나중에 보자고."

슬레이스네르가 전화를 끊었다.

"도대체 이게 무슨 일이야? 여기 수사를 지휘하는 사람은 난데, 왜 너한테 전화한 거지?"

"그게 나도 정말로 궁금해. 그 이유를 모르겠어."

"확실해?"

"무슨 얘기가 듣고 싶은 거야? 내가 슬레이스네르를 몰래 만나서 이 사건을 달라고 조르기라도 했다는 거야?"

두냐의 말에 얀은 손을 번쩍 들어 올렸다.

"전부 와 있는데 한 시간이나 늦게 온 사람은 내가 아니니까."

두냐는 앉고 싶었다. 정말로 토할 것 같았다.

파비안 리스크는 조사해보고 싶은 것이 많았다. 의회 경비 책임자를 만나 비밀경호국에서 본 보안 카메라 화면을 다시 한번 살펴보고 싶었다. 사라지기 전에 칼 에릭 그리모스가 통화했던 내역을 상세하게 살펴보고 싶었고 대기하고 있던 자동차 운전사도 만나보고 싶었다. 하지만 그가 할 수 있는 일이라고는 이 세상 모든 시간을 다 가진 척하면서 다른 사람들과 함께 창문 없는 회의실 책상 앞에 앉아 있는 것뿐이었다.

모두 손에 커피를 들고 몇 년 전부터 각자의 자리로 정착된 '자기' 의자에 가서 앉았다. 며칠 전에 파비안은 그저 다른 동료의 반응이 보고 싶어 다른 자리에 앉아봤지만 너무 위험하다는 생각에 재빨리 그 실험을 취소하고 늦기 전에 자기 자리로 돌아갔다.

커피를 담은 보온병을 난로 위에 너무 오래 뒀기 때문에 커피에서는 타닌산 맛이 났다. 언제나 그렇듯이 덴마크 쿠키 통은 자기가 좋아하는 쿠키를 고를 권리가 있다고 주장하는 마르쿠스 회글룬드 앞에서 멈췄는데, 파비안이 보기에 회글룬드가 좋아하는 쿠키는 날이 갈수록 늘어나고 있었다. 도대체 저렇게 먹어대는 음식이 모두 어디로 가는 걸까? 허리에 지방으로 붙는 것은 아님이 분명했다. 회글룬드는 아직 서른다섯 살도 되지 않았지만, 나이만으로는 저런 활발한 신진대사를 설명할 수 없었다. 파비안은 스물다섯 살에 신진대사 능력이 완전히 바뀌었음을 느꼈고, 그 뒤로는 조금만 과식해도 여분의 열량은 파비안의 몸에서 떠나가지 않았다.

쿠키 통을 회의 시간에 도입한 사람은 칼 에릭 그리모스로 그가 경찰서를 떠난 뒤에도 그 전통은 죽기를 거부하는 끈질긴 바퀴벌레처럼 살아남았다. 쿠키를 전혀 먹지 않는 에델만이 몇 년 전에 용감하게도 그 전통을 끝내려 했지만 막강한 저항에 부딪혀 결국 곧 부활할 수밖에 없었다. 파비안은 그 저항에 조금도 공감하지 않았고 설탕을 친 버터 쿠키를 정말로 좋아하는 사람은 아무도 없으리라 확신했다. 정말로 회글룬드 말고는 저 쿠키를 좋아하는 사람이 있을 리 없었다.

"조금 늦었으니 빨리 시작하는 게 좋겠군."

에델만이 말린 렌베리를 보면서 말했다.

"말린, 코펜하겐에 다녀왔지. 듣자니 엄청난 성공이었다던데."

말린이 콜라를 끝까지 마시면서 고개를 끄덕였다.

"네, 그랬어요. 모두 다음 회의 때는 가보는 게 좋겠어요. 추천해요. 다음 회의는 봄에 베를린에서 열리는 거 같아요."

"베를린이라니, 굉장한데. 야르모, 뭐라고 했어요?"

토마스 페르손이 군대식 머리를 손으로 쓸면서 말했다.

"내가 여행을 어떻게 생각하는지 알잖아."

야르모 페이비넨이 핀란드어가 섞인 게 분명한 억양으로 말했다.

"어쨌든 코펜하겐에서 아주 괜찮은 연락망을 확보했어요. 그 사람 지위는 정확히 나와……."

"말린, 분명히 들려주고 싶은 근사한 경험을 많이 하고 왔겠지. 하지만 시간이 많지 않으니까 그 이야기는 맨 나중에 하자고."

"좋아요."

말린은 쿠키를 한 개 집어 들고 파비안과 눈을 마주치려 했고 파비안은 주머니 속에서 전화기가 울리지 않는 척하느라 바빴다. 그는 회의가 시작될 때까지 기다렸다가 탁자 밑으로 전화기를 꺼내 문자를 확인했다. *할 수 있으면 되도록 빨리 전화해. -니바.*

말린뿐만 아니라 모든 사람이 궁금해할 것이기 때문에 파비안은 지금 당장 회의실에서 나가는 것이 불가능했지만 그렇다고 회의가 끝날 때까지 기다릴 수도 없었다.

"디에고 아르카스에 관해서는 다른 소식 없나?"

에델만이 물었다.

"아니요, 안타깝지만 그 쓰레기 같은 놈은 지금도 여자들을 차례로 파괴하고 희희낙락거리고 있어요. 하지만 내가 어쩌겠어요. 잉에르가 휴가 가 있는 동안에는 혼자 해야 하는걸요."

회글룬드가 입안에 잔뜩 넣은 쿠키를 커피로 씻어 내리며 말했다.

"뭘 어쩌겠냐고? 미안하지만 나는 여기 가만히 앉아서 입 다물고 있는 건 못하겠어."

토마스 페르손이 잎담배를 윗입술로 밀어 넣으면서 말했다.

"마르쿠스, 여기 앉아서 설탕을 먹어대는 것 말고는 아무 일도 하지 않는 이유를 좀 설명해봐. 너 혼자서도 처리할 일이 많잖아."

회글룬드는 그 누구도 주지 않을 지원을 요청하며 이리저리 눈을 굴렸다.

"마음대로 생각하는 거야 네 자유지만, 잉에르가 여기보다 아이들을 돌보려고 집에 있는 시간이 더 많다고 해서 내가 아무 일도 하지 않는다는 뜻은 아니야. 게다가 아르카스가 여자들을 선보이는 한트베르카르가탄에 있는 블랙 캣 같은 경우에는 잉에르의 도움을 받아서 밤낮없이 파티가 벌어지는 아파트를 일곱 곳이나 찾아냈다고. 물론, 아파트를 한 곳씩 찾아가서 증거를 잡을 수도 있겠지만, 이건 따로 하는 것보다 동시에 하는 게 좋아. 잉에르가 없는데 나 혼자 할 생각은 없어."

"좋아, 뭐 그러든가. 내 생각에는 그저……."

토마스 페르손이 어깨를 으쓱하며 말했다.

"그 문제는 이쯤 하는 게 좋겠군. 월요일에도 잉에르가 출근하지 않으면 몇 가지 해결 방법을 찾아보자고."

에델만의 말에 회글룬드는 고개를 끄덕이고 토마스를 노려보면서 쿠키를 하나 더 꺼냈다.

"아니면, 나랑 파비안이 도울 수 있지 않을까요?"

말린이 파비안을 보면서 말했다.

"안 그래? 지금 당장은 우리 둘 다 할 일이 없잖아."

"그렇지."

장난기 가득한 말린의 눈을 보면서 파비안이 대답했다.

"말했지만, 이 문제는 일단 이번 주까지는 그대로 두자고."

에델만이 야르모 페이비넨과 토마스 페르손을 쳐다봤다.

"아담 피셰르의 차에 관해 새로운 소식이 있다고 들었는데, 그 이야기를 해보지."

야르모는 고개를 끄덕이고 돋보기를 쓰더니 앞에 놓인 서류를 들여다봤다.

"나보고 말하라는 거예요? 내가 해야 하나?"

토마스가 손가락으로 탁자를 두드리면서 말했다.

"재촉하지 마."

야르모는 계속해서 서류를 뒤졌고, 파비안은 야르모가 너무나도 늙어 보인다는 사실에 충격을 받았다. 파비안보다 다섯 살이나 여섯 살 정도 많을 테니 야르모는 지금 40대 후반이어야 했다. 4년 전에 아내가 아이들을 데리고 떠났는데, 그 뒤로 외로움이 야르모를 잠식해버린 것 같았다.

"모두 뉴스에서 들었을 테지만, 이 사건이 납치가 분명하다는 사실을 입증할 수 있었습니다."

"우린 처음부터 그렇게 생각했어요."

토마스가 말했다.

"이게 마지막으로 목격된 피셰르의 모습입니다."

야르모는 SUV에서 내리는 아담 피셰르를 찍은 보안 카메라 사진 몇 장을 사람들에게 돌렸다.

"어제까지만 해도 모두 우리를 못 잡아먹어서 안달이었잖아요."

문신한 이두박근을 구부리는 토마스는 매우 만족스러워 보였다.

"네가 이야기할 거야?"

야르모는 지나치게 어린 자기 파트너를 쳐다보며 말했다.

"아니, 아니에요. 잘하는데요. 선배가 해요."

"정말?"

"네, 계속하세요."

토마스는 탁자를 물끄러미 내려다봤다.

"이 생각을 빨리 했어야 하는데, 모세바케의 거대한 독신자 아파트에 살고 있었다는 게 문제였습니다. 분명히 그곳을 사려고 상속받은 재산을 다 써버렸을 거예요. 아무튼 우리는 가까이 있는 주차장을 뒤졌습니다. 그리고 슬루센 주차장에서 찾아냈습니다."

"피셰르의 차가 거기 있었나요?"

말린이 물었다.

"아니, 하지만 이 보안 카메라 영상을 확보했지."

토마스가 DVD를 들어 보이더니 의자에서 일어났다.

"준비됐어요?"

토마스는 낡은 텔레비전 앞으로 걸어가 DVD플레이어에 DVD를 넣고는 리모컨으로 영상을 틀려고 애썼다.

"리모컨 고장 났어. 그냥 버튼을 눌러. 잠깐만, 내가 할게."

회글룬드가 일어나서 토마스 옆으로 갔다.

"아니, 괜찮아. 내가 할 수 있어."

토마스는 재생 버튼을 누르려고 애쓰면서 말했다.

DVD가 켜지기를 기다리는 동안 파비안이 들고 있던 전화기가 또다시 울리기 시작했다. *곧 회의에 들어가야 해. 그다음은 계속 커튼을 내리고 있을 거고. -N.*

파비안은 더는 기다릴 수 없었다. 떠나야 했다.

"저기, 죄송하지만, 가봐야 할 것 같습니다."

"좋아, 아무 문제 없어."

"아무 문제 없다니 무슨 뜻이에요? 얼마나 중요한 일이기에 말은 수사도 없는데 회의를 하다 말고 떠난다는 거예요?"

"마틸다 학교 문제입니다. 가능하면 빨리 전화해달라는군요."

"알았어. 심각한 문제가 아니었으면 좋겠군."

"그래, 정말로 별일 아니었으면 좋겠어."

말린이 이미 회의실을 빠져나가고 있는 파비안을 보면서 고개를 저었다.

"좋아, 네가 해봐."

토마스가 옆으로 비켜나면서 말했고 회글룬드가 DVD플레이어의 버튼을 몇 개 누르자 텔레비전이 살아나기 시작했다.

1년 반 정도 그녀는 블랙 캣에서 정기적으로 청소를 하고 있었다. 정말 이상하게도 쿵스홀멘에서 스트립쇼를 하는 이 악명 높은 클럽은 스톡홀름 경찰서에서 엎어지면 코 닿을 거리에 있었다. 일주일에 세 번씩 그녀는 폴헴스가탄 쪽으로 난 옆문으로 들어와 청소 카트를 끌고 어두운 지하 공간을 돌아다니며 청소했다. 클럽의 지하 공간은 어찌나 크고 구불구불한지, 그녀가 제대로 길을 익힐 때까지는 몇 달이 걸렸다.

매번 그녀는 아주 꼼꼼하게 진공청소기를 돌리고 대걸레로 바닥을 닦았다. 쿠션을 풍성하게 부풀려 소파 위에 제대로 놓고 쿠션 커버가 더러우면 빨아서 다림질해놓았다. 콘돔을 버렸고 잃어버리고 간 결혼반지를 주웠으며 정액 자국을 닦았다. 어떨 때는 피를 닦아야 할 때도 있었다.

디에고의 오른팔인, 머리 뒤에 눈을 그리고 귀고리를 한 우락부락한 남자가 여자들은 확실하게 피임약을 먹거나 체내 피임기구를 해야 한다고 명령했지만 그런 지시를 어기고 임신을 시도하는 여자들이 꼭 있었다. 처음에는 도대체 왜 그 여자들이 교외에 아내와 아이들이 있는 그런 추잡한 돼지들의 아이를 가지려고 갖은 애를 쓰는지 이해가 되지 않았다. 하지만 곧 부풀어 오르는 배가 이곳을 빠져나갈 가장 빠른 방법이라고 생각하기 때문임을 알았다.

방에서 치워야 하는 피는 여자들의 생리혈만이 아니었다. 사실 원칙적으로 고객은 여자들에게 폭력을 쓰면 안 되지만 돈만 내면 무한한 자유를 살 수 있었다. 고객의 자유는 수표 금액란에 얼마나 많은 0이 붙었는지가 결정했다. 소문대로라면 30만 크로나를 내면 강간하고 죽일 수도 있었다. 하지만 그다음에는 어쨌든 기력이 쇠잔한 나이 든 여자 가운데 한 명을 데려가야 했다.

피를 닦고 소독을 해야 한 일은 지금까지 두 번 있었다. 처음에는 엉망이 된 개인 방을 청소하는 게 너무나도 힘들었다. 완전히 깨끗하게 치울 때까지 몇 시간이나 걸린 그녀에게 그 우락부락한 남자는 거칠게 욕하면서 클럽 개장 시간 전까지 청소를 끝내지 않으면 일당을 줄 수 없다고 했다. 그녀는 어떠한 저항도 하지 않고 그저 고개를 끄덕이면서 자신이 이곳에 오는 이유가 단지 돈 때문만은 아님을 떠올려야 했다.

두 번째는 디에고 아르카스가 직접 여자를 폭행했다. 자신의 노예가 임신했다는 사실을 알고 나서였다. 폭력을 휘두르는 이유는 다른 여자들에게 경고하기 위함이 분명했는데, 방을 청소하고 뽑힌 손톱과 피 묻은 머리카락 덩어리를 치우면서 그녀는 소문이 사실임을 확인할 수 있었다. 체액과 배설물을 닦아내려면 아주 강력한 세제를 사용해야 했기에 그녀는 얼굴에는 마스크를 썼고 손에는 보호장갑을 꼈다. 매트리스는 완전히 피에 젖었기 때문에 그냥 내다 버렸다. 그때 그녀는 이전부터 자신이 예의 주시하고 있던 경찰에게 가서 자신이 본 내용을 증언하면 클럽은 문을 닫을 수도 있음을 알았다. 하지만 그녀는 별다른 말 없이 그저 그 어느 때보다도 더 깨끗하게 방을 치우고 나가서 아무 일도 없었다는 듯이 다른 곳을 치웠다.

그때부터 아르카스의 사람들은 그녀를 믿었다. 우락부락한 남자는 더는 그녀의 몸을 수색하지 않았고 그녀가 청소하는 동안 감시하지도 않았다. 그녀가 새롭게 얻은 자유를 마음껏 이용하기까지는 그다지 오래 걸리지 않았다. 맨 먼저 그녀는 매일같이 교대 시간을 조금씩 늘려 클럽 문이 열리고 고객이 쏟아져 들어올 때까지도 클럽에 머물 수 있었다. 그다음에 그녀는 어둠 속에서 몸을 숨긴 채 클럽을 돌아다니며 본 일들을 적어둘 수 있었다.

그녀는 정말 아주 많은 것을 봤다.

전화기가 다시 울리기 시작했을 때 파비안 리스크는 세면대 위 거울을 쳐다보고 있었다. 아직 눈 주위에 거무스름한 원은 생기지 않았지만 이런 강도 높은 수사를 하다 보면 며칠 안에 다시 나타나

파비안을 10년도 더 늙어 보이게 할 것이 분명했다. 콧수염을 몇 가닥 뽑아내던 파비안은 왼쪽 구레나룻이 오른쪽보다 길다는 사실을 깨달았다. 그는 에델만이 준 노키아 전화기를 꺼내 번호를 하나 눌렀다.

"니바입니다."

"비밀경호국이 우리 전화를 엿들을 수 있으니까, 앞으로는 이 번호로 통화해. 뭐 좀 찾았어?"

"그냥 훅 들어오는 거야? 전희도 없이?"

"미안, 그건 다음에 하는 게 좋겠어. 지금은……."

"그냥 언제 어디인지만 말해. 잊은 것 같은데, 너 나한테 술 산다고 했어."

"당연하지, 절대로 안 잊었어. 날 뭘로 보는 거야?"

"이제 말해줄 내용을 들으면 아마 저녁도 사야 할걸."

"그럴지도. 하지만 아직 듣지도 못했잖아."

"보지 않고 믿는 자, 복이 있으리."

"그러니까 나한테는 선택의 여지가 없다는 거야?"

"파비안, 언제나 선택은 네가 했잖아."

그러니까 지금 니바는 파비안을 희롱하는 거였다. 이렇게 되리라는 걸 예상해야 했는데.

"침묵한다는 건 동의한다는 뜻이지? 그래 뭘 선택했어?"

"1번 문."

"좋아, 그렇게 어렵진 않았지, 안 그래? 분명히 만족할 거야. 그리모스의 음성사서함에 메시지를 남긴 여자는 쉴비아 브레덴히엘름이야. 1분쯤 뒤에 그 여자는 선불카드로 073-785-66-29로 전화를 걸어."

"그게 그리모스의 비밀 전화야?"

"옳게 추측했어."

"그 전화, 통화 내역은 확인했고?"

"그래, 근데 모두 두 사람이 통화한 것밖에 없어서 가십지에서 한자리 얻을 생각이 아니라면 시간 낭비는 하지 않는 게 좋아. 하지만 보상이 될 만한 걸 하나 줄게. 적을 준비 됐어?"

파비안은 펜을 꺼내고 재킷 소매를 걷어 올렸다.

"그래."

"59.311129, 18.078073."

파비안은 팔 안쪽에 니바가 불러주는 숫자를 적었다.

"이게 뭐야?"

"그 전화기가 가장 최근에 있던 위치야. 10미터나 15미터쯤 오차가 있을 테고."

"아직도 여기 있어?"

"아니, 어제 4시 04분 이후로 사라졌어. 첫 번째 전화기가 사라지고 40분쯤 지났을 때."

"놀라운데, 니바. 정말로 큰 도움이 됐어. 다시 연락할게."

"알았어."

파비안은 전화를 끊고 화장실에서 나왔다. 마침내 구체적인 일을 할 수 있게 됐다. 책상으로 돌아온 파비안은 의자에 앉지도 않은 채 곧바로 컴퓨터 전원을 켜고 구글 지도에 팔에 적은 숫자를 입력했다. 빨간 풍선이 스톡홀름 지도에서 쇠데르말름 부근에 떠 있었다. 파비안은 지도를 크게 키워 빨간 풍선이 가리키는 거리가 외스트괴타가탄 46번지임을 확인했다.

처음에는 구글 지도의 스트리트뷰 기능이 무슨 소용이 있는지 이해하지 못했다. 스웨덴에서 가장 먼저 스트리트뷰 기능을 제공한 스톡홀름만 해도 모든 거리를 다 보여주려면 믿을 수 없을 만큼 엄청난 양의 사진을 찍고 다녔을 거라는 생각이 들었다. 하지만 스트리트뷰 기능을 완전히 익힌 상태에서 외스트괴타가탄과 블레킹에가탄의 모퉁이를 확대해 한 건물을 볼 수 있게 되자 파비안은 진심으로 구글 지도에 감사했다. 그 건물은 온통 비계로 덮인 것이 절대로 사람이 사는 장소는 아니었다.

화면 속 풍경이 가을인 것으로 보아 지금도 건물 보수 공사가 진행 중인지는 알 수 없었다. 하지만 만약에 금융 위기가 해소되기를 기다리며 공사가 중단된 상태라면 희생자를 감추기에는 더없이 좋은 장소임이 분명했다.

파비안은 검색 기록을 모두 지운 뒤 컴퓨터를 끄고 말린 렌베리가 막고 있는 문을 향해 곧바로 걸어갔다.

"아유, 뭐가 이렇게 바빠? 해야 할 일도 없으면서. 적어도 내가 알기로는 지금 맡은 사건 없잖아?"

"말린, 미안하지만, 이럴 시간이 없어."

파비안은 말린을 돌아서 가려 했지만 그녀가 막아섰다.

"아니, 무슨 일인지 말하기 전까지는 절대로 놓아주지 않을 거니까, 요행을 바라지는 마."

파비안은 빠져나갈 방법을 이리저리 궁리했지만 결국 거짓말로는 벗어날 수 없으리라 결론 내리고는 말했다.

"그래, 같이 가자."

오늘 아침도 여느 날처럼 오시안 크렘프는 구석의 창가에 앉아 늦은 모닝 커피를 마시며 스도쿠를 풀면서 라디오 스톡홀름의 교통 방송을 듣고 있었다. 도대체 무엇 때문에, 언제부터 교통 방송과 기상 방송을 듣게 됐는지는 잘 기억나지 않지만 어쨌든 그는 두 방송을 즐겨 들었다. 특히 스웨덴 해안 지대에 부는 바람의 방향과 세기를 상세하고 길게 들려주는 해상 기상 방송을 귀 기울여 들었다.

하지만 오늘, 이 특별한 아침에는 뭔가 달랐다. 해상 기상 방송을 모두 들었는데도 마음이 차분해지지 않았다. 그도 모르게 마음속으로 미끄러져 들어온 걱정이 갑자기 분명해졌다. 그는 그 걱정을 무시하고 계속해서 일본 숫자 게임에 집중하려 했지만 단 한 개도 적어 넣을 수 없었다. 그의 마음은 걷잡을 수 없이 널뛰었고, 생각을 막을 수가 없었다.

여러 해 동안 그는 생각을 통제하려고 정말로 많이 노력했다. 하지만 이제 억눌렀던 생각들이, 그것도 금지했던 생각들이 마구 튀어나오고 있었다. 라디오 소리를 높이고 좀 더 쉬운 스도쿠를 펼쳤지만 전혀 도움이 되지 않았다. 결국 그는 라디오를 끄고 펜을 옆으로 치웠다.

이런 변화는 몇 주 전에, 어쩌면 그보다도 전에 시작됐다는 기분이 들었다. 생각하면 할수록 최근에는 많은 일이 이전과는 다르게 진행됐다. 평소와 달리 기분이 나빴지만 이상한 점은 그것만이 아니었다. 예를 들어서 오늘은 목요일인데도 늘 입는 초록색이 아니라 파란색 셔츠를 입고 있었다. 지난주 일요일에 오르스타비켄 주위를 산책했을 때 무슨 일이 있었지? 정말로 가기는 한 걸까? 기억이 나지 않았다.

기억하지 못하는 것은 그것만이 아니었다. 지난주는 몇 개의 느슨한 파편들만 남기고 완전히 거대한 블랙홀 속으로 사라져버린 것만 같았다. 어제 아침에는 너무나도 오랫동안 침대에 누워 있는 바람에 다시는 깊이 생각하지 않겠다고 다짐한 모든 일을 생각하지 않을 수 없었다.

그 뒤로는 어떻게 하루를 보냈는지 전혀 기억나지 않았다.

약을 다 먹은 것은 분명했다. 매일같이, 아침, 점심, 저녁으로 그는 미지근한 물로 그 약들을 쓸어내리면서 목구멍을 통과하는 순간을 느꼈다. 따라서 당연히 약의 문제일 수는 없었다. 아닌가? 혹시 먹지도 않은 약을 먹었다고 생각하는 걸까? 아니면 용량이 너무 적은 걸까? 의사가 뭐라고 했더라? 약의 용량을 늘려야 한다고 했던가, 줄여야 한다고 했던가? 그리고 그 냄새는 뭐였지? 화요일에 쓰레기를 내는 걸 잊었나? 정말로 그런 걸까?

오시안 크렘프는 너무나도 많은 질문에 어지러울 정도였고 그저 누워서 쉬고 싶었다. 하지만 쉰다고 도움이 될 것 같지는 않았다. 더구나 저 남자와 여자가 길거리에서 이리저리 돌아다니고 있을 때는 쉬는 것은 어림도 없었다. 아무나 저런 행동을 하진 않지. 오시안은 쌍안경을 가져와 두 사람을 지켜봤다. 사람들은 보통 한방향으로 지나쳐 걸어가지 저렇게 같은 장소를 여러 번 왔다 갔다 하지 않는다. 두 사람은 뭔가를 찾는 것처럼 보였다.

아는 사람들은 아니지만 한참을 보다 보니 두 사람이 타고 온 차가 무엇인지 알 수 있었다. 인터넷으로 검색해 스톡홀름 국립 범죄수사국의 강력반 형사 파비안 리스크인가 뭔가 하는 녀석의 차임을 쉽게 알아냈다. 그렇다면 저 임신한 여자는 그 녀석의 동료일 테고, 어쨌거나 헤르만 에델만의 부하임이 분명했다.

어떻게 보면 오시안은 조금도 놀라지 않았다. 결국에는 구멍에서 기어 나와 그들의 역겨운 상판대기를 보여주리라는 것은 알았으니까. 그가 예상하지 못한 것은 그 시간이 이렇게 빨리 찾아올지는 몰랐다는 것이다. 어쨌거나 저들은 이곳에 왔다. 망할 경찰 녀석들.

문제는 이런 일이 어떻게 벌어질 수 있는가였다. 자유를 얻자마자 그는 절대로 다른 사람들의 눈에 띄지 않았다. 어머니의 결혼 전 성으로 바꾸고 첫 번째 세입자(어쩌면 두 번째 세입자일 수도 있는)에게 빌린 아파트 문에는 문패도 걸지 않았다. 치료사가 장담한 것처럼 언젠가는 이전의 자신은 완전히 지울 수 있다는 생각으로 몸을 잔뜩 낮춘 채 그 시간이 오기만을 기다렸다.

하지만 그런 노력은 아무 소용이 없었다. 들은 그대로 행동했고 모든 노력을 했지만 그의 몸 안에서는 불이 훨훨 타올랐다. 그는 치료사가 하라는 대로 모든 것을 했다. 하지만 치료를 받고 1년 혹은 2년이 지났을 때도 그의 깊은 곳에서는 그것이 절대로 떠나지 않으리라는 사실을 알 수 있었다. 그가 어떤 노력을 하건 그 굶주림은 언제나 떠나지 않고 그곳에 있을 것이 분명했다.

다시 쌍안경을 든 오시안은 두 형사가 비계 밑으로 사라지는 것을 지켜봤다. 이렇게 빨리 나를 찾는 일이 가능한가? 누가 저놈들에게 내 집 문을 부수고 함부로 들어올 권리를 줬지? 누가 저들에게 나를 바닥에 누이고 손에 수갑을 채우고 마음껏 내 집을 헤집고 다니라고 말한 거야?

그의 생각은 금지되고 통제 불능이 됐는지도 몰랐다. 그와 그의 치료사가 수년 동안 가라앉히려고 한 모든 노력은 결국 실패로 돌아갔는지도 몰랐다. 이 사회를 위해서라면 그런 생각들이 없는 게 좋다는 걸 잘 알지만 이제 더는 아무 상관이 없었다. 수년 만에 처음으로 그는 금지된 자신의 생각을 마음껏 음미했다.

저 역겨운 똥 같은 녀석들이 그의 집 문을 두드린다고 해도 그는 준비가 되어 있었다. 저 녀석들의 살에 이를 박고 완전히 조각내줄 준비가 되어 있었다. 오시안에겐 잃을 것이 아무것도 없었으니까.

이제 곧 하루가 끝난다면 이불 속으로 들어가 카르스텐이 오기 전에 잠들어버릴 거라고, 두냐 호우고르는 생각했다. 하지만 하루는 이제 시작되고 있었고, 물을 최소한 2리터는 마셨고 경구재수화염을 몇 수저나 먹었는데도 여전히 컨디션은 엉망이었다.

두냐는 블랙커피를 한 잔 들고서 여전히 그녀가 자기 뒤에서 슬레이스네르를 구워삶은 것이 분명하다고 확신하는 듯한 얀 헤스크의 맞은편 회의 탁자 앞에 앉았다. 탁자 끝에 앉은 키엘 리크테르는 어느 곳에 시선을 둬야 할지 몰라 당황하고 있었다. 아무도 입을 열지 않았고, 시간이 흐를수록 침묵은 더욱더 어색해졌다.

마침내 문이 열리고 슬레이스네르가 들어와 재빨리 회의실을 둘러봤다. 커프링크스가 달린 셔츠를 입은 그의 얼굴에는 기자 회견용 화장이 선명하게 남아 있었다. 경찰 본부에 있는 남자 가운데 기자 회견을 한다고 화장하는 사람은 슬레이스네르밖에 없었고, 그보다 기자 회견을 사랑하는 사람도 없었다. 카메라 앞에 서서 무에서

유를 만드는 능력도 슬레이스네르보다 뛰어난 사람은 없었다.

"누구 기자 회견 본 사람 있나?"

네스프레소 기계 앞으로 걸어가면서 슬레이스네르가 말했다.

세 사람은 고개를 흔들었다.

"어땠는지는 묻지 마. 하지만 우리가 잘하고 있다는 걸 모두에게 간신히 확신시켜주고 왔으니까, 이제 내가 너무 많은 약속을 하지 않았다는 걸 자네들이 입증해줘야겠어."

슬레이스네르는 기계 안으로 커피 카트리지를 넣고 기다렸다.

절대 돈을 내는 법이 없지, 두냐는 생각했다. 그런데도 커피 구입비가 떨어지면 가장 먼저 불만을 터뜨리는 사람이 슬레이스네르였다. 두냐는 커피머신을 사용하지 않았다. 슬레이스네르의 잔소리도 듣기 싫었지만 다른 사람들과 달리 저 기계에서 나오는 커피가 맛있다는 생각이 들지 않기 때문이었다. 그녀는 거의 모든 서방 세계에서 아주 비싼 가게에서 커피를 사고 자신에게 필요한 것보다 세 배 이상 돈을 지불하는 행위를 당연하게 생각한다는 사실이 이상했다. 그런 소비 행태가 환경에 미치는 영향은 생각조차 하기 싫었다.

"좋아, 그럼 자네들 이야기를 들어보자고. 그래, 어떤 가설을 세웠지?"

슬레이스네르의 말에 얀이 헛기침을 하면서 일어섰다.

"제가 말씀드린 것처럼 아직은 수사 초기라 풀지 못한 의문이 가득합니다. 하지만 키엘 팀이 찾은 단서대로라면 분명히 제3의 인물이 있는 것이 분명합니다."

얀은 슬레이스네르가 회의실에 있을 때면 언제나 일어서서 말했는데, 두냐로서는 이해할 수 없는 행동이었다. 슬레이스네르와 슬레이스네르의 정책을 가장 반대하는 사람을 한 명만 뽑으라면 얀 헤스크여야 했으니까. 그런데도 저런 행동을 하다니, 얀은 자신이 경력을 위해 아주 영리하게 처신하고 있다고 생각할 게 분명했다.

하지만 아무리 좋게 생각하려 해도 얀이 자기보다 출세의 사다리에서 조금이라도 위에 있는 사람에게는 지나치게 아첨한다는 사실이 두냐를 짜증 나게 했다. 슬레이스네르가 얀의 비상을 조금이라도 막으려 한다면 얀은 비열한 방법을 써서라도 주저 없이 자신의 이익을 지킬 사람이면서도 말이다.

"오늘 종일 이러는군요."

몇 초 뒤에야 두냐는 얀이 언급한 사람이 자신임을 깨달았다.

"미안해요, 무슨 말을 하고……."

"자네도 같은 의견이냐고 물었지."

슬레이스네르가 두냐를 보면서 말했다.

"우리 추론 말이야. 알잖아, 네우만이 텔레비전 쇼가 끝난 뒤에 집으로 왔고 아내가 다른 남자와 침대에 있는 걸 보고 정신을 잃고 도끼를 휘둘렀다는 거."

키엘이 설명했다.

"집중하지 못해서 죄송해요. 하지만……."

두냐는 아무리 생각해도 얀의 의견을 폄하하지 않으면서 자신의 의견을 말할 방법이 떠오르지 않았다.

"하지만 뭐?"

얀이 물었다.

"잘 모르겠어. 넌 쉽게 말하지만, 난 아무리 생각해도 악셀 네우만이 살인이나 그 비슷한 일조차 할 사람 같지가 않아."

두냐는 심각하게 훼손된 카렌 네우만의 사진을 집어 들고 물끄러미 쳐다봤다.

"카리레 술집 종업원을 만났어. 진토닉을 몇 잔 마셨다는 걸 증언해줬다고."

얀이 말했다.

"게다가 그곳에서 사람들을 폭행한 게 한두 번이 아니야."

키엘이 덧붙였다.

"알아. 하지만……."

두냐의 목소리가 살짝 떨렸다.

"너무 진부한 말처럼 들릴지 모르지만, 악셀과 카렌은 함께 사는 내내 정말로 사랑하는 사람들처럼 보였단 말이야."

"두냐, 우린 범죄를 수사하는 경찰관이지 연속극을 쓰는 드라마 작가가 아니야."

얀이 눈을 굴리며 말했다.

"하지만 좋은 의견이야."

키엘이 울리기 시작한 전화기를 집어 들고 밖으로 나가며 말했다.

"이런 사건은 가설을 많이 세울 수밖에 없잖아. 네, 리크테르입니다."

"내가 말할 수 있는 건, 난 악셀이 했다고 생각하지 않는다는 것뿐이야."

"여기서 네 생각을 궁금해하는 사람이 누가 있다고 그래? 네 말처럼 악셀이 무죄라면 왜 사라진 거야?"

"나도 모르지. 그저 우리가 찾아냈을 때 괜찮은 답을 내주기를 바랄 뿐이야. 하지만 예정보다 일찍 돌아왔을 때 범인이 아직 집에 있었을 수도 있지. 그래서 그 뒤를 쫓아간 걸 수도 있어. 그게 더 악셀다워. 특히나 술에 취해 있었다면."

"그렇지, 그 가설이 오히려 키엘이 찾은 단서와 좀 더 가까운 것 같군."

슬레이스네르가 동의하듯이 고개를 끄덕였다.

"그리고 내가 이해할 수 없는 게 한 가지 더 있는데……."

"일단 커피부터 마시고 계속할까요? 그가 너무 멀리 가기 전에 잡으려면……."

얀이 두냐의 말을 끊었다.

"먼저 두냐의 말을 들어보지."

슬레이스네르가 얀에게 앉으라고 지시했다.

두냐는 얀이 폭발 직전임을 감지했지만 말하지 않을 수 없었다.

"얀, 도대체 왜 그렇게 나한테 화가 나 있는 거야?"

"뭐라고?"

"내 의도는 수사를 진척시키겠다는 것밖에 없어. 분명히 내가 완전히 틀렸을 수도 있겠지. 하지만 왠지 앞뒤가 맞지 않는다는 느낌이 든단 말이야. 살인 도구만 해도 그래. 페데르센은 아마도 큰 도끼일 거라고 했어. 하지만 내가 보고 온 바로는 그 집 어디에도 땔감이나 난로는 없었다고. 그건 집에 도끼를 두고 있을 필요가 없다는 뜻이야. 그럼 그 도끼는 어디에서 난 거겠어? 악셀이 누군가를 죽이려고 차에 싣고 다녔다고?"

얀은 잠시 생각하더니 어깨를 으쓱했다.

"그래서 자네가 정말로 하고 싶은 말이 뭐야?"

슬레이스네르는 얀 쪽으로는 고개도 돌리지 않고 물었다.

두냐는 카렌이 피에 젖은 침대에 누워 있는 사진을 들며 말했다.
"여기, 침대에 피가 얼마나 많은지 보세요. 하지만 침실 바닥에도 거실에도 핏방울 하나 없어요. 그건 범인이 치밀하게 준비했다는 뜻이고, 비닐 같은 걸로 이동 경로를 덮어놨다는 뜻이에요."

두나는 들고 있던 사진을 다른 사진들 위에 툭 내려놓았다.

"누가 카렌을 죽였건, 이건 전에도 살인을 해본 사람 짓이에요."

"음, 그래, 그 가설이 더 논리적인 것 같군."

슬레이스네르가 말하고 있을 때 키엘이 돌아왔다.

"세 번째 차의 타이어 이동 경로를 분석했다는군요."

키엘이 자리에 앉으면서 말했다.

"상당히 재미있는 사실도 발견했고요."

키엘은 극적인 효과를 주려고 잠시 말을 멈췄지만 너무 빨리 다음 말을 시작해서 다른 사람들은 그 사실을 알아채지도 못했다.

"모든 단서가 우리가 찾아야 할 차는 징 박힌 타이어가 장착된 스포츠카라고 말한답니다."

"징 박힌 타이어? 요즘 누가 그런 타이어를 써?"

"나도 그게 궁금해."

"스웨덴 녀석들. 그 녀석들은 징 박힌 타이어에 환장하잖아."

얀이 말했다.

"크리스마스에 스몰란드에 갔는데, 거기 온 에밀들은 모두 자기들 볼보에 징 박힌 타이어를 달았더라고."

"그럼 우리는 스웨덴 가해자를 찾아야 한다는 말이군. 상황이 점점 더 좋아지고 있군."

"전 아직도 악셀 네우만이 범인이라고 생각하지만, 어떤 문이든 닫아두지는 않을 겁니다. 따라서 스웨덴 녀석을 쫓는 동시에 악셀도 추적할 겁니다."

두나는 평소 얼굴색으로 돌아오는 얀을 보고 안심하면서 고개를 끄덕였다.

"어젯밤에 스웨덴 번호판을 단 스포츠카가 탑승했는지 스칸드라인에 알아봐야겠어요. 가해자가 스웨덴 사람이라면 여객선을 타고 헬싱보리로 갔을 수도 있으니까요."

"좋은 생각이야, 두나."

슬레이스네르가 일어서면서 말했다.

"지금부터는 이 사건을 두나가 맡아서 지휘해. 모두 두나에게 수사 보고를 하도록. 두나는 나에게 직접 보고하고. 질문 있나?"

아무도 대답하지 않았고, 슬레이스네르는 곧바로 회의실에서 나갔다.

불안이 두툼하고 끈적끈적한 안개처럼 내려앉았다. 두나는 목에서 거대한 덩어리가 계속 자라나는 것 같아 숨을 제대로 쉴 수 없었다. 게다가 속은 메슥거리고 점심에 간신히 먹은 얼마 안 되는 음식이 자꾸만 올라오려고 했다. 그녀는 어디를 봐야 할지, 무슨 말을 해야 할지 알 수 없었다. 그저 발밑에서 구멍이 열려 그 속으로 빠져들고만 싶었다.

하지만 의자에 가만히 앉아 있는 것밖에는 할 수 있는 일이 없었고, 두나의 머릿속에서는 온갖 생각이 떠올랐다. 이게 지금 그녀의 잘못일까? 그녀가 선을 넘어서 너무나도 많은 공간을 빼앗아버렸고, 지나치게 자기주장을 밀어붙인 걸까? 아니면 슬레이스네르는 처음부터 이럴 생각이었을까? 그래서 범죄 현장에 있을 때 얀이 아니라 두나에게 전화를 건 걸까? 그렇다면 왜? 도대체 무슨 꿍꿍이지? 뭔가 이유가 있을 텐데. 두나는 분명히 무슨 이유가 있을 거라고 확신했다.

"좋아."

키엘이 길게 숨을 내쉬면서 침묵을 깼다.

"지금 이게 무슨 상황인지 아는 사람?"

"모르겠어. 전혀 이해할 수 없어."

두냐는 대답하고 얀을 쳐다봤다. 얀은 분노로 몸을 부들부들 떨었다. 두냐는 그가 화를 낼 수 있다는 사실을 알았다. 아이들과 최악의 시간을 보내고 있을 때 물건을 바닥에 던지고 벽에 구멍을 뚫었다는 이야기를 들은 적이 있지만 실제로 이렇게까지 화를 내는 모습은 한 번도 보지 못했다.

"얀, 나를 믿어줘야 해. 지금 어떤 기분일지 잘 알아. 이 수사는 네 거야. 나는…… 나는……."

얀은 콧방귀를 뀌면서 두냐의 말을 막았다. 그는 두냐의 눈을 똑바로 노려봤다.

"굳이 여기 앉아서 나를 설득하려고 애쓸 필요……."

"설득하려는 거 아니야. 나는 그저……."

"입 다물어, 이 망할 년아."

얀은 벌떡 일어났고, 그 바람에 그가 앉아 있던 의자가 뒤로 넘어갔다.

"네가 하고 다니는 일을 내가 모를 것 같아? 어?"

두냐도 일어나서 자신은 떳떳하다는 사실을 보여주고 싶었다. 자신도 의자가 뒤로 넘어갈 정도로 거칠게 일어나 위협적으로 손가락을 흔들면서 내 말을 듣지 않을 거면 당장 지옥으로 가버리라고 소리쳐주고 싶었다. 하지만 그녀의 다리에는 힘이 들어가지 않았고 무슨 이유에선지 그녀가 앉은 자리에는 지구에서 작용하는 중력보다 훨씬 더 강한 힘이 작용하는 것 같았다.

"화가 난 거 이해해. 하지만 어른처럼 대화할 수는 없는 거야? 우리가 함께 일하려면 일단 이 문제는 뒤에 남겨두고……."

"뒤에 남겨둔다고?"

얀이 탁자를 돌아 두냐에게 다가왔다.

"그래, 지금부터 무슨 일이 벌어질 것 같아?"

얀은 두냐 앞에 버티고 서서 그녀를 내려다봤다.

"지금이 무슨 상황인지 전혀 이해되지 않겠지. 지금 정신 나간 망할 창녀처럼 행동하는 게 재밌겠지. 하지만 한 가지는 알아둬. 이제부터는 지옥이 어떤 곳인지 알게 해줄 테니까. 그래, 지금은 마음껏 즐겨. 앞으로는 그런 기분을 다시는 느끼지 못할 테니까."

얀은 회의실을 나갔다.

두냐는 여전히 일어날 수가 없어서 그냥 그대로 앉아 있었다.

외스트괴타가탄과 블레킹에가탄이 만나는 모퉁이에 있는 그 건물은 스톡홀름에서 가장 인기 높은 중심부에 있는데도 개보수를 하다가 멈춘 상태였다. 철 파이프를 접합해놓은 곳에서 삐걱거리며 불길한 불평을 내뱉고 있는 보호망은 심하게 찢어져 바람에 너풀거렸다. 비계를 감싼 보호망 아래 도로를 따라 걷는 일은 아무 문제가 없었지만 그래도 행인들은 대부분 건물 옆이 아니라 멀리 돌더라도 다른 길을 택해 걸었다. 그 건물은 금융 위기의 여파를 여실히 보여주는 상징물이었다.

파비안과 말린은 건물 주변을 샅샅이 뒤졌지만 법무부 장관의 비밀 전화기는 찾지 못했다. 두 사람은 외스트괴타가탄 46번지 건물 안으로 들어왔다. 예상처럼 건물은 잠겼지만 비계에서 뺀 철봉으로 파비안은 문에 있는 여섯 개 유리창 가운데 하나를 깰 수 있었다. 깨진 유리창 안으로 손을 넣어 문을 열고 들어간 입구는 건축 폐기물과 먼지가 잔뜩 쌓여 있었다. 벽과 천장에는 페인트가 덕지덕지 말라붙어 있었고, 한쪽 벽에는 낡은 변기 10여 개가, 다른 쪽 벽에는 욕조와 냉장고가 늘어서 있었다.

"우아, 우리 집 상태랑 상당히 비슷하네."

말린이 변기가 늘어선 곳으로 걸어가면서 말했다. 그때 시커먼 네 발 달린 뭔가가 계단을 올라가더니 사라져버렸다.

"저거, 조그만 청소 동물이겠지?"

"혼자 지내고 싶을 때 여기 오면 딱 좋겠는데."

파비안이 먼지 위에 난 발자국을 따라 엘리베이터로 가면서 말했다.

"좋아, 어떻게 진행할까? 여긴 며칠이고 몇 년이고 수색할 수 있겠는걸. 숫자는 제대로 입력한 거야? 혹시 하파란다나 쿠알라룸푸르인데 숫자를 잘못 입력해서 헛고생하는 건 아니겠지?"

"정확히 입력했어. 하지만 숫자가 맞는다고 휴대전화가 지금도 여기에 있다는 보장은 없겠지. 법무부 장관을 납치할 생각이라면 휴대전화를 재빨리 없애버릴 정도의 머리는 있을 테니까."

"나라면 저기에 발을 들여놓을 리가 없어."

"하지만 발자국이 저기로 나 있는데?"

"내 쪽에는 없어."

말린은 두툼하게 먼지가 쌓인 돌바닥을 지나 계단 쪽으로 걸어가기 시작했다. 말린이 가는 곳에는 신발 자국은 없었지만 쥐 발자국이 사방에 나 있었다.

사람이 등을 돌리는 순간 자연이 나서는 법이지, 파비안은 그런 생각을 하면서 말린을 따라 한 층씩 건물을 올라갔다. 5층으로 올라갈 때까지 사람 발자국은 하나도 없었다. 하지만 5층에는 엘리베이터부터 맨 오른쪽에 있는 아파트 문까지 묵직한 부츠 자국이 있었다. 다른 문 바깥에는 두툼하게 먼지만 쌓여 있었다.

말린이 전화기를 꺼내 발자국 가까이 대고 사진을 몇 장 찍는 동안 파비안은 아직 몇 호인지 호수가 붙어 있지 않은 아파트 앞으로 걸어갔다. 한 손으로 외시경을 가리고 다른 손으로 조심스럽게 우편물 투입구를 열었다.

집 안은 너무 어두워서 아무것도 보이지 않았고, 아무 소리도 들리지 않았다. 파비안은 말린에게 곁으로 다가오라고 손짓했다. 말린이 외시경을 손으로 막는 동안 파비안은 휴대전화 플래시를 켜고 우편물 투입구를 비췄다. 문 앞에는 낡은 도어매트가 있었고 벽에는 비닐 방수포가 한 롤 세워져 있었다.

"기동대 먼저 불러서 들여보내야 하는 거 아닐까?"

"비밀경호국이 수사를 맡은 한, 그건 안 돼."

파비안은 살며시 우편물 투입구를 닫고 문손잡이를 돌려봤다. 잠겨 있었다. 옆에 있는 아파트로 가 문을 돌렸다. 열려 있었다.

"여기서 기다려."

"그냥 여기 서 있으란 말이야? 나는……."

말린은 말을 끝내지 않고 한숨을 쉬었다.

지독한 먼지와 황폐함. 이 아파트도 안전 부적격 판정을 받은 아파트를 생각하면 떠오르는 모습을 모두 갖추고 있었다. 바닥은 군데군데 부서졌고 천장에는 전선이 벽을 뚫고 튀어나와 있었다. 아주 오래 사용한 것이 분명한 매트리스 말고는 가구가 없었다. 파비안은 방에 하나밖에 없는 창문으로 걸어가 문을 열고 비계 위로 올라갔다.

고소공포증이 있다고 하면 과장이겠지만 파비안은 높은 곳을 좋아한 적이 한 번도 없었다. 동료들이 40번째 생일 선물로 준 기구 탑승권도 아직 사용하지 않고 그대로 가지고 있었다. 처음 2년 동안은 동료들은 자신들이 준 선물 카드를 언제 쓸 것인지 계속 물어왔고, 파비안은 늘 모호하게 대답했지만 마침내 엄청나게 멋진 경험을 했다고 거짓말하지 않는 이상은 동료들의 기대에서 벗어날 수 없음을 깨달았다. 파비안은 카메라를 들고 기구를 탔지만 경치가 너무 좋아서 사진 찍는 걸 잊었다고 말했다.

하지만 지금은 얼음으로 덮인 비계에 올라타는 것 말고는 다른 선택의 여지가 없었다. 밑을 내려다보는 건 아무 도움이 되지 않을 테니 똑바로 앞을 보면서 미끄러지지 않도록 한 손으로 뭔가를 움켜잡는 데에만 집중하는 게 나았다.

창문을 세 개 지나자 외스트괴타가탄 46번지의 닫힌 아파트 밖까지 갈 수 있었다. 아파트 창문은 블라인드를 내려서 안을 들여다볼 수 없었다. 주위를 둘러보며 안으로 들어가게 해줄 뭔가를 찾았으나 아무것도 없었다. 파비안은 창문을 발로 찼다. 창문은 생각보다 단단했다. 안에 누가 있다면 나를 맞을 준비를 충분히 할 수 있겠어, 파비안은 그런 생각을 하며 부서진 창문으로 간신히 몸을 밀어 넣었다.

바닥을 살펴본 파비안은 방의 넓이가 20제곱미터쯤 된다고 추정했다. 처음 본 아파트와 달리 이곳은 바닥이 깨끗하게 쓸려 있었다. 가스레인지와 싱크대, 냉장고가 설치되어 있었고, 냉장고 위에는 파비안을 내려 보는 긴 곱슬머리에 드레스를 입고 그에 어울리는 모자를 쓴 도자기 인형이 있었다.

파비안은 어둠 속에서 주변 상황을 살피려 애쓰면서 옆방으로 걸어 들어갔다. 벽을 더듬어 전등 스위치를 켰다. 갑자기 들어온 불이 너무 밝아서 파비안은 고개를 돌렸다.

잠시 뒤에 천천히 다시 고개를 돌리자 가운데에 구멍이 뚫린 비닐 덮인 탁자와 탁자 옆에 늘어진 여러 개의 끈이 보였다.

키엘 리크테르가 두냐에게 행운을 빌어주고 회의실을 떠난 지 거의 30분이 지났다. 그런데도 두냐는 여전히 자리에 앉아 있었다. 아직 고개를 꼿꼿하게 들고 회의실 밖으로 나갈 힘이 충분히 모이지 않았다.

마침내 메슥거림은 사라졌지만 그 자리를 머리가 찢어질 듯한 두통이 대체했다. 빨리 액체를 보충하지 않으면 두냐의 머리는 터져버릴 것이 분명했다. 하지만 그것으로도 충분하지 않다는 듯이 두냐의 몸은 화장실로 달려가라고 요구하고 있었다.

두냐는 앞으로 일어날 일들을 생각했고, 자신이 철저하게 혼자라는 사실을 깨달았다. 3미터짜리 장대로도 건드리고 싶지 않은 슬레이스네르 말고는 말이다. 얀은 수사를 우연에 맡길 리 없는 훌륭한 경찰이지만 두냐를 방해할 수 있다면 무슨 일이든 할 게 분명했다.

두냐는 키엘의 의중을 헤아릴 수 없었다. 행운을 빈다는 그의 말이 비꼬는 것인지 배려인지 알 수가 없었다. 키엘은 자신이 어디에서야 할지 알지 못할 테지만, 두냐가 키엘을 제대로 알고 있는 게 맞다면 그는 커피 메이커 앞에서 문제를 가장 적게 일으킬 길을 택할 것이 분명했다.

분명히 이것은 불리한 싸움이었다. 그 누구도, 어쩌면 슬레이스네르까지도 이 상황을 두냐 혼자서는 헤쳐나갈 수 없으리라 생각할 것이다. 하지만 그저 포기하는 것만이 능사는 아니었다. 쉽게 도망칠 수 있는 길 따위는 없었다. 그녀가 할 수 있는 일은 책임을 맡고 수사를 끝내고 범인을 잡고 모든 사람에게 그녀가 무시할 수 없는 능력자임을 보여주는 것뿐이었다. 문제는 안타깝게도 그녀조차도 스스로 그런 사람임을 확신할 수 없다는 데 있었다.

두냐는 과일 바구니 밑에 깔린 작은 빨간 천을 꺼내 이마의 땀을 닦았다. 눈을 감고 깊게 숨을 몇 번 들이마신 뒤 두 손으로 탁자를 짚고 천천히 일어났다. 팔과 다리가 후들거렸고 심장이 가슴 밖으로 튀어나올 것만 같았다. 하지만 이런 감각에 익숙해져야 했다.

얀의 말이 옳았다. 이제부터 두냐는 지옥에서 살아갈 것이다.

잠긴 문을 열고 말린을 버려진 아파트 안으로 들어오게 한 뒤 파비안은 아파트의 두 방 중 더 큰 방의 한가운데 놓인 네모난 탁자로 돌아왔다. 탁자는 L자형 앵글로 바닥에 고정됐고 탁자를 덮은 투명 비닐은 탁자 밑에서 스테이플 건으로 고정되어 있었다. 탁자에 뚫린 구멍에는 두툼한 호스가 연결된 깔때기가 붙어 있었고 바닥에는 호스에서 떨어질 액체를 받을 깡통이 놓여 있었다. 하지만 탁자를 덮은 비닐과 탁자에 매어둔 끈과 마찬가지로 깡통은 사용한 자국 없이 텅 비었고 깔때기는 깨끗했다. 피나 배설물이 있었다는 흔적은 어디에도 없었다.

방과는 대조적으로 탁자는 새로 산 것처럼 완벽하게 깨끗했다. 끈을 조인 나사 머리도 녹슨 곳 하나 없이 반짝였다. 심지어 탁자 바로 위 천장에 달린 전등에도 먼지 하나 없었다. 누군가 아주 극단적으로 꼼꼼하게 청소했거나 아직 한 번도 사용하지 않은 것이 분명했다.

파비안은 석고보드로 꼼꼼하게 발라놓은 창문으로 갔다. 석고보드는 바깥에서 들어오는 빛을 완벽하게 차단했고 그 누구도 들여다보지 못하게 막았다. 한쪽 모퉁이에는 비닐 방수포가 한 롤 세워져 있었고 전기 스크루드라이버와 전기톱이 아주 긴 전선과 함께 놓여 있었다.

이 버려진 아파트에서는 분명히 뭔가를 하려는 준비가 진행되고 있었다. 문제는 그것이 무엇인가였다. 고문? 수술? 절단?

아니면 그저 누군가를 감금하려고 준비한 섬뜩한 장치인가? 누가 이런 장치를 한 거지? 누구를 묶으려고? 법무부 장관이 목표였다면, 그가 여기에 없는 이유는? 법무부 장관의 비밀 전화기는 분명히 이 건물에 있었다. 그렇다면 지금은 어디로 사라진 걸까? 무엇보다도 법무부 장관은 어디에 있는 걸까? 계속해서 많은 질문이 쌓이고 또 쌓이다 속절없이 무너져 내렸다.

파비안은 한숨을 쉬었다.

"말린, 조금 이른 시간이긴 한데, 점심 먹을까? 내가 살게."

계속 생각하려면 잠시 쉬면서 머리를 맑게 할 필요가 있었다.

"벌써? 먼저 이곳을 살펴보는 게 좋을 듯한데."

현관 근처에 있던 말린이 큰 소리로 말했다.

"좋아."

파비안은 식료품 저장실이 있는 옆방으로 들어갔다. 아파트에서 파비안이 아직 살펴보지 않은 유일한 곳이었다. 아파트의 다른 곳처럼 그 방도 나름 깨끗해 보였다. 조리대에는 무선 전기 주전자와 엎어놓은 유리잔과 커피 컵이 한 개씩 있었다. 누군가 이곳에서 몇 시간, 또는 하루를 꼬박 보낸 것이 분명했다.

파비안은 수돗물을 틀었다. 수도꼭지는 잠시 공기를 뱉어냈지만 이내 깨끗한 물이 끊기지 않고 나왔다. 갈색 덩어리는 나오지 않았다. 공기는 있지만 녹은 없는 거였다. 아마도 일주일에서 이틀 전 사이에 누군가가 와서 이런 장치들을 준비했을 것이다. 지난 24시간 안에 누군가가 이곳에 있었다면 수돗물을 틀지 않은 것이 분명했다. 파비안은 수도꼭지를 잠그고 냉장고 문을 열었다. 놀랍게도 호밀빵 몇 덩어리와 간을 넣어 만든 소시지 한 팩, 거의 빈 헤이어드 양파 피클 한 병이 들어 있었다.

냉동실에는 다시 밀봉할 수 있는 비닐백이 두 개 들어 있었다. 파비안은 그 가운데 한 개를 꺼내 쥐어짜면서 표면을 덮은 얼음을 닦아냈다. 처음에는 하얗게 무더기로 쌓아놓은 것처럼 보이는 물건이 돌돌 말아놓은 촌충일 거라고 생각했다. 촌충은 그때까지 한 번도 본 적이 없지만 20미터까지 자랄 수 있다는 사실은 알았다. 그러다 파비안은 백에 붙은 라벨을 봤다. 라벨에는 소시지 케이싱이라고 적혀 있었다. 그러니까 촌충이 아니라 소시지를 직접 만들어 먹을 수 있는 돼지 창자인 것이다. 다른 백에는 돼지의 내장, 아니면 닭의 내장 같은 것이 들어 있었다.

파비안의 집에도 남아메리카 대륙에서 즐겨 먹는다는 소의 뇌 구이를 비롯해 동물 내장 요리 레시피가 여러 개 포함된 1930년대 요리책이 있기는 하지만, 그는 내장 요리를 그다지 좋아하지 않았다. 요즘에 내장을 먹는 사람이 있기는 할까? 내장과 법무부 장관의 실종에는 어떤 관계도 있을 것 같지 않았다.

"파비안, 이리 와봐! 와서 이것 좀 봐!"

말린이 소리쳤다.

큰 방으로 돌아가던 파비안의 눈에 그것이 보였다. 지금까지 그것을 인지하지 못한 이유는 탁자를 볼 때면 등을 졌기 때문인 것 같았다. 이전에도 그것을 봤다면 파비안은 분명히 반응했을 것이다. 다른 아파트에 있던 냉장고 위에서도 똑같은 것을 봤으니까. 이 아파트에서는 두꺼비집 위에서 곱슬머리 금발에 파란 눈을 한 도자기 인형이 파비안을 똑바로 보고 있었다.

파비안은 도자기 인형을 내려서 살펴봤다. 인형을 좋아해본 적이 한 번도 없지만 특히 도자기는 더 싫었다. 도자기 인형들은 대부분 정말로 작았는데도 얼굴은 불편할 정도로 현실적이었다. 어릴 때 그의 할머니는 손자에게 도자기 인형을 크리스마스 선물로 줬다. 그날 밤, 다른 장난감들과 함께 선반에 놓아둔 도자기 인형이 밤새 자신을 쳐다보던 걸 생각하면 지금도 오싹한 기분이 들었다. 결국 얼마 지나지 않아 악몽을 꾸고 잠도 제대로 잘 수 없어서 인형을 상자에 넣고 감춰버린 적도 있었다. 심지어 한번은 밖에 내다 버리기까지 했다. 하지만 그의 어머니는 그 인형이 정말로 근사하고 비싼 선물임을 강조하면서 늘 있던 자리에 되돌려놓았다.

어느 날 오후, 파비안은 용기를 끌어모아 그 인형을 가방에 넣고 헬싱보리 북쪽에 위치한 달헴의 높은 코야크 언덕 뒤쪽으로 갔다.

그곳에는 시멘트 공장이 있었다. 예전에도 여러 번 그랬던 것처럼 파비안은 '관계자 외 출입 금지'라고 쓰인 푯말이 붙은 담장을 기어올라 넘었고, 그 인형을 커다란 시멘트 섞는 탱크 안에 던져 넣었다. 파비안은 그곳에 서서 하얀 도자기 인형이 끈적끈적한 시멘트 혼합물 속으로 천천히 가라앉아 사라지는 모습을, 자신의 인생에서 떠나가는 모습을 지켜봤다. 그 인형은 지금도 누군가의 집 벽에 숨어서 다른 사람의 인생을 들여다보고 있을지도 몰랐다.

"파비안, 왜 안 와?"

파비안이 욕실로 들어가자 말린이 벽에 난 구멍 속을 손정등으로 비추고 있었다.

"여기 좀 봐."

말린이 옆으로 비켜나면서 파비안에게 손전등을 건넸다.

"자기도 보여?"

파비안은 고개를 끄덕였다. 챙 넓은 모자와 모피 깃이 달린 검은 외투가 좁은 서비스 덕트 안으로 1미터쯤 들어간 곳에 놓여 있었다.

"그리모스 거 맞지?"

"확실해. 하지만……."

"하지만 뭐?"

"도저히 퍼즐 조각을 맞출 수가 없어. 솔직히 말해서 하나도 이해가 안 돼."

파비안이 말린을 보면서 말했다.

"뭐가 이해가 안 된다는 거야? 그리모스는 여기에 있었어. 그리고……."

"하지만 왜 온 거지? 자기 의지로 온 걸까, 끌려온 걸까?"

"저기 있는 고문 탁자가 아니라면 그리모스가 스스로 왔다고 생각했을 거야. 건물 주인을 알고 있어서 어디론가 가기 전에 누구의 방해도 받지 않고 옷을 갈아입으려 했다고 말이야."

"하지만……."

"하지만 이제는 누군가에게 끌려왔으리라는 생각이 더 강하게 들어."

"그렇다면 왜 여기에 아무도 없는 거지?"

"누군가 장관을 끌고 와 여기서 옷을 벗긴 거야. 하지만 왜냐고는 묻지 마. 아마 그 사람들이 그리모스의 옷을 바꿔야 했나보지. 그러다가 장관의 비밀 전화기를 찾은 거야. 그 때문에 우리가 여기 오는 건 시간문제임을 알고 가능한 한 빨리 여길 떠난 거지. 어때, 내 생각이?"

"그럼 네 말은 장관 혼자 의회 건물에서 나왔다가 부두에서 납치됐다는 거야?"

"아마도 떠나기 전에 최후통첩을 받지 않았을까? 어쨌거나 20분 늦었잖아. 나도 잘 모르겠어. 그냥 앞뒤 상황을 맞춰보려는 거야."

말린은 한숨을 쉬면서 파비안에게 대걸레를 내밀었다.

파비안은 대걸레를 서비스 덕트 안으로 집어넣어 법무부 장관의 옷과 옆으로 끼어 있던 서류가방을 꺼냈다.

두 사람은 욕실에서 나왔다. 파비안은 서류가방을 살폈고 말린은 옷을 살펴봤다. 서류가방에는 반쯤 먹은 라케롤 캔디 한 통, 볼펜 세 자루, 가죽 수첩, 서류 폴더가 들어 있었다. 슬쩍 훑어본 서류는 작년에 진행한 법 개정 결과를 연구한 자료와 보고서에 관한 내용 같았다. 서류보다는 수첩에 더 재미있는 내용이 담겼을 것이 분명했다. 요즘은 거의 모든 사람이 전자 달력을 사용하지만 그리모스는 아니었다. 구세대 사람인 그리모스는 사람들 주소와 전화번호를 직접 손으로 기록해뒀기 때문에 비밀번호를 알아야 할 필요도 없었다. 수첩에는 회의 일정과 '언제쯤 녹색당 녀석들은 자기들이 데오도란트를 뿌려야 한다는 생각을 할 수 있을까?' '그 사회주의자 여우는 지금도 자기가 무슨 말을 하는지 몰라. 침대에서는 잘하려나?' 'LA에서의 약속 잊지 말 것' 같은 글이 잔뜩 적혀 있었다.

파비안의 맥박을 뛰게 한 것은 수첩에 적힌 내용이 아니라 손글씨였다. 이런 증거를 찾는 경우는 드물었다. 한 손으로 꼽을 정도로 적었다. 하지만 그런 증거는 얻으려고 노력한 만큼 보상도 컸다. 그것은 마치 절망스러운 연장전을 한차례 끝내고 또다시 뛰어야 하는 연장전에서 깔끔하게 공을 골대 안으로 넣은 것과 같았다. 도저히 어디에 둬야 할지 모르던 퍼즐 조각이 제자리를 찾아가는 것이다.

"내가 뭐랬어. 여기 있잖아."

말린이 휴대전화를 들어 올리면서 말했다.

"여보세요? 정신 차려, 파비안."

파비안이 고개를 들어 말린을 봤다.

"왜 그래? 뭐 찾았어?"

"여기에 있었던 것 같지 않아."

"누구? 그리모스? 당연히 여기 있었지. 이거 봐."

말린이 파비안 앞으로 휴대전화를 내밀었다.

"확실히 결론을 내리기 전에 어제 보안 카메라를 다시 한번 봐야겠어."

"잠깐, 이해가 안 되는데? 어떻게……?"

말린은 물어봐야 소용없음을 깨닫고 입을 다물었다.

그사이에 파비안은 벌써 욕실을 나가 아파트 문을 향해 가고 있었다.

소피에 레안데르는 이번에는 아주 푹 잤다는 사실을 깨달았다. 그녀는 보통 다가오는 발소리나 목소리에 깨어났다. 그때부터는 몸의 모든 근육이 부서질 것처럼 긴장했고 앞으로 그녀에게 일어날 일을 끔찍한 공포 영화를 보는 것처럼 고통스럽게도 세세하게 반복해서 떠올렸다. 하지만 지금까지 들은 발소리는 모두 그녀를 지나쳐 갔고, 그때마다 소피에는 아직은 더 시간이 있음을 알았다. 아직은 말이다.

그러나 이번에는 모든 것이 달랐다. 그녀는 발소리나 목소리 때문에 깨지 않았다. 전동기가 돌아가고 문이 열리는 소리 때문에 깼다. 그녀의 몸은 너무나도 오랫동안 갈고리에 매달려 있어서 더는 두려움을 느끼지 못하는 것처럼 차분하고 편안했다.

하지만 소피에는 무서웠다. 죽을 것처럼 무서웠다.

다시 한번 미늘 문이 내려오는 소리가 들렸고 딱딱한 케이스 위에 있는 걸쇠가 올라가는 소리도 들렸다. 그때 바로 뒤에 있는 금속 탁자 위에서 땡그랑 소리가 들렸다. 그녀는 또다시 같은 장면을 머릿속에서 끝도 없이 펼쳐놓지 않으려 애쓰면서, 메스와 집게 소리라고 생각했다.

그녀는 옆에 있는 사람이 자신을 이곳으로 데려온 의사인지 보려고 했지만 목을 고정한 끈이 상처 속으로 너무나 깊이 박혀 고개를 전혀 돌릴 수 없었다. 게다가 옆에 있는 사람이 누구인지는 더는 아무런 상관이 없었다. 이제 기다림은 끝났고 곧 모든 게 끝날 테니까.

그녀 주위에 있는 기계들이 움직이기 시작했고, 다양한 소리를 만들어냈다. 왼쪽 손목을 붙잡고 있던 끈이 풀어지고 블라우스 소매가 잘려나가는 동안 소피에는 팔뚝으로 서늘한 가위를 느낄 수 있었다. 팔꿈치 안쪽이 따끔하더니 조금씩 의식을 잃기 시작했다.

기다림은 마치 영원처럼 느껴졌다. 그녀는 입을 막고 있는 테이프를 떼어내고 적어도 미안했다고, 그동안 내내 얼마나 잘못된 일이었는지 깨닫고 있었다고 설명하고 싶었지만 그런 기회를 갖지 못하리란 생각이 들었다. 그녀는 너무나도 두렵지만 벌을 받아들일 거라고, 그게 옳다는 느낌이 든다는 사실을 말할 기회를 얻고 싶었다. 하지만 그녀는 그럴 기회를 절대로 얻을 수 없었다.

"5분입니다. 그 뒤에는 나가셔야 합니다, 아시겠죠?"

경비원은 비디오 파일을 두 번 클릭하면서 말했다.

파비안과 말린은 고개를 끄덕였다. 두 사람은 제복을 입은 경비원이 밖으로 나가기를 기다리면서 비밀경호국 사람들이 법무부 장관의 사체를 찾아 샅샅이 뒤지고 있는 칸슬리카이엔만 쳐다봤다.

두 사람은 의회 경비실 뒤 작은 직원실에 들어와 있었다. 법무부 장관이 의회 건물을 떠날 때 찍힌 보안 카메라 영상을 보기까지는 한참 실랑이해야 했다. 비밀경호국이 일급비밀이라고 했을 뿐 아니라 경비 책임자에게 수사국에서 나와 영상을 보여달라고 부탁할 테니 주의하라는 경고까지 해놓은 상태니 그럴 수밖에 없었다.

하지만 경비실은 말린과 말린의 감정 변화를 계산하지 못했다.

바라는 것을 얻지 못할 때 터져 나오는 말린의 분노는 그 누구도 막을 수 없다는 사실을 계산하지 못한 것이다.

파비안은 비디오를 틀어 아무도 없는 이중 유리 보안문 영상을 화면에 띄웠다. 어젯밤과 마찬가지로 아무도 없는 출입구로 칼 에릭 그리모스가 걸어왔다. 법무부 장관은 왼손으로 서류가방을 들고 오른손으로는 출입 카드를 리더기에 통과시킨 뒤 첫 번째 보안문을 손으로 밀어 열고 두 번째 문까지 마저 밀고 나가 눈보라 속으로 사라졌다.

그러니까 파비안의 의심처럼 해결책은 계속 바로 앞에 있었다. 그저 무엇을 봐야 하는지 몰랐을 뿐이다. 왼손으로 가방을 들고 오른손으로 보안 카드를 찍고 나가는 사람은 오른손잡이가 분명했다. 하지만 가죽 수첩에 적힌 글씨는 파비안의 아내 소냐처럼 왼손잡이가 썼을 때만 나오는 각도로 기울어져 있었다. 칼 에릭 그리모스는 왼손잡이가 분명했다.

파비안은 말린을 쳐다보며 말했다.

"알겠어? 저 남자는 오른손잡이야."

"그건 저 남자가 법무부 장관이 아니라는 뜻이네. 법무부 장관 흉내를 낸 거야."

파비안은 고개를 끄덕였다.

"범인일 수도 있어."

파비안은 비디오를 처음부터 다시 돌리면서 한 장면, 한 장면 다시 뚫어지게 봤다.

"자세히 보면 저 남자가 카메라 위치를 안다는 걸 알 수 있어. 어떻게 해야 얼굴이 보이지 않는지 정확히 알잖아."

"저 사람이 범인이라고 쳐. 그럼 장관은 어디에 있는 거야?"

파비안은 말린을 똑바로 쳐다봤다.

"글쎄, 나도 모르지. 하지만 장관이 이 건물에서 다른 문으로 나가지 않았다면 여기에 있을지도 모른다는 사실을 배제할 순 없겠지."

나나 마센, 21세, 2005년 12월 5일, 헤를레우, 대형 쓰레기통.

등과 가슴, 생식기 상당 부분의 물린 자국에서 다량의 출혈. 치아 분석 결과 피해자를 문 것은 가해자와 개(도베르만 핀셔로 추정)로 결론 내림. 가해자 신원 확보 실패.

키미 콜딩, 17세, 2007년 4월 23일, 페블링에 호수.

강제 삽입으로 인한 생식기 주변 조직 파열. 상하 치열이 부러지고 두개골에 생긴 개방 골절은 머리에 강한 충격을 받았음을 의미함. 망치로 내리친 것으로 추정. 폐에 물이 찬 것으로 보아 살아 있을 때 물에 던져짐. 가해자 신원 확보 실패.

메테 브루운, 37세, 2008년 9월 7일, 아마게르 펠레드.

항문과 대장 파열. 생식기부터 위까지 내부 장기 파열. 두꺼운 나뭇가지나 스파이크가 박힌 곤봉을 거칠게 찔러 넣은 것으로 추정. 가해자 신원 확보 실패.

두냐 호우고르는 서류를 탁자에 내려놓고 소파에 등을 기대고 앉아 눈을 감았다. 범인을 잡아달라고 애원하고 간청했지만 그 보상을 받지 못한 여자들의 훼손된 신체 사진에서 잠시 벗어날 필요가 있었다.

하지만 두냐의 머릿속에 떠오른 것은 킴 슬레이스네르였다. 두냐가 책상 앞에 앉자마자 그녀를 찾아온 슬레이스네르는 퇴근 전에 자기 방에 들르라고 했다. 마침내 모든 상황을 이해할 수 있었다. 그가 원하는 것이 무엇인지를 깨닫는 순간 온몸을 관통하는 오싹함에 두냐는 몸서리를 쳤다. 이것은 그녀의 능력으로는 도저히 할 수 없는 일이었다.

돌이켜보면 누구에게나 명백한 사실을 그녀만 깨닫지 못하고 있었다는 것이 도저히 이해되지 않았다. 그녀에게 이 상황은 그저 끔찍한 농담처럼 느껴졌고, 그녀가 할 수 있는 유일한 일은 모든 사람이 틀렸음을 입증하는 것뿐이었다.

공식적으로 근무 시간은 끝났지만 두냐는 집에서도 소파에 앉아 일을 했다. 그녀는 몇 년 사이에 계속해서 일어났지만 범인을 잡지 못한 가장 잔인한 강간 사건들 기록을 가지고 왔다. IT 부서의 미카엘 뢰닝이 두냐를 위해 사건을 추려줬다. 미카엘에게는 수사권이 없었지만 두냐에게는 협력자가, 두냐의 부서와 전혀 관계없는 협력자가 필요했다.

목초지에 풀어놓은 수송아지처럼 미카엘은 온 힘을 다해 자료를 찾았다. 하지만 프린터가 사건을 하나씩 뱉어놓을 때마다, 바로 전에 내뱉은 사건보다 더 잔인한 사건을 내뱉을 때마다 그는 우울해졌고, 마침내 인간에 대한 믿음이 사라졌다고 선언했다.

두냐는 거의 모든 사건에서 가해자는 남자고 피해자는 여자라는 사실에도, 잔혹한 폭력이 가해졌다는 사실에도 놀라지 않았다. 그녀에게 놀라운 점은 코펜하겐에서 일어난 많은 사건이 미해결 상태로 남았다는 것이고, 자원이 부족하다고 여겨지면 아주 간단하게 사건을 종결하고 흐지부지 마무리해버린 사실이었다.

수사를 포기한 강간 사건 목록은 끝도 없이 늘어나는 것 같았다. 두냐는 미카엘에게 살인 사건만 뽑아달라고 했는데도 지난 4년 동안 쾨게에서 헬싱외르에 이르는 해안에서만 열두 건에 달하는 강간 살인 사건이 미해결로 남아 있었다. 무고한 여자에게 죽는 것만이 유일한 구원이라고 느낄 만큼 극심한 고통을 가하는 사건이 1년에 세 건 일어나고, 아직 범인을 잡지 못했는데도 그대로 종결하는 수사가 1년에 세 건씩 있는 것이다.

두냐는 창문을 내다봤다. 짙은 회색 구름이 하늘을 가로지르고 있었다. 또 다른 폭풍우를 만드는 것처럼 보이는 구름은 그나마 얼마 남지 않은 햇살을 가져가버렸다. 난도질당한 카렌 네우만의 모습이 남아 있는 한 두냐의 마음은 평온해질 수 없을 것이다. 여러 가지 점에서 카렌의 사건도 이전 사건들과 마찬가지로 광기가 서려 있었고 철저하게 계획된 범죄였다. 회의실에서 두냐가 말한 것처럼 절대로 초범의 짓이 아니었다. 누가 범인이건 분명히 전에도 같은 일을 해본 적 있는 사람의 짓이었다. 카렌 네우만은 아무렇게나 선택한 희생자가 아니었다.

하지만 아무리 이전 사건을 들여다봐도 연관성을 찾을 수가 없었다. 두냐는 할 수 있는 시도는 다 했다. 비슷한 특징이 있는 사건끼리 분류했고, 여자들의 상처 부위를 기록한 글들을 세세하게 다시 읽었고, 고통받은 신체 사진을 모두 확대경으로 자세하게 관찰했다. 하지만 그 어떤 연결고리도 찾을 수 없었다.

두냐는 일곱 건은 일단 옆으로 밀쳐뒀다. 일곱 개 가운데 넷은 비슷한 특징이 상당히 많아 같은 그룹으로 묶였고 더구나 강력한 용의자가 있었지만 안타깝게도 유죄를 입증하기도 전에 자살했다. 나머지 세 사건도 동일범의 소행임이 분명했다. 이 세 사건은 가해자가 피해자들의 두피 일부를 승리의 징표로 벗겨갔다. 오스카르 페데르센은 두피에서 엄청나게 많은 피가 흘렀다는 사실은 두피를 벗길 때 피해자들이 살아 있었다는 뜻이라고 말했다. 이런 끔찍한 일을 저지른 사람도 아직 붙잡히지 않았다.

하지만 그자가 이번 사건의 범인은 아니었다. 이번 수사가 끝나자마자 이 망할 녀석을 잡는 데 총력을 기울일 테지만, 지금은 그럴 수 없었다.

탁자에는 다섯 건의 강간 살인 사건 기록이 남았다. 공식적으로는 아직 수사가 진행 중이지만 실제로는 거의 방치된 사건이었다. 다섯 건 모두 카렌 네우만의 경우처럼 세심하게 계획된 잔혹한 사건이었고, 분명히 초범의 소행이 아니었다. 더구나 서로 뚜렷하게 다른 점이 있었다. 다섯 사건 모두 연결점은 없어 보였다. 피해자들의 나이와 피해 상태가 다 달랐고, 범행 장소도 서로 멀리 떨어져 있었으며 살인범이 피해자를 죽인 방법도 달랐다.

다섯 건은 모두 단독 사건 같았다. 범인 한 명이 가끔 선을 넘어 희생자가 죽을 때까지 가장 끔찍한 방법으로 강간하고 고문한 뒤에 그 어떠한 흔적도 증거도 남기지 않은 채 일상으로 돌아가는 일을 다섯 번이나 할 수 있다고? 그런 일은 불가능했다. 단독범의 소행이라면 반드시 공통분모가 있게 마련이라고, 두냐는 확신했다.

전화벨이 두냐의 생각을 방해했다. 키엘 리크테르였다. 키엘이 얀이 아니라 그녀에게 전화했다는 사실에 안도했지만 그런 티를 내지 않고 가능한 한 침착한 수사관답게 전화를 받으려 노력했다. 헬싱외르에서 헬싱보리까지 여객선을 운행하는 스칸드라인은 어젯밤 항구에서 터미널 지역을 벗어날 때 게이트를 향해 미친 듯이 달려가는 두 대의 자동차가 있었다고 했다. 키엘은 그 일을 조사하려고 나가 있었다.

"안녕, 키엘. 아직도 헬싱외르야?"

"두냐, 난 너를 좋아하지만 한 가지는 정말 분명히 말해야겠어. 지금 네 머리 위로는 익사할 정도로 물이 차올라 있단 말이야. 그러니까, 무슨 일이 있건 간에 나를 너무 믿지는 마."

"키엘, 내 말 좀 들어봐. 이건 슬레이스네르의 생각이라고. 나는 정말 조금도 이해를……."

"나는 말려들지 않을 거야. 나야 내 일을 해나갈 생각이지만, 내가 어디에 서 있는지 네가 알아야 할 것 같아서."

"좋아, 무슨 말인지 잘 알아들었어."

두냐는 숨을 깊이 들이마신 뒤 이어 말했다.

"지금 네가 닭장에 있는 또 다른 암탉이라고 말하려 전화한 건 아닐 테고, 나한테 전할 정보가 있다고 생각해도 되겠지?"

"허."

"너도 내 말이 무슨 뜻인지 알잖아."

두냐는 자신이 이렇게까지 단호하게 말할 수 있다는 사실에 감동했다.

"좋아, 뭐든 알아낸 게 있어? 없으면 이만……."

"이미 얀에게 보고했어. 너한테는 이제 집으로 갈 거라고 말하려고 전화한 거야."

"하지만 넌 나한테 보고해야 하잖아. 슬레이스네르가 그 점을 분명히 한 것 같은데."

"나는 절대로 그 망할 권력 다툼의 소용돌이에 휩쓸리지 않을 거……."

"키엘, 너는 네 일을 하겠다며? 네가 정말로 네 일을 해야만 모두가 행복할 거야."

전화기 너머에서는 한동안 침묵이 흘렀다. 두냐는 키엘이 장단점을 따지고 있음을 알았다.

"너희 중에 누가 한 말인지는 모르겠지만, 아무튼 징을 박은 스웨덴 차랑 네우만의 BMW가 여객선 터미널에 있었고 헬싱외르 항구 쪽 문으로 돌진한 건 분명한 사실이야."

키엘의 말에 두냐는 소파에서 벌떡 일어났다.

"무슨 일이 있었는데? 어디로 갔는지 확인했어?"

"페르게바이 쪽으로 갔는데, 한참을 더 달려간 흔적이 있어."

두냐는 창가로 걸어가 밖을 내다봤다. 눈이 내리기 시작했다. 원래 두냐는 눈을 사랑했다. 특히 겨울이 되어 처음으로 펑펑 내려서 온 세상을 하얀 담요처럼 포근하게 감싸고 사람들에게 눈을 조금은 편안하게 받아들이라고 말하는 듯한 눈을 좋아했다. 하지만 오늘은 아니었다. 지금 눈이 내린다는 것은 모든 것이 시간 싸움이 되리라는 사실만을 뜻했다. 눈송이가 하나씩 내릴 때마다 바퀴 자국은 덮여버릴 테고, 헬싱외르 항구에서 일어난 일을 알아내기가 훨씬 어려워질 것이었다.

"아무튼 여기서 내가 알아낼 수 있는 건 모두 알아냈으니까, 이제 가보려고."

"키엘, 잠깐만. 거기도 눈이 내려?"

"응, 오고 있어. 지금 출발하지 않으면 아이들 끝나는 시간까지 도착할 수 없어."

"하지만 난 네가 거기 더 있었으면 좋겠어. 그리고……."

"그게 무슨 소리야? 여기 있으라니? 목요일은 내가 유일하게 아이들 데리러 가는 날이야. 그걸 못했다가는 주말 내내 아내가 나랑 한마디도 안 할 거라고."

"그건 정말 안됐어. 하지만 나는 네가 일을 먼저 끝냈으면 해."

"끝냈다고, 젠장. 혹시 귀에 이상 있는 거 아니야?"

"내가 끝났다고 할 때까지는 끝난 게 아니야."

키엘은 아주 길고 무거운 한숨을 내쉬면서 화를 가라앉히려고 애썼다.

"네가 무슨 생각을 하는지 내가 모를 거 같……."

"이번 수사 책임자가 누구야? 너야, 나야? 그러니까 내가 하라는 대로 해. 너무 늦기 전에."

전화기 너머에서는 아무 소리도 들리지 않았고, 두나는 키엘도 그녀가 소리를 질렀다는 사실에 자신만큼이나 충격받았음을 알았다. 두나는 그 누구에게도 이렇게 강하게 대한 적이 없었다. 카르스텐 때문에 약이 바싹 올랐을 때에도 이런 반응은 보인 적이 없었다.

"집에 가기 전에 페르게바이를 따라서 북쪽으로 올라가줘. 자동차 자국이 계속해서 길을 따라가고 있는지, 아니면 작은 거리로 들어갔는지 확인해봐."

"왜 그래야 하는데? 그 사람들이 어디까지 갔는지 알고?"

"그냥 내가 말하는 대로 해. 자꾸……."

"이미 출발했어."

"좋아, 어디까지 갔어?"

두나는 거실 구석 책장 아래에 있는 책상으로 재빨리 걸어가 컴퓨터를 켜고 헬싱외르 항구를 클릭했다.

"스타티온스플라센에 있어. 오른쪽으로 돌아서 하우네가데로 갈 거야. 그다음에는 항구 정박지를 따라 쭉 올라가볼게."

"혹시 모두 왼쪽 편에 건물들이 있어?"

"도대체 무슨 말을 하는 거야? 꼭 건초 더미에서 바늘 찾는 거 같잖아. 그것도 건초로 만든 바늘 말이야. 지금 눈이 쏟아지고 있어서 다른 바퀴 자국들도 생기고 있단 말이야. 아무튼 모르겠고……."

"지금 어디야?"

"이제 막 항구를 벗어났어. 곧 노르레 스트란바이로 들어가."

"다시 돌아서 다른 방향으로 가봐."

"허, 왜 내가 그래야 하는데? 거긴 부두 쪽이야."

"그냥 내가 하라는 대로 해. 완전히 눈에 덮이기 전에. 자꾸 시간을 끌면 아이들이 어린이집에서 밤을 보내야 할 거야."

두냐는 당연히 키엘이 화를 낼 거라고 생각했다. 두냐는 농담한 거였지만, 키엘 리크테르는 비꼬는 말도 농담도 받아들이지 않는 것으로 유명했다. 한번은 다른 동료가 그에게 스웨덴 녀석이라고 했을 때도 조금도 웃지 않았다. 그저 인사부 담당자에게 찾아가 직장 내 괴롭힘을 당했다고 신고했고, 결국 모든 사람이 긴급회의에 참석해야 했다.

"키엘, 마지막 말은 그냥 농담이었어. 물론 아이들은……."

"젠장, 찾은 것 같아. 잠깐만……."

"왜? 뭘 찾았는데? 키엘, 말 좀 해봐. 지금 정확히 어디야?"

"하우네가데 옆에 있는 기찻길 보여?"

두냐는 지도를 확대해 도로와 부두 사이에 있는 기찻길을 봤다.

"보여. 거기 있는 거야?"

"기찻길을 가로질러서 부두로 가는 곳에 있어. 난 그냥……."

전화기 너머에서 자동차 문이 열리는 소리와 거칠게 부는 바람

소리가 들렸다.

"우아, 진짜 날씨 장난 아니야."

두냐는 눈보라를 맞아도 좋으니 키엘이 있는 곳에 있었으면 좋겠다고 생각했다.

"바퀴 자국을 찾았어?"

"틀림없어. 하나는 징 박은 타이어가 분명하고, 또 하나는…… 두 차 모두 부두로 미끄러져 간 것 같은데……."

"왜? 왜 그래, 키엘? 뭐 찾았어?"

"맞아, 후미등 조각이야. 그런데, 이게 무슨……."

두피가 따끔거릴 정도로 극심한 좌절감이 두냐를 덮쳤다. 두냐는 무슨 일인지 자세하게 말해보라고 소리치고 싶었지만 간신히 참았다. 두 사람 모두 한동안 아무 말도 하지 않았다.

"그게, 네우만이 징 박은 자동차를 쫓아서 부두로 간 것 같아. 그리고 곧장…… 잠깐만, 나는 그냥…… 맞아, 젠장, 그거 말고는 있을 수가 없어."

"키엘, 무슨 일인데 그래?"

"바다로 떨어진 거야."

"항구 밑에 스웨덴 차가 있을 거라고?"

"100퍼센트 확신해."

"그 말은 범인도 바다에 빠졌다는 거야?"

"그럴 수도 있지. 하지만 장담할 수는 없어. 여기, 발자국이 나 있거든. 하지만 이미 눈이 너무 많이 와서 한 사람 발자국인지 여러 사람 발자국인지는 모르겠어."

"좋아, 최대한 현장을 보존하고 와. 내일 이야기해."

두냐는 전화를 끊고 소파에 누워서 생각을 정리했다.

키엘이 눈 위에 남은 자국을 제대로 해석했다면 악셀 네우만은 침대 위에서 죽은 아내를 발견한 뒤 범인을 쫓아갔다. 지금까지 발견한 단서대로라면 네우만은 헬싱외르 여객선 터미널까지 스웨덴 차를 쫓았다. 하지만 그 추격은 부두에서 갑자기 끝나버렸다.

하지만 악셀 네우만과 그의 BMW가 어디에 있는가라는 문제는 아직도 풀리지 않았다. 어쩌면 악셀은 살해범으로 기소될 수도 있다는 사실을 알기 때문에 숨었는지도 몰랐다. 범인은 자동차에서 빠져나왔을 수도 있었다. 어쩌면 자동차가 바다에 빠지기 전에 이미 빠져나와 숨었을 수도 있었다. 네우만을 제압하고 네우만의 생명과 그의 BMW를 앗아갔을 수도 있었다.

그럴듯한 가설이지만 충분히 그럴듯한지는 의문의 여지가 있었다. 두냐에게 충분히 그럴듯한 가설인가라고 묻는다면 주저하지 않고 '아니다'라고 말할 것이다. 그런 일은 일어났을 것 같지 않았다. 하지만 두냐는 왠지 이번 사건은 어떤 일이 벌어질 가능성이 있는가 없는가를 생각하는 것은 아주 무의미한 일 같았다.

1998년 6월 14일

당신이 어디에 있는지, 아직 살아 있는지, 나는 알지 못합니다. 하지만 이 편지는 당신 말고는 그 누구에게도 갈 수 없습니다.

검문소에서, 철조망 너머에서 나는 당신을 거의 매일 봤습니다. 하지만 그건 벌써 1년 전 일입니다. 당신은 몇 시간이고 그냥 앉아 있었습니다. 지나가는 중일 수도 있고, 어쩌면 구경하러 온 건지도 모릅니다. 당신이 그곳에 온 이유는 지금도 알지 못합니다. 수용소에서는 팔레스타인

여성이 이스라엘 군인을 은밀하게 만난다는 소문이 돌았습니다. 그 때문에 나는 언제나 희망을 품고서 방책 앞에 서 있었습니다.
나블루스산맥 출신 여인들은 눈이 파란색일 수도 있다는 말은 들었지만 당신 이전에는 파란색 눈을 가진 나블루스 여인을 본 적이 없습니다. 당신은 이 세상에서 가장 아름다운 사람이었습니다. 처음에는 왜 그런지 알 수 없었지만 당신을 볼 때마다 내 심장은 두 배는 빨리 뛰었습니다. 지금도 당신을 생각하면 여전히 심장이 빨리 뜁니다. 이제는 너무 늦었고 곧 모든 것이 끝나리라는 사실을 받아들이지 않겠다는 듯이 말입니다.
우리가 마지막으로 만난 밤을 계속해서 생각합니다. 기억하십니까? 그날 밤 어둠이 어떻게 시작됐고, 당신이 평소보다 오래 머무른 것을 말입니다. 근무 시간이 끝나가고 있었고, 나는 지금이 아니라면 영원히 할 수 없으리라는 걸 알았습니다. 나는 바리케이드를 따라 걷기 시작했고 당신이 내가 있는 쪽으로 걸어오는 걸 봤습니다. 너무나도 기뻐서 소리를 지를 뻔했습니다.
그다음에 무슨 일이 벌어질 줄 알았다면 나는 등을 돌렸을 테고, 당신에게 철조망 가까이로는 오지 말라고 경고했을 겁니다. 아니, 돌아가라고 위협하고 떠밀어버렸을 겁니다. 결코 철조망 앞에 서서 당신의 눈을 들여다보지 않았을 겁니다. 그랬다면 당신은 내가 있는 곳으로 오지도 않았을 테고 내 손에 당신의 손을 맞대지도 않았을 겁니다. 당신의 입술도…….
나는 오래 버티지 못할 겁니다. 이미 너무 많은 피가 빠져나갔으니까요.
아무 말도 없이 우리는 그곳에서 얼마나 오래 서 있었을까요? 몇 분이었을까요, 아니면 한 시간이었을까요? 정말로 하고 싶은 말이 너무 많았고 묻고 싶은 말도 많았지만 감히 입을 열 수 없었습니다. 내 생각을 말로 바꾸면 그 순간을 망칠 것만 같아 두려움에 아무 말도 할 수 없었습니다. 당신은 정말로 나에게는 가장 아름다운 여인이었습니다. 그 눈은 어쩜 그렇게 파랄 수 있을까요?

우리는 철조망을 사이에 두고 만났을 뿐인데도, 이미 나는 당신을 사랑하고 있었습니다. 나는 당신의 이름조차 알지 못했습니다. 그저 내가 할 수 있는 일이라고는 가지고 있던 라디오를 켜는 것뿐이었습니다. 기억하십니까? 에타 제임스의 노래가 나왔었죠. 그보다 더 우리에게 어울리는 노래는 없었을 겁니다. 나는 그 순간이 꿈일지도 모른다는 생각에 팔을 힘껏 꼬집었습니다. 어찌나 세게 꼬집었는지 지금도 상처가 남아 있습니다.

누가 당신을 죽인 것은 아닌지, 그래서 당신이 다시는 나타나지 않은 것인지 나는 모릅니다. 당신의 아버지나 마을 사람의 짓이었을까요? 지금 당신은 살아 있기는 한 걸까요? 어쩌면 그건 모두 꿈이었을지도 모르고 한동안 그렇게 믿으면서 그것으로 충분하다고 생각한 적도 있습니다.

하지만 이 상처가, 당신에 대한 생각이, 꿈이 아니었음을 말해줍니다.

의회는 모두 일곱 개 건물로 이뤄져 있다. 헬게안스홀멘에 있는 동관과 서관, 구시가지에 있는 의회 건물과 브란콘토레트, 넵투누스, 세팔루스, 메르쿠리우스. 일곱 개 건물 모두 지하로 연결되어 있고 100여 개 보안 카메라가 설치됐지만, 그 많은 카메라를 보안센터에

서 근무하는 경비원 두 명이 감당할 수는 없었다. 복합 건물의 전체 면적과 매일 일곱 개 건물을 드나드는 고위급 정치인의 수를 생각하면 의회 건물은 전혀 보안이 되지 않는다고 하는 게 옳았다. 카메라 위치만 안다면 얼마든지 보안 카메라에 잡히지 않고 활동할 수 있었다.

파비안과 말린, 그리고 경비원 한 명이 거의 두 시간 동안 쉬지 않고 카메라 녹화 비디오를 뒤진 끝에 세 사람은 오후 2시 42분에 의사당 문을 나가는 법무부 장관을 확인할 수 있었다. 그리모스는 잠시 멈춰 서서 모피 깃이 달린 코트를 입더니 에스컬레이터를 향해 걸었다.

"봤지? 오른손에 가방을 들고 왼손에 모자를 들었잖아."

파비안이 에스컬레이터 밑으로 사라지는 법무부 장관을 가리키며 말하자 말린이 고개를 끄덕였다.

두 번째 화면에 나타난 장관은 단호한 발걸음으로 스웨덴 중앙은행의 넓은 홀을 가로질러 갔다. 사실 공식적으로 스웨덴 중앙은행은 오래전에 브룬셰베리스토리로 옮겨 갔지만 사람들은 지금도 의회와 연결된 은행을 중앙은행이라고 불렀다. 서류가방은 여전히 장관의 오른손에 있었고 왼손으로 모자를 쓰는 모습이 보였다.

"저기가 의회로 가는 가장 빠른 길인가요?"

말린의 질문에 경비원이 고개를 끄덕였다.

"어쨌거나 밖으로 나가려고 한 것 같은데."

파비안은 법무부 장관의 태도에서 이상한 점은 한 가지도 발견하지 못했다. 그저 다른 날과 다름없는 하루를 보내고 있음이 분명했다.

구시가지에 의회를 만들 때 지하 통로의 첫 번째 부분이 배수로였기 때문에 지금도 '배수로'라고 불리는 지하 통로를 걸어갈 때도 법무부 장관의 태도에는 이상한 점이 없었다. 장관의 첫 번째 전화기가 발견된 리다르피에르덴의 창문 밖을 내다볼 때도 긴장하거나 주저하는 기색은 없었다. 국회의원들이 옆을 지나갈 때도 마찬가지였다. 앞으로 벌어질 일을 전혀 모르는 것이 분명했다.

그리고 몇 초 뒤에 그 일이 일어났다. 시간은 2시 45분이었다. 배수로를 지나고 지하 홀의 오른쪽으로 건너왔을 때 장관이 멈춰 서더니 누군가의 부름에 응하는 것처럼 옆을 봤다.

"다시 돌려서 확대해봅시다."

파비안이 말했다. 비디오는 다시 돌아갔고, 장관이 돌아보는 장면에서 얼굴을 확대했다. 초점이 제대로 맞지 않은 흐릿한 화면이지만 장관을 부른 사람은 장관에게는 낯선 사람임이 분명했다.

"장관을 부른 사람을 볼 수 있는 카메라는 없나요?"

말린이 물었다.

"카메라는 출입문에만 설치되어 있습니다. 정치인들은 감시받는 걸 그다지 좋아하지 않으니까요. 그래도 한번 찾아보겠습니다."

경비원은 여러 카메라 버튼을 계속해서 눌렀다.

"여기요. 왠지 찾을 수 있을 것 같았습니다."

경비원은 비디오 재생 버튼을 누르면서 말했다.

화면에서는 콧수염을 기르고 허리에 살이 많은 경비원이 고함을 치면서 반대쪽에 있는 장관을 손짓해 부르고 있었다. 장관은 경비원에게 다가가 그가 하는 말을 들었다. 경비원은 장관보다 머리 하나는 작았다.

"저기 마이크가 있습니까?"

파비안이 물었다.

"안타깝지만, 없습니다."

경비원은 경비원의 말을 듣고 있는 장관의 모습을 확대했다.

"저 경비원, 아는 사람인가요?"

"아닙니다. 하지만 경비원은 누구나 가슴에 ID 카드를 달고 있어야 합니다. 그런데 장관 때문에 보이지 않는군요."

장관은 고개를 끄덕이더니 경비원을 따라갔다.

"어디로 가는 겁니까?"

파비안이 물었다.

"모르겠습니다. 의회로 가려면 오른쪽으로 돌아야 하는데, 아마도 브란콘토레트나 넵투누스 쪽으로 가는 것 같습니다. 하지만……."

"카메라를 바꾸세요. 놓치겠습니다."

파비안이 다급하게 말했다.

"파비안, 이거 라이브 아냐. 그래도 모든 걸 녹화해둔 거, 맞죠?"

말린의 말에 경비원은 지나치게 크게 웃으면서 고개를 끄덕였다.

하지만 파비안은 진정할 수 없었다. 바로 지금 그 일이 벌어지고 있었다. 세 사람이 보는 앞에서 장관이 사라져버렸다.

"이상하군요."

경비원은 여러 카메라 녹화 화면을 켰다가 끄기를 반복하면서 말했다. 어떤 화면은 완전히 시커멨다.

"카메라에 뭔가 뿌린 것 같은데요. 전선을 잘랐으면 경보음이 울렸을 겁니다."

"두 사람을 마지막으로 찍은 카메라를 다시 켜서 3시 20분 상황을 봅시다."

파비안이 말했다.

경비원이 시간 건너뛰기 버튼을 누르자 30초쯤 뒤에 다시 장관이 화면에 나타났다.

"저기 있네요. 걱정하지 않아도 된 거군요."

"저 사람이 정말로 장관이라면 그렇겠죠."

파비안이 대답했다.

두냐는 다른 생각을 해보려 했지만 훼손된 여자들의 몸을, 심하게 찢긴 생식기를, 크게 베인 목을, 도살장 바닥에 던져진 동물 사체처럼 생기가 사라진 채로 동그랗게 뜬 눈동자를 도저히 떨쳐버릴 수 없었다. 그녀는 어떻게든 카렌 네우만과의 연관성을 찾으려고 모든 사진을 세세한 부분 하나하나까지 놓치지 않고 분석했다.

두냐는 소파에서 너무 오랜 시간을 보낸 탓에 죽을 것 같아 침대에 누워 조금 쉴 수밖에 없었다. 하지만 그녀의 뇌는 쉬기를 거부했고, 계속 거실에서 보고 온 사진들을 혼자서 분석했다. 크리스마스 모임에 나갔던 카르스텐이 돌아오는 소리를 들었을 때는 죽은 듯이 누워서 자는 체하고 있으면 그러다 정말로 푹 잠들기를 바랐다.

어쩌면 솔직히 지금 두냐의 마음은 강간당하고 온몸이 잘린 여자들 사진 때문에 너무나도 심란해서 도저히 사랑을 나눌 기분이 아니라고 말하는 게 좋을지도 몰랐다. 하지만 두냐는 잠든 척하기보다는 차라리 카르스텐이 오래 탐험할 의욕을 잃게 모든 걸 활짝 개방해두기로 했다.

카르스텐이 하겠다는 마음을 먹으면 두냐가 피곤하다거나 머리가 아프다는 사실은 이유가 될 수 없었다. 두냐의 성욕이 일지 않는다는 것도 그에게는 문제가 되지 않았다. 카르스텐은 조금 강하게 애무하면 두냐의 낮은 성욕쯤은 해결할 수 있다고 믿었다. 결국 두냐는 두통이 완화되기를 기대하며 섹스에 집중하기로 했다. 하지만 안타깝게도 도움이 되지 않았다.

물론 마음속 깊은 곳에서는 정말로 카르스텐과 자고 싶다는 소망이 있었다. 그래서 두냐는 카르스텐이 메트로놈처럼 정확한 박자로 움직일 때도 내버려뒀고, 심지어 한 번인가 두 번쯤 그녀의 귀에 대고 헐떡이면서 좋으냐고 물었을 때는 신음까지 냈다.

"그런데, 자기한테 말하지 않은 게 있어."

"지금 해야 해? 조금 있다가 하면 안 돼?"

두냐는 징을 박은 나무 몽둥이가 여자에게 할 수 있는 일을 떠올리지 않으려고 노력하면서 말했다.

"안 돼, 지금 말하지 않으면 잊어버릴 거야. 이번 주말에 스톡홀름에 가야 해. 화요일 저녁에 올 거야."

카르스텐은 두냐의 귓속으로 혀를 더 깊이 넣으려 애쓰면서 말했다. 카르스텐은 자기가 지금 얼마나 크게 말하는지 알고 있을까?

"아마 합병한 뒤에 새로 바뀔 신용 평가 방법을 설명하는 세미나를 열 거 같아."

두냐는 고개를 끄덕이면서 카르스텐이 계속해서 귓속으로 혀를 집어넣게 내버려뒀다. 정말로 각기 다른 가해자가 다섯 명이나 있을 수 있을까? 카렌 네우만까지 합하면 여섯 명인데, 여섯 명이나 되는 남자가 무고한 여자를 그렇게 악랄하고 계획적으로 공격하고 아무렇지도 않게 일상으로 돌아갈 수 있을까?

"미안, 어젠 내가 할 기분이 아니었어. 오늘 보충해줄게. 약속해."

두냐는 고개를 끄덕였다. 어떠한 감흥도 일지 않았고 몸도 반응하지 않았지만 그래도 두냐는 지금까지 했던 카르스텐과의 근사한 섹스를 모두 떠올려보려고 노력했다. 예전에는 어디에서든, 하루에 몇 번이든 섹스를 했다. 모든 것이 두 사람의 사랑의 행위를 중심으로 돌아갔다. 두냐는 계속해서 흥분해 있었고, 두 사람은 가능한 모든 체위와 불가능한 모든 체위로 사랑을 나눴다.

하지만 이제는 두 사람이 하고 있는 일을 뭐라고 불러야 할지 알 수가 없었다. 이게 무엇이든 섹스는 아니었다. 두냐는 두 사람이 함께하는 시간이 길어지면 섹스는 훨씬 더 농밀해지고 친밀해진다고 들었다. 하지만 두 사람은 선교사 체위가 아닌 다른 걸 하면 꼭 죄를 짓는 느낌이 들 정도로 오히려 더 나빠졌고 단조로워졌다.

두냐는 카르스텐이 아주 가끔만이라도 자신을 예상치 못한 방법으로 놀라게 해줬으면 했다. 그저 기계적으로 움직이면서 문질러대는 것만 하지 않았으면 했다. 조금만 더 불규칙하게 움직이거나, 완전히 빼고 핥아주거나, 아니면 두냐를 뒤로 돌려서…….

잠깐만, 그래, 바로 그거야. 갑자기 모든 것이 선명해졌다. 도대체 지금까지 왜 그 사실을 깨닫지 못했는지 이해할 수 없었다.

"왜 그래?"

카르스텐이 동작을 멈추고 물었다.

"아니야, 계속해."

여러 사건에서 보이는 차이점에는 공통분모가 있었다. 어째서 두냐를 포함해 모든 사람이 그 사실을 놓칠 수 있었을까? 분명히 가해자는 한 명이었다. 가해자는 그저 같은 방식을 반복하고 싶지 않았을 뿐이다. 좀 더 강한 만족을 얻으려고 범행을 저지를 때마다 점점 더 가혹하게 가해한 것뿐이었다.

두냐는 절정에 도달한 것처럼 꾸몄고, 2분 뒤, 카르스텐은 자신의 능력에 잔뜩 만족하면서 옆으로 몸을 돌려 그에게서 내려갔다. 드디어 두냐는 침대에서 벗어날 수 있었다.

"허니, 금방 올게. 할 일이 생각나서."

"절대로 어디 가지 않는다고 약속해. 이제 시작이니까."

카르스텐이 기대하라는 표정으로 말했다.

"금방 돌아올게, 기다려."

카르스텐은 몇 분도 지나지 않아 곯아떨어질 게 분명했다. 그런 확신을 하면서 두냐는 가운을 걸치고 방을 나섰다.

"브란콘토레트와 넵투누스는 가장 작은 건물입니다. 장관이 이 길로 간 게 분명하다면 곧 찾을 수 있을 겁니다."

무전기로 경비원들에게 지시를 내리면서 서둘러 구시가지 벽을 통과하는 지하 통로를 급하게 달려가는 동안 건장한 경비원이 숨을 헐떡이며 말했다.

파비안과 말린도 경비원을 따라 서둘러 법무부 장관과 정체를 알 수 없는 경비원이 마지막으로 보안 카메라에 잡힌 곳으로 이동했다. 두 정부 건물로 통하는 미로처럼 구불구불한 통로를 지나고 낡은 아치 천장을 지나고 좁은 계단을 지났다. 목표 지점이 가까워질수록 세 사람의 감정은 격해졌다. 경비원은 두 건물을 모두 훑으며 방들을 수색하기 시작했다.

하지만 거의 여섯 시간을 쉬지 않고 수색을 벌였는데도 아무런 소득이 없었다. 심지어 법무부 장관에게 벌어진 일조차 알 수 없었다. 세 사람의 에너지는 고갈됐고 장관이 당했을지도 모를 일에 관한 추론은 여러 갈래로 나뉘었다. 법무부 장관은 그저 다른 사람처럼 변장하고 건물을 빠져나간 걸까? 보안 카메라에 찍힌 사람이 정말로 법무부 장관일까?

계속 수색해야 한다는 파비안의 주장은 점점 더 정당성을 잃어갔고, 또다시 한 시간을 더 수색하고 자정이 가까워져서야 수색대는 해체했다. 경비 책임자는 의회 건물에는 분명 장관이 없다고 선언했다. 수색대는 양쪽 건물과 아치형 지붕을 두 번, 심지어 세 번까지 샅샅이 뒤졌지만 네 번째 수색을 한다고 해서 갑자기 장관이 나타날 것 같진 않았다. 게다가 벌써 자정이 가까워오고 있었다.

파비안은 정말로 모든 곳을 전부 찾아봤는지 다시 한번 물어보려 했지만 말린이 그를 말리며 한쪽으로 데려갔다.

"파비안, 이게 파비안 스타일이 아닌 건 알지만, 저 사람들이 옳을 수도 있다는 생각은 조금도 하지 않는 거야? 어쩌면, 음, 정말로 맞는 말일 수도 있잖아."

"너도 장관이 여기 없다고 생각하는 거야?"

말린은 어깨를 으쓱했다.

"잘 모르겠어. 장관과 그 경비원 사이에 무슨 일이 있었다는 건 분명하지만 그게 꼭 장관이 이곳에 있다는 의미는 아니잖아. 경비원이 장관의 옷을 입고 나갔다면 장관은 경비원의 옷을 입고 나갔을 수도 있잖아. 그건 지금으로서는 알 수 없어. 그걸 알려면 수많은 보안 카메라를 점검해봐야 할 거야."

"글쎄, 경비원의 옷은 장관한테는 너무 작을 거 같은데."

말린은 한숨을 쉬면서 고개를 저었다.

"말린, 전적으로 네 말에 동의해. 그리모스가 연관되어 있다면 아마도 몇 시간 전에 수색을 중단했겠지. 하지만 아니야. 너도 봤잖아. 경비원이 부를 때 장관 표정이 어땠는지. 장관은 그 뒤에 일어날 일을 전혀 몰랐던 거야. 게다가 이곳에는 몰래 빠져나갈 수 있는 문도 없어. 그러니까 자발적으로든 아니든, 장관이 의회 건물에서 나갔다는 결론은 아직은 확실히 내릴 수 없어."

"그래서 결론이 뭐야?"

파비안은 어깨를 으쓱했다.

"모르겠어. 하지만 아직 살펴보지 않은 곳이 있는 게 분명해."

"아니야, 모두 봤어. 세 번이나."

파비안은 대답하지 않았다. 아무 의미가 없었으니까. 여기서 수색을 종료하지 않으면 비밀경호국이나 경찰국장에게 문책을 받을 것이다. 하지만 파비안은 가까이 있다는 느낌을 떨쳐버릴 수가 없었다. 법무부 장관이 범죄에 희생됐다는 생각을 떨쳐버릴 수 없었다. 생각하면 할수록 범행이 일어난 장소가 아주 중요하다는 느낌이 들었다. 법무부 장관이 의회에서 보호받지 못하다니, 그것은 정말 있을 수 없는 일이었다. 의회 질의 시간과 건물을 떠나는 그 몇 시간 동안 비밀경호국에서 법무부 장관의 신변을 보호하지 않은 치명적인 실수를 저지른 것이다.

어떤 경비원이 법무부 장관의 주의를 끌어 그를 카메라가 보이지 않는 곳으로 데려간 뒤 30분 정도 지났을 때 장관의 옷을 입고 돌아왔다. 그것은 분명했다. 하지만 그 뒤에 일어난 일은 분명하지 않았다. 법무부 장관은 지금도 의회 건물 가운데 한 곳에 있거나 누군가가 보안 카메라에 걸리지 않은 채 장관을 건물 밖으로 데리고 나간 것이다. 발각될 위험을 생각하면 장관은 건물 안에 있을 가능성이 훨씬 높았다. 하지만 어디에?

분명히 누락된 공간이 있었다. 사람들이 사용하지 않는 공간이 있는 것이 분명했다.

"그럼, 어, 고맙다는 말씀을 드리고 행운을 빌어드려야겠네요."

경비원이 두 사람을 문으로 안내하면서 말했고, 말린과 파비안과 악수를 나눴다.

"아마도 또 연락드릴 것 같군요."

말린이 문밖으로 나가면서 말했다.

경찰 본부에 사람을 숨겨야 한다면 정확히 어디에 숨겨야 하는지 파비안은 알았다. 법적으로는 모든 직원이 사용할 수 있지만 절대로 사용하지 않는 공간에 숨길 것이다.

"파비안? 뭐 해? 가야지?"

말린이 말했다.

파비안은 고개를 끄덕이면서 말린을 따라 나갔지만 곧 멈추고 경비원을 돌아봤다.

"여기, 휴게실이 있습니까?"

"휴게실이요? 우린 그런 거 없습니다."

경비원이 콧방귀를 뀌었다.

"확실합니까?"

"의회 건물은 어느 한구석 빼놓지 않고 모두 압니다. 사람들 생각과 달리 정치인들은 낮잠을 자지 않습니다."

"그냥 생각해본 겁니다."

파비안은 의회를 떠나려고 몸을 돌렸다.

"잠깐만요, 브란콘토레트 밑에, 아치에 있는 오버헤드 프로젝터(슬라이드에 인쇄된 문서를 확대해 화면에 투영하는 장치-옮긴이) 뒤쪽에……."

그 말을 하는 경비원의 얼굴이 창백해졌다.

"왜 그 생각을 못했을까요?"

"무슨 생각 말입니까?"

파비안이 물었지만 대답은 듣지 못했다. 경비원은 이미 파비안과 말린이 쫓아가기 힘들 정도로 엄청난 속도로 달려가기 시작했다.

"지금 장난하는 거지? 몇 시인지는 알고 전화한 거야?"

미카엘 뢰닝이 전화기 너머에서 새된 목소리로 말했다.

"알아, 잘 알아. 그리고, 장난하는 거 아니야."

두냐는 소파 위에서 몸을 동그랗게 웅크리면서 말했다.

"나를 도와줄 사람이 자기밖에 없어서. 지금 어디야? 사무실에서 멀어?"

"아니야, 벤이랑 싸웠어. 정말로 크게 싸웠어. 우리 관계가 개방적이라는 것도 알고 뭐든 다 아는데, 그게 얼마나 고상하지 않은지는 자기도 알 거야."

"전적으로 동의해. 그래서 어딘데?"

"아직 그냥 있어. 게임하면서."

"사무실에 있다고?"

"그래, 하지만 곧 코지 바에 갈 거야. 내가 거기서 뭐 할지 알아?"

"아니, 하지만 상상은 돼. 혹시 벤한테 복수하러 가기 전에 나 좀 도와줄 수 있어? 근데, 그 사람 이름 정말 벤 맞아?"

"맞아. 대부분은 빅 벤이라고 부르지만."

"자긴 아니고?"

"나한테야 나보다는 크지 않은 빅 벤이니까. 그런 시답잖은 이야기는 집어치우고, 뭐 도와줄까?"

"자기가 나한테 보내준 사건들, 범인이 한 명 같아."

"어떻게 그래? 완전히 잔인한 거 말고는 공통점이 없잖아?"

"알아, 그게 중요해. 범인은 지루해하는 거 같아. 같은 흥분을 느끼려고 범행을 저지를 때마다 더 잔혹한 방법을 고안하는 거야. 무슨 말인지 알겠어?"

"그래서 내가 어떻게 도와주면 되는데?"

"더 이전에 있었던 사건들을 검색해줘."

"얼마나 전에?"

"10년이나 15년쯤. 꼭 사망 사건일 필요는 없어. 강간 사건이기는 해야 해. 강간 미수 사건이거나. 분명히 범행을 개시한 사건이 있을 거야."

"분명히 엄청 많을 거야."

"제발, 그냥 나를 위해서 해주면 안 돼?"

"절대명령을 어떻게 거역해."

"미안, 그런 뜻은 아니……."

"좋아, 뭐 그럴 일은 없겠지만, 혹시 우리가 크리스마스 파티 같은 때 같이 자게 되면 채찍은 내가 휘두르게 해줘."

"좋아, 약속할게."

두나는 웃음을 터뜨렸다.

"아무튼 찾는 즉시 전화해줘. 안 자고 기다릴게."

"그럴 필요 없어. 이미 찾았어."

"좋아, 몇 건이나 돼?"

"말했잖아. 아주 많아."

"세 자리?"

"으응."

두나는 미카엘이 들을 수 없도록 전화기를 입에서 멀리 떼고 한숨을 쉬었다. 당연한 일이었다. 덴마크에서 벌어지는 강간과 강간 미수 사건을 생각하면 구역질이 나올 정도였다. 그 많은 사건 가운데서 네우만 사건의 범인을 골라낼 뭔가가 필요했다. 검색이 가능하면서 이번 사건과 이어지는 작은 연결고리를 찾아내야 했다.

두나는 소파에 똑바로 앉아 이미 너무나 많이 들여다봐서 도대체 몇 번이나 읽었는지 알 수 없는, 커피 탁자에 펼쳐놓은 다섯 개 사건 기록을 쳐다봤다.

"여보세요? 전화 끊었어?"

"흐음."

두나는 문득 정말로 피곤하다는 생각을 했다. 그저 미카엘을 코지 바에 가게 두고 자신은 침대로 돌아가고 싶었다. 지금쯤이면 카르스텐은 분명히 잠들었을 것이다. 하지만 그녀는 떠나가기를 거부하는 어떤 단서를 쫓고 있었고 조금이라도 앞으로 나가지 못하면 조금도 잘 수 없음을 알고 있었다. 두나는 헤를레우에서 여러 곳을 심하게 물린 뒤 쓰레기통에 버려진 나나 마센을 뚫어지게 봤다.

"혹시 개가 언급된 사건만 따로 추릴 수 있어?"

"개? 어떤 개?"

"도베르만 핀셔나 투견, 아니면 그냥 개라는 검색어를 쳐봐."

전화기 너머에서 자판 두드리는 소리가 들렸다.

"빙고. 2004년 6월 14일, 마이켄 브란트가 강간 미수 신고를 했는데, 범인은 아주 잔혹한 행위뿐 아니라 사나운 개가 공격하게 했대. 브란트는 그 개가 도베르만 핀셔라고 했어."

"범인도 확인했어?"

"그래, 그 지역에서 몇 번이나 본 사람이어서 누군지 알 수 있었대. 법정에 나와서 진술도 했어."

"그래서?"

"베니 빌룸센이라는 남자였어. 서른여섯 살. 2년 형을 선고받았는데 1년만 살고 나왔어."

"정확히 언제 석방됐는지 알 수 있을까?"

두냐는 나나 마센의 서류를 집어 들면서 말했다. 마센은 2005년 12월 5일에 살해됐다.

"2005년 7월 17일이네."

"그럼, 5개월 뒤에 다시 시작한 거야."

"5개월 뒤에 무슨 일이 있었는데?"

"다시 한번 같은 작업을 해줄 수 있을까? 이번에는 2005년 7월 17일부터 12월 5일까지만 검색해줘."

"좋아. 8월 15일, 10월 23일, 11월 4일에 있었어. 10월, 11월은 완전한 강간 사건이었지만 세 사건 모두 증거 부족으로 수사가 종결됐어."

"그리고 12월 5일에는 드디어 희생자를 죽인 거야. 그 사람이 분명해. 그자가 범인이야. 지금 어디에 사는지 찾아봐줘."

"이미 찾아봤어. 하지만 덴마크에서는 흔적을 찾을 수 없어."

"빌룸센이라는 성을 가진 사람이 또 있지 않을까? 부모라든가 친척이?"

"형제는 없고 부모는 모두 죽었어. 아마 해외로 나간 것 같아."

"그런 생각은 못했는데. 혹시 스웨덴에 있는지 알아볼래?"

전화기 너머에서 미카엘이 급하게 자판을 두드리는 소리가 들렸지만 두냐의 마음은 이미 차분해져 있었다. 미카엘이 말하기 시작했을 때도 두냐는 조금도 놀라지 않았다.

"말뫼 콘술트가탄 29번지 3층에 살고 있어."

"제발 좀 천천히 가요. 내가 임산부라는 거 잊지 말라고요."

도저히 파비안과 경비원의 속도를 따라가지 못하는 말린이 말했지만 경비원은 그 큰 덩치에도 불구하고 구불구불한 지하 통로를 맹렬한 블러드하운드처럼 엄청난 속도로 달려갔다. 문이 닫힌 세면실을 여러 개 지나 왼쪽으로 돌아 막다른 곳이 나오는 복도로 접어들었다. 마침내 걸음을 멈춘 경비원은 가쁜 숨을 내쉬면서 기술 발전을 기념하는 상징물처럼 쌓여 있는 낡은 오버헤드 프로젝터를 가리켰다.

"이것들 뒤에 문이 있을 겁니다."

파비안과 경비는 프로젝터를 하나씩 치우기 시작했지만, 곧 프로젝터 몇 개는 전략적으로 놓여서 몇 개만 옮기면 길을 낼 수 있다는 사실을 깨달았다. 프로젝터 뒤에는 좁은 통로가 있었고 통로 끝에는 침대 그림이 그려진 문이 하나 있었다. 그러니까 아무도 사용하지 않는 법이 규정한 휴게실이 있었던 것이다. 아무튼 아직까지는 아무도 사용하지 않은 거지, 손잡이를 돌려 문을 열면서 파비안은 생각했다.

비릿한 피 냄새가 난다는 것 말고는 간이침대와 작은 탁자, 플로어 램프가 전부인 그 방은 놀라운 점은 없었다. 법무부 장관은 간이침대에 똑바로 누워 눈을 감고 담요를 덮고 있었다. 파비안은 휴대전화 플래시를 켜 미색 카펫 위를 비췄다. 피 냄새가 났지만 방 안 어디에도 핏자국은 없었다.

"살아 있어?"

파비안의 옆으로 바짝 다가오면서 말린이 물었다.

파비안은 손가락으로 장관의 경동맥을 짚어보고는 고개를 저었다. 장관의 몸은 차가웠고 사후경직도 끝나 있었다. 죽은 지 24시간 정도 지났다는 뜻이었다.

"이 냄새, 나만 나는 거 아니지?"

말린이 경비원이 들어오지 못하도록 문을 닫으면서 말했다.

파비안은 고개를 끄덕였다. 벌거벗은 법무부 장관의 몸을 덮은 담요를 걷자 그의 의심은 사실로 확인됐다. 장관의 배에는 커다란 구멍이 뚫려 있었다.

"이게 뭐야? 도대체 무슨 일이 있었던 거야?"

말린이 다가와 물었다. 파비안의 전화기에서 나온 빛은 넓게 벌어진 채 완전히 뚫린 장관의 배 속으로 깊숙이 들어갔다.

"내부 장기를 모두 꺼내 갔어. 장, 간, 신장 할 것 없이. 아마, 완전히 비었을 거야."

파비안이 대답했다.

"도저히 이해할 수 없어. 이런 일을 하려면 정말로 엄청난 시간 동안 세세하게 계획해야 했을 거야. 도대체 왜 이런 일을 한 거지?"

파비안은 버려진 아파트 냉장고 냉동실에 들어 있던 비닐백의 정체가 무엇인지 깨달았지만 아무 말도 할 수 없었다.

"처음에는 팔메, 그다음에는 린드, 그리고 그리모스. 토할 것 같아. 장관들이 이렇게 계속 암살되다가는 정치인은 한 명도 남지 않을 거야."

말린이 고개를 저었다.

"괜찮아?"

파비안이 물었다.

"어떻게 괜찮을 수 있어, 파비안? 지금 막 스웨덴 법무부 장관이 살해됐는데. 다음엔 무슨 일이 벌어질 것 같아? 스웨덴 모든 언론이 우릴 쫓아다닐 거야. 지금 몇 가지 단서를 쫓아 수사하고 있다는 것 말고는 할 말이 없는데도 반장은 기자 회견을 하는 것 말고는 아무 일도 못할 거라고."

말린은 불룩 튀어나온 배를 두 손으로 감싸면서 한숨을 쉬었다.

"그래도 이제는 범죄 사건이라는 게 분명해졌으니까, 이 수사는 공식적으로 우리 것이 됐다는 게 한 가지 위안이기는 하네."

말린의 말에 파비안은 사실은 무슨 말을 하는지 한마디도 제대로 듣지 못했지만 어쨌든 고개를 끄덕였다. 그의 머리는 바로 앞에 놓인 훼손된 몸과 냉동실에서 본 비닐백 생각으로 가득 차 있었다. 분명히 비닐백 안에 들어 있던 내장은 소시지 케이싱도, 돼지고기도 아닐 거라는 생각이 들었다.

"무슨 생각 해?"

파비안은 말린에게 조용히 하라고 손짓하고 장관의 얼굴을 플래시로 비췄다. 파비안의 추측이 옳다면 헤이어드 양파 피클 병 안에서 둥둥 떠다니던 물체는 양파일 리 없었다.

파비안은 허리를 숙여 움푹 들어간 장관의 눈을 봤다.

"왜 그래? 뭐 발견했어?"

파비안은 고개를 끄덕이고 핀셋으로 장관의 눈꺼풀을 들어 올렸다. 장관의 눈도 배처럼 완전히 비어 있었다.

파비안에게

당신이 집에는 몇 시에 올지, 오기는 할 건지 모르겠어. 자기가 하는 일에 참견하고 싶지는 않지만 아이들 일에는 신경을 써줬으면 좋겠어. 특히 마틸다한테 말이야. 마틸다는 우리가 헤어질 거라는 생각을 떨쳐버릴 수 없는 것 같아. 당신은 뭐라고 해줬어? 우리가 이미 헤어진 거 아니냐고 묻는데, 나는 할 말이 없었어. 우리, 정말 그런 거야? 테오도르는 또 완전히 다른 문제야. 그 애가 매일 밤 방에서 뭘 하는지 알 수가 없어. 하지만 좋지 않은 건 맞아. 우리가 앞으로 어떻게 되건, 분명히 해결해야 할 문제들이 있어. 우리가 함께 말이야.

냉장고에 남은 음식 넣어놨으니까, 배고프면 먹어.

소냐

추신: 주말에는 내내 작업실에 있을 거야.

결국 소냐는 포기할 거야. 파비안은 식탁에서 소냐의 편지를 집어 찬장 약통 사이에 넣으면서 생각했다. 그녀가 무슨 생각을 하는지 잘 알았고 그녀의 결정이 옳다는 데 동의할 준비도 되어 있었다. 하지만 이 순간, 아무리 헤어지는 것이 옳다는 생각이 들어도 그는 스스로 헤어지는 쪽으로 방향을 잡고 행동하지는 않을 터였다. 시간이 흘러 잘못된 결정이었다는 사실이 드러나면 자신을 용서하지 못할 테니까. 어쩌면 두 사람은 유별나게 길고도 험악한 지형에 빠져 벗어나려고 애쓰고 있는지도 몰랐다.

파비안은 냉장고에서 용기를 꺼내 뚜껑을 열었다. 파비안이 좋아하는 버섯 리소토가 들어 있었다. 이 세상에 소냐보다 리소토를 잘 만드는 사람은 없었다. 전자레인지에 돌리면 식구들이 깰지도 몰라 파비안은 차가운 채로 리소토를 먹었다. 파비안은 마침내 두 사람이 결연하게 결혼생활을 구하려는 마지막 시도를 하기 전까지는 속절없이 헤어지는 일은 만들지 않겠다고 결심했다.

리소토를 다 먹은 파비안은 이미 그릇으로 넘쳐나는 식기세척기 안으로 그릇을 밀어 넣고 부엌 불을 끄고 욕실로 갔다. 샤워하고 이를 닦고 언제나처럼 치실질을 했다. 파비안의 치과의사는 얼마 전부터 곧바로 치실질을 시작하지 않으면 이를 잃게 될 거라고 집요하게 협박했다. 요즘 잇몸에서 피가 많이 나는 것으로 보아 그냥 해보는 협박은 아닌 게 분명했다.

소냐는 침실에서 자고 있었다. 이 세상에 소냐가 잘 때 내는 소리와 같은 소리는 또 없었다. 묵직하고도 불규칙한 호흡 사이로 가벼운 코골이가 뒤섞이는 독특한 숨소리는 그녀조차도 흉내 낼 수 없어서 아무리 노력해도 소냐는 잠든 척은 할 수 없었다.

파비안은 7시로 알람을 맞추고 조용히 이불 속으로 기어들었다.

그를 이루는 몸의 모든 부분이 필사적으로 몇 시간이든 쉬게 해달라고 아우성쳤다. 현장 수사관 힐레비 스튭스가 의회 건물과 버려진 아파트 건물을 샅샅이 뒤지며 단서를 찾고 법의학팀이 그리모스를 살펴보고 있었다. 기력을 되찾은 말린은 다시 의회 건물로 돌아갔다. 그녀는 정체를 알 수 없는 경비원의 신원을 밝히려고 보안 카메라 영상을 꼼꼼하게 살펴보고 있을 것이다.

말린은 파비안에게도 같이 가자고 했지만 그는 거절했다. 지금은 폭풍전야로 얼마라도 자두지 않으면 오랫동안 잘 수 없을 것 같았기 때문이다. 앞으로 30분 안에 장관의 죽음이 알려지면 에델만이 아무리 상세한 내용을 숨기려 해도 언론은 자세한 이야기를 파헤쳐 계속해서 신문 1면 기사로 실을 테고, 기사가 한 번씩 업그레이드될 때마다 내용은 더욱더 끔찍해질 것이다.

하지만 지금 당장은 그 무엇도 문제가 될 수 없었다. 파비안은 계속해서 소냐의 편지를 생각했고 그녀가 더는 할 수 없다고 포기해버릴 가능성이 얼마나 되는지 고민했다. 두 사람은 꽤 오랫동안 근사한 시간을 보냈지만 둘의 관계는 모래시계 속 모래처럼 조용히 무너져 내렸음을 인정하지 않을 수 없었다.

두 사람은 거의 대화를 하지 않았다. 소냐는 함께 부부 상담을 받고 두 사람이 어디로 갈 수 있는지 알아보자는 말을 한 번 이상 했다. 하지만 파비안은 그 제안을 모두 거절했고 그녀가 문제를 지나치게 과장하고 있다고 생각했다. 돈에 굶주린 이방인이 두 사람을 지켜보는 곳이 아닌 그저 둘만이 있는 곳에서 차분하게 앉아 이야기하면 된다고 생각했다. 하지만 진실은 파비안에게 상담받을 용기가 없다는 것이었다.

파비안은 몸을 돌려 소냐가 덮고 있는 이불 속으로 들어갔다. 따뜻한 소냐의 몸에서는 샤워를 했는데도 희미하게 유화 페인트 냄새가 났다. 파비안이 옆으로 왔다는 사실조차 눈치채지 못할 정도로 깊이 잠든 소냐는 그가 이름을 불렀을 때도 전혀 반응이 없었다. 하지만 무의식은 들을 수도 있을 거야. 파비안은 소냐의 귀에 대고 속삭였다.

"소냐, 사랑해. 당신도 알겠지만, 당신을 그 누구보다 사랑해. 약속할게. 난 절대로 포기하지 않을 거야. 내 말 들려? 당신이 상담을 받으러 가고 싶다면 같이 갈게, 알았지?"

"으음."

소냐는 대답인지 잠꼬대인지 모를 소리를 했다. 파비안은 다시 한번 속삭였다.

"소냐, 사랑해. 파비안이 당신을 사랑해."

"나도 사랑해."

소냐는 거의 알아들을 수 없을 정도로 작은 목소리로 말했다. 하지만 파비안에게 소냐의 대답은 충분히 엄청난 의미가 있었다.

파비안과 말린이 호른스가탄 107번지의 희미한 계단통으로 들어갈 때 시간은 고작 새벽 5시 49분이었다. 파비안은 여러 가지 점에서 그곳은 조금 떨어진 오르스타비셴의 녹지에서 보면 쇠데르말름에 있는 완벽한 장소 같았는데 가까이에서 보니 황폐한 도시 교외 지역 같다는 생각을 했다.

말린은 20분 전에 전화를 걸어와 가까스로 보안 카메라에 잡힌 경비원의 명찰을 확인했다고 했다. 장관을 데려간 경비원의 이름은 요아심 홀름베리로 서른일곱 살이고 혼자 살며 경비원으로 일한 지는 5년 됐다.

"6층이야."

말린이 엘리베이터 문을 당겨 열면서 말했다.

"계단으로 가자."

파비안이 계단을 향해 걸으면서 말했다.

"너야 쉽겠지. 다른 가족을 끌고 갈 필요가 없으니까."

말린이 서둘러 따라오면서 말했다.

"보이탄한테 조사해보라고 했거든. 뭘 찾았는지 궁금하지 않아?"

보이테크 노바크는 2년 전에 니바 에켄히엘름의 후임으로 들어왔다. 자신을 'SF 경찰'이 아니라 '과학수사관'으로 불러달라고 한 사람이 바로 보이테크였다. 하지만 사람들은 대부분 그를 '보이탄'이나 '사이버 보이탄'이라고 불렀다. 1년을 근무한 뒤에 사람들은 그가 결코 니바의 수준까지는 못 된다 해도 소중한 자산임을 인정했다.

"당연히 궁금하지. 뭘 찾았는데?"

하품과의 사투에서 패배한 파비안이 물었다.

"내가 경비원 나이가 서른일곱 살이고 2년 반 전에 어머니가 유방암으로 죽기 전까지는 함께 살았다고 했지? 정말 편리하지 않아? 유방암 말고, 어머니 임대차 계약을 그대로 물려받은 거잖아."

결코 집에서 떠나지 않는 외톨이라니, 이보다 더 나쁠 수는 없겠는데, 파비안은 생각하면서 얼굴이 시뻘게진 채로 힘들게 계단을 올라오는 말린을 기다렸다.

"다른 정보는 없고?"

"아, 이제 시작이야. 페이스북에서 스웨덴 민주당 두 곳 모두에 좋아요를 눌렀고, 〈폴리티칼리 인코렉트〉 블로그를 좋아해. 매주 플래시백에 다양한 총에 관해 기고하고 있고."

"다른 주제는?"

파비안이 마지막 계단을 걸어 올라가면서 물었다.

"다른 주제?"

"사냥이나 사체 해체, 사람 해부학 같은 거?"

"모르겠는데. 그런 글을 올렸다면 아마 필명을 썼을 거야. 그런데, 들어봐. 1997년부터 2000년까지 매년 경찰대학에 지원했어. 그런데 매번 떨어졌거든. 그 이유는……."

마지막 계단까지 올라온 말린은 휴대전화를 꺼내 큰 소리로 읽었다.

"이 지원자는 심각한 사회 불안 장애를 앓고 있어서 경찰직을 수행하기에는 전적으로 적합하지 않다는 결론을 내렸다."

"하지만 의회 경비원으로 근무한다는 건 아무 문제 없다는 뜻 아니야?"

"어쩌면 그게 이 사람이 어둠을 매우 무서워하는 이유인지도 모르지. 아무튼, 정말로 흥미로운 건 이제부터야. 이 사람이 경찰대학에 지원했을 때 총장이 누구였는지 알아?"

파비안은 잠시 생각하다가 고개를 저었다.

"칼 에릭 그리모스야."

"정말?"

말린은 고개를 끄덕였다.

"그게 범행 동기일 수 있다고 생각하는군."

파비안은 외부 발코니로 나가는 문을 열면서 말했다.

“그럴 수 있지 않아? 1995년에 수사국을 그만두고 그리모스는 몇 년 동안 경찰대학 총장으로 있다가 정치계에 들어간 거잖아.”

“그래도 거의 10년 전 일이야. 계속 원한을 품고 있기에는 너무 긴 시간이잖아.”

“엄마가 죽기 전까지는 실행에 옮길 수 없었나보지.”

두 사람은 부엌이 들여다보이는 발코니를 따라 계속 걸었다. 처음 두 아파트는 비어 있었고 세 번째 아파트는 다섯 명이 카드를 하고 있었다. 네 번째가 홀름베리의 아파트였다. 아파트 불은 꺼져 있었다.

파비안은 두 손을 관자놀이에 대고 부엌을 들여다봤다. 어머니가 죽은 뒤로 한 번도 치우지 않은 게 분명했다. 조리대에는 더는 들어갈 틈도 없이 접시가 가득 차 있고 바닥에는 피자 상자와 맥도날드 포장지가 마구 널려 있었다. 뭐니 뭐니 해도 가장 인상적인 것은 코카콜라 캔이었다. 캔은 수백 개가 한데 모여 여러 개의 커다란 탑을 쌓고 있었다.

“이런, 열려 있어.”

말린의 말에 파비안이 몸을 돌렸다.

“어떡하지? 들어가 봐, 아니면 지원팀이 올 때까지 기다려?”

파비안은 말린에게 고개를 끄덕여 보이고 조심스럽게 현관으로 들어갔다. 말린도 권총을 꺼내 탄환을 하나 채우고 파비안을 따라 들어가 문을 닫았다. 집 안 공기는 묵직하고 답답했고, 들리는 거라고는 호른스가탄을 달리는 자동차 소리뿐이었다.

“문을 열어둔다는 게 이상하지 않아? 집에 있어도 보통은 문을 잠그잖아. 특히 이런 개방형 발코니가 있는 곳은.”

말린이 조용히 속삭였다.

파비안은 말린에게 조용히 하라는 신호를 보내고 방문 하나를 발로 밀어 열었다.

"집에 없다고 생각하는 거, 맞지?"

파비안은 어깨를 으쓱하고는 침실을 들여다봤다. 침실도 부엌처럼 청소 전문업체가 와서 처리해야 할 것만 같았다. 침대는 마구 흐트러졌고 바닥에는 더러운 옷이 잔뜩 쌓여 있었다. 한쪽 벽에는 부엌보다도 훨씬 많은 코카콜라 캔이 쌓여 있었다.

"코카콜라 중독인 게 분명해."

말린이 방으로 들어가면서 말했다.

파비안은 계속해서 집 안으로 깊숙이 들어가 가장 큰 방의 문을 열었다. 이 방은 부엌과 침실과 달리 칠흑같이 어두웠다. 간신히 스위치를 찾아 불을 켠 파비안은 이 방이 홀름베리의 핵심 공간임을 깨달았다. 홀름베리는 이 방에 자신의 영혼을 집어넣고 다른 사람들과 마주치지 않는 세계, 그 중심에서 홀로 있을 세계를 만들었다.

외스트괴타가탄의 버려진 아파트처럼 홀름베리의 방도 창문을 가려놓아 화창한 여름에도 외부 빛은 한 줄기도 들어올 수 없었다. 천장에 설치한 스포트라이트 조명들은 중세 수도승의 망토, 비키니 수영복, 간호사복, 가터벨트 같은 제각기 다른 옷을 입은 10여 개의 마네킹을 비추고 있었다. 앞에 있는 갈색 유리 탁자에 와인 잔을 두고 서로 이야기하는 것처럼 가죽 소파에 앉은 마네킹들도 있었고 외설적인 자세로 바닥에 눕거나 선 마네킹도 있었다.

방 한가운데 놓아둔 작은 단에는 컵홀더를 올려놓을 수 있는 회전 안락의자가 있었고, 안락의자 앞에는 커다란 텔레비전과 플레이스테이션, X박스, 데스크톱 컴퓨터, 여러 개의 스피커가 놓인 선반이 있었다. 안락의자 옆의 작은 둥근 탁자 위에는 갑 휴지 한 통과

소프트닝 크림 튜브가 있었다.

안락의자로 다가가 그곳에 앉는 순간 파비안은 방 안의 모든 마네킹이 그가 파티의 주인공이라도 되는 것처럼 자신을 쳐다보고 있다는 사실을 깨달았다. 마네킹은 모두 안락의자에 앉은 사람을 자연스럽게 쳐다보도록 놓여 있었다.

요아심 홀름베리는 자신이 이 세상의 관심을 모두 받는 사람인 양 혼자 있는 걸 좋아하는 게 분명했다. 그는 무기 전문가였고 극우파에 동조했으며, 당연히 경찰대학에는 입학할 수 없었다. 파비안은 머릿속으로 이 모든 상황을 점검해봤다. 여전히 모든 것을 설명해줄 가장 중요한 단서가 빠졌다는 느낌이 들었다.

파비안은 의자에서 일어나 바닥에 놓인 마네킹을 돌아서 욕실로 들어가 불을 켰다. 한때는 흰색이었음이 분명한 욕실 타일과 세면대, 변기는 이제 거의 노란색이 되어가고 있었다. 선반에는 베이비파우더 한 통과 성인 기저귀가 깔끔하게 쌓여 있었다. 영국 요양원에서는 노인들이 기저귀와 베이비파우더를 사용한다는 기사를 떠올리던 파비안의 귀에 희미하게 물이 쏟아져 내리는 소리가 들렸다. 자세히 들어보니 배수관으로 물이 흘러가는 소리였다.

어떤 약을 먹고 있는지 보려고 거울 달린 약품 보관함을 열려는 순간 거울에 비친 샤워 커튼 밑으로 욕조 밖으로 삐져나온 무릎이 보였다. 무엇 때문에 욕조에 마네킹을 넣어둔 걸까? 혹시 마네킹이 아니라면?

파비안은 욕조로 다가가 커튼을 열어젖혔다.

그 남자는 팬티와 러닝셔츠만 입고 있었다. 두 손은 굵은 테이프로 묶였고 눈은 감았으며 입은 크게 벌리고 있었다. 목에는 뒤쪽에서 대갈못으로 고정한 개 목걸이가 채워져 있었다. 파비안은 이 남자를 흐릿한 보안 카메라 영상으로밖에는 보지 못했지만 이 땅딸막한 몸에 콧수염 난 얼굴이 홀름베리임은 분명히 알 수 있었다.

홀름베리는 자살을 하려 한 걸까? 파비안은 남자의 귀 뒤쪽에 있는 경동맥을 손으로 짚었다. 맥이 뛰고 있었다. 파비안이 손가락을 대는 순간 홀름베리는 화들짝 놀라 벌떡 일어나려고 했지만 뒤로 묶인 개 목걸이 때문에 벌러덩 자빠졌다.

"몰라요."

요아심 홀름베리는 개 목걸이에서 풀려난 목을 긁으면서 말했다.

"모르다니, 기억이 나지 않는다는 겁니까, 아니면 정말로 모른다는 겁니까? 아니면 대답하고 싶지 않은 겁니까?"

말린과 함께 남자 앞에 앉은 파비안은 온몸으로 짜증이 기어 다니는 것만 같았다.

"모른다고요."

홀름베리는 코카콜라를 끝까지 마시더니 이미 여러 개 놓인 콜라 캔 옆에 이제 막 마신 캔을 내려놓았다.

세 사람은 두 시간 이상 취조실에서 가까이 앉아 씨름했지만, 홀름베리는 거의 모든 질문에 '모른다'고 대답했다. 통풍이 제대로 되지 않는 방에서 세 사람이 얼마나 여러 번 같은 공기를 마시고 내뱉고 있는지는, 파비안으로서는 생각도 하고 싶지 않았다.

세 시간 이상 자지 못했고 여전히 소냐의 전화를 기다리고 있다는 것도 도움이 되지 못했다. 파비안이 이미 떠나버렸고 주말 내내 집으로 돌아오지 않으리라는 것을 알게 된 순간 소냐는 엄청나게 기분이 나쁠 게 분명했다. 파비안이 침실 스탠드 옆에 적어두고 온 설명을 소냐가 이해해줄 것 같지 않았다.

"아는 게 거의 없는 것 같군요."

파비안은 앞에 앉은 남자가 아무 생각 없이 콧속 깊숙이 손가락을 집어넣는 것을 못 본 체하면서 말했다.

"아는 게 뭡니까? 이름은 말해줄 수 있겠죠? 이름 정도는 알고 있겠죠?"

홀름베리는 파비안의 말에 대답하지 않고 탁자만 뚫어지게 보면서 코딱지를 빼내더니 엄지와 검지로 코딱지를 잡고 들어 올리며 말했다.

"이거 어디다 버리면 되죠?"

파비안은 말린을 쳐다봤다. 말린은 탁자 건너편에 앉은 남자 때문에 비위가 상한 것이 분명해 보였다.

"나도 모릅니다. 어디서 많이 들어본 말이죠?"

파비안은 의자에서 일어나 점점 더 폐소공포증이 느껴지는 방안을 걸어 다니기 시작했다.

"모른다, 모른다, 모른다. 하지만 당신과 나의 차이는, 아주 정확하게 말한다면, 당신과 나한테 있는 수백만 가지 차이 가운데 하나는, 나는 진실을 말한다는 겁니다. 당신 같은 사람은 그 역겨운 코딱지를 가지고 뭘 하는지, 나는 전혀 모르겠습니다. 알고 싶지도 않고 말입니다."

파비안은 홀름베리의 뒤로 돌아가 의자 등받이에 몸을 기댔다.

"말린, 너는 어때? 무슨 생각 있어?"

파비안의 말에 말린은 표정을 조금도 바꾸지 않고 어깨만 으쓱했다. 파비안은 말린이 전혀 자신을 따를 생각이 아님을 알 수 있었다. 파비안은 분명히 선을 넘으려 했지만 더는 저항할 수 없었다.

"우리 반에도 이런 사람이 있었잖아. 진짜 소름 끼치는 녀석이었는데. 당신도 그 녀석을 좋아했을 겁니다. 그 녀석은 보통 먹었죠. 자기 거 말고도 다른 사람들 것도. 맛이 아주 좋다고 하던데요. 뭔가 특별한 게 있는 것 같던데, 당신 생각은 어떻습니까?"

홀름베리는 파비안의 도발에도 아무 말 하지 않고 코딱지를 다 마신 코카콜라 캔에 문질러 닦더니 다른 캔으로 손을 뻗었다.

"아니, 콜라는 잊는 게 좋을 겁니다. 이제 더는 없습니다. 무슨 일이 있었는지 말해주기 전까지는 더는 콜라는 없습니다."

파비안은 콜라 캔을 잡아 옆으로 치웠다.

"그게, 내 왕좌에 앉아 있었단 말입니다."

"안락의자 말하는 거겠죠."

"그래요, 그때……."

"당신을 어루만지고 있었겠지. 충분히 이해합니다."

"아니, 그럴 생각이었는데, 그렇게는 못했어요."

"파비안, 잠깐 이야기 좀 할까?"

파비안에게 따라 나오라는 몸짓을 하고 밖으로 나간 말린은 그가 취조실에서 나오자 문을 닫았다.

"도대체 왜 그래? 지금 뭐 하는 거야?"

파비안은 천장에 매달린 텔레비전을 쳐다봤다. 경찰이 기자 회견하는 모습이 생중계되고 있었다. 헤르만 에델만은 수많은 마이크 앞에서 발표하는 경찰국장 베르실 크림손의 왼쪽에 앉아 있었다. 경찰국장의 오른쪽에 앉은 안데르스 푸르하예는 법무부 장관의 죽음이 테러 집단의 소행일 가능성을 배제할 수 없다며 주요 정치인들의 경호를 강화하고 국가 위협 단계를 3단계에서 5단계로 격상하겠다고 발표했다.

"파비안? 무슨 일 있어?"

말린이 파비안과 눈을 맞추려고 애쓰면서 물었다.

처음에 파비안은 무슨 말인지 모르겠다고 잡아뗄 생각이었지만 말린의 목소리와 눈길을 보면서 그가 솔직하게 고백할 때까지 그녀는 포기하지 않으리란 것을 알았다.

"잘 모르겠어, 미안. 나는……."

파비안은 눈을 감고 두 손으로 관자놀이를 문지르기 시작했다.

"소냐랑 지금 많이 안 좋은 시기를 보내고 있어. 솔직히 말해서 어떻게 끝이 날지 알 수가 없어. 게다가 밤에는 한숨도 못 잤고."

"나는 잔 거 같아?"

말린의 말에 파비안은 누군가 머리 위로 찬물을 한 양동이 가득 쏟아부은 것 같은 느낌이 들었다.

"어젯밤에는 저기 있는 저 더러운 인간을 찾아내느라 꼬박 새웠어. 게다가 이 성가신 두 녀석 때문에 몇 주나 그냥 아주 천천히 눈을 깜빡이는 게 내가 잠을 잘 수 있는 유일한 순간이었다고. 그래도 내가 저기서 발을 동동 구르면서 뭐같이 굴 권리는 없단 말이지."

"그래, 네 말이 전적으로 옳아."

파비안으로서는 동의하는 것 말고는 달리 선택지가 없었다.

"하지만 참을 수가 없어. 왠지 모르지만, 저 녀석은, 모든 게……."

"그래, 듣고 싶지도 않은 이상한 짓을 하는 더러운 인간이지. 하지만 살인자는 아니야. 장관의 내장을 완전히 덜어낸 범인이 아니란 말이야. 보안 카메라에 찍힌 사람은 저 사람이 아니야."

"알아. 하지만 그럼 왜 정보를 감추고 말하는 걸 거부하는 거지?"

"저 사람이 거부하는 게 아니야, 네가 듣지 않는 거지."

"듣지 않는다니, 뭘? 저 녀석이 말하는 거라고는 끝도 없이 모른다는 말뿐이잖아."

"네가 틀린 질문을 하니까 그렇지. 이제부터는 내가 맡을게."

두 사람은 홀름베리가 검지를 코에 넣고 앉아 있는 취조실로 돌아갔다.

"좋아요, 요아심. 처음부터 다시 해봅시다."

말린이 파비안의 뒤에서 문을 닫으며 말했다.

"왕좌에 앉아서 조금 즐겨보려고 했다는 거죠?"

말린은 코카콜라 뚜껑을 따고 홀름베리에게 내밀었다.

"그런데 무슨 일이 생긴 거죠?"

홀름베리는 코카콜라 캔을 반 이상 단숨에 비우더니 요란하게 트림을 하고 고개를 끄덕였다.

"하지만 무슨 일인지 모르겠어요."

그 말을 하고 홀름베리는 입을 다물었다. 말린은 침묵을 깨지 않고 기다렸다. 홀름베리가 계속 말했다.

"현관에서 무슨 소리가 났던 거 같은데, 확실하지는 않았어요. 그때 소리를 빵빵하게 틀고 영화를 보고 있었거든요."

"그래서 영화를 껐나요?"

"네, 그리고 무슨 일인지 보려고 나갔어요."

"뭐였나요?"

"모르겠습니다."

홀름베리는 콜라를 마저 마시고 캔을 구기기 시작했다.

또다시 정적이 내려앉았고 파비안과 말린은 눈빛을 교환했다. 언제나 파비안의 생각을 펼쳐둔 책처럼 읽을 수 있는 말린이 그냥 조용히 기다리라는 신호를 보냈다. 하지만 몇 분 뒤, 파비안은 말린도 초조해지고 있음을 알았다.

"그건, 그냥, 하얀 것 같았어요."

갑자기 문장이 불쑥 튀어나왔고, 파비안과 말린은 세대로 들은 것이 맞는지 몰라 서로를 쳐다봤다.

"하얀 거라니, 그게 무슨 뜻인가요?"

말린이 자기 의자를 홀름베리에게 가까이 가져가면서 물었다.

"모르겠어요. 그냥 하얬어요."

"그리고요?"

"개 목걸이를 차고 욕조에서 묶인 채 깨어났죠."

"그러니까 어쩌다 욕조에 묶였는지 기억이 나지 않는다고요?"

홀름베리는 고개를 저었다.

"하지만 모든 게 하얬고요? 소리를 들은 건 없어요?"

"모르겠습니다. 아, 맞아요, 있었어요. 꼭 다스베이더 같은 소리가 났습니다."

홀름베리는 웃으면서 또다시 콜라 캔으로 손을 뻗었다.

"다스베이더요? 〈스타워즈〉에 나오는? 그가 들어와서 당신 옷과 출입증을 훔쳐 갔다고요?"

홀름베리는 고개를 끄덕이면서 콜라를 따서 마셨다.

"이런 거 말이에요."

홀름베리는 한 손으로 입과 코를 막더니 마치 방독면을 쓴 것처럼 과장되게 숨을 쉬기 시작했다.

말린이 파비안을 쳐다보며 말했다.

"너도 나랑 같은 생각을 하는 거 맞지?"

파비안은 말린이 하는 말을 이해할 수 없었다. 잠시 뒤에 말린은 취조실 밖으로 나가버렸다.

말린의 컴퓨터에는 크기가 같은 네 개의 비디오 녹화 화면이 떴다. 위의 두 패널은 운전자가 손을 자동차 창문 밖으로 뻗어 주차권을 뽑으면 열리는 차량 차단기로 다가오는 수많은 자동차를 다양한 각도로 보여줬고, 아래 두 패널은 꾸준히 멈추지 않고 지나가는 자동차들을 보여줬다.

"이게 뭔데?"

말린의 뒤에서 파비안이 물었다.

"어제 회의 때 네가 급하게 가버리는 바람에 못 본 화면이야."

파비안은 어제 회의에서 토마스 페르손과 야르모 페이비넨이 실종 8일 만에 납치임을 확인했다며, 아담 피셰르 수사에서 진전이 있었다고 말하던 게 기억났다.

"슬루센 주차장이야?"

"옳게 추측했어."

말린이 고개를 끄덕이며 말했다.

"아담 피셰르는, 모세바케에 사니까 저기에 주차를 했어."

"그거랑 칼 에릭 그리모스랑 무슨 관계가 있는데?"

"알게 될 거야."

말린은 커서를 움직여 화면 바닥에 있는 시간 표시창에서 정확한 시간을 맞추려고 애썼다.

"여기야."

말린은 멈춤 버튼을 눌렀다.

위 오른쪽 화면에서는 SUV의 번호판과 오른쪽 핸들 뒤에 앉은 아담 피셰르가 보였다.

"이게 아담 피셰르가 사라지기 전에 찍힌 마지막 모습이란 건 알겠어. 하지만 이게 장관 사건과 무슨 관계가 있는진 잘 모르……."

"얼굴이 평온하잖아."

말린은 파비안의 말을 끊고 화면을 가리켰다.

"그리모스처럼 말이야. 저 사람도 앞으로 있을 일을 전혀 예상하지 못한 거야."

말린은 계속 화면을 뒤로 돌렸다.

"11분 뒤에 피셰르의 SUV가 차고를 떠나. 내가 보여주고 싶은 건 이거야."

말린은 SUV가 굉음을 내면서 주차장을 떠나려 하는 순간에 화면을 정지했다. 아래 두 화면에서는 SUV가 주차장을 떠나고 있었다. 하지만 핸들 뒤에 앉은 사람은 아담 피셰르가 아니었다.

운전자는 짙은 검은색 옷을 입었고 얼굴에는 방독면을 쓰고 있었다.

밤새 쏟아져 내린 눈 때문에 코펜하겐은 대부분 눈에 파묻혔다. 겨울철 유례없는 폭설이라는 말과 함께 반드시 필요한 일이 아니라면 외출을 삼가라는 뉴스가 계속 나왔다. 소파에서 눈을 뜨고 창밖을 봤을 때 두냐 호우고르는 집에서 일해야겠다고 생각했다. 하지만 침실에서 카르스텐이 전화를 걸어와 중단했던 일을 계속해야 한다고 말했을 때 두냐는 경찰서로 가야겠다는 결정을 내렸다.

한 시간 뒤, 블로고르스가데 4번지에서 밖으로 나오는 순간 두냐는 일기예보를 하는 사람들이 날씨를 과소평가했음을 알았다. 그녀의 자전거는 눈에 묻혀 보이지도 않았고 자동차도 눈 속에서 빼내려면 한 시간은 족히 걸릴 것이 분명했다. 결국 어딘가로 가려면 걷는 것이 유일한 방법 같았기에 두냐는 경찰서까지 걷기로 했다. 대중교통도 모두 멈춰버려서 지하철조차도 운행하지 않았다.

하지만 이런 긴급 상황 덕분에 두냐의 마음은 한결 가벼워졌다. 여느 때 같으면 북적거렸을 거리에는 자동차가 한 대도 없었다. 인도를 버린 보행자들은 교통신호를 무시한 채 길을 건넜다. 그 모습은 마치 시민들이 도시를 장악한 채 그 누구에게도 내어줄 마음이 없는 것처럼 보였다.

얼어붙은 페블링에 호수를 건너고 있을 때 스칸드라인 보안 책임자가 전화를 걸어와 악셀 네우만의 BMW가 수요일 새벽 1시에 헬싱외르 항구를 출발한 여객선을 타고 헬싱보리로 건너갔다고 확인해줬다. 안타깝게도 스칸드라인은 자동차 등록 번호만 기록했고 보안 카메라는 없기 때문에 실제로 BMW를 운전한 사람이 악셀 네우만인지 베니 빌룸센인지, 혹은 제3의 인물인지는 확인해줄 방법이 없다고 했다.

안데르센 거리에서 로드후스플라센을 지나면서 두냐는 헬싱보리 강력 범죄 수사팀에 연락을 취했다. 강력반 반장 아스트리드 투베손은 이미 크리스마스 휴가를 떠났기 때문에 스베르셰르 홀름과 연락을 해야 한다는데 홀름은 당연히 전화를 받지 않았다. 스웨덴에는 일하는 사람이 없단 말이야? 두냐는 의아해했지만 어쨌거나 음성사서함에 자신을 소개하고 텔레비전 프로그램 사회자 악셀 네우만의 BMW X3를 찾는 것을 도와달라고 부탁했다.

마침내 경찰서에 도착해 강력반으로 들어갔을 때 두냐는 얀 헤스크도 키엘 리크테르도 보지 못했다. 두 사람이 격렬한 날씨 때문에 출근하지 않은 건지 항의의 표시로 병가를 낸 건지는 알 수 없었다. 두냐의 마음속 한구석에서는 전화를 걸어 진단서를 제출하라고 요구하고 싶었지만 평화롭고 조용하게 일할 수 있다는 사실이 마음에 들기는 했다.

책상에 커피를 올려놓고 스탠드를 켜고 컴퓨터의 전원을 누르기 무섭게 휴대전화가 울리기 시작했다.

"네, 두냐 호우고르입니다."

"안녕하십니까? 별일 없지요? 클리판입니다. 도움이 필요하다고 해서요."

"네? 혹시 헬싱보리 경찰서 분인가요?"

"이름은 스베르셰르 홀름인데, 모두 클리판이라고 부릅니다. 그게, 〈더 록〉처럼요. 왜인지는 묻지 마시고요. 음성 메시지를 남기셨더군요."

"내가 전화한 건 덴마크 BMW가……."

"네, 메시지는 들었습니다. 이미 찾아봤습니다. 당신에게 보내줄 위치 사진도 찾았고요."

"그래요? 누가 운전했는지 알 수 있나요?"

"안타깝지만, 아닙니다. E6 남쪽 방향 교통 카메라에서 찍은 사진인데, 그 카메라는 운전자 얼굴은 찍지 않습니다."

"사진이 찍힌 시간은 몇 시인가요?"

"수요일 새벽 1시 33분이군요."

두냐는 마음속으로 그 시간을 다시 한번 읊어봤다. 새벽 1시에 헬싱외르 항구를 떠나 20분 뒤에는 헬싱보리에 도착하는 여객선을 탔다면 1시 33분에 E6 도로를 달렸을 가능성이 높았다. E6 남쪽으로 달렸다면 말뫼로 가는 길일 수도 있었다. 어쩌면 두냐의 용의자 베니 빌룸센이 콘술트가탄 29번지를 향해 달려가는 중일 수도 있었다.

"정말 감사합니다. 알고 싶던 걸 정확하게 알 수 있었습니다."

"미안한데, 한 가지만 더 물어보죠. 순수한 호기심에서요."

"네?"

"지금 이 운전자가 티베루프에서 카렌 네우만을 잔혹하게 죽인 사람, 맞죠?"

"그래요, 맞습니다. 하지만 미안하지만 나는……."

"신문에서 안 볼 수가 없으니까요. 우리도 2년도 더 전에 뤼데베크에서 그와 비슷한 잔혹하고 끔찍한 사건이 있었습니다."

"정말로 왜 그렇게 사악한 사람이 많은지 모르겠어요. 아무튼, 통화 즐거웠어요. 좋은 주말 보내세요."

"뤼데베크 가해자는 실제로 덴마크 사람이었어요."

클리판의 말에 전화를 끊으려던 두냐는 다시 전화기를 귀에 댔다. 클리판이 계속 말했다.

"사는 곳은 스웨덴이죠. 정확히는 말뫼에서요."

"베니 빌룸센인가요?"

"맞습니다."

"그런데 왜 아직도 밖에서 활보하는 거죠? 왜 체포하지 않은 건가요?"

"사실은 체포했습니다. 재판도 했고, 증인도 정황 증거도 있었고, 할 건 다 했어요. 하지만 잔혹하게 살해된 채 벤 해변에서 떠다니던 여자의 살인범으로 그자가 지목된 순간 모든 게 엉망이 돼버렸어요. 이 사건을 덴마크 신문이 다뤘는지는 모르겠군요."

"왜 엉망이 된 거죠?"

"그 사건은 완벽한 알리바이가 있었거든요. 그래서 모든 게 카드로 만든 집처럼 무너져버렸죠. 개인적으로 나는 그자가 벤 해변 사건의 범인이 아니라고 생각했지만, 우리 쪽에서는 의견이 갈렸어요. 배심원이 무죄를 선고하고 그자가 풀려나던 때를 잊을 수가 없습니다. 마치 얼굴을 세게 맞은 느낌이었죠."

"수사를 맡았었나요?"

"네, 우리 팀이랑요. 우리가 맡은 가장 큰 사건이었습니다. 그래서 혹시라도 내가 도울 일이 있으면 뭐든지 돕겠다는 말을 하고 싶었습니다."

"그 사건 수사 자료를 모두 보내주면 큰 도움이 될 것 같아요."

"그렇겠죠. 그건 문제없어요. 기억하세요. 내 도움이 필요하면 그저 전화만 하면 된다는 거요."

"알겠어요. 정말로 고마워요."

두냐는 전화를 끊고 발을 책상에 올리고 몸을 뒤로 기댔다.

이제 베니 빌룸센이 카렌 네우만을 죽인 범인이라는 두냐의 가설을 뒷받침해주는 정보를 얻었다. 하지만 안타깝게도 두냐에게도 스웨덴 수사팀이 확보하지 못한 것, 바로 그것이 없었다. 사건과 범인을 이어줄 물적 증거. 정황 증거와 증인, 이전 사건과의 유사점만으로는 유죄를 선고할 수 없었다.

두냐가 커피를 들어 한 모금 마시려 할 때 손 하나가 그녀의 어깨를 움켜잡았다.

"늘 혼자만 일하는군."

급하게 몸을 숙이다가 두냐는 커피를 청바지에 쏟고 말았다.

"아이코, 나 때문에 그런 건 아니지?"

"아니에요, 오는 소리를 못 들었어요."

두냐는 몸을 돌려 킴 슬레이스네르를 쳐다봤다. 그는 그녀를 보면서 밝게 웃고 있었다.

"어제 내 방에 오지 않았더군."

"그러니까 진짜로 법무부 장관 살해 사건과 아담 피셰르 실종 사건이 관계가 있다고 생각하는 건가?"

헤르만 에델만이 커피에 크림을 조금 넣으면서 말했다.

"네."

말린은 파비안이 자신과 함께하고 있음을 확신하기라도 하는 것처럼 재빨리 그를 쳐다보면서 말했다.

"그게 정확히 내 생각이에요."

"말린, 우선 말이야……."

"마음을 활짝 열고 상자 밖을 보는 게 중요하다고 강조한 사람이 누구죠?"

말린은 에델만의 말을 막고 불룩 튀어나온 배 위로 팔짱을 꼈다.

"맞는 말이야. 하지만 이번에는 확신이 서지 않는군. 내가 제대로 못 보고 있는지도 모르지만 솔직히 말해서 나는 두 사건이 완전히 별개인 것 같아."

에델만은 설탕 한 덩어리를 입에 넣고 커피잔을 들어 올렸다.

"끝까지 말할 수 있게 해주시면 반장님도 분명히 동일범이라는 생각을 하게 될 거예요."

에델만은 설탕을 여전히 이로 문 채 커피잔을 내려놓았다. 말린이 임신을 한 게 다행이야, 파비안은 생각했다. 파비안이나 다른 사람이 저런 식으로 말했다면 에델만은 가만있지 않았을 것이다. 더구나 기자 회견이 끝난 뒤에는 열에 아홉은 거칠게 폭발할 때가 많았으니까.

"자네 생각은 어때, 파비안?"

말린은 자기 생각에 동의해야만 살아남을 수 있으리라는 표정으로 파비안을 쳐다봤다.

파비안은 자기 생각이 정확히 무엇인지는 알 수 없었지만 어쨌든 고개를 끄덕였다. 말린의 말처럼 분명히 두 사건의 범인이 동일인임을 암시하는 부분들이 있지만 어떻게 두 사건을 연결해야 할지 도무지 알 수 없었고, 어떤 점에서는 에델만만큼이나 이 사건은 감을 잡을 수 없었다. 자신들의 가설을 뒷받침해줄 실질적인 단서를 찾았는지 알아보려고 힐레비 스툽스에게 전화했지만, 그녀는 전화기를 꺼둔 상태였다. 그녀는 일이 많을 때면 자주 그랬다.

"여기, 슬루센 주차장 보안 카메라에 찍힌 사진이에요."

말린은 방독면을 쓰고 주차장을 빠져나오는 납치범의 사진을 들어 올렸다.

"피셰르는 차 안에서 약을 한 거 같아요. 그러니까 방독면을 썼겠죠."

"그냥 얼굴이 노출되지 않으려고 쓴 거 아닐까요?"

토마스 페르손이 물었다.

"어, 그럴 수도 있지만."

말린이 도와달라는 듯이 파비안을 쳐다봤다.

"확실히 그럴 수도 있겠지. 하지만 모습을 감춘다는 훨씬 쉬운 방법도 있는데 굳이 방독면을 써야 할 이유는 없겠지."

파비안이 대답했다.

"게다가 의회 경비원 요아심 홀름베리도 집에서 같은 일을 당했어요."

말린이 화이트보드에 홀름베리의 사진을 붙이면서 말했다.

"화요일 밤에 현관에서 소리가 들려서 나갔더니 온통 하얬다고 했어요."

"무슨 말인지 이해를 못하겠는데."

"연기를 본 게 아닐까요? 우리 생각에는 우편물 투입구로 연막탄 같은 걸 집어넣은 게 아닐까 싶습니다. 슬루센 주차장 사진도 좀 더 세심하게 들여다보면 자동차 안이 뿌옇다는 걸 알 수 있습니다."

파비안이 말했다.

"제복도 사라지고 출입증도 사라진 채로 욕조에서 깨어나기 전에 홀름베리가 마지막으로 들은 소리는 누군가 방독면을 쓰고 호흡하는 소리라고 했어요."

말린이 말했다.

"괜히 흥을 깨는 것 같아서 미안한데요."

토마스 페르손이 단백질 셰이크를 옆으로 밀면서 말했다.

"이건 분명히 해야 할 거 같은데요. 선배들 증인은 방독면이 생각나는 뭔가를 들었다고 했는데, 그건 우편물 투입구로 들어온 바람 소리일 수도 있고 그냥 이명일 수도 있잖아요."

"그럴 수도 있지. 하지만……."

"잠깐만요, 아직 안 끝났어요. 방독면이나 비슷한 부분이 있다고 해서 동일범이라고 단정 지을 수도 없잖아요. 그냥 우연일 수도 있으니까."

토마스의 말에 말린은 한숨을 내쉬면서 눈을 굴렸다. 최대한 진정하려고 애쓰는 것이 분명하다고, 파비안은 생각했다.

"물론 불행한 우연일 수도 있지만, 너무 크게 소리치기 전에 일단 조사부터 하는 게 좋을 듯한데."

"어떻게 할지, 생각은 있고?"

에델만이 커피를 좀 더 마시면서 물었다.

"내 생각에는 두 사건을 합치고, 나하고 파비안이 수사 지휘를 하는 거예요."

"이런, 잠깐만요."

토마스가 한 손을 높이 들었다.

"지금 농담이죠? 야르모, 지금 우리 수사를 넘겨받아야 하는 정당한 이유를 단 한 가지라도 들었어요?"

토마스의 말에 야르모 페이비넨은 고개를 저었다.

"지금 내가 농담하는 거 같아?"

"우아, 오늘 진짜 전투적인데요."

토마스는 씩 웃으며 지나치게 꽉 끼는 티셔츠에서 가슴 근육이 선명하게 보이도록 가슴을 앞으로 쭉 내밀었다.

"너를 위해서 그 말은 무시하도록 할게. 헤르만, 언제나 수사는 타가수정이 중요하다고 했잖아요."

"그랬지. 하지만 이번에는 토마스 말에 동의해. 방독면을 쓰고 말하는 듯한 소리를 들었다는 건 그다지 신빙성 있게 들리지 않아. 두 사건을 함께 수사해야 할 또 다른 이유가 있나?"

에델만이 물었다.

"지금 당장은 없습니다."

파비안이 대답했다.

"어째서 우리가 이런 기회를 잃어야 하는 거지?"

말린이 토마스와 야르모를 쳐다봤다.

"그리고 완전히 솔직하게 말해서, 두 사람 수사가 그렇게 진전이 있는 것도 아니잖아."

"그게 무슨, 우리는 사실……."

"보안 카메라에 찍힌 자동차를 확인했지. 알아, 토마스. 하지만 그게 방독면을 쓴 가해자의 사진이라는 것 외에 무슨 의미가 있어? 왜 의견을 던지고 어떤 걸림돌이 있는지 알아보지 않는 거야? 일단 동기만 해도 그래. 범인은 돈이 목적이 아닐 수도 있어. 어쨌거나 피셰르의 가족은 몸값을 제안했지만 아무런 반응이 없잖아. 범인의 목적은 전혀 다른 것일 수도 있어."

"다른 거라니, 어떤 거?"

"그거야 모르죠."

말린은 어깨를 으쓱해 보이며 덴마크 쿠키를 한 개 집어 들었다.

"그리모스는 두 눈과 내장을 잃었어요."

"배가 고팠나보네요."

토마스가 크게 웃으면서 말했다.

말린은 토마스를 흘겨보면서 이제는 네 차례라는 듯이 파비안을 의미심장한 표정으로 봤지만 파비안은 방금 토마스가 한 말의 의미를 생각하느라 반응할 수가 없었다.

그때 회의실 문이 벌컥 열리더니 금속 상자를 든 힐레비 스툽스가 거칠게 들어왔다. 스툽스는 머리카락을 전부 그러모아 정수리에서 하나로 높이 묶어 올리고 있었다. 그 때문에 소문대로라면 여권에 적혀 있다는 신장 152센티미터보다 적어도 10센티미터는 더 커 보였다. 스툽스의 콧구멍에서는 화염이 뿜어져 나왔는데, 그것은 정말로 기분이 나쁘다는 뜻이었다. 스툽스가 이렇게 화가 나 있을 때는 가능한 한 아주 멀리 달아나는 것이 상책이었다.

"물론 나한테 미안해야겠지만, 종일 일만 할 수는 없단 말이야. 게다가 솔직히 말하면 당신들이 무슨 일을 하고 있는지도 도무지 이해할 수 없고."

파비안은 말린이 자신만큼이나 당혹스러워한다는 걸 알았다.

"그래, 당신들 두 사람 말이야. 범죄 현장에 출동해 조사하고 있으면 또 다른 곳으로 가라 하고, 거길 가면 또 다른 곳으로 가라 하고. 어떻게 동시에 범죄 현장을 세 곳이나 찾을 수 있지? 외스트괴타가탄에 있는 버려진 아파트만으로도 할 일이 산더미 같은데, 의회 휴게실하고 그 역겨운 경비원의 더러운 아파트까지 조사해야 한단 말이지. 지금 나보고 내 복제품을 만들라는 거야 뭐야?"

"힐레비, 할 일이 너무 많아 지치는 건 이해해. 하지만……."

힐레비가 에델만의 말을 막고 말했다.

"너무 많다는 말로는 턱없이 부족해. 오늘 오후가 내가 크리스마스 쇼핑을 할 수 있는 마지막 기회란 말이야. 내 손자들이 할머니가 올해 크리스마스 선물을 사지 못한 이유가 구멍이 뻥 뚫린 장관 때문이라고 하면 믿어줄 것 같아?"

"혹시 지원이 필요하면 내가 스톡홀름에……."

"페트렌이랑 그 졸개들 말하는 거지? 고맙지만, 아니, 전혀 안 고마워. 현장에 그 친구들을 내보낼 생각이라면 크리스마스 전까지는 절대로 조사를 마무리할 생각을 말아야 할걸."

"어쨌거나 우리가 이 세상의 시간을 모두 가진 것은 아니니까요. 그러니까 우리는 본질적인 것에 집중할 수밖에 없지 않겠어요? 가령 당신이 여기에 온 이유 같은 것에요?"

말린이 힐레비와 똑같이 짜증 난다는 투로 말했다.

파비안은 자신이 말린과 조금이라도 비슷한 태도로 스툽스에게 말했다가는 완전히 갈기갈기 찢겼으리라 생각했다.

스툽스는 말린을 가만히 응시했다.

"옳은 말이야."

스툽스는 금속 상자의 걸쇠를 풀었다. 상자의 뚜껑을 열고 흰 장갑을 끼더니 천으로 만든 검은색 가방을 꺼냈다. 가방을 탁자에 올려놓고 매듭을 풀어 유리병을 꺼냈다.

"이게 외스트괴타가탄의 버려진 아파트 냉장고에 있었어."

"도대체 버려진 아파트가 무슨 뜻이에요?"

야르모가 물었다.

"칼 에릭 그리모스의 두 번째 전화기가 발견된 곳이야."

말린이 비닐을 덮은 탁자 사진을 들어 보이면서 말했다.

"보이는 것처럼 여기는 완전히 오래전부터 준비를……."

"내 말 끝난 다음에 해. 분명히 흥미로울 테니까."

스툽스가 콧방귀를 뀌면서 말했다.

스툽스는 회의실에 있는 사람들이 모두 볼 수 있도록 유리병을 들어 올렸다. 파비안은 그 병이 헤이어드 피클 병임을 한눈에 알아볼 수 있었다. 그리고 장관을 찾은 뒤에 추측한 것처럼 병에 든 것은 피클이 아니었다. 짙은 액체 속에서는 안구 네 개가 둥둥 떠다니고 있었다.

"이제 곧 법의학팀 토스트룀한테 보낼 거야. 하지만 이 가운데 두 개가 법무부 장관의 눈이라고 해도 놀랄 사람은 없을 거야."

"그럼 남은 두 개는요?"

말린이 물었다.

"여기서 바로 당신들 두 사람이 중요해지는 거야. 결국 당신들도 쓸모가 있을지 모르겠어."

파비안은 말린이 왜 굳이 그런 질문을 했는지 이해할 수 없었다. 정말로 호기심이 있는 건지 아니면 그저 스툽스에게 맞춰주려고 그런 건지 알 수가 없었다. 파비안은 그 두 개의 눈이 누구 것인지 확실히 알 것 같았다.

"좀 봐도 될까요?"

토마스가 물었다.

"봐. 만지지는 말고."

스툽스가 유리병을 토마스 앞쪽 탁자에 내려놓았다. 토마스는 몸을 앞으로 기대고 절단된 시신경이 달린 눈동자를 뚫어지게 봤다. 눈동자 가운데 두 개는 파란색이고 한 개는 녹색, 나머지 한 개는 갈색이었다.

토마스는 마침내 몸을 들고 긴장한 얼굴로 야르모를 쳐다보면서 고개를 끄덕였다.

"확실해?"

야르모가 물었다.

토마스가 다시 고개를 끄덕였다.

"녹색 하나, 갈색 하나, 피셰르의 눈이 맞아요."

파비안이 그런 생각을 하게 된 이유는 토마스 페르손이 범인이 배고픈 게 분명하다는 농담을 했기 때문이다. 아마도 컴퓨터로 검색해보는 게 훨씬 쉬운 방법이겠지만 파비안은 확실해지기 전까지는 그 누구에게도 말하고 싶지 않았다. 가설 자체가 너무나도 허술했고, 두 수사가 합쳐진 지금의 수사팀 분위기대로라면 파비안이 입 밖으로 그 생각을 말하는 순간 기각될 것이 분명해 보였기 때문이다. 회의실에서 나오자마자 파비안은 경찰서 지하에 있는 기록 보관소로 내려갔다. 여러 개의 미닫이 벽을 지나 1993년 2분기 기록이 있는 곳으로 갔다.

1993년에 스물일곱 살이던 파비안은 경찰대학교 졸업반이었다. 그해 여름은 일찍 시작됐고, 졸업반 친구들은 대부분 근무하기 전에 근사한 휴가를 보내고 싶은 마음뿐이었다. 하지만 파비안은 아니었다. 파비안을 사로잡은 생각은 그때 매일같이 모든 타블로이드판 신문을 장식하던 살인 사건이었다. 그 사건은 어딘지 모르게 묘한 구석이 있었고, 연쇄 살인범이 스톡홀름을 아수라장으로 만들고 있었다. 오직 책에서나 읽을 뿐 실제로는 일어날 수 없는 사건이었다. 특히나 스웨덴 같은 나라에서는.

그 처참하고 잔혹한 범죄와 피해자들이 겪어야 했던 고통뿐 아니라 가해자가 감옥에 갇히지 않고 정신과 치료를 받아야 한다고 판결 난 것이 이 나라를 어떤 감정의 소용돌이로 몰아넣었는지 파비안은 아직도 기억하고 있었다. 파비안은 그 사건의 범인 이름을 정확히 기억하지 못했고, 흔히 들을 수 있는 이름은 아니었다는 것만 기억했다. 하지만 피해자가 모두 일곱 명이었고 폭행을 당하기 전까지 몇 주 동안이나 각기 다른 장소에 감금되어 있어야 했다는 사실은 기억했다.

파비안은 찾고자 한 서류로 손을 뻗었다. 볼록 튀어나온 서류철 다섯 개 가운데 한 개를 꺼냈다. 그곳에는 자신이 직접 수사하고 싶던 사건 기록이 있었다. 서류철을 펼쳐 그 안에 적힌 이름을 보는 순간 파비안은 모든 기억이 바로 어제 일처럼 튀어나왔다. 경찰이 안구가 뽑힌 여러 피해자를 풀어주던 모습. 누구나 다음 희생자가 될 수 있다는 공포. 스웨덴 최초의 식인자, 오시안 크렘프에 관한 내용을 세세하게 보도하려고 앞다퉈 기사를 실었던 신문 1면들이 홍수처럼 파비안의 머릿속에서 흘러넘쳤다.

"좋아요, 나는 이렇게 생각해요."

토마스가 말린과 보조를 맞춰 걸으면서 말했다.

"파비안 어디 있는지 아는 사람?"

말린의 말에 야르모가 어깨를 으쓱했다.

"여기도 없어."

수사반으로 들어가면서 말린이 말했다.

"화장실 갔는지도 모르지."

야르모가 대답했다.

"저기요, 내가 할 말이 있다니까요."

토마스가 말했다.

"말해봐."

말린은 가방을 책상에 내려놓고 뒤지기 시작했다.

"좋아요. 야르모랑 나는, 이 수사를 벌써 오랫동안……."

"자기 징징거리는 소리는 들어줄 수가 없어. 게다가 지금 토할 것 같단 말이야. 빨리 못 찾으면 분명히…… 도대체 어디 간 거야? 잠깐만, 아, 여깄네."

마리에 비스킷 상자를 꺼내 든 말린은 비스킷 두 개를 동시에 입에 집어넣고 엄청나게 빠른 속도로 씹어 삼키고는 의자에 털썩 주저앉아 길게 숨을 내쉬었다.

"아휴, 정말 아슬아슬했어."

"이제 됐어요?"

토마스가 말린에게 다가가면서 물었고, 말린은 비스킷을 또 하나 입에 넣으면서 고개를 끄덕였다.

"좋아요, 그럼 이제 징징거린다고 말한 이유를 설명해봐요. 젠장, 우린 어떻게 수사를 해나갈지 결정을 해야……."

"아니, 우리가 할 일은 당장 수사를 시작하는 것뿐이야."

말린이 비스킷을 삼키며 대답했다.

"만약에 자기가 그럴 수 없다면 어디 다른 데 가서 골이나 내고 있어."

말린의 말에 토마스는 반박하려 했지만 멈추라는 야르모의 신호를 받고 입을 앙다물었다.

"그럼 대체 뭘 하겠다는 거예요?"

"좋아, 탁월한 질문이야. 정말 굉장할 거야. 장담할게."

말린이 의자에서 일어섰다.

"일단 우리는 칼 에릭 그리모스와 아담 피셰르에게 공통점이 있는지부터 수사할 거야. 분명히 두 사건을 연결할 범행 동기가 있을 거야."

야르모는 고개를 끄덕였지만 토마스는 여전히 꼼짝 않고 서서 아무 말도 하지 않았다.

"우리는 법무부 장관에 관해서는 잘 알잖아. 하지만 아담 피셰르에 관해서는 뭘 알고 있지? 왜 나는 그를 가십 잡지에서만 본 것 같다는 생각이 들까?"

"아담 피셰르는 서른세 살이야. 외교관 아들이고, 절대로 성장하지 않는다가 인생의 목표 같은 사람이었지. 아버지 돈을 펑펑 쓰면서 비싼 차를 사들이고 영화 시상식에 다니는 게 취미였어."

야르모가 대답했다.

"그의 아버지는요? 잘 알려진 사람이에요?"

"적어도 야르모와 나는 잘 알아요. 라파엘 피셰르로 1990년대에는 대부분 스톡홀름에서 이스라엘 대사로 근무했어요."

"이스라엘 대사라고?"

말린이 토마스의 말을 따라 했다.

"이 사람이야."

야르모가 화이트보드에 붙어 있는 흑백 사진을 가리키며 말했다.

마치 축하 공연장에서 찍은 듯한 사진에는 백발에 검은 양복을 입은 남자가 장식한 탁자 앞에 다른 두 남자와 함께 앉아 있었다.

"왼쪽에 젊은 남자가 아담이에요?"

말린이 물었다.

"그래, 동생 결혼식 때 찍은 사진이라고 추정하고 있어. 그게 언제더라?"

야르모가 토마스에게 물었다.

"1998년 8월이요. 저 노인은 3개월 뒤에 죽었어요."

"왜 저 사람이 아니라 아담이 지팡이를 잡고 있죠? 창백해 보이고 너무 마른 것 같지 않아요?"

말린이 물었다.

야르모는 화이트보드에서 사진을 떼어내 가까이에서 들여다봤다. 한 손으로 지팡이를 잡고 앉은 아담은 아주 허약해 보였다.

"당신 말이 맞아. 우린 아버지한테 빌렸다고 생각했는데."

"줘봐요."

토마스가 사진을 가져갔다.

"이 옆에 있는 남자는 누구죠?"

말린은 이스라엘 대사의 오른쪽에 앉아 은밀한 말을 하는 것처럼 대사 쪽으로 몸을 기울인 남자를 가리키며 말했다.

"좋은 질문이야. 누군지 알아보려고 했지만 성공하지 못했지."

야르모가 대답했다.

"여기 또 있어요. 이번에는 현직 대사와 함께 있어요."

토마스가 몇 년이 지나 이번에는 현직 대사와 또 다른 남자와 함께 자동차 밖으로 나오는 그 남자가 찍힌 컬러 사진을 가리키면서 말했다.

"이 남자는 누구예요?"

말린은 또 다른 남자를 가리키며 말했다.

"코펜하겐에 있는 이스라엘 대사야."

야르모가 대답했다.

"그럼 모두 알겠네. 대사관 사람들한테 연락해 물어는 봤어요?"

야르모와 토마스는 고개를 저었다.

"우린 거기서부터 시작을 해…… 아, 왔구먼. 도대체 어디 숨었던 거야?"

말린이 서류철을 안고 들어오는 파비안에게 말했다.

"기록 보관소에서 용의자를 찾고 있었어."

파비안이 책상에 서류를 내려놓으며 말했다.

토마스가 서류를 하나 집어 들고 펼쳤다.

"오시안 크렘프? 이게 누구예요?"

"너 때문에 생각났는데 정작 당사자는 모른다니, 재미있는데?"

"그 식인귀?"

야르모의 말에 파비안이 고개를 끄덕였다.

"그때는 여기 수사국에서 근무하기 전이었지만 순찰차 안에서 그 사건 이야기를 정말 많이 했지."

"도대체 두 사람이 무슨 이야기를 하는 건지 나한테 알려줄 사람 없어요?"

말린이 말했다.

"이거요."

토마스가 눈이 뽑힌 희생자들을 찍은 사진이 붙어 있는 종이 두 장을 책상 위에 펼쳤다.

"좋아, 그런데 왜 눈만 뽑은 거지?"

"왜인지는 정확히 모르지만, 내 기억으로는 범인이 자기는 그저 '선택된 영혼'을 모으라는 목소리의 명령에 따랐을 뿐이라고 했던 것 같아."

"이런, 안 돼. 또 다른 미친놈인 거야? 그래서 풀려났고?"

"3년 4개월 됐지."

"의사가 그렇게 유능하다고? 약만 조금 먹고 치료만 조금 받으면 그런 범죄를 저지른 사람을 바꿀 수 있다고?"

"그게, 보통 의학계에서는 마비된 하체는 늘 마비된 상태로 있다는 걸 인정하지만 심리학은 달라요. 그 어떤 장애도 조금만 치료하면 누구나 건강해질 수 있다고 한대요."

말린은 놀랍다는 표정으로 토마스를 쳐다봤다.

"그거, 자기 생각이야, 아니면 난생처음 신문도 읽어본 거야?"

말린의 말에 토마스는 씩 웃으면서 마리에 비스킷 상자를 집어 들었다.

"마음껏 먹어. 이미 난 식욕이 사라진 거 같아."

말린은 파비안이 가져온 서류를 들여다보면서 말했다.

"피해자들은 어떤 관련이 있었어, 아니면 그냥 무작위로 선택한 거야?"

"내가 기억하기로는 피해자는 남자와 여자가 섞여 있었어. 한 명은 어느 정도는 유명인이었고."

야르모가 말했다.

"라디오에서 해상 날씨를 알려주던 기상 캐스터 말하는 거죠?"

파비안이 물었다.

"그렇지, 바로 그거야. 피셰르와 그리모스도 어느 정도는 유명한 사람이고."

야르모가 대답했다.

"어쩌면 자기를 열받게 만든 사람들을 택한 거 아닐까요?"

토마스가 말했다.

"어쨌거나 그자를 열받게 한 게 분명한 사람을 한 명은 찾은 게 확실해."

말린이 서류에서 고개를 들면서 말했다.

"이 사건을 수사한 책임자가 누군지 알아?"

세 남자는 고개를 저었다.

"칼 에릭 그리모스야."

두냐 호우고르는 킴 슬레이스네르의 방에서 최대한 몸을 작게 움츠린 채 손님용 의자에 앉아 있었다. 얀 헤스크가 두냐의 입장이었다면 두 다리를 쫙 벌리고 의기양양하게 앉아 있었을 것이다. 그 모든 어려움에도 두냐는 24시간도 되지 않아 아주 강력한 용의자를 추정했다. 모든 일이 제대로 해결된다면 베니 빌룸센은 받아 마땅한 벌을 받을 테고 세 사건은(스웨덴 사건까지 포함하면 네 사건은) 마침내 종결될 것이다.

하지만 같은 공간에 슬레이스네르와 단둘이 있다는 것은 그 사실 하나만으로도 벌떡 일어나 도망가고 싶게 만들었다. 두냐는 차분하게 숨을 쉬려고 애쓰면서 마치 바지에 오줌을 싼 것처럼 보이는 커피 자국만 내려다봤다.

슬레이스네르의 집무실은 너무나도 조용해서 두냐는 옛 사건 파일들과 그녀가 작성한 보고서 초안을 읽고 있는 슬레이스네르의 축농증 있는 코가 내보내고 들이마시는 소리를 들을 수 있었다. 혹시 그녀의 고통을 길게 늘이려고 슬레이스네르가 일부러 시간을 끄는 게 아닌지 궁금할 정도로 오랜 시간이 흘렀다. 서류철이 닫히는 소리가 들린 뒤에야 두냐는 고개를 들었다. 슬레이스네르가 그녀를 쳐다보면서 웃고 있었다.

"자네가 해결할 줄 알았어."

슬레이스네르가 돋보기를 벗으면서 말했다.

"알겠지만 자네를 처음 봤을 때부터 느낌이 아주 좋았지."

그 말에 두냐는 어떻게 대답해야 할지 몰라 그저 어색하게 웃었다.

"아니, 웃으라고 하는 말이 아니야, 진심이지. 그러니까 즐길 수 있을 때 즐기라고. 내일이면 끝날 수도 있으니까. 아니, 농담이 아니야. 정말로 즐기도록 해."

슬레이스네르는 서류를 들어 올렸다.

"이건 정말 훌륭해. 어떻게 개에 물려 쓰레기통에 버려진 2005년 사건과 티베루프에서 난도질당한 카렌 네우만을 연결할 수 있었지? 하지만 더 중요한 건 이 베니 빌룸센이라는 작자가 평생을 감옥에서 보내게 되리라는 거지. 스웨덴 놈들을 녀석들 홈구장에서 엿을 먹이는 건 언제라도 즐거운 일이지. 두냐, 정말이지 내가 이런 순간을 얼마나 원했는지, 자넨 모를 거야."

두냐는 억지로 웃으며 고개를 끄덕였다.

"어쨌든 기자 회견을 할 거야. 거기서 자네가 받아 마땅한 주목을 내가 받게 해주지."

"기자 회견이라고요? 언제 할 건데요? 아직 우리는 범인을 체포하지 않……."

"걱정할 거 없어. 당연히 체포하기 전까지는 어떤 정보도 발설하지 않을 거야. 하지만 자네도 알다시피 가장 먼저 한 방 먹이는 건 나여야 해. 그리고 그 누구도 자네의 공헌을 가로채지 못하게 할 거야. 내 약속하지. 내 말이 무슨 말인지 알겠나?"

두냐는 고개를 끄덕였다.

"자네는 가장 친한 친구를 잃은 것처럼 보이는군. 모두 내 잘못이야."

슬레이스네르가 한숨을 쉬었다.

"아뇨, 전혀 아니에요. 그저 승리를 선언하기 전에 해야 할 일이 남은 것 같다는 생각이 들 뿐이에요. 우리 스웨덴 동료들처럼 유죄를 선언할 증거가 아직 부족하니까요. 가해자가 자기 차를 바다에 빠뜨리고 악셀 네우만의 차를 가져갔다는 걸 입증하려면 가능한 한 빨리 헬싱외르 항구에서 차를 찾아야 해요. 어쩌면 악셀도 바다 밑에 있을지도 모르잖아요."

"자네 말이 전적으로 옳아. 하지만 모든 일에는 정확한 순서가 있는 거야. 당연히 또 다른 사람이 그자의 기발한 재주에 희생되기 전에 체포해야지. 아파트를 수색하다 보면 우리가 강바닥을 훑을 비용을 아낄 결정적인 증거가 나올 수도 있잖아. 이런 겨울에 항구를 뒤지는 건 결코 싸게 먹히지 않으리라는 것도 생각해야지."

"맞는 말이에요. 하지만 스웨덴 수사 자료를 모두 읽었죠? 그 사람들이 빌룸센의 아파트를 샅샅이 뒤졌지만……."

슬레이스네르는 웃으며 두냐의 말을 막고는 고개를 저었다.

"이런 사건은 자네보다 내가 경험이 훨씬 많다는 걸 알 정도로는 충분히 읽었어. 두냐, 모두 잘 해결될 거야. 아파트에서 아무것도 나오지 않으면 그때는 자동차를 끌어내자고."

슬레이스네르는 일어서더니 책상을 돌아와 두냐의 뒤에 섰다.

"이 사건이 자네의 경력에 얼마나 도움이 될지 생각하라고. 자네도 모르는 사이에 자넨 내 자리에 앉아 있게 될 거야. 약속하지."

슬레이스네르의 두 손이 어깨를 붙잡는 순간 두냐는 차가운 부지깽이가 몸을 관통하는 것만 같았다. 성폭행을 당하면 이런 기분이 들까? 그 생각은 갑자기 떠올랐다가 재빨리 사라졌다.

"두냐, 이렇게 근육이 뭉쳐 있으면 안 돼. 완전히 바위 같잖아."

슬레이스네르는 차분하고도 부드럽게 손을 놀리기 시작했다.

"긴장 풀어. 내 자랑은 아니지만, 내가 재주라고 할 게 있다면, 그건 바로 마사지니까."

슬레이스네르는 두냐의 어깨를 잡고 가슴이 튀어나올 정도로 뒤로 세게 잡아당겼다.

"항상 어떤 자세를 취할지 생각해야 해. 기자 회견을 할 때 꿔다 놓은 보릿자루처럼 앉아 있을 순 없잖아. 아직은 목에 통증이 없더라도 언젠가는 목 때문에 고생할 거야."

슬레이스네르는 두냐의 머리카락을 한쪽으로 넘기더니 목덜미를 주무르기 시작했다.

"나도 여기부터 갑자기 아프기 시작했어. 헨리크 함메르스텐이 마사지를 받아보라는 말을 하지 않았으면 지금쯤 휠체어를 타고 다녔을 거야. 그때부터 일주일에 두 번씩 마사지를 받으러 다니는데, 몸에 문제가 생길 조짐은 전혀 보이지 않고 있지."

슬레이스네르의 손가락은 두냐의 목덜미를 벗어나 이제는 두피와 귀 뒤를 마사지했다.

"아, 잊고 말하지 않은 게 있군. 크리스마스 파티 때 간부들 자리에 자네 자리를 마련해뒀어. 그러니 번거롭게 음식을 가지러 갈 필요도 없고 다른 사람들과 부대낄 필요도 없고 슈냅스도 마음껏 마실 수 있을 거야. 어때, 좋지 않나? 우리가 서로를 더 잘 알 기회도 생길 테고 말이야."

두냐는 더는 슬레이스네르의 말을 듣고 있지 않았다. 거세게 뛰는 심장이 모든 소리를 삼켜버렸다. 그녀가 원하는 것은 단 하나, 벌떡 일어나서 뒤로 돌아 슬레이스네르를 있는 힘껏 후려치는 것이었다. 하지만 그녀의 몸은 마비됐다. 두냐는 심지어 자기 몸에서 손을 치워달라는 말도 할 수 없었다. 그녀는 그저 가만히 앉아서 온몸의 근육이 점점 더 긴장해가는 걸 느낄 뿐이었다.

잠에서 깼을 때 베니 빌룸센은 자신이 있는 곳이 어디인지 도무지 알 수 없었다. 바로 위에서 내리쬐는 불빛 때문에 제대로 앞을 볼 수가 없었다. 턱과 이마를 고정한 테이프를 조금 느슨하게 만들고 머리를 살짝 돌려서야 자신이 어떤 상태인지 알 수 있었다. 그는 벌거벗겨진 채로 말뫼의 자기 아파트 부엌 식탁에 묶여 있었다.

사랑하는 제시가 죽은 날 액자에 넣어 걸어놓은 사진이 그 증거였다. 제시는 17개월 전에 죽었고, 그 뒤로는 늘 고지를 차지해야 하는 격렬한 전투를 치르고 있다는 느낌이 들었다. 다시 개를 데려와야 할까 생각해보기도 했지만 제시처럼 사랑할 개는 이제는 없을 것 같았다.

천천히 머뭇거리며 마침내 기억들이 돌아오기 시작했다. 언제나처럼 그는 저녁 산책을 나갔다. 눈이 지독하게 많이 내렸지만 그는 거의 두 시간은 걸리는 긴 코스를 다녀오기로 했다. 그의 마음은 고요했고 걱정 한 점 없었다.

그 느낌은 2년 전, 뤼데베크 포르투나 해변에 있는 집을 정복한 뒤의 기분과는 완벽하게 달랐다. 불과 50미터 떨어진 곳에서 남편이 최신 뉴스를 보고 있을 때 아내를 강간하고 찔러 죽이는 순간 그는 언제나처럼 차분해지고 마음이 따뜻해졌다. 하지만 그다음 날부터 걱정이 마음속으로 살금살금 기어들기 시작했다. 아주 사소한 실수를 하는 대죄를 저질렀음을 깨달았기 때문이다. 차에 타려고 문을 연 순간 지불하지 않은 주차권들이 차 밖으로 떨어진 것이다. 당연히 욕설을 내뱉으면서 주차권을 모두 주워 담았지만, 뉴스에서는 경찰이 살인자를 찾을 단서를 발견했다는 소식이 흘러나왔다. 일주일 동안 뜬눈으로 밤을 새운 뒤에야 그는 마침내 자신을 잡으러 온 헬싱보리 경찰들을 만날 수 있었다.

경찰이 벤 해변으로 떠밀려온 여자의 살해 용의자로 그를 고발하는 실수만 저지르지 않았다면 그가 감옥에 갇히는 것은 확실한 일이었다. 하지만 그는 풀려났고, 그 뒤로는 아무리 조그맣고 사소한 일이라도 다시는 그냥 지나치거나 놓치는 일은 없을 거라고 다짐했다. 그리고 지금까지는 절대로 실수하지 않았다.

산책을 다녀온 뒤에는 저녁 운동을 하면서 긴장을 풀었다. 딥스, 푸시업, 더블 암 리프트, 덤벨 프레스, 루마니안 데드리프트를 세 세트씩 했다. 몸의 능력을 최대한 사용해 운동하고 나자 심장이 터질 것처럼 뛰었다.

그때 그 일이 일어났다.

뭔가가 우편물 투입구를 통과해 집으로 들어오는 소리가 났고, 무슨 일인지 보려고 현관을 향해 나가는 동안 이미 부엌은 흰 연기로 가득했다. 그는 밖으로 나가려 했지만 기어갈 수도, 심지어 몸을 조금이라도 앞으로 움직일 수도 없었다. 그가 기억하는 마지막 순간은 누군가 현관으로 들어와 자신을 내려다봤다는 것이다. 아주 진한 검은색 옷을 입고 방독면을 쓴 사람이었다.

그리고 지금 그는 자신의 부엌에서 앞으로 일어날 일을 짐작조차 못한 채 묶여 있었다.

그로서는 자신만의 혐의가 있었다. 이런 짓을 한 사람이 경찰일지도 모른다는 의심은 즉각 지워버렸다. 잠시 깨어 있는 동안 그는 자신이 정복한 모든 피해자를 한 사람 한 사람 상세하게 떠올렸다. 처음에는 초기 실패들, 여전히 살아 있는 희생자 가운데 한 명이 복수하러 온 것이 아닌가 생각했다. 하지만 자신이 정복한 여자들 가운데 이런 교묘한 일을 꾸미고 실행할 사람은 없다는 결론을 내렸다. 그렇다면 뤼데베크 희생자의 가족이 이런 일을 꾸민 걸까? 하지만 그 생각 역시 기각했다.

그때 거실에 있는 소파에서 누군가 일어나는 소리가 들렸다. 그러니까 그가 혼자 있는 것이 아니었다. 그는 고개를 돌려 부엌으로 들어오는 사람을 보려 했지만 몸을 움직일 수 없었다. 눈가리개가 얼굴을 덮자 그는 수년 만에 처음으로 두려움을 느꼈다. 아주 강한 두려움은 아니지만 그의 발가락부터 익숙하지 않은 저릿함을 느낄 정도로는 두려웠다. 솔직하게 말하면 그는 이 느낌이 좋았다.

이제 시작이군, 그는 생각했다. 어떤 방향으로 나갈지는 알 수 없는 시작이지만 말이다.

한 손으로 벽을 더듬으며 걸어가는 동안 파비안 리스크가 쓴 헤드셋에서는 전화 발신음 소리가 계속 들렸다. 아무것도 보이지 않는 칠흑 같은 어둠 속을 걸어 마침내 스위치를 찾아 불을 켤 수 있었다. 파비안은 그녀가 전화를 받지 않으면 어떻게 할지, 반대로 전화를 받으면 어떻게 할지 알 수가 없었다. 어쨌든 이것이 최선이라는 생각이 들었다.

"너한테 무슨 일이 생긴 건 아닌지 궁금해지던 참이야."

니바는 언제나처럼 모든 것은 그저 게임이라는 듯이 아주 명랑

한 목소리로 말했다.

"집에서 핀잔을 듣고 다시 네 껍데기 안으로 기어든 줄 알았지."

"나 좀 도와줄 수 있을까?"

"그게 뭔지에 달렸겠지."

"오시안 크렘프라는 사람의 주소가 필요해."

"말했지만, 그게 뭐냐에 따라 다르겠지."

"중요한 점은, 그가 전과자인 데다 현재 등록한 주소에서 살고 있지도 않아. 일단 우리는 그 사람을 아담 피셰르와 칼 에릭 그리모스를 살해하고 시신을 훼손한 사건의 강력한 용의자로 추정하고 있어. 아마도 다른 곳에서 집을 재임대하는 방식으로 살고 있는 게 아닌가 싶어."

파비안은 기다렸지만 니바는 전혀 반응하지 않았다.

"니바, 전화 안 끊었지?"

파비안은 니바의 숨소리가 들리는데도 그렇게 물었다.

그는 니바의 침묵이 무엇을 의미하는지 정확히 이해했고, 그녀가 옳다는 사실을 인정하지 않을 수 없었다. 빨리 약속을 지키기만 하면 되는 거였다. 결국 옛 동료와 한 번 만나는 것 이상의 느낌이 들면 안 되니까.

"내일 밤은 어때?"

파비안의 말에도 니바는 그가 괜히 제안했다는 생각이 들기 시작할 정도로 오랫동안 말이 없었다.

"뤼드마르에서 9시에 봐. 그 사람 주민번호 있어?"

니바가 마침내 대답했다.

"540613-5532."

파비안이 큰 소리로 말하는 순간 전화기 너머에서는 자판 두드리는 소리가 들렸다.

"주소는 노르스보리로 되어 있네."

"그래, 하지만 말했듯이 다른 곳에서 재임대해 사는 것 같아."

"은행 계좌를 알아볼게. 노르데아에 계좌가 있네. 그 계좌랑 연결된 직불카드가 하나 있고."

"일을 하는 걸까? 돈은 어디서 들어오는 거지?"

"아니, 직장은 없어. 다양한 보조금을 받고 있고 아마도 노르스보리에 있는 집을 빌려준 돈이 들어오는 것 같아."

"다른 계좌는 없어?"

"있겠지. 하지만 직불카드 정도면 충분히 해결할 수 있어."

파비안은 니바가 자판을 맹렬하게 두드리는 소리를 들었다.

변기에 앉아 파비안은 소냐에게 무슨 말을 해야 할지, 할 말은 있는 건지 고민했다. 아마도 소냐는 파비안이 집에 오리라는 기대는 하지 않을지도 몰랐다. 밤새 일할 거라고 생각할지도 몰랐다. 어쨌거나 뉴스에서 무슨 일이 일어났는지 정도는 들었을 테니 여러 날 늦게 되리라는 사실도 알 것이다. 그래서 무슨 일이 생겼는지 설명하려는 파비안의 전화에 아무 반응을 하지 않는지도 몰랐다.

"ATM기 세 곳을 자주 이용하네. 스칸스툴에 있는 링엔 쇼핑센터, 고틀란스가탄의 콘숨 가게 바깥에 있는 거, 본데가탄에 있는 노르데아 은행. 내 생각에는 이 사람 링베겐과 본데가탄 사이 어디쯤에 사는 거 같아. 괴트가탄 근처에서."

"그곳이라면 아파트만 수천 채잖아. 2차나 3차로 임대한 곳에 살고 있다면 분명히 문패를 달지 않았을 거야."

"나는 감옥에 있었을 때가 궁금한데. 거기서 누굴 만났을 수도 있지 않을까?"

니바가 말했다. 파비안은 이미 검색 엔진이 돌아가는 소리를 들을 수 있었다.

"정신병원에 입원해 있었으니까, 그렇게 많은 사람을 만나지는 않았……."

"알아. 하지만 1996년에는 쿰라로 옮겨갈 정도로 건강하다는 진단을 받았고, 쿰라에서 10년 동안 약물 치료와 정기 검진을 받으면서 복역했어."

"그래, 그리고 지금은 멀쩡한 미치광이처럼 아주 건강한 듯하고."

파비안도 동료들처럼 사람들을 고문하고 눈알을 도려내고 신체를 훼손하는 사람에게 어떻게 건강하다는 진단을 내릴 수 있는지 이해할 수 없었다.

"재소자들은 어때? 일치하는 사람이 있을까?"

"없는 것 같아. 크렘프와 6개월 이상 함께 복역한 사람 중에는 없어. 호른스툴에 있는 린드발스가탄에 주소지가 한 명 있고 탄토가탄에 한 명 있지만, 세 블록 반경에서 사는 사람은 없어."

"기간을 6개월 이하로 줄여봐."

"이미 해봤어. 하지만 이번에는 너무나 많은데."

"치료사 이름을 쳐봐."

"치료사?"

"그래, 매일 한 명쯤은 만났겠지."

"안타깝지만 그 사람은 감라 엔스케데에서 살아. 네 동료 말린 렌베리랑 같은 거리에 살고 있으니까, 혹시 알아, 말린이 크록스를 신고 그 치료사를 찾아가 설탕을 빌리거나 주변 소음 이야기를 하거나 과속방지턱을 더 만들어야 한다고 이야기하고 있을지."

"말린은 크록스 자체를 신지 않을 것 같은데."

파비안은 전화기 밖으로 노랗고 끈적끈적한 하수구 찌꺼기처럼 흘러나오는 니바의 비통함을 충분히 느낄 수 있었다.

"임신했다는 말 들었어."

"쌍둥이야."

"정말 멋지다."

"말린한테는 아무 말도 하지 마. 말린은 최저가를 제시한 사람에게 아이들을 건네줄 준비가 되어 있는 것 같으니까."

"딸이……."

"그 부부가 아이들 성별을 알고 있나 모르겠는데…… 아, 맞다. 둘 다 아들이라고 했어."

"아니, 말린 말고, 그 치료사 말이야."

파비안은 니바의 말을 알아들을 수 없었다.

"치료사의 딸이 블레킹에가탄 67B에 아파트가 있는데 자기는 룬드에서 공부하고 있어. 별로 가능성은 없어 보이지만 그래도 확인해보는 게 좋을 듯해."

"물론이지. 정말 어떻게 이 은혜를 갚아야 할지 모르겠다."

"아니, 넌 잘 알아. 내일 봐."

니바가 전화를 끊자 파비안은 변기에서 일어나 전화기를 주머니에 넣었다.

실제로 크렘프가 치료사의 딸 집에 살고 있다면 치료사가 법을 어긴 것인지 직업 규정을 어긴 것인지 알 수는 없지만 윤리적으로 넘지 말아야 할 선을 넘은 것은 분명했다.

"파비안! 도대체 뭐 하고 있었어?"

화장실 문을 열고 나가는 순간 파비안은 자신을 향해 걸어오는 말린을 봤다.

물론 그냥 해보는 말이었다. 말린은 파비안이 무슨 일을 하고 있었는지 정확히 아는 것이 분명했다. 그녀에게는 파비안을 꿰뚫어보는 재주가 있었다. 말린은 파비안에게 '넌 정말 크리스마스이브의 도널드 덕만큼이나 알기 쉬운 사람이야'라는 말을 자주 했다. 말린과 일하면서 단 한 번도 비밀을 들키지 않은 적이 없지만 그래도 파비안은 고집 센 노새처럼 저항했다.

"화장실에서 뭘 했겠어?"

파비안의 말에 말린은 콧방귀를 뀌면서 화장실 안을 들여다봤다.

"으음, 이제는 변기 뚜껑을 닫고 나오나보지? 세면대에는 물 한 방울 없고. 니바랑 통화했어?"

파비안은 한숨을 쉬면서 인정하려 했지만 도저히 말린의 말을 끊고 끼어들 수 없었다.

"파비안, 네가 어떤 생각을 하는지 정확히 알아. 하지만 내가 장담하건대, 니바는 골칫거리가 될 거야. 니바 에켄히엘름은 얇은 다리로 걸어 다니는 재앙이라고. 가정이 있다고 그 이를 박지 않을 것 같아?"

파비안은 어떠한 감정도 드러내지 않으려 애쓰면서 말린의 말을 듣고 있었다.

"그렇게 바보 같은 표정 짓지 마. 내가 무슨 말을 하는지 정확히 알잖아."

"아니, 모르겠는데."

파비안의 입에서 그 자신도 믿을 수 없을 정도로 한심하고 애처로운 소리가 흘러나왔다. 다행히 토마스와 야르모가 다가온 덕분에 끝없이 창피해지는 것은 막을 수 있었다.

"여기 있었네요. 우리가 껴도 되죠?"
어깨에 권총집을 찬 토마스가 물었다.
"어디 가는 거야?"
말린이 물었다.
"사이버 보이탄이 다른 주소를 못 찾아서 그냥 크렘프가 마지막으로 등록한 노르스보리 아파트로 가보려고. 운이 좋으면 단서를 찾을 수 있겠지."
야르모가 가죽 재킷을 입으면서 말했다.
"거기 말고 여기로 가봐요. 여기가 더 가능성 있을 것 같으니."
파비안이 수첩을 펼치면서 말했다.
"어디 봐."
말린이 파비안의 수첩을 낚아챘다.
"이거 어디서 났어? 아니, 질문을 바꿔야겠네. 니바는 이걸 어떻게 찾았대?"
"니바라고요? 니바 에켄히엘름이요?"
토마스가 파비안을 보면서 말했다.
"쉽지 않았지. 하지만 오시안 크렘프가 자기 치료사였던 사람의 딸 집에서 살지도 모른다는 정황이 여럿 있었어. 그건 그렇고, 그 치료사는 네가 사는 엔스케데에 살아."
파비안은 간신히 위기를 벗어났다는 기분을 느끼면서 말했다.
하지만 말린은 파비안의 말을 듣지 않았다. 그저 그의 수첩에 적힌 주소만 뚫어지게 봤다.
"블레킹에가탄 67B라고? 내 기억이 맞는다면, 여긴……."
말린이 고개를 들어 파비안을 똑바로 봤다.
"여긴, 외스트괴타가탄 아파트랑 같은 블록 아니야?"

베니 빌룸센은 어떻게 반응해야 할지 알 수가 없었다. 생각과 감정이 모든 방향으로 빙글빙글 돌아가고 있었다. 한편으로는 이제 곧 닥쳐올지도 모를 극심한 고통이 점점 두려웠지만 다른 한편으로는 그런 벌을 받는 것이 당연하다는 생각도 들었다. 정말로 이전 희생자가(그의 관점에서 보면 제대로 해치우지 못한 실패가) 복수하러 온 걸까? 하지만 그렇다면 놀라운 일이었다. 희생자가 직접 법을 집행하기까지 이렇게나 오래 걸렸단 말인가?

그는 죽을 준비가 되어 있지 않았다. 해내고 싶었던 많은 일을 생각하면 지금 죽는다는 사실은 가슴 아팠다. 그의 공책에는 면도칼로 만든 채찍이나 끓는 물을 붓는 등, 앞으로 해나가야 할 더 나은 방법이 가득 그려져 있었다. 그가 고안한 고문 방법은 모두 목표가 같았다. 가능한 한 오래, 더욱 심하게 희생자를 고통스럽게 만드는 것. 어쩌면 이제는 새로 생각해낸 고문 방법을 사용해보지 못할 수도 있었다.

하지만 발가벗겨진 자신의 피부 위를 어떠한 무게감도 없이 움직이는 손길은 즐거울 수밖에 없었다. 깃털처럼 가벼운 터치는 기쁨에 겨워 온몸을 전율하게 했다. 그 손은 최근 운동을 해 여전히 불룩 튀어나온 단단한 가슴 위를 부드럽게 지나 그의 커다란 자부심인 식스팩이 있는 복근으로 날아갔다.

이제 마흔 살이 넘었지만 그의 몸은 그 어느 때보다도 멋졌다. 거의 완벽에 가까운 몸이 되고 있었다. 근육만 증가한 것이 아니라 수년간의 요가 덕분에 비율도 유연성도 최상의 상태에 도달해 있었다. 게다가 피하지방도 거의 사라져 정맥과 힘줄이 선명하게 드러났다. 낯선 이가 그의 몸을 관찰하고 만져야 할 시간이 있는 것이 분명하다면, 그건 바로 지금이어야 했다.

그는 한 번도 이와 비슷한 상황에 처한 적이 없었다. 눈가리개로 눈을 덮고 발가벗겨진 채로 자신의 식탁에 묶여 있다니. 더구나 그 어떠한 상상 속에서도 이런 상황을 즐기게 되리라고는 생각해본 적이 없었다. 하지만 정말로 즐거웠다. 물론 무서웠지만 불확실성이 그를 엄청나게 흥분하게 만들고 있음을 인정할 수밖에 없었다. 이렇게나 무기력하게 아무 일도 하지 못하는 상황은 늘 적극적으로 계획을 짜고 행동하고 실행했던 지금까지의 그와는 완벽하게 대조적이었다.

그는 책임자가 되는 것이 싫지 않았다. 아니 책임자가 되는 것을 사랑했다. 혼자서 방향타를 잡고 있는 것은 즐거운 일이었다. 다른 사람의 생명을 좌지우지할 힘을 갖고 있다는 기분은 그 무엇과도 비교할 수 없었다. 희생자의 눈에 어린 두려움을 볼 때마다 드는, 자신이 그들을 지배하고 있다는 느낌은 정말로 끝내줬다. 자신이 책임자가 되어 다른 사람의 생명을 좌지우지하는 일은 모든 과정에서 즐거움을 맛볼 수 있는 희열이었다. 지나치게 서두르면 아주 미묘한 감정 변화를 놓칠 위험이 있었다. 희생자들은 그에게 그 모든 일을 할 힘이 있을 뿐 아니라 하고자 하는 의지가 있다는 사실을 깨닫는 순간 두려움이 아니라 공포를 느낀다.

새로운 단계마다 희생자들은 새로운 기분을 느끼고, 일단 새로운 기분을 경험하게 되면 다시는 그 이전 단계로 돌아갈 수 없다. 세월이 흐르면서 그는 희생자에게 남아 있는 마지막 한 방울까지 공포를 짜내는 방법을 익혔고, 원하는 만큼 오랫동안 특정한 단계에 머무르게 만들고, 결국에는 그 길고 긴 과정을 모두 거쳐 무너지게 만들 수 있었다.

처음 몇 년간은 공포를 추구했지만 이제 그가 가장 원하는 반응은 희망을 탈취하는 것이었다. 희망은 언제나 공포 뒤에 나타나 두 눈을 반짝이게 했다. 가끔은 미소 짓는 사람도 있고 심지어 거의 자연스럽게 웃는 사람도 있었다. 그럴 때, 안심해도 되리라는 안도감을 심어주고 희망이 있음을 완전히 믿게 될 때까지 거짓 희망을 키우고 또 키우는 일만큼 즐거운 일은 없었다. 그는 희생자들이 그저 복종하고 반항하지만 않으면 모든 것이 괜찮아지리라고 믿게 만드는 것이 좋았다. 그래야만, 오직 그래야만 자신들이 살아남을 거라고 믿는 것이 좋았다.

희생자들이 거짓 희망을 오래 품을수록 그가 얻는 보상은 커졌다. 희생자들이 어떻게 해도 희망이 없음을 깨닫는 순간을 지켜보는 것이 좋았다. 아무리 애원하고 빌어도 끝은 언제나 하나일 수밖에 없었다. 희생자들은 아무 일도 없다는 듯이 계속 숨을 쉬고 심장에서 온몸으로 피를 밀어냈지만 그 눈은 상황을 제대로 파악했다. 그 눈은 정확히 어떤 일이 벌어질지를 아는 것이다. 희망으로 반짝이던 눈이 포기하고 사그라지는 것보다 아름다운 것은 없다.

섬세한 손길이 사타구니를 지나 다리를 따라 계속해서 밑으로 내려갔다. 생애 처음으로 그저 받아들이고 기다리는 것만을 할 수 있는 순간이었다. 결국 어떻게 끝나리라는 것은 알았지만 마지막 순간을 즐기지 않을 도리가 없었다.

호흡은 점점 더 거칠어졌고 부드러운 손길에 음경 안으로 피가 쏟아져 들어가는 것을 느꼈다. 처음에는 여자의 손이라고 생각했지만 이제는 확신이 들지 않았다. 많은 사람과 달리 그는 자신이 동성애자인지 이성애자인지를 고민할 필요가 전혀 없었다. 그는 살아온 모든 시간 동안 자신이 완벽하게 이성애자라고 확신했다. 남자의 손길이 닿는 순간 페니스는 쪼그라들 거라고 생각했다.

하지만 그의 몸은 선호도가 없는 것이 분명했다. 이제 완전히 발기해 터질 것처럼 혈액으로 꽉 차버린 페니스는 맥박이 뛰는 속도에 맞춰 정확하게 같은 속도로 움직이고 있었다. 그를 가지고 노는 사람은 그의 커진 페니스에 감명을 받았을 게 분명했다. 그리고 마침내 너무나도 가벼워서 거의 느껴지지도 않는 감촉이 아래쪽 가장 깊은 곳에서부터 가장 높은 쪽까지 페니스를 부드럽게 쓸어 올렸다. 귀두를 간질이는 것은 혀임이 분명했다.

자신이 무엇을 기대하고 있는지는 분명히 알 수 없지만 살아 있을 시간이 아주 많이 남았다는 생각은 하지 않았다. 바라는 것은 그저 고맙다는 말을 하는 것과 가능한 한 오랫동안 이 상황을 즐기는 것뿐이었다. 언제라도 끝날 수 있음은 알았다. 자신의 몸이 죽음을 준비하고 있다는 것도 알았다. 온몸의 근육이 긴장해 있었고, 뜨거운 자동차에 갇힌 아기처럼 땀이 나기 시작했다. 부엌에 있는 날카로운 고기 칼로 제대로 겨냥해 한 번만 내리친다면 그는 15분 안에 피를 흘리며 죽을 것이다.

두 손이 바위처럼 단단한 귀두를 잡아 음경을 똑바로 세웠다. 촉촉하고 따뜻한 입이 귀두를 깊이 빨아들였다. 그를 놀리고 있는 사람이 남자인지 여자인지는 여전히 알 수 없지만 그 사람의 손과 혀가 기가 막히게 제대로 일하고 있는 한, 그것은 별다른 문제가 되지 않았다. 원래 그는 일주일에 적어도 두 번은 자위했다. 그래야 평온을 유지할 수 있으니까. 하지만 지난 몇 주는 압력을 강화하려고 운동에만 집중하고 페니스는 건들지조차 않았다. 그러니 이제 나온다면 총알이 튀어나오는 것처럼 강력할 것이다.

그는 지금은 끝나지 않았으면 했다. 적어도 자신이 끝내기 전까지는 끝이 오지 않기를 바랐다. 나중에는 하고 싶은 대로 마음껏 해도 좋았다. 그저 마지막까지 할 수만 있다면…….

마침내 첫 줄기가 힘차게 뻗어나간 뒤 하얀 정액이 결코 끝나지 않을 것처럼 계속해서 뿜어져 나왔다. 모든 것이 말끔하게 나온 뒤에 두 손은 그를 풀어줬고, 긴장이 풀린 그의 몸은 묵직하게 가라앉기 시작했다. 스르르 잠이 왔고 식탁 밑으로 가라앉는 것만 같았다. 그는 어둠 속으로 점점 더 깊게 빠져들었다. 앞으로 어떤 일이 일어나건 그는 벌을 받을 준비가 되어 있었다.

아파트 초인종을 누르고 권총을 빼든 동료들이 자신 있게 서 있는 이유를 파비안은 이해할 수 없었다. 마치 문 반대쪽에서 기다리고 있는 일을 정확하게 아는 것처럼 말이다. 아니, 어쩌면 동료들은 들고 있는 무기가 자신들을 보호해주리라는 사실을 더 확신하고 있는지도 몰랐다. 20년 동안 경찰로 근무했지만 파비안은 지금도 사격장이 아닌 곳에서는 총을 쏴본 적이 없었다. 자신이 쏜 총알이 사람의 몸을 관통한다는 것은 상상도 할 수 없었지만 필요한 순간이 되면 분명히 할 수 있으리라 생각했다.

문제는 지금이 그 필요한 순간인가 하는 점이었다. 문을 열고 들어가는 순간 흰 연기에 휩싸이고 몸이 마비된 상태로 오시안 크렘프에게 눈을 뽑히는 것은 아닐까? 혹시 지금 아파트에는 아무도 없거나 이곳이 크렘프가 사는 데가 아닐 수도 있지 않을까?

여러 번 초인종을 눌러도 반응이 없자 토마스는 걸쇠로 문을 따고 들어가자고 했다. 하지만 30분 뒤에 강력반 형사들은 열쇠 수리공을 불러야 했고, 열쇠 수리공은 10분 만에 자물쇠를 열었다. 보통 잠긴 아파트 문을 여는 데 걸리는 시간이 30초임을 생각하면 상당히 오래 걸린 셈이었다. 마침내 안으로 들어간 형사들은 문 안쪽에 달린 수많은 자물쇠를 발견하고서야 문을 여는 데 그토록 오래 걸린 이유를 알 수 있었다.

때마침 도착한 문자 때문에 파비안은 다른 사람들과 함께 아파트 안으로 들어갈 수 없었다. 문자에서 소냐는 오늘 밤 작업실에서 언제 집으로 가게 될지 모르겠다고, 이웃집 10대 아이에게 마틸다를 학교에서 데려와 6시까지 봐달라고 부탁했다고 했다. 10대 아이는 저녁에는 영화 약속이 있다고 했다. 파비안은 당연히 6시 전에 집에 들어갈 거라고, 작업 잘하라고 답장을 보냈다.

아파트 안으로 한 발을 내딛자마자 파비안은 니바의 추측이 전적으로 옳았음을 분명히 알 수 있었다. 정신이 건강한 사람이 집을 이렇게 하고 살아갈 수는 없었다.

"우아, 이게 다 무슨 난리예요?"

토마스가 어깨에 멘 권총집에 총을 넣으면서 말했다.

"우리 집보다 더러운 곳은 없을 줄 알았는데."

말린이 여러 기구와 쓰레기가 널려 있는 거실을 둘러보면서 말했다. 힐레비 스툽스 팀이 이곳을 모두 조사하려면 한없이 오래 걸릴 것이 분명했다.

"이혼한 뒤의 야르모 집 상태와 거의 비슷한데요. 야르모 집에는 포르노 잡지가 쌓여 있지만요."

토마스는 냉소적으로 웃으며 2미터 높이로 쌓인 무가지 신문을 두드렸다.

"허튼소리 말고 할 일이나 해."

야르모가 침실로 향하면서 중얼거렸다.

"각자 흩어져서 살펴보죠."

토마스가 신문을 하나 빼 들면서 말했다.

"이미 그러고 있잖아."

말린이 검은색 쓰레기봉투를 뒤지면서 말했다.

"오늘 우리 조금 예민한 거 같지 않아요? 아무튼, 제대로 오긴 한 것 같네요. 이거 좀 봐요. 칼로 여기 있는 사진을 모두 오렸어요."

토마스는 사진 속 사람들의 눈이 모두 말끔하게 오려진 신문을 들어 올리며 말했다.

파비안은 아이팟에 이어폰을 꽂고 좋아하는 덴마크 밴드 카슈미르의 〈노 밸런스 팰러스〉를 틀었다. 다른 사람들의 목소리에서 벗어나 아파트가 하는 말을 듣기 위해서였다.

복도에서 맨 끝에 있는 이 아파트에서는 블레킹에가탄과 외스트괴타가탄이 모두 보였다. 파비안과 가장 멀리 떨어진 구석의 둥근 모퉁이에는 창문이 있었고, 창문 옆에는 식탁이 있었다. 분명히 이런 아파트를 본 적이 있는데 그곳이 어디였는지 기억나지 않았다. 무심코 창문 밖을 내다본 뒤에야 생각이 났다. 냉장고에서 피셰르와 그리모스의 눈을 찾은 외스트괴타가탄의 버려진 아파트 구조가 이랬다. 외스트괴타가탄의 아파트가 이곳에서 멀지 않았다. 크렘프가 아파트를 두 개 빌려 하나는 주거용으로 쓰고 하나는 범죄용으로 썼다는 결론을 내리기는 어렵지 않았다. 몸을 돌린 파비안은 너덜너덜해진 벽지와 벗겨진 천장 페인트를 둘러봤다. 크렘프의 아파트는 전반적으로 보수가 필요했다. 그가 이곳을 빌릴 수 있었던 이유는 그 때문일 것이다.

크렘프는 모든 선반과 찬장에 다양한 물건을 넣어뒀다. 아파트 전체에 빈 곳이 없을 정도였다. 처음 이곳에 들어왔을 때는 파비안도 다른 사람들처럼 쓰레기 하적장보다도 더 엉망으로 물건이 쌓여 있다고 생각했다. 하지만 이제는 물건을 쌓아놓은 것이 아님을 알았다. 바닥에 물건들이 널려 있는 것은 분명했지만 대부분은 아주 섬세하게 분류한 듯 같은 종류끼리 쌓여 있었다. 오시안 크렘프는 수집가임이 분명했다.

파비안은 맨 안쪽에 있는 방으로 들어가 살폈다. 서재처럼 보이는 방에는 오래된 나무 책상과 의자가 한쪽 벽에 놓여 있었다. 집 안의 모든 곳과 달리 책상 위는 깨끗하게 치워져 있었다. 파비안은 책상으로 걸어가 사무용 의자에 앉았다. 몸을 뒤로 기대자 의자가 끼익 비명을 질렀다. 책상 밑쪽에는 서랍이 나란히 세 개 달린 서랍장이 있었다. 서랍 손잡이는 없어져 구멍만 남았지만 잠겨 있지 않았기 때문에 파비안은 손을 서랍 밑으로 넣어 열었다.

오른쪽 서랍에는 가위와 메스, 테이프가 들어 있었다. 가운데 서랍에는 신문에서 오린 칼 에릭 그리모스와 아담 피셰르의 사진이 가득 꽂힌 앨범이 있었다. 모두 다른 날짜에 다른 배경으로 찍은 사진이었지만 한 가지 공통점이 있었다. 사진들은 토마스가 거실에서 찾은 신문처럼 모두 눈이 사라지고 없었다. 사진을 쳐다보는 동안 파비안은 새삼 눈이 얼마나 많은 개성을 담고 있는지 깨달았다. 눈이 없는 그리모스와 피셰르는 살아 있을 때의 두 사람이라기보다는 좀비처럼 보였다.

왼쪽 서랍에도 사진이 들어 있었는데, 그 사진들은 앨범에 정리되지도 않았고 신문에서 오린 것도 아니었다. 사진을 찍은 사람은 크렘프 같았다. 서른 장쯤 되는 사진은 모두 버스 안에서 찍은 것이었다. 책을 읽거나 옆에 있는 사람과 이야기하거나 멍하니 창문을 내다보는 승객들 사진이었다. 파비안이 보기에 한 번 이상 찍힌 피사체는 없었다. 단, 한 여자는 예외였다. 그 여자는 모든 사진에 찍혀 있었다. 그리고 여자의 눈은 오려져 있었다.

이 사람이 또 다른 희생자일까? 크렘프가 집에 없는 것은 그 때문일까?

파비안이 사진을 자세히 보려고 책상 위로 꺼내고 있을 때 데이비드 보위의 〈더 시닉〉 사이로 새된 목소리들이 파고들었다. 파비안은 재빨리 이어폰을 빼고 다른 사람들이 있는 곳으로 뛰어갔다. 동료들은 모두 총을 빼 들고 고함을 지르고 있었다.

"바닥에 엎드려!"

토마스가 양손으로 권총을 잡고 소리쳤다.

"엎드리라고 말했다."

파비안은 자기 눈을 믿을 수 없었다. 한 손에 식료품 가방을 든 오시안 크렘프가 신문이 잔뜩 쌓인 방 한가운데 서 있었다. 그는 마치 무에서 갑자기 형체화한 것만 같았고 경찰들만큼이나 놀란 듯했다.

"이럴 수는 없어. 당신들, 이럴 수는……."

크렘프는 계속 고개를 내저었다.

"우리가 할 수 있다고 믿는 게 좋아. 빨리 엎드리란 말이야!"

"아니, 이럴 수는 없어. 이럴 수는……."

"순순히 말을 듣는 게 좋을 거야."

역시 총을 겨누고 있는 야르모가 말했다.

파비안은 크렘프가 아주 작다는 사실에, 수염이 있고 뱃살이 두둑한 경비원으로 변장한 보안 카메라에서의 모습과 너무나도 다르다는 사실에 놀랐다. 옷 안에 수술 도구를 감췄던 걸까?

"아니야…… 이건 좋지 않아. 절대로 좋지 않아."

크렘프는 점점 더 거칠게 고개를 저으면서 식료품 가방을 집어던지고 팔을 내저었다.

"당장 나가! 여기서 나가라고!"

"입 다물고 엎드려!"

토마스가 소리쳤다.

"오시안, 잘 들어요. 우린 경찰이에요. 우리가 왜 왔는지는 잘 알겠죠. 당신이 할 수 있는 최선은 진정하고 우리 말을 따르는 거예요."

한 손에 권총을 잡고 다른 손으로 신분증을 꺼낸 말린이 말했다. 말린의 말에 긴장을 조금 푼 크렘프가 고개를 끄덕였다.

"좋아요, 이제 두 손을 머리에 얹고 천천히 무릎을 꿇고 앉아요."

크렘프는 두 손을 머리에 대고 바닥에 앉는 시늉을 했다. 하지만 그 순간 갑자기 몸을 돌려 현관을 향해 달려 나가기 시작했다.

"멈춰!"

토마스와 야르모가 동시에 소리쳤다.

하지만 너무 늦었다. 크렘프는 벌써 아파트를 빠져나갔다. 발소리로 미루어 계단을 내려가는 것이 분명했다.

"아, 우리 뭐 하는 거예요? 도망갔잖아요, 젠장."

토마스가 소리치면서 밖으로 뛰쳐나갔다.

오시안 크렘프는 블레킹에가탄 쪽 문으로 달려 나와 엄청난 속도로 괴트가탄 쪽으로 달렸다. 그보다 빠르게 달릴 수 있는 사람은 거의 없다는 걸 알았다. 언제나 그랬으니까. 그리고 앞으로 무슨 일이 벌어진다고 해도 크렘프는 잡힐 생각이 없었다. 다시는 잡혀가지 않을 것이다. 그저 지하철까지만 안전하게 도착하면 되는 거였다. 크렘프에게는 그만의 길이 있었고, 그곳에 도착하면 망할 경찰들 눈앞에서 완전히 사라질 수 있었다.

도대체 왜 그렇게 순진했던 걸까? 전혀 그답지 않았다. 불과 며칠 전에 경찰 놈들이 어슬렁거리는 걸 봤으면서도. 경찰이 들이닥쳐 초인종을 누르면 어떻게 해야 할지 철저하게 준비해놓았으면서도 그들이 쳐놓은 덫으로 그대로 걸어 들어가다니.

이제 얼마 남지 않았다. 괴트가탄만 지나면 지하 세계로 들어갈 수 있었다. 그는 가장 효과적으로 지하철로 들어가는 방법을 정확히 알고 있었다. 하지만 그러려면 그의 앞에 걸리적거리는 망할 놈들을 모두 밀쳐내고 달려가야 했다.

뒤에서 경찰들이 쫓아오면서 멈추라고, 손을 머리로 올리라고 새된 목소리로 고함 지르는 소리가 들렸다. 마음껏 소리 지르라지. 복종하고 공손하게 행동하는 것은 이제 끝이다. 플랫폼으로 들어간 크렘프는 재빨리 철길로 뛰어내려 어둠 속으로 계속해서 달려갔다. 이제 곧 목표 지점에 도달할 것이다. 그 누구도 그를 찾을 수 없는 곳으로 갈 것이다.

그는 운이 좋았다. 역에는 전철이 없었고 철길은 고요했다. 뒤쪽에서 자동차 타이어가 터지는 소리가 들렸다. 하지만 이곳에 차가 있을 리 없었다. 심지어 왼쪽 다리가 부러지고 앞으로 곤두박질치면서 레일에 머리를 부딪칠 때까지도 무슨 상황인지 깨닫지 못했다.

이제 곧 무슨 일이 일어날지 알게 된 것은 바로 그 소리 때문이었다. 기차가 오고 있음을 알리는 선로의 떨림 말이다.

아빠가 늘 조심해야 한다고 했던 게 바로 이거였나봐. 카티아 스코우는 생각했다. 그녀로서는 지금 자신이 어디에 있는지, 이 일이 어떻게 끝나게 될지 도무지 알 수가 없었다. 아버지는 수백만 크로네(덴마크와 노르웨이의 화폐 단위-옮긴이)를 쏟아부어 수많은 보안 장치를 했고 스넥케르스텐에 있는 집을 나설 때는 언제나 미리 경호원들과 상의하고 계획을 세우라고 했다. 하지만 그녀는 그런 상황이 너무 싫었다. 친구들은 모두 코펜하겐에서 파티를 즐기고 있을 때 자신만 집에 감금된 것 같았다. 지난 몇 년 동안 그녀의 아버지는 전통적인 절도를 점점 더 하기 힘들어진 세상이라 훨씬 연약한 사람을 범죄 대상으로 삼게 됐다는 말만 줄기차게 해왔다.

그리고 지금 아버지의 말은 사실로 드러났다. 그녀 자신이 아버지가 두려워하던 가장 끔찍한 악몽이 돼버렸다. 그녀는 나쁜 영화에서처럼 납치됐고, 희생자가 되어 죽어가고 있었다. 그런 영화는 언제나 행복하게 끝난다. 문제는 그녀가 영화를 찍고 있는 게 아니라는 거지만.

이곳에 얼마나 있었는지 가늠해보려 했지만, 결국 포기했다. 어제 마신 양을 생각해보면 시간 감각은 그녀가 기댈 수 있는 감각이 전혀 아닐 테니까. 사방이 너무 컴컴해서, 지독하게 어두워서 지금쯤이면 두 눈이 어둠에 적응할 때도 됐으련만 한 치 앞도 보이지 않았다.

아주 좁은 공간에 갇혀 있음은 분명했다. 코를 긁어보려 했지만 손을 올릴 공간이 없었다. 양탄자 같은 단단한 물체에 싸여 있는지 바스락거리는 소리가 들렸고 플라스틱 냄새가 났다. 분명히 두려워해야 할 상황이지만 두려움에 신경 쓸 만한 여력이 없었다. 그것은 어쩌면 확실히 잘된 일인지도 몰랐다.

그녀는 눈을 감고 지금 일어나는 일에 집중하려 애썼지만 곧 모든 것이 빙글빙글 돌아가면서 중력이 없는 곳에 둥둥 떠 있는 느낌이 들었다. 여전히 높은 곳에 떠 있기에 빨리 내려가지 않으면 곧 어디가 위인지 어디가 밑인지 알 수 없게 될 것이 분명했다.

그들은 아마도 그녀가 겁을 먹기를 바랄 것이다. 비명을 지르고 마구 두드려대기를 바랄 테지만 그녀는 그들을 기쁘게 해줄 마음이 전혀 없었다. 그래서 아주 조용히 있었다. 자신이 아니라 그들이 걱정하게 만들 셈이었다. 결국 그녀의 상태를 보려고 밝은 곳으로 꺼내줬을 때는 곰을 만나면 그래야 하는 것처럼 완벽하게 죽은 척할 생각이었다.

수백만 크로네를 벌어들일 목적이었을 텐데, 그런 기대가 물거품이 됐다는 걸 알면 어떻게 반응할까?

그녀는 그 파티를 생각했다. 아주 조용한 모임이 되리라 생각했던 파티는 준비해둔 마약이 모두 동이 나고 여기저기서 섹스를 하는 난장판으로 변해버렸다. 하지만 거의 항상 그래왔다. 가장 재미있고 성공적인 파티는 계획하지 않은 대로 흘러가게 마련이니까.

닐스가 헬싱외르에 가서 진짜 스웨덴 사람들처럼 돌아다니자는 말을 했을 때(사실 그런 말을 한 사람은 닐스가 아니라 누군가가 데려온 여자였지만) 그녀는 거절할 수 없었다. 아버지와 경호원들에게 아무 말도 하지 않고 떠난다는 사실이 너무나도 신나서 펄쩍 뛰고 싶을 정도였으니까.

그녀는 친한 친구들과 몇 명 이름을 모르는 사람들과 함께 나왔다. 욕실 창문으로 빠져나온 뒤에 담까지 뻗어 있는 나뭇가지를 타고 간신히 담을 넘어갔다.

스트란바이엔에는 택시가 기다리고 있었고 미처 깨닫기도 전에 그녀는 헬싱보리로 가는 스웨덴 여객선을 타고 있었다. 일행은 모두 파티는 계속돼야 한다는 데, 지루한 일상은 어떻게 해서든지 피해야 한다는 데 동의했다. 사실 지난 10년 동안 그녀는 계속 그런 식으로 살아왔다.

그녀의 아버지는 그녀가 진정하고 스스로를 돌볼 수 있게 하려고 자신이 할 수 있는 모든 일을 했다. 아버지의 회사에서 일하는 것부터 치료를 받고, 운동을 하고, 약을 먹는 것까지 모든 것을 다 시도해봤지만 얼마나 지루한 일인지는 신만이 아실 것이다. 하지만 그 무엇도 더는 잃을 것이 없으며 이 모든 것이 한순간에 끝날 수 있다는 기분을 그녀에게서 지워줄 수 없었다. 어떤 식으로 생각해도 그녀가 빌린 시간을 사는 것이 분명한데, 그 시간을 마음대로 쓴다고 해서 문제 될 게 있을까? 언제나 마지막인 것처럼 골수를 파먹어라, 이 망할 카르페 디엠!

물론 그녀가 맨 처음 진단을 받았을 때 아버지는 그런 일은 상상도 하지 못했다. 그래서 자신이 할 수 있는 모든 일을 하기 시작했다. 아버지의 의도대로 됐다면 그녀는 직장에서 성공하고 일주일에 적어도 60시간씩 일했을 것이다. 하지만 그게 다 무슨 소용이지? 이미 두 사람에게는 평생을 써도 남을 만큼 돈이 있는데?

아버지의 실망을 이해 못하는 것은 아니었다. 특히 처음 몇 년간은 충분히 이해할 수 있었다. 하지만 이미 10년도 더 지났는데 두 사람의 관계를 규정하는 것은 아버지의 실망이었다. 보통은 그 실망을 감추려고 애썼지만 아버지의 눈에서는 언제나 비통함이 발산

되고 있었고 아버지의 말에서는 가끔은 그녀를 돕는 것을 후회하고 있다는 느낌을 받았다.

진동이 느껴지고 시동 걸리는 소리가 들렸다. 갑자기 두려워지기 시작한 것은 자동차 트렁크 안에 있다는 사실을 깨달았기 때문인지 움직이고 있기 때문인지는 알 수 없었다. 어쨌거나 지금은 겁이 났다. 끔찍하게 무섭지는 않았다. 그저 이제는 이 상황이 장난이 아니라 현실임이 느껴졌을 뿐이다. 그러다 갑자기 뉴스에서 본 불쌍한 여자가 생각났다. 카렌 네우만. 그래, 그 여자야. 하지만 경찰이 범인을 잡았다고 하지 않았나?

공포가 고압 전류처럼 그녀의 몸을 뚫고 지나갔다. 온몸의 근육이 경련을 일으키듯 경직됐고 그녀는 있는 힘껏 비명을 질렀다. 하지만 양탄자가 효과적인 소음기 역할을 했기에 그녀는 곧 포기했다. 그녀는 천천히 앞으로 굴러갔다. 몇 번이나 울퉁불퉁한 곳을 넘던 양탄자는 평평한 곳에서 멈췄다. 배를 탄 것이 분명해, 그녀는 생각했다. 하지만 덴마크로 가고 있는지 스웨덴으로 가고 있는지는 알 수 없었다.

너무나도 오랜만에 그녀는 자신에게는 잃을 것이 너무 많다는 사실을 깨달았다.

두나는 목에 걸린 커다란 덩어리를 삼키려고 애쓰면서 앞에 앉아 있는 기자와 사진작가 들을 쳐다봤다. 기자들 수가 많아질수록 두

냐는 더욱더 불편해졌다.

기자 회견이 엄청난 관심을 불러일으킨 것은 놀랄 일이 아니었다. 두냐는 악셀 네우만이 라디오 프로그램 〈한밤의 목소리〉를 진행할 때부터 알고 있었지만 사실 그가 전국적으로 유명해진 것은 〈춤을 춥시다〉에 출연한 뒤 곧바로 토크쇼 진행자가 되면서부터였다. 하지만 그렇다고 해도 평소에 하던 기자 회견실이 아니라 경찰서에서 가장 큰 홀을 기자 회견장으로 잡아야 할 정도로 관심이 클지는 몰랐다. 기자들은 여전히 계속해서 들어오고 있어서 이 모든 사람을 수용할 방은 경찰서에는 없을 것만 같았다.

두냐에게 선택권이 있었다면 그녀는 말뫼에 있는 베니 빌룸센의 아파트로 출동했을 것이다. 하지만 슬레이스네르는 두냐가 그의 옆을 지켜야 한다고 우겼다. 그는 기회가 있을 때마다 언론 앞에 나서는 것이 경력을 쌓는 데 얼마나 중요한지 아느냐며 그늘에 머물러서는 안 된다고 했다. 실제로 경찰 일을 전혀 하지 않는데도 승승장구하는 걸 보면 저 사람은 자기가 하는 말의 의미를 정확하게 아는 것이 분명해, 입술에 땀방울이 맺히는 것을 느끼면서 두냐는 생각했다.

이것은 모두 드레스 때문이었다. 너무 더웠다. 땀을 전혀 흡수하지 않는 재질로 만든 드레스라 두냐는 마치 소를 잔뜩 넣은 소시지가 된 기분이었다. 드레스는 카르스텐이 작년에 크리스마스 선물로 사준 것인데, 두 치수는 작았다. 카르스텐이 사다 주는 옷은 늘 그랬다. 지난 크리스마스 이후로 두냐는 2킬로그램이 넘게 빠졌는데도 옷은 여전히 두 치수 작았다.

두냐는 슬레이스네르를 쳐다봤다. 그는 손수건으로 윗입술을 톡톡 두드리면서 두냐를 보고 웃었다. 두냐는 인중에 맺힌 땀이 보이지 않기를 바랐고, 땀을 닦다가 화장이 지워질까봐 두려웠다. 이놈의 망할 땀 때문에 화장이 엉망이 될 거야. 두냐는 속으로 욕하면서 손수건을 꺼내 최대한 조심스럽게 땀을 두드렸다.

"괜찮나?"

슬레이스네르가 물었다. 두냐는 최대한 아무 문제 없다는 표정으로 웃어 보였지만 충분히 설득적이지는 않았는지 슬레이스네르가 그녀 쪽으로 몸을 숙이며 허벅지에 손을 올리더니 입을 그녀의 귀에 대고 속삭였다.

"긴장을 풀고 항구에 닿을 때까지 나한테 노를 맡겨. 일단 항구에 닿으면 정말로 아주 좋은 걸 대접하지."

두냐는 다시 고개를 끄덕였다. 두냐가 고개를 끄덕인 가장 큰 이유는 어떻게 반응해야 할지 모르기 때문이었다. 아니, 사실은 어떻게 반응해야 하는지는 알지만 슬레이스네르에게 대들고 싶지 않기 때문이었다.

"이곳에 오신 여러분 모두 환영합니다."

슬레이스네르는 두냐의 허벅지에서 손을 떼고 모여 있는 기자들을 쳐다봤다.

"킴 슬레이스네르입니다. 저를 모르는 분을 위해 말씀드리자면 코펜하겐 경찰서 강력반 반장입니다. 여기 있는 두냐 호우고르 형사는 여러분 대부분이 모르실 텐데요, 이번에 처음 저와 함께 무대에 올랐으니 모두 친절하게 대해주시기를 바랍니다."

여기저기서 산발적으로 웃음이 터져 나왔고 두냐는 최선을 다해 웃어 보였다.

"두냐는 카렌 네우만 살해 사건 수사를 이끌고 있습니다. 과장이 아니라, 두냐는 흥미로운 몇 가지 결론에 도달했습니다. 우리는 유력한 용의자를 파악했을 뿐 아니라 수년 동안 해결하지 못한 다섯 개 미해결 살인 사건도 해결할 실마리를 찾았습니다. 게다가……."

슬레이스네르가 손가락 하나를 들어 보였다.

"머뭇거리고 있는 우리 스웨덴 동료들을 도와줄 수도 있을 것 같습니다. 하지만 지금부터는 두냐에게 발표를 넘기도록 하지요."

슬레이스네르가 두냐를 돌아봤다.

"자, 그럼 부탁하지."

"감사합니다. 어, 네, 방금 킴 슬레이스네르 반장님 말씀처럼 해협 양쪽에서 범죄를 저지른 가해자를 수사하고 있습니다."

두냐는 등을 타고 흘러내리는 땀을 느낄 수 있었다.

"가장 유력한 용의자는 아직 잡히지 않았는데, 이름은……."

"좀 더 마이크를 가까이 대주십시오. 안 들립니다!"

누군가 소리쳤다.

"죄송합니다."

두냐는 마이크에 입을 가까이 댔다.

"그래, 하지만 마이크를 켜는 게 더 나을 것 같군."

슬레이스네르의 말에 또다시 몇 사람이 웃음을 터뜨렸다.

떨리는 손으로 마이크의 작은 전원 버튼을 누르려고 애쓰면서 두냐도 어색하게 웃었다. 그 웃음은 목에 끈끈한 덩어리처럼 달라붙어, 두냐는 그 덩어리를 뱉어내고 싶었다. 그 자리에 있는 사람들에게 킴 슬레이스네르는 성차별주의자에 남성우월주의자라고, 모두 다 지옥에나 떨어지라고 소리치고 싶었다.

그때 갑자기 몸속에서 뭔가가 폭발해버렸다. 하지만 전혀 아프지 않았다. 오히려 차분해졌다. 두냐는 고개를 들고 기자들을 쳐다봤다. 바보처럼 웃지 않으려고 애쓰는 두냐의 귀에 기자들의 낮은 웃음소리는 발정 난 암소의 울음처럼 들렸다. 떨림이 가라앉은 손으로 그녀는 차분하게 마이크를 켰다.

"모두 들리시나요? 하나 둘, 하나 둘."

두냐는 마이크 받침대에서 마이크를 꺼내 들면서 말했다.

"반장님도 잘 들리시죠?"

슬레이스네르는 딱히 좋다고는 말하기 힘든 표정을 지으며 고개를 끄덕였다.

"좋습니다, 아주 좋아요. 하지만 이제 웃는 건 그만하죠."

두냐는 리모컨으로 베니 빌룸센의 사진을 띄우면서 말했다.

"베니 빌룸센입니다. 덴마크 시민이지만 지금은 말뫼에서 살고 있습니다. 2년 전쯤, 스웨덴 경찰이 이 사건의 용의자로 빌룸센을 체포했습니다."

두냐가 리모컨 버튼을 다시 누르자 뤼데베크 살인 사건 사진이 나타났다. 해변에서 죽은 여자 사진이었다. 여자를 덮은 하얀 시트는 깊은 상처에서 흘러나온 피로 군데군데 붉게 물들어 있었다.

"자세한 설명은 생략합니다만, 이 사건과 티베루프의 카렌 네우만 사건은 놀랍게도 비슷한 점이 많습니다. 물론 카렌 네우만 사건이 더 잔혹……."

갑자기 단상에 놓인 전화기가 바르르 떨리기 시작해 두냐는 잠시 할 말을 놓쳤다. 누구나 '클리판'이라고 부른다는 헬싱보리 경찰서 스베르셰르 홀름의 전화였다.

전화기는 꺼놨어야 할 뿐 아니라 꺼내놓지도 말아야 했다. 어쨌거나 지금은 전화를 받을 상황이 전혀 아니었다. 그런데도 두냐는 전화기를 집어 들었다.

"두냐, 지금은 전화기를 들여다볼 때가 아닌 것 같은데."

슬레이스네르가 짜증 난다는 표정으로 말했다. 두냐는 통화 거절 버튼을 누르고 전화기를 내려놓았다.

"죄송합니다. 어디까지 했죠?"

"뤼데베크에서 일어난 스웨덴 살인 사건과 티베루프에서 벌어진 카렌 네우만 사건이 관계가 있다는 말까지 했지."

"그랬죠."

다시 전화기가 울렸다. 이번에는 문자 메시지였다. *빌룸센이 다시 사고를 쳤군요. 가능한 한 빨리 전화 주시죠.*

"두냐, 뭐 하고 있는 거야?"

슬레이스네르가 이번에는 정말로 참을 수 없다는 표정을 지었다.

두냐는 문자 메시지를 다시 읽고, 당혹스러운 표정을 짓고 있는 슬레이스네르를 쳐다봤다.

"그자가 다시 일을 저질렀대요. 아무래도 여기는 반장님이 맡아 주셔야겠어요. 난 일하러 가야겠어요."

두냐는 서둘러 연단을 내려가기 시작했다.

"그렇군요. 안타깝지만 기자분들이 다시 한번 저를 참아줘야겠군요. 자, 어디까지 했죠?"

슬레이스네르의 말을 들으며 두냐는 통화 버튼을 누르고 기자 회견장을 빠져나왔다.

"안녕하세요, 두냐입니다. 피해자를 찾았나요?"

전화기 너머에서 클리판이 자동차 시동을 거는 소리가 들렸다.

"아니, 아직 못 찾았습니다."

"이번에는 스웨덴 사람인가요?"

두냐는 소리 없이 기자 회견장 모습을 보여주고 있는 텔레비전 앞을 지나 엘리베이터를 향해 걸었다.

"아니요, 덴마크 사람이에요. 카티아 스코우라고, 그 여자 아버지 이름은 알 겁니다. 이브 스코우라고."

"알아요, 우리나라 재계 거물이에요."

두냐는 다시 돌아와 텔레비전 소리를 키우려고 했다.

"지금 뭐가 어떻게 되고 있는지 도무지 모르겠어요."

하지만 음향 버튼을 찾을 수 없었고, 결국 기자 회견장에서 나는 소리를 들어보겠다는 시도를 포기할 수밖에 없었다.

"지금까지 알아낸 바로는 카티아 스코우는 스넥케르스텐에 있는 집에서 파티를 했어요. 그러다 아침 일찍 친구들과 택시를 타고 헬싱외르로 갔고, 그곳에서 여객선을 타고 파티를 계속했어요. 편도 티켓으로 왔다 갔다 하면서 계속 술을 마시는 거죠."

"그런 일은 스웨덴 사람들만 하는 줄 알았는데요."

"나도 그런 줄 알았는데 스코우 일행도 했더군요. 정말로 많이 마셨는데, 그러다 갑자기 카티아 스코우가 사라졌다는 사실을 깨달은 거죠."

"그러니까 구명정 같은 곳에서 의식을 잃고 쓰러져 있는 건 확실히 아니라는 거죠?"

"여객선을 두 번이나 수색했어요. 신고를 받자마자 내가 스칸드라인 관계자랑 접촉해봤어요. 그 사람 이름은……."

"누구 말하는지 알아요."

"아무튼, 그 사람한테 보안 카메라를 살펴봐달라고 했어요. 내 생각처럼 똑같은 차를 타고 거기 있더군요."

"덴마크 번호판을 단 악셀 네우만의 BMW 말이에요?"

"맞아요. 정확히 오늘 12시 22분에 헬싱보리에서 여객선에서 내렸다고 했어요."

두냐는 시계를 봤다. 그러니까 정확히 두 시간 전에 내린 거였다.

물론 이런 상황에서 두 시간은 영원과 같은 시간이지만 손을 쓰기에 아주 늦은 시간은 아니었다.

"클리판, 내가 스웨덴으로 가서 같이 수사하면 어떨까요?"

"정확히 그게 내가 제안하려던 겁니다. 헬싱보리에 도착하는 시간을 알게 되는 즉시 전화해줘요. 내가 역으로 마중 나갈 테니까."

두 사람은 전화를 끊었고 두냐는 마구 뛰는 심장을 가라앉히려고 몇 차례 깊이 숨을 들이마셨지만 아무 소용없었다. 마치 발목을 두꺼운 고무 밴드로 묶은 채 깊은 골짜기로 뛰어내린 것처럼 아드레날린이 솟구쳤다.

두냐는 텔레비전을 쳐다봤다. 기자 회견이 끝나고 슬레이스네르가 연단에서 내려오는 모습이 보였다. 주목받는 걸 그렇게 좋아하는 사람이 저렇게 긴장한 듯 보인다는 것은 한 가지 이유밖에 없었다. 지금 슬레이스네르가 엄청나게 화가 났다는 뜻이다. 어떻게 생각하면 그가 화난 이유를 이해할 수도 있었지만, 사실은 전혀 신경 쓰이지 않았다.

"마틸다, 왜 전화한 건지 말해봐."

회의실로 걸어가면서 파비안이 말했다.

"아빠가 언제 집에 오는지 알고 싶어서. 엄마한테 여러 번 전화했는데 안 받아."

"엄마는 지금 작업실에 있잖아. 분명히 전화기를 꺼놨을 거야. 레베카랑 함께 있는 거 아니야?"

"맞아. 하지만 그 언니 싫어. 맨날 발코니에 나가서 전화만 하고 담배만 피워. 아빠가 왔으면 좋겠어."

"하지만, 예쁜아, 지금 당장은 안 되는 거 알잖아. 이제 1시 30분이니까 몇 시간은 더 일해야 해. 하지만 일이 끝나는 대로 곧바로 달려갈게. 같이 텔레비전도 보고 아주 안락한 금요일 밤을 보내는 거야. 어때, 좋겠지?"

마틸다는 대답하지 않았지만 마틸다의 베이비시터가 〈미싱 다이아몬드〉 게임을 하지 않겠느냐고 묻는 소리는 들을 수 있었다.

"좋아, 아빠, 나중에 봐."

마틸다는 파비안이 대답하기도 전에 전화를 끊었다. 파비안은 전화기를 주머니에 넣고 회의실로 걸어갔다.

토마스, 야르모, 말린은 이미 도착해 있었다. 그곳에 없는 사람은 헤르만 에델만뿐이었다. 회의실 분위기는 아주 활기찼다. 보온병에는 갓 내린 커피가 담겨 있었고 이미 뚜껑을 딴 쿠키 통은 사람들 손에서 손으로 이리저리 돌아가고 있었다. 누구나 한 개나 두 개 정도 열량 폭탄을 맞을 준비가 되어 있었지만 아직은 아니었다.

전통대로라면 에델만이 음식이 가득 놓인 쟁반을 들고 와 또다시 가해자를 체포한 수사팀의 노고를 치하할 것이다. 모두에게 한 잔씩 따라주고, 시간이 흐르면서 모두가 점점 더 즐기게 된 그의 음식을, 얇게 다진 붉은 양파와 칼레스 캐비어를 곁들인 퓐크리스프를 먹게 해줄 것이다.

"토마스가 6연발총으로 첫 번에 표적을 맞힌 것도 축하해야지."

야르모가 손가락으로 총 쏘는 시늉을 하면서 말했다.

"아주 대단한 일을 해냈다는 걸 인정해야 할걸요. 한 치 앞도 보이지 않는 곳에서 15미터 앞에 있는 녀석을 쏜 거라고요."

토마스가 말했다.

"운이 좋았지."

야르모가 커피를 한 모금 마시면서 말했다.

"운이요? 나는 눈을 가리고도 맞힐 수 있다고요."

"아니, 정말로 운이 좋았지. 게다가 넌 경고 사격을 하는 것도 잊었잖아."

"지금 내가 그 녀석에게 항복할 기회를 주려 했다고 생각하는 건 아니겠죠? 나는 그 망할 녀석을 쓰러뜨릴 생각이었다고요. 빵! 정확하게 허벅지를 쏜 거라고요. 선배는 아무리 노력해도 하기 힘들 거예요."

토마스가 야르모의 어깨를 토닥이며 말했다.

"나 없이 시작한 건 아니지?"

모두 소리나는 쪽을 돌아봤다. 에델만이 음식이 가득 담긴 쟁반을 탁자에 내려놓았고 사람들은 환호했다. 모두 슈냅스 잔을 받고 O. P. 안데르손 병을 돌렸다.

"나는 뭐 마셔요?"

말린이 물었다.

"자네는 레몬수를 마시거나 라이트 맥주를 마셔."

에델만은 캐비어 튜브의 빨간 뚜껑을 돌려 따고 뚜껑 밖에 있는 별 모양 꼭지로 알루미늄 보호막을 꾹 눌렀다.

"아니면 조금만 마시고 또 덴마크에 간 척하거나."

에델만의 말에 모두 웃으며 붉은 양파에 핀크리스프 캐비어 샌드위치를 찍어 먹었다. 파비안도 샌드위치를 한입 베어 먹으며 캐비어의 짭조름함과 섞인 양파의 강렬한 맛과 딱딱한 빵의 느낌을 음미했다. 정말로 맛있었다. 어째서 처음에는 그토록 회의적이었는지 이해할 수 없었다.

모두 샌드위치를 몇 입 먹자 에델만은 수염을 닦고 슈냅스 잔을 높이 들어 올렸다.

"나는 그저 엄청난 일을 해낸 자네들을 축하해주고 싶었네. 우리는 가해자를 잡았을 뿐 아니라 아주 기록적인 시간에 해결해서 내가 기자 회견을 해야 하는 횟수를 확 줄여줬으니까 말이야."

모두 잔을 비웠고, 에델만이 두 번째 잔을 따라줬다.

"알고 있겠지만, 그리모스에게 일어난 일을 듣는 순간 나도 오시안 크렘프를 생각했어."

에델만의 말에 모두 서로 눈짓을 교환했다.

"정말이야. 하지만 아무 말도 하지 않았지."

에델만이 두 번째 오픈 샌드위치를 준비하면서 말했다.

"왜냐하면 크렘프일 수는 없다고 생각했거든. 오랫동안 세간에 오르내리지 않았으니까. 형을 마치고 출소했다는 건 생각하지 못했어. 오시안 크렘프는 엄청나게 영리하고 치밀한 가해자일 뿐 아니라 이 세상에서 가장 냉혹한 범죄자라는 건 의심할 여지가 없어. 형을 살아야 한다는 걸 알게 된 순간 자기 변호사 눈을 찢어버렸을 정도지. 그런데도 13년밖에 안 살고 나왔지."

에델만은 고개를 내저으며 들고 있던 잔을 단숨에 비웠다.

"하지만 아직 마무리해야 할 일이 많아. 크리스마스 선물로 아내들 속옷을 사기 전에 일단 제대로 매듭을 지어야지."

"우리가 어떤 일을 매듭져야 하는 거죠?"

말린이 물었다.

"아직 크렘프가 피셰르에게 어떤 일을 했는지 정확히 모르잖아."

야르모가 대답했다.

"그것도 알아내야지."

에델만이 말했다.

"이 사람도."

버스에서 찍은 눈을 오린 여자 사진을 여러 장 꺼내면서 파비안이 말했다.

"이 사람이 누군데?"

에델만이 사진을 한 장 들어 올리면서 물었다.

"지금은 모릅니다. 크렘프 아파트에서 그리모스와 피셰르 사진과 함께 있었습니다. 사진들 상태는 모두 이런 식이었고요."

"그렇다면 여러 피해자가 어딘가에 갇혀 있다는 건가? 아니면 자기가 다음 대상인 걸 영원히 모를 행복한 피해자거나."

에델만이 고개를 저으며 한숨을 내쉬었다.

"언제 크렘프를 취조할 수 있는 거죠?"

말린이 핀크리스프를 또다시 먹을 준비를 하면서 물었다.

"방금 스톡홀름 남부 종합병원에 연락해봤어. 지금 수술하고 있다더군."

"그럼 한 시간쯤 뒤에 출발하면 되겠네요."

"그렇게 빨리는 안 돼. 아직 충격을 받아서 정신적으로 안정을 취하지 못했다는군."

"언제 정신이 말짱한 때가 있었대요?"

토마스가 웃으며 말했다.

"치료사는 그렇게 생각하고 있더군. 지금은 일단 그 누구도 방문을 금하고 있어."

"방문을 금하다니, 그게 무슨 뜻입니까? 치료사가 수사를 방해할 수는 없지 않습니까, 아닌가요?"

야르모가 물었다.

"안됐지만 용의자에게 건강 문제가 있다면 치료사는 당연히 그럴 수 있어. 그걸 잊지 말라고. 우리가 아무리 유죄를 확신한다고 해도 지금은 그저 용의자일 뿐이야."

"그럼 언제 만날 수 있습니까?"

파비안은 시간이 조금 걸릴 거라고 생각하면서도 물었다.

"주말이 지나고 다시 연락해주겠다고는 했지만 적어도 일주일은 기다려야 하지 않을까 싶어."

"일주일이요? 난 그 녀석 다리를 쐈다고요. 세상에, 입이 아니라."

토마스가 마지막 남은 슈냅스를 비우면서 말했다.

"문제는 공정하게 신문할 수 있는가겠지."

말린이 말했다.

일주일, 길면 2주일 정도는 수사가 지연되겠는데, 파비안은 생각했다. 그때쯤이면 피셰르는 죽을 수도 있다. 버스 안 여자도 마찬가지고.

"그럼 가만히 앉아서 손가락이나 빙글빙글 돌리고 있으란 말이에요?"

토마스가 말했다.

"분명히 그 누구도 손가락이나 돌리고 있을 필요는 없어. 스툽스가 아파트를 부지런히 살피고 있으니 곧 좋은 단서가 나오겠지."

에델만이 말했다.

"좋아요, 그럼 우리는 기도를 하고 있어야겠네요."

토마스가 캐비어를 바른 펀크리스프를 붉은 양파에 찍으면서 말했다.

"끝이 얼마 남은 것 같지 않아. 먹고들 있어. 나는 기자 회견을 준비해야겠어. 이 사건 관련해서는 마지막 기자 회견이었으면 해."

에델만이 일어나 회의실 밖으로 나갔다.

회의실에는 침묵이 내려앉았고 행복하던 기운이 사라져버렸다.

"별다른 일이 없으면 모두 월요일에 보게 될 것 같군요."

파비안이 의자를 밀고 일어나면서 말했다.

"당연히, 그렇겠지. 주말 잘 보내."

야르모가 동의했다.

"선배도요."

파비안은 회의실을 나섰다. 말린이 재빨리 따라 나오는 소리가 들렸다.

"집으로 갈 거야?"

"그래, 하지만 우리 집은 아니야. 사실 너희 동네로 가려고."

"응? 왜?"

"너희 이웃을 방문하려고 하니까, 함께 가자."

시간과의 싸움이었다. 두 시간 앞서 있는 빌룸센을 어떻게든 따라잡아야 했다. 문제는 드레스를 벗느라 귀중한 시간을 너무 많이 낭비한다는 거였다. 드레스는 지퍼가 고장 나 아무리 위나 아래로 잡아당겨도 열리지 않았다. 결국 초조해진 두냐는 지퍼를 힘껏 잡아당겼고, 쭉 찢어진 드레스를 벗어 쓰레기통에 던져 넣었다. 드레스

안에서 흘린 땀을 닦는 데만 휴지 두 통을 다 썼다.

다행히 부서의 모든 사람이 퇴근한 뒤라 두냐는 책상 앞에서 옷을 갈아입을 수 있었다. 청바지와 폴로셔츠를 입는 순간 두냐는 다시 자기 자신으로 돌아온 것만 같았다. 그녀는 옛 사건들 기록을 모아 들고 컴퓨터를 껐다.

"그래, 여기 숨어 있었군."

두냐는 몸을 돌려 자신을 향해 걸어오는 슬레이스네르를 봤다.

"그래, 무슨 일이 일어난 거지? 기자 회견 도중에 나가버리다니, 정말로 엄청나게 중요한 일이었겠지."

두냐는 고개를 끄덕이며 서류를 가방에 넣었다.

"헬싱보리 경찰이었어요. 빌룸센이 다시 범죄를 저질렀다고요. 스웨덴으로 가는 여객선에서 젊은 여자를 납치했다고, 가능한 한 빨리 스웨덴으로 오라고 했어요. 기차 안에서 다시 연락드릴게요."

"아니, 그렇게 서두를 필요는 없지. 조금 여유를 가지라고."

슬레이스네르가 두냐의 팔을 잡자 가방이 바닥으로 떨어졌다.

"킴, 미안하지만, 정말로 시간이 없……."

두냐의 팔을 잡은 손에 힘을 준 슬레이스네르는 다른 손을 올려 집게손가락으로 두냐의 입술을 꾹 눌렀다.

"지금은 내 말을 들을 시간이야, 알겠나?"

두냐는 고개를 끄덕였고 슬레이스네르는 두냐의 팔을 놓았다.

"지금 저기서 자네가 나한테 무슨 짓을 했는지 알아?"

슬레이스네르는 두냐 주위를 빙글빙글 돌기 시작했다.

"나는 이 건물에 있는 사람 가운데 몇은 그걸 맡기 위해서라면 오른팔까지 바칠 중요한 수사를 자네한테 줬어. 나와 함께 기자들에게 얼굴도 내밀게 해줬지. 자네를 위해서 아주 넓고 긴 굉장한 레드 카펫을, 그 망할 레드 카펫을 깔아줬다고. 그런데 그 대가로 내가 뭘 받았지?"

슬레이스네르가 바로 뒤에서 얼굴을 들이밀고 있었기 때문에 두냐는 귓불에 닿는 그의 숨결을 느꼈다. 격렬하게 뿜어져 나오는 콧김을 피해 고개를 돌리지 않으려고 두냐는 온몸에 힘을 주고 버텼다. 슬레이스네르가 폭발한 것은 이번이 처음은 아니었다. 오히려 슬레이스네르가 이 사람 저 사람에게 화를 내는 것은 자연스러운 일이었다. 하지만 그 포화를 맞게 된 사람이 두냐인 것은 처음이었다. 얀 같은 사람들은 슬레이스네르가 폭발하면 조용히 서서 그가 끝을 낼 때까지 기다렸다.

"좋아, 내가 말하지."

슬레이스네르가 다시 두냐 앞으로 돌아와 섰다.

하지만 두냐에게는 시간이 없었다. 지금도 매 순간, 빌룸센은 계속해서 앞서가고 있었다.

"카메라 앞에서 감히 나에게 퍽 큐를 날리고 간 거라고."

슬레이스네르가 두냐의 눈앞에 가운뎃손가락을 들이밀었다.

"나는 아무 준비도 못하고 바보같이 당하고 있었단 말이지."

"킴, 정말 미안하지만, 시간이 없어요."

두냐가 슬레이스네르의 손가락을 치우면서 말했다.

"시간? 자네한테 시간이 어떤 의미인지 내가 알려주지. 지금 당장 할 일은 여기 서서 내가 하는 말을 듣는 거야. 정말로 지금 그냥 이 자리를 떠날 수 있다고 생각하나?"

두냐가 고개를 끄덕이자 슬레이스네르는 정말로 충격받은 표정을 지었다.

"기자 회견장에서 있었던 어처구니없는 일은 미안해요. 정말로요. 하지만 반장님이 나에게 이 수사를 맡겼잖아요. 그래서 제대로 수사를 하려는 거예요."

두냐는 바닥에 떨어진 가방을 주워 들고 문을 향해 걸어갔다.

"두냐, 잠깐만."

두냐는 몸을 돌려 자신에게 걸어오는 슬레이스네르를 봤다.

"네?"

슬레이스네르는 무거운 한숨을 길게 내쉬었다.

"미안하군. 이렇게까지 할 생각은 없었는데."

슬레이스네르는 두냐 앞에 서더니 그녀의 눈을 똑바로 봤다.

"아까는 마치 사람들 앞에서 바지가 벗겨진 기분이었어. 자네는 오직 수사만 책임지려고 하지만 그건 옳은 방법이 아니야. 아무리 자네라도 그건 인정할 거야."

두냐는 고개를 끄덕였다.

"알아요, 그건 정말로 미안하게 생각해요. 하지만 나는……."

"나도 그렇군. 그러니까, 미안하다는 뜻이야. 이 일 전까지는 우리 잘 지내왔잖아."

슬레이스네르가 두냐의 손을 잡았다.

"나는 모든 걸 밀어버리고 완전히 다시 시작할 의향이 있어. 자네는 어떻지?"

"좋아요."

또다시 떠날 시도를 하면서 두냐가 말했다. 두냐에게 필요한 것은 지금 당장 경찰서를 나가는 것뿐이지만 슬레이스네르는 고집스럽게 두냐의 손을 잡고 그녀의 눈을 똑바로 봤다.

"정말인가?"

두냐가 다시 고개를 끄덕이자 슬레이스네르가 활짝 웃었다.

"좋아, 이제야 우리가 서로 어디에 서 있는지 알게 됐군."

슬레이스네르는 두냐의 손에 입을 맞추고 그녀가 떠날 수 있게 놓아줬다.

초인종을 세 번이나 누른 뒤에야 말린의 이웃은 마침내 문을 열고 당혹스러운 표정으로 파비안과 말린을 번갈아 쳐다봤다. 남자는 베이지색 코듀로이 바지와 흰색 셔츠, 가죽조끼를 입고 있었다. 작고 둥근 안경과 어깨까지 오는 흰 머리카락 때문에 그 남자는 스웨덴에서 가장 흉악한 범죄자들을 치료하는 정신분석가라기보다는 스웨덴 북부 산림지대에서 온 바이올린 연주자처럼 보였다.

"안녕하세요, 잘 지내시죠."

말린이 악수하며 인사하자 남자는 더없이 당혹한 표정을 지었다.

"저 모르시겠어요? 작년 가을에 바비큐 파티 때 뵀잖아요. 남편이 핫도그를 모두 태워서 피자를 시켜 먹었는데. 여기서 몇 집만 지나가면 우리 집이에요."

"미안합니다만, 지금 상담 중이어서……."

"걱정하지 않으셔도 됩니다. 아주 잠깐이면 되니까요. 들어가도 될까요?"

"어, 아니, 안 됩니다. 불편하실 텐데요."

"아주 좋아요. 앉으라고 하셔도 거절하지 않을게요. 이렇게 임신하고 있으면 정말로 취하기 힘든 자세가 있거든요. 그나저나 여기는 범죄수사국의 제 동료 파비안 리스크예요."

말린은 파비안을 눈으로 가리키면서 집 안으로 들어가 의자에 앉았다.

"아, 이게 바로 저한테 필요한 거였어요."

"실례지만, 무슨 일로 오신 겁니까?"

"오시안 크렘프 때문이에요. 익숙한 이름이죠?"

"그러니까 당신들이 지하철에서 그 사람을 쫓다가 총을 쏜 사람들이군요."

"사실 총을 쏜 건 다른 사람이에요. 하지만 가능한 한 빨리 그 사람을 만나보기는 해야 해요."

"그건 불가능합니다."

치료사는 고개를 저었다.

"당신들이 어떻게 일을 망쳤는지 아십니까? 오시안은 죗값을 치렀고 이제는 평화롭게 살 자격이 있었단 말입니다. 내가 상담한 사람들 가운데 오시안만큼 자신을 바꾸려고 노력한 사람은 없습니다. 그런 사람을 갑자기 덮쳐서 인생을 완전히 엉망으로 만들어버린 겁니다."

"어째서 그렇게까지 걱정을 하는 겁니까? 이제는 집을 빌려주지 못하기 때문이에요?"

치료사는 파비안을 돌아보면서 어깨를 으쓱했다.

"그 부분은 협회의 허락도 받았고 세금 문제를 말하는 거라면 내가 받은 집세도 정확히 세금을 내고 있습니다. 불법적인 것은 하나도 없……."

"불법을 저질렀는지를 묻는 게 아닙니다. 직업윤리에 관해 묻는 겁니다. 넘지 말아야 할 선을 넘은 건 아닌지, 내담자의 사생활에 너무 깊게 관여한 것은 아닌지 말입니다."

"그랬나요?"

말린이 물었다.

"무얼 말입니까?"

"선을 넘었느냐고요."

"천만에요."

치료사는 떨리는 손으로 작은 안경을 매만졌다.

"오히려 나는 그 사람이 사회에 복귀할 수 있는 원점으로 되돌려 준 겁니다. 잘못을 한 건 그 누구도 아닌 당신들입니다."

"그건 참 안된 말이지만, 선생님은 한 가지 조그만 세부 사항을 놓치고 있는 것 같아요."

말린이 안구가 적출된 칼 에릭 그리모스의 사진을 치료사에게 내밀면서 말했다.

"그 사람이 한 일이 아닙니다. 불가능해요."

치료사는 콧방귀를 뀌고 사진을 말린에게 돌려주면서 머리카락을 귀 뒤로 넘겼다.

"왜 크렘프가 한 일이 아니라고 생각하죠?"

"당신들이 내 일을 어떻게 생각하는지 모를 것 같나요? 그저 자기 자신에게 유감이고 자기 돈을 어떻게 써야 하는지 모르는 사람들이 찾는 비싼 여가 사용법이라고 생각하겠죠. 아, 오시안의 경우는 세금을 낭비하는 거라고 생각하겠죠. 하지만 내가 하는 일은 과학이라고, 틀림없는 과학이라고 말해주고 싶군요. 오시안과 나는 그의 마음속 깊은 곳에 있는 본질에 도달했어요. 그의 병이 왜 생겼는지 알아냈다는 말입니다."

"왜 생긴 건데요?"

"당신에겐 그 이유를 이해할 적절한 도구가 없습니다. 오시안은 자신의 행동이 불러올 결과를 잘 알고 있습니다. 그리고 지금은 적절한 약도 복용하고 있고요. 나는 오시안이 무죄임을 확신합니다."

치료사는 두 사람을 보면서 팔짱을 꼈다.

"하지만 약을 먹지 않았다고 고백하면 어떻게 되는 겁니까? 사실은 몇 개월 동안 전혀 약을 먹지 않았다면요?"

파비안이 물었다.

"그건 지나친 억측입니다. 오시안은 나에게 절대로 거짓말을 하지 않습니다."

"절대로요?"

"이걸 좀 보세요. 비슷한 점이 있지 않나요?"

말린은 의자에서 일어나 16년 전 범죄 피해자들의 사진을 치료사에게 내밀었다. 치료사는 마지못해 사진을 내려다봤다.

"두 피해자가 어딘가에 더 있을 것으로 추정하고 있습니다. 한 명은 신탁 기금 플레이보이 아담 피셰르입니다. 분명히 뉴스에 나온 걸 보셨을 겁니다. 다른 한 명은 이 여자고요."

파비안은 눈을 오린 버스 안 여자 사진을 내밀었다.

"오, 이런."

치료사는 손으로 입을 막았다.

"누군지 아십니까?"

치료사는 고개를 저었다.

"아닙니다. 하지만 이건 그가 아플 때 하는 행동입니다. 이 행동을 멈출 수가 없었죠. 상황이 아주 안 좋을 때는 신문에 있는 모든 사진에서 눈을 오려냈어요."

의자에 털썩 주저앉은 치료사의 얼굴이 창백해졌다.

"물 한 잔 갖다 드릴까요?"

말린이 묻자 치료사는 조용히 고개를 끄덕이면서 두 손으로 머리를 감쌌다.

눈앞의 식탁 위에 누운 남자는 벌거벗겨진 채 묶여 있었다. 지난 열흘 동안 튜브로 음식을 공급했기에 지금쯤이면 충분히 온몸의 독소가 다 빠져나갔을 것이다. 남자의 몸은 깨끗하게 씻고 면도하고 소독을 했다. 두 눈이 있던 자리는 움푹 팬 채 피가 말라붙었다. 마취제는 제대로 작용했기에 두 눈을 뽑아 끈끈한 액체에 집어넣을 때도 남자는 숨을 헐떡이며 약간 신음했을 뿐이다. 지금은 숨소리도 정상으로 돌아왔다. 남자의 몸은 언제라도 그의 욕망을 위해 희생할 준비가 되어 있었다. 하지만 그는 남자를 가능한 한 오랫동안 살려둘 생각이었다. 내부 장기가 준비되면 그때 그는 남자의 목숨을 종결하고 주요 부위를 잘라 냄비에 넣을 것이다.

그때까지는 남자의 다양한 부위를 아주 조금씩, 한입 크기로만 잘라낼 것이다. 그것은 마치 전희와 전채 요리를 합친 것 같은 행위로, 최근에야 그 진가를 조금 더 잘 알게 됐다. 이제는 여러 날 아주 조금씩 살을 잘라낼 수 있었다. 이제 막 날카롭게 간 칼을 뼈에 닿을 정도로 깊숙이 찔러 넣을 때면 기쁨으로 온몸이 전율했고, 어떨 때는 너무 황홀해 미처 맛을 보기도 전에 사정하기도 했다. 원래는 작은 칼로 한입 크기로 잘라냈지만 어느 순간 좀 더 나아가 자신의 이를 뾰족하게 갈아버렸다. 이를 가는 것은 너무나도 고통스러운 과정이었고, 이를 갈아줄 치과의사를 찾아 폴란드까지 다녀와야 했지만 그 일은 정말 몇 번이고 할 만한 가치가 있었다.

그는 남자 주위를 돌면서 손가락으로 면도날처럼 날카로운 자신의 위아래 이를 더듬었다. 남자 주위를 두 바퀴 돌고 왼쪽 허벅지 앞에서 멈췄다. 허리를 숙이고 입을 벌리고 천천히 남자의 살 속으로 이를 박아 넣었다. 그 즉시 흘러나온 피가 입안을 가득 메우고 턱을 타고 흘러내렸다. 그는 생살을 씹어 꿀꺽 삼키고 다시 한번 맛보려고 고개를 숙였다. 그때 갑자기 남자가 손을 뻗어 그의 얼굴을 때렸다. 어떻게 그럴 수 있지? 묶여 있는 남자는 그를 똑바로 보고 있었다. 움푹 패어 아무것도 없는 두 눈으로 그를 똑바로 응시하고 있었다. 그 남자가 뭐라고 중얼거렸다. 그는 무슨 말을 하는지 제대로 알아들으려고 몸을 좀 더 숙였다.

"이제 깰 겁니다."

오시안 크렘프는 주위를 둘러보고 세 사람이 방에 들어와 있음을 깨달았다. 크렘프는 두 사람은 짧게 쳐다보고 말았지만 세 번째 사람은 그럴 수 없었다. 작고 둥근 안경에 머리카락이 흰 그 남자는 그가 너무나도 잘 아는 사람이었다.

몇 초가 더 흐른 뒤에야 그는 자신이 지금까지 꿈을 꾸고 있었음을, 현실은 스톡홀름 남부 종합병원에서 침대에 몸이 묶인 채 꼼짝도 못하는 사람이 자신임을 깨달았다. 혹시 몰라 그는 혀로 이를 더듬어봤다. 분명히 날카롭게 갈린 이는 없었다. 그 때문에 안도의 한숨이 나오면서도 한편으로는 마음속 깊이 실망했다.

"오시안, 이 사람들이 몇 마디 물어보고 싶은 게 있다는군."

흰머리 남자가 말했다.

"지금은 안 돼요, 싫어요, 할 수 없어요…… 제발 나가요."

그는 늘 진한 향수 냄새를 풍기는 그 남자에게서 벗어나려 했지만 손목을 채운 수갑이 침대에서 벗어날 수 없게 막았다.

"이분들 질문에 대답해주는 게 자네에겐 가장 좋은 일이야."

도대체 내가 왜 그래야 하는데? 그는 그러고 싶지 않았다.

"나가요!"

"내가 이럴 거라고 했잖습니까?"

그 누구보다도 미운 인간이 다른 사람들에게 말했다.

"진정하게 뭘 좀 놔주면 안 돼요?"

임신한 여자가 물었다.

"그럼 곧바로 잠들 겁니다."

또 다른 남자가 그에게로 몸을 숙였다.

"안녕하십니까, 오시안. 파비안 리스크입니다. 세 가지만 묻겠습니다."

남자는 그의 얼굴 앞으로 손가락을 세 개 들어 보였다.

"아주 간단한 세 가지 질문에 대답해주면 다시 혼자 있을 수 있습니다."

"난 아무 짓도 안 했어. 다른 사람을 못살게 군 건 너희라고, 내가 아니라."

그는 이 상황이 싫었다. 정말로 싫었다.

"제발 이 사람들 내보내요. 나가라고!"

그는 고함을 질렀다.

"내 질문에 대답만 하면 곧 갈 겁니다. 하나, 아담 피셰르를 어떻게 했습니까?"

그는 고개를 저었다. 두 손으로 눈을 가리려 했지만 수갑 때문에 손이 얼굴에 닿지 않았다.

"오시안, 지금 대답해야 해."

자신이 그의 친구라고 주장한 사람이 말했다.

"여기 오지 말라고 했잖아요. 빨리 나가라고요."

"좋습니다. 그 질문은 그만두죠. 두 번째 질문입니다. 다른 피해자들이 있습니까? 이 여자도 피해자인가요?"

남자가 버스를 타고 있는 눈을 오린 여자의 사진을 내밀었다. 경찰들은 굶주린 독수리처럼 질문을 들고서 그를 마구 잘라내고 있었다.

"피셔르는 어떻게 됐습니까?"

하지만 그는 대답할 수 없었다.

"피해자가 더 있습니까?"

그는 대답하고 싶었지만 아무 말도 할 수가 없었다.

"마지막 질문입니다. 그 사람들을 어디에 숨겼습니까?"

그는 두 눈을 질끈 감고 세 사람 모두 사라져버리라는 듯이 세차게 고개를 저었다. 하지만 그들은 사라지지 않았다. 오히려 굶주린 부리를 더욱더 가까이 들이밀었다.

"오시안, 당신을 해치려고 온 게 아닙니다. 그저 어떤 일이 있었는지 알고 싶은 것뿐입니다."

그 경찰이 거짓말을 했다.

"알고 싶다고? 좋네, 아주 좋아. 누군들 알고 싶지 않겠어. 나도 알고 싶어."

그는 웃을 수밖에 없었다.

"미안하지만, 그게 무슨 뜻입니까?"

"무슨 뜻이냐고? 난들 아나? 나는 아무것도 몰라. 나는 라디오도 없다고. 라디오가 없으면 아무것도 못하는데. 그놈들은 그저 안 돼, 안 돼, 안 돼, 라는 말밖에는 안 한다고."

"오시안, 형사님이 하는 말을 들어야지."

"라디오가 없는데 해상 날씨는 어떻게 알 수 있느냐고? 어? 절대로 모른다고. 이제 가버려. 찾아오는 건 좋지 않아."

"파비안, 나가서 얘기 좀 해."

뚱뚱한 사람이 말했다. 그는 곁눈으로 그들이 밖으로 나가면서 청소하는 여자 옆을 지나치는 것을 봤다.

마침내 끝난 것이다.

"그래봐야 아무 소용없어."

말린이 엉덩이를 주무르면서 말했다.

"그래서, 그냥 포기하자고?"

파비안이 푸드 카트에서 커피포트를 들어 올려 잔에 따르면서 대답했다.

"크렘프는 아주 심각한 해리성 정체 장애라는 진단을 받았어. 그러니까 실제로 자기가 한 일을 전혀 기억 못할 수도 있단 말이야."

파비안은 고개를 끄덕였다. 말린의 말이 옳을지도 몰랐다. 하지만 크렘프가 건강해질 때까지 기다릴 수는 없었다. 다른 방법으로 진술을 끌어내야 했다.

"이제는 믿겠습니까?"

치료사가 진료실 문을 닫고 나오며 말했다.

"물론이죠. 처음부터 믿었어요."

"이 상황에 나에 대한 믿음을 얼마나 해쳤는지 아셔야 합니다. 수년 동안 쌓은 관계가 한순간에 무너져버린 거니까요."

"충분히 알고 있어요. 정말 미안해요. 하지만 이해해주셔야 해요. 어떤 기회가 됐건 할 수 있다면 우리는 모든 걸 해야만……."

"크렘프에게 범죄 현장을 보여줘야겠습니다. 가능한 한 빨리 말입니다."

파비안이 말린의 말을 막고 말했다.

"미안하지만…… 그게 무슨 뜻인지 모르겠습니다."

"범죄 현장으로 데려가야 한다는 뜻입니다. 현장에 가면 기억이 날 수도 있으니까요."

치료사는 파비안을 도무지 이해하지 못하겠다는 듯이 쳐다봤다.

"지금 우리가 같은 병실에 있었던 거 아닙니까? 상태가 얼마나 나쁜지 봤잖습니까?"

"물론입니다. 하지만 지금 피해자가 처해 있을지도 모를 상황보다 나쁠 수는 없겠죠. 제가 선생님과 선생님의 환자에게 연민을 보이지 않는 거면 이해해주시기 바랍니다."

"동정을 하건 말건 그거야 상관없지만, 범죄 현장으로 데려가는 건 다른 문제입니다."

"너 목소리 좀 낮춰야겠어."

말린이 파비안 앞에 서면서 말했다.

"어떤 일이 일어나건 크렘프는 유죄 판결을 받을 거예요. 우리는 단지 더 많은 희생자가 나오지 않게 최선을 다할 뿐이고 수사 과정에서 풀리지 않는 의문을 풀려는 거예요. 선생님이 어떻게 생각하시든지요."

치료사는 아무 말 없이 고개를 끄덕였다. 그리고 몸을 돌려 다시 크렘프의 병실로 들어갔다.

그 냄새는 두냐에게 콜딩에 있는 할아버지의 자동차 수리점을 생각나게 했다. 부모님이 이혼하기 전에는 1년에 네 번 정도 갔지만 이혼한 뒤에는 많으면 한 달에 일주일씩이나 가서 머물던 곳이었다. 할아버지 가게에 갈 때마다 그곳에 도착한 지 몇 시간만 지나면 두냐는 몰래 차고로 내려가 여러 장비가 널려 있는 더러운 콘크리트 바닥에 누워 눈을 감고 그 특별한 냄새를 음미했다. 그 경험은 두냐가 가장 좋아하는 기억 가운데 하나로 심지어 지금도 차고나 주유소에 들어가면 여러 번 숨을 들이마시면서 그 순간을 즐겼다.

하지만 오늘은 콜딩이 아니라 연쇄 살인범의 위치를 찾아내 체포하려고 헬싱보리에 와 있었다. 두냐는 주위를 둘러봤다. 헬싱보리 경찰서 기술 법의학 수사 연구실은 코펜하겐의 오스카르 페데르센의 작업실과는 완전히 달랐다. 순백색 임상실험실과는 정반대의 모습이었다. 바닥과 벽은 콘크리트였고 천장에는 형광등이 매달려 여러 작업 공간을 비추고 있었다.

두냐는 전화기를 꺼내 시간을 확인했다. 4시 55분이었다. 베니 빌룸센이 카티아 스코우를 차에 싣고 떠난 지 4시간 30분이 넘게 지났다. 두냐에게는 그 시간이 영원처럼 느껴졌다. 빌룸센이 속도를 늦추지 않고 계속 달렸다면 충분히 경찰을 따돌릴 수 있는 곳까지 이동했을 시간이었다. 하지만 경찰이 아무 단서도 없는 자신의 아파트를 뒤지리라고 확신한다면 그는 이동 속도를 늦출 것이기 때문에 일찍 출발한 것에 어떠한 이점도 없을 것이었다.

두냐는 클리판을 쳐다봤다.

"이제 가야 하지 않을까요? 내 생각에는……."

클리판은 조용히 하라는 신호를 보냈다.

"집중할 때 방해하는 걸 싫어해요."

그는 최대한 소리 나지 않게 문을 닫으며 속삭였다.

"상관없어. 이건 영 쓸모가 없으니까."

연구실 안쪽에서 목소리가 들려왔다.

그제야 두냐의 눈에 연구실 안쪽의 커다란 컴퓨터 앞에 실험복을 입고 앉은 남자가 들어왔다. 남자는 몸을 돌리더니 고개를 숙여 돋보기 너머로 두 사람을 쳐다봤다.

"이분은 두냐 호우고르예요. 내가 말했죠? 코펜하겐에서 온다고."

"나, 치매 환자 아니야."

남자는 수많은 글자와 숫자가 가득 찬 컴퓨터로 몸을 돌리면서 말했다.

"뭐, 저분은 우리 법의학 수사관 잉바르 몰란데르예요. 내가 증언하지만, 평상시에는 훨씬 더 유쾌하신 분이에요."

"문제가 있나요?"

두냐가 몰란데르에게 다가가면서 물었다.

"가해자가 흔적도 없이 사라져버린 걸 문제라고 규정한다면 정말로 문제가 있다고 할 수 있겠지."

몰란데르는 선팅을 한 악셀 네우만의 BMW가 여객선에서 내리는 모습을 찍은 보안 카메라 영상을 보여주면서 대답했다.

"알고 있겠지만 오늘 오후 12시 22분에 헬싱보리에서 여객선에서 내렸어. 그렇다면 도시에 설치한 과속 단속 카메라에 적어도 한 번은 모습이 찍혔어야 하는데 네 시간 동안 스코네에 있는 그 어떤 카메라에도 잡히지 않았어."

"과속하지 않았을 수도 있잖아요."

두냐의 말에 몰란데르와 클리판은 눈길을 주고받았다.

"덴마크는 어떤 시스템을 적용하고 있는지 모르지만 말뫼에서는 ANRP 시스템을 시험 중이거든요. 투베손이 수사를 위해 카메라 녹화 테이프를 살펴봐도 좋다는 승인을 받느라 고생을 좀 했죠. 어떻게 승인을 받았는지는 묻지 말아요."

클리판이 말했다.

"그 사람들도 빌룸센이 석방됐을 때 우리만큼 충격을 받았지."

몰란데르가 말했다.

"정말로 논란이 많은 일이니 투베손이 엄청나게 압력을 가한 게 분명해요."

"ANRP가 뭔가요?"

"차량 번호 자동 인식이라는 뜻이지. ANRP 시스템을 적용하면 어떤 속도로 달리건 도로를 지나가는 자동차 정보가 실시간으로 서버에 등록되지."

"스웨덴에서는 그런 걸 허용한단 말이에요?"

"아직은 아니에요. 법 조항을 고치려면 적어도 2년은 더 걸릴 테니까. 그래서 여기서 뭘 찾는다고 해도 증거로 쓸 수는 없어요."

클리판이 말했다.

"어차피 나오는 것도 없으니 그런 걱정은 할 필요도 없어."

몰란데르가 한숨을 내쉬면서 말했다.

"혹시 시스템에 버그가 있는 거 아니에요?"

클리판이 물었다.

"아니야, 아마도 일부러 카메라가 없는 옆길로만 다닌 거 같아. 일단 주유소 자료를 모두 찾아보고 있으니 운이 좋으면……."

"아니면 그저 번호판의 글자나 숫자를 바꿨을 수도 있잖아요."

두냐가 코트와 목도리를 옆에 있는 의자에 걸치면서 말했다.

"그거 아주 바보 같은 생각은 아니군요."

클리판이 강하게 고개를 끄덕였다.

"원칙적으로 그냥 검은색 절연 테이프만 조금 붙이면 되니까요. 몰란데르 생각은 어때요?"

몰란데르는 이미 등록 번호를 바꾼 차량을 검색하기 시작했기 때문에 클리판의 질문은 허공에 머물고 말았다.

두냐는 '2007년 8월 벤 사건'이라고 적힌 서류철에 눈길이 갔다.

"저게 뭐예요?"

"저것 때문에 전화한 거예요. 바로 저게 빌룸센이 여전히 자유롭게 사는 이유죠. 빌룸센이 가해자라는 확신이 들지 않기 때문에 메일에는 넣지 않은 거예요. 하지만 잉바르가 당신이 직접 평가하게 하라고 해서요."

클리판이 대답했다.

"나야 당연히 그자가 범인이라고 확신하니까. 그자가 아니면 누구란 말이야?"

몰란데르가 한숨을 내쉬면서 말했다.

"좋은 질문이에요. 어쨌거나 나는 빌룸센은 아니라고 생각해요. 알리바이가 너무 확실하니까요. 하지만 여기서 왈가왈부할 필요 없겠죠. 직접 봤으니 알았겠지만 우리는 의견이 아주 달라요."

"알리바이가 뭔데요?"

"말뫼 중심의 체육관에 있었어요. 거의 여덟 시간 동안 운동하고 있었죠."

"여덟 시간이요?"

"네, 정말로 운동 중독자에 아주 강한…… 뭐라고 해야 할지 모르겠군요. 아무튼, 어두운 골목에서 단둘이 마주치고 싶지는 않은 사람이죠."

두냐는 서류철을 열어 2년 반 전의 사건을 재빨리 훑어봤다. 벤의 북부 지역 상트 이브 부근의 해변에서 발가벗겨져 화물 운반대에 기는 자세로 묶인 채 떠 있는 여자의 사진들이었다.

"묶여 있었나요?"

"10호 직결나사를 박아놨어요."

클리판은 두 손으로 나사의 길이를 나타냈다.

"분명히 끔찍했을 거예요. 잉바르는 그 여자를 알았거든요."

"그건 과장이야. 안다는 걸 어떻게 정의하느냐에 따라 다르게 판단할 수 있는 문제지."

컴퓨터 앞에서 몰란데르가 말했다.

"뭐, 같은 블록에서 살았어요. 아, 그 남편, 어떻게 지내요? 여전히 거기 살아요?"

"아니, 1년 반 전에 집을 팔고 이사 갔어."

"술을 마시고 인터넷 포커로 돈을 모두 날리지 않았어요?"

"그랬지. 아무튼 휴가 전에 이 일을 마무리할 마음이 조금이라도 있다면 자네는 계속……."

"맞아요, 죄송해요. 더는 방해하지 않겠습니다!"

클리판이 두냐를 쳐다봤다.

"흥미진진한 일을 처리할 때는 늘 예민해지세요."

"이 사건 이야기를 좀 더 해줄 수 있나요?"

클리판은 고개를 끄덕이면서 두냐를 데리고 걷기 시작했다.

"아주 끔찍한 이야기예요. 피해자 이름은 잉아 달베리로 람뢰사

공원에서 조깅하다가 납치됐어요. 안타깝게도 증인은 없지만 조깅 코스에서 피해자의 혈흔을 확인했어요. 보시다시피 얼굴을 아주 단단한 걸로 맞았어요."

클리판은 수사 기록을 넘겨 심하게 일그러진 피해자의 얼굴 사진을 몇 장 꺼냈다.

"삽 같은 걸 휘두른 듯해요. 숲에서 강으로 나가는 길에서도 증거를 더 찾았고요."

"어떤 증거를 찾았죠?"

"피도 있었지만 피해자가 입고 있던 옷과 아주 긴 직결나사가 몇 개 있었죠."

"거기서 피해자 옷을 벗긴 건가요?"

"네, 그다음에 화물 운반대에 박은 거예요. 피해자는 삽으로 맞은 뒤에 정신을 차린 상태고 아마도 순순히 말을 따르면 살 수 있다고 믿은 것 같아요. 와셔를 사용했기 때문에 나사 머리가 손과 정강이를 뚫고 들어가지 못했어요."

클리판은 말을 멈추고 고개를 흔들었다.

"그리고 어떻게 됐나요?"

"피해자를 강간하고 강에 밀어 넣었어요. 검시관 말이 폐에 염수가 가득 차 있었다더군요. 해협에 도달해 운반대가 뒤집히기 전까지는 기적적으로 살아 있었다는 말이죠."

여러 가지 점에서 전형적인 빌룸센의 방식이었다. 온몸에 전율을 느끼고 싶은 빌룸센은 살인할 때마다 그전보다 더 잔혹한 방법을 사용했다. 벤 사건이 오늘 일어났다면 두냐는 빌룸센이 범인임을 확신했을 것이다. 하지만 2년 6개월 전에 도베르만 핀셔와 징 박은 몽둥이를 사용하던 빌룸센은 이렇게까지 정교하게 범죄 장치를 마련하지 못했다. 강력한 알리바이가 없다고 해도 두냐는 이 사건의 범인은 빌룸센이 아니라고 생각했을 것이다.

몰란데르의 부름이 두냐의 생각을 방해했다.

"찾았어요?"

클리판이 물었다.

"자네는 크리스마스이브를 기다리는 내 손자들보다도 조급하고 참을성이 없어. 이걸 좀 봐."

두냐는 종이에 적은 글자를 보여주는 몰란데르 옆에 섰다.

"이게 악셀 네우만의 차량 번호야."

몰란데르가 가리키는 곳에는 AF 543 89라고 적혀 있었다.

"두냐의 가설처럼 빌룸센이 악셀의 차를 훔치고 절연 테이프로 번호판을 고친다면 F를 E로 고치고 9를 8로 고치는 게 쉽겠지. 그럼 세 가지 새로운 번호판을 만들 수 있어."

몰란데르는 AE 543 89, AF 543 88, AE 543 88이라고 적힌 곳을 가리켰다.

"아니면 5도 6으로 바꿀 수 있겠지. 그러면 네 가지로 번호판을 변형할 수 있어."

AF 643 89, AF 643 88, AE 643 89, AE 643 88.

"이런 번호판을 단 차가 있었는지 찾아봐야 하지 않을까요?"

클리판이 물었다.

"내가 지금 그것도 하지 않고 불렀을까봐 묻는 거야? 어처구니가 없군."

"얼마나 걸릴까요?"

질문을 하는 순간 몰란데르의 얼굴에 떠오른 표정을 보고 두냐는 곧바로 후회했다.

"덴마크 컴퓨터는 얼마나 빠른지 모르지만……."

"잠깐만요, 저게 뭐죠? 이거 같은데요."

클리판이 화면에서 깜빡거리는 AE 643 89 번호판을 가리키면서 말했다.

몰란데르도 깜빡이는 번호판을 쳐다보더니 고개를 끄덕였다. 몇 가지 명령어를 입력하자 여러 지역에 표시가 된 지도가 나타났다.

"저게 빌룸센이 움직인 경로예요?"

클리판이 컴퓨터 화면을 가리키면서 물었다.

"그렇지. 하지만 내 모니터에는 손대지 말지?"

몰란데르가 한숨을 내쉬며 클리판의 손을 모니터 위에서 치웠다.

"여기 보이는 것처럼 17번 도로로 란스크로나와 에슬뢰브 사이 어딘가를 달린 것 같아."

"시간을 확인할 수 있을까요?"

두냐는 마침내 늦은 출발을 만회하게 됐다고 생각하면서 물었다.

몰란데르는 화면을 키우더니 지도에 표시된 지역을 한 곳 클릭했다.

"12시 20분쯤에 여객선에서 내렸다는 걸 생각하면 1시 45분쯤에는 이곳을 지났겠지."

"에슬뢰브로 가고 있는 것 같은데요?"

클리판이 물었다.

"아니야, 그랬다면 좀 더 많은 카메라에 잡혔겠지. 테코마토르프와 마리에홀름 사이 어딘가에서 뒷길로 빠진 거야."

"카메라가 없는 곳으로 말이죠."

클리판이 말했다.

"그렇지."

지도를 응시하던 두냐는 빌룸센이 17번 도로를 빠져나가는 길은 한 곳밖에 없다고 생각했다. 곧장 케블링에로 이어진 108번 길이었다.

"케블링에로 간 거 아닐까요?"

두냐가 말했다.

"그럴 수 있죠. 일단 스코네 주변에 있는 주유소에 번호를 보내야겠어요. 한 곳 정도는 들를 수도 있으니까요."

클리판의 말에 몰란데르는 고개를 끄덕였다.

"좋아, 하지만 답이 오려면 내일까지 기다려야겠지."

"그럼 일단 오늘은 여기서 끝내죠. 벌써 5시 30분이니까요. 두냐, 몰베리에 방을 예약해뒀어요. 거기까지 데려다줄게요."

"고맙지만, 그럴 필요 없어요. 걸으면서 바람 좀 쐬어야겠어요."

"좋아요, 하지만 저녁에 데리러 갈게요. 집에서 함께 저녁 먹어요. 이미 베리트한테 양고기 스튜를 만들어놓으라고 했거든요. 먹어보면 알겠지만 베리트의 양고기 스튜는 그 누가 만든 것보다 맛있어요."

두냐는 고개를 끄덕였지만 어떻게 하면 저녁 초대를 거절할 수 있을까를 고민했다. 지금 당장은 사교 생활이야말로 가장 하고 싶지 않은 활동이니까.

소피에 레안데르는 혼란스러웠다. 의사가 팔에 주삿바늘을 꽂아 넣

을 때 다시는 깨어나지 못할 거라고 생각했다. 앞으로 일어날 일을 분명히 알고 있다고 확신했고 자신을 기다리고 있는 운명을 받아들였다.

하지만 이제 더는 아무것도 알 수가 없었다. 사실 지금 자신이 살아 있는지도 확신할 수 없었다. 지금도 여전히 지난 며칠처럼 방 한가운데 놓인 비닐을 덮은 탁자 위에 묶여 천장을 올려다보고 있었기에 마치 올가미에 걸린 것만 같았다.

어쩌면 지금 벌어지는 일들이 전혀 현실이 아닐 수도 있다는 생각이 들었다. 사실은 죽어가는 순간이고, 이제 곧 지워지고 영원으로 들어가버리기 전에 마지막으로 옛 기억들을 떠올리고 있는지도 몰랐다. 하지만 천장을 향해 떠오르는 듯한 기분도 느껴지지 않고 자신의 모습을 내려다보고 있지도 않은 걸 생각하면 아직은 살아 있는 것 같았다. 게다가 상처 부위의 통증은 점점 더 심해졌다. 그것은 마취가 풀리고 있다는 뜻이었다.

하지만 왜?

여기서 죽을 운명이 아니라면 이 모든 일을 계획한 이유, 이 모든 일을 벌이는 이유가 뭐지? 아무리 고민해봐도 그럴듯한 이유는 생각나지 않았다. 그래서 자신에게 일어난 일을 복기했지만 기억나는 것이라고는 미늘 문이 열리는 소리와 금속 탁자에 도구를 올려두던 소리뿐이었다. 그러다 왼쪽 팔의 굴곡진 부분으로 주삿바늘이 들어왔고 의식이 사라졌기에 그녀는 이제는 끝임을 확신했다.

그녀는 남편을 생각했고, 남편이 자신을 어디까지 찾아냈을지 궁금했다. 분명히 경찰에는 아주 오래전에 연락했을 테지만 단서를 찾아냈을 가능성은 전혀 없었다. 스톡홀름 남부 종합병원 보안 카메라에서 그녀가 검사실 밖으로 실려 나와 엘리베이터에 타는 것까지는 확인했겠지만 그 뒤로 어느 정도까지 추격해 왔는지는 도무지 알 수 없었다.

경찰은 분명히 신문에 그녀의 사진을 올리고 목격자를 찾고 있을 것이다. 하지만 그 어떤 제보도 들어오지 않으면 어떻게 되는 걸까? 수사에 진전이 없다면 그녀의 실종은 얼마나 오랫동안 경찰이 최우선으로 수사하는 사건이 될까? 어쩌면 이제는 더는 신문에서도 다루지 않을지도 몰랐다. 어쩌면 경찰은 이미 수사해야 할 사건이 너무 많아서 그녀의 사건은 조사해보지도 않고 밀려나 잊힐 운명에 처했을 수도 있었다.

소피에의 옆에 있는 기계 가운데 하나가 소리를 내기 시작했다. 보이지는 않았지만 그녀는 그 기계가 무엇인지 잘 알았다. 오랫동안 결코 찾아오지 않을 기회를 기다리며 일주일에 네 번씩 그녀가 참아내야 했던 물 끓는 소리를 내는 기계였으니까. 그 소리가 너무나도 싫어서 마침내 기다림을 포기하고 그녀가 직접 하기로 결정했던 거니까.

그런데 지금 그 소리가 다시 들렸다. 그녀가 기다리는 것이 무엇인지를 전혀 모른다는 점이 그때와는 달랐지만.

그가 볼 수 있는 것은 자신을 응시하는 텅 빈 구멍뿐이었다. 파비안은 자신의 시선을 통제하는 능력을 완전히 상실해서, 무한한 중력을 가진 암흑 물질로 만들어진 것처럼 보이는 그 오려낸 구멍 말고

는 아무것도 쳐다볼 수 없었다. 그곳에는 분명히 눈이 있었을 것이다. 보기도 하고 깜빡이기도 하고 경탄하기도 했던 눈이, 개성과 한 사람의 영혼을 반영하던 눈이 있었을 것이다. 하지만 지금은 아무것도 없었다.

버스 안에서 몰래 찍은 사진들을 들여다보는 동안 파비안은 피부 밑으로 스멀스멀 기어가는 극도의 불쾌함을 느꼈다. 그것은 마치 메스가 눈물샘을 찢고 안구 깊이 파고들어 시신경을 도려내고 눈을 파내는 것 같은 느낌이었다.

"이런, 눈이 없으니까 어떻게 생겼는지 전혀 모르겠는걸."

말린이 몸을 숙여 파비안의 책상에 펼쳐진 사진을 들여다보면서 말했다.

"게다가 머리가 길고 갈색이어서 오십은 돼 보여."

파비안은 고개를 끄덕이면서 잘려나간 눈이 아닌 다른 세부 사항에 집중하려고 돋보기를 집어 들었다. 적갈색 머리핀, 울고 있는 아이, 5시 15분을 가리키는 손목시계, 버스 바깥쪽에 있는 다양한 색의 건물 외벽들, 신문 가판대, 여자의 목에 건 다윗의 별 목걸이, 흰색 이어폰과 아이팟이 보였다.

"코트랑 재킷은 입었는데 모자는 안 썼잖아. 그러니까 이 사진은 가을이나 늦봄에 찍은 거야."

말린이 말했다.

"늦가을일 수도 있잖아."

"잠깐, 네 말은……."

말린이 갑자기 입을 다물고 두 손으로 배를 감쌌다.

"왜 그래? 괜찮아?"

말린은 고개를 끄덕이며 눈을 감고 여러 번 길게 숨을 내뱉었다.

"이 가라테 녀석이 또 내 갈비뼈 아래를 세게 차서 그래. 자꾸 이러면 재산을 한 푼도 물려주지 않겠다고 했는데도 계속 이러네. 뭐 좀 찾았어?"

"여기, 신문 가판대 광고판을 봐."

파비안은 다시 광고판에 돋보기를 댔다.

"〈엑스프레센〉에 카롤라가 목소리를 잃었다는 기사가 실렸어."

"〈아프톤블라데트〉에는 뭐라고 적혀 있어?"

"스웨덴 TV, 배심원에 요청. 카롤라 멈출 수도."

"그럼 멜로디 페스티벌 결승전 전에 나온 신문이네."

"문제는 언제냐 거지. 카롤라는 거의 해마다 결승에 올랐잖아."

"아니, 그렇게 많이는 아냐. 사실 결승에는 네 번밖에 못 올랐어. 2005년에 〈스루 잇 올〉을 공연한 것까지 포함하면 다섯 번이고."

"뭐야, 장난해? 2006년은 잊은 거야? 리허설 때 목소리가 완전히 상해서 코르티손을 먹었잖아."

파비안은 고개를 저었다. 말린과 자신 중에 누가 더 카롤라를 좋아하는지 판단을 내릴 수가 없었다.

"카롤라가 대회를 끝낼 수 있을지도 불확실한 상황이었다고. 하지만 결국 우승까지 했어. 생각해보면 정말 믿기 힘든 일 아냐?"

파비안의 말에 말린은 고개를 끄덕이면서 의자에 등을 기댔다.

"2006년 봄이라면, 이 사진은 3년 반 전에 찍었다는 뜻이잖아."

"아주 꼼꼼하게 계획을 세운 거겠지. 좀 봐도 돼?"

파비안은 말린에게 사진을 넘겨줬다.

"하지만 크렘프는 그렇게 계획을 세울 사람 같지는 않았잖아, 안 그래?"

"그렇기는 해. 하지만 정말로 꼼꼼해서 다른 사람에게 심어줄 인상까지도 철저하게 계획한 것일 수 있지."

말린이 사진을 뚫어지게 보면서 말했다.

"정신적으로 문제가 있는 것도 그런 척하는 거라고?"

파비안의 말에 말린은 어깨를 으쓱했다.

"그럴 수도 있지. 이 신문 가판대 말이야."

말린이 고개를 들어 파비안과 시선을 마주쳤다.

"이거 마리아토리에트에 있는 거 아니야?"

파비안은 사진을 돌려받아 다시 들여다봤다.

"그렇군, 네 말이 맞아. 여기 몇 번 버스가 다녔지?"

"43번은 확실해. 안데르스랑 탄토에 살 때 항상 탔거든."

말린이 다시 배를 감싸 안았다.

"이런, 이제는 둘이서 킥복싱 시합을 하나봐."

말린은 의자에 앉아 깊은 숨을 몇 번이고 들이마시고 내뱉었다.

"그나저나 내가 이 상황을 얼마나 끔찍해하는지 말했던가?"

"흠."

파비안은 돋보기로 사진을 계속 들여다보면서 대답했다.

"내 몸에는 임신을 좋아하는 곳이 단 한 곳도 없는 것 같아."

말린은 컴퓨터를 켜고 화면에 SL 지도를 띄웠다.

"보자, 43번이랑 55번, 그리고 밤에만 운행하는 버스가 몇 대 더 있어."

"여긴 분명히 노르말름스토리야."

파비안이 다른 사진을 하나 집어 들면서 말했다.

"그렇다면 55번 버스야. 43번은 레게링스가탄에서 북쪽으로 계속 올라가거든."

"스투레플란으로 갔다가 히오르타겐으로 빠져."

"이건 완전히 다른 이야긴데, 사진 몇 장은 계절이 다른 거 알지?"

"모두 같은 날에 찍은 게 아니라고?"

파비안은 고개를 끄덕였다.

"그렇다면 매일 같은 길로 출근한 건가봐. 혹시 시간이 나온 사진 있어?"

"응, 마리아토리에트를 5시 15분쯤에 지나갔어."

"집에 돌아가는 길이거나 아주 늦게 출근하는 거네."

"55번이 소피아에서 출발하지?"

"맞아, 그 지역에는 아파트가 한 채밖에 없어. 이 사람이 그 아파트에서 살고 도시로 출근하는 거라면……."

"소피아에서 마리아토리에트까지 버스로 얼마나 걸리는지 알아봐줘."

"이미 알아보고 있어. 나왔다. 다음 정거장인 슬루센까지 27분 걸려."

"그럼 소피아에서 4시 45분에 출발한 거네."

"음, 정확히는 4시 48분에 출발했어."

"지금 몇 시지?"

"4시 33분."

말린이 시계를 보고 대답했다.

잠시 서로의 얼굴을 쳐다보던 두 사람은 서둘러 밖으로 나갔다.

힐레비 스툽스는 지금까지 범죄 현장이나 가해자 주거지를 조사할 때 커다란 어려움에 부딪힌 적이 거의 없었다. 공간은 대부분 스스로 말을 하기 때문에 한 시간 정도만 조사하면 일어난 사건도 관여한 사람도 보통은 알아낼 수 있었다.

하지만 블레킹에가탄에 있는 오시안 크렘프의 아파트는 달랐다.

물론 크렘프의 아파트도 그녀에게 말을 걸고 있었지만, 무슨 말을 하는지 도무지 이해할 수 없었다. 아니, 가끔씩은 이해할 수 있는 말도 있기는 했다. 하지만 아무리 노력해도 전체 맥락을 전혀 이해할 수 없었다. 계속해서 잡으려고 해도 미끄러지기만 하는 샤워실 비누처럼 한 가지 생각이 떠오를 때마다 뭔가가 그 생각을 쳐서 바닥에 떨어뜨렸다.

결국 스툽스는 조수들에게 밖으로 나가 커피를 마시고 오라고 했다. 그런 일은 한 번도 없던 터라 조수들은 모두 자신들 바로 앞에 UFO가 내려앉은 것 같은 표정을 지었다. 하지만 그녀로서는 혼자서 아무런 방해도 받지 않고 생각할 필요가 있었다. 두 조수가 밖으로 나가면서 현관문을 닫는 소리를 들은 뒤에야 스툽스는 긴장을 풀고 제대로 일해나가기 시작했다.

아파트에 들어오는 순간부터 말이 되지 않는 뭔가가 있다고 생각했지만 그것이 무엇인지는 도무지 알 수 없었다. 아파트는 절대로 비워지지 않는 창고처럼 온갖 쓰레기로 가득 차 있었지만 동시에 어떤 곳은 현학적이라고 할 만큼 상당히 규칙적이고 깔끔하게 정리되어 있었다. 이곳에 사는 사람은 자신을 통제할 필요가 상당히 많으면서도 동시에 끊임없이 혼돈과 싸우고 있는 게 분명했다.

사진에서 사람들 눈을 모두 오려낸 신문은 천장에 닿을 정도로 높고 단정하게 쌓여 있었고, 옷장에 있는 셔츠는 색깔별로 깔끔하게 분류됐고 책장에 꽂힌 책과 부엌의 양념통, 욕실의 약통 등은 모두 알파벳 순서로 정확하게 배열되어 있었다.

하지만 사방이 혼돈의 도가니이긴 했다. 여기저기 옷들이 널려 있고 부엌에는 먹다 남긴 음식과 설거짓거리가 쌓였고 바닥에 버려진 악취 나는 검은색 쓰레기봉투에서는 썩은 물이 흘러나왔다. 이 혼돈의 현장에서 현장 조사관들이 찾아낸 것은 버려진 아파트에서 탁자를 덮고 있던 비닐 방수포와 동일한 비닐 한 롤, 부엌칼 사이에 씻지도 않고 함께 넣어둔 메스, 자동차 안에서 아담 피셰르를 잠재우는 데 썼을지도 모를 헥산 가스통 같은 중요한 물건들이었다.

그 물건들은 마치 빨리 찾아달라는 듯이 눈에 띄게 놓여 있었다. 어쩌면 자신이 그렇게 빨리 용의자가 되리라고는 생각하지 못했는지도 몰랐다. 그토록 신중하게 범행을 계획하고 실행한 사람이 정말로 부주의하게 리스크를 비롯한 수사팀의 품으로 뛰어든 것이다.

이제 마침내 혼자가 된 스툽스는 바닥에 누워 눈을 감고 이 모든 의문을 풀어줄 열쇠를 찾기 시작했다.

다시 눈을 떴을 때 스툽스는 시계를 보고 18분 이상 잠들어 있었음을 확인했다. 그 잠은 이 세상에 있는 모든 커피보다도 효과적으로 그녀에게 힘을 공급해줄 것이다. 스툽스는 몸을 일으키고 혈압이 정상으로 돌아올 때까지 기다렸다가 일어나 아파트를 둘러봤다. 그리고 머지않아 모든 것을 분명하게 이해할 수 있었다.

오시안 크렘프의 아파트는 그가 앓고 있는 조현병을 그대로 복제해놓은 공간이었다. 크렘프의 일부는 조직적이고 질서정연하지만 또 다른 일부는 혼란의 도가니 속에서 살고 있었다. 운이 좋다면 스툽스는 크렘프의 까다로운 부분을 찾아낼 수 있을 것이다.

쉽지는 않을 것이다. 크렘프는 엄청난 에너지와 시간을 들여 자신 외에는 그 누구도 찾지 못할 장소를 찾아냈을 것이다. 하지만 분명히 그곳에 있을 거라고 스툽스는 확신했다. 그녀는 책장에 꽂힌 책 뒤쪽, 욕실 환풍구, 바인더에 정리해놓은 사진 밑 같은 가장 분명해 보이는 장소부터 뒤져나갔다. 하지만 욕실의 변기 물통에서조차 아무것도 찾지 못했다.

청소 도구함을 열었을 때에야 스툽스는 첫 번째 단서를 찾았다. 그 단서는 낡은 리놀륨 매트 밑쪽에 적힌 빛바랜 글씨였다. 획달렌 창고 D 6895. 놀랍게도 스툽스는 한눈에 그것이 무엇을 뜻하는지 알아봤다. 자신도 수년 동안 사용했기 때문이다. 그것은 원래 그녀가 게르트 오베와 별거하면서 찾아낸 일시적인 해결책이지만 몇 년 전부터는 그것이 내키지는 않아도 남은 인생 동안 매달 치러야 하는 지독한 대가임을 인정해야 했다. 단지 스툽스의 것은 획달렌이 아니라 솔나에 있다는 점이 달랐다.

스툽스는 전화기를 꺼내 검색하기 시작했고 곧 필요한 정보를 찾아냈다. 그곳은 차로 갈 수 있고 지붕 덮인 넓은 하역장이 있을 뿐 아니라 24시간 아무 때나 갈 수 있었다.

두냐 호우고르가 보행자와 자전거 전용 터널을 지나 스타토일 역까

지 가는 데는 5분 정도 걸렸다. 그곳에서 두냐는 자동차를 빌렸고 GPS를 사용할 수 없었기 때문에 스코네 도로 지도, 초콜릿 바, 그녀가 알기로 스웨덴 사람들은 수르스트뢰밍이라고 부르는 크리스마스 스위트 사이다 두 병을 샀다. 해마다 크리스마스 무렵이면 스웨덴에선 이 사이다 때문에 코카콜라 판매량이 급감한다고 했다.

두냐는 혼자서 그곳까지 자동차를 타고 간다는 것은 모든 규칙을 어기는 일이며, 몰란데르가 주유소에서 답변을 얻기 전까지는 그곳에 간다고 해도 아무 소득이 없으리라는 사실도 잘 알았다. 하지만 가만히 호텔에 앉아서 기다리고만 있을 수는 없었다.

클리판은 정말로 친절했고 그의 아내 또한 친절할 테지만 이미 앞선 빌룸센이 더 먼 곳으로 가고 있는데 손 놓고 앉아 두 사람과 친목을 다지며 시간을 보낼 수는 없었다. 두냐는 자신이 옳다는 확신이 있었다. 빌룸센은 악셀의 자동차를 빼앗아 번호판을 바꾼 것이 분명했다. 그는 자동차에 카티아 스코우를 태우고 어디든지 갈 수 있었다. 아직까지 스코우가 살아 있다고 해도 말이다. 게다가 두냐는 양고기를 먹지 않았다. 다른 사람들이 양고기가 매우 맛있다고 말하는 것은 아무 의미가 없었다. 두냐로서는 그저 양고기를 요리하는 냄새만 맡아도 속이 메슥거렸으니까.

처음에는 클리판에게 함께 가자고 해볼까 생각했지만 그에게 금요일 밤을 희생하라고 요구할 만큼 큰일은 아니라는 생각이 들어 그만뒀다. 클리판이 지금 두냐가 하는 일을 알고 있다면 혼자서 크렘프를 쫓게 내버려두지는 않았을 것이 분명했다. 지금 두냐가 운전대 앞에 홀로 앉아 자신이 너무나도 과소평가한 속을 느글거리게 만드는 달콤한 음료를 연달아 들이마시면서 베니 빌룸센이 그날 오후 1시 45분쯤에 과속 방지 카메라 앞을 지나간 테코마토르프를 지나 예슬뢰브 방향 17번 도로를 따라 달려가는 것은 모두 그 때문이었다. 지금 시간이 6시 15분이니 빌룸센은 그녀보다 4시간 30분 앞서 있었다.

몰란데르는 그가 카메라를 피하려고 마리에홀름을 지나기 전에 뒷길로 빠졌을 거라고 했다. 하지만 두냐는 빌룸센이 카메라를 피해 뒷길로만 달릴 것 같지는 않았다. 어쩌면 실시간으로 교통 상황을 기록한다는 사실을 모르기 때문에 헬싱보리에서 시작하는 전혀 다른 경로로 이동하고 있을지도 몰랐다. 그도 아니면 케블링에에서 볼일을 보고 그 근처에서 밤을 보낼 수도 있을 것 같았다.

두냐는 오른쪽으로 꺾어 케블링에로 가려면 택할 수밖에 없는 유일한 경로인 108번 도로를 따라 달려갔다. 기온은 영하 12도까지 내려갔다. 그녀는 탁 트인 양쪽 풍경을 쭉 둘러봤다. 날은 어두웠고 눈에 덮여 꽁꽁 얼어붙은 들판에는 드문드문 흩어져 있는 숲밖에는 보이지 않아서 앞으로 6개월만 지나면 화려하게 유채꽃으로 가득 차리라는 사실이 도무지 믿기지 않았다. 불이 켜진 집도 없고 버려진 BMW도 없었다. 살펴볼 가치가 있을 만한 길은 전혀 없었다.

어둠 속으로 들어갈수록 두냐는 이것이 거의 승산 없는 싸움이라는 생각이 들었다. 흥미로운 단서를 찾을 가능성은 복권 숫자 일곱 개를 모두 맞힐 가능성보다 훨씬 낮았다. 하지만 적어도 시도한다고 해서 손해 볼 일은 없었다.

두냐는 교차로에서 왼쪽으로 돌아 104번 도로를 따라 케블링에를 향해 달렸다. 그곳이 작은 마을인지 어느 정도 규모가 있는 도시인지는 알 수 없었다. 확신하는 것은 베니 빌룸센이 실제로 케블링에에서 멈췄다면 분명히 실내로 들어가 있으리라는 추측뿐이었다. 게다가 미카엘 뢰닝은 말뫼에 있는 아파트 말고는 빌룸센이 소유한 집은 없다고 했다. 따라서 그는 친구에게 집을 빌렸거나 비어 있는 여름 별장에 무단 침입했을 수도 있었다. 아니면…….

두냐는 갓길에 차를 세우고 반대쪽에 있는 공장 건물을 쳐다봤다. 건물에 나 있는 작은 창문 가운데 하나에서 불빛이 껌뻑인 것 같았다. 아니, 어쩌면 그저 가로등이 반사된 것일 수도 있었다. 단정할 수는 없었다. 도로를 마주 보는 긴 벽의 한가운데 있는 커다란 광고판에는 '780제곱미터 임대 가능'이라는 글자가 적혀 있었다. 광고판의 조명 다섯 개 가운데 세 개는 꺼졌고 광고판이 낡은 것으로 보아 이 건물은 오랫동안 버려져 있었음이 분명하다고 두냐는 생각했다.

두냐는 가서 살펴봐야겠다고 결정하고 좀 더 앞으로 이동해 타이어 가게 앞에서 좌회전했다. 작은 길로 들어가 공장 건물 뒤쪽으로 접근해 100미터쯤 떨어진 곳에 쇠살대가 박힌 창문이 있는 회색 판금 건물 뒤쪽 텅 빈 주차장으로 들어갔다.

브레이크를 밟고 시동을 끄면서 두냐는 앞쪽에 나 있는 바퀴 자국에서 눈을 떼지 않았다. 그 바퀴 자국은 회색 건물까지 쭉 이어지다가 건물 부근에서 모퉁이를 돌아 사라졌다.

50

복도에서도 달렸고 (가장 필요할 때는 어떻게 해도 나타나지 않는) 엘리베이터도 기다리지 않고 계단을 달려 내려와 파비안의 자동차로 뛰어들어 쿵스홀멘에서 소피아에 있는 텡달스가탄까지 14분 안에 도착했는데도 두 사람은 눈앞에서 버스를 놓쳤다.

"젠장, 우릴 봤잖아. 저 사람, 분명히 우리를 봤다고. 게다가 지금 4시 46분밖에 안 됐어. 저 망할 놈이 먼저 출발했어."

말린이 숨을 헐떡이면서 시계를 확인했다.

"다음 정류장에서 따라잡자."

파비안은 버스 뒤를 쫓아 뛰기 시작했다.

"제정신이야? 내 몸을 밟고 가!"

한참 뒤떨어진 곳에서 말린이 소리쳤다.

하지만 이미 파비안은 테겔빅스가탄을 돌아 눈 위에서 미끄러지지도 않고 엄청난 속도로 달려갔다. 다음 정류장에는 아무도 없었기 때문에 파비안은 계속 달려 함마르브뷔 호수 옆에 있는 바르넹스브뤼간에서 버스를 잡아타고 말린이 올 때까지 버스를 붙잡아뒀다. 다 죽어가는 표정으로 버스에 오른 말린은 장애인 전용 의자에 털썩 주저앉았다.

"정말 하얗게 불태웠어. 쌍둥이를 끌고 300미터를 달리다니, 이거 최고 기록 아냐?"

말린의 말에 파비안은 고개를 끄덕였지만 시선은 다른 승객들에게 가 있었다. 다섯 명의 승객 모두 사진 속 여자와는 닮은 점이 없었다. 그 뒤로 버스는 함마르브뷔 운하를 따라가면서 계속 정차했지만 그다지 많은 승객이 타지는 않았다.

하지만 버스가 올렌스에서 운하를 건너 스칸스툴에 서자 적군의 침략을 받은 것처럼 사람들이 쏟아져 들어왔다. 파비안과 말린은 단 한 사람도 놓치지 않으려고 남부 역에 도착해 문이 열리기 전에 서로 갈라져 사람들을 헤치며 양쪽 문으로 이동했다. 남부 역에서 몇 사람이 내리기는 했지만 다시 많은 사람이 올라타 버스는 발 디딜 틈조차 없었다.

파비안은 간신히 말린 옆으로 다가가 말했다.

"출구에 서 있어야겠어. 그거 말고는 방법이 없겠어."

하지만 파비안은 대답을 들을 수 없었다. 그는 말린의 얼굴이 핏기 하나 없이 창백하고 땀으로 범벅인 것을 그제야 알아챘다.

"어, 왜 그래? 괜찮아?"

파비안은 그녀와 눈을 맞추려고 애썼지만 흐리멍덩한 눈으로 그를 쳐다보는 말린은 거의 알아볼 수 없을 정도로 힘없이 고개를 살짝 흔들었다.

"어디 아파? 어디 안 좋은 거야?"

말린의 눈동자에서 초점이 사라졌다.

"말린, 내 말 들려? 말린? 대답해봐."

말린은 대답을 하려고 입을 벌렸지만 목소리는 나오지 않았다.

파비안은 의자에 앉은 나이 든 여자에게 말했다.

"미안하지만, 이 사람에게 자리 좀 양보해줄 수 없을까요?"

베이지색 운동복을 입고 하이킹 신발을 신은 노인은 파비안같이 멍청한 말을 하는 사람은 본 적이 없다는 표정으로 쳐다봤다.

"이봐요, 내가 사실은 일흔 살이야. 평생 열심히……."

"압니다. 하지만 이 사람은 임산부잖아요."

파비안은 노인의 말을 단칼에 잘라버렸다. 지금 성미 고약한 은퇴자의 잔소리를 들어줄 마음은 전혀 없었다.

"제발 일어나라고요, 젠장."

하지만 노인은 콧방귀를 뀌면서 고개를 돌렸다.

"잠깐만요, 여기 앉으세요."

노인 앞에 앉은 여자가 일어서면서 말했다. 코트 위에 꽃무늬 붉은 숄을 두른 여자였다.

파비안은 여자에게 인사하고 말린을 그 자리에 앉혔다.

"젊은 사람이, 부끄러운 줄 알아야지."

뒷자리 노인이 혀를 찼다.

파비안은 노인을 무시한 채 말린을 내려다봤다.

"긴장을 풀고 숨을 쉬어봐."

파비안은 말린의 스카프를 풀어 무릎에 올려줬다.

"당신 같은 사람 때문에 스웨덴이 이 모양 이 꼴이 되는 거라고."

뒷자리 노인은 마리아토리에트를 지나 슬루센과 구시가지로 가는 동안에도 계속 입을 다물지 않았다. 구시가지에 도착하자 노인과 몇몇 승객이 버스에서 내렸다.

"드디어 가버렸어. 진짜 심술궂은 노인네야."

말린이 고개를 흔들면서 말했다.

파비안도 고개를 끄덕이면서 말린을 봤다. 다행히 그녀의 얼굴에 조금씩 핏기가 돌아오고 있었다.

"저 사람이 죽을 때까지 특수 교통 서비스를 받으며 살아가는 모습을 보고 싶네."

말린의 말에 껄껄 웃던 파비안은 문득 자리를 양보해준 여자가 어딘지 모르게 익숙하다는 생각이 들었다. 어쩌면 새로 머리를 했거나 겨울이라 옷을 갈아입었는지도 모른다. 파비안은 재빨리 여자가 서 있던 곳을 돌아봤지만, 여자는 사라지고 없었다.

"왜 그래? 찾았어?"

말린이 물었다.

파비안은 어깨를 으쓱해 보이고 오시안 크렘프가 버스에서 찍은 사진 가운데 여자의 모습이 가장 선명하게 찍힌 사진을 꺼내 들었다. 그리고 자신이 어떻게 그 여자를 알아본 것인지 깨달았다.

다윗의 별 때문이었다.

꽃무늬 숄을 걸친 여자는 사진 속 여자가 걸고 있는 목걸이와 완벽하게 똑같이 생긴 다윗의 별 브로치를 달고 있었다. 두 사람은 동일인이 아닐 수 없었다.

"꽃무늬 숄을 걸치고 있던 여자가 그 사람 같아."

파비안이 주위를 둘러보면서 말했다.

버스는 왕립공원 정류장에 섰고 또 여러 명이 내리고 여러 명이 올라탔다.

"승객 여러분께 죄송한 안내 방송 드립니다. 앞차에 기술적인 문제가 발생해, 앞차의 승객들이 우리 버스로 옮겨 탈 것입니다. 그 때문에 더욱 혼잡해질 것으로 예상됩니다. 죄송하다는 말씀과 함께 이해해주셔서 감사하다는 말씀을 드립니다."

버스 운전사가 말했다.

파비안은 최대한 빨리 가운데 문을 향해 걸어갔지만 미처 닿기도 전에 문이 닫히고 버스가 출발했다. 사진 속 여자가 버스에서 내렸는지 여전히 타고 있는지는 알 수 없었다. 버스 안은 사람으로 가득 차서 바로 옆 사람이 아니면 얼굴을 확인하기 어려웠다. 조금이라도 앞으로 가려고 시도했다가는 실랑이가 벌어질 게 분명했다.

한 사람이 영원히 서서 기다리라고 한다며 불평을 늘어놓았고, 또 다른 사람이 이번이 처음 있는 일이 아니라며 투덜댔다. 하지만 노르말름스토리에 도착할 무렵에는 사람들이 많이 빠져서 파비안도 다시 움직일 수 있었다.

그때 파비안은 그 여자를 발견했다. 버스가 신호를 받아 서 있을 때 꽃무늬 숄을 손에 들고 뒤쪽 문에 서 있는 여자가 보였다.

여자가 갑자기 고개를 돌려 파비안을 쳐다봤다. 파비안은 어떻게 반응해야 할지 알 수가 없었다. 지나치게 빨리 고개를 돌리면 의심스러워 보이겠지만 그렇다고 똑바로 응시하는 것 또한 의심스럽게 보이기는 마찬가지일 터였다. 그래서 여자의 뒤쪽을 보는 것처럼 시선을 돌리면서 전화기를 꺼내 말린에게 전화했다.

"찾았어?"

"뒤쪽 출구에 있어."

"무사한 걸 알았으니 좋은 일이네."

말린의 말은 당연히 옳았지만 파비안은 왜 크렘프가 이 여자에게 흥미를 갖고 있었는지, 그 여자와 아담 피셰르, 칼 에릭 그리모스는 어떤 공통점이 있는지를 생각하느라 정신이 없었다.

버스가 스투레플란에서 섰고, 문이 열리자 여자가 내렸다.

"우리도 내려야 해. 버스에서 내렸어."

파비안은 재빨리 인도로 뛰어내려 버섯처럼 생긴 콘크리트 비 대피소를 향해 빠르게 걸어가는 여자를 눈으로 쫓았다.

"말린, 어디야? 놓치면 안 돼."

"진정해. 내리는 중이야."

말린이 파비안 옆에 내려서면서 말했다.

"진짜 너무 피곤하다."

말린에게 고개를 끄덕이면서도 파비안은 비 대피소를 뚫어지게 바라봤다. 여자는 다른 여자와 함께 서 있었다. 서로 주고받는 몸짓으로 보아 두 사람을 흥분하게 만든 일이 있는 것 같았다. 다시 여자가 파비안을 쳐다봤고 두 사람은 눈이 마주쳤다. 여자와 함께 있던 또 다른 여자도 파비안을 쳐다봤다.

"우리가 쫓아 내린 걸 아는 것 같아. 가서 이야기를 해봐야겠어."

파비안이 여자들 쪽으로 가려고 했다.

"잠깐만, 이제 더는 아무것도 못할 것 같아."

말린이 말했다.

"괜찮아? 내가 도와줄……."

파비안은 말린에게 다가갔다.

"아니, 괜찮아. 그냥 택시 타고 집에 가서 소파에 조금 누워 있으면 괜찮을 거야."

"확실해?"

"그래, 나는 그저…… 임산부지, 뭐. 난 신경 쓰지 말고 넌 네 할 일을 해."

말린이 지나가는 택시를 향해 손을 흔들자 택시가 와서 섰다.

파비안은 고개를 끄덕이고 택시를 향해 걸어가는 말린을 쳐다봤다. 그리고 다시 버섯 비 대피소로 고개를 돌렸을 때는 이미 두 여자는 사라지고 없었다.

파비안은 비 대피소로 달려가 두 사람이 가운데 기둥 뒤에도 없는 것을 확인했다. 파도 모양 벽으로 올라가 비리에르 얄스카탄과 광장을 둘러봤다. 그 어디에도 두 사람은 보이지 않았다.

그때 파비안의 전화기가 울리기 시작했다. 힐레비 스툽스였다.

"내가 나중에 다시 걸어도 될까요? 지금 좀 바빠서요."

대피소 벽에서 훌쩍 뛰어내려 스투레 갤러리아 입구로 뛰어가면서 파비안이 말했다.

"물론 그래도 되지. 하지만 당신도 알겠지만 난 그 전화, 받지 않을 거야."

스툽스는 파비안이 아주 잘못된 생각을 하고 있음을 분명히 일깨웠다.

"좋습니다. 말씀하세요."

파비안은 한숨을 내쉬면서 멈춰 섰다.

"지금은 설명할 수 없으니까, 거기서 보는 게 좋겠어."

"거기라니, 어디 말입니까?"

계속 조바심 나게 하는 스툽스 때문에 파비안은 짜증이 났다.

"오시안 크렘프의 청소함에서 뭔가를 찾았어. 획달렌 장기 무인 임대 창고의 비밀번호 말이야."

1층 높이에 면적은 800제곱미터 정도 되는 건물이었다. 주변 환경을 고려하지 않고 서둘러 지은 게 분명했다. 하지만 그것이 베니 빌룸센을 괴롭힐 이유는 되지 않을 듯했다. 주차장이 건물 뒤에 있고 도로에선 전혀 보이지 않는다는 사실은 매우 중요해서, 홀로 남겨지기를 원하는 사람으로서는 이만한 피난처가 없을 것 같았다.

두냐 호우고르는 조수석에 있는 가방을 들고 권총을 꺼냈다. 잡지에나 실릴 법한 이야기고 자신이 덴마크 국경을 벗어났다는 사실은 잘 알았지만 눈 위에 찍힌 자동차 바퀴를 따라 건물 안으로 들어가면서 무방비 상태로 갈 수는 없었다.

겨울은 내린 눈을 녹여야 할지 얼음으로 얼려야 할지를 결정하지 못하는 난감한 시기를 겪고 있었기에 앞에 보이는 바퀴 자국이 악셀 네우만의 BMW가 남긴 자국인지를 확인하는 것은 거의 불가능했다. 두냐가 확신할 수 있는 것은 바퀴 자국이 오직 한방향으로

만 나 있다는 것뿐이었다. 건물을 돌아가자 바퀴 자국이 몇 미터쯤 더 가서 문이 내려간 차고 안으로 이어짐을 확인할 수 있었다.

차고에는 안을 들여다볼 창문도 없고 문을 열 손잡이도 없었다. 그때 트럭이 공회전하는 듯한 소리가 들렸다. 두냐는 귀를 차고 문에 댔다. 소리는 차고 안에서 들려오고 있었다.

그래도 두냐는 클리판에게 연락한다는 생각은 하지 않았다. 텅 빈 공장 건물에 자동차 바퀴 자국이 나 있다는 사실만으로는 그 어떤 증거도 되지 않았고 트럭의 공회전 소리는 단순히 환풍기에서 나는 것일 수도 있기 때문이었다. 그 정도 사실만으로 클리판의 금요일 저녁을 망칠 수는 없었다. 지원을 요청하기 전에 좀 더 확실한 증거가 필요했다.

두냐는 다시 건물 뒤로 돌아갔다. 문이 하나 보였다. 문은 잠겨 있었다. 두냐는 문 옆에 있는 창문으로 다가가 작은 손전등을 켜고 안을 들여다봤다. 쳐진 커튼 뒤로 사무용 가구 몇 점과 수납 상자가 몇 개 보였다. 창문은 침입을 막는 쇠살대가 박혀 있었고 작동은 하지 않을 것 같지만 도난 경보기도 설치되어 있었다.

방향을 바꿔 건물 주위를 둘러본 두냐는 도로에서 20미터쯤 떨어진 건물 앞쪽으로 갔다. 눈이 제법 쌓여서 단단하게 얼어붙은 바닥을 내디딜 때마다 몇 센티미터 정도 깊이로 발자국이 생겼다.

불빛이 껌뻑인 것 같았던 작은 창문은 너무 높아서 들여다볼 수 없었지만 계단의 윗부분이 건물 끝의 홈통에 매달려 있는 모습이 눈에 들어왔다. 비상계단의 위치로 볼 때 비상 사다리가 없다면 사람들은 그 계단을 이용해 지붕까지 올라갈 수 없을 게 분명했다.

보통 때라면 말이다.

하지만 지금은 바람이 비상계단 밑으로 엄청난 양의 눈을 가져와 높이 쌓아뒀다. 두냐는 눈 더미 밑으로 가라앉지 않으려고 조심하면서 네발로 기어 올라갔다. 눈 더미에 올라선 두냐는 간신히 비상계단의 아랫부분을 움켜잡았다. 힘껏 팔을 구부려 계단을 올라타려 했지만 온몸을 끌어당길 만한 근육이 없었다.

정말로 열심히 운동하겠다고 결심한 것은 이번이 처음은 아니었다. 늘 운동복을 샀고 1년 치 운동 이용권을 끊었지만, 체육관에 가는 건 두 번, 많아야 세 번이 고작이었다. 하지만 올해는 반드시 새해 결심을 지킬 것이다. 운동이야말로 그녀의 최우선 순위가 될 것이다.

두냐는 정글짐에 매달린 아이처럼 거꾸로 매달리도록 몸을 힘껏 굴렸고 마침내 비상계단의 맨 밑에 있는 가로대에 다리를 걸칠 수 있었다. 두냐는 가로대를 잡고 몸을 일으켜 다음 가로대를 잡았다.

지붕으로 올라갔을 때 두냐는 뼛속까지 스며드는 살을 에는 바람에도 온몸이 땀에 젖어 있었다. 스카니아 평원에서 휴가를 보낸 적이 있는 친구들과 지인들은 서쪽에서 육지 쪽으로 부는 바람이 덴마크 쪽에서 바다로 부는 바람보다 훨씬 춥고 거세다는 말을 했다. 하지만 그런 바람을 직접 경험하기는 이번이 처음이었다. 빨리 따뜻한 곳으로 들어가지 않으면 두냐는 완전히 얼어버려 수천 조각으로 부서질 수도 있었다.

가로로 놓인 사다리 위를 몇 미터쯤 기어서 지붕마루에 도착했다. 눈을 치우자 채광창이 드러났다. 채광창을 몇 번, 발로 세게 내리치자 두냐가 빠져나갈 수 있을 정도로 충분한 구멍이 뚫렸다.

하지만 건물 안은 너무나도 어두워서 두냐로서는 내려갔을 때 무엇이 기다리고 있을지 전혀 짐작도 할 수 없었다.

소피에 레안데르는 자신에게 일어나고 있는 일을 이해해보려는 노력을 그만뒀다. 한동안 그녀는 이해할 수 있다고 믿었다. 이 모든 일이 그녀의 행동이 만들어낸 논리적이고도 이유 있는 결과임이 분명하다고 생각했다. 하지만 정신을 차리고 아직 살아 있음을 알게 되면서 다시 불확실성이 찾아와 그녀를 장악해버렸다. 사람의 본성과는 대조적으로 살아 있다는 사실에 그녀는 안도하지도 안심하지도 않았다. 살아 있다는 사실이 결국 살아남을 것이라는 희망을 품어도 좋은 증거일 수는 없다고 이미 오래전에 단념한 터였다.

그런데 몇 분 전에, 그녀는 건물 어딘가에 있는 큰 문이 열리는 소리를 들었다. 얇은 금속 벽을 뚫고 들어오는 그 독특한 소리를 들은 것이 이번이 처음은 아니었다. 그 소리를 들을 때마다 그녀는 심장이 격렬하게 뛰었고 어떻게 해서든 문을 연 사람의 주의를 끌어보려고 애썼다. 하지만 언제나 사람들은 자기 할 일만 하고 사라졌고, 서서히, 그러나 확실하게 그녀는 그 소리에 주의를 기울이지 않게 됐다. 하지만 이번에는 달랐다. 문이 열리는 소리는 평소와 같았지만 지금까지 들은 소리와는 분명히 달랐다. 그녀에게 희망을 주는 소리들도 함께 들려왔다. 자동차 한 대가 아니라 여러 대가 한꺼번에 들어와 표면이 긁힐 정도로 거칠게 브레이크를 밟았고, 자동차 문들이 열리고 세게 닫히는 소리가 들렸고 크게 고함치는 소리가 들렸고 무전기로 대화를 주고받는 소리가 들렸다.

저 사람들은 경찰이 아닐 수 없었다.

마침내 경찰이 그녀를 찾아낸 것이다. 그러니까 그녀는 완전히 잊힌 것이 아니었다. 진심으로는 믿지 못한 일이었는데도 지금 사람들이 그녀의 사건을 특별하게 취급했음을, 그녀를 찾으려고 밤낮없이 교대로 근무를 섰을 수도 있음을 의미하는 일이 벌어지고 있었다. 그녀가 아는 남편이라면 분명히 경찰들이 제대로 결과를 내기 전까지는 가만히 쉬게 내버려두지 않았을 것이다.

또다시 그녀는 스웨덴 전역에서 삼삼오오 모여 갑자기 사라져버린 그녀에 대해 이야기하는 사람들과 광고판을 가득 메운 자신의 사진을 상상했다. 어쩌면 지금 밖에는 그녀가 이동 침대에 실려 나와 구급차에 들어가기 전까지 온갖 질문을 하려고 기자들이 몰려와 있을지도 몰랐다.

이런 생각들이 사실은 나태한 추론일 뿐임을 잘 알았지만 그녀는 생각이 제멋대로 달려가게 내버려뒀다. 그녀의 사건이 얼마나 많이 사람의 관심을 끌지, 심지어 경찰이 그녀 사건의 수사 과정을 언론에 발표하는지조차도 알 수 없었다. 그보다는 경찰이 의사의 뒤를 바짝 추격했다는 사실을 감추려고 수사 과정을 비밀로 했을 가능성이 훨씬 커 보였다.

그녀가 확신할 수 있는 것은 단 하나, 언제라도 그녀를 구출하기 위해 경찰들이 바로 밖에 와 있다는 사실이었다. 딱딱하고 무거운 연장통을 바닥에 내려놓고 장비를 꺼내 연결하는 소리가 들렸다. 그 모든 것이 그녀를 포근하게 만들고 힘이 넘치게 해 이제는 애초에 왜 이런 일이 생겼는지를 알고 싶다는 마음마저 사라져버렸다. 이유가 무엇이건 경찰이 먼저 도착했으니 그걸로 됐다.

그녀는 남편도 밖에서 그녀를 맞을 준비를 하고 있길 바랐다. 결국 경찰에 신고한 사람은 남편일 테니, 어떤 의미로 보면 그녀를 구출한 사람은 남편인 셈이다. 또다시 남편이 그녀를 구한 것이다. 남편을 생각하자마자 그녀의 심장이 빠른 속도로 뛰기 시작했다.

자신이 남편을 사랑한다는 사실은 이미 알고 있었지만, 남편이 자신을 다시 구했다는 사실은 남편도 여전히 그녀를 사랑한다는 뜻이 분명했다. 한때 그녀는 남편의 사랑을 의심했다. 진심으로 남편의 사랑을 의심했지만 이제는 확실히 알 수 있었다.

바로 밖에서 앵글 그라인더가 작동하기 시작했다. 그 날카롭고 시끄러운 소리가 그녀에게는 달콤한 음악처럼 들렸다. 아마도 이렇게 행복한 순간은 다시는 찾아오지 않을 것이다.

어둠 속에서도 저 멀리서 번쩍이는 블루라이트가 선명하게 보여 내비게이션을 쓸모없게 만들었다. 꼭 저렇게 주목받고 싶어 하다니, 후딩에베겐을 빠져나와 마겔룽스베겐이 있는 남쪽으로 달리면서 파비안은 생각했다. 주차한 뒤에도 블루라이트를 끄지 않는 경찰이 많은 이유를 파비안은 도무지 이해할 수 없었다.

다시 한번 집에 전화를 걸었지만 이번에도 마틸다와 테오도르 모두 전화를 받지 않았다. 아직 6시 40분밖에 되지 않았으니 테오도르는 집에 오지 않았을 가능성이 컸다. 하지만 마틸다는 너무나도 화가 나서 전화를 받지 않는 것일 수도 있었다. 충분히 이해했다. 저녁 간식을 사가지고 베이비시터가 떠나기 전에 집에 간다고 했으면서 지금 파비안은 스톡홀름 남쪽에 와 있으니까. 지금 당장이라도 브레이크를 밟고 차를 돌려 집으로 가고 싶었지만 그럴 수는 없었다. 스툽스와 통화한 뒤에 그대로 집으로 간다는 것은 있을 수 없는 일이었다.

파비안은 무인 임대 창고 주차장으로 들어가 구급차와 경찰차 옆에 차를 세웠다. 제복을 입은 경찰들이 창고 입구를 통제하고 있었고 몇몇 경찰이 다가와 파비안에게 그가 가장 좋아하는 법의학자 아시사 토스트룀의 차 옆에 차를 대라고 했다.

토스트룀은 10대 때 난민으로 스웨덴에 왔다. 1년인가 2년 뒤에는 스웨덴 말을 스웨덴 사람만큼이나 잘하게 됐고 자신의 선생님과 결혼했다. 이제 서른다섯인 토스트룀은 의심할 여지 없이 스톡홀름에서 가장 유능하고 가장 인기 많은 법의학자가 됐다. 그녀가 여기와 있다는 사실은 스툽스가 발견한 것을 에델만이 아주 중요하게 생각한다는 증거였다.

"왔군요. 점점 걱정하기 시작했어요."

힐레비 스툽스의 조수 가운데 한 명이 파비안에게 다가오면서 말했다.

"걱정이라고요? 스툽스는 고작 30분 전에 전화했습니다."

파비안은 떠나려고 장비를 챙기는 위기대응팀 옆을 지나면서 대답했다.

"파비안이 파티에 가장 늦게 나타나는 타입은 아니잖아요. 게다가 뭔가를 찾았을 때 스툽스가 어떻게 되는지도 잘 알 테고요."

물론 파비안도 조수가 말하는 스툽스의 성격을 잘 알았다. 힐레비 스툽스는 그 누구보다도 인내심이 부족한 사람이었다. 단서를 찾았고 그 단서를 어떻게 이용해야 하는지 파악했을 때 스툽스는 그 어떤 속도로 움직여도 느려터졌다고 핀잔을 주기 일쑤였다.

"그래, 뭘 찾았습니까?"

"직접 보시는 게 좋을 듯해요."

스툽스의 조수는 바리케이드 테이프를 들어 올리더니 열려 있는 차고 안으로 들어가라고 했다.

스툽스는 건물 안쪽에 세운 자신의 밴 옆에서 모자 달린 파란색 방역복을 입고 카메라에 찍힌 사진들을 들여다보고 있었다.

"늦었어."

스툽스는 카메라에서 눈을 떼지 않은 채 말했다.

"뭘 찾았습니까?"

"이거 입어."

스툽스는 상자에서 방역복을 꺼내 파비안에게 던졌다. 파비안은 재빨리 방역복을 입었고 두 사람은 건물 안으로 들어갔다.

창고는 40미터쯤 앞에 있었다. 밝은 빛이 톱으로 잘라낸 미늘 문을 지나 복도 콘크리트 바닥까지 길게 비추고 있었다. 스툽스가 창고로 들어갔고 파비안도 그 뒤를 따랐다. 강렬한 탐조등 때문에 창고 안은 바깥보다 몇 도 정도 기온이 높았다. 일단 눈이 빛에 적응하자 파비안은 창고 안이 생각보다 훨씬 크다는 사실을 깨달았다. 넓이가 30제곱미터는 되는 이곳은 무인 임대 창고에서 가장 큰 공간 같았다. 하지만 토스트룁과 스툽스가 대부분 덮어놓아 파비안이 볼 수 있는 곳은 버려진 아파트에 있던 것과 동일한 비닐 덮인 탁자와 탁자 끝으로 보이는 맨발뿐이었다. 탁자 밑과 바닥에는 전선과 호스가 뱀처럼 똬리를 틀고 있었고 여러 장비와 기계가 놓여 있었다.

파비안이 동료들을 지나 탁자 반대편에 서자 탁자 위에 드릴로 구멍을 뚫어 여러 개의 끈으로 묶어놓은 알몸을 볼 수 있었다. 다리와 몸통, 팔과 목은 끈이 피부를 뚫고 깊숙이 들어갈 정도로 강하게 묶여 있었다. 법무부 장관처럼 눈이 있어야 할 곳에는 피가 묻은 채 구멍만 남았다. 테이프로 막아놓은 입에서는 부글부글 끓어오른 것처럼 보이는 걸쭉한 분홍색 물질이 흘러나와 목을 타고 바닥으로 떨어져 있었다.

"저게 뭐죠?"

파비안이 분홍색 물질을 가리키면서 물었다.

"음식이야. 보면 알겠지만 이 호스로 먹을 걸 공급한 거야."

스툽스는 시신의 입에 꽂힌 호스를 가리키며 말했다.

"아직 검사는 안 해봤지만 내 생각에는 몸에 있는 다양한 독성 물질과 노폐물을 제거하려고 완화제를 넣은 것 같아. 식인 범죄에서는 흔히 그렇거든."

"그렇다면 살아 있었군요. 얼마나 오랫동안 살아 있었을 것 같습니까? 언제 죽었을까요?"

결국 죽을 때까지 아담 피셰르는 상당히 오랫동안 고통받았을 게 분명하다고 파비안은 생각했다.

"제대로 철저하게 부검해봐야 정확한 답이 나오겠지만 지금 여기서 대략 추정해본다면 사흘 전쯤 같아요."

토스트룀이 말했다.

그렇다면 피셰르는 앞으로 일어날 일을 전혀 모른 채로 경찰이 제시간에 자신을 찾아낼 수 있을지, 자신을 찾으려는 노력은 하고 있는지 궁금해하면서 일주일 이상 이곳에 묶여 있었을 것이다. 파비안은 자신이 비슷한 상황에 처하면 얼마나 오랫동안 살아날 수 있으리라는 희망을 버리지 않을지, 어느 정도의 시간이 지나야 체념하고 결국은 죽을 거라고 생각하게 될지 추론해봤다.

"여기를 절개했을 때 사망한 것 같아요."

토스트룀이 피셰르의 왼쪽 가슴에 커다랗게 뚫린 구멍을 가리키며 말했다. 칼 에릭 그리모스의 배에 있던 것과 같은 형태의 구멍이었다. 몇 센티미터 크기로 동그랗게 뚫린 그 구멍은 거대한 인쇄기로 피셰르의 몸을 꾹 눌렀다 떼어낸 것처럼 보였다.

"왜 심장이었을까요?"

파비안이 스툽스와 토스트룀을 보면서 말했다.

"어디에서든 시작은 해야 하니까 그런 거 아닐까?"

스툽스가 어깨를 으쓱해 보이며 말했다.

"버려진 아파트 냉장고에 심장이 있었습니까? 그리모스의 내부 장기가 들어 있던 냉장고에요?"

"아니, 크렘프의 아파트에도 없었어."

스툽스가 고개를 저었다.

"이미 먹었는지도 모르죠."

토스트룀이 말했다.

"그럴 수도 있지. 하지만 이곳이나 크렘프의 아파트, 버려진 아파트 모두 그렇게 추론할 만한 게 아무것도 없어."

침묵이 그러잖아도 덥고 답답한 창고에서 더 많은 산소를 앗아갔다. 파비안은 당장이라도 그곳을 빠져나가고 싶었지만 혼란에 싸인 무의식의 세계 깊은 곳에서 한 가지 생각이 모양을 갖춰나가기 시작했다. 하지만 그 생각은 너무나도 작고 연약해서 그가 세상에 내놓는 순간 사라져버릴 것만 같았다.

처음에는 그리모스의 장기였고 이제는 피셰르의 심장이었다. 눈은 문제가 아닐 수도 있었다. 눈은 이미 유리병에서 발견했지만 심장은 사라졌다. 그 심장이 버려진 아파트 냉장고에 들어 있었는지가 문제였다. 파비안은 두 사건의 연결고리를 여전히 알 수 없었다.

"버려진 아파트에 있던 내부 장기, 검사해봤습니까?"

파비안은 그저 툭 내뱉은 것처럼 들리게 하려고 애쓰면서 말했다.

"이제 막 해동하고 살펴보려 했을 때 여기로 호출받았어요. 특별히 궁금한 점이 있나요?"

토스트룀이 물었다.

"그 장기는 그리모스의 것이 분명하다고 확신해도 좋을 거야."

스툽스가 말했다.

"그게 궁금한 게 아닙니다. 내가 알고 싶은 건 혹시 사라진 장기가 있을까 하는 점이죠."

파비안이 말했다.

두냐는 당장은 고통을 느끼지 못했지만 상황이 좋은 건지 나쁜 건지 가늠할 수가 없었다. 가장 현명한 결정은 가만히 앉아서 도움을 기다리는 것이었다. 하지만 사고가 난 뒤에는 생각보다 부상이 훨씬 심한 경우가 대부분이라는 사실을 감안하면 움직여봐야 하는 것은 아닌지 고민되기도 했다.

물론 움직일 수 있다면 말이지만.

깨진 채광창 사이로 가로등 불빛이 쏟아져 들어왔고 간간이 지나가는 자동차 소리가 들렸다. 두냐는 자신이 4미터 내지 5미터 정도 추락했고 바닥에 높이 쌓인 스테레오 장비를 담을 빈 상자가 없었다면 완전히 다른 결과가 나왔으리라는 사실을 깨달았다.

두냐는 조심스럽게 몸을 돌려 두 팔로 판지를 짚으며 일어났다. 온몸이 욱신거린다는 것 말고는 아직 특별히 아픈 곳은 없었다. 하지만 바닥에 발을 딛는 순간 왼쪽 발의 통증이 너무나도 심해서 하마터면 비명을 지를 뻔했다. 두냐는 재빨리 입을 다물고 크게 숨을 들이마셨다. 접질린 것이 분명한 왼쪽 발목은 서서히 부풀어 오르는 듯했다.

고통이 조금 가라앉았을 때 두냐는 휴대전화를 꺼내 통화가 되는지 보려고 했지만 액정이 심하게 깨져 있었다. 전화기 액정은 욕실에서 떨어뜨리고 새로 간 지 얼마 되지 않았다. 깨진 액정의 상태는 손가락 끝이 조금 베이겠지만 쓰지 못할 정도는 아니었다. 문제는 아무리 전원 버튼을 눌러도 전혀 반응하지 않는다는 점이었다.

결국 두냐는 전화기 켜는 것은 포기하고 진공청소기의 청소관을 뽑아 목발처럼 의지하면서 바닥에서 희미하게 빛나는 손전등을 집으러 걸어갔다. 손전등을 끄고 청바지 주머니에 넣고 있을 때 또다시 우르르하는 소리가 들렸다. 그녀는 꼼짝도 하지 않고 서서 그 소리에 귀를 기울였다. 이제는 포효하는 소리까지 들렸다. 두냐는 몸을 돌려가며 소리의 근원을 찾으려 했지만 무엇이 그런 소리를 내는지, 건물의 어디에서 들려오는지 파악할 수가 없었다. 소리는 다시 사라졌다.

두냐는 절뚝거리며 점점 더 어두워지는 복도로 나갔다. 청소관을 잡고 있지 않은 손을 뻗어 벽을 더듬으며 걸어가야 했다. 두 번이나 액자에 넣은 포스터와 부딪치면서 몇 미터 정도 걸어가자 벽에 뚫린 커다란 구멍이 나왔다. 멈춰 서서 구멍 가장자리를 더듬었다. 출입구였다.

두냐는 길게 숨을 쉬면서 천천히 청소관을 잡고 출입구 안으로 들어갔다. 발목에서 느껴지는 격렬한 통증은 잊고 다른 생각을 하려고 애썼다. 발목은 이제 너무 많이 부풀어 올라 다시는 부츠를 벗을 수 없을지도 모른다는 생각이 들었다. 멀리서 들려오던 소리가 사라지자 두냐의 숨소리 외에는 사방이 죽은 듯이 고요해졌다.

두냐는 한 손으로는 청소관을 단단히 움켜잡고 다른 손은 길게 뻗은 상태로 계속해서 걸어갔다. 10미터쯤 가자 부드러운 소음 흡음재가 만져졌다. 그곳에서 왼쪽으로 몇 미터 가자 벽이 끝났다. 두냐는 방향을 바꿔 방의 다른 쪽으로 걸어갔다. 그러자 마침내 뭔가 보이는 것이 있었다. 열린 문 안에서 희미한 불빛이 새어 나오고 있었다.

그때 또다시 그 소리가 들렸다. 먼 곳에서 트럭이 공회전하는 소리였다. 하지만 실내에 어떻게 트럭이 있지? 조용히 공회전하는 소리가 요란하고 격렬한 소리로 바뀌는 순간 두냐는 그 소리를 오늘 처음 들은 것이 아님을 깨달았다. 할아버지의 자동차 수리점에서도 자주 들어본 소리였다. 할아버지는 호랑이 이빨 같은 톱니가 어떤 것이든 물어 끊을 수 있다며 호랑이 톱이라고 불렀다.

두냐는 권총을 뽑아 총알을 장전하고 아픈 다리를 무시하고 서둘러 소리가 들리는 곳으로 갔다. 걸어가다가 마이크 대에 걸려 넘어졌지만 재빨리 일어났다. 그리고 그것을 봤다.

악셀 네우만의 BMW였다.

두냐가 계속 의심하던 것처럼 베니 빌룸센이 이곳에 있었다.

트렁크는 열려 있었고 꼬리처럼 트렁크 밑으로 길게 나와 있는 비닐 보호막에는 위를 묶은 쓰레기봉투가 몇 개 있었다. 가스로 가동하는 전동기가 BMW 옆에서 우르릉 떨고 있었고 전선은 바닥을 기어 어딘가로 사라져 있었다. 한 손으로는 권총을 쥐고 다른 손으로는 청소관을 잡은 채 두나는 전선을 따라 보고 싶지 않은 모습을 볼 수밖에 없는 곳을 향해 걸어갔다.

전선은 문에 난 틈으로 사라졌고 두나는 희미한 불빛의 근원지가 이곳임을 깨달았다. 그녀는 벽에 귀를 대고 소리를 들었다. 뭔가를 자르고 있는 호랑이 톱의 간헐적인 소리가 너무나도 가까이에서 들려 두나는 본능적으로 몸을 움찔했다.

무엇을 해야 할지, 문 반대쪽에서는 어떤 일이 기다리고 있을지 온갖 생각들이 광포한 봄날의 홍수처럼 두나의 마음속으로 쏟아져 들어왔다. 하지만 두나의 몸은 이미 마음을 정하고 손을 문에 대고 더듬기 시작했다. 문손잡이를 찾을 수 없자 두나는 전선이 들어간 틈으로 손가락을 찔러 넣고 잡아당겼다.

그녀는 눈을 감아야 했다. 재빨리 몸을 돌려 도망쳐야 했다. 하지만 너무 늦어버렸다. 영원히 잊을 수 없는 기억이 그녀의 뇌리에 박혀버렸다.

천장에 있는 단 한 개의 전구가 불을 밝히는 녹음실 한가운데서 남자는 두나를 등지고 서 있었다. 무고한 여자들을 줄줄이 강간하고 고문했으면서도 유유히 빠져나간 그 남자를 마침내 만난 것이다.

귀마개를 한 남자는 방독면을 뒤로 넘기고 있어 마치 두나를 쳐다보는 것만 같았다. 그는 생각보다 작았고 짙은 검은색 옷 위로 엄청나게 많은 피가 묻은 투명한 비닐 앞치마를 두르고 있었다.

그 남자는 두 손으로 호랑이 톱을 잡고 있었다. 톱니가 비닐이 덮인 탁자 위에 놓인 알몸의 사타구니를 가르는 소리가 허공에 울려 퍼졌다. 두나는 그만두라고, 모두 사라져버리라고 있는 힘껏 고함을 지르고 싶었지만, 그저 뚫어지게 응시하는 것 말고는 할 수 있는 일이 없었다.

톱이 깊숙이 파고들면서 잘려나가는 사타구니를.

머리가 있어야 할 곳에 아무것도 없는 목을.

퉁, 하는 소리와 함께 바닥으로 떨어져 내리는 다리를.

사방에 퍼져 있는 피를.

그리고 그녀를.

카티아 스코우를.

그 모든 것을 그저 바라보고만 있을 수밖에 없었다.

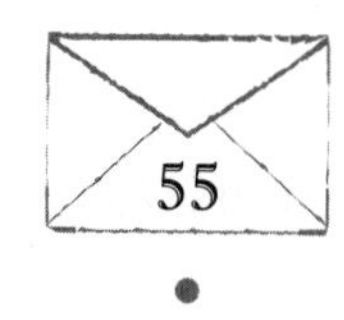

55

획달렌에 있는 무인 임대 창고에서 나와 집으로 가던 파비안은 폴쿵아가탄에 있는 맥도날드에 들러 자신이 먹을 미네랄워터와 맥피스트, 테오도르가 먹을 빅맥과 코카콜라, 마틸다가 먹을 해피밀을 샀다. 너무나도 지쳤고 온몸이 아팠으며 아담 피셰르의 훼손된 몸을 마음속에서 도저히 떨쳐버릴 수 없는데도 파비안은 금요일 저녁 간식을 사다 주겠다고 마틸다에게 한 약속을 지키기로 했다. 그는 욀란스가탄 모퉁이에 있는 세븐일레븐에도 들러 크리스마스 사이다 큰 병 하나와 갈릭 딥이 함께 들어 있는 감자칩, 벤앤제리 쿠키 도우 아이스크림 한 통도 샀다.

20분 뒤에 현관문에 열쇠를 꽂았을 때는 이미 9시였다. 그것은 두 시간 반 동안이나 보호자 없는 집에 두 아이만 있게 했다는 뜻이었다. 물론 이상적인 상황은 아니지만 그렇다고 참사라고 할 것도 아니었다. 게다가 텔레비전에서 크리스마스 스페셜 프로그램 소리가 나는 것으로 보아 아주 나쁜 상황은 아닌 게 분명했다.

코트를 벗고 부엌으로 들어간 파비안은 쟁반에 햄버거를 담고 아이스크림을 냉동실에 넣었다. 그제야 집 안의 모든 불이 켜져 있다는 사실을 깨달았다.

"마틸다! 테오도르! 아빠 왔어! 먹을 것도 사 왔어."

하지만 아무도 대답하지 않았다. 파비안은 크리스마스 사이다에 대항해 조금이라도 팔아보려고 애쓰는 코카콜라 광고가 나오는 거실로 들어갔다. 소파를 돌아가자 빨간색 테디 베어를 옆에 놓고 혼자서 자고 있는 마틸다가 보였다.

파비안은 마지막으로 운 순간을 전혀 기억하지 못했다. 분명히 〈철 목련〉같이 슬픈 영화를 봤을 때는 눈물을 몇 방울 흘린 것도 같지만, 그 외에는 거의 운 적이 없었다. 물론 울고 싶지 않은 것은 아니었다. 가끔은 울면서 감정을 풀고 싶기는 했지만 울고 싶어도 보통은 목에 덩어리가 걸린 것 같은 기분 말고는 느껴지는 감정이 없었다.

그래서 갑자기 바닥으로 눈물이 뚝뚝 떨어져 내릴 때는 준비가 전혀 되어 있지 않았다. 테디 베어와 함께 소파 위에 태아처럼 웅크리고 누운 마틸다는 파비안이 지금까지 본 그 어떤 모습보다도 아름다웠다. 하지만 가장 슬픈 모습이기도 했다. 파비안은 손등으로 눈물을 훔치고 두 눈을 질끈 감았지만 눈물은 멈추지 않고 계속 떨어져 내렸다. 게다가 온몸이 바들바들 떨리기까지 했다.

이렇게 모든 것을 소모해야 하는 파비안의 일, 작업실에서 거의 나오지도 않는 소냐. 더는 이런 식으로 살아갈 수는 없었다. 두 사람이 대화해야 한다는 것은 분명한 사실이었다. 단지 파비안으로서는 무슨 말을 해야 할지, 혹은 아직도 잘되기를 바라고 있는지 알 수 없을 뿐이었다.

파비안은 테오도르에게 전화했지만 받지 않았다. 9시를 조금 넘긴 시간이긴 했지만 테오도르는 열세 살이니 밤새 시내를 뛰어다니거나 하는 일은 어울리지 않았다. 파비안은 다시 테오도르에게 전화하려다가 아들이 아빠 전화를 받으려고 했는데 음성사서함으로 넘어갔다는 변명을 할 것 같아서 가능한 한 빨리 집으로 돌아오라는 문자를 보냈다. 그다음에는 텔레비전을 끄고 여러 번 깊이 숨을 들이마신 뒤 소파에 누운 마틸다 옆에 앉아 깨워보려고 했다. 맥도날드와 감자칩, 아이스크림으로 유혹해봤지만 마틸다는 일어나고 싶지 않다고 했다.

결국 파비안은 포기하고 마틸다를 침실로 데려가 이불을 덮어주고 이마에 입을 맞추고 귀에 대고 미안하다고 속삭였다. 부엌으로 돌아온 파비안은 식탁에 앉아 차갑게 식어버린 맛없는 햄버거를 먹으면서 소냐에게 전화를 해야 하는지 고민했다.

파비안은 기다리기로 결정하고 먹다 남은 질퍽한 햄버거는 버려버렸다. 집 안을 돌아다니며 불을 모두 끄고 이를 닦고 침대로 갔다. 온몸이 욱신거릴 정도로 피곤했고 일주일 내내 잠을 한숨도 못 잔 것만 같았다. 파비안은 베개를 다듬고 똑바로 누워 눈꺼풀을 잡아당기는 중력을 느꼈다. 하지만 잠은 오지 않았다.

그 대신에 지난 며칠 동안의 일들이 계속해서 떠올랐다. 버스에서 만난 여자가 스투레플란에 있던 버섯 모양 비 대피소에서 다른 여자에게 열심히 하던 말이 무엇이었는지 궁금했고, 그녀가 그리모스의 장기와 피셰르의 사라진 심장과 관계가 있는지, 있다면 어떤 관계인지 궁금했다.

한 시간이나 두 시간 정도 흘렀을 때 그는 잠들기를 포기하고 마틸다의 방으로 가 마틸다와 테디 베어를 안고 침대로 돌아왔다. 파비안은 마틸다를 꼭 끌어안고 따뜻한 아이의 체온을 느끼면서 깊고 차분한 숨소리를 들었다.

파비안은 마틸다의 숨소리를 세 번까지만 셀 수 있었다.

교회 종소리는 카타리나 묘지와 주변 건물들을 지나고 남쪽에 있는 파비안을 지나 외스트괴타가탄까지 울려 퍼졌다. 파비안은 내부 벽에 자신들의 업적을 선전하는 액자를 가득 붙인 멋진 디자인 사무소 앞에 차를 세우고 밖으로 나와 자동차 문을 잠갔다.

토요일이었고 오후 3시밖에 되지 않았는데도 밖은 벌써 어두워지고 있었다. 아침 10시에 말린은 치료사를 설득해 오시안 크렘프를 범죄 현장에 데려가도 좋다는 승낙을 받았다고 했다. 그 뒤 다섯 시간 동안 서류를 작성하고 승인하는 절차가 진행됐다. 아주 많은 사람의 서명이 필요하다는 사실을 생각하면 정말로 빠르게 처리된 것이다.

하지만 파비안은 그 시간이 영원처럼 느껴졌다. 열 시간 동안 깨지 않고 내리 잔 덕에 몸 상태는 좋았다. 무인 임대 창고에서는 희미하게 떠올랐던 생각이 하룻밤 자고 일어나자 탄탄한 가설로 바뀌어 있었다. 그는 분명히 어떤 희미한 생각을 따라가고 있었다. 그 생각이 옳은지를 크렘프의 범죄 현장에서 알 수 있게 되길 바랐다.

하지만 그런 생각을 아무에게도 말하지 않았다. 말린에게도 말하지 않았는데, 그것은 드문 일이었다. 분명히 좋은 가설이기는 했지만 다른 사람을 끌어들일 정도는 아니었다. 더구나 파비안의 가설이 틀렸을 때 일어날 결과는 옳을 때보다 훨씬 크리라는 사실은 의심의 여지가 없었다.

물론 다섯 시간 동안 파비안이 집에서 가만히 기다리기만 한 것은 아니었다. 직진해도 좋다는 명령이 떨어지기 전까지는 마틸다와 테오도르와 함께 모노폴리 게임을 했고 아시사 토스트룀에게 전화를 걸어 크리스마스 준비를 일단 멈추고 그리모스의 내부 장기를 살펴보는 것이 훨씬 좋은 일임도 설득해냈다. 그가 예상한 것처럼 그리모스도 장기가 하나 사라졌다. 이번에는 간이었다.

어쩌면 오시안 크렘프는 그리모스의 간을 요리해 먹었는지도 몰랐다. 살아 있는 동물 종 대부분에서 간은 아주 맛있는 부위니까. 피셰르의 사라진 심장과 함께 그리모스의 간으로 만찬을 즐겼는지도 몰랐다. 크렘프가 이런 살인 사건을 벌이는 이유가 배고픔 때문만이 아니라면 수사 과정을 처음부터 다시 들여다볼 필요가 있었고 모든 사람이 수사가 아주 길어질 것임을 분명하게 깨달아야 했다.

모퉁이를 돌아 블레킹에가탄으로 들어선 뒤부터 절망적으로 주차할 곳을 찾아 헤매는 말린에게 파비안이 손을 흔들었다. 토마스와 야르모가 피타 랩을 하나씩 들고 카타리나 방아타에서 걸어왔고 입구 밖 컨테이너 앞에는 이미 경찰기동대 버스가 서 있었다.

경비는 확실하고 철저히 했다. 기동 경찰 여섯 명은 모두 자동화기로 무장했고 방탄조끼를 입고 얼굴 가리개가 있는 헬멧을 썼다. 두 명은 버스 양옆에 서서 주변을 살피고 있었고 두 명은 재빨리 외스트괴타가탄에 있는 버려진 아파트로 들어갔다.

이곳보다는 아담 피셰르를 발견한 획달렌 무인 임대 창고로 크렘프를 데려갈 수 있었다면 좋았겠지만 그곳은 아직 스툽스가 조사하고 있었고, 의회 휴게실은 사람들의 이목을 끌 위험이 너무나 컸다. 따라서 남은 곳은 아직 대중에게 노출되지 않고 보안을 유지하고 있던 이 외스트괴타가탄 현장뿐이었다. 이곳에서는 아직 사람을 절단한 흔적을 발견하지 못했지만 비닐을 덮은 탁자가 있는 것으로 보아 범행을 준비한 장소임이 분명했다.

이제는 크렘프에게서 이야기를 들을 차례였다. 크렘프는 기동 경찰 두 명의 손에 이끌려 버스에서 내리고 있었다. 손과 발은 사형장에 끌려가는 죄수처럼 쇠고랑을 찼다. 고개를 숙인 크렘프는 50센티미터쯤 되는 쇠사슬을 얼어붙은 아스팔트에 긁으면서 컨테이너를 지나 비계 밑까지 걸어왔다.

"세상에, 이런 도시에서 어떻게 살 수 있나 몰라."

말린이 숨을 고르며 말했다.

"나는 지금 사는 집을 찾기 전까지 올 세인트 처치까지 완전히 샅샅이 뒤……."

말린는 더는 길게 말할 수 없었다. 저쪽에서 토마스가 날카로운 휘파람을 불면서 두 사람에게 빨리 오라고 손짓하고 있었다.

오시안 크렘프는 밝은 전등불이 탁자로 쏟아지고 있는 방으로 끌려갔다. 여전히 고개를 숙였고 다친 다리 때문에 절뚝거렸다. 방 안으로 몇 미터쯤 크렘프를 데려간 기동 경찰들은 그를 두고 뒤로 물러나 문 양쪽에 섰다.

크렘프는 처음 와본 곳이라는 듯 호기심 어린 표정을 지었다. 그는 방 안 깊숙이 들어가 벽에 기대선 파비안도, 뒤쪽 구석에 바짝 붙어 영상을 찍고 있는 토마스도 쳐다보지 않았다. 하지만 속옷만 입고 탁자에 묶여 있는 야르모를 봤을 때는 눈빛이 변하더니 고개를 흔들면서 복도 쪽으로 뒷걸음쳤다.

경찰에게 허락된 시간은 두 시간이었다. 이동하고 경찰기동대가 준비한 시간을 빼면 이제 한 시간 남짓 남았다. 강하게 억눌려 있던 부끄러운 기억을 표면으로 끄집어내기에는 넉넉지 않은 시간이었다. 그나마 다행인 것은 함께 가야 한다는 치료사의 요청을 에델만이 거부해 크렘프 혼자서 왔다는 점이었다.

"안녕, 오시안. 나, 알아보겠어요?"

말린이 크렘프 옆에 섰다.

크렘프는 야르모에게서 눈을 떼지 않은 채 고개를 흔들었다.

"여기 와본 적 있죠?"

크렘프는 다시 고개를 흔들었다.

"이거, 전혀 좋지 않아. 다시 돌아가면 안 될까?"

"아직은 안 돼요. 하지만 곧 돌아갈 거예요. 먼저 조금 둘러보면서 이야기를 나눠요. 나랑 함께 갈래요?"

말린이 크렘프를 탁자 옆으로 데려가려 했다.

"나는, 여기 있고 싶지…… 않아. 가게 해줘."

"오시안, 여기는 정말 안전해요. 그저 돌아보면서 잊고 있던 일이 떠오르면 얘기해주면 돼요. 그럼 다시 돌아갈 수 있어요, 알겠죠?"

말린이 크렘프에게 손을 내밀었다.

1분이 넘게 말린의 손과 책장에 있는 도자기 인형과 탁자에 묶인 야르모를 번갈아 쳐다보던 크렘프는 마침내 말린과 함께 걷기 시작했다. 한 걸음 한 걸음 내디딜 때마다 크렘프의 숨은 점점 가빠졌다. 꼼짝도 하지 않고 누운 야르모의 곁으로 가까이 다가갔을 때는 거의 쓰러질 것 같았다.

"피해자를 이렇게 묶었죠?"

말린이 야르모의 목을 묶은 끈을 가리키면서 물었다.

"난 아니야. 나는 라디오가 듣고 싶어."

크렘프는 야르모의 몸을 이리저리 훑어보면서 말했다.

"그럼 다른 오시안이 한 거예요?"

말린의 말에 크렘프는 고개를 저었다.

"해상 날씨 예보는 정말 좋아."

"오시안, 내 말에 귀를 기울여야 해요. 우린 당신이 했다는 거 알아요. 당신이 했다는 실질적인 증거가 차고 넘쳐요. 우리가 알고 싶은 건 어떻게 했는가예요. 눈을 뺀 건 자르기 전이에요, 후예요?"

"내가 아니라고 말했잖아. 나는 아무것도 안 했어."

크렘프가 거칠게 고개를 흔들었다.

"매우 어려운 일인 거 알아요. 하지만 제발……."

"나는 날마다 같은 일만 했어. 아무 문제도 없었다고. 잘 알아. 불만을 터뜨리는 사람도 없었어."

"그게 무슨 말이에요? 그 사람들을 묶고 몸을 자를 때 저항했을 거 아니에요."

"그리고 해상 날씨 예보, 늘 해상 날씨 예보만 들었어."

크렘프는 야르모에게서 눈을 떼지 않고 말했다.

"매일 아침에. 그것만 했어. 해상 날씨 예보랑 스도쿠만 했어. 그런데 병원에는 라디오가 없어. 이유는 모르겠지만 없단 말이야. 나한테 라디오를 줄 수 없대."

크렘프는 점점 더 불안해지는 것 같았다.

"왜 나한테 라디오를 안 주는 거야? 말해봐? 왜 말을 안 해?"

말린은 파비안을 쳐다봤다. 더는 하고 싶지 않다는 표정이 분명했지만 파비안은 계속하라는 신호를 보냈다. 말린은 진심으로 크렘프를 상대하는 사람이 되고 싶지 않았지만 그녀가 해야 한다는 것이 치료사의 승인 조건이었다.

"왜 대답하지 않는 거야?"

크렘프가 다시 한번 물었다.

"오시안, 솔직히 왜 병원에서 당신에게 라디오를 주지 않는지는 모르겠어요. 우리가 지금 원하는 건 어떤 일이 있었는지 자세하게 말해주는 것……."

"라디오가 없으면 해상 날씨는 어떻게 알아? 나는 알아야 한단 말이야. 매일 아침 그걸 들었으니까."

"오시안, 오늘은 당신 이야기를 우리한테 들려주는 게 어때요?"

"그리고 약도. 난 약을 먹어야 해. 매일, 아침이랑 점심이랑 저녁에 먹어야 한다고. 약은 빨간 통에 들어 있어. 항상 빨간 통에 넣어서 약 선반에 올려두니까, 잊어버리지 않게. 특히 2시에는. 그때는…… 그때는 항상 많은 일이 일어나. 그리고 시간은…… 그냥 사라져버려. 갑자기 나는 잊어버리는 거야. 물론 그 순간에는 내가 잊었다는 걸 모르지만."

크렘프는 두 손으로 목을 긁기 시작했다.

"물론, 그럴 거예요."

"하지만 그건 전혀 좋지 않아. 아주 나빠. 아무 소용이 없어. 모두 다 잘못됐어."

점점 더 말이 빨라지는 크렘프의 입에서는 침이 주르륵 흘러나왔다.

"모든 게 옳아야 해. 만사가 별처럼 빙글빙글 돌지 않는다면 정말 피곤하거든. 갑자기 그자가 나타났어. 그 수상한 인간 말이야. 물론 나밖에 없었지만."

크렘프는 침을 꿀꺽 삼키고는 딱지가 떨어져 피가 날 때까지 목을 긁어댔다.

"열쇠를 가지고 있었어. 어쨌거나 거기 있었어. 그 녀석이 마음대로 문을 고치고 열었어. 내가 모를 거라고 생각했지만, 난 알았어. 그러다 모든 게 컴컴해지고 무거워졌어. 마치 내가 사라져버리는 거 같았어."

"오시안, 제발 진정하고 여기 누워 있는 사람 몸에 집중해요."

"난 매일 문을 잠갔어. 볼트도 바꿨어. 문을 잠그고, 잠그고, 잠겼는지 또 확인했어. 날마다 그랬어. 안 그러면 확신할 수 없으니까."

"오시안?"

"나는 참을 수가 없었어. 끔찍했거든. 정말로 끔찍했어."

크렘프는 손으로 머리를 잡고 숨을 골랐다.

"너무 피곤해. 너무 피곤해 죽겠어. 더는 못하겠어."

"오시안, 시간이 별로 없어요. 제발……."

"잠시만 누워서 눈을 감고 쉬고 싶어. 하지만 불가능해. 눈을 감을 때마다 다시 거기로 간다고. 다시……."

크렘프의 목소리가 점점 잦아들더니 사라져버렸다. 크렘프는 숨을 제대로 쉬지 못했고 기력이 완전히 빠져나간 듯했다.

"거기로 간다니, 어디 말이에요? 오시안, 어디로 간다는 건지 말해줘요."

갑자기 어떠한 경고도 없이 크렘프가 비명을 지르더니 말린에게 덤벼들었고, 말린은 휘청거리며 뒤로 넘어졌다. 다른 사람들에게 도움을 요청하면서 말린은 크렘프를 발로 차고 빠져나오려 애썼다. 파비안과 토마스, 그리고 두 기동 경찰이 크렘프에게 달려들었지만 그사이에 크렘프는 말린의 목 위로 고개를 숙이더니 그녀의 귀에 대고 거칠게 몇 마디 했다. 두 기동 경찰이 크렘프를 말린에게서 떼어내고 옆방으로 끌고 갔다.

파비안이 말린을 일으켜 세웠다.

"괜찮아?"

말린은 고개를 끄덕이면서 머리를 빗었다.

"하지만 정말로 무서웠어. 크렘프가 나를……."

말린은 입을 다물고 제대로 숨을 쉬려고 애썼다.

"정말로 크렘프가 나를……."

말린은 털썩 주저앉아 울음을 터뜨렸다. 파비안은 말린을 안고 자신의 어깨에 머리를 기대게 했다.

"괜찮아, 괜찮아, 말린. 이제 다 끝났어."

말린은 고개를 끄덕이며 진정하려고 노력했다.

"크렘프가 너한테 말을 했잖아? 무슨 말을 한 거야?"

파비안에게서 떨어진 말린은 그의 눈을 똑바로 봤다.

"언제 라디오를 돌려받을 수 있냐고 물었어."

말린은 살며시 미소 지었지만 이내 웃음을 터뜨렸다.

"진짜 끔찍하지 않아? 그 많은 일이 있었는데도 고작 해상 날씨를 듣겠다고 라디오를 돌려달라는 게? 이런, 세상에, 나 지금 괜찮아? 화장이 완전히 지워진 건 아니지?"

"괜찮아."

"이거 가지고 먼저 들어갈게요. 더는 찍을 만한 게 있을 것 같지 않으니까요."

토마스가 비디오카메라를 들어 보이면서 말했다.

"누구, 나를 풀어줄 친절한 사람 없나?"

야르모가 말했다.

"내 의견을 묻는다면, 선배는 그곳에 있는 게 훨씬 편안해 보인다고 말해줄게요."

토마스가 카메라를 들고 방에서 나갔다.

"파비안, 우리가 몇 년이나 함께 근무했지?"

말린이 콤팩트 거울을 열면서 파비안을 쳐다봤다.

파비안은 어깨를 으쓱했다.

"5년이나 6년 아닌가?"

"7년 6개월이야. 7년 6개월 동안 가장 중요한 사람들보다도 우리가 보낸 시간이 더 많았어."

말린은 휴지를 한 장 꺼내 눈을 닦았다.

"그런데 나를 안아준 게 이번이 처음인 거 알아?"

"다음 기회는 절대로 없기를 빌자고."

말린은 웃으면서 마스카라를 돌려 열었지만, 곧 마스카라도 말린도 땅바닥으로 떨어지고 말았다.

"말린, 말린!"

파비안이 재빨리 무릎을 꿇고 앉아 말린을 일으켜 세우려 했다.

"말린, 내 말 들려?"

하지만 말린은 전혀 반응하지 않았다.

"도대체 무슨 일이야?"

야르모가 물었다.

"모르겠습니다. 갑자기 쓰러졌……."

파비안의 눈에 바닥으로 넓게 퍼져가는 피가 보였다.

"이봐요! 누구, 빨리 구급차 좀 불러요!"

옆방에서 두 기동 경찰이 재빨리 뛰어 들어왔다.

"뭘 기다리고 있는 겁니까? 빨리, 전화해요. 지금 유산이 되고 있단 말입니다. 맞다, 안데르스, 안데르스에게 전화해야지. 말린의 남편에게 이 사실을 알려야 해."

파비안은 전화기를 꺼내 떨리는 손가락으로 간신히 말린의 집에 전화를 걸었다.

"구급차가 오고 있습니다."

기동 경찰이 말했다.

"좋습니다."

전화기 너머에서 발신음이 들렸다.

"빨리 전화 좀 받아."

"안녕하세요, 렌베리 가족입니다. 지금은 전화를 받을 수 없으니 삐 소리가 들리면 말씀을 남겨주세요."

"여보세요, 파비안 리스크입니다. 안데르스, 이거 듣자마자……."

그 순간 엄청나게 큰 소리가 들렸고 파비안은 입을 다물었다. 아주 크고 선명한 소리였는데도 파비안은 잠시 그것이 무슨 소리인지 파악하지 못했다. 이미 과부하가 걸린 그의 뇌는 지금 실제로 유리가 깨지는 소리가 들렸다는 사실을 인지하지 못했다. 파비안은 계속해서 음성사서함에 이곳 상황을 설명하는 말을 남기고 싶었지만 그조차도 할 수 없어 그냥 일어나 옆방으로 갔다.

옆방은 텅 비어 있었다. 파비안은 깨진 창문 앞으로 걸어갔고 두 기동 경찰은 크렘프에 대한 책임을 누가 져야 하는지로 논쟁을 벌이고 있었다. 밖에서는 진짜 눈보라가 치기 시작했고 깨진 창문 안으로 벌써 눈이 들이치고 있었다.

지난 며칠 동안 파비안의 직감은 옳은 판단을 내리고 있었지만 그의 뇌가 그 판단을 받아들이기까지는 조금 시간이 걸렸다. 하지만 이제는 확신했다.

오시안 크렘프는 무죄였다.

2009년 12월 19일 ~ 12월 24일

당신을 향한 나의 사랑은 산맥도 움직이게 합니다. 불가능하고 끔찍하지만 반드시 해야 할 일을 하게 만듭니다. 그보다 더한 일도 할 수 있게 만듭니다.
그날, 병영에서 당신이 사라진 뒤에 나는 당신을 생각하며 버티려고 애를 썼습니다. 에타 제임스의 노래를 들으며 철책에 손을 대고 당신의 파란 눈을 생각했습니다. 하지만 그것으로는 충분하지 않았습니다. 나는 당신을 찾아야 했습니다. 밤에 나는 병영을 떠나 철책에 뚫린 구멍으로 빠져나왔습니다. 내가 의지할 수 있는 것은 단 하나, 신께서 나와 함께하면서 길을 알려주실 거라는 희망뿐이었습니다. 당신의 코트 밑으로 삐져나온 옷을 보고 나는 당신이 몇 킬로미터 떨어진 우릭에서 간호사로 근무하고 있을지도 모른다는 생각을 했습니다.
하지만 몇 걸음 가지 않아 엄청나게 요란한 사이렌 소리가 울리기 시작했고 나의 동료들을 깨우는 확성기 소리가 들려왔습니다. 야간 기습 공격에 대해서는 들은 적이 있지만 직접 경험한 적은 없었습니다. 그때까지는 말입니다.
그들은 나를 당신 쪽 사람으로 생각한 게 분명했습니다. 그래서 나는 아무 방향으로나 되는 대로 뛰었습니다. 그들은 당신네 사람들을 모욕하고 본보기로 삼으려 혈안이 되어 있

2부

었으니까요. 그때 세상이 터져버렸습니다. 창문이 내 위로 비처럼 쏟아져 내리기 시작했고 귀가 엄청나게 울렸습니다. 눈을 따갑게 만들면서 점점 더 커져만 가는 흰 연기 때문에 나는 길을 잃고 말았습니다.

그때 바로 그만두고 절대로 할 수 없으리란 사실을 받아들여야 했는데, 그러지 못했습니다. 당신을 볼 가능성이 조금이라도 있으리란 희망을, 당신을 다시 만나면 절대로 헤어지지 않으리란 희망을 포기할 수 없었으니까요. 나는 계속 달렸지만 결국 앞으로 고꾸라져 머리를 땅에 부딪히고 말았습니다.

누군가 내 귀에 바늘을 찔러 넣은 것처럼 아팠습니다. 일어나려고 애썼지만 그럴 수가 없었습니다. 그 자욱한 연기 속에서 그들은 점점 더 가까이 다가왔습니다. 누구의 목소리인지 알 수 있었습니다. 방독면을 쓴 그들은 이제 곧 시작할 재미를 기대하는 것처럼 크게 웃었습니다.

나는 저항하려 했지만 그럴 힘이 없었습니다. 나는 그들이 내 팔을 잡고 아스팔트 위로 끌고 다니게 내버려둘 수밖에 없었습니다.

지금은 너무 피곤해서…… 조금만…… 아주 조금만 쉬어야겠습니다. 앞으로 얼마나 더 쓸 수 있을지는 모르겠지만, 써야 할 말이 아주 많이 남았습니다. 그러니 조금만 기운을 차려야겠습니다.

손과 팔 위쪽에 아직 유리 조각이 붙어 있는 것으로 보아 오시안 크렘프는 수갑으로 유리창을 깨뜨린 것이 분명했다. 유리창에 난 구멍으로 빠져나온 크렘프는 밑에 있는 비계를 향해 뛰어내렸다. 족히 15미터는 되는 높이에서 뛰어내린 것이라 아래쪽 컨테이너에 쓰레기가 가득 차 있지 않았다면 죽을 수밖에 없는 상황이었다.

하지만 어쨌거나 크렘프는 뛰어내린 즉시 죽었다. 컨테이너 안으로 떨어지지 않고 가장자리에 머리를 세게 부딪히는 바람에 코 위 모든 부분이 수 미터 반경으로 흩어져버렸다.

에델만은 크렘프의 죽음은 이토록 복잡한 수사에서 얻을 수 있는 가장 만족스러운 결론은 아니라고 했지만 어쨌거나 결론은 결론이라는 말을 재빨리 덧붙였다. 하지만 파비안에게 오시안 크렘프의 죽음은 수사 종결과는 거리가 멀었다. 아직 풀리지 않은 의문이 너무 많았다.

겉에서만 보면 수사는 큰 진전을 이룬 것 같았다. 새로운 사실을 발견했고 사진을 찍었고 분석 결과를 적을 수 있었으니까. 단서를 찾아 라벨을 붙이고 가방에 넣고 분류할 수 있었으니까. 모두 2교대로 근무했고 모든 가능성을 검토했다. 결국 사건들 사이의 연결고리를 찾아냈고 판단을 내렸다.

모든 것이 완벽하게 맞아떨어졌다. 해리성 정체 장애를 앓는 이

전 피의자 오시안 크렘프는 거의 이상적인 피의자였다. 피해자의 눈을 도려내는 것은 그의 전매특허였고 오래전에 자신을 감옥에 가둔 수사를 이끈 칼 에릭 그리모스에게 복수하려 했다는 그럴듯한 동기도 있었다.

파비안의 동료들은 크렘프가 마침내 사건을 해결해줄 공통의 실마리가 분명하다고 확신했지만 파비안은 그러기에는 너무나도 단순하다는 느낌을 떨쳐버릴 수 없었다. 실제로 어떤 일이 벌어졌는지 알 수 있는 단서가 조금도 없는 상태에서 동료들이 맹목적으로 얼버무린다는 느낌을 지울 수 없었다.

그리고 이제, 그런 느낌이 드는 이유를 깨닫기 시작했다.

애초에 이번 사건과 이전 사건은 공통점이 없었다. 하나처럼 보이지만 사실은 극도로 복잡하게 판을 짜놓은 세심한 계획표에 갈 길을 표시해놓은 자취에 불과했다. 그 계획은 너무나도 믿기지 않아서 대부분 그런 계획을 세운다는 것 자체를 신뢰할 수 없다고 생각할 것이다. 하지만 신뢰하는 것과 진실은 다른 문제다.

파비안은 오시안 크렘프는 칼 에릭 그리모스 살해 사건과 아담 피셰르 납치 감금 사건을 계획할 수도 없고 실행할 수도 없다고 확신했다. 오시안 크렘프는 거짓 용의자 역할을 한 것뿐이었다.

이제 크렘프는 수사 선상에서 벗어났고 그 사건은 공식적으로 종결됐다. 그러니 이제는 진짜 가해자를 찾으러 나설 차례였다.

파비안은 마리아토리에트 리발 바깥에 있는 텅 빈 주차장에 차를 세우고 모퉁이에 있는 세븐일레븐으로 걸어갔다. 벌써 몇 시간 동안이나 어두웠고, 그로서는 오늘 해가 떴는지조차 알 수 없었다. 스톡홀름의 겨울을 좋아해본 적은 없지만 해가 갈수록 겨울이 더 싫어졌다. 왠지 11월부터 2월까지는 늘 어둠 속에서 벗어나지 못하는 것처럼 느껴졌다. 최신 뉴스가 실린 타블로이드 신문 광고판을 지나면서 파비안은 단 1미터도 북쪽으로는 절대 이사 가지 않을 거라는 다짐을 또다시 했다.

'식인자, 5층 높이에서 뛰어내려 사망.' 한 신문의 1면 기사였다. 또 다른 신문은 '연쇄 살인마이자 강간범 빌룸센이 여전히 덴마크에서 활개를 치고 있다'를 1면 기사로 실었다.

파비안은 경찰서에 머물면서 평화롭고 고요하게 지금까지 모은 단서들을 검토하고 싶었다. 동료들 모두 주말을 집에서 보내려고 퇴근했다. 에델만조차도 집으로 간 뒤였으니 파비안은 혼자서 조용히 자료를 검토할 수 있었다. 책상을 밝히던 스탠드는 꺼지고 문은 닫히고 사람들 말소리도 크게 울리는 전화벨 소리도 윙윙거리는 프린터 소리도 모두 사라져버린 고요한 곳에서 말이다.

오직 사람들이 모두 빠져나간 경찰서에서만이 파비안은 충분히 깊은 곳을 파고들어 끝까지 생각할 수 있을 것이다.

하지만 오늘 밤은 그럴 수 없었다.

이미 파비안을 향한 소냐의 관대함은 바닥을 쳐서 그녀는 그가 지금 집으로 가고 있음을 알리려는 전화도 받지 않았다. 그래서 파비안은 샷을 추가한 라테 두 잔과 토스카 스퀘어를 사려고 잠깐 차를 세웠다. 세븐일레븐에서 파는 토스카 스퀘어 아몬드 페이스트리보다 소냐의 기분을 더 잘 풀어줄 것은 없었다.

파비안은 사실 프린세스 케이크가 더 좋았지만 섭취하는 열량을 줄이겠다고 단호하게 결심했기에 스웨덴보리스가탄 모퉁이에 있는 베이커리 카페를 지날 때는 들어가고 싶다는 충동을 꾹 눌러 참았다. 물론 파비안은 뚱뚱하지 않았다. 비만과는 거리가 먼 마른 몸에 가까웠다. 성인이 된 뒤에 파비안은 쭉 74킬로그램을 유지했다고 기억했는데, 어느덧 지난 2년 동안 몸무게가 증가해 이제는 76킬로그램이 됐고 77킬로그램을 향해 나아가는 중이었다. 이런 비율로 몸무게가 늘어난다면 은퇴할 즈음에는 100킬로그램이 되어 있을지도 몰랐다.

파비안은 자동차를 세운 곳으로 걸어가면서 말린에게 전화를 했다. 말린은 받지 않았다. 그래서 말린의 집으로 전화를 걸었다.

"안녕하십니까, 파비안 씨."

안데르스 렌베리일 수밖에 없는 느린 목소리가 전화를 받았다.

파비안은 말린의 남편을 여러 번 만났지만 두 사람은 진정으로 대화를 나눠본 적이 없었다. 파비안이 대화를 시도해보지 않은 것은 아니었다. 실제로 함께 저녁을 먹을 때나 서로에게 중요한 사람들이 모이는 자리에서 만날 때면 안데르스의 옆으로 가서 말을 걸어봤지만 그럴 때마다 씁쓸한 뒷맛이 남았다. 고심해서 고른 대화 주제는 지루해지기 마련이었고 파비안의 입에서는 항상 다음 날 후회하게 될 신랄한 말이 튀어나왔다. 그들이 엔스케데에 새로 산 집에서 집들이할 때는 말린은 전혀 자기 타입이 아니니까 안데르스는 조금도 걱정할 필요 없다는 헛소리까지 해댔다.

그 뒤로 두 사람은 말을 섞지 않았다. 하지만 안데르스와 소냐는 서로를 마음에 들어 했고 말린 부부의 집들이 때도 엄청나게 많은 이야기를 주고받은 듯했다. 그날 밤, 집으로 돌아오면서 그 문제를 언급하고 싶은 마음을 꾹 누르고 파비안은 택시 기사에게 라디오를 틀어달라고 했다. 라디오에서는 데이비드 실비언의 〈포비든 컬러스〉가 흘러나왔다.

"말린은 좀 어떤지 궁금해서 전화했습니다."

파비안은 최대한 덤덤하게 말하려고 노력했다.

"아내가 하는 일을 생각하면 지금보다 좋을 순 없겠죠."

파비안은 아무 말도 하지 않고 잠자코 있었다.

"또 다른 용무가 있습니까?"

"네, 말린과 잠시 통화할 수 있을까요?"

"아니, 그건 좋은 생각이 아닌 것 같습니다. 아내는 임신중독이 너무 심각하게 진행된 상태라 병원에 입원했습니다. 출산 전까지는 계속 치료를 받아야 하고요. 아직 예정일까지 두 달이나 남았지만 잘못되면 유도 분만을 해야 할 상황입니다."

"미안합니다. 그렇게 심각한지 몰랐습니다."

"그래요? 의사 말이 그녀가 기분이 좋지 않았을 분명한 징후가 있었을 거라고 하던데요. 직장에서 엄청난 스트레스를 받지 않았다면 상태가 이렇게까지 되지는 않았겠죠."

"안데르스, 정말 미안합니다. 왜 그렇게 화가 났는지도 이해하고요. 하지만……."

"파비안, 아내는 편히 쉬어야 합니다. 그러니까 전화도 하지 말고 찾아오지도 마세요. 당신이 해야 할 일은 가능한 한 내 아내 옆에서 멀리 떨어져 있는 겁니다, 알겠습니까?"

"알겠습니다. 하지만 내가 전화했다는 건 전해줄 수 있겠죠?"

안데르스는 파비안의 말이 끝나기도 전에 전화를 끊었다.

파비안이 집에 도착했을 때 테오도르는 자기 방 컴퓨터 앞에 앉아 있었고 마틸다는 소리를 최대로 켜고 〈라이언 킹〉을 보고 있었다. 이웃 사람들도 분명히 티몬과 품바가 부르는 〈하쿠나 마타타〉를 듣고 있을 것이 분명했다.

"안녕, 마틸다. 엄마는 집에 있니?"

마틸다는 대답하지 않았다. 그는 리모컨을 들어 소리를 줄였다.

"안 돼! 하지 마! 소리가 안 들리잖……."

"마틸다, 아빠가 물었잖아. 엄마가 어디 있는지 아……."

파비안은 갑자기 입을 다물었다. 발코니에는 전화기를 귀에 대고 담배를 피우는 10대 소녀가 있었다. 파비안은 발코니 문을 열었다. 소녀는 파비안의 실내화를 신고 있었고 꽃 상자 옆쪽에는 이미 담배꽁초가 잔뜩 쌓여 있었다.

"네가 레베카구나."

레베카는 몸을 돌려 파비안을 쳐다봤다.

"이런, 끊어야겠다."

레베카는 전화를 끊고 지나치게 꽉 끼는 청바지 속에 전화기를 밀어 넣더니 파비안에게 손을 내밀었다.

"안녕하세요."

"아내가 집에 있을 거라고 생각했는데?"

"아니요, 일해야 한댔어요. 크리스마스가 끝나면 뭔가를 열어야 한다고요."

담배꽁초를 꽃 상자 위에 툭 집어 던진 레베카는 곧바로 담배를 한 개비 더 꺼냈다.

"드릴까요?"

"아니, 줄곧 여기 서서 담배를 피우는 것 말고 또 다른 일도 해준다면 고맙겠구나. 아내가 그러라고 너한테 돈을 주는 걸 테니까."

"아이들을 방치하고 돌보지 않는 건 내가 아니거든요."

"그래, 네 말이 맞다. 말이 나와서 하는 말인데, 이제 가도 좋아."

"아줌마가 아저씨가 오지 않을 거라고 밤새 여기 있으랬어요."

"지금 당장 간다면 밤샌 돈을 주마."

파비안은 레베카를 발코니 밖으로 밀어버리고 싶은 마음을 온 힘을 다해 꾹 눌러 참으면서 말했다.

1,000크로나를 지출한 파비안은 포스트잇을 뜯어 글을 써나가기 시작했다.

소냐에게

스트레스가 많은 건 이해하지만, 누구나 가끔은 쉬어야 해.

파비안

포스트잇을 붙인 라테는 토스카 스퀘어와 프린스의 〈아이 우드 다이 포 유〉를 열아홉 번이나 녹음한 CD와 함께 가방에 넣었다. 두 사람이 함께한 시간 동안 1년에 한 번씩 녹음해둔 CD였다. 프린스의 노래로 두 사람은 처음으로 춤을 췄고, 그 뒤로는 두 사람의 노래가 됐다.

두 사람이 처음 만난 날을 파비안은 마치 어제처럼 또렷하게 기억했다. 그때 파비안은 호른스가탄에 있는 작가와 음악가, 배우 들이 주로 출입하는 예전 포르노 극장 나이트클럽 리도의 멤버십 카드를 간신히 빌릴 수 있었다.

하지만 리도에 들어간 뒤로는 자신이 밴드의 일원도 아니고 글을 쓰는 것도 아님을, 더구나 최악은 스코네에서 왔음을 들킬까봐 잔뜩 움츠러들어서는 맥주를 손에 들고서 사람들을 피해 댄스 플로어 구석에 숨어 있었다. 그렇게 몇 시간을 보낸 뒤에야 자신이 예술가들의 나이트클럽에서 버틸 수 있을 정도로 멋있지 않다는 사실을 인정하고 외투 보관소에서 재킷을 찾아 입었다.

출구로 나가고 있을 때 DJ가 프린스의 노래를 틀었고, 그 노래는 파비안의 인생을 완전히 바꿨다. 노랫소리에 끌린 파비안은 리듬이 무엇인지도 춤이 무엇인지도 몰랐지만 생애 처음으로 나이트클럽 댄스 플로어로 나갔다. 리듬을 탈 수도 없고 춤도 추지 못한다는 사실은 갑자기 어디선가 튀어나온 것 같은 그녀를 보는 순간 그 어떤 문제도 되지 않았다. 어쩌면 소냐는 계속 그곳에 있었는지도 몰랐지만 파비안은 조금도 고민하지 않고 사람들을 헤치며 곧장 소냐에게 다가가 그녀와 함께 춤을 추기 시작했다.

소냐는 자신이 파비안을 발견했다고 생각했지만, 그런 세세한 내용이 바꿀 것은 아무것도 없었다. 파비안은 자신이 머물러야 하는 집을 찾았고 그녀가 자신의 손을 잡았을 때 느낀 하늘을 날 것 같던 행복한 기분을 지금도 생생하게 기억했다.

2분 59초.

두 사람이 이해하는 데는 많은 시간이 걸리지 않았다.

두 사람이어야 하지 다른 사람은 없다는 사실을.

그리고 노래가 끝났다.

그 사실을 다시 이해하려면 지금은 얼마나 많은 시간이 필요할까? 소냐의 작업실로 간식 가방을 배달해줄 택시가 기다리는 현관 입구 계단을 걸어 내려가면서 파비안은 생각했다.

58

꿈도 꾸지 않는 잠을 자다가 두냐 호우고르는 누군가 플러그를 꽂고 전원을 켠 것처럼 갑자기 잠에서 깨어났다. 처음에는 누군가 자기 얼굴에 비닐 랩을 씌워 질식시켜 죽이려 한다고 생각했다. 아무리 숨을 쉬려고 해도 두냐의 폐로는 공기가 들어오지 않았다. 가까스로 얼굴을 옆으로 돌린 뒤에야 숨을 조금 쉴 수 있었다.

그다음으로는 집에서 침대에 누워 있다고 생각했다. 자다가 잘못해서 베개 밑으로 머리가 들어간 거라고 생각했다. 하지만 한겨울이고 카르스텐이 레몬색 블라인드를 진한 갈색으로 바꾼 뒤에도 이렇게까지 침실이 컴컴해진 일이 없다는 사실이 생각났다. 게다가 그녀 주위에 있는 모든 것이 흔들리고 굴러다니고 있었다.

그러니까 그녀는 지금 자동차 안에 있는 것이 분명했다. 어쩌다 온몸을 웅크리고 자동차에 갇힌 채 꼼짝도 못하게 된 걸까? 지금 이 일이 실제로 벌어지는 걸까? 두냐는 기억해보려 했지만 아무것도 생각나지 않았다. 지난 며칠이, 아니 지난 몇 시간조차도 기억과 경험이 채워지기를 기다리는 백지처럼 아무것도 떠오르지 않았다.

하지만 마침내 기억이 돌아오기 시작하자, 그녀는 다시 아무것도 모르는 상태로 건망증이 돌아오기를 간절히 바랐지만 이미 너무 늦었다. 기억들은 배설물로 만든 퇴비처럼 퍼져나가 그녀의 모든 생각을 더럽혔다. 고문을 당하고 강간을 당한 뒤에 죽은 여자들의 모습이, 모든 것이 컴컴해지기 전에 그녀가 버려진 공장 건물에서 본 피해자의 모습처럼 마음속에 깊게 박혀 사라지지 않을 것이다.

구부러진 몸을 곧게 펴보려고 했지만 사방이 막혀 움직여지지 않았다. 접질린 발은 여전히 아팠고 다른 발은 단단한 물체에 부딪혔다. 그녀를 압착해 몸에 있는 공기를 모두 짜내는 게 목표인 듯 사방에서 압력을 가하는 것 같았다.

두냐는 포기하고 싶다는 마음을 물리치고 온몸의 기를 모아 등을 바짝 대고 두 팔을 힘껏 뻗어 얼굴을 덮고 있는 바스락거리는 물체를 세게 밀었다. 5분쯤 힘을 쓰자 마침내 약간의 공기층이 생겼고 두냐는 몇 차례 제대로 숨을 쉴 수 있었다.

그리고 청바지에 넣은 손전등이 생각났다. 두냐는 손전등을 꺼내 끝에 있는 작은 전원 버튼을 눌렀다. 불빛은 아주 약했고 이제 곧 건전지가 나갈 게 분명했지만 가까스로 자신을 누르는 물체를 확인할 수 있었다. 예상대로 두냐는 검은색 쓰레기봉투에 담겨 있었다. 두냐는 손전등을 입에 물고 손가락으로 비닐을 눌러 찔렀다. 두냐의 얼굴 바로 위에 작은 구멍이 생겼다.

처음에는 몇 방울이 떨어지는 정도였다. 그러더니 어느 순간 마구 떨어지면서 두냐의 얼굴을 타고 흘러내렸다. 모든 것을 녹여버릴 듯한 악취가 화학무기처럼 두냐를 덮쳤다. 그녀는 비명을 지르려 했지만 그 몇 초 동안에 끈적끈적한 액체가 두냐의 입으로 떨어져 내리기 시작했다. 두냐는 재빨리 입을 다물고 고개를 돌렸다. 갑자기 차가 브레이크를 밟더니 급하게 방향을 틀었다.

그것은 피였다. 그토록 끔찍한 냄새가 난다는 것은 피와 배설물이 섞였다는 뜻이다. 속이 메슥거려 토하려 했지만 점액 덩어리 몇 개 말고는 아무것도 나오지 않았다. 두냐는 10대 때 목의 상처가 낫지 않아 결국 편도선을 제거해야 했던 기억이 떠올랐다. 며칠이 지나 배에 쌓인 굳은 피를 심하게 토하는 바람에 결국에는 구급차를 타고 응급실로 가 목을 지져야 했다. 지금까지는 그 사건이 두냐가 겪은 가장 끔찍한 경험이었다.

계속해서 피가 목을 타고 내려가 블라우스를 적시면서 왼쪽 가슴 아래로 흘렀지만 두냐는 차분해지려고 애썼다. 공황 상태에 빠지지 않으려고 두냐가 할 수 있는 일은 집에 가면 가장 먼저 하고 싶은 일 같은 다른 생각을 하는 것뿐이었다. 일단 집에 가면 뜨거운 물로 목욕하고 카르스텐에게 부탁해 피자 미라에 가서 피자를 사달라고 할 생각이었다. 카르스텐은 늘 피자는 건강한 음식이 아니라고 못마땅해했지만 상관없었다. 두냐는 자신이 원하는 것을 정확하게 알았다. 토마토, 치즈, 양파, 시금치, 감자, 페타 치즈를 올린 15번 피자를 갈릭 소스와 함께 먹을 것이다. 그러니까 다시 집으로 돌아가면 말이다.

마지막 한 방울이 떨어진 뒤에 두냐는 다시 고개를 구멍으로 돌려 손전등을 비춰봤다. 두 눈동자가 그녀를 똑바로 보고 있었다. 죽은 사람의 눈동자였다. 하지만 두냐는 놀라지 않았다. 그저 그 눈동자의 주인은 악셀 네우만이 아니라 카티아 스코우라고 추론했을 뿐이다.

그러니까 악셀은 계속 여기에 있었다. 카티아처럼 잘게 잘리고 쓰레기봉투에 담겨 트렁크에 실려 있었던 것이다.

범인이 두냐를 살려둔 데는 이유가 있을 터였다. 아니면 그곳에서의 시간은 끝났고 다시 조용하고 평화롭게 작업할 다른 장소로 이동하는 것일 수도 있었다. 아니, 이제는 완전히 멈춘 것이 분명했다. 두냐는 시동이 꺼지고 자동차 문이 열렸다 닫히는 소리를 들었다. 두냐는 이제 곧 트렁크가 열리고 위로 들어 올려지는 상상을 했다. 어쩌면 범인은 마지막까지 그녀를 남겼다가 오랫동안 아주 특별한 방법으로 죽이려는 생각인지도 몰랐다. 두냐는 진정하려고 숨을 깊이 들이마셨지만 공기는 폐로 들어가지 못하고 목에서 막혀버렸다. 거의 공황 상태 직전까지 갔지만 지금 마음을 다스리지 않으면 비명이 터져 나와 절대로 멈추지 않으리란 것을 알았다.

간신히 숨을 들이마시고 다시 발을 뻗어보려 했다. 차 지붕으로 뭔가 끌리는 소리가 들렸고 두냐의 발은 여전히 움직이지 않았다.

이번에는 밑에 있는 쓰레기봉투 가운데 하나를 치워보기로 했다. 다리가 들어 있는 것 같은 봉지였다. 두 팔을 머리 뒤로 밀면서 쓰레기봉투를 젖히며 몸을 움직였다. 마침내 거친 카펫 같은 느낌의 벽에 닿았다. 두냐는 원하는 것을 찾을 때까지 벽의 한가운데 틈을 손으로 더듬었다. 마침내 잡아당기면 시트가 앞으로 접히는 고리를 찾았다.

두냐는 간신히 트렁크에서 벗어나 뒷좌석으로 기어갔다. 다리는 감각이 돌아오고 있었지만 여전히 움직일 수는 없었다. 두냐는 오른쪽으로 기어가 뒷문을 열려고 했다. 지금이야말로 범인이 돌아오기 전에 자동차 밖으로 빠져나가 도망갈 유일한 기회였다. 하지만 아무리 문손잡이를 잡아당겨도 문은 꼼짝도 하지 않았다. 절망에 사로잡힌 두냐는 더는 참지 못하고 죽어라 하고 비명을 질러댔다. 힘이 다 빠져나갈 때까지 창문을 두드렸다. 그리고 주저앉아 눈물을 터뜨렸다.

일단 마음을 가라앉히고 눈을 떴을 때에야 두냐는 조수석 밑으로 삐죽 튀어나온 막대기를 볼 수 있었다. 도끼였다. 키엘 리크테르 수사팀이 찾지 못한 범행 도구였다.

키엘이 화를 낼지도 몰랐지만 두냐로서는 선택의 여지가 없었다. 두냐는 도끼를 빼 들고 온 힘을 다해 창문을 내리쳤다. 도끼는 필름을 다시 뒤로 감는 것처럼 튕겨 나왔다. 두냐는 도끼를 내리치고 또 내리쳤다. 열 번을 치자 마침내 창문에 금이 가기 시작했다. 스무 번을 친 뒤에야 창문은 완전히 부서졌다. 도끼날로 창가에 붙은 유리 조각을 밀어내고 창문으로 빠져나왔다. 머리가 덮개 같은 물체에 부딪히면서 두냐는 차갑고 단단한 바닥으로 떨어져 내렸다.

여기서 빠져나가야 해. 두냐는 계속해서 되뇌었다. 이곳이 어디

건 범인이 오기 전에 가능한 한 빨리 벗어나야 했다.

두냐는 덮개 밑으로 기어갔다. 밝은 빛 때문에 제대로 눈을 뜰 수가 없었다. 거친 바닥을 기어가느라 팔이 다 까졌다. 두냐의 아래에는 커다란 흰색 화살표가 있었고 위에는 수백 개의 조명 장치가 끝도 없이 이어진 자동차들을 비추고 있었다. 사람은 한 명도 보이지 않았다. 범인은 정말로 그녀를 놓고 떠나버린 것일까?

마침내 다리에 피가 돌기 시작했다. 두냐는 온 힘을 끌어모아 멀쩡한 다리로 몸을 지탱하면서 똑바로 섰다. 다리가 후들후들 떨렸고, 곧 온몸이 떨리기 시작했다. 너무 추웠다. 코트가 너무나도 그리웠다. 코트는 아마도 차에 있을 것이다. 하지만 그것은 문제가 되지 않았다. 어떤 일이 있어도 다시 차로 돌아가지는 않을 것이다.

두냐는 절뚝거리며 끝없이 이어진 자동차들을 지나갔다. 마침내 그토록 찾고자 한 표지판을 찾았다. 유리문이 조용히 옆으로 움직였고 두냐는 안으로 들어갔다. 물의 어는점에서 고작 몇도 높을 뿐이라고 해도 바깥보다는 따뜻했다. 유리문 안으로 들어간 두냐는 양쪽으로 뻗어 있는 나선형 계단을 봤지만 곧바로 엘리베이터가 있는 곳으로 걸어가 버튼을 눌렀다.

가장 먼 곳에 있는 엘리베이터가 도착하는 소리가 들리자마자 두냐는 최대로 빠른 속도로 절뚝거리며 걸어갔고 닫히는 문에 몸을 부딪치면서까지 엘리베이터 안으로 몸을 들이밀었다. 안으로 들어온 두냐는 녹색 버튼을 누르고 엘리베이터가 그녀를 위든지 아래든지 어디로든 데려가기를 기다렸다. 문득 그녀를 바라보고 있는 거울 속 자신을 보면서 두냐는 자신이 이해하고 있는 것은 하나도 없음을 깨달았다.

정말로 그녀는 아무것도 이해하지 못하고 있었다.

"그럼 이제 우리 뭐 해?"

아빠가 〈라이온 킹〉을 꺼버렸다는 사실에 여전히 부루퉁해 있는 마틸다가 말했다.

"일단 식료품을 좀 사 와서 맛있는 저녁을 해 먹자."

파비안은 컴퓨터를 그만두고 방에서 나오는 데 동의한 테오도르를 보면서 말했다.

"그럼 사탕도 사는 거지? 그렇지, 아빠?"

마틸다가 애원했다.

파비안은 여름이 끝날 무렵에 소냐가 마틸다의 체중을 걱정하면서 사탕 금지령을 내렸다는 사실을 생각했다. 물론 파비안으로서는 마틸다의 체중은 아무 문제가 없다고 생각했고 더구나 여름에 붙었던 살도 지금은 거의 빠지고 없었다.

"좋아, 하지만 엄마한테는 비밀이야."

파비안은 결국 허락했다.

"크리스마스 사이다도 벌써 다 먹었어."

"그래, 그것도 사고, 이미 100번도 더 본 영화 말고 새 영화 빌려 보자. 어때, 근사하지?"

"예!"

마틸다가 환호하면서 손뼉을 쳤다.

"너는 어때, 테오? 아무 말도 안 할 거야?"

테오도르는 어깨를 으쓱하더니 파비안의 뒤쪽을 쳐다봤다.

"좋아, 근사한 계획 같아. 하지만 나는 안 할 거야."

"그게 무슨 소리야? 안 하다니?"

"나는 다른 계획이 있어."

"좋아, 무슨 계획인데?"

테오도르가 다시 어깨를 으쓱했다.

"특별한 건 없어. 그냥 밖에 나가서 친구들 만날 거야."

"어떤 친구들?"

파비안은 끊임없이 같은 대답을 듣고 있는 것만 같았다.

"아빠는 모르는 애들이야."

"오빠는 친구들 만나서 대체 뭘 하고 다니려는 건데?"

마틸다가 팔짱을 끼면서 물었다.

"마틸다, 네가 형사 놀이를 할 필요는 없어. 여기 부모가 있으니까. 너는……."

"그냥 물어본 건데?"

"너랑 상관없는 일에 나서지 마, 알았어?"

테오도르가 소리를 질렀다.

"나는 상관이 있어. 그냥 밖에 나가서 어슬렁거릴 생각이라면 집에서 우리하고 간식 먹으면서 영화를 보는 게 더 좋지 않을까?"

테오도르는 파비안을 노려보면서 의자에서 일어났다.

"아빠는 아무것도 모르면서, 젠장."

"테오, 우리 집에서는 그런 말은 쓸 수 없다고 했지."

"엄마랑 아빠랑 싸울 때는 괜찮고?"

테오도르는 몸을 돌려 자기 방으로 들어가버렸다.

파비안은 갑자기 잽을 한 대 맞고 쓰러져 카운트다운을 듣고 있는 것만 같았다. 무엇보다도 끔찍한 것은 아들의 말이 옳다는 것이었다. 두 사람 모두 아이들 앞에서는 싸우면 안 된다는 사실을 분명히 알고 있었지만 파비안과 소냐는 어쨌든 싸움을 했고, 한 번씩 싸울 때마다 주고받는 말은 점점 더 험악해졌다.

"잘했어."

마틸다가 어색하게 웃으면서 손가락으로 탁자를 두드리기 시작했다.

파비안은 마틸다의 반응이 신랄함인지 아니면 이제는 그쯤에서 그만두라는 애처로운 간청인지는 알 수 없었지만 정신을 차려보니 테오도르의 방 한가운데에서 격렬하게 화를 내며 고함치고 있는 자신을 발견했다.

"이 집에서 어떤 태도로 살아야 한다고 네가 생각하는지는 모르겠지만, 한마디만 하자. 그건 좋지 않아. 내가 너였다면 그런 태도는 당장 버릴 거야, 알겠니?"

"그러든가."

테오도르는 이미 컴퓨터 앞에 앉아 있었다.

"뭐? 그러든가?"

파비안은 컴퓨터 앞으로 걸어가 전원 코드를 뽑아버렸다.

"뭐 하는 거야? 왜 이래?"

"왜 이래? 나니까 할 수 있는 거야. 내가 너한테 컴퓨터를 사줬고, 내가 네가 쓰는 전기세를 내주니까."

"무슨 말도 안 되는……."

"잘 들어! 넌 열세 살밖에 안 됐어. 아무리 네 마음에 안 들어도 뭐가 너한테 가장 좋은지를 결정하는 건 너희 엄마와 나야. 앞으로 5년 동안은 계속 그럴 거야. 그러니까 지금 말하는데, 오늘은 아무데도 가지 말고 집에 있어, 알겠어?"

"말도 안 돼."

테오도르는 전원 선을 잡으려고 손을 뻗으면서 말했다.

"말도 안 돼? 네가 지금 뭘 잊었는지 알아? 어? 내가 말을 할 때는 나를 보란 말이야!"

파비안은 온몸이 부들부들 떨릴 정도로 화가 났다.

테오도르가 한숨을 쉬면서 파비안을 똑바로 쳐다봤다.

"컴퓨터 앞에 앉아 있는 건 잊어야 할 거야. 지금 당장 밖에 나가서 우리하고 근사한 저녁을 보내야 할 테니까."

"이러고 있기에 인생은 너무 짧아. 아빠가 원하는 대로 아무거나 결정해. 아무튼 나는 갈 거야."

테오도르가 의자에서 일어났다.

"뭐, 인마?"

파비안은 고함을 지르면서 테오도르의 의자 등을 힘껏 내리쳤다.

"뭐야, 머리가 어떻게 된 거 아냐?"

"뭐라고?"

"아빠, 머리가……."

하지만 테오도르는 끝까지 말을 할 수 없었다.

어디선가 찰싹, 뺨을 때리는 소리가 들렸고 파비안만큼이나 테오도르도 깜짝 놀랐다. 파비안은 아이들을 때려본 적이 없었다. 때리는 것과 비슷한 행동조차 해본 적이 없었다. 하지만 지금 파비안은 선을 넘었고, 이제는 아무리 노력해도 절대로 없던 일로 되돌릴 수 없었다.

테오도르는 손으로 뺨을 감싸고 바닥을 내려다보고 있었다. 몇 분 동안 두 사람 모두 아무 말도 하지 않았다. 파비안은 무슨 말이든 해보려 했지만 자신이 만들어낸 상처를 치유할 말은 그 어느 것도 떠오르지 않았다.

어릴 때는 정말로 화가 난 적이 있었지만 어른이 된 뒤로는 화를 내본 적이 없었다. 적어도 지금까지는 그랬다. 하지만 한번 깨어나자 맹목적인 분노는 멈출 줄을 몰랐다. 이렇게까지 스트레스가 쌓였던 걸까? 몇 분 동안 아무 말도 않고 서 있던 파비안은 아들 앞에 웅크리고 앉았다.

"테오, 정말 미안하다. 아빠가 너무 화가 많이 나서. 변명할 여지는 없지만…… 정말 바보 같은 일이었고 어떻게 해도 용서할 수 없어."

"괜찮아."

테오도르는 바닥에서 눈을 떼지 않은 채 말했다.

"아니, 전혀 괜찮지 않아. 아빠가 한 일은 범죄야. 그러니까 원한다면 신고해도 돼."

"그만해. 괜찮다고 했잖아."

"우리, 오늘 저녁을 처음부터 다시 시작하는 게 어떨까?"

"좋아, 나는 집에 있을 거 같아."

테오도르가 고개를 끄덕였다.

"그래, 잘 생각했어."

이 저녁을 완전히 망치진 않을 수도 있으리란 희미한 희망에 단단히 매달리면서 파비안이 말했다.

테오도르는 고개를 들고 파비안의 눈을 똑바로 봤다.

"하지만 지금은 아빠가 내 방에서 나가줬으면 좋겠어."

"그래, 그렇게 할게."

파비안은 일어나 어색하게 테오도르의 머리를 토닥이고 복도로 나갔다.

●

뇌레포르트까지는 두 정거장이 더 남아 있었지만 베니 빌룸센은 코펜하겐 중앙역에서 내렸다. 앞에 앉은 여자가 〈엑스트라 블라데트〉를 읽고 있었기 때문에 S기차로 갈아타는 것이 좋겠다고 판단했다. 그 여자는 코펜하겐 공항에서 기차에 올랐기 때문에 신문 1면을 장식하고 있는 그의 얼굴을 알아보는 건 시간문제 같았다.

'범죄 수배자, 스웨덴에서 다시 사냥에 나서다.'

1면에 실린 사진은 법정에 나갈 때 찍은 사진이었다. 그때 빌룸센은 계속 웃으면서 최대한 선하고 친숙해 보이려고 애쓰던 사실이 기억났다. 불행하게도 S기차도 〈베를링스케 티덴데〉, 〈폴리티켄〉, 〈우르반〉은 물론이고 무가지 신문을 읽는 사람들로 가득했다.

'카티아 스코우, 여전히 행방불명. 스웨덴 경찰, 최악의 상황 우려.'

자기들이 뭘 알아. 베스테르포르트에서 내리면서 빌룸센은 생각했다. 그들은 빌룸센을 알고 있다고 생각하지만 조금도 알지 못한다. 그는 바람에 날리지 않도록 한 손으로 모자를 꾹 누르고 급하게 계단을 내려가 캄프만스가데를 따라 걸었다. 상트 예르겐 호수에서는 얼음으로 뛰어내려 호수를 가로질러 갔다.

놀랄 이유는 없는지도 몰랐다. 그가 용의자가 됐다는 사실은 그가 탄 기차가 처음에 말뫼에서 연착한 것만큼이나 놀라운 일이 아닐지도 몰랐다. 그가 직접 한 범죄와 그 사건들의 유사점을 생각하면 그가 가장 유력한 용의자로 지목되는 것은 시간문제일 뿐이었다. 물론 부엌 식탁에서 경험한 일을 생각하면 그가 아직까지 살아있다는 것이 조금 더 놀라운 일이지만.

오르가슴을 느끼고 기진맥진해 있을 때 빌룸센은 곧 마지막 순간이 오리라고 생각했다. 이미 준비가 되어 있다고 느꼈다. 어쩌면 그때 죽는 것이 더 적절했는지도 몰랐다. 그것은 정말 죽어도 좋을 만큼 근사한 오르가슴이었으니까. 하지만 그는 밖에서 나는 시끄러운 소리 때문에 다시 식탁 위에서 깨어났다. 그때는 이미 몸을 조이고 있던 테이프도 사라졌다. 그리고 그는 문을 두드리는 소리가 경찰이 들이닥치는 소리임을 그 순간 깨달았다.

그에게는 그곳에 앉아서 상황을 검토해볼 시간이 없었다. 그의 파충류 뇌는 주저 없이 행동에 나섰다. 그는 벌떡 일어나 식탁에서 뛰어내렸고 벌거벗은 채로 발코니로 뛰쳐나갔다. 진눈깨비를 맞으며 난간을 넘어 아래층 발코니로 내려갔다. 다행히도 아래층 아파트 문이 열려 있어서 그는 잠든 노인을 깨우지 않고도 속옷과 양말, 멜빵 달린 바지, 낡은 노란 셔츠를 입을 수 있었다.

장식 접시가 놓인 복도를 지나 현관으로 나오자 신발과 코트, 모자도 얻을 수 있었다. 노인의 아파트에서 나와 계단으로 내려가는 동안 그에게 길을 비켜달라고 요청하는 제복 경찰과 사복 경찰 들을 만났다.

그 뒤로는 정확히 해야 할 일만 했다. 처음 며칠 동안은 눈에 띄지 않으려고 끊임없이 움직였다. 림함에서 육지에 정박해 있는 문이 잠기지 않은 요트(맥시 95)를 발견하고서야 비로소 실내로 들어가 몸을 누이고 쉴 수 있었다.

그곳에 누워서 자는 것도 깨어 있는 것도 아닌 중간 상태에서 헤매다가 그는 비로소 모든 것을 이해할 수 있었다. 카렌 네우만 살해 사건과 그가 2년 전 뤼데베크의 포르투나 해변에서 실행한 자그마한 사건이 놀랍도록 비슷한 이유를. 그가 여전히 살아 있는 이유를,

그리고 아파트에서 그자가 자신을 상대로 그토록 에로틱한 일을 벌인 이유를 분명하게 알 수 있었다.

그 이유를 알자 그는 자신이 빠져나갈 수 없다는 것도 알게 됐다. 이 상황을 끝낼 방법은 하나밖에 없었다. 지금까지 그는 절대로 흔적을 남기지 않았고, 절대로 같은 일을 되풀이하지 않았다. 그래서 그 모든 불가능을 깨고 법정에서도 잡히지 않고 무사히 빠져나올 수 있었다.

하지만 이제는 모든 것이 끝났다.

그는 스웨덴과 덴마크를 넘어 아주 먼 곳까지 수배령이 내려졌을 것이다. 신문에서 그를 쫓고 있다고 소개한 덴마크 여자 경찰이 그를 잡을 테고, 이 세상에서 가장 능력 있는 변호사가 변호를 맡아도 빠져나갈 수 없는 강력한 물적 증거들을 내밀어, 그는 결국 종신형을 선고받을 것이다. 하지만 아직 그는 갇힐 준비가 되지 않았다. 전혀 되어 있지 않았다. 아직 실험해보지 않은 생각이 너무 많았다.

그 생각은 그런 절망의 순간에 갑자기 떠올랐다. 이제부터 그는 앞으로 견뎌야 할 수년의 감금 생활을 황금처럼 빛나게 해줄 조그만 사탕 하나를 기억 속에 콕 박아둘 생각이었다. 뭍까지 몇 미터 남겨두고 빌룸센은 크게 웃지 않을 수 없었다. 그는 숨지 않고 자신이 먼저 그녀를 찾아갈 생각이었다.

부두로 올라간 그는 로센외른스 알레를 가로지르고 베들레헴 교회를 지나 계속 걸어갔다. 뇌레브로에 다녀간 것은 벌써 몇 년 전 일이지만 어제도 왔던 것처럼 익숙했다. 그는 아무 문제 없이 블로고르스가데 4번지로 가는 길을 찾을 수 있었다.

〈해리 포터와 혼혈왕자〉를 틀고 30분 정도 지나자 파비안은 영화에 집중하기도 힘들었고 눈을 뜨고 있는 것조차 힘들었다. 퀴디치 시합을 한 번만 더 보면 파비안은 영원히 잠들어버릴 것 같았다. 그에게 영화 선택권이 있었다면 〈행오버〉를 골랐을 것이다. 말린은 〈행오버〉가 몇 년간 본 영화 중에서 거의 으뜸이라며 테오도르와 같이 보라고 했다. 하지만 마틸다는 조금도 물러서지 않고 〈해리 포터〉를 봐야 한다고 주장했다. 사실 여름에 두 번이나 극장에서 보고 왔으면서도 말이다.

아직까지는 좋은 저녁 시간을 보내고 있었다. 노래도 몇 곡 불렀고 모노폴리도 했다. 모노폴리는 마틸다가 센트룸과 노르말름스토리에 호텔을 세우면서 1시간 30분 만에 파비안을 이겨버렸다.

하지만 간식을 보낸 지 벌써 몇 시간이나 흘렀는데도 소냐에게서는 그 어떤 연락도 오지 않았다. 자꾸 생각하지 않으려 애썼지만 저녁 시간이 흘러가면서 슬금슬금 짜증이 올라오는 것은 어쩔 수 없었다. 두 사람 모두 정말로 바쁜 것은 사실이지만 파비안은 적어도 두 사람 관계를 신경 쓰고 있다는 신호를 보냈다. 하지만 소냐는 짧게 고맙다는 문자 하나 보낼 마음이 없는 거였다.

"가서 치워야겠다."

파비안이 소파에서 일어나면서 말했다.

"멈춰놓을까?"

마틸다가 리모컨을 집어 들면서 말했다.

"아니, 안 그래도 돼. 계속 보고 있어."

부엌으로 걸어가다가 파비안은 테오도르의 방 앞에서 멈췄다. 노크를 할까 하다가 그만뒀다. 오늘은 더는 아무 일도 할 수 없었다. 미안하다고 말할 수도 있고 유감이라고 여러 번 말할 수도 있지만 그렇다고 바뀌는 것은 아무것도 없을 테니까. 테오도르는 아빠의 사과를 받아들이고 음식을 가져가기는 하겠지만 자기 방 밖으로 밤새 한 발짝도 내딛지 않을 것이 분명했다. 파비안이 아는 테오도르라면 이런 상황은 상당히 지속될 것이다.

그것은 정확히 자기 엄마를 닮았다. 소냐만큼 침묵을 효과적으로 구사하는 사람은 없었다. 수년간 경험해야 했던 소냐의 잔혹한 침묵은 파비안의 삶을 피폐하게 만들었고, 소냐가 잘못해 싸웠을 때도 파비안이 사과를 할 수밖에 없게 만들었다.

한번은 파비안도 화가 머리끝까지 나서 가족 휴가지에서 싸운 뒤 절대로 사과하지 않았다. 2주 동안 프랑스와 이탈리아를 돌아다니면서도 두 사람은 반드시 해야 할 말 외에는 한마디도 주고받지 않았다. 그렇게 며칠이 지나자 부부의 갈등은 아이들에게까지 영향을 미쳐 아이들도 사소한 일을 가지고 끊임없이 싸우기 시작했다. 결국 두 사람은 서로 합의하지 않았는데도 아이를 한 명씩 맡아서 따로 돌아다녔다. 비록 지금은 왜 싸웠는지 이유도 생각나지 않지만 그 일은 파비안이 살면서 겪은 가장 끔찍한 경험 가운데 하나였다.

파비안은 그 기억을 떨쳐버리려고 노력하면서 전화기를 꺼내 문자나 전화가 온 것이 있는지 확인했다. 부엌으로 들어간 파비안은 스테레오를 켰다. 식탁을 치우는 동안 브로큰 소셜 신의 셀프 타이틀 앨범이 흘러나오기 시작했다. CD를 넣는 곳이 열리지 않아 지난 6개월 동안 스테레오에서는 언제나 브로큰 소셜 신의 노래만 나왔다. 다행히 워낙 다채로운 특징을 지닌 앨범이라 계속해서 들어도 지루하지는 않았다.

스테레오에서 〈호텔〉이 한창 흘러나오고 있을 때 문자가 왔다. 드디어 왔군, 파비안은 생각하면서 문자를 열었다. 소냐가 보낸 문자가 아님을 알았을 때는 자신도 놀랄 정도로 실망했다.

이제 막 샤워를 끝냈어. 한 시간이면 준비할 수 있어. 타이밍 죽여주지? 뤼드마르에서 봐. -N.

파비안은 오늘 니바를 만나 한잔하기로 한 약속을 완전히 잊고 있었다. 아니, 일부러 잊은 건지도 몰랐다. 그는 오늘은 혼자서 아이들을 돌보는 날이라 안타깝게도 만날 수 없겠다는 답장을 보냈다.

그거 정말 안됐네. 너한테 줄 조그만 선물도 준비해뒀는데. 네가 분명히 좋아할 만한 걸로 말이야.

2시간 30분이 흐른 뒤에는 테오도르는 아직도 방에서 나오지 않았고, 마틸다는 자기 방 침대에서 잠을 잤고, 소냐는 여전히 어떻게 살고 있는지 전혀 알 수 없었다.

그리고 파비안은 뤼드마르로 가는 택시에 타고 있었다.

두냐 호우고르가 맨 먼저 한 생각은 자신이 엘리베이터 거울에 비친 사람일 수는 없다는 것이었다. 누군가 두냐의 옷장을 뒤져 검은색 청바지와 밝은 베이지색 블라우스를 훔쳐 입은 것이 분명하다고 생각했다. 평상복으로 입기에도 좋았지만 해협 건너편에 사는 외국인 동료들을 만나려고 일부러 선택한 옷이었다.

지나치게 근사하던 검은색 청바지는 이제 평소에 입고 다니는 청바지처럼 여기저기 찢어졌고 잔뜩 피가 묻어 있었다. 끈적거리는 머리카락은 여기저기 뭉쳐 있었다. 하지만 무엇보다도 놀라운 것은 그녀의 얼굴이었다.

몇 초 뒤에 지금 자신이 쳐다보는 거울 속 여자는 다른 여자일 수 없음을 스스로 인정하기는 했지만, 두냐의 얼굴은 그녀가 의심하기에 충분했다. 얼굴에 말라붙은 피나 다양한 체액도 이상했지만 여기저기 퍼렇게 멍이 들고 부은 얼굴은 말할 것도 없고 이마에 생긴 심하게 긁힌 자국도 너무나 이상했다.

베니 빌룸센이 그녀에게 무슨 일을 했는지는 모르지만 어쨌거나 함부로 다룬 것만은 분명해 보였다.

엘리베이터 문이 열렸고 두냐는 거울에서 눈을 떼고 밤 속으로 절뚝거리며 걸어 나갔다. 얼음처럼 매서운 바람이 그녀의 몸을 뚫어버릴 것처럼 달려들었다. 택시가 쉴 새 없이 옆으로 지나갔지만 그녀는 택시를 세워보려는 시도도 하지 않았다. 자신의 몰골을 아는 두냐는 심지어 몸을 똑바로 펴지도 못했다.

두냐는 얼음이 언 좁은 보도를 따라 30미터쯤 걸어갔다. 그때 귀를 울리는 커다란 소리가 들려왔다. 고개를 든 두냐의 눈에 별 하나 없는 하늘과 비행기 착륙을 유도하는 표지등이 보였다. 그녀는 지금 코펜하겐 공항 바깥쪽에 있는 것이 분명했다.

다른 나라로 빠져나가려는 걸까? 그래서 자동차를 저곳에 내버려두고 간 걸까? 승객들의 끔찍한 표정을 모른 척하고 무인 지하철에 올라타면서 두냐는 생각했다. 하지만 빌룸센은 수배가 내려진 도망자였다. 따라서 모습을 바꾸고 여권을 위조하지 않는 한 공항 보안대를 통과할 리 없었다.

뇌레포르트역에서 두냐는 마침내 자신에게 벌어진 일을 이해하려는 노력을 포기하고 지하철에서 내렸다. 이제 곧 집에 도착한다는 생각은 발목 통증을 참아낼 힘을 줬기에 그녀는 서둘러 프레데릭스보르가데를 지나고 드로닝 로위세스 다리를 건넜다. 아파트 건물 앞에서 두냐는 자신과 카르스텐의 이름 밑에 있는 초인종을 눌렀다. 하지만 인터폰이 켜지거나 문이 열리는 소리는 들리지 않았다.

정말로 카르스텐다운 일이었다. 누군가 분명히 온다는 사실을 알지 않는 한은 굳이 거실로 나와 인터폰을 들여다보는 그가 아니었다. 기껏 나와봐야 절도범이나 짜증 나는 잡상인을 상대해야 한다는 것이 그가 늘 하는 변명이었다. 하지만 연쇄 살인범을 만나고 열쇠와 전화기를 잃어버리고 동상에 걸리기 직전인 사람이 도움을 요청하느라 인터폰을 누를 수도 있지 않을까?

어떻게 해도 카르스텐이 반응하지 않으리라는 사실을 알았지만 두냐는 적절하다고 생각되는 한계를 훨씬 넘어서까지도 버튼에서 손을 떼지 않고 길게 초인종을 눌렀다. 하지만 그런 행동은 카르스텐에게 침대에서 일어나면 안 되는 또 다른 이유만 제공해준 것이 분명했다. 나를 이렇게 기분 나쁘게 하는 사람에게 반응할 필요는 없어, 라고 생각하는 것이 분명했다. 하지만 지금쯤이면 초인종을 누르는 사람이 그녀라는 걸 알아채야 하지 않을까? 벌써 24시간 이상 아무 소식이 없었으니 그녀에게 무슨 일이 생겼는지 궁금해해야 하는 게 옳지 않을까? 두냐는 몇 걸음 뒤로 물러나 아파트를 올려다봤다. 불이 꺼져 있었다. 지금 집에 없나? 상황이 정말로 이상하게 흘러가고 있었다.

두냐는 다시 아파트 건물 입구로 돌아가 입주자들의 초인종을 마구 눌러대기 시작했다. 그녀는 따듯한 곳으로 들어가야 했다. 마침내 한 이웃이 문을 열어줬지만 뭔가 앞뒤가 맞지 않는다는 생각을 지울 수가 없었다. 두냐는 불이 켜지지 않는 계단통을 지나 4층까지 올라갔고, 금방이라도 옆으로 쓰러질 것처럼 보이는 유카 화분을 똑바로 세웠다. 우편물 투입구를 들여다보니 거실 불도 꺼져 있었다. 그런데 현관문은 열려 있었다. 이것은 정말로 더 이상한 일이었다. 두냐는 집으로 들어가 조심스럽게 문을 닫았다.

옆집에서 조용히 들려오는 마돈나의 노래 외에는 아무 소리도 들리지 않았다. 그러니까 카르스텐은 집에 없는 거였다. 그런데도 아파트 문은 열려 있었다. 두냐는 불이 켜지지 않는 복도를 지나 벽을 더듬으며 침실로 갔다.

침대는 카르스텐만이 할 수 있는 방식으로 커버가 완벽하게 덮여 있었다. 평소라면 각 잡힌 침대 커버를 보면서 짜증이 났을 것이다. 카르스텐은 늘 두냐가 침대를 정리해놓으면 불만을 터뜨렸으니까. 하지만 지금은 마음이 가라앉았다. 오히려 카르스텐이 좋은 남자라는 기분까지 들었다. 분명히 지금 집에 없는 합리적인 이유가 있을 것만 같았다.

두냐는 부엌으로 갔고, 거기서 카르스텐이 남긴 쪽지를 발견했다.

안녕, 허니
왜 이렇게 연락이 안 돼? 더 기다리면 비행기를 놓칠 것 같아서 그냥 가. 화요일 저녁에 봐.

카르스텐

카르스텐이 스톡홀름에서 열리는 세미나에 가야 한다는 사실을

까맣게 잊고 있었다. 카르스텐은 그녀가 어디로 숨었기에 연락이 되지 않는지 궁금해했고 비행기를 놓치기 직전까지도 그녀를 찾으려고 애쓴 것이다. 두냐는 자신의 건망증에 한숨을 내쉬면서 전등을 켜고 뜨거운 물로 얼굴과 손을 씻었다. 목욕을 하려다가 쓰러지기 전에 뭐라도 먹는 게 좋겠다는 결정을 내렸다.

안타깝게도 부엌도 '카르스텐식'으로 정리되어 있었다. 다시 말해서 잘못된 곳은 단 한 곳도 없고 부엌 조리대는 거울처럼 매끈하고 번쩍거리게 닦여 있다는 뜻이다. 과일 그릇은 식기 건조기에 들어 있었고 빵 바구니는 깨끗하게 비어 있었다. 두냐가 언제 올지 모르니 쉽게 상하는 음식은 모두 버린 것이다. 냉장고도 부엌과 같은 운명이었다. 냉장고에 들어 있는 것이라고는 오렌지 마멀레이드 한 병, 몇 년 전에 말뫼에 갔을 때 사 온 통조림 몇 통, 카르스텐이 이케아에서 사 왔지만 손도 대지 않은 칼레스 캐비어뿐이었다.

쓰레기통에서 사과를 몇 개 찾아낸 두냐는 사과에 묻어 있는 커피 가루 같은 이물질을 깨끗이 씻어냈다. 사과를 한입 베어 먹을 때마다 두냐는 순수한 기쁨을 느꼈고 위에 닿기도 전에 그녀의 온몸은 달콤한 과즙의 에너지를 쭉쭉 빨아들였다.

거실로 나가 불을 켜고 욕실 문을 열었다. 벽을 더듬어 스위치를 찾아 여러 번 눌렀지만 불은 켜지지 않았다. 두냐는 양초를 가져와 욕조 가장자리에 쭉 늘어놓고 불을 붙이고 물을 틀었다.

옷을 벗어 바닥에 쌓아놓고 변기에 앉아 소변을 누면서 심각하게 부풀어 오른 다리를 뚫어져라 봤다. 그리고 뜨거운 물속으로 들어갔다. 피부가 얼얼할 정도로 뜨거웠고, 어쩌면 1도 화상을 입을지도 모를 뜨거운 온도였지만 너무나도 기분 좋은 고통이었다. 두냐는 욕조에 몸을 기대고 뜨거운 열기에 몸이 녹도록 내버려뒀다.

두냐는 눈을 감고 스르르 잠이 들려다가 문득 한 가지 생각이 나서 일어났다. 왜 지금까지 그 생각을 하지 못한 걸까? 두냐는 지금 그녀가 어디에 있는지, 어떤 일을 겪었는지 아는 사람이 아무도 없다는 사실을 깨달았다. 그녀는 욕조 밖으로 나와 수건으로 몸을 감싸고 재빨리 복도로 달려가 거실에 물을 뚝뚝 떨어뜨리면서 전화기가 있는 곳으로 갔다.

건너편 건물에서 젊은 부부가 친구들과 저녁을 먹는 모습이 보였다. 두냐와 카르스텐도 저렇게 살 수 있었을 텐데. 젊은 부부의 집에서 두 층 아래에서는 바쁘게 돈을 주고받는 손들이 새로 카드를 돌리고 있었고, 그 옆 아파트에서는 형형색색 음료를 마시며 파티를 열고 있었다. 모두 자신들을 둘러싼 작은 거품 밖 어둠 속에서 벌어지는 일에는 조금도 관심을 두지 않은 채 그저 행복해하고만 있는 것 같았다. 저 사람들은 자신들에게 직접 영향이 오기 전까지는 늘 저렇게 살아갈 것이다.

두냐는 전화기를 집어 들고 전화번호 안내 서비스에 전화를 걸었다. 먼저 클리판에게 전화를 하고 슬레이스네르에게도 전화를 해 키엘을 코펜하겐 공항 주차장으로 보내달라고 요청할 것이다. 카르스텐에게는 마지막으로 걸면 된다. 그러면 목욕하는 동안 통화할 수 있을 것이다.

그런데 신호 가는 소리가 들리지 않았다. 두냐는 여러 번 전화 버튼을 눌렀지만 통화가 되지 않았다. 카르스텐과 두냐는 이미 유선 전화는 끊어버리고 휴대전화만 사용하면 어떨까 하는 의견을 주고받은 적이 있지만 아직 결정을 내리지는 못했다. 더구나 유선 전화가 있어야 한다고 주장한 사람은 그녀가 아니라 카르스텐이었다.

그때 문득 전화기에 연결된 전선이 이상하다는 느낌이 들었다.

전선은 잘려 있었다.

택시를 타고 블라시에홀멘으로 가는 동안 파비안은 여러 번 마음을 바꿨다. 한번은 구시가지에서 택시를 돌려 소냐의 작업실로 가달라고 부탁하기도 했다. 하지만 마침내 호텔 레스토랑으로 들어갔고 바 앞에 앉아 있는 니바를 보고는 곧장 화장실로 들어가 얼굴에 물을 뿌리며 지금 뭐 하고 있는 거냐고 거울을 보고 물었다.

화장실에서 나오기 전에 파비안은 마지막으로 전화기를 들여다봤다. 소냐는 아직도 침묵을 깨지 않았다. 그는 소냐에게 마지막 기회를 주기로 결정하고 통화 버튼을 눌렀다. 그녀가 대답한다면 그 즉시 호텔에서 나가 택시를 타고 집으로 갈 것이다.

발신음이 울리는 동안 파비안은 소냐가 발신자가 그임을 확인하고 전화기를 다시 내려놓는 모습을 상상했다.

"안녕하세요, 소냐 리스크입니다. 미안하지만 지금은 전화를 받을 수 없습니다."

"안녕, 나야."

파비안이 음성 메시지를 녹음하려는데 쾌활한 남자 두 명이 화장실로 들어오더니 소변기 앞에 섰다.

"그냥 토스카 스퀘어 맛이 어땠는지 물어보고 싶어서 전화했어. 잠시 붓을 내려놓고 한잔할 생각이 있는지 궁금하네. 작업실에서 멀리 나오지 않아도 되게 모르텐 트롯시그에서 만나면 될 것 같은

데. 키스를 두 번 보내."

전화를 끊자마자 파비안은 후회했다. 파비안이 전적으로 비난받아야 하는 입장이 아닌데도 소냐는 또다시 그가 숙이고 들어가게 만든 것이다.

니바는 여전히 식당 뒤 바에 앉아 있었다. 이쑤시개로 마티니 잔에 있는 올리브를 들어 올리며 바쁘게 전화기를 들여다보고 있었다. 니바는 언제나 근사해 보였다. 길고 가느다란 몸과 남자처럼 짧게 자른 머리카락에는 분명히 뭔가가 있어서 경찰서에서 그녀를 본 남자들(과 여자들)은 모두 한 번에 지나치지 못하고 다시 쳐다봤다.

오늘은, 가능한 일인지는 모르겠지만, 그 어느 때보다 더 멋있어 보였다. 진한 빨간색 립스틱을 칠했고 팔찌와 어울리는 준보석이 달린 은목걸이를 걸고 있었다. 짝 달라붙은 짧은 치마 밑으로 거의 다 드러난 다리를 꼬고 앉아 있었다. 니바는 운동을 시작한 것이 분명했다. 그녀의 어깨와 팔은 파비안이 기억하는 것보다 훨씬 더 탄탄했고 자세는 거의 완벽에 가까웠다.

주머니에서 전화기가 부르르 떨었다. 파비안은 전화기를 꺼내 문자를 확인했다.

산이 무함마드에게 가지 않는다면 무함마드가 산으로 가겠지.

파비안은 다시 한번 문자를 읽었지만 무슨 뜻인지 이해할 수 없었다. 발신자 표시도 없는 문자였다.

"헨드릭스 토닉입니다."

파비안은 전화기에서 고개를 들었다. 커다란 칵테일 잔이 놓인 쟁반을 들고 있는 종업원이 보였다.

"저기 계신 숙녀분께서 보내셨습니다."

웨이터는 그에게 헨드릭스 토닉을 내밀면서 파비안에게 손을 흔들고 있는 니바를 가리키며 고개를 끄덕였다.

파비안은 깊게 숨을 들이마시고 니바에게 걸어갔다.

"과연 나타나기는 할지 의심하는 중이었어."

"나도 그래. 하지만 선물을 준다는데 거절할 도리가 있어야지."

파비안이 니바 옆에 앉으면서 말했고, 니바가 파비안을 보며 웃었다.

"먼저 마셔. 의심이 들어서지 못하게."

니바는 파비안의 시선을 놓지 않으면서 말했다.

파비안은 잔을 들어 한 모금 마셨다. 지금까지 마셔본 최고의 칵테일이었다. 풍부한 탄산이 표면으로 올라오면서 만들어내는 풍성한 거품과 향긋한 레몬 향, 완벽한 비율로 섞인 진토닉이 목을 타고 흘러내렸다. 파비안은 대리석 탁자에 잔을 내려놓기 전에 한 모금 더 마셨다.

"그래, 수사는 어떻게 돼가?"

니바가 전화기를 내려놓으며 말했다.

"범인을 잡았고, 지금은 죽었다는 걸 알고 있을 텐데. 오시안 크렘프 말이야."

"그 말은 끝났다는 거네."

파비안은 자신의 생각을 솔직하게 말해야 할지 잠시 생각하다가 그저 고개만 끄덕였다.

"니바."

파비안은 니바의 눈을 똑바로 쳐다봤다.

"솔직히 말해서 주겠다는 선물을 받는 것 말고 여기서 내가 뭘 해야 하는지 모르겠어."

니바는 크게 웃다가 싱긋 미소를 지었다.

"넌 정말 안 변하는구나. 어쩌면 옛날이나 지금이나 그렇게 거짓말을 못하니. 넌 여기 온 이유를 정확히 아는 거 같은데. 그러니까 무서워하는 거잖아."

"무서워하다니? 내가 뭘 무서워해야 하는데?"

"나한테 묻지 마."

니바가 어깨를 으쓱하며 말했다.

"도착하자마자 화장실에 숨은 것도, 택시를 타고 오다가 돌아가자고 애원한 것도 나는 아니니까."

파비안은 무슨 말을 해야 할지 몰랐다. 어떻게 알았을까? 파비안이 미처 대답하기도 전에 니바가 몸을 기울이더니 그에게 입을 맞췄다. 파비안은 원하지 않았지만, 아니, 사실은 원했지만, 이건 좋은 생각이 아니었다. 하지만 그의 뺨에 느껴지는 가벼운 숨결을, 부드러운 입술을, 진과 베르무트 맛이 나는 살짝 말린 혀를, 다른 사람이 발산하는 열기를 저항할 힘이 없었다.

키스는 차치한다고 해도 소냐와 그가 마지막으로 이렇게 가까이 있었던 적이 언제였는지도 기억나지 않았다. 그는 떠나야 한다는 생각을 떨쳐버렸다. 그 대신, 몸의 욕구를 받아들여 두 사람의 혀가 뒤엉키게 내버려뒀다. 이제는 아무리 하고 싶어도 싫다고 말할 지점은 지나가버렸다.

파비안은 니바의 다리에 손을 얹었다. 열기가 손바닥을 타고 퍼져나가 오랫동안 잠들어 있던 신체 일부가 잠에서 깨어났다. 니바의 허벅지는 너무나도 부드러웠다. 파비안의 손은 점점 더 위로 올라갔고 니바의 숨소리는 거칠어졌다. 두 사람이 무슨 일을 하고 있는지를 분명히 하려는 듯이 니바는 다리를 살짝 벌렸다. 니바의 허벅지를 쓰다듬던 파비안의 손이 점점 더 올라가 니바의 치마 밑으로 들어갔다.

"빈방이 있으면 올라가자."

파비안이 니바의 귀에 대고 속삭였다. 자신도 모르게 튀어나온 말이었고, 이제는 어떻게 해도 멈출 수 없게 만드는 말이었다.

"그래."

니바는 잔을 비운 뒤 바텐더에게 고갯짓으로 한 잔 더 달라고 했다.

"그 전에 일단 답부터 해줘."

파비안은 니바가 전화기를 흔들어 보일 때까지 그녀가 한 말을 이해하지 못했다.

"누군지 모르잖아. 중요한 전화일 수도 있고."

니바가 말했다.

"누구든 상관없어. 나야 이미 침대에 누워서 깊이 잠들었는걸."

"그랬을 수도 있지."

니바는 파비안의 재킷 주머니로 손을 넣어 징징 울리는 전화기를 꺼내 발신자를 확인하더니 묘한 표정으로 웃었다.

"누구야?"

파비안이 전화기에 손을 뻗으면서 말했다.

"자는 거 아니었어?"

니바는 전화기를 높이 들어 올려 전화가 끊어질 때까지 가지고 있다가 파비안에게 돌려주고는 바텐더가 이제 막 앞에 내려놓은 드라이 마티니를 한 모금 마셨다.

전화를 건 사람은 말린이었다. 크렘프의 자살 소식을 들었는지도 몰랐다. 어쨌거나 스톡홀름 남부 종합병원의 보살핌을 받고 있다고 해도 텔레비전을 볼 정도로는 상태가 좋아진 게 분명했다.

"자, 이리 와."

니바가 파비안의 바지 지퍼를 더듬으면서 말했다.

파비안은 전화기를 내려놓고 니바의 손길을 느끼며 다시 키스하기 시작했다. 하지만 말린에게 전화해야 하는 게 아닐까 하는 생각을 떨쳐버릴 수 없었다. 말린의 남편에게 그녀를 내버려두겠다는 약속을 하기는 했지만 크렘프가 무죄라는 자신의 생각을 말해야 할 듯싶었다.

그래서 다시 전화기가 울렸을 때 파비안은 전화를 받았다.

"안녕. 그러잖아도 전화를 받으려고 했는데 전화가 끊어……."

"그게 무슨 소리야? 나, 전화한 적 없어."

놀랍게도 말린이 아니라 소냐였다. 파비안은 고속도로 한가운데에서 중앙 분리대를 넘어 유턴을 한 뒤에 살아남기만을 기도하는 사람처럼 느껴졌다.

"미안, 방금 잠들었는데, 꿈을 꿨나봐."

니바가 눈을 흘기더니 말없이 마티니를 마셨다.

"아, 깨울 생각은 없었는데. 지금 자기가 보낸 쪽지 읽었어. 커피랑 토스카 정말 고맙다고."

"별거 아니야. 도움이 됐으면 좋겠네."

"완벽했어. 나한테 정말로 필요한 거였거든. 지금까지 너무 많은 일을 했어."

"정말 잘됐다."

파비안은 니바와 눈길을 마주쳤다.

"아무튼, 당신을 방해하고 싶지는 않……."

"아니야, 사실 나도 좀 쉬어야 할 거 같아. 작업실 근처에서 만나

자고 했던 거 아직 괜찮으면…….”

“아, 정말 그러고 싶은데, 지금 가능한지 모르겠어.”

파비안은 어떤 말을 해야 할지 생각하느라 머리에 쥐가 날 지경이었다.

“마틸다가 잠을 자면 좋겠는데, 걱정이 많아선지 여러 번 깨네.”

파비안은 입을 손으로 막고 하품을 하는 니바를 쳐다봤다.

“무슨 걱정?”

“우리 걱정이지 뭐. 우리가 헤어질까봐 걱정하고 있어. 요즘에는 온통 그것밖에는 생각하지 않는 것 같아.”

“내가 집으로 갈까?”

“아니, 괜찮아. 계속 일해. 내가 해결할 수 있어.”

“사실 나도 그 생각만 해. 이제는 아이들 앞에서는 싸우면 안 될 거 같아.”

“어디서든 싸우면 안 되겠지.”

소냐가 한숨을 내쉬는 소리가 들렸다.

“내가 말해볼까?”

“어, 뭐라고?”

“마틸다랑 통화해볼까?”

“아니, 여보, 지금 막 잠들었어.”

“좋아, 그럼 또 깨면 전화해.”

“그럴게.”

파비안은 니바를 쳐다봤다. 니바는 손목시계를 두드리면서 두 팔을 힘껏 뻗었다.

“계속 영감이 살아 있기를 바랄게. 집에 오면 봐.”

파비안은 전화를 끊고 헨드릭스 토닉을 벌컥 들이켰다. 하지만 이미 마력의 맛은 사라지고 파비안의 마음처럼 칵테일 맛도 너무나도 밋밋하게 느껴졌다.

니바가 파비안의 눈을 똑바로 쳐다봤다. 파비안은 혼란스러운 자신의 감정을 설명하려 했지만 이미 니바는 모든 것을 알고 있었다.

"파비안, 괜찮아. 기다릴게."

"기다리다니, 뭘?"

니바는 빙그레 웃으면서 손가락으로 머리카락을 쓸었다.

"니바, 만약에 네가 우리 둘이……."

니바는 손가락으로 파비안의 입술을 누르며 입을 다물게 했다.

"넌 진짜 아직도 이상으로 가득 차 있구나. 사랑스럽기도 하고 달콤하기도 하지만, 대부분은 너무 순진해. 뭐, 상관은 없지만. 네가 약속을 지켜서 나한테 한잔 샀으니, 나도 이제 내 약속을 지킬게."

파비안은 니바의 말을 이해할 수 없었다.

"그래서 여기 온 거잖아. 잊었어? 내가 선물 준다고 했잖아. 전화기를 보면 알 수 있을 거야."

니바는 바스툴에서 내려가 다리 사이에 가운뎃손가락을 올렸다가 그 손가락으로 파비안의 입술을 만졌다.

"준비되기 전까지는 나한테 전화하지 마."

깨달음이 차가운 땀의 파도처럼 두나의 몸을 타고 흘렀다. 그녀의

몸은 널빤지처럼 빳빳하게 굳었지만 다리는 주저앉을 것만 같았다. 속이 메슥거렸고 방금 먹은 사과가 밖으로 넘어올 것만 같았다. 두냐는 그저 도망쳐서 이불 속으로 숨어버리고만 싶었다.

누군가 두냐의 아파트로 들어와 전화선을 끊었다. 이제야 현관문이 열려 있던 이유, 밑에 열쇠를 넣어둔 유카 화분이 기울어져 있던 이유를 이해했다. 하지만 누가? 무엇보다 왜 그런 짓을 했을까? 베니 빌룸센이라면 이미 케블링에에서 두냐를 충분히 해칠 수 있었다.

두냐는 욕실 불이 켜지지 않은 것, 샤워 커튼이 완전히 닫혀 있던 것을 기억해냈다. 물론 처음부터 그 사실을 인지하기는 했지만 그때는 뜨거운 물에 몸을 담그는 것 말고는 아무 생각도 할 수 없었다. 어떻게 보면 별일이 아닐 수도 있었지만, 카르스텐이 항상 샤워하고 나면 타일을 제대로 말리고 욕실 구석에 곰팡이가 생기지 않도록 커튼을 반쯤 열어두라고 잔소리한다는 사실을 생각하면 그것은 정말 이상한 일이었다.

두냐는 전선이 잘린 전화기를 소파에 내려놓고 타월을 몸에 단단히 두르고 복도로 돌아가 거실 바닥의 나무판을 삐걱 소리가 나지 않는 부분만 조심스럽게 밟으면서 부엌으로 갔다. 그녀는 자석으로 붙이는 칼 보관대에서 고기 자르는 큰 칼을 빼 들고 부엌을 나가 다시 욕실 앞으로 갔다.

하지만 선뜻 행동에 나설 수는 없었다. 어쩌면 아파트에서 나가 이웃집 전화기를 빌리는 것이 현명할 수도 있었다. 하지만 두냐는 벌거벗고 있었고, 집에 돌아온 뒤로 다른 사람의 소리는 들은 적이 없었다. 누군가 그녀를 쫓고 있는 것이 분명하다면 적어도 30분 전에는 그녀를 공격하려고 했을 것이다.

맞아, 집에 온 게 누구였건 이미 멀리 가버린 게 분명해, 두냐는 생각했다.

욕실로 들어가 닫힌 샤워 커튼 앞으로 걸어가는 두냐의 심장은 혈관으로 아드레날린을 마구 방출했다. 한 손에 고기 칼을 들고 깊게 숨을 들이쉬면서 다른 손으로는 커튼을 옆으로 젖혔다.

샤워실에는 아무도 없었다. 바닥에 면도칼이 떨어져 있는 것 말고는 이상한 점은 없었다. 몸을 숙여 면도칼을 집어 들면서 두냐는 면도칼을 마지막으로 바꾼 게 언제였는지 생각해봤다. 그때 전선이 그녀의 목을 졸라 산소를 차단해버렸고, 두냐는 면도칼과 고기 칼을 동시에 바닥에 떨어뜨렸다. 고기 칼은 두냐의 왼쪽 엄지발가락에서 고작 몇 밀리미터 떨어진 곳에 있었다.

이미 이 같은 상황을 충분히 예상했고 여러 가지 가능성을 반복해서 검토했지만 지금 이 순간 이런 일이 벌어지리라는 생각은 전혀 하지 못했다. 어찌 보면 사실 경찰학교에 입학 원서를 넣을 때 이미 이런 일도 생길 수 있으리라는 생각을 충분히 했음에도 경찰로 살아오면서 지금까지 이렇게 목숨이 위태로울 정도로 위험한 경우를 겪어보지 못한 것이 더 놀라운 일인지도 몰랐다.

그런데 지금 벌어지는 일은 두냐가 상상한 것과는 전혀 달랐다. 이상하게도 두렵지 않았고 긴장되지도 않았다. 이제 곧 죽을지도 모르는데 죽는다는 생각은 단 1초도 들지 않았다. 심지어 누군가 정말로 집에 있었다는 사실도 놀랍지 않았다. 여전히 목을 조르는 사람이 누구인지 몰라도 사실 이제는 그것도 중요하지 않았다. 그녀가 생각하는 것은 단 하나뿐이었다. 살아남는다. 어떤 수를 쓰더라도.

두냐에게는 고기 칼이 필요했다. 그녀는 번개 같은 속도로 전선 밑으로 오른손과 왼손 손가락 두 개씩을 끼워 넣었다. 그 덕분에 몇 센티미터 정도 공간을 확보하면서 목이 잘리는 것은 막았지만 여전히 숨을 쉴 수는 없었다.

갑자기 세게 당기는 힘에 몸이 뒤로 넘어갔다. 하지만 바닥에 부딪히지 않고 전선을 손으로 잡은 채 질질 끌려갔다. 두냐는 침입자의 얼굴을 보려고 했지만 확인하기도 전에 들어 올려져 따뜻한 물에 처박혔다.

이제 심장 소리는 훨씬 크게 들렸다. 산소가 부족한 혈관에 산소를 공급하려고 심장은 미친 듯이 뛰기 시작했다. 욕조 밖으로 물 위를 맴도는 시커먼 그림자가 보였다. 두냐는 미친 듯이 발길질을 했지만 침입자는 너무 멀리 있었고, 그 대신에 촛불이 하나씩 떨어지면서 꺼졌다.

빨리 공기를 들이마시지 않으면 모든 것이 끝날 것이다. 그녀의 몸은 포기하기 시작했고 머리부터 발끝까지 하나씩 몸의 기능은 정지되고 있었다. 곧 팔도 더는 움직이지 못할 것이다.

두냐는 충동적으로 전선 밑에 있는 손가락을 뺐다. 이제부터는 그 어느 때보다도 시간이 중요했다. 그녀는 욕조 가장자리에서 아직 껌뻑이고 있는 초를 움켜잡고 물 위를 맴도는 시커먼 그림자를 향해 힘껏 찔렀다. 이미 힘은 다 빠졌고 생리학의 법칙은 그녀가 초를 떨어뜨리는 것이 옳다고 했지만 그녀는 초를 떨어뜨리지 않았다.

검은 그림자 위로 촛불이 퍼져나가는 모습을 보면서 두냐는 힘을 되찾았다. 마침내 목에서 전선이 풀리고 두냐는 머리를 물 밖으로 내밀어 욕실을 밝게 비추는 촛불에 가까이 다가갈 수 있었다. 폐에 공기를 가득 채우고 기침을 하면서 빠르게 숨을 몇 차례 내쉬었다. 그리고 밝게 빛나고 있는 것은 방이 아니라 베니 빌룸센의 머리임을 깨달았다. 앞으로 어떻게 해야겠다는 계획도 없이 두나는 가능한 한 빨리 욕조에서 벗어나 빌룸센의 비명을 뒤로하고 욕실 밖으로 나왔다.

어떻게 해서든 아파트 밖으로 나가려 했지만 안전문이 열리지 않았다. 안전문은 1만 크로네가 넘는 돈을 주고 설치한 것으로 두나를 잔뜩 실망시킨 카르스텐의 말에 따르면 막판에 로도스섬으로 여행을 가는 것보다 훨씬 더 중요한 문이었다.

복도에서 빌룸센이 욕조에 몸을 숙이고 머리를 담근 모습이 보였다. 빨리 욕조로 들어가 아직 샤워실 안에 있는 고기 칼을 들고서 있는 힘껏 빌룸센의 등을 찌르면 모든 상황을 끝낼 수 있었다. 하지만 두나는 움직일 수 없었다. 그 이유는 산소가 부족했기 때문일 수도 있었고, 저 남자가 빌룸센이라는 사실을 도무지 이해할 수 없어서일 수도 있었다.

두나는 빌룸센이 자신을 보면서 일어나 조심스럽게 불에 탄 두피를 어루만질 때에도 아무런 반응을 하지 못했다. 오직 빌룸센이 고기 칼을 집어 드는 모습을 보고서야 그녀를 옭아매고 있던 마비가 풀렸다. 그녀는 욕실 문에 꽂힌 열쇠를 빼고 문을 세게 밀어 닫고는 바깥쪽에서 문을 잠갔다. 고기 칼이 욕실 문을 뚫고 나오기 시작했고, 욕실 문은 종이 반죽처럼 으깨지기 시작했다. 두나는 거실로 달려가 건너편 건물에서 누군가 자신을 발견하기를 바라며 거실 불을 계속해서 껐다가 켜기를 반복했다.

욕실 문이 고기 칼과의 싸움에서 무너져 내리는 소리가 들렸다. 두나는 미친 듯이 거실 불을 켰다가 끄기를 반복했다. 마침내 손님들과 저녁을 먹고 있는 젊은 부부가 두나에게 반응했다. 두나는 손을 흔들면서 자신이 위험에 처했다는 신호를 계속 보냈지만 젊은 부부와 손님들은 크게 웃으며 환호할 뿐이었다. 욕실 문이 무너지면서 엄청난 소리가 났다. 그 순간 본능적으로 두냐는 몇 달 동안이나 빛과 물 없이도 살아갈 수 있는 커다란 크라슐라 화분을 뒤집어엎고 그 위에 있는 창문을 열었다. 차가운 바람이 거실을 가득 메웠고 피부에는 소름이 돋았다.

두냐는 소파에 있는 전화기를 재빨리 집어 들고 침실로 들어가 문을 조금 열어둔 채로 옷장 안으로 들어갔다. 완벽한 어둠 속에서 두냐는 건강한 발을 최대한 높이 들어 문 안쪽에 매달려 있는 신발장 하나에 걸었다. 놀랍게도 신발장은 두냐의 발을 지탱해줬기 때문에 그녀는 신발장을 타고 올라가 한 번도 완성해보지 못했고 완전히 잊혀서 수시렁이들의 먹이가 된 채로 이곳저곳에 구멍이 뚫린 뜨개질감 사이로 기어 들어갔다.

빌룸센이 거실로 들어오는 소리가 들렸다. 쓰러진 화분과 열린 창문이 그의 주의를 끄는 것만이 두냐가 바라는 유일한 희망이었다. 두냐는 기적을 바라면서 전화기 녹색 버튼을 누르고 전화기를 귀에 댔다. 끝없는 침묵이 이어질 것만 같았는데, 마침내 기적이 일어났다. 잡음이 많고 계속 끊기기는 했지만 전화기가 살아나는 소리가 들렸다. 그녀의 희망처럼 윗집 침실에 유선 전화가 있었던 것이다.

두냐는 외우고 있는 전화번호 두 개 가운데 첫 번째 번호를 입력했다. 하지만 전화기 너머에서 흘러나오는 '카르'라는 소리만 들어도 상황을 충분히 알 수 있었다. 나머지 부분은 듣지 않아도 이미 외울 정도로 잘 알았다. '카르스텐 뢰메르입니다. 죄송하지만 지금은 전화를 받을 수 없습니다.' 지금 카르스텐은 저녁을 먹거나 그와 비슷한 일을 하고 있는 거였다. 도대체 무슨 기대를 한 걸까? 평소라면 카르스텐이 전화를 받지 않아도 전혀 문제가 되지 않았을 텐데 지금은 울고만 싶었다. 두냐는 아주 작은 소리로, 동료에게 전화해서 우리 집으로 출동하게 하라는 녹음을 남겼다.

또 다른 번호를 기억하는 이유는 잊기가 어렵기 때문이었다. 두 번째 전화번호는 그 누구도 아닌 얀 헤스크일 수밖에 없었다. 두냐는 빌룸센이 침실로 다가오는 소리를 들으며 얀의 번호를 입력했다.

"네, 헤스크입니다."

"안녕, 얀. 나야."

두냐는 최대한 목소리를 낮춰 말했다.

"허, 여보세요?"

"야, 나야, 두냐. 지금은 크게 말을 할 수가……."

"두냐? 너야?"

"그래, 내 말 좀 들어봐. 네 도움이 필요해."

옷장 바로 옆에서 고기 칼이 벽을 긁는 소리가 들렸다.

"뭐라고 하는지 잘 안 들려."

"얀, 도움이 필요하다고."

"뭐라고? 안 들려? 잡음이 너무 많아."

"도와달라고. 급해."

"도와달라고? 도움이 필요해?"

"그래, 베니 빌룸센이 우리 집에……."

"여보세요? 안 들려. 넌 들려?"

"그래, 들려."

"그럼 내 등에 칼을 꽂기 전에 생각을 했어야지."

"안 돼, 얀, 잠깐만……."

찰칵, 전화가 끊어지는 소리가 들렸다. 두냐는 황급히 112를 눌렸지만 벌컥 문이 열리는 소리가 들렸다. 그녀는 숨을 죽이고 심장 소리를 줄이려고 애썼다. 빌룸센이 그녀를 보거나 그녀의 소리를 듣는지는 알 수 없지만 두냐는 느린 그의 숨소리를 들었고 머리카락이 탄 냄새를 분명하게 맡을 수 있었다. 몇 초 뒤, 빌룸센은 옷장 문을 닫았고, 두냐는 안도의 한숨을 내쉬었다.

그때 갑자기 두냐의 손에서 전화기가 울리기 시작했다. 황급히 전화를 끄기 전까지 강렬한 벨 소리가 세 번 울렸고, 이미 두 번째 울릴 때 옷장 문이 벌컥 열렸다.

"내 이럴 줄 알았지."

두냐는 화난 두 마리 뱀처럼 선반을 뒤지며 다가오는 두 손을 피해 달아나려 했지만 불가능한 일이었다. 곧 빌룸센은 두냐의 정강이를 움켜잡았다.

두냐의 다리는 언제나 튼튼했다. 날씨에 상관없이 늘 자전거를 탔고 학교에서도 교실에서 교실로 뛰어다녔다. 하지만 이제는 발길질은 아무 소용이 없었고 비명은 아무 도움이 되지 않았다. 빌룸센은 두냐를 선반 위에서 거칠게 끌어내려 이제 막 잡아 회를 치고 잘라낼 사냥감처럼 어깨 뒤로 내동댕이쳤다. 두냐는 붙잡을 만한 것을 찾으려고 손을 뻗었지만 옷과 끝내지 못한 뜨개질감만 잡을 수 있을 뿐이었다.

두냐는 교묘하게 빠져나가 그의 등을 때리고 물려고 했지만 빌룸센은 조임쇠처럼 그녀를 잡고 놓지 않았다. 더구나 그는 자신의 모든 힘을 사용하는 것 같지도 않았다. 빌룸센은 창문으로 걸어가 커튼을 쳤다. 그제야 두냐는 빌룸센도 옷을 벗고 있음을 알았다. 그의 등과 엉덩이 근육으로 보아 두냐에게는 가망이 없음이 분명했다. 기본적으로 빌룸센은 그가 원하는 모든 일을 두냐에게 할 수 있었다.

"고통은 짧게 끝내주지."

침대로 걸어가면서 빌룸센이 말했다.

지금까지 두냐는 사람을 죽여본 적이 없었다. 사람을 죽이는 일은 당연히 전적으로 최후의 수단이 돼야 한다고 믿었다. 그녀가 기억하는 한 언제나 권총과 폭력을 대체할 의사소통 기술이, 다른 해결 방법이 반드시 있다고 확신해왔다.

하지만 이제는 조금 더 잘 알았다.

침대에 닿기 직전에 베니 빌룸센은 균형을 잃은 것처럼 휘청거리며 고기 칼을 바닥에 떨어뜨렸다. 그는 앞으로 가려고 했지만 넘어지지 않으려면 중간에서 멈춰야 했다.

그리고 그 순간 그는 왼쪽 가슴으로 깊숙하게 파고든 막대기 끝을 내려다봤다. 깊이로 보아 막대기는 그의 폐와 여전히 격렬하게 뛰고 있는 심장을 파고들어 간 것이 분명했다. 잘 단련된 복근 위로 피가 펑펑 쏟아져 내렸다.

두냐는 자신이 얼마나 큰 손상을 입혔는지 알 수 없어서 가능한 한 내부 장기를 더 망가뜨리려고 대바늘을 돌렸다. 빌룸센은 여전히 서 있었지만 아무 말도 하지 않았다. 어쩌면 지금 자신에게 일어난 일을 이해하지 못하는지도 몰랐다. 두냐가 또 다른 대바늘을 갈비뼈와 척추 사이로 찔러 넣어 오른쪽 폐를 뚫었을 때에야 그는 죽으려고 서서히 쓰러지는 말처럼 천천히 무릎을 꿇었다.

"왜? 왜 케블링에에서 기회가 있을 때 나를 죽이지 않았지?"

두냐는 빌룸센의 눈을 보면서 말했다.

빌룸센은 대답하지 않았다. 하지만 죽어가는 그의 눈에 담긴 표정은 충분히 대답이 되고도 남았다.

그가 아니었다.

누구인지는 몰라도 케블링에에서 만난 남자는 베니 빌룸센이 아니었다.

어느 복도에서 눈을 떴습니다. 그곳에는 고통으로 비명을 지르는 다친 사람들이 가득 차 있었습니다. 도대체 무슨 일이 있었는지 알 수 없었습니다. 하지만 간호사가 내 옆을 지나갈 때 나는 연기 속에서 나를 잡아끈 손이 내 옛 친구들의 손이 아니었음을 깨달았습니다. 그것은 나를 구해준 당신네 사람들의 손이었습니다. 나는 간호사를 불러 세워 당신의 파란 눈을 묘사하면서 당신에 대해 물었습니다.

간호사는 갑자기 도와달라고 비명을 지르기 시작했습니다. 억양 때문에 내가 이스라엘 사람이라는 걸 안 게 분명합니다. 곧 그녀의 동료들이 뛰어와 나에게 침을 뱉고 때렸습니다. 나는 설명하고 싶었지만 그럴 기회가 없었습니다. 사람들은 나를 너무나도 미워했습니다. 나는 침대에서 빠져나와 도망치려 했지만 바닥으로 떨어졌습니다. 어쩌면 누군가 나를 밀었는지도 모릅니다. 그저 몸을 둥글게 말고 발길질과 주먹질이 멈추기를 신께 비는 것 말고는 할 수 있는 일이 없었습니다.

그때 그 의사가 다가왔습니다. 바시마라는 이름인 걸로 기억합니다. 그녀는 내가 뒷문으로 빠져나갈 수 있게 도와줬습니다. 그녀는 당신이 누구인지 안다고, 당신이 에나부스 병원에서 근무한다고 말해줬습니다. 당신의 이름과 당신이 사는 마을도 알려줬습니다.

이마틴 마을의 아이샤 샤힌. 정말 이 세상에서 가장 아름다운 이름입니다. 당신은 실제로 존재했습니다. 당신은 그저 꿈이 아니었습니다.

"쇠데를레덴으로 갈까요, 스켑스브론으로 갈까요?"

택시 기사는 백미러로 뒷좌석 손님과 눈을 맞추려고 애쓰면서 말했다.

"스켑스브론으로 가주세요."

파비안은 전화기에 눈을 고정한 채 말했다. 니바는 선물이 이 기계 어딘가에 있다고 했다. 하지만 그 이상은 말하지 않았다.

"아시겠지만, 그쪽으로 가면 조금 더 오래 걸립니다."

"급하지 않습니다."

파비안은 전화기에서 눈을 떼지 않은 채 대답했다.

"손님은 고속도로를 이용하지 않으시는군요. 사실 저도 아주 흉해서 묻어버려야 한다는 데 동의합니다. 돈만 문제가 안 된다면 말이죠. 믿으실지 모르겠지만, 3호선 건설을 반대했습니다. 그때는 아직 운전할 때도 아닌데 말이에요. 지금은 종일 운전대를 잡고 있으니까 정치인들이 스톡홀름 기반 시설을 완전히 똥으로 만들고 있다는 걸 잘 알겠어요. 제 말이 맞지 않습니까?"

파비안은 대답하지 않았다. 그저 택시 기사에게 라디오를 틀어달라고 부탁했다. 스톡홀름궁전을 지나는 택시 안으로 더 내셔널의 〈페이크 엠파이어〉가 흘러나왔다. 기사는 입을 다물고 라디오 볼륨을 올려 맷 버닌저의 묵직한 중저음이 택시를 가득 메우게 했다. 파비안은 전화기에서 고개를 들고 달리는 데 전 인생을 건 것처럼 마구 뛰어 골목으로 사라지는 10대 아이들을 바라봤다.

보머 재킷과 후드티를 입은 10대 아이들을 보자 파비안은 아들 생각이 났다. 작년에 테오도르는 후드티를 사고 싶다는 말을 입에 달고 살았다. 파비안과 소냐가 갱스터나 입는 옷이라고 반대하자 테오도르는 스스로 돈을 모아 후드티를 한 벌 샀다. 후드티는 얼마나 멋있는지와 상관없이 문제를 불러일으키는 옷이었다.

소냐는 스톡홀름이 점점 더 아이들을 양육하는 데는 힘든 환경이 되고 있다며 걱정을 많이 했다. 확실히 스톡홀름은 파비안이 처음 왔던 1980년대 후반보다 훨씬 나빠졌다. 그때는 스킨헤드(머리를 짧게 깎은 청년으로 특히 폭력적인 인종차별주의자-옮긴이)가 가장 큰 위협이었다. 하지만 스킨헤드가 주로 출몰하는 장소만 안다면 얼마든지 그곳을 피해서 다닐 수 있었다. 하지만 지금은 위험이 어디에나 있어서 파비안 부부가 아무 일도 하지 않고 손을 놓고 있다가는 몇 년 뒤 테오도르가 갱단에 들어간다 해도 전혀 이상하지 않았다.

파비안은 얼어붙은 물 위에 떠 있는 범선 호스텔을 쳐다봤다. 스켑스홀멘 부두에 정박한 범선을 개조해 만든 저 호스텔은 아마도 세상에서 가장 위치가 좋은 유스호스텔인지도 몰랐다. 〈페이크 엠파이어〉의 드럼이 시작되고 슬루센 로터리를 지나자 택시 기사는 라디오 소리를 줄이고 다시 한번 뒷좌석에 앉은 파비안과 눈을 맞추려고 시도하면서 말했다.

"스켑스홀멘에 있는 범선을 보신 거 맞죠? 저게 사실은 호스텔이란 걸 모르는 사람도 많아요. 뱃머리에는 샤워실이 있어서 신이 창조하신 모습 그대로 거기에 서서 궁전을 보면서 씻을 수 있어요. 전혀 나쁘지 않지요, 안 그렇습니까?"

파비안은 택시 기사가 하는 말이 한마디도 들리지 않았다. 이제 막 전화기에서 선물을 찾았기 때문이다. 그 선물은 보낸 사람 이름이 적혀 있지 않아 쓰레기통에 담겨 있었다. 메일 제목은 '내가 틀렸어'였다.

메일에 적힌 링크를 누르자 소리가 들리기 시작했다. 파비안은 얼른 헤드폰을 썼다.

"접니다. 잠깐 통화할 수 있을까요?"

파비안은 그 목소리의 주인공이 에델만임을 즉시 알아들었다.

"지금은 힘들겠어. 몇 시간 뒤에는 청문회 의자에 앉아 있어야 하거든. 준비할 시간이 없어. 오후에 내가 전화하면 안 될까?"

칼 에릭 그리모스의 목소리였다. 그제야 파비안은 니바의 선물이 무엇인지 알아챘다.

"아니, 안 그러는 게 좋을 겁니다. 칼, 이건 당신을 위한 거란 말입니다."

"알아. 하지만……."

"이런 일은 빠르게 처리해야 합니다. 무슨 일이 일어났는지를 잘 알아야 어떻게 해결할지 준비할 거 아닙니까?"

"문을 닫고 오지."

파비안의 생각이 옳았다. 국립 방어전파국이 법무부 장관의 전화를 도청하고 있었고, 그가 살해되기 전에 헤르만 에델만과 나눈 통화 내용을 니바가 입수한 것이다.

"이번에도 그 망할 기밀 누설에 관해 말하려고 전화한 건 아니지?"

"안됐지만, 그래서 전화했습니다."

"그러니까, 서류를 아직 못 찾았다는 말이군."

"그래요, 하지만……."

"알아. 정확히 나도 그걸 걱정하고 있는 거야. 느낄 수 있어. 나는 한 번도 그걸 계속하는 데 동의한 적이……."

"하지만 칼, 지금은 내 말을 들……."

"젠장, 지금까지 내가 듣는 거 말고 또 한 게 있나? 이건 모두 마무리가 된 줄 알았는데?"

"나도 마찬가지입니다. 하지만 모래에 머리를 파묻는다고 문제가 사라지는 건 아니란 말입니다."

"알아. 하지만 이게 왜 내 문제여야 하는지 이해할 수가 없군. 절차를 어긴 건 기드온 하스니까, 그 문제는 하스가 해결해야지."

"원칙적으로는 그렇지만 그가 실패했을 때 결국 문제가 되는 건, 원하든 원치 않든 당신일 겁니다."

에델만의 말에 그리모스는 크게 한숨을 내쉬었다.

"지금까지 파악한 바로는 열쇠를 가지고 있고 비밀번호를 아는 내부자의 소행일 가능성이 매우 큽니다. 문제는 그들이 찾은 사람 모두 있었다는 겁니다. 모두……."

"잠깐, 내부자라니. 지금 자네는 직원이……."

"칼, 그건 모릅니다. 내가 아는 건 지금 수사가 전반적으로 진행되고 있다는 것뿐입니다."

"좋아, 내가 전화해보지."

"그거야말로 하시면 안 될 일입니다. 수사는 그냥 마음껏 하게 내버려두세요. 그저 상황을 알려주고 싶어서 전화했습니다. 아직 하지 않았으면 보좌관에게 말해두세요. 그 일이 새어나갔을 때 수습할 준비를 해두라고요."

"수습할 준비라, 문제가 당 전체로 퍼지기 전에 사임하라는 건가? 그게 도움이 될 거라는 소린가?"

"일을 너무 크게 만들진 마시죠. 아직 가능성은 남아 있으니……."

"헤르만, 자네도 나도 이게 모든 신문의 1면을 장식하는 건 시간 문제라는 걸 잘 알잖아. 그 일이 알려지면 내가 이 나라를 위해서

했던 모든 일이 쓰레기통에 처박힐 걸세. 그건 명백한 사실이지. 이제 가야겠네."

"새로운 내용이 있으면 또 연락하죠."

"그러게. 저기, 아무튼…… 고맙네."

"천만에요."

전화는 끊어졌고 오디오 파일도 끝이 났다. 파비안은 헤드폰을 벗고 방금 들은 내용을 이해해보려고 애썼다. 누군가 그들이 가져서는 안 될 정보를 제공했고, 그 정보는 그리모스가 정부를 전복할 위험을 무릅쓸 정도로 나쁜 상황을 만들었다. 이 전화를 끊고 1~2분 뒤에 그리모스는 이스라엘 대사관에 전화했다. 혹시 그것이 에델만이 하지 말라고 경고했던 일일까?

파비안도 에델만이 10여 년 전 아내가 죽은 뒤 몇 년 동안은 이스라엘로 떠나는 것을 심각하게 고려했다는 사실은 알고 있었다. 그때 에델만은 이스라엘 대사관과 긴밀하게 연락을 주고받았다. 어쩌면 그때 아담 피셰르의 아버지이자 이스라엘 대사였던 라파엘 피셰르와도 만났을지 몰랐다. 그런 사실과 두 사람이 말하는 일이 관계가 있을까? 아니면 그저 우연일 뿐일까? 기드온 하스는 누구일까? 어쨌거나 이스라엘 대사관에서 어떤 서류가 분실된 것은 사실 같았다. 하지만 통화를 하고 몇 시간 뒤에 일어난 살인 사건과 그 서류가 무슨 관계가 있다는 걸까? 파비안은 그 어느 것도 이해할 수 없었다. 하지만 한 가지는 분명했다. 그의 상사인 헤르만 에델만은 자신이 말했던 것보다는 훨씬 많은 것을 알고 있었다.

"도착했습니다."

택시 기사는 팟부르스가탄에 있는 출입구 앞에 차를 세우면서 말했다.

파비안은 택시비를 내려고 지갑을 꺼내다가 문득 불 꺼진 아파트를 올려다봤다. 그는 정말로 피곤했고 빨리 침대로 들어가 눈을 감고 잠을 청해야 했다. 지난 이틀이 마치 일주일처럼 느껴졌다. 게다가 술까지 마셨다. 하지만 지금은 그것이 문제가 아니었다. 택시 기사는 틀렸다.

두 사람은 아직 도착하지 않았다.

이미 사흘 전에 소피에 레안데르는 자신이 살아날 가망이 없다는 사실을 받아들였는데도 불구하고 구조팀이 건물에 들어왔었다는 사실을 조금도 의심하지 않았다. 경찰이 그녀를 찾아냈으며 그녀가 왜 그렇게 오랫동안 기다려야 했고 살 수 있었는지에 관한 설명을 듣게 됐다고 믿었다.

하지만 그것은 틀린 생각이었다. 전적으로 틀린 생각이었다.

경찰은 그녀를 찾지 못했다. 소피에는 입술을 세게 깨물면서 이 모든 일을 이해하려고 끊임없이 돌리는 생각의 틀을 이제는 멈춰보려고 애썼다. 그녀로서는 살아날 수 있으리라는 마지막 희망이 산산이 부서졌다는 것 말고는 그 어느 것도 이해할 수 없었다. 그것은 그녀가 정말로는 진지하게 받아들일 수 없던 순진한 믿음이었다. 이 상황이 결국은 끝나리라는 믿음이었다. 그녀는 다시 한번 따듯한 햇살을 얼굴에 받고 완벽한 비율로 섞인 커피를 맛보고 남편의 팔 안에서 다시금 평온을 느끼며 몸을 누일 수 있으리라 믿었다. 하지만 그녀의 희망은 전적으로 남편이 경찰에 신고했으리라는 추정에 기반해 있었다.

그리고 이제 그녀는 잘 알았다.

그 사실을 인정해야 한다는 것은 살아오면서 그녀가 겪은 가장 큰 아픔 가운데 하나였다. 이제 막 치유되기 시작한 깊고도 큰 상처가 다시 크게 벌어지는 느낌이었다. 이곳에서 어떤 식으로 끝이 날지를 처음부터 알았지만 마음 한구석에서는 믿음과 소망을 버리지 못하고 있었다. 하지만 그녀의 남편은 새로운 프로젝트에 집중하느라 그녀가 사라졌다는 사실조차 깨닫지 못하고 있을지도 몰랐다. 어쩌면 지금에야 경찰에 연락했는지도 몰랐다.

그녀는 늘 신앙인으로 살아왔지만 이제야 비로소 종교가 왜 그렇게 인기가 있는지, 어째서 사람들에게서 종교를 완전히 뺏는 일이 불가능한지를 진정으로 이해할 수 있었다. 아무리 논리와 이성으로 종교를 공격해도 믿는 사람은 자신의 신념을 절대로 버릴 수 없다. 이유는 단순하다. 믿음을 버리는 것은 너무나도 고통스러우니까.

소피에는 양극단에서 계속해서 흔들렸다. 모든 것이 잘 풀려서 행복한 미래를 맞게 되리라는 장밋빛 희망과 무로 돌아가 완전히 썩어서 구더기들의 만찬이 되고 싶다는 욕망. 두 방향 모두 충분히 매혹적으로 느껴졌다. 두 선택지 모두 지금 그녀가 처한 상황보다 더 나빠질 일은 없으니까.

그녀는 행동해야 했다. 그 행동이 불러올 결과는 크게 신경 쓸 이유가 없었다. 이 상태로 계속 있을 수는 없었다. 하지만 무엇을 해야 할까? 아이들을 구하려고 자동차를 들어 올렸다는 사람들 이야기는 들어본 적이 있었다. 특히 절망에 빠진 엄마들의 몸에서 아드레날린이 솟구쳐 슈퍼파워라고밖에는 묘사할 수 없는 괴력을 발휘했다는 이야기도 들은 적이 있었다. 하지만 소피에에게는 아이가 없었고 죽을 수도 있는 교통사고도 나지 않았다. 그녀에게 있는 것은 절망뿐이었다. 끝도 없는 절망뿐이었다.

음식 공급기가 다시 작동하기 시작했다. 이제 곧 토할 것처럼 끈적거리는 죽이 그녀의 입으로 들어가 식도를 타고 내려갈 것이다. 그녀가 이 탁자 위에서 삶과 죽음 사이에 있는 지옥에 계속 머물도록 음식은 강제로 그녀의 몸 안으로 들어갈 것이다.

얼굴을 돌려 음식을 피하려 했지만 호스는 그녀를 따라와 입안 가득 채웠다. 소피에는 끈적끈적한 죽이 식도를 따라 내려가면서 교액 반사 반응을 일으켜 토가 나오려 하는 동안 독한 마음을 먹고 몸을 조이는 끈의 고통을 무시하고 방향을 바꿔가며 이리저리 움직였다.

그리고 느꼈다. 아마도 1밀리미터 정도밖에 움직이지 않았는지도 모른다. 확신해 말할 수는 없지만 분명히 새로운 느낌이었고, 그녀가 온몸의 근육으로 에너지를 공급해 처음에는 왼쪽으로 나중에는 오른쪽으로 몸을 움직이게 만들기에는 충분한 느낌이었다. 그리고 그녀는 확신했다. 탁자는 움직이고 있었다. 계속해서 탁자를 움직이면서 소피에는 더 많은 에너지를 얻으려고 끈적끈적한 죽을 몇 모금 목구멍으로 삼켰다.

한 번씩 움직일 때마다 탁자는 더 크게 흔들렸다. 그녀는 쉬지 않고 움직이기로 했다. 거칠게 몸을 움직일 때마다 수를 셌다. 384까지 셌을 때 갑자기 탁자 움직이는 소리가 멈췄고 잠시 뒤에는 굉음이 온 방 안으로 퍼져나갔다.

한동안 그녀는 감히 눈을 뜰 생각을 하지 못했다. 하지만 눈을 뜬 순간 자신이 뒤집힌 탁자를 몸에 얹은 채 바닥에 누워 있다는 것을 알았다. 끈이 몇 개 풀렸는지 팔을 꼼지락거려 끈에서 벗어날 수 있었다. 이제 약간의 행운만 있다면 그녀는 1미터쯤 떨어진 곳에 놓인 메스를 잡을 수 있을 것이다.

파비안이 그리모스와 에델만의 전화 도청 내용이 갖는 중요성을 완전히 이해하는 데는 조금 시간이 걸렸다. 충격을 막으려고 그의 몸에서는 방어 장치가 켜진 것만 같았다. 마침내 방어 장치가 풀리고 제대로 이해했다는 느낌이 온몸을 관통하자 그는 택시에서 내려 겨울밤의 공기를 몇 번이나 깊이 들이마셨다. 그의 감정은 완전히 엉망이었다. 파비안의 일부는 방금 들은 내용을 믿지 않겠다며 거부했지만 또 다른 일부는 자신의 오랜 스승을 땅바닥에 쓰러뜨리고 손을 뒤로 돌려 수갑 채우는 모습을 떠올렸다.

파비안은 남은 밤을 아무 걱정 없이 푹 잘 수 있는 충분히 믿을 만한 설명을 들을 터이고 그 모든 의혹을 뒤에 남겨두는 순간 모든 것이 정상으로 돌아오리라는 희망이 그의 무의식 어딘가엔 있는 것처럼, 도청한 전화 내용을 이야기하려고 캅텐스가탄에 있는 헤르만 에델만의 집으로 가는 중이었다.

하지만 지금 파비안은 그런 설명은 있을 수 없음을 깨달았다. 에델만은 파비안에게 이야기한 것보다 훨씬 많은 것을 알고 있었고 어떤 식으로든 법무부 장관의 죽음과 연관되어 있었다. 때가 되면 그는 자신의 상사를 벽에 밀어붙이고 대답을 해보라고 요구할 것이다. 하지만 아직은 때가 아니었다. 아직은 모르는 것이 너무 많았고, 제대로 된 답을 얻으려면 제대로 된 질문을 알아내야 했다.

파비안은 택시로 돌아가 기사에게 에델만의 집을 지나 아르틸레리가탄으로 달려 쿵스홀멘에 있는 경찰서로 가자고 했다. 출입증을 보안대에 대고 비밀번호를 입력하고 경찰서 안으로 들어온 그는 칠흑 같은 어둠을 지나 자신과 말린이 함께 쓰는 방으로 들어갔다.

파비안은 전적으로 새로운 눈으로 다시 살펴보고 싶었다. 모든 사진, 모든 메모, 이상한 우연 사이의 어딘가에 반드시 해답이 있으리라 생각했다.

하지만 방으로 들어갔을 때는 그 어느 것도 보이지 않았다. 처음에 파비안은 다른 방에 잘못 들어갔다고 생각했다. 하지만 아니었다. 그곳에 놓인 책상은 자신과 말린의 것이 분명했다. 그는 어리둥절한 표정으로 주위를 둘러봤다. 칠판은 깨끗하게 닦여 있었고 벽에 붙여둔 메모와, 책상과 바닥에 쌓아둔 서류 파일이 사라져버렸다. 두 사람의 방은 텅 비어 있었다.

물론 수사는 공식적으로 마무리됐고 재판은 절대로 열리지 않겠지만 크렘프가 자살하고 일곱 시간이 지나지 않았다. 여전히 물적 증거를 안전하게 보관하고 분류할 필요가 있었고 수사를 종결하기 전에 보고서도 써야 하고 회의도 해야 했다.

파비안은 컴퓨터를 켜고 문서 보관소에 접속했지만 그곳도 깨끗하게 비어 있었다. 누군가 모든 증거를 가져갔지만 그런 일을 할 사람이 누구인지는 전혀 짐작이 가지 않았다. 물론 비밀경호국 사람일 수도 있고 에델만일 수도 있었다. 하지만 전혀 다른 사람일 수도 있었다. 파비안은 책상 앞에 앉아 두 손으로 턱을 받쳤다. 그가 확신할 수 있는 것은 오직 하나, 증거를 가져간 사람은 파비안만큼이나 아직 범인이 잡히지 않았음을 정확하게 안다는 것뿐이었다.

도무지 앞으로 나갈 방법이 떠오르지 않아 파비안은 집으로 돌아가 몇 시간쯤 자는 게 좋겠다고 생각했다. 하지만 컴퓨터를 끄는 동안 그의 눈에 버려진 아파트에서 본 도자기 인형이 들어왔다. 그 인형은 파일과 마리에 비스킷 두 팩과 함께 말린의 선반에 놓여 있었다. 파비안은 자신도 말린도 그 인형을 들고 온 기억이 없었다. 그랬다면 분명히 힐레비 스툽스에게 넘겨줬을 것이다. 저 인형은 버려진 아파트에서 가져온 것일까, 아니면 그저 똑같이 생긴 다른 인형일까?

파비안은 인형을 들어 구불구불한 머리카락, 수를 놓은 드레스, 드레스와 어울리는 모자를 뚫어지게 봤다. 그의 생각은 어릴 때 그가 버리고 온 인형을 향해 빠른 속도로 달려갔다. 하지만 멀리 달려가진 못했다. 인형의 눈에 뭔가 이상한 점이 있었기 때문이다. 인형의 두 눈은 서로 달랐다. 파비안은 인형의 눈을 좀 더 자세히 들여다봤다. 한쪽 눈에 갈색 홍채가 있어야 할 곳이 텅 비어 있었다.

점점 더 커지는 두려움을 느끼며 파비안은 인형을 자세히 살펴보기 시작했다. 모자를, 불쾌할 정도로 사실적인 얼굴을, 단단한 팔과 치마가 감추고 있는 다리를, 벨크로 테이프로 등에 붙여놓은 치마를 살펴봤다.

언뜻 보기에는 말이 되지 않는 것 같았다. 인형의 등도 칼 에릭 그리모스의 배처럼 구멍이 뚫려 있었고, 인형 속 작은 공간에는 깜빡이는 다이오드가 여러 개 달린 하얀 직사각형 플라스틱 상자가 들어 있었다. 상자의 아래쪽 작은 버튼 밑에는 '안바시'라는 글자가 적혀 있었고, 상자와 연결된 전선은 인형의 목을 지나 머리로 들어가 있었다. 파비안으로서는 처음 보는 물건이지만 무엇에 쓰는 장비인지는 금세 알아봤다. 휴대전화와 연결해 촬영한 장면을 곧바로 휴대전화 소지자에게 전송해주는 카메라가 분명했다.

지금까지 무슨 일이 벌어지고 있었는지 깨달은 순간 파비안은 땀이 솟구치며 온몸이 얼음장처럼 차가워졌다. 지난 며칠 동안 범인은 버려진 아파트뿐만 아니라 경찰서까지 감시하고 있었던 것이다. 범인은 말린과 토마스, 야르모뿐 아니라 파비안까지, 그들이 하는 생각과 의견을 모두 듣고 네 사람의 수사 과정을 지켜본 것이다.

어쩌면 지금도 범인이 파비안을 지켜보고 있는지 몰랐다.

두냐는 온몸이 아팠다. 아마도 가벼운 교통사고를 당한 사람처럼 보이리라 생각했지만 사실 아침 내내 거울이란 거울은 모두 피해 다녔기 때문에 그 추측이 옳은지는 확인할 길이 없었다. 병원에서 검사를 받고 키엘 리크테르 팀이 두냐의 아파트를 조사하는 동안 그녀는 뇌레브로가데에서 모퉁이 하나만 돌면 나오는 노라 호텔에서 밤을 보냈다. 슬레이스네르는 호텔 비용은 경비로 처리해주겠다고 했고 범죄 피해자 관리국에서 심리학자를 만나보라고 권고했지만 두냐는 거절했다. 왠지는 모르지만 전날 밤에 일어난 사건들을 전혀 받아들일 수가 없었다. 어쩌면 아직도 충격에서 벗어나지 못한 것인지도 몰랐다.

두냐는 가능한 한 오랫동안 호텔에 머물면서 일요일을 즐기려

했다. 하지만 침대에서 나와 목욕을 하고 룸서비스로 아침을 먹고 나자 초조한 마음을 진정시킬 수 없었다. 결국 한 시간쯤 지났을 때 두냐는 절뚝거리면서 엘리베이터에서 내려 활발하게 회의가 진행되고 있을 게 분명한 강력계 회의실을 향해 복도를 걸어갔다.

지난밤에 있었던 일을 생각하면 두냐도 자신이 이곳에 있으면 안 된다는 사실을 분명히 알았지만, 그래야 한다는 사실이 조금은 무례하게 느껴졌다. 이것은 어쨌거나 그녀의 수사니까. 단서를 찾고 그 단서를 한데 이은 사람은 두냐였다. 수사팀이 코펜하겐 공항 부근에서 악셀 네우만과 카티아 스코우의 훼손된 시신이 있는 자동차를 찾게 해준 것도 두냐였다. 베니 빌룸센에 관해 완전히 틀린 결론을 내렸다 해도 동료들은 적어도 두냐에게 회의에 참석할 생각이 있는지 정도는 물어봐야 했다.

열려 있는 회의실 안에서 웃음소리가 들려왔다. 어려운 수사를 끝내고 두렵던 범인이 사라졌음을 축하하는 소리였다. 회의실은 유쾌함으로 가득 차 있었다. 영광을 누리느라 정신이 없나보네, 열려 있는 회의실 문을 두드리기 전에 두냐는 생각했다.

노크 소리가 들린 순간 사람들은 입을 다물고 동시에 문을 쳐다봤다.

"두냐? 여긴 웬일이야?"

슬레이스네르가 일어서서 두냐에게 걸어왔다.

"궁금한 건, 모두 여기서 뭘 하고 있느냐는 거예요. 수사 책임자는 나라고 알고 있는데요."

두냐는 방어하듯이 손을 들어 올렸다.

"그렇지. 하지만 이제 끝났잖아. 자네 덕분에. 이제 마무리만 하면……."

"누가 끝났대요? 난 그런 말 한 적 없어요."

"그랬지. 하지만 내가 했어. 어쨌거나 강력반 전체 결정권자는 나니까. 내가 잘못 생각하는 게 있나?"

슬레이스네르가 큰 소리로 웃으며 주위를 둘러보자 나머지 사람들도 따라 웃었다.

두냐는 표정 하나 바꾸지 않았다. 진심으로 슬레이스네르를 따라 웃는 무리에는 끼고 싶지 않았다.

"두냐, 이해가 안 되는군. 대체 뭐가 문제지? 범인을 확인했고, 그 범인은 죽었어. 당연히 자네에게 일어난 일은 계속 수사할 생각이야. 하지만 자네가 걱정할 건 하나도 없어. 그러니 마음을 놓고……."

"그 사람이 아니에요."

"그 사람이 아니라니, 무슨 말이지?"

슬레이스네르가 다른 사람들을 둘러보며 말했다.

"진심으로 베니 빌룸센이 무죄라고 믿는 건 아니겠지? 세상에, 자네 아파트에 침입해서 자네를 죽이려고 했던 자라고."

"맞아요, 하지만 카렌과 악셀 네우만, 카티아 스코우를 죽인 범인은 아니에요."

두냐는 절뚝거리며 회의실로 들어갔다. 장어처럼 꼼지락거리며 두냐의 시선을 피하는 것으로 보아 얀은 그녀가 그곳에 있다는 사실이 불편한 게 분명했다.

"두냐."

슬레이스네르가 난감하다는 듯이 크게 한숨을 쉬었다.

"이번 사건이 자네가 맡은 첫 사건인 것도 알겠고, 자네가 이러는 게 하나도 이상하지 않다는 건……."

"킴, 이건 내 문제하고는 상관이 없……."

"내가 말을 끝낼 수 있게 해주지 않겠나?"

"아니요, 반장님이 무슨 말을 하는진 잘 아니까 듣지 않겠어요."

두냐는 네스프레소 기계에 커피 캡슐을 넣고 시작 버튼을 눌렀다.

"그러니까 지금은 내가 끝까지 말할 차례예요."

두냐는 에스프레소 잔을 집어 들었고 자신이 바구니에 5크로네를 집어넣을 생각이 전혀 없음을 알고 스스로도 놀랐다.

"무엇보다도 나는 범인과 직접 마주쳤어요. 빌룸센이 아니라 진짜 범인하고요. 그 사람은 훨씬 작아요."

"스웨덴에서?"

키엘의 말에 두냐는 의자에 앉으면서 고개를 끄덕였다.

"맞아, 왠지 그 사람이 케블링에가 있는 남쪽으로 내려갈 것 같았어. 그를 쫓아가다가 공장 창고에서 카티아 스코우의 몸을 자르는 모습을 봤고. 정말 끔찍했어."

두냐는 처참하게 잘려 있던 카티아의 몸을 눈앞에서 떨쳐버리려는 듯이 고개를 흔들었다.

"얼굴을 봤어?"

얀이 처음으로 두냐를 쳐다보면서 말했다.

"아니, 등을 지고 서 있었거든. 나를 돌아봤을 때는 방독면을 쓰고 있었어. 그때 다른 사람들을 마취시킨 것처럼 나도 마취시킨 게 분명해."

"하지만 다른 사람들은 죽였잖아."

"그게 내가 하고 싶은 말이야. 어째서 스웨덴에서는 나를 살려뒀으면서 몇 시간 뒤 덴마크에서는 나를 죽이려 했을까?"

두냐의 질문에 아무도 대답하지 않고 서로 얼굴만 쳐다봤다.

"그래, 왜 그랬을 것 같은데?"

마침내 슬레이스네르가 물었다.

"빌룸센은 순수하게 쾌락을 추구하는 자라면 우리의 범인은 완전히 다른 동기가 있으니까요. 나는 그 사람의 범행 대상이 아니었던 거죠."

"그렇다면 왜 빌룸센이 등장한 거지?"

슬레이스네르는 네스프레소 기계 앞으로 걸어가 모두 보라는 듯이 5크로네를 바구니에 떨어뜨렸다.

"빌룸센이 무죄라면 자네 집엔 왜 침입한 거지? 그리고……."

"그가 무죄라는 말을 누가 했죠? 그저 가장 최근에 일어난 세 사건의 범인이 아니라고 했을 뿐이에요. 하지만 극단적으로 잔혹하고 생식기를 관통한다는 건 빌룸센의 수법과 거의 동일해요."

"그 말은, 모방 범죄라는 거야?"

키엘이 물었다.

"맞아, 그럴 수도 있어. 어쨌거나 빌룸센은 우리가 자신을 쫓는다는 걸 알았고, 도망치는 대신……."

"잠깐, 미안하지만, 이해가 안 되는군."

슬레이스네르가 손을 높이 들어 올렸다.

"나는 빌룸센이 범인이라고 확신해."

슬레이스네르는 과거 사건과 최근 사건들의 유사성을 표시한 화살표와 사진으로 가득 찬 화이트보드를 턱으로 가리키면서 말했다.

"우리가 범인을 잡지 못했다고 생각해야 할 이유가 하나도 없는 것 같은데."

"눈이 멀었어요?"

두냐는 고함치면서 책상을 손바닥으로 세게 내리쳤고, 에스프레소 잔이 옆으로 넘어졌다.

"지금도 살해범이 밖에 돌아다니고 있다는 게 문제라고요."

또다시 탁자 위로 침묵이 내려앉았다. 모두 서로를 쳐다보면서 슬레이스네르의 반응을 기다렸다. 그 누구도 슬레이스네르에게 두냐처럼 소리를 질러보지 못했다. 두냐는 의자에서 일어나 다시 네스프레소 기계에 커피 캡슐을 넣고 새로 에스프레소를 뽑아 와 자리에 앉았다. 이번에도 5크로네를 바구니에 넣을 생각은 하지 않았다.

"두냐, 정말로 솔직하게 말하지."

마침내 슬레이스네르가 입을 열었다.

"자네가 엄청난 일을 한 건 맞아. 그건 의문의 여지가 없어. 이곳에 모인 사람들 모두 그렇게 생각하겠지만, 정말로 이렇게 빠른 속도로 수사가 종결되리라곤 생각 못했어. 그러니까, 정말 축하해."

슬레이스네르는 몇 차례 손뼉을 치더니 걷기 시작했다.

"그래도 자네의 말투나 태도는 절대로 받아들일 수 없군."

그는 두냐의 뒤에 섰다.

"하지만 지난 24시간 동안 엄청난 일을 겪었는데도 결국 살아남았다는 사실이 자네가 이런 행동을 하게 한 거라고 확신하네. 이 문제에 관한 한, 일단 모른 척 넘어가주지. 한동안은 말이야. 우리의 용의자에 관해서라면 자네가 완전히 잘못 짚고 있다는 생각이 드는군. 지금 자네는 자신이 무슨 말을 하고 있는지도 모르는 게 분명해. 하지만 나는 속이 좁은 상사는 되고 싶지 않아. 또 다른 범인이 있다는 생각은 흥미롭게 받아들이지. 우리를 어디로 데려가는지 보기 위한 작은 게임으로 말이야."

"정말 친절하시네요. 그 말은 그러면 우리가……."

"그래서 내 첫 번째 질문은 이거야. 왜 자네를 네우만과 스코우의 몸과 함께 트렁크에 넣었을까? 그냥 스웨덴에 내버려두지 않고? 자네 덕분에 우린 그 차를 훨씬 빠르게 찾아냈고, 많은 증거를 찾았지. 그 증거 가운데 하나는 DNA를 분석하려고 연구소로 보냈어."

"증거라고요? 뭘 찾았어요?"

"찾았지. 우리가 아니라 페데르센이 찾은 거지만."

얀이 말했다. 그는 이어서 말하기에 앞서 계속해도 좋은지 슬레이스네르의 오케이 사인을 기다렸다.

"페데르센이 밤새 작업하고 시신을 검사했어."

얀은 갈색 봉투에서 사진을 두 장 꺼내 두냐 앞에 있는 탁자에 내려놓았다.

두 장 모두 위에서 내려다본 사진이었다. 첫 번째는 악셀 네우만의 잘린 몸이 조명을 켠 검사대 위에서 원래 모습대로 놓인 사진이었다. 악셀 네우만의 몸은 모두 열한 조각으로 잘렸다. 두냐는 여자를 반으로 자르는 데 실패한 마술사를 떠올리지 않을 수 없었다. 두 번째는 카티아 스코우의 몸을 다시 맞춰놓은 사진이었다.

"스코우의 오른쪽 가슴은 어디 있어?"

두냐가 사진을 좀 더 가까이에서 들여다봤다. 있어야 할 오른쪽 부분이 분명히 없었다. 그와 달리 악셀 네우만은 가운데가 잘렸다.

"아직 못 찾았어. 하지만 중요한 부분은 여기야."

얀은 갈색 봉투에서 스코우의 생식기를 확대해 찍은 사진을 꺼내면서 말했다.

"페데르센이 가해자의 정액을 확보했어. 빌룸센이 기소됐을 때는 확실히 찾지 못했던 거지."

두냐는 고개를 끄덕였다.

"하지만 빌룸센의 정액이 아니라면?"

"검사 결과가 나오면 알 수 있겠지. 자, 그럼 내 질문으로 돌아가지. 그 차에 자네를 태워 온 이유가 뭘까?"

슬레이스네르가 말했다.

"나도 바로 그 질문을 했어요. 그 대답은 하나밖에 없다고 결론을 내렸고요."

두냐는 다른 사람들과 모두 눈을 마주쳤다.

"그는 내가 그 차와 그 안에 든 모든 걸 아주 빨리 발견하기를 바란 거예요."

"그 증거들을 모두?"

키엘의 말에 두냐는 고개를 끄덕였다.

"빌룸센에게 혐의를 씌우려고?"

얀이 물었다.

"그게 목적일 수도 있지만, 그건 오히려 부작용일 수 있다고 생각해. 우린 지금 무고한 사람을 죽이고 시신을 훼손하는 인간을 상대하고 있다는 걸 명심해야 해. 빌룸센은 진짜 목적을 우리가 알 수 없게 하려는 미끼인 게 분명해."

"진짜 목적이라니, 그게 뭐지?"

슬레이스네르는 짜증이 났다는 것을 조금도 감추려 하지 않으면서 물었다.

"아직은 확실하게는 몰라요. 하지만 피해자들이 그 대답을 가졌을 게 분명해요. 좀 더 정확히 말하자면 피해자들에게서 사라진 것들이요."

두냐는 손가락으로 카티아 스코우의 사진을 두드리면서 말했다.

"게다가 우리는 헬싱외르 항구 밑으로 떨어진 자동차를 빨리 인양해야 해요. 그게 불가능하면 누구든 바다에 들어가서 살펴봐야 하고요. 범인이 여기 온 건 그 차 때문임이 분명해요."

두냐의 말에 슬레이스네르는 입을 앙다물고 한참 생각했다.

"좋아, 원한다면 그렇게 하지. 하지만 DNA 분석 결과가 빌룸센의 것으로 확인된다면 그 순간, 모든 수사 기록은 문서 보관소에 넣고 끝을 내는 거야, 알겠나?"

슬레이스네르의 말에 모두 고개를 끄덕였다.

두냐를 제외한 모두 말이다.

07:30-08:30 아침 먹기

08:30-08:42 설거지하기

08:42-09:00 씻기

09:00-09:14 옷 입고 짐 싸기, 면도하기(아빠)

09:14-09:15 자동차에서 눈 털어내기

09:15-09:30 워터파크까지 가기

09:30-12:00 워터파크에서 놀기

"빨리 해. 늦으면 안 돼."

마틸다가 직접 그리고 색칠한 일정표를 파비안의 손에서 잡아빼면서 말했다.

7시 13분에 마틸다는 파비안의 방에 불을 켜고 침대로 올라와 아빠의 배에 앉아서는 일요일에 두 사람이 함께할 일정을 적은 종이를 보여줬다. 하지만 파비안은 세 시간도 제대로 자지 못했다. 그런 상태라면 정상적인 기능을 절반도 발휘하지 못할 게 분명했다.

잠시 뒤, 에스프레소 두 잔을 연달아 마시고 조금 정신을 차린 파비안은 오늘만은 완전히 아빠로 살 거라고 다짐했다. 수사는 조금 뒤로 미뤄도 된다. 어차피 에델만 모르게 수사를 해나갈 방법을 생각하려면 시간이 필요하니까. 오늘은 아이들이 하자는 대로 따를 생각이었다. 심지어 출퇴근 시간에 지하철을 타야 하는 것보다도 더 싫어하는 워터파크에 가자는 아이들의 요구도 들어주기로 했다.

하지만 그 전에 화려한 아침 식사부터 해야 했다. 마틸다와 함께 상을 차리고 강림절 초를 켜고 테오도르를 깨우려고 아들 방으로 갔다. 보통 아들 방에 들어가면 그 혼란과 먼지 뭉치 때문에 빨리 환기를 시키고 오염 물질을 제거하고 싶어졌다. 하지만 오늘은 완전히 다른 느낌이 들었다. 바닥에 쌓여 있는 옷과는 전혀 상관이 없는, 마치 배를 강하게 한 대 맞은 듯한 느낌이었다.

테오도르는 똑바로 누워서 자고 있었다. 그 모습을 보니 어젯밤 행동이 떠올랐다. 파비안이 한 일은 처벌을 받아야 하는 범죄일 뿐 아니라 용서받지 못할 죄였다. 그는 아들을 때렸다. 자제심을 잃고 아들의 얼굴을 세게 치고 말았다.

테오도르의 얼굴은 퍼렇게 멍이 들었을 뿐 아니라 오른쪽 눈과 피딱지가 앉은 윗입술은 심하게 부어 있었다. 아들의 모습을 보는 순간 파비안은 위가 뒤틀렸고 식욕이 사라져버렸다. 침대 끝에 털썩 주저앉아 한 손으로 머리를 받치고 다른 손으로 조심스럽게 아들의 머리를 어루만졌다. 정말로 아들을 이렇게 세게 쳤다고? 파비안은 스스로를 용서할 수 있을까? 시간이 흐르면?

바닥에 떨어져 있는 흙 묻은 청바지가 간밤의 상황을 이야기해줬다. 아니, 바닥에 고인 눈 녹은 물이 더 많은 이야기를 해줬다. 그러니까 파비안이 분명히 나가지 말라고 했는데도 테오도르는 밖에 나갔다 온 것이다. 집에 있겠다고 약속했으면서 밖으로 나간 것이다.

파비안은 당장 아들을 깨워 어디에 갔다 왔는지 말하라고 요구하고 싶었다. 하지만 그럴 경우 어떤 일이 벌어질까? 이미 어제저녁에 큰일이 있었다. 결국 그가 택할 수 있는 최선은 지금은 아들을 그저 자게 내버려두고 다른 일이 모두 진정됐을 때 소냐와 함께 해결하는 것이었다.

"하지만 아빠, 얼마나 오래 걸리는데?"

스톡홀름 남부 종합병원 주차장으로 들어갈 때 뒷좌석에서 마틸다가 물었다.

"오래 안 걸려. 기껏해야 30분쯤?"

"하지만 그럼 워터파크에 갈 수 없어. 거긴 9시 30분에 문 연단 말이야. 아빠, 약속했잖아."

마틸다는 옆에 있는 여러 겹 꽁꽁 싸서 비닐봉지에 담은 물건에 손을 뻗으며 말했다.

"하지만 말린이 전화했는데 내가 가지 않으면 화낼지도 모르잖아. 수영은 못할지도 모르지만 나머지는 모두 할 수 있을 거야."

마침내 차를 세울 곳을 찾은 파비안이 말했다.

"영화도 보고 맥도날드도 가고, 나머지 계획은 모두 할 수 있어. 약속할게."

"그럼 사탕 사줘."

마틸다가 비닐봉지를 잡아당기면서 말했다.

"오늘? 오늘은 일요일인데?"

"응, 일요일 사탕 줘. 지금 먹을래."

파비안이 조용히 고개를 끄덕여 뒷좌석의 명령을 받아들이고 자동차 밖으로 나오는 동안 마틸다는 비닐봉지를 열어 눈이 커다란 도자기 인형을 봤다.

말린은 다섯 명의 환자와 함께 6인실 병실에 있었다. 말린은 자고 있었다. 얼굴은 덮고 있는 침대 시트처럼 창백했고 땀에 젖은 이마에는 헝클어진 머리카락이 달라붙어 있었다. 한 팔에는 링거가 연결됐고 단추가 반쯤 풀린 환자복은 민망할 정도로 많이 풀어 헤쳐졌다. 파비안은 바퀴 달린 탁자에 있는 스테인리스 꽃병에 가능한 한 조용하게 꽃을 꽂았다.

"아줌마 죽었어?"

파비안이 꽃에 꽂아둘 카드를 적고 있을 때 마틸다가 물었다.

"아니, 그냥 피곤한 것뿐이야. 자, 가자."

파비안은 마틸다의 손을 잡고 병실 문을 향해 걷기 시작했다.

"어딜 가려고 그래?"

뒤에서 나는 목소리에 돌아보자 말린이 그를 쳐다보고 있었다.

"자는 거 같아서, 깨우지 않으려고……."

"알아. 자, 여기 앉아서 말 좀 해봐. 안녕, 마틸다. 와줘서 고마워. 저기 의자가 하나 더 있으니까 가져와 앉아."

마틸다가 의자를 가지러 갔다.

"뭘 말하라는 거야?"

파비안이 물었다.

말린이 파비안에게 살짝 눈을 흘겼다.

"나는 임신중독이지 뇌를 절단한 게 아니야."

파비안은 의자를 침대 옆으로 끌어당겨 앉았다.

"말린, 네가 이미 알고 있는 것 말고는 별로 할 말이 없어. 네가 쓰러진 뒤에 크렘프가 창문으로 뛰어내린 게 전부야."

"그거야 잘 알지. 그 뒤로 무슨 일이 있었는데?"

"별로, 특별한 일은 없었어. 수사는 끝났고, 모두 행복해."

파비안은 정말이라는 듯이 활짝 웃었다. 마틸다가 사탕 봉지를 뜯는 소리가 들렸다.

"안데르스가 너한테 이렇게 행동하라고 했어?"

"그게 무슨 말이야? 이렇게 행동하라니? 안데르스하고는 말도 해본 적 없어. 말린, 도대체 무슨 말을 하는 건지 알 수가……."

"진짜로 내가 뒤로 넘어가기 전에 그만둬. 나한테 모두 끝났다는 말 따위는 하지 말라고. 일요일이라 아무 일도 못한다는 사실이 엄청나게 초조해서 얼굴을 잔뜩 찡그린 걸 내가 못 볼 거 같아?"

파비안은 이미 어떤 말을 할지 결정했지만 다시 한번 어떻게 할지 고민하면서 한숨을 내쉬었다.

"난 크렘프가 범인이 아닌 것 같아. 크렘프는 미끼고 범인은 따로 있다는 생각이 들어."

파비안은 강한 반발을 예상하면서 털어놓았지만 생각하던 반응은 나오지 않았다. 말린은 눈조차 흘기지 않았다. 파비안의 말을 듣지 못했거나 반응을 하기에는 너무나 피곤한지도 모른다는 생각이 들었다.

"말린? 내 말 들었어?"

파비안은 말린의 얼굴 앞에 손을 대고 흔들었다.

"응, 들었어. 그리고, 아니야, 내가 아직 뇌는 죽지 않았거든. 사실, 나도 같은 의심을 하고 있었어."

"너도? 언제부터?"

"병원에서 깨어나고 얼마쯤 지난 뒤에. 갑자기 크렘프가 '다른 자아'에 관해서 말했다고 생각했던 게 사실은 그가 한 일이 아니라는 생각이 들었거든."

"정말?"

파비안이 말린에게 좀 더 가까이 다가가면서 말했다.

"범죄 현장에 검증 갔을 때, 크렘프가 누군가 갑자기 나타났다는 말을 했잖아?"

파비안은 고개를 저었다. 그때는 말린의 상태를 신경 쓰느라 크렘프가 하는 말에는 귀를 기울일 여유가 없었다.

"안타깝지만 비디오테이프는 사라졌어."

"그게 무슨 소리야? 사라지다니?"

"어제 토마스가 찍은 영상하고 모든 자료를 다시 검토해보려고 우리 방에 갔었거든. 그런데 누군가 이미 증거 자료를 모두 치워버렸어."

"그게 무슨 말이야? 누가 그걸……."

"비밀경호국 아닐까?"

파비안은 에델만 이야기는 한동안 하지 않는 것이 좋겠다는 결론을 내렸다.

"어떻게, 왜 가져갔는지는 모르겠지만, 우리보다는 높은 사람들이 가져갔다는 건 확실해. 그 말은 크렘프가 범인이 아니라는 사실을 아는 사람이 우리 말고도 더 있다는 뜻이겠지."

"카메라를 토마스에게 맡긴 게 영 미덥지 않던 게 다행이었네. 저기 탁자에 있는 전화기 좀 줘봐."

"직접 녹음했어?"

파비안이 전화기를 가지러 가면서 물었다.

"집에 가자마자 다시 들어보려고 녹음했지."

말린은 전화기 잠금 상태를 풀고 오디오 파일을 찾았다.

"이거 들어봐."

크렘프의 떨리는 목소리가 전화기에서 흘러나왔다.

"모든 게 옳아야 해. 만사가 별처럼 빙글빙글 돌지 않는다면 정말 피곤하거든. 갑자기 그자가 나타났어. 그 수상한 인간 말이야. 물론 나밖에 없었지만. 열쇠를 가지고 있었어. 어쨌거나 거기 있었어. 그 녀석이 마음대로 문을 고치고 열었어. 내가 모를 거라고 생각했지만, 난 알았어. 그러다 모든 게 컴컴해지고 무거워졌어. 마치 내가 사라져버리는 거 같았어."

"오시안, 제발 진정하고……."

말린은 오디오 파일을 닫고 파비안을 똑바로 봤다.

"들었어?"

"수상한 인간이라고 한 거 말이야? 그냥 또 다른 자아를 말한 거 아닐까? 자기한테는 또 다른 인간이 있다고 했었잖아."

"나도 처음 들었을 때는 그냥 그렇게 말한 거라고 생각했거든. 하지만 한 번 더 들어봐."

말린이 다시 오디오 파일을 틀면서 말했다.

"아빠, 언제 가?"

마틸다가 뒤에서 징징거렸다.

"모든 게 옳아야 해. 만사가 별처럼 빙글빙글 돌지 않는다면 정말 피곤하거든. 갑자기……."

"아빠, 재미없어."

파비안은 마틸다를 돌아보지 않은 채 조용히 하라고 했다. 그래서 마틸다가 재킷에 숨겨온 도자기 인형을 꺼내 들고 등에 있는 버튼을 누르는 모습을 보지 못했다.

"물론 나밖에 없었지만. 열쇠를 가지고 있었어. 어쨌거나 거기 있었어. 그 녀석이 마음대로 문을 고치고 열었어. 내가 모를 거라고 생각했지만, 난 알았어. 그러다 모든 게 컴컴해지고 무거워졌어."

"열쇠 얘기를 하잖아. 열쇠를 가지고 있었어, 어쨌거나 거기 있었어, 고치고 열었어, 라고 말하잖아."

말린의 말에 파비안은 고개를 끄덕였다. 말린이 옳았다.

"게다가 크렘프는 '수상한'이라고 말하지 않았어. '수염 난'이라고 말했지. 분명히 자기가 아닌 다른 사람을 말한 거야. 수염이 난 사람이 자기 집으로 들어왔다고 말한 거야. 열쇠도 없었는데. 여길 들어봐."

말린이 다시 오디오 파일을 틀었다.

"난 매일 문을 잠갔어. 볼트도 바꿨어. 문을 잠그고, 잠그고, 잠겼는지 또 확인했어. 날마다 그랬어. 안 그러면 확신할 수 없으니까."

"자물쇠까지 바꿨는데도 그 수염 난 사람이 여전히 문을 열고 들어온 거야."

"그 사람이 범인이라고 생각해?"

"아니면 누구겠어?"

파비안은 잠시 말린의 말을 생각해봤다. 청소부가 카트를 끌고 들어오더니 병실 바닥을 대걸레로 닦기 시작했다.

"어머, 감사해요. 저기, 내가 어제 바닥에 커피를 좀 쏟았어요."

말린은 침대 옆 바닥을 가리키며 말했다.

"분명히 크렘프의 아파트로 들어가는 다른 방법이 있는 거야."

대걸레를 피해 몸을 움직이면서 파비안이 말했다.

"나도 그렇게 생각해. 비계 말이야."

"아니, 비계는 안 될 거야. 분명히 외스트괴타가탄에서 들어가는 방법이…… 마틸다!"

파비안은 다급히 마틸다에게 뛰어가 인형을 빼앗았다.

"지금 뭐 하는 거야? 아빠가 이거 가지고 놀라고 했어?"

파비안은 인형 뒤쪽에 있는 버튼을 황급히 눌러 껐다.

"말해봐. 아빠가 이거 손대도 된다고 했어?"

"내 거라고 생각했어."

마틸다가 울음을 터뜨렸다.

"꽁꽁 포장해놔서 내 거라고 생각했단 말이야."

눈물이 마틸다의 뺨을 타고 마구 흘러내렸다.

"그래, 그럴 수 있어."

파비안은 마틸다의 머리를 쓰다듬으며 달랬다.

"아빠, 화났어?"

"아니야, 그냥 크리스마스이브도 되기 전에 네가 풀어봐서 당황한 거야."

"파비안, 대체 왜 그러는지 물어도 돼?"

말린의 말에 파비안은 고개를 끄덕였다.

"그래, 먼저 네 병실을 옮길 수 있는지부터 알아보고."

파비안이 사설탐정보다도 더 편집증이 심하다는 말린의 말은 옳을지도 몰랐다. 하지만 파비안은 그냥 지나칠 수 없었다. 편집증이든 아니든 그로서는 말린의 병실을 옮기지 않으면 안심이 되지 않았고, 병원 직원들에게도 가까운 가족 말고는 말린이 옮긴 병실을 외부에 발설하지 않겠다는 약속을 받아뒀다.

마틸다는 인형에 장착된 카메라를 켰고, 파비안이 카메라를 끄기 전까지 얼마나 오랫동안 어떤 방식으로 정체를 알 수 없는 인물에게 파비안과 말린이 나눈 이야기가 전해졌을지 알 수 없었다. 아예 도청되지 않았다면 가장 좋겠지만 어쩌면 처음부터 두 사람이 나눈 대화와 병실 풍경이 생생하게 전달됐을 수도 있었다.

처음에 파비안은 인형을 부숴버린다는 생각을 했지만, 원래 계획대로 힐레비 스툽스에게 살펴보게 하는 것이 좋겠다는 결론을 내렸다. 운이 좋다면 카메라가 무엇을 찍어 누구에게 전송했는지 알아낼 수도 있을 테니까.

스툽스는 불과 몇 초 만에 파비안이 가장 두려워한 걱정이 사실임을 확인해줬다. 안바시 리미티드는 3년쯤 전에 폐업한 중국 기업이지만 이미 스파이 활동에 사용할 만한 다양한 제품을 충분히 생산해둔 상태라고 했다. 누구나 인터넷으로 주문하면 안바시 리미티드에서 만든 갖가지 도청 장비를 구입할 수 있었다.

무선 카메라는 안바시 리미티드에서 마지막으로 만든 제품이었다. 파비안이 걱정한 것처럼 3G 모바일 네트워크를 사용하는 SIM 카드와 함께 장착하면 움직임을 감지하는 순간 영상과 음향을 무선 카메라를 설치한 사람에게 전송했다. 안타깝게도 스툽스는 SIM 카드는 미리 통화료를 지불한 익명의 사용자가 설치했기 때문에 영상을 수신하는 사람을 찾아낼 방법이 없다고 했다. 분명히 수신인이 자신의 IP 주소를 노출하지 않고도 영상을 받아볼 수 있는 프록시 서버를 이용할 거라는 말도 했다.

"하지만 파비안, 이해가 안 되는 게 하나 있어."

파비안이 인형을 다시 비닐봉지에 넣으며 크렘프의 아파트 열쇠를 달라고 요청했을 때 스툽스가 말했다.

"수사는 끝난 거 아니야? 그러니까, 범인이 죽었잖아?"

파비안은 고개를 끄덕이며 그저 마무리를 제대로 하기 위해 필요하다고만 말했다. 파비안이 마틸다가 기다리는 자동차로 돌아왔을 때 스툽스는 전화를 걸어와 넘어지지 않도록 조심하라고 했다.

빡빡하게 짜여 있던 오전 일정에서 크게 벗어났지만 마틸다는 놀랍게도 기분이 좋았다. 하지만 이후의 일정은 고집스럽게도 고수하면서 조금의 일탈도 허락하지 않았다. 아빠와 딸은 맨 먼저 쇠데르할라르나에 있는 3D 극장으로 갔다. 마틸다는 이제 막 개봉한 제임스 카메론 감독의 〈아바타〉를 보겠다고 고집을 부렸다. 파비안은 〈에일리언〉과 〈터미네이터〉는 좋아했지만 '파란 인간들이 마구 나오는 영화'(예고편을 보고 파비안은 〈아바타〉를 늘 그렇게 불렀다)에는 조금도 관심이 가지 않았다.

안타깝게도 파비안의 불안은 현실이 됐고, 2시간 40분짜리 '숲속을 거니는 장면'이 나오는 동안 유일하게 좋았던 점은 3D 안경을 쓰고 눈을 감을 수 있어 절실하게 필요하던 잠을 잤다는 것이다.

그런 파비안과 달리 마틸다는 〈아바타〉가 너무너무 좋았다고 했고, 자신이 본 영화 중 최고라고 했다. 물론 마틸다는 영화관에 올 때마다 그런 생각을 하는 것 같았다. 단지 이번에는 그날의 남은 일정을 모두 취소하고 다시 극장으로 들어가 〈아바타〉를 한 번 더 볼 생각을 했다는 점이 달랐지만 말이다. 하지만 다시 영화를 보기에는 두 사람 모두 배가 고팠기 때문에 계획한 대로 폴쿵아가탄에 있는 맥도날드에 들렀다. 점심을 먹고 다시 차에 오른 두 사람은 마리아토리에트 쪽으로 방향을 틀어 마지막 일정을 완수할 장소가 나올 때까지 계속해서 달렸다.

7:15-8:00 커피를 사가지고 가서 엄마 놀래주기

파비안은 이 계획은 취소되거나 실행할 시간이 없기를 바랐다. 놀라게 하는 것보다 소냐가 좋아하지 않는 것은 이 세상에 없었다. 더구나 전시회를 앞두고 마무리를 할 때, 그 어느 때보다도 스트레스가 쌓여 있을 때 그녀를 방해하는 것은 좋은 생각이 아니었다.

차를 타고 달리면서, 호른스가트스푸켈른을 훌쩍 지난 곳에서 차를 세우면서도 파비안은 마틸다에게 그냥 아빠랑 커피를 마시러 가자고, 아니면 테오도르를 나오게 해 셋이서 커피를 마시자고 설득했다. 하지만 마틸다는 조금도 물러서지 않았다. 커피는 반드시 소냐와 함께 마셔야 하고, 그것도 갑자기 찾아가서 마셔야 한다고 했다. 30분 뒤에 두 사람은 뭉크브로가탄 6번지 입구에 서서 초인종을 누르고 있었다.

"왜 아무도 대답 안 해?"

양손에 김이 모락모락 나는 종이컵을 든 마틸다가 물었다.

"글쎄, 아마 그림 그리느라 바쁜가보다."

"지금?"

"아니면 그냥 방해받고 싶지 않은 거 아닐까? 엄마가 전시회 앞두고 얼마나 스트레스받는지 잘 알잖아."

파비안은 초인종을 조금 더 길게 누르고 기다렸다.

"마틸다, 카페로 돌아가서 거기서 마시자. 네 핫초코 다 식겠다."

마틸다는 고개를 저었다.

"아빠가 열쇠로 열고 들어가면 되잖아."

"무슨 열쇠?"

"아빠 열쇠. 아빠, 엄마 작업실 열쇠 있잖아."

"그게 무슨 말이야? 아빠는 여기 열쇠가 없……."

"아빠!"

마틸다가 파비안을 노려봤다.

물론 파비안에게는 소냐의 작업실 열쇠가 있었다. 소냐가 열쇠를 잃어버리거나 필요할 때 파비안이 들어갈 수 있도록 비상용으로 가지고 있는 열쇠였다. 하지만 갑자기 작업실로 쳐들어가 소냐를 놀라게 하는 데 사용할 수는 없는 열쇠였다. 그에게 작업실 열쇠가 있다는 사실을 알다니, 마틸다는 어디까지 알고 있는 걸까?

"음, 어디 보자, 여기 있네."

파비안은 열쇠를 꺼내 열쇠 구멍에 넣고 돌렸다.

엘리베이터에서 내려 작업실로 향하는 계단을 올라가 마틸다는 한 손가락으로 작업실 초인종을 눌렀다.

"문이 열려 있어."

몇 초 뒤에 마틸다가 말했다.

"그래도 엄마가 나올 때까지는 기다려야……."

"아빠, 문이 잠기지 않았다니까!"

파비안은 주저하면서 문을 열었다.

"일단 아빠가 들어가 볼게. 넌 여기서 기다려."

놀랍게도 마틸다가 고개를 끄덕였기 때문에 파비안은 혼자서 작업실로 들어가 내부를 둘러봤다.

파비안은 자신이 어떤 모습을 기대했는지 알 수 없었다. 지난 네 번의 전시회 주제였던 새롭지만 의미 없는 수중 그림들을 채우지 못하고 텅 빈 캔버스 앞에 웅크리고 누워 있는 소냐를 보게 될 거라고 생각했을까? 아니면 지금 눈앞에 있는 모습을 상상했을까? 헤드폰을 낀 소냐는 일렬로 쭉 늘어선 캔버스 앞에서 작업하면서 티어스 포 피어스의 〈샤우트〉를 엄청난 소리로 따라 부르고 있었다.

파비안은 안도의 한숨을 내쉬었지만 소냐가 자신을 발견하는 순간 일어날 일을 생각하니 점점 더 불안해졌다. 소냐는 분명 내가 흐름을 끊었다고 엄청 비난할 거야. 파비안은 자신이 해야 할 가장 현명한 일은 조용히 작업실에서 나가 엄마를 평화롭게 내버려두는 것이 가장 좋은 일임을 마틸다에게 알려주는 것이라고 결론 내렸다. 하지만 몸을 돌리면서 전등 스위치를 건드리는 바람에 전등이 잠깐 꺼졌다가 켜졌고 소냐가 몸을 돌리면서 헤드폰을 벗었다.

"둘이 뭐 하고 있는 거야?"

소냐는 파비안이 예상한 바로 그 딱딱하고 경직된 표정을 지어 보였다.

"내가 분명히……."

"엄마, 우리가 커피 가져왔어!"

마틸다가 현관의 전등을 켜면서 작업실 안으로 들어왔다.

소냐는 입을 다물고 웃어 보이려 했다.

"소냐, 절대로 오지 않으려고 했지만, 마틸다 고집 알잖아."

소냐는 고개를 끄덕이면서 한숨을 쉬었다.

"알았어."

"정말로?"

소냐는 고개를 끄덕이고 마틸다 앞에 웅크리고 앉았다.

"우리 딸, 뭐 사 왔는지 볼까?"

"커피랑 루시아 번."

"으음, 엄마가 정말로 먹고 싶던 거네."

놀랍게도 소냐의 휴식 시간은 생각보다 훨씬 좋았다. 침묵이 깔리거나 냉소적인 말이 오갈 것이라는 파비안의 불길한 예감은 실현되지 않았다.

마틸다는 아주 세세한 부분까지 미리 계획을 세워 왔다. 소냐는 작업실 중앙에 식탁보 역할을 할 천을 가져오라는 명령을 들었고 파비안은 전등을 꺼야 했다. 최대한 많은 향초를 찾아와 소냐가 가져온 천 주위에 동그랗게 배치해 불을 켜라는 명령도 들어야 했다. 마틸다는 스테레오에 파비안이 열아홉 번이나 녹음한 프린스의 〈아이 우드 다이 포 유〉 CD를 집어넣었다.

커피는 벌써 오래전에 식어버렸고 루시아 번은 이미 딱딱해지기 시작했지만 그런 것은 문제가 되지 않았다. 마틸다는 부모와 함께 하는 시간을 충분히 즐겼고 크리스마스 계획부터 내년 여름휴가 때 놀러 가고 싶은 곳에 이르기까지 다양한 주제로 대화를 이끌어갔다. 현대 무용을 하는 무용수처럼 파비안과 소냐는 두 사람이 가장 끔찍한 함정에 빠지지 않도록 서로를 도왔다.

파비안은 자신도 여러 번 웃고 있음을 깨달았고, 소냐의 딱딱한 미소가 시간이 흐를수록 점점 더 편안해지고 자연스러워진다는 사실에 감명을 받았다. 소냐의 굳은 표정과 웅크린 어깨, 앙다문 입술이 자연스럽게 풀리는 동안 파비안은 작업실에서 씨름하면서 불안해해야 했던 시간을 보내기 전에, 아이들을 길러야 했던 그 긴 시간을 보내기 전에, 그 많은 부부싸움을 해야 했던 그 시간을 견디지 않아도 좋았던 과거에, 두 사람이 처음으로 함께했을 무렵에 소냐가 어떤 표정을 지었는지 기억해냈다. 모든 일이 지금처럼 단순하다면 정말로 좋을 텐데.

파비안은 문득 8시가 넘었다는 사실을 깨달았다.

"마틸다, 이제 엄마가 일할 수 있게 우린 가자."

파비안이 떠날 준비를 하면서 말했다.

마틸다는 고개를 흔들었다.

"그냥 여기 있으면 안 돼?"

"안 돼. 엄마 일은 어떻게 하고?"

파비안이 마틸다의 손을 잡으며 말했다.

"너도 엄마가 일해야 한다는 거 알잖아. 게다가 네가 적은 계획표에도 8시에는 집으로 돌아간다고 쓰여 있잖아. 벌써 8시 30분이 되고 있는걸."

"제발!"

"아니, 이제 가야 해."

파비안이 마틸다의 팔을 잡고 일으켜 세우면서 말했다.

"가기 싫다고 했잖아."

마틸다가 파비안의 손을 밀어내면서 소리를 질렀다.

"파비안, 괜찮아. 그냥 두고 가. 어차피 내일부터는 크리스마스 휴가잖아."

소냐가 말했다.

"엄마 말이 맞아. 절대로 엄마 방해 안 할게. 정말이야."

마틸다가 소냐를 끌어안으며 말했다.

파비안은 진심으로 괜찮다고 하는 건지 알아보려고 소냐의 눈을 똑바로 봤다.

“정말 괜찮아. 어차피 이것들만 작업하면 돼.”

소냐가 작업실에 세워둔 캔버스들을 가리키면서 말했다.

“이것만 마무리하면 영원히 끝이야.”

“그럼 이거 다음에는 뭘 그려?”

마틸다가 물었다.

소냐는 어깨를 으쓱하더니 일어섰다.

“다리에 도착하면 다리를 건너야겠지.”

소냐는 조용히 파비안을 따라 밖으로 나왔다.

“맞아.”

소냐의 말에 파비안은 몸을 돌려 그녀를 쳐다봤다.

“뭐가?”

“우리가 아주 좋은 상황은 아니라는 거 알아. 당신 말처럼 곧 끝날 지점에 와 있는지도 몰라.”

소냐는 한숨을 쉬면서 바닥을 내려다봤다.

“아무튼, 내가 조금 생각해봤는데, 우리가 이런 상태를 얼마나 유지할지 잘 모르겠어.”

파비안은 이제는 자신이 말해야 할 차례임을 분명히 알면서도 그저 침묵이 커지도록 내버려뒀다. 소냐는 그가 적극적으로 나서서 자신은 그녀를 정말로 사랑한다고, 곧 모든 일이 잘될 거라고 안심시켜주기를 바란다는 사실을 파비안은 잘 알고 있었다. 하지만 이번에는 그도 아무런 행동을 하지 않았다. 언제나 파비안은 무슨 일이 있어도 두 사람은 함께하리라는 확신이 있었다. 이혼하자는 말을 한두 번 한 적은 있지만 그것은 아무 의미 없는 공허한 협박일

뿐이었다.

하지만 솔직히 말해서 이제는 더는 알 수가 없었다. 파비안이 할 수 있는 일이라고는 그저 고개를 끄덕이고 몸을 돌려 조용히 계단을 내려오는 것뿐이었다.

세미라 아케르만은 마지막으로 수영장을 한 바퀴 돌면서 손님들이 남기고 간 수건과 실내화를 수거했다. 이제 폐장할 시간이 됐으니 손님들은 모두 퇴장해달라는 안내 방송이 두 번 나왔고 손님들도 대부분 보관함을 비우고 밖으로 나갔다. 하지만 언제나 늑장을 부리는 손님은 있기 마련이고 오늘 밤도 예외는 아니어서 아직도 누군가 샤워하는 소리가 들렸다.

세미라는 보통 일요일에는 근무하지 않았다. 동료들과 달리 계약할 때 일요일에는 절대로 근무하지 않는다는 조건을 단서로 달았다. 나이 때문에 다른 직원들의 비웃음을 받는 신임 인사부 부장이 아픈 직원으로 인해 일요일에 결원이 생기면 세미라에게 '전체 팀을 위해' 대신 근무를 서달라고 부탁했지만 세미라는 늘 거절했다. 당연히 그런 세미라에게 전체 '팀'은 짜증을 냈다. 마치 전체 '팀'에 속한 사람들이 그녀를 위해 뭔가를 해준 것처럼 말이다.

절대로 안 될 일이었다. 세미라의 일요일은 신성한 날이었다. 그녀의 인생에서 퇴보하지 않았고 완벽하게 의미를 잃지 않은 것은 일요일뿐이었다. 일요일에는 주로 집에서 시간을 보냈다. 좀 더 정확하게 말하면 안락의자에 앉아 다리를 발판에 걸치고 창턱에 놓아 둔 뜨거운 차를 마시며 좋은 책을 읽었다. 세미라는 책을 읽는 것이 좋았다. 그녀를 의자에서 일어나게 할 수 있는 것은 산책을 하지 않는다는 사실을 부끄럽게 만드는 좋은 날씨뿐이었다.

평소에 세미라는 모험심을 발휘해 새로운 길을 걸어보려고 마음먹는다. 가장 좋은 모험은 모르는 이웃 마을을 탐사하는 것이다. 하지만 대부분은 함마르뷔 호수의 부두 쪽으로 걸어가 로텐에서 호수를 건너 새로 만들었어도 아름답기는 한 건물들 사이를 거니는 것으로 끝이 났다. 산책은 두 시간 정도면 끝나지만 도중에 어딘가에 앉아 책을 읽을 때는 좀 더 걸리기도 했다.

하지만 이 특별한 일요일에 그녀는 직장에 나왔다. 그녀의 선택이었다. 그녀가 인사부 부장에게 오늘 근무를 서도 되느냐고 요청했을 때 그는 세미라가 농담을 한다는 듯이 쳐다봤다. 하지만 재빨리 진지하게 고민하더니 일요일에 나와도 추가 수당을 줄 수 없다는 사실을 분명히 했다. 그 말을 듣는 순간 세미라는 그럼 됐다는 말을 할 뻔했지만 잠시 생각해보고 가만있었다. 오늘은 종일 집에 혼자 있을 자신이 없었기 때문이다.

버스에서 그 남자가 쫓아온 뒤로 예전과 같은 것은 하나도 없었다. 언니는 그 남자가 경찰 같다고 했다. 간신히 그 남자를 따돌리기는 했지만 그때부터 그녀는 먹지도 자지도 책을 읽지도, 심지어 버스도 다시 탈 수 없었다. 그래서 메드보리아르플랏센역까지 걸어가 초록색 라인을 타고 가서 구시가지에서 빨간색 라인으로 갈아탔다. 그녀는 사람들 사이에 있을 때 훨씬 안심했다. 그녀가 일하는 스투레바데트도 그런 곳이었다.

이제 수영장 문만 닫고 퇴근하면 될 테지만 세미라는 그럴 수 없었다. 여자 탈의실에 낙오자가 있기 때문이었다. 보통 낙오자들은 뻔뻔한 제안을 하려고 남아 있는 남자들이었다. 그럴 때면 그녀는 고개를 저으며 크게 웃고는 경비원을 부르기 전에 빨리 옷을 입으라고 부탁한다. 그래도 문제가 해결되지 않을 때를 대비해 얼음처럼 차가운 물이 나오는 호스도 들고 갔다.

여자들은 거의 문제 될 때가 없는데, 탈의실로 들어가면서 세미라는 생각했다. 걱정할 이유는 전혀 없다고, 계속해서 자신을 다독였다.

카르넬라 언니가 오늘 밤에는 함께 있겠다고, 어떻게 해서든지 세미라가 잠들 수 있게 해주겠다고 약속했다. 분명히 잠을 자지 않겠다는 세미라를 설득하고 계속해서 자야 할 또 다른 이유를 제시하겠지만, 잠을 자는 것이야말로 그녀가 할 수 없는 일이었다. 어느 정도는 그 모든 일이 언니의 책임이라고 할 수 있었다.

세미라 자신은 애초부터 그 의견에 반대했고 안전할 뿐 아니라 아주 간단하고 쉽다는 언니의 의견을 계속해서 듣는 것조차 거부했다. 하지만 그녀의 상태가 너무 나빠지자 확신은 흔들리기 시작했고, 돋보기가 없으면 책도 읽지 못하자 마음을 바꿀 수밖에 없었다.

그 뒤로 걱정이 그녀의 가슴에 커다란 덩어리가 되어 자라기 시작했고 심지어 치료사에게도 말하기 싫은 이상한 꿈을 꾸기 시작했다. 하지만 수년이라는 시간이 흐르자 가슴속 덩어리는 줄어들었고 그녀의 삶은 정상으로 돌아왔다. 카르넬라 언니의 말이 옳았다. 정말로 위험할 일은 하나도 없었다.

지금까지는 말이다.

샤워실에서 물소리가 더는 나지 않았기 때문에 세미라는 탈의실을 둘러봤다. 사람은 보이지 않았다. 보관함은 모두 열려 있고 텅 비었지만 어딘지 모르게 이상했다. 그녀는 샤워실로 들어갔다. 거기도 비어 있었다. 몇 초 전까지만 해도 물소리가 들리던 샤워실이었다. 재빨리 샤워실을 둘러봤다. 수도꼭지 한 개에서 아직도 물이 떨어지고 있었다.

도움을 요청해야 하는 게 아닐까 잠시 생각했지만 걱정에 굴복하고 싶지는 않아 그녀는 그대로 변기가 있는 곳으로 걸어갔다. 문제의 손님은 나가기 전에 화장실에 다녀와야겠다고 생각한 게 분명했다. 그런데 그곳에도 없었다. 이제 남은 곳은 사우나실밖에 없었다. 만약 그곳에도 아무도 없다면 세미라는 전체 수영장을 다시 한 번 둘러봐야 했다.

건식 사우나실 문은 매우 빽빽했기 때문에 세미라는 두 손으로 문손잡이를 잡고 힘껏 당겼다. 사우나실 벽은 깜짝 놀랄 정도로 뜨거웠다. 그녀는 직원 무료 이용권을 오랫동안 쓰지 않았다는 사실을, 스파에서 몇 시간 동안 몸을 푹 담근 것이 너무나도 오래됐다는 사실을 깨달았다. 세미라는 이 일이 모두 끝나면 자신의 일요일 가운데 한 날을 정해 그 특권을 충분히 누려야겠다고 생각했다.

세미라는 먼 구석에 떨어져 있는 수건을 집으려고 벤치 세 개를 올라갔다. 온몸을 감싸줄 것처럼 따뜻하고 포근하던 열기는 후끈하고 견디기 힘든 뜨거움으로 바뀌었다. 수건을 집어 올릴 때 그녀의 몸을 타고 땀이 흘러내렸다. 그녀는 땀을 흘리는 사람이 아니었다. 그런데도 자신도 모르는 사이에 온몸이 땀으로 흠뻑 젖어 있었다.

그녀는 벤치에서 내려와 문으로 갔다. 문은 다시 강하게 닫혀 열리기를 거부했다. 옷이 몸에 달라붙을 정도로 땀에 젖은 채 힘껏 문을 잡아당겼지만 꿈쩍도 하지 않았다. 내일 출근하면 관리인에게 말해 저녁에 고치라고 해야지. 세미라는 문에 온몸을 부딪쳐 간신히 열고 나올 수 있었다.

습식 사우나실로 가는 동안 그녀는 점검을 끝내면 집에 가기 전에 샤워를 해야겠다고 생각했지만, 사실 갈아입을 옷이 없기 때문에 그럴 수는 없었다. 더구나 반드시 해야 할 일도 있었다.

어떻게, 왜 그런 생각을 하게 됐는지는 모르지만 세미라는 불현듯 그래야 한다는 생각이 들었다. 집에 가자마자 그녀는 경찰에 연락해 자신이 알고 있는 모든 이야기를 털어놓아야겠다고 결심했다. 카르넬라 언니가 불같이 화를 내겠지만 자신은 알 바 아니었다. 세미라는 옳은 일을 해야 했다.

습식 사우나실 문은 쉽게 열렸다. 세미라는 설사 사람이 있다고 해도 전혀 보이지 않을 자욱한 증기 안으로 고개를 들이밀었다.

"여보세요? 누구 있어요? 문 닫을 시간이에요."

세미라는 가능한 한 차분하고 침착하게 말하고 싶었지만 자신의 목소리를 듣는 순간 그것이 자신이 느낄 수 있는 마지막 자극임을 깨달았다.

파비안은 트렁크 밑 칸에서 손전등을 꺼내고 트렁크를 닫았다. 외스트괴타가탄을 건너면서 리모컨을 눌러 자동차 문을 잠갔다. 작업실에서 집으로 가는 동안 그는 소냐가 한 말과 자신의 위치를 고민해 봤다. 하지만 슬루센을 지날 무렵에는 오시안 크렘프의 아파트로 들어가는 다른 통로가, 열쇠가 필요 없는 또 다른 통로가 있을 거라는 말린의 말이 떠올라 사라지지 않았다. 말린의 말이 옳았다. 범인은 문이 아닌 다른 곳을 통해 크렘프의 아파트로 들어간 게 분명했다.

범죄 현장에 검증을 나갔을 때 파비안은 그저 오시안이 횡설수설하며 라디오에 관해 말했다는 것만 기억났다. 하지만 말린은 임신을 했고 임신중독 때문에 힘들어하면서도 침착하게 크렘프의 입에서 나오는 말들을 자세하게 새겨들었다. 크렘프는 열쇠를 새로 달았는데도 수염 난 남자가 자신의 집으로 들어올 수 있었다고 했다. 파비안을 비롯해 수사반의 그 어떤 경찰보다도 말린이 뛰어난 이유는 바로 이런 세심함 때문이었다.

내일까지 기다리지 말고 당장 가보자고 결정 내리는 일은 호른스가탄에서 직진하지 않고 왼쪽으로 꺾어 쇠데를레덴으로 가는 것만큼이나 어렵지 않았다.

나선형 계단을 올라가면서 파비안은 그리모스와 에델만의 전화 통화를 생각했다. 말린에게 두 사람의 통화 내용을 이야기하지 않은 것은 아직 파비안 자신도 그 일을 어떻게 처리해야 할지 확신이 서지 않기 때문이었다. 에델만은 얼마나 많은 것을 알고 있으며, 파비안이 들이미는 사실에 어떤 반응을 보일까? 파비안에게 확실한 것은 한 가지뿐이었다. 어떤 일이 있어도 옛 스승을 의심해야 하는 상황은 벌어지지 않았으면 한다는 것이다. 그러려면 크렘프의 혐의를 벗겨줄 충분한 증거를 모아 에델만이 수사를 재개할 수밖에 없도록 만드는 것이 최선이었다.

파비안은 스툽스에게서 받은 열쇠로 문을 열고 크렘프의 아파트로 들어갔다. 어수선한 집 안으로 들어가면서 손전등을 켜고 벽을 비췄다. 도대체 어디서부터 시작해야 할지 알 수가 없었다. 숨겨진 통로를 찾는다는 것은 파비안이 이곳에 온 몇 가지 이유 가운데 하나에 불과했다.

힐레비 스툽스는 아파트의 두 가지 모습은 오시안 크렘프의 각기 다른 두 자아를 대변한다고 했다. 크렘프에게는 조직적이고 체계적인 자아와, 기억력 결핍에 왜인지 알 수 없는 이유로 모든 물건을 널려놓는 또 다른 자아가 있었다. 그 같은 가설은 종이에 적혀 있을 때는 논리적인 것처럼 느껴지지만 현실에서는 너무나도 부정확했다.

두 개의 자아 가설 덕분에 스툽스는 상당히 빠른 속도로 무인 임대 창고에서 아담 피셰르를 찾아낼 수 있었다. 하지만 스툽스가 추정한 것과는 달리 그 단서를 숨겨놓은 사람은 크렘프가 아니었다. 부엌에 메스를 넣어둔 사람도, 헥산 가스통을 놓아둔 사람도, 버스에 탄 여자의 눈을 도려낸 사람도 크렘프가 아니었다.

그런 일을 한 사람은 범인이었다.

누군가 크렘프가 완벽한 범인 역할을 할 수 있도록 아파트에 물건을 배치하고 모든 단서를 심어둔 것이다. 이제부터 파비안이 해야 할 일은 이 같은 추론이 옳음을 증명할 증거를 찾는 것이다.

파비안은 누가 봐도 대대적인 수리가 필요해 보이는 욕실부터 시작하기로 했다. 욕조 가장자리는 그 어떤 세제를 써도 때를 벗겨낼 수 없을 것처럼 짙은 노란색이었고 리놀륨 바닥의 이음새 부분은 곰팡이가 끼어 시커멨고, 약품 보관함의 거울은 완전히 탁해서 거울 역할을 제대로 해내는 부분은 띄엄띄엄 보일 뿐이었다.

파비안은 약품 보관함 문을 열어 선반을 살펴봤다. 맨 위에는 아타락스, 레포넥스, 조피클론 같은 신경안정제가 놓여 있었고 가운데 선반에는 다양한 습진 연고가 있었다. 파비안이 찾는 물건은 치약과 치실이 놓인 맨 아래 선반에 있었다. 범죄 현장을 검증할 때 크렘프가 언급한 빨간 약통이었다. 파비안은 빨간 약통을 들어 자세히 살펴봤다. 뚜껑이 달린 플라스틱 약통은 일주일 치 아침, 점심, 저녁 약을 담을 수 있는 칸으로 나뉘었다.

월요일 아침부터 토요일 아침까지의 칸은 비어 있었다. 크렘프가 토요일에 체포됐다는 사실을 생각하면 당연한 일이었다. 나머지 칸에는 색이 다른 약이 들어 있었다. 파비안은 아무 약이나 들어 입에 넣고 씹어봤다. 연구소에 보내 공식적으로 확인해봐야겠지만 파비안의 의심은 충분히 해소된 것 같았다. 크렘프는 매일 정해진 대로 약을 복용했지만, 맛으로 판단하건대 그는 그저 설탕을 먹은 것에 불과했다. 파비안은 맨 위 선반에 있는 약병을 꺼내 그 안에 든 약을 먹어봤다. 그 약도 설탕이었다.

크렘프는 몰랐겠지만 한동안 약을 먹지 못한 것이 분명했다. 문제는 얼마나 오랫동안 약을 먹지 못했는가였다. 몇 달 동안 먹지 못했다면 해리성 정체 장애가 다시 발병하는 동안 범인이 크렘프를 통제하고 이용할 시간은 충분했을 것이다.

파비안은 약통을 들고 거실로 나왔다. 탁자에 약통을 놓고 거실을 둘러봤다. 범인이 들어온 입구를 본격적으로 찾아보기 전에 딱 하나, 먼저 찾아야 할 것이 있었다. 아주 넓은 면적을 볼 수 있는 곳에 자리 잡았을 것이 분명했다. 파비안의 눈이 책으로 가득 찬 책장에서 멈췄다. 책장을 본 것이 이번이 처음은 아니지만 뭔가 이해할 수 없는 점이 있다는 느낌은 처음이었다.

책장에는 정원 관리 책과 미술 책 사이에 에니드 블라이튼의 동화책과 분홍색 로맨스 소설이 꽂혀 있었다. 모두 크렘프가 너무나도 좋아해서 책장에서도 가장 눈에 띄는 곳에 꽂아놓았을 리 없는 책이었다. 그렇다면 이런 책들이 책장 한가운데 꽂혀 있는 이유는 한 가지밖에 없었다. 크렘프가 아닌 다른 사람이 꽂아둔 것이다.

파비안은 책을 한 권씩 꺼내 자세히 살펴봤다. 책장 한가운데 꽂힌 소피 킨셀라의《당신만 아는 비밀》을 꺼냈을 때 찾던 물건을 발견했다. 책 안쪽은 책을 덮었을 때 공간이 생기도록 도려냈고, 그 공간에는 도자기 인형의 몸속에 숨겨져 있던 발광 다이오드를 넣은 직사각형 플라스틱 상자가 있었다.

파비안은 카메라의 스위치를 끄고 약병을 놓은 탁자에 올려둔 뒤 본격적으로 숨어 있는 통로의 입구를 찾아 나섰다. 그 어느 때보다도 크렘프가 문을 잠근 뒤에 범인이 다른 통로로 들어왔으리라는 확신이 강하게 들었다. 파비안은 현관 입구부터 수색해나갔지만 옷걸이에 걸린 코트 뒤에도, 벽 하나를 덮고 있는 적갈색 천 뒤에도 입구는 없었다.

거실에 있는 창문 두 개도 살펴봤다. 깨진 흔적은 없었다. 창문 하나를 열어 건물의 외벽을 따라 손전등을 비췄다. 두 건물의 정면 사이로 개 짖는 소리가 울려 퍼졌고 파비안의 차 앞에 주차해 있던 오펠이 출발하더니 블레킹에가탄을 따라 달려갔다. 건물의 외벽에서도 사람이 아파트로 들어올 만한 곳은 찾을 수 없었다.

크렘프의 아파트에서는 이웃 아파트와 맞닿아 있는 벽이 없었기 때문에 파비안은 계속해서 바닥을 뒤졌다. 양탄자를 들춰보고 소파 밑을 손전등으로 비췄다. 천장을 손전등으로 비추면서 직각으로 금이 간 곳을 살펴봤다. 거미줄 여러 가닥, 벗겨진 노란 페인트 조각 말고는 아무것도 없었다. 숨겨진 공간은 없는 것 같았다. 부엌에도 욕실에도 통로가 될 만한 곳은 없었다.

아직 침실이 남아 있기는 하지만 크렘프가 자는 데 들였을 시간을 생각해보면 통로가 그곳에 있을 것 같지는 않았다. 오히려 부엌과 욕실을 거의 직접 연결하는 청소 도구 보관실이 훨씬 더 흥미로울 것 같았다. 크렘프가 거실에 앉아 라디오를 듣는 동안 범인이 청소 도구 보관실에서 나와 손쉽게 부엌에 메스를 갖다 두거나 욕실에서 약을 바꿨을 것 같았다.

파비안은 청소 도구 보관실 문을 열었다. 아파트의 나머지 장소와 마찬가지로 사각형 패턴이 그려진 벽지가 보였다. 파비안은 커버 없이 전구만 있는 전등을 켰다. 넓이가 1.5제곱미터쯤 되는 청소 도구 보관실은 모든 것이 제자리에 잘 정리되어 있었다. 한 선반에는 온갖 종류의 세제가 놓였고 더 높은 선반에는 화장실 휴지와 종이 타월이 놓여 있었다.

파비안은 진공청소기와 빗자루 두 개, 대걸레가 들어 있는 양동이를 꺼내고 무릎을 꿇고 앉아 들뜬 낡은 리놀륨 바닥을 살펴봤다. 손전등을 비추자 좀벌레 한 마리가 바닥의 갈라진 곳으로 후다닥 도망쳐 들어갔다. 하지만 보관실 어디에도 입구가 될 만한 곳은 없었다.

파비안은 청소 도구를 다시 보관실에 집어넣으면서, 너무 가까이 있어서 미처 보지 못하는 완전히 다르고 명확한 설명이 있는 것은 아닌지 고민했다. 그때 갑자기 현관 쪽에서 들어오는 두 줄기 손전등 불빛 때문에 파비안은 생각을 멈췄다.

누군가 아파트 안으로 들어오고 있었다. 어쩌면 두 사람일 수도 있었다.

파비안은 거실에서 한 사람이 다른 사람에게 말하는 소리를 들으며 재빨리 크렘프의 침실로 들어갔다. 무슨 소리를 하는지는 정확하게 알아들을 수 없었지만 그 가운데 한 명은 침실로 들어오는 것이 분명했다. 파비안은 재빨리 바닥에 엎드려 먼지투성이 침대 밑으로 들어갔다. 삐걱거리는 바닥을 밟고 걸어오는 묵직한 부츠가 한 켤레 보였다.

부츠는 침대에서 조금 떨어진 곳에 멈춰서더니 몇 분은 지난 것 같은 긴 시간 동안 가만히 있었다. 파비안은 불빛 두 개가 바닥을 쓸고 침대에서 그리 멀지 않은 곳을 살피는 동안 숨을 참고 있었다. 그에게는 무기가 없었다. 엎어진 자세는 조금만 움직여도 다른 사람의 주의를 끌 정도로 큰 소리가 날 수 있었다. 파비안에게 유리한 점이라고는 부츠를 신은 사람이 그의 존재를 모른다는 것뿐이었다. 만약에 저 사람이 조금만 더 가까이 온다면…… 그의 마음을 읽었는지 부츠가 파비안 쪽으로 움직이기 시작했다. 처음에는 한 발만 내디디고 가만히 있었지만 이내 또 다른 발을 내디뎠고, 침대 바로 옆에 와서 멈췄다. 그 사람은 조심스럽게 왼쪽 팔을 뻗어 한쪽 부츠의 발꿈치를 만졌다. 그때 갑자기 거실에서 휘파람 소리가 들렸다. 부츠는 뒤로 몇 발짝 걸어가더니 몸을 돌려 침실에서 나가버렸다.

파비안은 크게 숨을 내쉬었다. 하지만 두 사람이 다시 돌아와 침대를 샅샅이 뒤지는 것은 시간문제였다. 파비안은 손전등을 켜고 밧줄이나 덤벨 같은 무기가 될 만한 것이 있는지 살펴봤다. 하지만 침대 밑에는 먼지와 팬티 한 장, 짝이 맞지 않는 양말 몇 짝, 신문 더미 말고는 아무것도 없었다.

그때 파비안은 침대 밑의 벽에 구멍이 뚫린 것을 발견했다. 그의 집 욕실에서 본 적 있는 구멍이었다. 보기는 했으되 그 구멍 밑에 있는 작은 수도관에서 물이 빠져나오기 전까지는 그 존재를 의식해본 적 없는 그런 구멍 말이다. 흰색 법랑질 금속 커버는 수도관의 상태를 확인하고 누수를 고칠 때 들여다보는 구멍을 막은 뚜껑이었다.

하지만 저 구멍에 수도관이 있을 리 없었다. 이곳이 침실이라는 점은 차치하고라도 이곳은 부엌이나 욕실과는 멀리 떨어져 있었다.

그런데도 저런 구멍이 있다니, 너무나도 이상한 일이었다. 파비안은 꿈틀거리며 구멍이 있는 곳까지 기어가 바닥에 손전등을 놓고 아주 조심스럽게 스프링이 장착된 뚜껑을 눌러 열었다.

수도관은 보이지 않았다. 파비안의 눈에 들어온 것이라고는 블랙홀 같은 구멍뿐이었다. 손전등을 들어 구멍 안을 비췄다. 그 구멍은 그저 작은 구멍이 아니었다. 꼭대기 층에서 지하실까지 수직으로 연결된 단면적이 2제곱미터쯤 되는 통로였다.

잃을 것이 없던 파비안은 입으로 손전등을 물고 구멍으로 몸을 들이밀었다. 입구 바로 위에 튀어나와 있는 견고한 볼트가 손잡이 역할을 해줬기 때문에 그는 밑으로 떨어지지 않고 똑바로 몸을 유지한 채 다리를 구멍으로 끌어들일 수 있었다. 구멍 입구 밑에 발 하나를 디디고 내려다보자 반대쪽 벽까지 이어져 발로 디딜 수 있는 두꺼운 전선이 여러 개 보였다. 파비안은 전선을 딛고 일어나 통로 벽을 살펴봤다.

입구에서 조금 아래에는 마치 보행자 통로처럼 반대쪽 벽에 있는 비슷해 보이는 구멍에 걸쳐진 두툼한 판자가 있었다. 한 발 한 발 판자 위를 내딛는 사이 파비안이 물고 있던 손전등이 입에서 빠져나가 수직 통로 밑으로 떨어져 내렸고, 몇 초 뒤에는 땅바닥에 부딪히는 소리가 메아리처럼 들려왔다.

칠흑 같은 어둠 속에서 파비안은 균형을 잃지 않으려고 다리를 넓게 벌린 채 조심스럽게 앞으로 걸어갔다. 반대쪽 벽에 도착한 파비안은 손을 더듬어 입구를 막고 있는 물건을 찾았다. 이번에는 손으로 눌러 여는 뚜껑이 아니었다. 그것은 마치 꼬인 철사나 얇은 강판처럼 느껴졌다. 손으로 힘껏 밀어 열어보려 했지만 구멍을 막은 물건은 꿈쩍도 하지 않았다. 파비안은 판자에 몸을 대고 두 발로 그 물건을 힘껏 밀었고, 마침내 구멍을 통해 반대쪽 벽으로 들어갈 수 있었다.

구멍을 빠져나오는 순간 파비안은 자신이 이곳에 처음 온 것이 아님을 알 수 있었다.

집에 오자마자 새로 산 휴대전화를 상자에서 꺼내 컴퓨터에 연결하고 저장된 주소록을 전송하려 할 때 전화벨이 울리기 시작했다. 발신자 전화번호를 본 순간 두냐는 전화를 건 사람이 카르스텐임을 알았다. 지난 24시간 동안 정말로 카르스텐의 목소리가 절실하게 그리웠지만 지금은 전화를 받을 마음이 들지 않았다. 생각해야 할 것이 너무 많았다. 온종일 카르스텐은 단 한 번도 그녀나 그녀의 동료에게 연락을 취하지 않았다. 오직 지금에서야, 그녀가 겪은 일이 스톡홀름까지 뉴스로 전해졌을 지금에야 연락을 해온 것이다. 정말로 편리하게도.

하지만 그래서 두냐가 전화를 받지 않는 것은 아니었다. 지금은 그저 시간이 없었다.

두냐는 일요일의 거의 모든 시간을 회의실에서 얀 헤스크와 키엘 리크테르와 함께 지금까지 수사에서 찾은 단서를 샅샅이 다시 검토했다. 화이트보드에 적힌 내용을 모두 지우고 완전히 다른 눈으로 사건을 살펴보려고 새로운 방식으로 수사 내용을 적었다. 세 사람은 베니 빌룸센의 유일한 기능이 그저 미끼였음을 입증하는 범행 동기를 찾아야 했다.

얀은 두 사람 사이에 아무 일도 없던 것처럼 할 수 있는 모든 일을 했다. 두냐가 자신에게 전화한 적도 없고 필사적으로 도와달라고, 목숨을 구해달라고 부탁한 적도 없고, 그녀가 절실하게 도움을 필요로 할 때 자신이 등을 돌렸다는 사실조차 없던 것처럼 행동했다. 심지어 사과도 하지 않았고 자신의 행동을 변명하려는 노력도 하지 않았다. 그저 아무 일도 없던 것처럼 지나가는 것으로 충분하다고 생각하는 듯했다.

세 사람은 그다지 많은 의견을 내지 못했고, 기껏 내놓은 의견도 만족스러운 것은 없었다. 단 한 가지 의견을 빼면 말이다.

카티아 스코우의 몸을 원래대로 배열한 사진을 봤을 때 두냐는 스코우의 가슴 부위가 상당 부분 사라졌다는 사실에 크게 충격을 받았다. 하지만 얀도 키엘도 그다지 이상하지 않은 일이라고 생각했고, 다양한 이유를 들어 신체 부위는 아주 쉽게 사라질 수 있다고 설명하려 했다.

하지만 두냐는 자신들이 쫓는 범인이 신체 부위를 흘리고 다닐 사람이 아니라는 확신이 있었기 때문에 가까스로 오스카르 페데르센을 설득해 〈킬링〉 시즌 마지막 방송을 포기하고 부검실로 돌아와 첫 번째 희생자를, 카렌 네우만을 다시 한번 살펴보게 했다.

두냐는 카르스텐의 전화가 음성사서함으로 넘어가게 했다. 하지만 세 번째 전화가 걸려왔을 때는 받을 수밖에 없었다.

"두냐, 당신이야? 대체 뭔 일이 있었던 거야? 뉴스에서……."

"자기야, 난 괜찮아."

"괜찮다고? 그럴 리가 없……."

"맞아, 그래도 자기가 걱정할 필요는 없어. 지금은 다 괜찮아졌으니까."

전화기에서 페데르센이 걸었음이 분명한 발신음 소리가 들렸다.

"저기, 지금은 이야기할 시간이 없어. 끊어야 해."

"뭐? 잠깐만, 나는 그저……."

두냐는 서둘러 전화를 끊고 다시 통화 버튼을 눌렀다.

"안녕하세요? 죄송해요. 방금 다른 전화가 와서요. 뭐 좀 찾은 게 있어요?"

"그래."

"그래요?"

"자네 말이 맞았어. 오른쪽 신장이 사라졌어."

파비안은 두 발로 일어서서 몸을 흔들면서 먼지를 털어냈다. 그는 버려진 아파트에 서 있었다. 이곳이 이렇게 추운 이유는 오시안 크렘프가 자살하면서 깨진 창문으로 매서운 바람이 불어 들어오기 때문이었다. 그는 방금 자신이 밀어낸 냉장고를 쳐다보면서 범인이 크렘프의 아파트로 기척 하나 없이 들어올 수 있었던 이유를 정확히 이해했다.

다른 건물에 있는 두 아파트는 서로 이어져 있었다. 블레킹에가탄에 있는 건물과 외스트괴타가탄에서 모퉁이 하나만 돌면 있는 건물이 서로 연결된 것이다. 두 건물은 경찰이 비닐 덮인 탁자가 있는 아파트를 크렘프의 은신처라고 생각할 정도로는 가까웠지만, 두 건물이 실제로 수직 통로로 연결되어 있다는 생각을 할 수 없을 정도로는 멀었다.

파비안은 재빨리 벽에 뚫린 구멍과 수직 통로 안쪽 사진을 찍고 냉장고를 제자리에 돌려놓은 뒤 문을 향해 걸어갔다. 이미 여러 번 와본 곳이지만 현관문이 닫혀 있을 때 온 것은 처음이었다.

옆방으로 들어가 두 걸음도 떼지 않았을 때 파비안은 천장의 전등이 켜져 있고 비닐을 덮은 탁자가 액체에 젖어서 빛나는 것을 봤다. 탁자를 적신 액체는 바닥으로, 3분의 2쯤 액체가 채워진 커다란 통으로 떨어져 내리고 있었다.

파비안은 숨이 가빠졌다. 방금 이 방에서 누군가가 이 도구들을 사용했다. 몇 분 차이로 두 사람은 어긋난 것이 분명했다. 파비안은 재빨리 통 옆으로 걸어가 투명한 액체를 뚫어지게 봤다. 탁자 위에서 액체가 한 방울씩 떨어질 때마다 통의 가장자리까지 둥근 파동이 일었다. 얼핏 보기에는 그저 평범한 물 같았다. 하지만 몸을 기울여 냄새를 맡자 그 즉시 물이라고 하기에는 이상한 냄새가 난다는 사실을 알아챘다. 통에 들어 있는 액체는 물이 분명했지만 짠맛이 났다. 아파트에 있는 수도에서 받아 온 물은 아니었다.

살인자는 무엇 때문에 이곳까지 바닷물을 가져왔을까?

다음 날 저녁, 나는 당신 아버지 집의 문을 두드렸습니다. 당신 어머니가 나오더니 나를 보자마자 비명을 지르셨고 곧이어 당신 오빠들이 나왔습니다. 당신 오빠들은 나를 벽에 밀어붙였습니다. 내가 당신 집안을 불명예스럽게 만들었다고 했고, 당신 어머니는 당신을 멀리 쫓아버려야 한다고 강요받았습니다. 나는 정말로 충격을 받았습니다. 모든 것이

내 잘못입니다. 그날, 나는 당신이 철책에 다가오지 못하게 했어야 합니다. 그랬다면 이 모든 일이 일어나지 않았을 테니까요. 하지만 지금은 너무 늦어버렸습니다.
당신 오빠들은 나를 마당에 있는 나무로 데려가 당신 아버지가 오실 때까지 때렸습니다. 당신 어머니가 아들들을 말렸는지는 모르겠습니다. 내가 기억하는 것은 더러운 물이 얼굴에 끼얹어지는 걸 느끼고 퉁퉁 부은 눈을 뜨려고 애썼다는 것뿐입니다. 눈을 뜨자 가까이 얼굴을 들이민 당신 아버지가 보였습니다.
그 더러운 발을 어떻게 감히 당신의 땅에 들일 생각을 했느냐고, 당신 아버지는 고함을 치셨습니다. 나는 당신에게 청혼하러 왔다고 말하고 아버님의 승낙을 받기 위해서라면 무슨 일이든 할 준비가 되어 있다고 말했습니다. 그때 불었던 바람과 날아다니던 파리들, 나무의 잎사귀들, 심지어 물이 떨어지던 수도꼭지까지 모든 것을 기억합니다. 당신 아버지는 고개를 끄덕였고 나에게 당신 오빠들과 한 가지 임무를 수행하라고 했습니다.
아이샤, 이제 곧 힘이 떨어져 더는 못 쓸 것 같습니다. 너무나 많은 피를 흘렸습니다. 당신 오빠들은 벌써 아무 말이 없습니다.
정말 미안하지만 우리가 예상한 대로 정착민들의 차량이 다가왔습니다. 우리는 숨어 있던 바위틈에서 빠져나와 돌을 던졌습니다. 트럭들이 멈춰 섰고 우리가 던지는 돌 때문에 차체가 움푹 팬 것이 보였습니다. 어째서 달아나지 않는 걸까, 나는 이상하다는 생각이 들었습니다. 당신 오빠들은 나에게 계속 돌을 던지라고 소리쳤습니다. 당신 오빠들의 눈에는 너무나도 엄청난 공포가 서려 있었습니다. 나는 당신 오빠들이 하라는 대로 했지만, 뭔가 잘못됐다는 걸 분명히 느낄 수 있었습니다.
그들은 눈이 멀 것처럼 밝은 탐조등과 자동화기를 들고 있었고 방탄조끼를 입고 있었습니다. 어떻게 알았는지 모르지만 우리가 기다린다는 사실을 알고 있었던 겁니다. 수십 발 총알이 바위에 부딪히는 동안 우리는 돌을 던졌습니다. 내가 돌을 계속 던진 건 당신 오빠들에게 내가 어떤 각오로 임하는지 보여주고 한번 내뱉은 말은 지키는 남자라는 걸 보여주고 싶었기 때문입니다. 하지만 아이샤, 우리가 하는 일은 아무 소용이 없었습니다. 우리는 한 명씩 쓰러졌고, 탐조등은 피로 벌겋게 물든 바위를 비췄습니다.

그들은 우리를 일렬로 뉘어놓고 상처 부위를 살폈습니다. 내 옆에 있던 자크완은 눈에 총을 맞았지만 아직은 살아 있었습니다. 또 다른 옆에 있던 와심은 기침할 때마다 피를 토했습니다. 나는 배에 총알을 두 방 맞았고 피를 너무 많이 흘렸으니 곧 죽게 될 거라고 생각했습니다. 내가 할 수 있는 일은 그저 별 하나 없이 시커먼 밤하늘을 쳐다보는 것뿐이었습니다. 폭풍이 다가오고 있었습니다.

또 다른 트럭이 다가와 섰습니다. 같이 근무하던 동료들의 목소리가 들렸습니다. 그들이 다가와 내 얼굴에 손전등을 비출 때 나는 고개를 돌렸습니다. 하지만 아무도 나를 알아보지 못했습니다. 아마도 얼굴이 피범벅이기 때문일 겁니다. 그 사람들은 누워 있는 우리를 질질 끌고 가 밴에 던져 넣었습니다.

아이샤, 마치 당신이 이곳에서 내 어깨 너머로 이 글을 읽는 것만 같습니다. 계속 쓰고 싶지만 그럴 힘이 남아 있질 않습니다. 마지막 힘을 아껴 편지를 접고 봉투에 넣어 밤에게 줘야겠습니다. 신께서 굽어보시어 화창한 어느 날 이 편지가 당신에게 닿기를 희망합니다.

당신이 어디에 있건, 무엇을 하고 있건, 나는 그날의 화창함을 생각할 것입니다.

에프라임 야딘

소피에 레안데르가 처음에 한 생각은 메스로 경동맥을 잘라 고통스러운 기다림이 그녀의 몸에서 서서히 빠져나가게 하는 것이었다. 하지만 그 생각은 살아남고 풀려나고 싶다는 유혹에 굴복해 거의 사라져버렸다. 그 유혹이 그녀를 멈추게 한 것이다.

메스 끝을 자신의 목에 댔을 때 그녀는 이 도구를 들고 있고 더는 탁자에 묶여 있지 않다는 사실이 그녀가 살아남을 가능성을 수천 배는 높인 것이라는 생각이 들었다. 사실 그녀가 그 순간에 밖으로 나갈 방법은 전혀 없었는데도 말이다. 방을 샅샅이 뒤졌지만 도움이 될 만한 것은 없었다. 만능 사물함 안 고리에 걸려 있던 작은 열쇠 두 개조차도 도움이 되지 않았다. 미늘 문 작동 장치도 바깥에 있었고 안에서는 문을 열 방법이 전혀 없는 것 같았다.

문을 발로 차면서 소리를 지르면 어떨까 하는 생각도 했다. 누군가 지나가다가 소리를 듣고 뭔가 이상하다는 생각을 할 수도 있으니까. 하지만 아무도 지나가지 않았다.

적어도 지금까지는 그랬다.

소피에는 귀를 문에 대고 정문이 열리고 차가 건물 안으로 들어와 멈추는 소리를 들었다. 자동차 문이 열렸다 닫히고 단단한 바닥 위를 걷기 시작하는 발소리가 들렸다. 그녀는 문을 마구 두드리고 치면서 가능한 한 큰 소리를 내볼까 생각했지만 쉽게 행동에 나설 수가 없었다. 밖에 있는 사람이 누구인지 알 수 없었기에 발소리가 그녀를 가둔 방을 지나가는지 그녀가 있는 방 근처에서 멈추는지 확인할 필요가 있었다. 그녀의 바람은 하나, 발소리가 문 앞에서 멈추지 않는 것뿐이었다.

극도로 긴장한 몸은 부들부들 떨렸고, 놀랍게도 완전히 벗고 있다는 사실은 거의 신경 쓰이지 않았다. 문밖에 있는 사람이 남자든 여자든, 노인이든 젊은이든 상관없었다. 중요한 것은 그녀를 놓치지 않는 것뿐이었다. 발소리가 점점 더 가까이 다가왔다. 이제 곧 발소리는 그녀를 지나쳐 멀어져갈 테고 그 순간 그녀는 행동에 나설 터였다.

하지만 그녀의 두려움은 현실이 됐다.

발소리는 문 앞에서 멈췄다.

잠시 정적이 흘렀고 곧 전동기가 가동되더니 미늘 문이 올라가기 시작했다. 새로운 계획을 세울 시간은 없었지만 그녀는 이미 준비가 잘되어 있었다. 메스를 어떤 식으로 잡고 어떤 식으로 구토를 유발하는 음식물 공급기 뒤에 숨어 있어야 하는지를 정확하게 알았다.

소피에는 탁자를 다시 제자리로 돌려놓고 방 안에서 찾아낸 판지 같은 물건을 쭉 쌓아 사람이 누워 있는 것처럼 보이게 만들었다. 물론 아주 어설픈 시도였지만 다만 몇 초라도 시선을 끌 수 있다면 재빨리 뛰어올라 아무 곳이나 메스를 찔러 넣고 주머니에서 자동차 열쇠를 꺼내 뒤도 돌아보지 않고 달아날 수 있을 것이다.

전동기가 자기 일을 거의 끝냈다. 소피에는 꼼짝도 하지 않고 웅크리고 앉아 셀 수도 없이 여러 번 마음속으로 그려본 대로 그 사람이 방 안으로 들어와 탁자로 걸어갈 때까지 기다렸다. 그리고 재빨리 뛰어올라 메스를 휘둘렀다.

다시 한번 메스를 휘두르려 할 때 소피에는 다리를 심하게 차였고, 몸이 균형을 잃고 머리부터 콘크리트 바닥에 부딪히면서 손에서 메스를 놓쳤다. 얼굴에 뿌려지는 가스를 느끼면서 소피에가 마지막으로 궁금한 점은 어째서 처음 생각대로 하지 않았을까였다.

*

마침내 소피에가 깨어났을 때는 마치 아무 일도 없던 것처럼 느껴졌다. 그저 이제는 끝나버린 꿈을 꾼 것처럼, 잠재의식 속에서 게임을 한 것처럼 느껴졌다. 소피에는 다시 비닐 덮인 탁자 위에 묶여 있었고 입에는 영양분 공급관이 꽂혀 있었다.

하지만 더는 어떤 일이든 신경 쓸 여력이 없었다. 이제 곧 죽게 되리라는 희망조차도 포기한 지 오래였다. 이제부터는 그냥 무관심이 그녀의 모든 의식을 차지하게 할 생각이었다. 무엇보다도 이제는 그저 체크아웃하고 문을 닫고 나가고만 싶었다.

그러나 아무리 노력해도 지금 무슨 일이 벌어지고 있는지는 생각하지 않을 수 없었다. 그녀의 머리카락은 젖어 있었고 샴푸 냄새가 났다. 왠지 가위 소리도 들리는 것 같았다. 지금 머리카락을 자르고 있는 걸까? 젖은 수건이 얼굴을 덮고 있어서 아무것도 보이지 않았지만 가위질이 끝난 듯 옆의 금속 탁자에 가위를 놓는 소리는 들을 수 있었다.

소피에는 머리를 한 번 감을 필요는 있었다. 아니, 두 번은 감아야 할지도 몰랐다. 하지만 머리카락을 잘라야 할 정도로 오랫동안 갇혀 있었던 걸까? 머리카락이 조금 길다는 사실이 무슨 문제라도 되는 걸까?

확실히 문제가 되는 것이 분명했다.

아무리 저항해도 약간의 희망이 생기는 것은 어쩔 수 없었다. 결국 살아남는다면 어떻게 될까? 어쩌면 이제 그녀는 정해진 형을 모두 살고 석방될 준비를 하는지도 몰랐다. 이제 곧 사랑하는 남편이 있는 집으로 가게 될지도 몰랐다. 소피에는 남편이 그리웠다. 남편의 따뜻하고 포근한 포옹이 그리웠다.

갑자기 가슴 위로 차가운 물질이 떨어졌다. 한쪽 가슴에 먼저, 그리고 다른 쪽 가슴에 툭, 떨어졌다. 배에도 떨어졌고 다리에도 떨어졌다. 무슨 크림 같았다. 두 손이 그 물질을 문지르기 시작했다.

좋은 냄새가 났다. 코코넛 향기 같았다.

새벽 4시 30분밖에 되지 않았으니 주변이 밝아지려면 아직 몇 시간은 더 있어야 했다. 1년 중에서 낮이 가장 짧은 날이기도 했으니 어쩌면 아예 해가 뜨지 않을 수도 있겠다고 생각하면서 두냐는 세 잔의 커피를 담아 들고 자동차 밖으로 나왔다. 코트에 나 있는 보이지도 않는 작은 구멍들을 통해 차갑고 습한 바람이 몰려들어 왔다. 카르스텐의 어머니가 크리스마스 선물로 줬지만 평소라면 쓸 생각을 하지 않을 덴마크 국기가 그려진 모자조차도 추위를 조금도 막아주지 못했다.

저 멀리 부두 끝에 키엘 리크테르와 얀 헤스크가 서 있는 모습이 보였다. 두 사람은 대화하고 있었지만 두냐를 보자마자 입을 다물었다. 하지만 굳이 아인슈타인이 되지 않아도 두 사람의 대화 주제가 그녀임은 알 수 있었다. 밖으로 나온 지 1분도 되지 않아 두냐는 날씨가 이보다 더 나쁠 수는 없다는 얀과 키엘의 의견에 기꺼이 동의할 마음이 생겼다.

날이 밝지 않았고 춥다는 사실도 충분히 나빴지만 바다의 상황은 더 끔찍했다. 엄청난 바람이 수면을 마구 흔들어대서 커다란 얼음덩어리들이 이를 갈아대는 것처럼 서로 부딪쳤다. 더구나 항구 관리자는 벌써 몇 번이나 6시 전에는 모든 작업이 끝나야 한다고 채근했다.

“두 사람 모두, 신나 보이지도 행복해 보이지도 않네.”

두냐가 두 사람에게 말을 걸었지만 아무도 웃으면서 반응하지는 않았다.

“커피?”

두냐는 두 사람이 마지못해 집어 들 때까지 커피를 앞으로 내밀고 있었다.

“작업은 어떻게 돼가고 있어?”

“어떻게 돼가고 있을 것 같아? 한번 들어가 볼래?”

얀이 고개로 거친 바다를 가리키며 말했다.

“아니, 난 잠수부가 아니잖아. 내가 보기엔 이미 잠수부가 들어가 있는 것 같고.”

“원하면 언제든지 들어가도…….”

커피를 한 모금 마신 얀은 아주 만족스럽다는 사실을 감추려고 이를 앙다물었다.

키엘의 무전기에서 소리가 흘러나왔다.

“자동차를 찾았다, 오버.”

“가능하면 자동차 문을 열고 들어가 보기 바란다, 오버.”

키엘이 대답하면서 통신이 원활하게 되는 지점을 찾아 걸어갔다.

두냐는 커피를 마시며 부둣가로 걸어가 바다에 떠 있는 시커먼 얼음덩어리들을 내려다봤다. 수면으로 떠오르는 거품도 없었고 탐조등 불빛도 보이지 않았다. 두냐는 물에 젖은 부두와, 크론보르성 뒤쪽 맞은편 부두를 따라 정박해 있는 배들을 지나 더 먼 곳을 바라봤다.

해협 반대쪽에 높이 솟아 있는 스웨덴을 볼 때마다 두냐는 지금까지는 비슷한 생각을 할 때가 많았다. 덴마크의 이웃 나라는 공식적으로는 중립을 표명하며 기본 가치는 서쪽에 많이 기울어 있지만 저 동쪽 나라의 감성은 주류 판매 면허점처럼 언제나 자신들만의 규칙이 존재하는 것이 분명하다고 말이다.

하지만 지금은 완전히 다른 기분이 들었다. 스웨덴이 덴마크에 속절없이 뒤처졌다고 생각했는데 지금은 스웨덴이 훨씬 앞서 나간다는 생각이 들었다. 생각이 바뀐 이유가 스웨덴에서 온 임신한 경찰을 만났기 때문인지 아니면 며칠 전에 처음으로 스웨덴에 발을 내디뎠기 때문인지는 알지 못했다. 두냐가 확실하게 아는 것은 단 하나, 케블링에에서 어떤 경험을 했건 간에 다시 스웨덴으로 돌아가고 싶다는 강렬한 소망을 느낀다는 것뿐이었다.

두냐는 얀을 돌아보면서 커피 맛은 괜찮으냐고 물었지만, 그 말을 입에서 내뱉는 순간 후회했다. 어째서 늘 침묵을 깨는 사람은 자신이어야 하는 걸까? 얀은 어색함을 깨려는 노력은 조금도 하지 않았다. 가능한 한 최대로 시간을 끈 얀은 결국 어깨를 으쓱하더니 거의 알아보지 못할 정도로만 고개를 끄덕였다.

"괜찮은 거 같아."

"다행이네."

두냐는 점점 더 짜증이 났다.

얀은 지금도 두냐가 위험에 처했을 때 자신이 그런 식으로 전화를 끊은 이유에 대해 한마디도 하지 않았다. 카렌 네우만의 사라진 콩팥에 관해서는 두냐가 옳았다는 사실에 대해서도 한마디 하지 않았다. 그저 입을 다물면 빠져나갈 수 있으리라 생각한다면 잘못 판단한 것이다.

"일단 여기 작업이 끝나면 페데르센에게 들러서 잃어버린 신장에 관해 할 말이 있는지 물어봐야겠어."

두냐는 잃어버린 신장이라는 말에 특히 힘줘 말했다.

"그래."

얀은 커피를 한 모금 더 마시더니 어딘지 모를 곳으로 시선을 옮겼다.

그래, 라고? 더 할 말은 없어?

"네 생각은 어떤데? 사실 카렌 네우만을 다시 부검하는 걸 넌 그다지 찬성하지 않았잖아. 다행히 내가 고집을 꺾지 않았고."

마지막 말은 하지 않는 게 좋았다고 생각했지만 이미 늦었다.

얀은 그저 어깨를 으쓱할 뿐이었다.

"내 생각을 말해보라면, 없어진 신장이 빌룸센의 범행 여부를 가려준다고는 생각지 않아."

"생각지 않는다고?"

"그래, 그건 그다지 중요한 발견은 아니라고 생각하니까."

"빌룸센은 앞선 범행에서는 단 한 건도 신체 기관을 가져가지 않았어."

두냐는 얀 앞으로 한발 다가서면서 말했다.

"그래, 강간을 했고 고문을 했고 사체를 훼손했어. 하지만 피해자들 몸은 모두 그대로 남아 있었어. 그런데 이번엔 한 피해자는 콩팥이 사라졌고 다른 피해자는 폐가 사라졌어. 그런데도 어떻게 그렇게 고집스럽게 중요한 발견이 아니라고 말할 수 있지?"

"그건 그저 빌룸센이 같은 일을 반복하고 싶지 않았기 때문이야. 내가 보기에 그건 완벽하게 빌룸센다운 일이야. 예전에는 개를 시켜 피해자를 찢어놨어. 지금은 전리품으로 장기를 하나씩 가져간 거야. 다음번에는 피해자를 갈아서 잔디밭에 비료로 사용할지도 모르지."

얀은 크게 웃으면서 커피를 끝까지 마셨다.

두냐는 얀이 내민 미끼를 물면 안 된다는 사실을 잘 알았지만 어쩔 수 없었다.

"더는 저 밑에 내려가 있게 하는 건 의미가 없을 듯해! 자동차는 완벽하게 깨끗하대."

키엘의 고함에 두냐는 뒤를 돌아봤다.

"아주 놀랍군."

얀이 고개를 저으며 말했다.

"자동차 등록 번호를 확보했는지 물어봐!"

두냐가 키엘에게 소리쳤다.

"이미 했어. HXN 674. 예상한 것처럼 스웨덴 차량이야."

두냐는 엄지를 들며 억지로 웃어 보였다. 그리고 다시 얀을 쳐다보고 가면을 벗었다.

"넌 이번 수사를 조금도 진지하게 생각하지 않는 거지? 그냥 게임을 하고 있는 것뿐이잖아."

두냐의 말에 얀은 고개를 저었다.

"인정하라고. 넌 늙은 여우처럼 그냥 내가 하는 모든 일에 반대하고 있을 뿐이잖아. 진짜 범인이 밖에서 돌아다니는 것도 너한테는 아무 상관이 없잖아."

"아니, 두냐, 그런 문제가 아니야."

“그런 문제가 아니라고? 도대체 몇 명이나 더 죽어야 정신을 차릴 거야? 세 명? 열 명?”

“단 한 명도 아니야. 이제 더는 피해자는 없을 테고. 벌써 범인은 폐와 심장이 찔려서 죽었으니까.”

“하지만 그 사람은…….”

“두냐, 그자가 한 짓이 맞아, 알겠어? 수사팀에서는 단 한 명도, 정말로 단 한 명도, 너를 빼면, 네가 말하는 유령 따위는 믿지 않아. 모두 빌룸센이 범인이라고 확신해. 우리가 이 망할 추운 날에 여기 나와 있는 건 단 한 가지 이유 때문이야. 슬레이스네르가 너를 섹시하다고 생각하니까. 너랑 섹스하고 싶어서 안달이 났으니까.”

두냐는 그 소리를 듣기 전까지는 자신이 무슨 일을 하는지도 몰랐다. 하지만 되돌리기에는 너무 늦었다. 그 행동은 무한대의 가속도로 행해졌으며, 얀만큼이나 두냐도 놀라게 했다.

하지만 그런 행동을 했다는 것이 가장 끔찍한 부분은 아니었다. 두냐의 손바닥이 얀의 뺨을 가격했다는 것은 가장 끔찍한 부분이 아니었다. 두냐에게 맞은 부위에 피가 돌아 얀의 뺨이 발갛게 됐다는 것도 가장 끔찍한 부분은 아니었다.

그 표정이 모든 것을 말해주고 있었다. 가장 끔찍한 부분은 얀의 말이 옳다는 것이었다.

말린 렌베리는 한쪽으로 누워 있던 몸을 돌려 다른 쪽으로 누웠다.

보통 때라면 자세를 바꾸는 데 1초도 걸리지 않겠지만 말린의 임신한 몸은, 지옥에서 온 임신중독에 걸린 배는 자세를 바꾸는 데 적어도 1분 30초가 걸렸다. 몇 번이나 몸을 뒤척였는지는 정확히 세지 않았지만 우울할 정도로 많은 것은 분명했다. 5분 정도만 똑바로 누워 있어도 욕창에 걸릴 것 같고 곪은 부위를 구더기가 몰려와 파먹을 것 같아서 또다시 몸을 뒤집을 수밖에 없었다.

하지만 파비안이 우겨서 옮긴 방에 대해서는 불만을 터뜨릴 수 없었다. 이 방은 첫 번째 병실보다 여러모로 훨씬 좋았다. 그림 액자와 새 커튼이 달려 있고 전원은 꽂히지 않았지만 어쨌거나 텔레비전도 있었으며 무엇보다도 말린으로서는 정말로 하기 싫은 다른 사람과 화장실을 함께 써야 하는 불편도 없었다. 말린은 직장에서도 화장실에 가본 적이 없었다. 임신성 요실금으로 괴로울 때도 말린은 화장실에 가지 않았다. 말린이 마음대로 할 수만 있었다면 영화감독 잉마르 베리만처럼 개인 화장실을 따로 만들어달라고 요구했을 것이다.

문제는 너무나도 따분하다는 거였다. 새벽 4시에 혈압을 재러 온 간호사 때문에 깬 뒤로는 잠들지 못했다. 그 뒤로 거의 세 시간이 흘렀고, 너무나도 따분해서 이 상태로 또다시 5분을 더 보내라고 한다면 지루해서 죽어버릴 것만 같았다. 신문에 나올 기사 제목까지 상상할 수 있을 정도였다.

'임신한 수사관, 따분해서 죽다!'

차라리 집으로 돌아가는 게 더 나을 듯했다. 도대체 두 시간에 한 번씩 혈압을 재고 링거액만 주입할 뿐인데 굳이 병원에 붙잡아놓는 이유를 알 수 없었다.

"안녕, 내 사랑. 나 왔어."

누군가 말린의 이마에 입을 맞췄다.

말린은 고개를 들어 그 남자를 쳐다봤다. 남편, 안데르스였다. 깜빡 잠든 것이 분명했다.

"지금 몇 시야?"

"8시 30분쯤. 기분은 어때? 잘 잤어?"

안데르스가 침대 끝에 앉으면서 말했다.

"자기 얘길 해줘. 내가 부탁한 거 가져왔어?"

말린의 말에 안데르스는 노트북 가방을 들어 보였다.

"한 가지 약속해야 줄 거야. 일하지 않겠다고 약속해."

"알았어, 약속할게. 자, 빨리 줘."

말린이 손을 뻗었지만 그는 노트북 가방을 더 높이 들었다.

"내 사랑, 나 심각해. 어제 의사랑 말해봤는데……."

"안데르스, 그 사건은 끝났어. 그러니까 일 안 해도 돼. 약속할게. 그저 신문 좀 읽고 엄마랑 스카이프 하려고 그래."

안데르스는 잠시 주저했지만 결국 침대에 노트북 가방을 내려놓았다.

"그래, 그 파비안은 다녀갔어?"

"그 파비안?"

말린은 고개를 저었다.

"도대체 왜 자기가 파비안을 싫어하는지 이해를 못하겠어. 하지만, 아니야, 안 왔어. 하지만 온다고 해도 일 때문이 아니라 내가 어떤지 살펴보려는 거겠지."

안데르스가 미심쩍다는 표정을 지었다.

"정말이라니까. 그러니 안심해도 돼."

"모든 게 끝나기 전까지는 절대 안심할 수 없어."

안데르스가 말린의 배에 손을 얹으며 말했다.

"의사 말이 당신이 푹 쉬는 게 정말로 중요……."

"제발, 안데르스, 나도 알아. 지금은 쉬는 것 말고는 하는 게 없는 걸. 너무 쉬어서 오히려 지칠 지경이야. 그건 그렇고, 지금 가야 하지 않아?"

"맞아."

안데르스가 손목시계를 들여다보면서 일어났다.

"하지만……."

"잘 다녀와."

"그래, 마음 푹 놓고 쉬어. 그래야……."

"빨리 가, 허니."

말린은 손을 흔들었고 안데르스는 뒷걸음질로 병실을 나갔다.

말린은 재빨리 노트북 가방을 열어 시작하고 싶었지만 그러기에는 남편을 너무나도 잘 알았다. 말린은 안데르스가 다시 병실 문을 열고 고개를 내밀어 마지막 인사를 하기 전까지 꾹 참고 기다렸다. 남편의 '서프라이즈'가 끝난 뒤에야 말린은 서둘러 노트북을 꺼내 전원 버튼을 누르고 휴대전화의 핫스팟을 켰다.

마침내 일할 수 있게 된 것이다.

파비안은 자동차 앞유리에 붙은 눈을 마지막으로 긁어내고 차 안으로 들어가 엔진이 가열되기를 기다렸다. 그는 운전석에 앉아 가파

른 언덕을 굴러 내려가는 기분을 떨쳐내려고 노력했다. 긴장을 풀려고 헤드폰을 끼고 큐어의 〈키스 미 키스 미 키스 미〉를 들으며 두 시간 동안이나 쇠데르말름을 돌아다녔지만 아무 소용이 없었다.

왠지 무슨 일을 해도 모든 일이 그의 손에서 빠져나갈 것만 같았다. 다행이라면 소냐는 파비안만큼은 불안해 보이지 않았고, 지금은 두 아이를 데리고 베름데에 있는 그녀의 언니 리센의 집에 가 있다는 점이었다. 그곳에서 두 자매와 아이들은 사흘 동안 크리스마스 휴가를 보낼 것이다.

마틸다는 늘 집에 있으면서 갓 구운 빵을 내고 끊임없이 집안일을 하는 이모와 사촌을 만나는 일을 그 무엇보다도 좋아했다. 파비안은, 마틸다는 인정하지 않을지 모르지만, 자신과 소냐를 롤란드 이모부와 리센 이모로 바꾸는 것만큼 마틸다가 원하는 일은 없을 거라고 확신했다.

다양한 회사를 운영하는 롤란드는 무더기로 돈을 벌어들이는 것 같았고 리센은 가정주부로 살려고 법조계 경력을 포기했다. 당연히 아이들은 엄마의 결정을 너무나도 좋아했다. 테오도르조차도 이모네 집에서 크리스마스를 보낸다는 사실을 순순히 받아들였다. 리센의 집에서는 누구나 행복한 크리스마스를 맞을 준비가 되어 있었다. 모두가 선물을 포장하고 숲에 나가 적절한 나무를 옮겨 올 자세가 되어 있었다. 파비안을 빼고 말이다.

파비안은 자신의 아이들을 다른 장소에 다른 사람의 손에 맡겨야 안도할 정도로 시간과 에너지가 없는 부모는 절대로 되지 않겠다고 다짐했었다. 그는 선바이저를 내리고 거울 커버를 열었다. 하지만 그런 부모가 거울 속에 있었다. 모든 점에서 파비안은 자신의 아버지처럼 돼가고 있었다.

소냐는 여러 가지를 생각해봤고 두 사람은 각자의 길을 가야 한다는 결론을 내렸다. 두 사람이 끝도 없는 고통의 시간을 보내야 할 이유는 없다고 했다. 하지만 파비안은 소냐의 눈이 다른 말을 하고 있음을 알았다. 그녀를 위로해주고 두 사람은 계속해서 함께하리라는 확신을 심어주기를 바란다는 걸 알았다.

하지만 파비안은 두 사람이 함께 있어야 할 이유를 단 하나도 찾지 못했다. 밤새 잠을 자지 않고 쇠데르말름을 돌아다녔지만 소냐와 헤르만 에델만에 관해서라면 자신이 어떤 결정을 내리고 싶은지 전혀 알 수가 없었다.

많은 것을 드러내지 않고서 어떻게 상사를 설득해 수사를 재개할지도 전혀 방법이 떠오르지 않았다. 분명하게 아는 것은 그저 자신이 지금 그 어느 때보다 복잡한 사건을 수사하고 있다는 것, 모든 사람이 범인은 이미 밝혀졌으며 죽었다고 생각하지만 사실은 아직 범인이 잡히지 않은 사건을 수사하고 있다는 것, 이번 사건이 어떤 식으로 끝날지를 조금도 알 수 없다는 것뿐이었다.

탁자에는 먼 거리에서 찍은 사진들이 널려 있었다. 걱정스러운 눈빛으로 트럭에서 끌려 나와 회색 뒷문으로 밀려 들어가는 여자들 사진이었다. 여자들의 차림새는 거의 옷을 입지 않았다고 하는 것이 옳은 표현이었다.

"이 사진은 두 달 전에 블랙 캣 밖에서 찍은 것입니다. 1차 심사를 하려고 여자들을 데려오는 소위 '좋은 배달'을 하는 중이죠."

마르쿠스 회글룬드의 설명에 야르모 페이비넨, 토마스 페르손, 헤르만 에델만이 고개를 끄덕였다.

"리스크는 언제 온대요? 누구 아는 사람 있어요?"

회글룬드 옆에서 이미 한참 전에 제 쓸모를 다한 것처럼 보이는 수건에 대고 코를 풀면서 잉에르 카를렌이 물었다.

"아니, 그냥 시작해. 오늘 종일 여기 있을 수는 없으니까."

에델만이 대답했다.

"좋아요."

기침을 참으면서 카를렌이 말했다.

"우리 소식통에 따르면 그 여자들은 한 명씩 클럽 무대에 올라 디에고 아르카스가 검사해서 각자 어느 사창가로 보낼지 결정한다고 하네요."

덴마크 쿠키 통에 있는 마지막 쿠키를 집어 들면서 회글룬드가 말했다.

"검사하다니, 어떻게?"

이미 그 답을 알고 있는 것만 같은 토마스가 물었다.

"상당히 정상적인 이유로 우리가 직접 안으로 들어가 확인하지는 못했지만, 분명히 토마스도 직접 보면 토하고 싶을 거예요."

카를렌이 대답했다.

"곧 또다시 여자들이 실려 올 거라는 정보를 받았어요. 그때 덮칠 거예요."

회글룬드가 커피로 쿠키를 쓸어내리면서 말했다.

"그게 언제인지는 정확히 모르고?"

에델만이 수염을 잡아당기면서 물었다.

"분명히 며칠 안에 실어 온다는 것 말고는 아는 게 없어요. 지금으로서는 교대로 감시하고 언제든지 출동할 준비를 하고 있어야 한다는 게 전부입니다."

"좋아."

에델만이 고개를 끄덕였다.

“내가 인원 요청을 해두지. 인원은 얼마나 필요하지?”

“적어도 서른다섯 명은 있어야 해요.”

카를렌이 대답했다.

“서른다섯?”

에델만이 전화기에서 고개를 들며 말했다.

“블랙 캣뿐 아니라 작은 업소들도 동시에 치려고요.”

회글룬드가 말할 때 파비안이 회의실 문을 열고 들어왔다.

“파비안, 도대체 어딜 갔는지 궁금해하던 참이야. 무슨 일 있나?”

에델만이 파비안을 돌아보면서 물었다.

“이야기 좀 할 수 있을까요? 지금 당장 하면 좋을 것 같습니다.”

파비안이 대답했다.

“그래, 무슨 일인데?”

에델만이 반장실 문을 닫으면서 물었다.

파비안은 에델만을 쳐다봤다. 그는 자신의 옛 스승에게 아주 차분하게 제안할 생각이었고 다른 소식이 자신의 제안을 부드럽게 만들 완충제 역할을 해주길 바랐지만 아침 회의 시간에 늦는 바람에 그럴 가능성은 사라져버렸다.

“그리모스와 피셰르 사건을 다시 수사해야 합니다.”

에델만은 자신이 잘못 들었겠지 하는 표정을 짓더니 작고 둥근 안경을 벗었다.

“왜 그런 생각을 하게 됐지? 일단 앉아.”

“헤르만, 우리가 완전히 잘못 짚은 겁니다. 오시안 크렘프는 그저 수사 방향을 다른 곳으로 돌리려는 미끼일 뿐이었습니다.”

파비안은 낡은 가죽 소파에 앉으면서 말했다.

"그러니까, 정말로 크렘프가 무죄라고 생각한다는 건가?"

"범인은 아직 바깥에서 활보하고 있습니다. 네, 크렘프는 이 사건과 관계가 없습니다."

파비안의 말에 에델만은 크게 웃으면서 고개를 젓더니 냉장고에서 맥주를 두 병 꺼냈다. 그 가운데 한 병을 파비안에게 내밀었다.

"아니, 괜찮습니다."

파비안은 맥주 생각이 절실했지만 거절했다.

"알겠네, 생각이 바뀌면 말해."

에델만은 맥주 뚜껑을 따고 유리잔에 따르더니 창가에 있는 독서용 의자에 앉았다.

"파비안, 그건 정말 뜬금없는 생각이야. 내가 자네를 아주 유능한 수사관이라고 생각한다는 건 알 거야. 정말 최고 수사관 가운데 한 명이지."

에델만은 맥주를 한 모금 마시고 파이프를 꺼내 담배를 채우기 시작했다.

"하지만 솔직히 말해서 그 가설은 너무 터무니없군. 자네, 감각을 잃은 것 같아."

파비안은 에델만이 파이프에 불을 붙이고 한 모금 깊이 빨아들인 뒤 연기를 내뿜을 때까지 기다렸다.

"버스에서 찍힌 여자 기억하시죠? 모든 사진에서 눈을 도려낸 여자 말입니다."

"그래, 다음번 피해자일 가능성이 있는 사람이었지."

"그렇습니다. 제 생각에는, 이미 죽었을 겁니다."

에델만은 파비안의 예상과는 달리 고개를 끄덕이면서 조용히 맥주를 마셨다.

"정확히 말하면 그 사람이 죽었다고 확신합니다."

왠지 대화가 엉뚱한 방향으로 흘러간다고 생각하면서 파비안이 덧붙였다.

"자네 말이 옳아. 정말로 죽었으니까."

에델만은 파비안을 놀리듯이 웃으며 쳐다봤다.

"그게 무슨 말입니까? 그 여자를 찾았습니까?"

파비안의 계획과는 너무나도 동떨어진 상황이었다. 놀라고 당황해야 할 사람은 분명히 에델만이었는데, 실제로는 파비안이 쓰러질 것만 같았다.

"세미라 아케르만이 그 여자 이름이었어. 쇠데르말름과 함마르뷔 호수를 오가는 통근 여객선에서 어제 비상벨이 울렸다는군. 얼음덩어리와 함께 떠다니는 걸 발견한 거야. 아마, 얼음을 밟고 건너려 한 것 같아."

"거기서 얼음 위로 올라가다니, 그런 바보 같은 일을 할 사람이 어디 있습니까? 해협을 걸어서 건너다니요?"

"해협을 건널 생각은 없었을 거야. 조금 나가보고 싶었던 거겠지. 결과가 그렇게 됐지만."

에델만은 어깨를 으쓱하더니 다시 파이프를 입에 물었다.

"이맘때쯤이면 늘 있는 일이잖아. 직접 한번 봐. 저기 책상에 사진이 있으니까."

파비안은 에델만의 책상으로 걸어가 부두로 끌어올린 여자의 사진을 집어 들었다. 분명히 버스에서 본 여자였다. 하지만 사고일 리 없었다. 어쨌거나 파비안은 버려진 아파트에 바닷물이 든 통이 있던 이유를 분명히 알 수 있었다.

"파비안, 대체 무슨 일이야? 자네 표정이 마치, 뭐라고 해야……."

"어젯밤에 크렘프의 아파트를 다시 한번 둘러봤습니다."

파비안이 에델만의 말을 막았다.

"다른 것도 찾았지만, 버려진 아파트에서 크렘프의 아파트로 직접 들어갈 수 있는 통로를 찾았습니다. 그런 통로가 있는 이유는 말하지 않아도 잘 알겠죠. 그 통로는……."

"그래, 밖으로 빠져나갈 통로였겠지."

"아닙니다, 범인이 크렘프의 아파트로 들어오는 통로였습니다."

"도대체 누가, 무엇 때문에 크렘프의 아파트로……."

"크렘프가 먹는 약을 위약으로 바꾸려고요. 헤르만, 범인은 크렘프를 계속 감시했습니다. 책장에 꽂힌 책에서……."

파비안은 입을 다물었다. 이미 자제하지 못하고 너무 많은 말을 했다. 파비안은 숨을 깊이 들이마시고 다시 말했다.

"부검은 누가 했습니까? 토스트룀이 했습니까?"

"그래, 범죄 사건이 아니었어. 폐에 물이 가득 차 있었지. 이 사건은 전혀 복잡하지 않아. 도대체 어떤 결론을 내리고 싶어서 그러는 건가? 자네는 크렘프는 무죄고 다른 누군가가 있다고 생각하지만…… 미안한 말이지만 정말 이상한 소리야."

에델만은 한숨을 쉬면서 담배 연기를 내뿜었다.

"그러니까 저를 믿지 않는다는 말이군요."

"이건 믿고 안 믿고의 문제가 아니야. 동기도 그렇고 이번 수사에서 나온 모든 증거가 크렘프를 가리키고 있어. 자네가 말한 통로조차도 말이야. 자네는 이번 주 내내 잠을 한숨도 자지 못한 게 분명해. 그러고는 발을 쿵쾅거리며 걸어와서는 크렘프의 무죄를 주장하고 있어. 기존 결론을 뒤집으려면 좀 더 특별한 걸 가져와야 한다는 건 자네도 알겠지."

"헤르만, 제가 버려진 아파트에 갔을 때 탁자가 젖어 있었습니다. 계속 물이 떨어지고 있었어요. 분명히 누군가 거기 있었고, 모든 증거가 세미라가 익사했다고 말하고 있습니다."

"노숙자가 눈을 잔뜩 맞고 와서 따뜻한 곳에서 낮잠을 자고 나갔을 수도 있지."

"바닷물이 가득 든 통까지 가지고 말입니까? 그럴 것 같지 않은데요. 수사를 말씀하셔서 하는 말이지만 제 가설을 뒷받침하는 증거는 차고 넘칩니다. 문제는 그 증거들이 모두 사라졌다는 거지만요."

"사라졌다니, 그게 무슨 말이지?"

대화를 시작하고 처음으로 에델만은 정말로 놀란 것 같았다.

"누군가 주말에 나와 증거를 모두 가져갔습니다."

"수사가 끝났고 재판이 열리지 않을 테니까 모두 문서 보관소로 갔겠지."

에델만은 책상 앞으로 걸어가 마우스를 움직여 컴퓨터 화면을 깨웠다.

"제가 찾아본 바로는 그렇지 않았습니다. 하지만 반장님은 좀 더 그럴듯한 설명을 할 수 있을 것 같습니다."

"뭐라고?"

에델만이 눈을 들어 파비안을 똑바로 쳐다봤다.

지난 몇 시간 동안 파비안은 자신의 상사가 숨기는 것이 많다고 확신했지만, 지금 갑자기 그 확신이 흔들리기 시작했다. 어쩌면 정말로 에델만은 크렘프가 진짜 범인이라고 믿는지도 몰랐다. 앞으로 나가기 전에 파비안으로서는 자신의 스승을 구석으로 밀어 넣을 수밖에 없었다.

"여기 있군. 생각한 대로야."

에델만이 컴퓨터 화면에서 고개를 들면서 말했다.

"그게 무슨 말입니까? 파일 번호가 뭡니까?"

"0912-305/H152 범위. 0.4 선반."

"아, 그렇군요."

파비안은 어제저녁에는 크렘프 사건에 할당된 파일 번호가 없었다는 사실은 말하지 않았다.

"너무 피곤해서 보지 못했나봅니다. 맥주 한잔 해야겠습니다."

"그래, 제발 마시라고. 하지만 빨리 마셔야 해. 크림손하고 예산 협상을 하러 가야 하니까."

에델만은 컴퓨터를 끄고 입안으로 껌을 몇 개 밀어 넣었고 파비안은 맥주를 따서 마셨다.

"반장님 말씀이 맞는지도 모르겠습니다. 제가 지나치게 일을 많이 했는지도 모르죠."

"아직 축하한 적은 없지만, 우리 팀 모두 크리스마스와 휴가를 보낼 보너스를 받게 될 것 같아."

에델만이 거울을 보면서 넥타이를 바로잡으며 말했다.

"그런데, 그리모스가 죽기 몇 시간 전에 두 분이 하신 통화 말입니다."

"뭐라고?"

"그때 무슨 말씀을 하셨습니까?"

"그 질문은 이미 한 것 같은데."

"제가요? 그때 뭐라고 대답하셨죠?"

"청문회에 가야 하는데 조언을 좀 해달라고 했지. 안타깝지만 홍미로울 만한 건 더 없어."

에델만이 수염을 매만지면서 말했다.

이제 모든 의심은 사라졌다. 에델만은 파비안에게 거짓말을 했다. 파비안은 휴대전화를 꺼내 녹음한 통화 내용을 에델만에게 직접 들려주고 싶었지만 간신히 눌러 참고 그저 고개를 끄덕이며 만족스러운 대답을 들었다는 표정을 지었다.

이제부터는 모든 일을 은밀하게 처리하는 게 가장 중요했다.

법의학실에서 만났을 때 오스카르 페데르센은 어떻게 해서든지 자기감정을 숨기려 했지만 두냐는 그가 좌절하고 있음을 알았다. 법의학자로 살아오면서 페데르센은 처음으로 피해자를 부검하면서 전체 수사에서 가장 중요할 수도 있는 단서를 놓친 것이다. 카렌 네우만과 카티아 스코우를 살해한 동기를 밝힐 수도 있는 단서를 놓친 것이다. 카렌 네우만에게서는 한쪽 콩팥이, 카티아 스코우에게서는 폐가 사라졌다는 사실을 발견하지 못한 것이다.

페데르센은 자신이 피해자들의 장기가 사라졌다는 사실을 알아채지 못한 이유에 관해서는 거의 언급하지 않았다.

"전화로 말한 것처럼 사망 원인이 밝혀진 뒤에는 내가 계속 검사를 해야 할 이유가 없어."

페데르센은 출입증을 판독기에 통과시켜 문을 열고 시체 보관실로 들어갔다. 두냐와 얀도 그 뒤를 따라 들어갔다.

두냐는 페데르센의 태도는 여러 가지 이유로 심각한 태만이며, 경찰청에 고소장을 제출하고 면허를 취소하게 만들 수도 있는 사안임을 알았다. 하지만 그저 무표정한 얼굴로 들어주는 쪽을 택했다. 그와 달리 얀은 페데르센의 말에 충분히 동의한다는 듯이 고개를 끄덕였다.

"이건 내가 낸 세금만이 아니라 자네들 세금도 낭비하는 거야."

페데르센은 두냐를 쳐다보며 말하면서 시체 보관함을 열어 카렌 네우만의 시신을 꺼냈다.

범죄 현장에서 카렌 네우만의 훼손된 몸을 처음으로 본 지도 거의 일주일이 지났다. 두 번째로 그 몸을 보니 두냐는 페데르센이 콩팥이 사라졌음을 인지하지 못한 이유를 충분히 알 수 있었다.

"말했듯이 외부 모습이 썩 좋지는 않아."

페데르센은 턱으로 잘린 몸통을 가리켰다.

"하지만 내부하고 비교하면 이건 아무것도 아니야. 안은 꼭 믹서기에 넣고 갈아버린 것 같으니까. 그러니까 두냐, 자네가 고집을 부리고 나한테 사라진 기관이 있는지 제대로 확인해보라고 협박하지 않았으면 절대로 발견하지 못했을 거야."

두냐는 밝은 표정으로 고개를 끄덕이면서 칭찬해줘서 고맙다는 뜻을 마음껏 표현하고 싶었지만 그런 충동을 꾹 눌러 참고 무표정한 얼굴을 유지했다.

"또 찾은 건 없어요?"

두냐로서도 다른 게 더 있으리라는 생각은 하지 않았지만 어쨌거나 수사를 이끄는 사람은 자신임을 정확하게 인지시키려고 그렇게 물었다.

페데르센은 고개를 끄덕였다.

"있지. 자네가 물으니까 생각이 나는군."

두냐는 페데르센을 잘 알았다. 그가 쳐놓은 함정에 빠져서 무엇을 발견했는지 물을 정도로 그녀는 호락호락하지 않았다. 페데르센은 쉽게 자기 패를 드러내 보이지 않을 것이 분명했다.

"뭘 발견하셨는데요?"

얀이 기꺼이 서열의 맨 마지막 자리에 들어가며 답을 요청했다.

"두냐의 요청을 받고 기꺼이 빌룸센이 과거에 벌인 범죄 피해자들을 철저하게 조사해봤어. 일단 피해자들의 상처 부위를 봤을 때는 빌룸센이 왼손잡이임이 거의 확실해. 그래서 내 친애하는 헬싱보리 동료 에이나르 그레이데에게 전화를 해봤지. 당연히 그레이데도 빌룸센을 수사하면서 같은 결론을 내렸다고 하더군."

"그 사실이 중요한 이유가 뭐죠?"

질문하는 순간 두냐는 침묵해야 했다고 후회했다. 하지만 이미 페데르센은 적어도 5센티미터는 커진 자부심으로 두냐의 관심을 즐기고 있었다.

"카렌 네우만을 죽인 사람은 오른손잡이니까. 물론 100퍼센트 확신하려면 좀 더 자세히 검사해봐야겠지. 하지만 95퍼센트는 확신해도 돼. 이런 절단면이 생기려면 범인은 이런 자세로 도끼를 잡고 내리쳐야 하거든."

페데르센은 자신의 오른손을 높이 들어 올렸다.

"오른손은 이렇게 앞으로 왼손은 이렇게 뒤로 해야 해. 이건 오른손잡이라면 자연스럽게 나오는 자세지. 도끼를 들어서 힘껏 내리칠 때는 이렇게, 도끼가 머리 오른쪽으로 가게 되는 거지."

페데르센은 다시 한번 카렌 네우만의 훼손된 시신을 향해 도끼를 내리치는 시늉을 했다.

"우리가 알아낸 거네요."

두냐의 말에 페데르센이 동작을 멈췄다.

"그러니까 빌룸센이 이 사건의 범인이 아닐 수도 있다는 증거를 또 하나 찾아낸 거예요."

페데르센은 잠시 주저하면서 얀을 쳐다봤지만 결국 고개를 끄덕였다.

"말했지만, 틀릴 가능성도 있어. 게다가 빌룸센이 우리를 속이려고 오른손잡이 흉내를 냈을 수도 있고."

"하지만 상처 깊이로 봐서는 범인은 온 힘을 다해 도끼를 휘두른 게 분명해요. 오른손잡이 흉내를 냈다는 건 근거가 빈약해요."

"그건 자네 말이 맞아."

"좋아요. 얀, 할 말 없어?"

"솔직히 무슨 말을 해야 할지 모르겠네. 빌룸센이 범인인 증거는 차고 넘치잖아. 나로서는 어째서 빌룸센이 아닌지 모르겠는데."

"내가 말하는 게 바로 그거잖아. 범인은 많은 증거가 빌룸센을 향하고 자신에게는 오지 않도록 여러 장치를 해둔 거라고."

"도대체 왜?"

"카렌 네우만에게서 사라진 콩팥과 카티아 스코우에게서 사라진 폐가 그 이유를 말해주겠지."

"하찮은 일에 목매지 마. 내부 장기는 범행 동기가 될 수 없어."

두냐는 얀에게 눈을 흘기고 다시 페데르센을 봤다.

"혹시 피해자들 진료 기록을 확인할 수 있을까요?"

"그거야 자네 대답에 달려 있겠지. 왜 내가 굳이 피해자들……."

"내가 하라고 했으니까요."

페데르센은 콧수염을 잡아당기면서 얀을 쳐다봤다. 얀은 그저 어깨만 으쓱했다.

“좋아, 그렇게 하자고.”

페데르센은 구석에 있는 컴퓨터로 걸어가면서 입을 매만졌다.

“우리가 흥미로운 걸 발견하면 나머지는 두 사람이 알아서 확실히 밝혀내라고, 알겠지?”

“당연하죠. 그건 당연한 일이니까 빨리 확인만 해줘요.”

페데르센은 진료 기록 보관소를 화면에 띄우고 실행하기 직전에 메일함에 도착한 메일을 발견했다.

“아, DNA 분석 결과가 왔어. 정말 빠르군.”

“정액 DNA 말이에요? 보통 일주일 정도 걸리지 않나요?”

두냐가 물었다.

“보통은 그렇지. 아마도 연구소 녀석들이 크리스마스 전에 모든 걸 털어내고 싶었나보지. 아무튼, 왔으니 됐어.”

페데르센은 입을 다물고 검사 결과를 읽어나갔다.

“결과는요?”

페데르센은 몸을 돌려 두냐와 얀을 봤다.

“빌룸센이 맞다는군.”

“베니 빌룸센 거라고요?”

페데르센이 고개를 끄덕였다. 두냐는 믿을 수 없었다.

“잠깐만요, 지금 우리 카티아 스코우의 몸에서 찾은 정액 이야기를 하고 있는 거 맞죠?”

“맞아, 체외와 체내에서 찾은 거.”

두냐는 자신이 열심히 세워나가던 추론이 카드로 만든 집처럼 무너져 내리는 것을 느꼈다.

“좋아요, 하지만 내가 부탁한 진료 기록은 봐줄 수 있죠?”

“두냐, 그 정도면 됐어. 슬레이스네르가 DNA 분석이 나올 때까지만 수사 연장을 허락한다고 했잖아. 이제 결과가 나왔고.”

“그래요, 그랬죠. 하지만…… 난 진료 기록을 봐야겠어요.”

두냐가 페데르센을 보면서 말했다.

“글쎄, 내가 이해한 바로는 이제 수사는 끝난 게 분명하군. 그러니, 내 대답은 봐줄 수 없다는 거야.”

“그럼, 지금까지 오른손잡이에 관해 한 말들이 선생님에게는 아무 의미가 없다는 거예요?”

“말했지만, 틀릴 가능성도 있으니까. 안타깝지만 지금 이 사건의 경우에는 분명히…….”

“이건 완전히 미친 짓이에요. 도대체 왜 이러는 거예요?”

“두냐, 우린 그저 우리 일을 하는 것뿐이야. 오스카르도 자신 일을 하게 내버려두라고.”

얀은 말을 마치고는 몸을 돌려 문을 향해 걷기 시작했다.

“지금 네가 네 일을 한다고 말한 거야? 세상에, 너도 이게 충분히 흥미로운 단서라고 생각하잖아. 네 얼굴에 다 쓰여 있다고!”

“그래? 그럼 내가 여기서 수사를 끝내는 이유가 뭘 거 같아?”

얀이 두냐를 돌아보면서 물었다.

“그거야 나를 방해하고 싶거나 아니면 슬레이스네르에게 맞서는 게 두려운 겁쟁이라서 그런 거겠지. 그래, 두 번째 이유가 더 그럴듯하네. 너도 슬레이스네르가 실적만 올릴 수 있으면 진짜 범인이건 아니건 전혀 상관없다는 거 잘 알잖아.”

“또 다른 이유가 있을 수 있다는 건 생각 안 하는군. 내가 베니 빌룸센이 진짜 범인이라고 생각한다는 거 말이야.”

얀은 몸을 돌려 시체 보관실에서 나갔다.

휴대전화를 귀에 대고 파비안은 지하 3층에서 엘리베이터 밖으로 나가 문서 보관실까지 걸어갔다.

"여보세요? 내 말 들려?"

"잘 들려. 혹시 내가 기드온 하스에 관해 알아낸 내용에 조금이라도 관심 있으면 지금 들어야 할 거야. 그리모스와 에델만이 하스 이야기를 했을 때 아마 어느 정도는 알려진 공인이라고 생각하지 않았어? 그런데 사실, 하스는 거의 추적이 불가능한 인물이었어."

니바가 말했다.

파비안은 다시는 니바를 만나지 않겠다고 다짐했지만 에델만을 만난 뒤로는 그녀에게 연락하지 않을 수 없었고, 지난 며칠 동안 일어난 일이 파비안의 가설을 어떻게 뒷받침해주는지 설명하지 않을 수 없었다.

그리고 다행히도 니바는 파비안의 이야기를 믿어줬고 술을 사야 한다거나 저녁을 함께 먹어야 한다는 조건을 달지 않고 수사를 도와주겠다고 했다. 니바의 조건은 단 하나, 자신이 연루되어 있는 한 수사는 공식적으로 종결된 것으로 해야 한다는 것뿐이었다.

"기드온 하스, 정확히는 기드온 에즈라 하스는 장기 이식 전문 의사이자 병리학자야."

"그렇군."

파비안은 제대로 찾아냈다는 기분이 들었다.

"어느 병원에서 근무하고 있는데?"

"하고 있었다가 맞아. 아부 카비르 법의학 연구소에 있었어. 하스의 지휘 아래 장기를 모았고, 연구소는 일종의 조정 기구 역할을 했다는 소문이 있어. 장기 매매 시장에서는 단일 조직으로는 가장 큰 공급책이었는데, 1년 전쯤까지만 해도 이스라엘에서는 장기 매매가 합법이었어."

"합법이었다고?"

"어, 유대인들은 완전한 몸으로 묻히는 걸 선호하기 때문에 장기 기증을 하는 사람이 서방 세계에서는 가장 적은 나라거든."

"그럼 이식할 장기는 어디서 구했지?"

파비안은 지금 들어오는 정보들을 제대로 이해하려고 노력하면서 이동식 선반들 옆을 지나갔다.

"소위 말하는 장기 사냥꾼들이 구소련 국가나 아시아나 남아메리카 가난한 나라에서 주로 구해 올 거야. 가장 끔찍한 경우는 부상당한 팔레스타인 사람에게서 빼 오는 거고."

"굉장하군."

"정말이야."

"그러니까 지금은 아부 카비르 연구소에는 없다는 거고?"

파비안은 152번 선반을 찾으면서 물었다.

"그래, 이스라엘에서 새로 법이 제정되면서 해고된 뒤에 행방을 감췄어."

"도주 중인가?"

파비안은 크랭크를 돌려 선반을 옆으로 밀어 열고 곧바로 0912-305번 파일을 찾았다.

"아까도 말했지만, 하스는 불법은 하나도 저지르지 않았어. 그러니까 도주할 이유가 전혀 없지."

"하지만 어쨌거나 공개적인 자리에서는 사라져버린 거잖아?"

"그런 것 같아."

파일은 사건을 맡지 않은 사람이 보기에는 수사 기록을 보관한 것 같았다. 하지만 복사해 붙인 서류도, 여러 장 붙여놓은 사진도 실제 수사 기록과는 전혀 상관없는 자료들이었다.

파비안의 예상처럼 사건 자료는 모두 사라진 것이다.

두냐는 2년 전에 처음으로 코펜하겐 경찰서 크리스마스 파티에 갔다. 엄청난 술이 소비되고 림보 댄스는 어김없이 실패해 옷을 남김없이 벗어야 하며 사람들이 내리누르는 힘에 복사기가 부서진다는 소문은 익히 들어 알고 있었지만, 파티에 나가 그런 모습을 보고 두냐가 받은 충격은 거의 봄이 될 때까지도 가시지 않았다. 그녀로서는 난장판이 된 파티장을 대면할 준비가 전혀 되어 있지 않았다. 정확히는 평소에는 신중하고 침착한 동료들이 뇌 절제술을 받은 사람처럼 돼지가 되는 모습을 지켜볼 각오가 되어 있지 않았다.

작년 크리스마스 파티 때는 1월까지 그녀를 놓아주지 않은 독감 때문에 집에 있을 수밖에 없었다. 두냐가 다시 출근했을 때는 아무도 크리스마스 파티에서 어떤 일이 있었는지 말해주지 않았지만 관리부에서 이제부터는 월요일에 크리스마스 파티를 하기로 결정했다는 사실이 모든 정황을 말해줬다.

어쨌거나 두냐는 크리스마스 파티에 가지 않을 생각이었다. 일단 슬레이스네르의 옆자리에 앉아야 한다는 사실도 싫었지만 무엇보다도 카르스텐이 힘들어했기 때문이다. 두냐가 아무리 자신은 엉뚱한 행동을 할 생각이 전혀 없고 더구나 동료하고는 그 어떤 추문도 만들지 않을 거라고 말해도 카르스텐은 조사관이라도 된 것처럼 파티에서의 일을 1분 1초도 빼놓지 않고 하나하나 세세하게 캐물었다.

하지만 결국에는 가기로 결정했다. 절대로 기분이 내켜서 가는 것은 아니었다. 파티 분위기만큼 지금 두냐가 피하고 싶은 것은 없었다. 페데르센에게 패했다는 사실이 아직도 쓰라렸고, DNA 분석 결과가 정액은 베니 빌룸센의 것이 맞다고 확인해줬지만 두냐는 여전히 빌룸센을 범인이라고 생각하지 않았다. 케블링에에 있는 공장 건물에 관해 물었을 때 빌룸센이 어리둥절해했다는 사실도 한 가지 이유지만, 피 묻은 손으로 카티아 스코우를 자르고 있던 남자가 빌룸센보다 머리 하나는 작았고 덩치도 훨씬 작았다는 것이 그 이유였다.

피해자의 장기를 가져간 데는 다른 이유가 있는 것이 분명한데도 얀도 페데르센도 키엘도 그 이유를 알아볼 생각을 전혀 하지 않는 것은 이상한 일이었다. 어쩌면 슬레이스네르에게 너무 겁을 먹어서 감히 대들 생각을 못하는 걸까? 아니면 크리스마스 전에 일을 벌이기가 싫은 걸까?

두냐는 직접 책임지지 않으려 하고 어떻게 되든 상관하지 않는 수준으로는 떨어지고 싶지 않았다. 특히 진실이 다른 말을 하고 있을 때는 더더욱 그럴 수 없었다. 그렇기 때문에 반드시 슬레이스네르의 옆자리에 앉아야 했다. 두냐는 모든 수단을 동원해 자신에게 가장 유리한 상황을 만들어낼 것이다. 어떻게 해서든 그녀의 편에 서서 수사를 재개하도록 만들 것이다.

두냐는 평소에는 마스카라와 아이라이너만 하던 화장에 훨씬 많은 시간과 공을 들였다. 파우더도 발랐고 심하게 멍든 부분은 컨실러로 가렸다. 여러 립스틱을 발라보고 마침내 입기로 결정한 빨간 드레스와 완벽하게 어울리는 가장 진한 립스틱을 골랐다. 엄마가 견진 성사 선물로 준 작은 진주 귀고리를 빼고 커다란 금 귀고리를 했고 이미 많이 나은 왼쪽 발목에는 압박붕대를 감았다. 밴드 스타킹과 가장 굽이 높은 하이힐을 신었다.

두냐는 하이힐을 신고도 서 있을 수 있다는 사실에 스스로도 놀랐고, 3미터짜리 장대로 컨버스화를 꺼내려는 시도도 하지 않고서 거실을 걸어 침실까지 갔다. 두냐는 거울 앞에 서서 이마의 찰과상을 가리도록 머리카락의 위치를 바꾸고 거울에 비친 모습을 뚫어지게 봤다.

최근에 벌써 두 번이나 두냐는 거울에 비친 자신의 모습을 알아보기 힘들었다. 빨간 드레스와 진한 화장, 그리고 굽 높은 신발. 두냐의 전체 모습은 다른 사람이 그녀를 알아보지 못할 정도로는, 적어도 그녀가 알고 있는 두냐라고 할 수 없을 정도로는 다르게 보였다. 하지만 그 이유가 옷 때문은 아니었다. 옷은 슬레이스네르를 구워삶기 위한 수단 이상은 아니었다. 그보다는 훨씬 감지하기 어려운 뭔가가 있었다.

감지하기 어려운 뭔가가, 그녀의 눈 안에 있었다.

"이건 자살 사건이라서 내가 할 일이 전혀 없단 말이에요."

법의학자인 아시사 토스트룀은 평소에는 파비안이 알고 있는 가장 친절한 사람 가운데 한 명이었다. 언제나 새로운 질문을 기꺼이 받아줬고 상대가 이해를 못한다고 해도 무한한 인내로 대해줬다. 하지만 지금은 짜증을 내는 것 같았다.

"게다가 그 수사는 끝났잖아요."

파비안은 무거운 철문을 잡아당겨 열고 주차장으로 나가면서 그저 침묵이 흐르게 내버려뒀다.

"좋아요, 정확히 내가 뭘 찾아보면 되는 거죠?"

토스트룀이 마침내 한숨을 내쉬면서 말했다.

"나도 몰라요. 아마도 있어야 할 곳에 없는 장기가 있을 겁니다."

파비안은 전화기 너머에서 들려오는 또 한 번의 깊은 한숨을 들었다.

"파비안, 우린 지금 익사 사고 이야기를 하는 거란 말예요. 폐에 물이 가득 차 있다는 것뿐만 아니라 눈에 띄는 외상도 없었어요."

"압니다. 하지만 사라진 부분이 있을 겁니다. 확실해요. 눈 말입니다. 눈은 살펴봤습니까?"

전화기 너머에서 들려오는 주변 소음으로 파비안은 토스트룀이 시체 보관실로 들어가 시체 보관함을 열고 있음을 알았다.

"좋아요, 보자, 자, 놀랄 준비를 하세요. 눈은 있네요. 정말로 눈이……."

"아시사, 눈을 자세히 봐주세요."

"내가 왜 그래야 하죠?"

"그냥 해주세요. 부탁합니다."

자동차 문을 열고 들어가 시동을 거는 동안 파비안은 또다시 긴 한숨 소리를 들었다. 토스트룀의 반응은 조금도 놀랍지 않았다.

"이런, 파비안이 맞았어요. 오른쪽 각막이 사라졌어요."

"감사합니다. 내가 알고 싶던 게 그겁니다."

파비안은 전화를 끊었다.

이제 범인이 버려진 아파트에서 무엇을 했는지는 확인했다. 세미라 아케르만을 욕조에 넣고 익사시켜 수사관들이 모든 관심을 물이 찬 폐로 가게 만든 뒤에 오른쪽 각막을 떼어낸 것이다.

파비안은 차를 몰고 주차장 문까지 달려가 서서히 낮의 햇빛 속으로 나갔다. 전혀 춥지 않았는데도 갑자기 한기가 온몸을 엄습해 마구 떨렸다. 등은 땀에 젖었고 심장은 마구 뛰었다. 분명히 무슨 일이든지 일어날 수 있었다. 그때는 알지 못했지만 실제로 파비안은 범인과 아주 가까이 있었다. 오시안 크렘프의 책장에 숨겨놓은 카메라가 없었다면 파비안은 범인과 마주칠 수도 있었다.

당연히 책 속 카메라로 그를 봤을 테니 범인은 파비안이 버려진 아파트로 통하는 입구를 곧 찾아내리라는 사실을 알았을 것이다. 어쩌면 파비안의 차 바로 앞에 서 있다가 떠난 오펠 운전자가 범인인지도 몰랐다.

주차장을 나와 경찰서를 떠났지만 파비안은 어디로 가야 할지 결정하지 못했다. 경찰서와 에델만과 다른 모든 사람 곁에서 멀리 떨어질 필요가 있음은 분명했다. 베리스가탄에서 오른쪽으로 돈 다음 다시 왼쪽으로 돌아 한트베르카르가탄을 향해 달려가는 동안 파비안의 심장은 조금 진정됐다.

니바가 알아낸 정보 가운데 일부만이 진실이라 해도 이 스캔들은 너무나도 치명적이라 앞으로 수년 동안 이스라엘의 명성은 피로 물들고 말 것이다. 그리모스와 에델만의 통화 내용으로 미뤄보건대 이스라엘 대사관이 연루됐음은 분명하지만, 어느 정도나 높은 고위급 관리가 불법 장기 이식을 승인하고 묵인해줬는지는 알지 못했다. 수사는 이미 공식적으로 종결됐기 때문에 관련자들에게 전화를 걸어 물어볼 수도 없었다. 특히 이스라엘 대사관 사람들에게는.

시청을 지나고 있을 때 조수석에 있던 휴대전화가 울리기 시작했다. 말린 렌베리였다. 파비안은 전화가 음성사서함으로 넘어가게 내버려뒀다. 두 번째로 전화가 와서야 파비안은 말린이 피 냄새를 맡은 끈질긴 모기처럼 그가 받을 때까지 전화할 것임을 알았다.

"안녕, 나도 전화를 하려던 참이야. 몸은 어떤가 물어보려고."

바사브론 다리를 건너면서 파비안이 말했다.

"웃기지 마."

"말린, 정말이야. 지금……."

"좋아, 정말로 알고 싶다면 말해줄게. 내 평생 이렇게 지루한 적은 없었어. 아주 불안해서 죽겠다니까. 장담하지만, 지금 당장 아무 일도 생기지 않는다면 미쳐버릴 것 같아. 그러니까 어떻게 되고 있는지 말해봐."

"사실 말할 건 별로 없어. 방금 에델만을 만나고 오는 길인데, 포상으로 크리스마스 휴가를 제대로 즐기고 오라는 소리를 들……."

"하, 하, 하."

"왜?"

"웃기는 소리 하네. 도대체 누굴 바보로 만들려는 거야? 너야?"

"아니, 어쩌면 네 남편일 수는 있겠지."

파비안은 포기하고 한숨을 내쉬었다.

"안데르스한테 너와 말하지 말라고 다짐받은 건 알고 있어?"

"안데르스는 잊어버리고 빨리 어떻게 되고 있는지나 말해."

"좋아, 이건 모두 네 책임이야."

파비안은 크렘프의 아파트와 버려진 아파트를 잇는 통로, 범인이 버스에서 본 여자를 물에 빠뜨려 죽였고 여자는 함마르뷔 호수에서 발견됐다는 사실을 이야기했다. 책장에서 찾은 카메라 이야기도, 그리모스와 에델만의 통화 기록도, 두 사람의 통화에서 기드온 하스라는 이름이 나왔다는 사실도 이야기했다.

"잠깐만, 지금 말하는 에델만이 헤르만 에델만은 아니지?"

"맞아."

"젠장, 정말로 에델만이 연루됐다고 생각해?"

"통화 내용에 관해 거짓말을 했어. 어쨌거나, 수사를 재개하는 것도 반대했고. 뭔가 숨기는 게 분명해."

"기드온 하스라는 자는 누구야?"

"이스라엘 병리학자이자 장기 이식 전문가야."

"또 이스라엘이네. 이스라엘 때문에 연결된 거구나."

"내 생각도 정확히 그래. 그러면 세 피해자 모두 장기가 사라진 이유를 설명할 수 있어. 아담 피셰르는 심장이 사라졌고 칼 에릭 그리모스는 간이 사라졌고 세미라 아케르만은 각막이 사라졌어."

왼쪽으로 돌아 팀메르만스가탄에 들어서서야 파비안은 자신도 모르게 집으로 가고 있음을 깨달았다.

"진료 기록을 확인해봐야 정확히 알겠지만 세 사람 모두 스웨덴에서 합법적으로 장기 이식 대기자 명단에 올렸다가 포기하고 불법으로 이식을 받았을 거야. 누군가가 그 장기들을 다시 수거하고 있는 거고."

"하지만 왜? 한번 이식한 장기를 또 이식할 수 있나? 다시 쓸 수 있다고 해도 장기 하나로 이식할 횟수는 정해져 있지 않을까?"

"당연히 그렇겠지. 하지만 범인이 단순히 이식할 장기를 찾는 게 목적이라면 법무부 장관보다는 훨씬 손쉬운 피해자를 골랐겠지."

"피해자들에게 죗값을 치르게 하고 사람들이 불법 장기 이식을 하지 말라고 경고하고 싶은 걸까?"

"그건 아닌 거 같아. 그랬다면 장기가 사라졌다는 걸 최대한 숨기고 모든 이목이 오시안 크렘프에게 향하게 하지는 않았겠지. 무슨 이유인지는 모르지만, 사적인 이유일 거라고 생각해."

"그 병리학자, 이름이 뭐라고 했지? 그 사람에 대해선 알아낸 거 있어?"

"기드온 하스야. 아부 카비르 법의학 연구소에서 해고된 뒤로 사라졌다는 것만 알아. 조금 더 조사하고 싶지만 이미 수사가 공식적으로 종결된 상태라서 어떻게 해야 할지 모르겠네."

"언제부터 그런 게 파비안의 앞을 가로막는 장애가 됐지?"

말린은 파비안조차도 자신의 의도를 파악하기 전에 그를 꿰뚫어 본 것이다. 당연히 파비안은 니바가 이미 기드온 하스를 추적하고 있으리라 생각했다.

"네가 지금 누구랑 함께 일하는지 내가 모를 거라고 생각해?"

"무슨 말을 하는 거야?"

"그만해. 에델만과 그리모스가 통화한 내역을 빼낼 수 있는 사람이라면 누군지 뻔하지. 내가 경고한 적 없다는 말은 하지 마."

"한 번 하긴 했지."

"그래도 한 번 더 말하는 게 좋겠어. 아무튼 그 통화 말이야, 그 파일 나한테 보내줄 수 있어?"

"당연하지. 가능한 한 빨리 보내줄게."

"음, 내 말이 질문처럼 들렸나보네. 미안, 질문 아니었는데. 내 말은 지금 당장 보내라는 거야."

"말린, 지금 운전하는 중이……."

"그럼 세워. 파비안, 나 심각해. 지금 당장 뭐라도 하지 않으면 미쳐버릴 거야."

파비안은 팟부르스가탄에 주차할 공간이 있는지 둘러봤다. 파비안 앞에서 검은색 볼보가 스웨덴보리스가탄에서 오른쪽으로 돌더니 버스만 다닐 수 있는 길을 따라 달려가버렸다.

"알았어. 하지만 너도 알다시피 그 말은 여러 번 들었는데, 사실……."

"정말로 미쳐버릴 것 같다니까."

파비안은 빈자리를 찾아 차를 세웠다.

"개인 메일로 보낼까?"

"anders&malinsbrev@hotmail.com으로 보내."

"남편이랑 함께 쓰는 메일로?"

"응, 안데르스는 전혀 안 쓰는 메일이야."

파비안은 발신자 이름이 없는 '내가 틀렸어'라는 제목의 이메일을 말린에게 보냈다.

"곧 갈 거야."

파비안은 전화를 끊고 차에서 내려 집을 향해 걷기 시작했다.

*

파비안의 눈에 맨 처음 띈 것은 정문에서 비밀번호를 입력할 때 작은 빨간 다이오드가 깜빡이지 않는다는 거였다. 비밀번호를 잘못 눌렀다고 생각해 다시 입력하던 파비안은 세 번째로 같은 번호를 입력했을 때에야 문이 잠기지 않았음을 깨달았다. 문이 잠기지 않은 것은 이번이 처음은 아니었다. 사실 기온이 영하로 떨어지면 문이 잠기지 않는 것은 예외라기보다는 규칙에 가까웠다.

뭔가 이상하다는 느낌은 엘리베이터에서 나오는 순간 확신으로 바뀌었다. 아파트 현관문 자물쇠가 드릴로 뚫린 채 문이 조금 열려 있었다. 파비안은 조심스럽게 현관문을 열고 안으로 들어갔다.

현관 앞에서 바라본 집 안은 방문한 사람이 누구건 간에 이미 그곳을 떠난 것이 분명했다. 방문객은 난장판을 만들어놓고 떠나버렸다. 모든 서랍을 꺼내고 가구를 뒤집고 옷을 바닥에 던져놓았다. 방문객이 누구였는지는 모르지만 어젯밤에 수사국 자료를 가져가고 오시안 크렘프의 아파트를 뒤진 사람이 파비안의 아파트에도 온 것이 분명했다.

하지만 왜? 무엇을 찾으려고 왔을까? 도자기 인형?

파비안은 거실로 들어갔다. 샹들리에 불빛에 비친 거실은 작은 전투를 치른 곳 같았다. 파비안은 소파를 제자리에 돌려놓고 쿠션을 올려놓았다. 소파에 털썩 주저앉아 파괴된 집 안을 보면서 자신과 소냐가 이런 난장판을 만들 수 있을 정도로 많은 물건을 가지고 있었다는 사실에 놀랐다.

그때, 소리는 전혀 들리지 않았지만 파비안은 기압이 살짝 변했음을 느꼈다. 고개를 들고 재빨리 소파 뒤를 쳐다봤다. 이제는 분명히 들렸다. 그 소리는 현관을 지나 거실로 다가오고 있었다. 침입자가 돌아온 것이 분명했다. 파비안은 재빨리 자신이 취할 수 있는 모든 행동을 검토해봤고 대면하는 것 말고는 방법이 없다는 결론을 내렸다. 이번에는 저들이 도망치게 내버려두지 않을 생각이었다.

"우아, 이게 뭐래요? 여긴 마치……."

한 남자가 소리쳤다.

분명히 목소리도 말투도 파비안이 아는 사람이었다. 하지만 또 다른 사람의 목소리를 들은 뒤에야 두 사람이 누구라는 판단을 내릴 수 있었다.

"뭐, 너희 집하고 비슷한데 뭘 그래."

파비안은 영문을 알 수 없었다.

"실례지만, 내 집에서 뭘 하고 있는지 물어도 될까?"

파비안이 소파에서 일어서며 말했다.

깜짝 놀란 토마스가 돌아보면서 파비안에게 권총을 겨눴다.

야르모가 토마스의 손을 잡아 내리면서 말했다.

"아이고, 그렇네. 미안해. 근데 왜 이래? 여긴 진짜……."

"나도 그걸 궁금해하던 참이에요."

파비안이 두 사람 앞으로 걸어가면서 말했다.

"내 가치를 아주 높게 평가한 사람이 있는 것 같아요. 그게 어떤 가치인지는 모르겠지만 말예요. 그자들은 이미 경찰서에서도 수사 자료를 모두 가져가버렸어요."

파비안의 말에 토마스와 야르모가 서로를 쳐다봤다.

야르모는 잠시 아무 말도 하지 않다가 물었다.

"수사 자료라니, 무슨 수사?"

파비안은 즉시 대답하려다가 일단 멈췄다.

"그것보다 왜 여기 왔는지부터 말해보시죠. 나한테 크리스마스 인사를 하려고 온 건 아닌 듯한데."

토마스와 야르모는 서로 얼굴을 쳐다보다가 알겠다는 듯이 고개를 끄덕였다. 둘은 거울 앞에서 예행연습을 하는 사람들처럼 동시에 파비안을 쳐다봤다.

"당연히 자넬 보러 왔지."

야르모가 말했다.

"근무 시간도 아닌데 말이에요."

토마스가 어깨에 멘 권총집에 총을 넣으면서 말했다.

"그리모스와 피셰르 수사 때문에 왔어."

"세미라 아케르만도요."

"세미라 아케르만이라고?"

파비안이 토마스의 말을 따라 했다.

"그래요, 그 버스에 타고 있던……."

"누군지는 알아."

파비안이 토마스의 말을 막았다.

"그 사건이 익사 사고라고 생각하지 않거든."

야르모가 대답했다.

"크렘프가 범인이라고 생각하지도 않고요."

토마스가 거들었다.

처음에는 파비안이 의심을 했고, 두 번째는 말린, 그리고 이제는 토마스와 야르모까지 같은 결론에 도달한 것이다.

"무슨 근거로?"

"수사가 처음부터 끝까지 아귀가 너무 안 맞잖아요."

토마스의 말에 파비안은 맥없이 고개를 끄덕였다.

"그게 사라진 이유를 설명해주겠지."

"그리고 손에 닿을 정도로 아주 멀리 있는 것도 아니에요."

"그 말은, 누가 가져갔는지 안다는 거야?"

"그래, 이제 우리를 도와줄 마음이 좀 생겨요?"

토마스는 만족스러운 듯이 씩 웃었다.

누군가 덴마크 음주 송을 부르기 시작했고 모든 사람이, 심지어 두냐까지도 술잔을 높이 들어 올렸다. 하지만 두냐는 술잔을 내려놓기 전에 고작 한 모금 마신 것이 전부였다. 이미 너무 많이 마신 데다 슬레이스네르를 설득할 기회를 조금이라도 얻으려면 이제는 한 모금도 더 마시면 안 됐다. 어쨌든 빨간 드레스는 훌륭하게 소임을 완수해 슬레이스네르는 일요일에 있었던 논쟁은 말끔하게 잊고 상당히 기분이 고조되어 있었다.

"이런, 이러면 안 되지. 이 테이블에서 중요한 건 하나뿐이야. 원샷 말이야."

슬레이스네르가 두냐의 가득 찬 슈냅스 잔을 보면서 말했다.

"음, 올해는 조금 자제해야 하는 거 아닌가요? 그래서 파티를 월요일에 한다고 알고 있는데요?"

두냐가 억지로 웃어 보이며 말했다.

"나는 그런 바보 같은 의견에는 처음부터 반대했어. 하, 생각해 봐, 월요일에 크리스마스 파티를 하다니, 도대체 어떻게 그런 바보 같은 결정을 내릴 수 있지? 이 나라를 스웨덴 녀석들이 점령한 게 아닌가 하는 생각이 들 정도야."

슬레이스네르가 큰 소리로 웃었다.

"누가 이 세상을 지배하는지 보여주자고."

슬레이스네르는 자기 잔을 가득 채우고 높이 들어 올렸다.

"킴, 나는 정말로 더는 마시면 안……."

"좋아, 내가 단순한 사실을 하나 알려주지. 나는 자네 상사라는 역할을 맡고 있어. 그러니까 그 잔을 비우라고 명령할 생각이야."

두냐는 선택의 여지가 없다는 사실을 깨달았다. 그저 차가운 술잔을 들어 단번에 마셔버리고 목을 태우며 내려가는 알코올의 열기를 느낄 수밖에 없었다. 이제 그 밤은 두냐의 손에서 빠져나가버렸고 강압적으로 요구하지 않고도 수사를 재개할 기회는 갖지 못할 것이 분명했다. 이제 곧 모든 것이 늦어버릴 터였다.

"그렇게 나쁘지는 않지? 안 그래? 자, 다시 채워주지."

슬레이스네르는 흘러넘칠 정도로 두냐의 잔을 가득 채웠다.

"킴, 할 말이 있어요."

"좋아, 말해봐."

"수사에 관한 거예요."

"그렇게 빨리 해결했다는 사실에 내가 얼마나 감동받았는지 자네는 모를 거야. 자랑스럽기도 하고 말이지. 직감이라고 해야 하나, 젠장, 경찰이라고 모두 그걸 가진 건 아니지. 하지만 자네는 분명히 그걸 가졌어. 본능적으로 뛰어들어서, 쾅! 해결해버리지. 정말 믿기 어려운 일이야."

"나도 그걸 말하고 싶은 거예요. 내 직감은 우리가 반드시……."

"우리 부서만 자네 이야기를 하는 게 아니라고."

슬레이스네르는 맥주를 단숨에 들이켰다.

"나도 경찰서의 모든 사람에게 자네 칭찬을 하고 있어. 이대로만 한다면 곧 성공할 거야. 내가 조금만 방심하면 아마 내 자리도 곧 꿰차버릴 거 같은데. 자, 건배하자고."

슬레이스네르는 슈냅스 잔을 높이 들면서 말했다. 두냐는 술을 마시는 것이 중요하다는 잔소리를 또다시 듣지 않으려고 얼른 술잔을 비웠다.

"킴, 정액 DNA가 빌룸센 것으로 나온 거 알아요. 하지만 나는 그가 범인이 아니라고 확신해요. 뭔가 이상한 점이 있단 말이에요."

"두냐, 잠깐만."

슬레이스네르가 두냐에게 가까이 오라고 손짓했다.

"그건 여기서 나눌 만한 이야기가 아니야."

슬레이스네르는 집게손가락을 흔들었다.

"그건 알아요. 하지만 반장님이 수사를 계속해도 된다는 허락을 해줘야……."

슬레이스네르가 손가락으로 두냐의 입을 막았다.

"여긴 호기심 어린 귀들이 너무 많아."

슬레이스네르는 의자를 뒤로 밀더니 일어섰다.

"따라와. 좀 더 은밀한 얘길 할 수 있는 곳이라면 내가 알지."

슬레이스네르를 따라 일어난 두냐는 어지러워서 잠시 의자 등에 기대고 서 있었다.

"이런, 내가 도와줄까?"

"아니, 괜찮아요."

크리스마스 파티장에서 넘어지지 않고 걸으려면 한 걸음 한 걸음 온 신경을 집중해야 했지만 두냐는 슬레이스네르의 부축을 거절했다. 파티장 안의 소음으로 미뤄보건대 두냐의 동료들 대부분은 오늘이 월요일이라는 사실을 이미 오래전에 잊은 게 분명했다.

"좋아, 말해보라고. 우리밖에 없으니."

슬레이스네르가 반장실 문을 열면서 말했다.

"사실, 할 말은 많지 않아요."

두냐는 슬레이스네르를 따라 반장실로 들어가면서 말했다.

"그저 수사를 계속하게 해주셨으면 좋겠어요. 얀 없이요. 얀은 반장님이 제게 수사를 맡긴 뒤로 사사건건 반대만 하고 있어요."

말을 끝내고 두냐는 슬레이스네르의 반응을 기다렸다.

두냐는 그 뒤에 벌어질 일을 예상하고 있어야 했다. 그녀의 능력과 미래에 대한 찬사가 모두 이 일을 위한 전조라는 사실을 알고 있어야 했다. 두냐가 원하는 일을 하려면 이런 대가를 치러야 한다는 사실을 알았어야 했다.

하지만 슬레이스네르의 거친 입술이 두냐의 입술을 내리눌렀을 때는 전혀 준비되어 있지 않았다. 전혀 예상 못한 일이라 술이 깨고 지금 무슨 일이 벌어지는지를 인지할 때까지는 수 초가 걸렸다. 두냐는 두 손을 슬레이스네르의 가슴에 대고 힘껏 밀었다.

슬레이스네르가 크게 웃으면서 두 팔을 활짝 폈다.

"두냐, 자네가 원하는 거 알아. 얼마간은 우리 둘 다 계속 아닌 척하면서 조금 더 놀아볼 수도 있겠지. 하지만 우리가 이렇게 되리라는 건 누가 봐도 알 수 있어. 이름이 뭐였지? 카르스텐? 그 사람은 자네를 거의 만족시키지 못할 거야. 전혀 못할 수도 있겠지. 나를 믿으라고. 자네는 여러 남자와 어울리고 싶어 해. 그게 아니라면 누군가 자네를 아주 강하게 끌어줄 사람을 원하는 거지. 나는 잘 알아."

슬레이스네르가 주먹을 쥐어 보였다.

"어느 쪽이든 자네는 살아 있다는 느낌을 받고 싶은 거야. 그렇지 않나?"

슬레이스네르가 두냐의 얼굴로 고개를 숙였다. 진한 술 냄새가 두냐의 얼굴을 덮쳤다. 두냐는 소리를 지르고 그의 얼굴을 할퀴고 무릎으로 세게 쳐야 했지만 아무것도 하지 못했다. 그저 최면에 걸린 것처럼 슬레이스네르가 자신을 가죽 소파에 앉히고 치마 밑으로 손을 점점 더 깊숙이 밀어 넣도록 내버려뒀다.

"약속하지. 정말로 편안할 거야. 물론 수사를 계속하고 싶다면 그렇게 하도록 해."

손가락 끝으로 두냐의 팬티 가장자리를 어루만지면서 슬레이스네르가 두냐의 귀에 대고 속삭였다.

"기본적으로 우리 두 사람의 작은 비밀만 잘 지킨다면 자네가 하고 싶은 건 뭐든지 할 수 있어. 어때, 근사하지 않아?"

슬레이스네르가 다시 두냐에게 키스하면서 묵직한 혀를 두냐의 입안으로 밀어 넣었다.

그때 갑자기 천장의 형광등이 살아나더니 차갑고 번쩍이는 빛을 온 방 안에 퍼뜨렸다. 얀의 손에 붙잡혀 소파에서 일어날 때까지 슬레이스네르에게는 몇 초밖에 시간이 없었다.

"이런 망할 돼지 자식, 더러운 돼지 자식."

얀이 소리쳤다.

"얀, 당혹스러운 건 알겠지만 이건 자신이 하는 일을 완벽하게 알고 있는 두 성인이 서로 합의한 일이야."

"그럴 리 없습니다. 요즘 두냐가 겪은 일을 생각하면 절대로 그럴 리가 없죠."

"그거야 두냐에게 직접 물어보면 되겠지."

"두냐, 정말이야? 정말로 네가 원한 일이야?"

얀은 드레스를 밑으로 내리고 있는 두냐를 보며 말했다.

두냐는 얀을 똑바로 보려고 했지만 그럴 수 없었다. 1~2분만 늦었어도 너무나 늦어버렸을 테니 얀이 두 사람을 방해했다는 사실에 안도해야 하는 것이 당연한데도 두냐가 느끼는 감정은 수치심뿐이었다.

"두냐, 지금 당장 반장을 신고할 수도 있어."

얀은 전화기를 꺼내 들었다.

"하지만 네가 결정해야 해."

두냐는 슬레이스네르의 두 눈을 똑바로 쳐다봤다. 그의 눈빛에는 조금의 머뭇거림도 주저함도 없었다. 완벽하게 무표정하고 차분한 얼굴이지만 두냐는 그의 웃음을 느낄 수 있었다.

마치 두냐의 대답을 이미 알고 있다는 표정이었다.

84

"그러게. 저기, 아무튼…… 고맙네."

"천만에요."

전화는 끊어졌고 오디오 파일도 끝이 났다. 말린 렌베리는 셀 수 없을 정도로 많이 헤르만 에델만과 칼 에릭 그리모스의 통화 내용을 들었다. 하지만 아직도 제대로 듣지 못한 것만 같았다. 처음에 통화 내용을 들었을 때는 새로운 정보가 거의 없다는 사실에, 이미 자신이 알고 있는 내용만 이야기하는 것 같다는 사실에 크게 놀랐다. 파비안의 추론이 옳다면 두 사람은 단순히 그리모스가 불법으로 받은 간 이식 수술과 이스라엘 대사관에 관한 이야기만 했는지도 몰랐다.

하지만 두 번째로 들을 때는 미심쩍은 부분이 생겼고 세 번째, 네 번째로 들을 때는 밝혀야 할 것이 아주 많다는 생각이 들었다. 말린은 두 사람의 통화 내용이 여러 층으로 감싸여 있다는 기분이 들었다. 그 층들을 모두 뚫고 가운데의 핵심 내용을 알아내려면 각 층을 하나씩 벗겨가면서 듣고 또 들을 수밖에 없었다.

말린이 가장 먼저 중요 정보 표지를 단 내용은 두 사람 모두 자신들이 하는 대화 주제를 정확하게 알고 있으며 그리모스는 그 주제를 언급해야 한다는 사실 자체를 지겨워하는 것 같았고, 두 사람 모두 앞으로 일어날 일을 전혀 모르는 것이 분명하다는 사실이었다. 두 사람이 걱정하는 것은 대부분 진실이 알려졌을 때 감당해야 할 결과와 법무부 장관이 사임할 수도 있다는 사실뿐이었다. 누군가 법무부 장관을 납치해 배를 가르고 내장을 꺼내 갈 수도 있다는 두려움은 두 사람의 대화 내용 어디에서도 감지되지 않았다.

두 번째로 중요 정보 표지를 단 내용은 그리모스가 그 망할 기밀 누설이라고 말한 '누설'이라는 단어였다. 실제로 누설이라고 할 만한 것은 전혀 없었다. 범인은 언론사에 사실을 폭로하는 것과는 전혀 다른 행동을 취했다. 하지만 그것이 말린의 흥미를 자극하지는 않았다. 말린은 마침내 익힌 시간 계측기에 표지를 달고 자판의 스페이스 바를 눌렀다.

"지금까지 파악한 바로는 열쇠를 가지고 있고 비밀번호를 아는 내부자의 소행일 가능성이 매우 큽니다. 문제는 그들이 찾은 사람 모두 있었다는 겁니다. 모두……."

"잠깐, 내부자라니. 지금 자네는 직원이……."

"칼, 그건 모릅니다."

말린은 일시 정지 버튼을 눌렀다. 분명히 대사관 직원 가운데 강력한 용의자가 있었다. 하지만 에델만이 '문제는 그들이 찾은 사람 모두 있었다는 겁니다. 모두'라고 한 건 무슨 뜻일까? 그 사람들에게는 무엇이 있었다는 것일까?

말린은 '모두' 뒤에 들어갈 단어를 생각해봤다. 어떤 단어든지 해답이 될 수 있었다. 수많은 단어를 떠올려본 뒤에야 말린은 마침내 결정을 내렸다.

알리바이.

에델만은 '문제는 그들이 찾은 사람 모두 있었다는 겁니다. 모두 알리바이가 있었어요'라고 말하려던 게 분명했다. 충분히 말이 되는 이유였다. 그들은 대사관 직원 가운데 비밀을 터뜨릴 사람이 있다고 생각하지만 직원들 모두 혐의를 벗어날 이유가 있는 것이다. 그렇다면 누군가 한 사람이 거짓 알리바이를 대고 있거나 아니면 직원 명단에 들어갈 정도로는 대사관 업무와 관계없지만 대사관 건물에 드나들 수 있을 정도로는 관계있는 또 다른 사람이 있어야 했다.

마침내 말린의 생각이 어딘가에 도착하려고 할 때, 소리를 꺼뒀는데도 협탁에 올려둔 휴대전화는 태엽을 감은 장난감처럼 요란하게 진동하기 시작했다. 그 순간 말린의 생각은 흩어져버렸고 또다시 그곳에 도착할 에너지를 끌어모을 수 있을지 알 수가 없었다.

전화를 건 사람은 안데르스였다. 그의 전화를 받는 일이야말로 지금 말린이 꼭 해야 하는 일이었다. 안데르스는 벌써 여러 번 전화했고, 이번에도 말린이 전화를 받지 않으면 이제 이혼하겠다고 협박할 수도 있었다.

"안녕, 허니."

말린은 이제 막 일어난 사람처럼 말했다.

"왜 전화 안 받아?"

"응? 전화 받았잖아."

"일하는 거 아니지?"

"자기가 이렇게 감시하고 있는데 내가 어떻게 일을 해. 왜 전화해서 깨운 거야?"

"정말이야?"

말린은 엄청나게 큰 소리로 하품을 했다.

"자기한테 감히 어떻게 거짓말을 해."

자신이 이렇게나 거짓말을 잘하는 사람이었다는 사실에 말린은 스스로도 놀랐다.

"그래, 하지만……."

"약이 센지 통 깨지를 않아, 문밖에 무슨 일이 있는지 전혀 모르겠다니까. 자기가 왔다 간 뒤로는 컴퓨터 뚜껑을 열 힘도 없어."

"알았어, 미안. 그럴 생각은 아니었는데…… 나는 그냥……."

"걱정하지 마, 허니. 알아, 하지만 지금은 자기 걱정이 나한테는 도움이 안 되는 거 같아. 빨리 모든 게 끝나버렸으면 좋겠어. 뭐, 다른 할 얘긴 없어?"

"없어. 아, 하나 있다. 어제 우르술라가 왔어. 혹시 자기가 부엌 창문에 크리스마스 커튼 달라고 했어?"

"아니, 우르술라가 커튼을 달았어?"

"그래, 근데 그게…… 뭐라고 해야 할지…… 아주 끔찍해. 뭐라고 묘사도 못하겠어. 폴란드 산간벽지에서는 정말로 아름답다고 생각하리라는 건 잘 알겠어. 하지만 난 그 커튼을 보자마자 식욕을 완전히 잃어버렸다니까. 도대체 내가 뭘 어떻게 해야 할지 모르겠어. 난 그걸 만지고 싶지도 않아."

말린은 안데르스가 무슨 말을 하는지 완벽하게 이해했다. 1년인가 2년 전부터 말린의 집으로 청소해주러 오는 우르술라는 말린과 안데르스의 집을 자기 마음대로 꾸미는 자유를 누리기 시작했다. 말린의 할머니가 주신 낡은 스툴은 갑자기 상자에 담겨 다락으로 들어가버리는 바람에 안데르스를 즐겁게 했다. 하지만 그다음 주에 흰색 이불 커버가 화려한 꽃무늬 이불로 바뀌었을 때는 안데르스조차도 심하다고 생각했다. 그 문제에 관해서는 완벽하게 의견이 맞은 말린과 안데르스는 다시 흰색 이불을 꺼내놓고 꽃무늬 이불은 접어서 벽장에 넣어버렸다.

하지만 그것은 정말 큰 실수였다. 우르술라는 아무 말도 하지 않았다. 그 대신에 청소를 제대로 하지 않는 방법으로 천천히 두 사람을 벌했다. 그런 식으로 몇 주가 지나고 결국 참을 수 없게 된 말린과 안데르스는 침대 밑의 먼지를 치워주고 냉장고도 정리해달라는 글을 조심스럽게 적어 붙였다. 하지만 청소는 되지 않았다. 결국 두 사람은 꽃무늬 이불을 되돌려놓았고 한동안은 이불을 만질 때마다 소스라치게 놀랐다. 지금은 이불에 익숙해졌다. 하지만 갑자기 등장한 정원 요정 때문에…….

아이를 갖는 시도를 그만두기로 결정하고 불과 몇 주 뒤에 쌍둥이를 임신했음을 알게 됐을 때 그랬던 것처럼 전혀 생각지도 않은 사실이 갑자기 떠올라 말린은 깜짝 놀랐다. 이렇게 명백한 사실을 놓치고 있었다니, 믿어지지 않았다.

"허니, 아직 전화 안 끊었지?"

"응, 듣고 있어. 하지만……."

"뭘 어떻게 해야 하지? 커튼을 떼면 분명히 엄청 화를 내겠지?"

"안데르스, 나는 모르겠어. 지금 가봐야 해. 의사가 곧 올 텐데, 그 전에 화장실에 갔다 와야겠어."

"혹시 내가 뗐다가 방방 뛰면 어떻게 하……."

"나중에 이야기해. 사랑해."

서둘러 전화를 끊고 말린은 침대에 기댄 채 눈을 감고 가능한 한 최선을 다해 다시 집중하려고 했다.

100퍼센트 확신할 수는 없지만 범인이 청소 회사 직원이라면 모든 상황이 맞아떨어지는 것 같았다. 청소부라면 열쇠와 비밀번호를 알고 있을 뿐 아니라 다른 직원이 모두 퇴근한 뒤에도 대사관을 돌아다닐 수 있었다. 게다가 외부 용역이라면 대사관 직원이 아니면서도 '내부자'로 분류될 수 있었다.

그런 사람을 찾을 방법은 하나밖에 없었다.

두냐는 갑자기 깨어났고, 자신이 잠들었음을 깨달았다. 안전벨트를 매고 있었고 사방이 흔들렸다. 자신이 어디에 있는지, 왜 이곳에 있는지 도무지 알 수가 없었다.

"우리 항공기는 이제 곧 스톡홀름 공항에 도착합니다. 승객 여러분께서는 항공기가 완전히 멈추고 좌석 벨트 착용 표시등이 꺼질 때까지 안전벨트를 착용해주십시오."

스피커에서 쩌렁쩌렁한 목소리가 울리고 있었다.

비행기가 멈추자 두냐의 머릿속으로 모든 기억이 쏟아져 들어왔다. 자신의 입술을 누르던 역겨운 슬레이스네르의 입술, 평소엔 그에게 말대꾸도 못하면서 직장을 잃을 각오라도 한 듯 그를 고소하겠다고 협박하던 얀. 어쩌면 그것이 얀이 용서를 비는 방식인지도 몰랐다. 하지만 두냐는 그저 고개를 흔들고 택시를 불러달라고 부탁했을 뿐이다. 그저 그곳에서 빠져나가 아무 일도 없던 것처럼 모두 잊고 싶을 뿐이었다.

블로고르스가데 4번지로 가주세요. 두냐는 택시 운전사에게 그렇게 말했다. 하지만 로드후스플라센에 있는 네온 온도계가 영하 5도를 나타낸 것을 보는 순간 블로고르스가데 4번지야말로 자신이 가장 가고 싶지 않은 곳임을 깨달았다. 어째서 집에 혼자 있어야 하지? 이 모든 일을 겪은 두냐를 위로해주고 평온하게 해줄 사람이 있다면 바로 카르스텐이었다. 카르스텐을 보고 싶다는 마음이 그녀를 강렬하게 사로잡았고, 두냐로서는 당장 스톡홀름으로 날아가는 일 말고는 다른 선택지가 없었다.

두냐의 요청에 택시 운전사는 난감하다는 듯이 고개를 저었지만 어쨌거나 알렉산드라 호텔 앞에서 불법 유턴을 감행하고 두냐를 코펜하겐 공항으로 데려다줬다. 운이 좋은 두냐는 가까스로 55분 뒤에 이륙하는 비행기표를 구할 수 있었다. 공항 보안대를 통과하고 오이스터 바에서 화이트 와인을 한 잔 주문하는 동안 두냐의 기분은 한결 나아졌다.

그리고 이제 회전문을 빠져나와 고향의 바람을 전혀 머금지 않은 스톡홀름의 공기 안으로 걸어 들어가는 순간 슬레이스네르의 방에서의 일은 전혀 일어난 적 없는 것처럼 느껴졌다. 두냐는 충동적인 자기 행동이 놀라워 웃었다. 카르스텐도 놀랄 것이 분명했다. 두냐는 늘 통제하는 것이 좋았고 철저하게 준비하는 사람이었다. 하지만 이런 면도 있는 사람인 것이다.

지금 두냐에게는 지갑과 지나치게 짧은 빨간 드레스, 겨울 코트뿐이었다. 다행히 하이힐은 가방에 넣고서 부츠를 신고 크리스마스 파티에 가는 선견지명은 있었다. 처음부터 하이힐을 신고 갔다면 지금쯤은 너무 아파서 휠체어 신세를 질 수밖에 없었을 것이다.

두냐는 손짓으로 택시를 잡아타고 가능한 한 분명하게 스칸스툴에 있는 클라리온 호텔로 가달라고 했다. 스톡홀름은 이번이 첫 방문으로 아직은 그다지 인상 깊지 않았다. 마구 뒤엉킨 도로와 콘크리트 육교 외에는 눈에 띄는 구조물은 보이지 않았다.

오랫동안 달려온 터널을 벗어난 뒤에야 두냐는 스톡홀름이 이 세상에서 가장 아름다운 도시 가운데 하나라는 말이 틀리지 않았음을 깨달았다. 터널을 빠져나오자마자 탁 트인 시야 덕분에 두냐는 창문에서 발산하는 수없이 반짝이는 불빛들로 둘러싸인 얼어붙은 바다를 볼 수 있었다. 눈으로 덮인 광대한 얼음, 별이 빛나는 선명한 하늘, 멀리서 빛을 내는 다리, 건물로 덮인 가파른 쇠데르말름 언덕, 그 가운데 무엇이 그런 생각이 들게 하는지는 몰라도, 두냐는 스톡홀름은 정말로 놀라울 정도로 아름답다고 생각했다.

그리고 이제 두냐는 호텔로 가는 내내 시야를 가리는 콘크리트 지옥으로 돌아왔다.

*

“성함을 다시 불러주실 수 있을까요?”

벌써 두 번이나 불러줬는데도 프런트 데스크 뒤에 서 있는 깡마르고 젊은 콧수염 남자가 말했다.

“카르스텐 뢰메르예요. C를 쓰는 카르스텐. 덴마크어의 외를 쓰는 뢰메르. 외 뒤에 h는 없어요. 적어줄까요?”

두냐는 최대한 느리게 말했다.

“아니, 그럴 필요는 없습니다.”

남자는 두냐 때문에 책을 읽지 못하게 된 상황을 조금도 유감스럽게 생각하지 않는다는 듯이 자판을 두드리며 웃어 보였다.

손님이 묵고 있는 방 하나 찾는 일이 이렇게 복잡하다는 사실이 이해되지 않았다. 프런트 데스크 직원은 극비로 보안을 유지해야 하는 인터넷 서버에 접속하는 사람처럼 굴고 있었다. 몇 분 뒤에 화면에서 눈을 뗀 남자는 손가락으로 콧수염을 꾹 눌렀다.

"음, 기록을 보니, 숙박 인원은 한 명이라고 되어 있군요."

"그럴 거예요. 하지만 난 그 사람 약혼녀예요. 놀래주려고 온 거라니까요. 그 사람은 내가 온다는 걸 전혀 몰라요."

"안타깝지만, 손님이 모르는 분에게 열쇠를 줄 수는 없습니다."

"당연히 그렇겠죠. 하지만 난 모르는 사람이 아니라니까요. 벌써 말했지만 여자친구예요."

"죄송하지만, 이해를 못하겠는데요."

"내가 그 사람 약혼녀예요. 여긴 놀라게 해주려고 왔다니까요. 그러니까 숙박 인원이 한 명밖에 없는 거라고요."

두냐의 말에 남자는 고개를 끄덕였다. 하지만 남자의 얼굴에서는 오래전에 미소가 사라져버렸다.

"죄송하지만, 열쇠는 드릴 수가……."

"이봐요, 돈 때문이라면 1인 추가 비용을 낼게요. 그러니 그 망할 열쇠나 내놔요."

두냐는 신용카드를 내밀면서 남자가 결국에는 그녀의 말을 따를 수밖에 없도록 하는 단호한 표정을 지어 보였다.

카르스텐의 방은 6층이었다. 엘리베이터 안에서 두냐는 머리를 매만지고 다시 립스틱을 발랐다. 카르스텐이 묵고 있는 방 앞에서 두냐는 다리에서 느껴지는 통증을 무시하고 하이힐 안으로 발을 밀어 넣었다.

천천히 문을 열고 어두운 현관을 지나 방으로 들어갔다. 호텔 방은 예상보다 컸고, 카르스텐은 침대에도 호텔 방 안에도 없었다. 하지만 카르스텐이 조용히 말하는 소리가 들렸고 수화기를 내려놓는 소리가 들렸다. 카르스텐이 그녀를 발견할 시간을 주지 않으려고 두냐는 재빨리 방 안으로 뛰어 들어가면서 두 팔을 활짝 벌리고 소리쳤다.

"짜잔!"

카르스텐이 어떤 반응을 보일지는 생각하지 않았지만, 확실히 지금 보이는 반응은 아니었다. 상체를 벗은 채 침대에 비스듬히 기대 있는 카르스텐은 마치 해고 통보를 받은 사람 같은 표정을 짓고 있었다. 두냐는 도대체 그 반응을 어떻게 해석해야 할지 몰랐다. 놀란 건지 완전히 겁에 질린 건지 알 수가 없었다.

"안녕! 나야, 두냐! 행복하지 않아?"

두냐가 두 팔을 흔들자 카르스텐은 그제야 억지로 웃어 보였다.

"미안, 허니. 나는…… 나는 자기가……."

"스톡홀름에 올지 몰랐지? 그건, 나도 몰랐어."

두냐는 발을 꼼지락거리며 하이힐을 벗었다.

"하지만 이렇게 가끔 계획 없이 행동하는 것도 괜찮지 않아?"

두냐는 침대 위를 기어가 카르스텐에게 키스하려고 몸을 숙였다.

"잠깐만."

카르스텐이 두냐를 막았다.

"무슨 일이야? 오늘은 크리스마스 파티에 간다고 하지 않았어?"

"그랬지. 하지만 거기가 어떤지 알잖아. 너무 큰일을 겪었더니 크리스마스 파티에 가고 싶지 않더라고. 그래서 대신 비행기를 타고 자기한테 왔지."

"좋아, 하지만……."

카르스텐은 뒤통수를 긁으며 잠시 다른 곳을 쳐다보다가 두냐에게 시선을 돌렸다.

"기분은 어때? 아직 자기가 겪은 일에 관해 이야기도 못했잖아. 정말 끔찍했을 텐데."

두냐는 고개를 끄덕였다. 그녀는 카르스텐의 모든 질문에 대답하지 않고 그의 입을 자신의 입술로 막았다.

연애 초기에는 영원히 키스할 수도 있었다. 처음으로 사랑을 나눌 때는 두 사람의 키스가 절대로 끝나지 않을 것처럼 느껴졌다. 두 사람의 입술은 끝도 없이 계속해서 만났고, 매번 만날 때마다 짜릿한 흥분을 느꼈다. 두냐는 카르스텐의 따뜻하고 축축한 입김뿐 아니라 그의 입에서 느껴지는 맛까지 사랑했다. 키스할 때면 두 사람은 자신을 잃어버린 채 서로의 눈에 빠져 죽을 듯이 상대방을 탐했다. 두냐는 그런 상황이 언제까지고 계속되리라 생각했다.

하지만 6개월 정도 지나자 카르스텐은 눈을 감기 시작했다. 처음에 두냐는 왜 눈을 감는지 물어볼까 하는 생각도 했지만 그저 모른 척하고 다시 카르스텐이 눈을 뜨기만을 기다렸다. 하지만 카르스텐은 눈을 뜨지 않았고 두 사람의 키스는 짧아졌으며 그는 그녀와 키스하는 것이 지겨운 듯이 행동했다. 어느 정도 시간이 지났을 때 두냐는 용기를 끌어모아 잘못된 점이 있는지, 두냐의 입에서 나쁜 냄새가 나는 것은 아닌지 물어봤다. 그녀는 지금도 그때 카르스텐이 어떤 식으로 고개를 저으며 대답도 하지 않고 자기 몸을 두냐의 몸 안으로 밀고 들어왔는지 선명하게 기억했다. 그 뒤로는 두냐도 눈을 감기 시작했고, 몇 주 뒤에는 키스 자체를 그만뒀다.

하지만 이제 두 사람은 다시 키스하고 있었다. 더구나 지금 카르스텐은 눈을 뜨고 두냐를 쳐다보고 있었다. 그런데 웬지 모르게 이상했다. 정확하게 그 이유는 알 수 없지만 뭔가 잘못된 것 같았다. 그런 느낌이 드는 이유는 아마도 그의 눈이 계속해서 두냐를 지나 다른 곳으로 가고 있기 때문인지도 몰랐다.

두냐는 키스를 멈췄다.

"왜 그래? 내 입에서 냄새나?"

카르스텐이 물었다.

"아니, 그냥…… 먼 길을 왔더니, 알잖아. 곧 올게."

두냐는 뒤로 기어서 침대에서 내려갔다.

"바에 내려가서 한잔할까?"

"좋아, 잠깐만 몸 좀 정리하고 올게."

"좋아, 하지만……."

"빨리 올게. 약속해."

두냐는 욕실로 들어가 문을 잠갔다. 거의 5년을 함께 지냈지만 두냐는 언제나 욕실에 들어가면 문을 잠갔다. 카르스텐이 옆에 서서 치실과 씨름하고 있을 때면 절대로 변기에 앉지 않았다.

하지만 오늘 욕실 문을 잠근 것은 그 때문이 아니었다.

처음에는 애써 무시하려 했지만 호텔 방에 들어서는 순간 그녀의 느낌은 분명해졌다. 어쩌면 프런트 데스크 직원이 두냐를 도우려 하지 않았다는 사실이, 아니면 수화기를 내려놓는 소리가 그녀의 감각을 깨운 것인지도 몰랐다. 도대체 왜 그런 느낌이 드는지는 알 수 없었다. 두냐는 그저 신경이 곤두서서 그런 거라고 애써 넘어가려 했다. 하지만 두 사람이 키스하는 순간 스트레스 때문에 그런 느낌이 드는 것이 아님을 확신할 수 있었다. 그리고 욕실 불을 켜자마자 모든 상황을 명확하게 알 수 있었다.

수건걸이에서는 수건이 하나 사라졌고 샤워 캡 포장지도 열려 있었다. 세면대 안에는 카르스텐의 칫솔이 담긴 컵이 엎어져 있었고, 면도 크림과 비닐에 싸인 녹색 이쑤시개 통이 함께 떨어져 있었다. 하지만 피부가 민감한 카르스텐을 위해 두냐가 사준 비싼 애프터셰이브 로션은 보이지 않았다. 욕조의 샤워 커튼은 닫혀 있었다.

정말 애처롭다. 조심스럽게 발을 두 번 떼고 욕조에 다가가 커튼을 옆으로 젖히면서 두냐는 생각했다. 두 사람 모두 아무 말도 하지 않았다. 두냐는 그저 카르스텐의 타입임이 분명하다고만 생각했다.

여자는 중력의 법칙 따위는 존재하지 않는다는 듯이 길고 구불구불한 금발과 가슴을 널리 퍼뜨리고 있었다. 욕조 밑에 납작하게 누워 있는 여자는 수건걸이에서 사라진 수건을 덮고 있었고 여자 옆에는 정신없이 쓸어 모은 것이 분명한 여자 화장품과 카르스텐의 애프터셰이브 로션이 널브러져 있었다.

두냐는 어떻게 반응해야 할지 몰랐다. 너무나도 어처구니없는 상황이라 어떻게 하는 것이 옳은지 도무지 판단을 내릴 수 없었다. 두냐는 스스로도 그 여자만큼이나 놀랍게도 그저 몸을 숙여 애프터셰이브 로션을 집어 들고 가장 차가운 쪽으로 수도꼭지를 돌려 물을 틀고는 욕실을 나왔다.

"준비 다 했어?"

이제는 침대에서 일어나 옷을 입은 카르스텐이 물었다.

"응, 완전히 다 했어."

두냐는 하이힐을 집어 들고 문을 향해 걸었다.

"두냐, 왜 그래? 왜……."

카르스텐이 쫓아오는 소리가 들렸다.

"뭐라고 말 좀 해봐. 이대로 그냥 갈 수는……."

겨울 코트를 입고 부츠가 든 가방을 집어 들고 방음 장치가 된 문을 닫자 더는 아무 말도 들리지 않았다. 두냐는 엘리베이터로 가는 동안 애프터셰이브 로션을 쓰레기통에 던져 넣으면서도 자신이 아무렇지도 않다는 사실에 깜짝 놀랐다.

이제 막 내린 커피를 가지고 부엌을 나가면서 파비안은 이곳이 수사국 깊숙한 곳에 있는 회의실이 아니라 자기 집 거실이라는 사실을 상기해야 했다. 토마스와 야르모의 도움을 받아 두 시간도 채 안 되어 절도 때문에 엉망이 된 집을 정리할 수 있었다. 세 사람은 식탁을 주방 한가운데로 옮겨 필요한 물건을 모두 올려놓고 소파와 안락의자는 벽에 붙였다. 수사 자료를 식탁에 펼쳐놓고 벽에는 경찰서에서 사라진 사진과 쪽지, 단서 들을 붙였다.

더구나 야르모가 경찰서에서 토마스와 함께 증거 자료를 모두 챙겨 오기 전에 사진을 찍어뒀기 때문에 이전과 같은 방식으로 펼쳐놓고 분류할 수 있었다. 한 시간 뒤에는 니바가 장비를 들고 와 네 사람은 모니터와 컴퓨터, 프린터, 불빛이 깜빡이는 블랙박스 여러 대를 설치하고 연결할 수 있었다.

파비안, 야르모, 토마스, 이 세 사람이 이렇게까지 효율적으로 함께 일해본 적은 없었다. 늘 오가던 농담도 없었고 세 사람 모두 한 가지 목표, 진짜 범인을 찾아내고 체포한다는 목표에만 매달렸다. 경찰을 가지고 놀면서 엄청나게 세부적인 거짓 단서를 이용해 경찰들을 바보로 만들고 수사를 공식적으로 종결하게 만든 범인을 찾는다는 목표 말이다.

"흠, 그럼 이제 시작해볼까?"

김이 모락모락 나는 커피를 컵에 따르면서 야르모가 말했다.

"나부터 시작하죠."

파비안은 에델만과 그리모스의 통화 내용, 범인이 크렘프의 아파트에 들어가 약을 바꾸고 거짓 증거들을 심어놓을 수 있었던 오시안 크렘프의 아파트와 버려진 아파트를 잇는 통로, 숨겨진 카메라, 자신이 도착하기 직전에 범인이 세미라 아케르만을 익사시키고 각막을 떼어 갔을 가능성이 크다는 추론, 병리학자 기드온 하스가 스톡홀름에 있는 이스라엘 대사관과 어떤 식으로 연결되어 있는지를 추적한 이야기 같은 지난 24시간 동안 발견한 일들을 말했다. 파비안이 모든 이야기를 끝냈을 때 침묵이 그의 거실을 지배했고 몇 분 동안 그 누구도 입을 열지 않았다. 모두 앞으로 나가기 전에 방금 들은 이야기를 소화하고 생각해볼 시간이 필요했다.

"그 병리학자 말이에요, 더 아는 건 없어요?"

마침내 단백질 드링크를 흔들면서 토마스가 말했다.

"장기 이식 전문가고 3년 전까지는 아부 카비르 법의학 연구소에서 근무했어. 그때부터 지금까지 행방이 묘연하고."

"아부 카비르? 그거 이집트 도시 아닌가?"

야르모가 물었다.

"그렇죠. 하지만 텔아비브의 한 지역이기도 하죠."

파비안이 대답하면서 니바를 쳐다봤다.

"아직 하스 사진은 못 찾았어?"

"언제 물어보나 궁금해하던 참이야."

니바가 사진을 한 장 인쇄하더니 파비안에게 내밀었다.

사진을 보는 순간 파비안은 하스를 찾아낼 수 있었다. 그는 사진이 붙어 있는 벽으로 걸어가 전 이스라엘 대사 라파엘 피셰르와 아담 피셰르가 탁자 앞에 앉아 있는 사진을 떼어냈다.

"여기에도 있군요."

파비안은 라파엘 피셰르 옆에 앉아 몸을 기울여 대사에게 은밀하게 이야기하는 남자를 가리키며 말했다.

"그래, 그렇군. 이로써 피해자들과 이스라엘 대사관이 관계가 있다는 사실이 밝혀진 건가?"

야르모가 고개를 끄덕이며 말했다.

"어떤 식으로요?"

토마스가 물었다.

"스웨덴 의료 시스템에 등록해 새 장기를 찾는 대신에……."

"모두 등록하기는 했어요."

니바가 불쑥 끼어들었다.

"피해자들 의료 기록을 살펴봤어요. 모두 1998년 중반까지는 여러 해 동안 대기자 명단에 있었어요."

"그 뒤에 무슨 일이 있었던 건가요?"

토마스가 물었다.

"장기 이식을 받기 전에 모두 대기자 등록을 취소했어요."

"대사의 아들 아담 피셰르 같은 경우에는 하스와 연결됐기 때문에 대기자 등록을 취소한 게 분명해. 칼 에릭 그리모스는 그 무렵 대사관과 긴밀히 연락하던 에델만을 통해 하스와 연결됐을 거야."

파비안이 말했다.

"그래서 에델만은 모든 증거를 부지런히 카펫 밑으로 쓸어 넣는 중이고요.”

토마스의 말에 파비안이 고개를 끄덕였다.

“하지만 지금으로서는 세미라 아케르만이 어떻게 이스라엘 대사관과 연락이 닿았는지는 알 수 없어. 누구, 이 사진 찍은 날짜를 아는 사람?”

“1998년 8월, 아담 피셰르의 여동생이 텔아비브에서 결혼식을 올릴 때 사진이에요.”

토마스가 단백질 드링크를 끝까지 마시고 대답했다.

“또 텔아비브네.”

니바가 말했다.

“이때 아담 피셰르가 심장 이식을 받은 게 아닐까요? 그게 아버지 피셰르가 아니라 아들 피셰르가 지팡이를 잡고 있는 이유일 수 있잖아요.”

토마스가 말했다.

파비안은 동의한다는 듯이 고개를 움직였다.

“파비안, 이건 다른 이야긴데…… 두 아파트를 연결하는 통로가 있다는 건 언제 발견했지?”

야르모가 컵에 우유를 따르면서 말했다.

“어젯밤에 발견했습니다. 9시 조금 지나서.”

야르모가 의미심장한 얼굴로 토마스를 보더니 다시 파비안을 쳐다봤다.

“그럼 내가 어젯밤 크렘프의 침실에서 나는 소리를 들은 건 자네 때문이었군.”

파비안이 고개를 끄덕였다.

“그래서 내 아파트에 누가 침입한 건지 궁금해했군요. 두 사람이 도착하기 전까지는 우리 집에 침입한 사람이 경찰서에서 증거 자료를 빼 간 사람과 동일인이라고 확신하고 있었습니다."

"확실히 그자들은 수사 자료를 찾고 있었을 거예요. 하지만 우리가 한발 빨랐죠."

토마스가 자랑스러운 듯이 웃으며 말했다.

"문제는, 그 사람들이 다시 온다면 우리는 어떻게 해야 할 것이냐겠지."

야르모가 말했다.

세 사람 모두 그제야 자신들이 아는 것이 정말로 없다는 사실을 깨달은 듯 한꺼번에 입을 다물었고, 침묵이 공중에 매달렸다. 들리는 것이라고는 니바가 열정적으로 두드리는 키보드 소리뿐이었다.

"들어봐요, 좋은 생각이 났어요."

마침내 니바가 모니터에서 눈을 떼고 말했다.

"아, 그 말 취소해야겠다. 아직 확실하게 말할 수는 없으니까. 게다가 이게 효과가 있는지도 잘 모르겠고."

"뭐라는 겁니까? 이미 말하고 있잖아요."

토마스가 말했다.

"하긴, 좋아요. 우리는 지금 상당히 높은 확률로 범인이 특정 시간에 있었던 특정한 장소를 추정할 수 있어요. 사실 몇 곳은 분명하게 알고 있기도 하고요. 예를 들어 12월 16일 3시 24분에는 의회 뒷문으로 빠져나갔다는 사실을 정확히 알고 있죠. 어젯밤 파비안이 가기 직전에 외스트괴타가탄의 버려진 아파트에 있었다고 추정해 볼 수 있고요. 그 밖에 또 어디에 있었죠?"

"피셰르의 자동차를 타고 슬루센 주차장을 떠날 때 찍힌 보안 카메라 영상도 있잖아요. 정확한 시간은 확인해야겠지만 아마 18일

정오쯤일 거예요."

토마스가 말했다.

"그리고 아담 피셰르를 발견한 무인 임대 창고에도 있었지. 언제인지는 몰라도 범인은 그곳에 여러 번 갔을 거야."

야르모가 말했다.

"이 정보들을 어떻게 활용할 생각인데?"

파비안이 물었다.

"범인이 활동한 시간에 특정 장소에서 사용한 휴대전화 통화 내역을 살펴보면 여러 지역에서 사용한 기록이 있는 동일한 전화번호를 적어도 한 개 정도는 찾을 수 있을 거야. 그걸 찾는다면 범인이 사는 장소를 알아내 체포하는 건 시간문제겠지."

니바의 말에 파비안은 무슨 말을 해야 할지 몰랐다. 토마스도 야르모도 마찬가지인 듯했다. 하지만 세 사람 모두 같은 의문을 품고 있음은 분명했다.

어째서 지금까지 이 생각을 못했을까?

파비안의 전화기가 울리기 시작했다. 발신자 제한 표시가 있는 전화였다.

"네, 여보세요."

파비안이 전화를 받았다.

"파비안 리스크인가요?"

잔뜩 긴장한 여자 목소리가 들렸다.

"그렇습니다만, 누구십니까?"

"카르넬라 아케르만이에요."

"아케르만이라고요?"

"세미라의 언니예요. 지난주 금요일에 스투레플란에서 봤죠? 만날 수 있을까요? 누가 당신 집에 갔는지 알아요."

"만날 시간과 장소를 말씀해주시죠."

"곤돌렌에서 만나요. 바 뒤쪽에서 기다릴게요."

파비안이 미처 대답하기도 전에 전화는 끊어졌다.

4년 전 크리스마스에 전체 수사반이 점심을 먹으러 온 뒤로는 파비안은 곤돌렌에 간 적이 없었다. 그 4년 동안 파비안은 곤돌렌 식당의 전경이 얼마나 장관이었는지 잊고 있었다. 주변은 온통 어두웠고 잔뜩 낀 구름은 또 다른 눈 폭풍을 예견하게 했지만 곤돌렌에서 바라보는 경치는 정말로 아름다웠고 파비안의 발밑에는 문자 그대로 스톡홀름이 있었다. 식당을 지나 바를 향해 가는 동안 파비안은 예르데트 위로 솟은 반짝이는 카크네스 타워부터 회토리예트의 빛나는 고층 건물과 빨간색과 녹색 네온 등을 빛내며 돌아가는 NK 시계까지 모든 것을 볼 수 있었다.

스투레플란에서는 세미라에게 집중하느라 그녀의 언니를 보지 못했기 때문에 파비안은 카르넬라를 제대로 찾을 수 있을지 확신이 서지 않았다. 하지만 잔뜩 긴장한 채로 술잔을 꽉 움켜쥐고서 자꾸만 뒤를 돌아보는 초조한 얼굴을 보는 순간 그런 걱정은 하지 않아도 됐다. 파비안은 카르넬라 옆에 앉았다. 긴 황갈색 머리카락, 가죽 부츠와 청바지, 짙은 빨간색 폴로셔츠, 큼직한 스톤이 달린 목걸이를 한 카르넬라는 상당히 매력적이었고 마치 모델 같아 보였다.

"동생분에 관해서 경찰서에서 어떤 말씀을 들었는지는 모르겠지만……."

"세미라는 절대로 얼음 위로 걸어갈 애가 아니에요."

카르넬라는 술잔에서 시선을 떼지 않고 말했다.

"절대로요. 나라면 그럴 수 있어요. 난 항상 미지의 세계로 몸을 던졌고, 누구든 날 잡아줄 거라는 믿음이 있었으니까."

카르넬라는 와인을 한 모금 마시더니 고개를 저었다.

"엄마는 나를 위해서 해준 일이 하나도 없으면서 늘 나 때문에 흰머리가 늘었다고 말했어요. 나를 위해 애써준 건 언제나 세미라였어요. 세미라는 날 실망시킨 적이 단 한 번도 없었어요. 마침내 그 애의 사랑에 보답할 기회가 왔는데, 그 결과를 봐요."

카르넬라는 울음을 꾹 눌러 참으려 했지만 쏟아져 나오는 눈물을 막을 수 없었다.

파비안은 카르넬라에게 냅킨을 건넸다.

"어떻게 보답했다는 겁니까?"

"그 애는 물집각막병증 때문에 고생하고 있었어요. 한쪽 각막에 이상이 생긴 거예요. 결국에는 한쪽 눈이 멀 수밖에 없었어요. 그럼 책도 읽지 못하고 아무것도 못해 고통 속에서 살았을 거예요. 그 애는 가만히 앉아서 좋은 책을 읽는 걸 사랑했어요."

카르넬라는 냅킨으로 눈물을 닦았다.

"그럼 이스라엘 대사관에 연결해준 게 당신이었나요?"

그제야 카르넬라는 파비안을 쳐다봤다.

"그걸 어떻게 알아요? 내가 거기서 일해요."

"당신은 우리 집에 들어온 사람이 누군지 안다고 했죠?"

카르넬라는 고개를 끄덕이더니 휴대전화 비밀번호를 풀어 사진을 보여줬다. 파비안의 아파트 건물 앞에서 본 검은색 볼보로 양복 입은 두 남자가 들어가는 사진이었다.

"이들이 당신 집에 침입한 사람들이에요. 이스라엘 대사관에서 일하는 사람들인데, 스웨덴 경찰이 잡기 전에 먼저 범인을 잡으려는 거예요."

당연히 이스라엘 대사관에서도 자체 수사를 진행할 것이다.

"범행 방법과 용의자에 관해 아는 게 있습니까?"

파비안의 질문에 카르넬라는 어깨를 으쓱했다.

"몰라요. 하지만 누군가 대사관이 중개한 사람들 명단이랑 수술 기록을 확보했다는 소문이 있는데, 사실 그렇게 이상한 일은 아니에요. 대사관이 전부 노벨파르켄으로 이사 가려고 짐을 싸느라 정말 정신이 없었거든요. 내가 말해주고 싶은 건 당신들이 사람을 잘못 체포했다는 거예요. 그리고 아직 명단에 남은 사람들이 있다는 거하고요."

파비안은 고개를 끄덕였다.

"이름들을 알려줄 수 있을까요?"

카르넬라는 고개를 저었다.

"카르넬라, 혹시 기드온 하스라는 사람을 알고 있나요?"

그 즉시 카르넬라의 눈에 긴장이 서렸다.

"그 사람은 어떻게 알아요?"

"그 말은 알고 있다는 뜻이군요."

카르넬라는 거의 알아보지 못할 정도로 작게 고개를 끄덕였다.

"대사의 사촌이에요. 지금 여기에 있……."

"여기라니, 스톡홀름에 있다는 말입니까?"

카르넬라는 다시 고개를 끄덕였다.

"왜 왔는지 아십니까?"

파비안의 질문에는 대답하지 않고 카르넬라는 어깨 너머로 뒤를 보더니 와인을 마저 마셨다.

"카르넬라, 혹시 범인을 체포할 정보를 알고 있다면……."

"미안해요. 그런 이야기는 아무 소용없어요. 이미 너무 많은 걸 말했어요."

카르넬라는 핸드백을 집어 들고 의자에서 내려갔다.

"카르넬라, 잠깐만요. 혹시 협박을 받고 있습니까?"

파비안은 팔을 뻗어 카르넬라를 막았지만 그녀는 그의 손을 치우고 서둘러 입구로 걸어갔다.

나를 믿으라고. 자네는 여러 남자와 어울리고 싶어 해. 그게 아니라면 누군가 자네를 아주 강하게 끌어줄 사람을 원하는 거지. 나는 잘 알아. 그 느끼한 망할 자식은 그 무엇보다도 당연한 말을 한다는 듯이 큰 소리로 웃었다. *어느 쪽이든 자네는 살아 있다는 느낌을 받고 싶은 거야. 그렇지 않나?* 그 끈적끈적한 입김에 두냐가 숨이 막혀 죽을 지경이 됐을 때 슬레이스네르가 말했다. 그녀의 모든 세포가 그를 미워하고 있었고 이 미움은 평생 계속될 것 같았다. 하지만 킴 슬레이스네르가 옳다는 것은 인정할 수밖에 없었다.

다른 호텔을 찾아 눈 덮인 괴트가탄을 따라 먼 길을 걸으면서 두냐는 그 사실을 깨달았다. 두냐는 가능한 한 카르스텐에게서 멀리 벗어나고 싶어서 메드보리아르플랏센까지 걸어가는 것도 마다하지 않았다. 그녀는 얼어붙은 몸을 녹이려고 재빨리 샤워하고 침대에 누웠다. 그저 빨리 자고 아침 일찍 일어나 밥을 먹고 가장 빠른 표를 구해 비행기를 잡아타고 덴마크로 돌아갈 생각이었다. 집에 돌아가자마자 자물쇠부터 바꾸고 이삿짐센터를 불러 카르스텐의 물건을 모두 싸서 실케보르에 있는 그의 부모님 집으로 보낼 것이다. 어쨌건, 아파트는 두냐의 것이니까.

그것은 정말 완벽한 계획이었다. 두냐가 잠들 수 있었다면 말이다. 파티를 즐기는 스톡홀름 사람들의 목소리가 계속해서 호텔 방 안으로 들어왔기 때문에 두냐는 이제 막 샤워한 몸을 어루만지면서 바스락거리는 침대 시트를 느끼며 몸을 뒤척거렸다. 슬레이스네르가 옳다는 사실을 깨달은 것은 바로 그때였다.

손가락을 꼽으며 잠들어보려 했지만 오히려 정신은 더 맑아지기만 했다. 슬레이스네르의 말처럼 두냐는 끌려가고 싶었다. 어떤 식으로든 살아 있음을 느끼고 싶었다. 그리고 지금이 그런 삶을 시작해야 할 순간이었다.

두냐는 다시 옷을 입고 하이힐을 신고 사람들 목소리를 따라 크바르넨 거리로 나와 괴트가탄에서 가까운 맥주 홀로 갔다. 맥주 홀 앞에는 많은 사람이 줄을 서 있었지만 간신히 입구를 뚫고 들어간 두냐는 머지않아 희생자가 되어줄 표적에 눈을 고정했다.

맥주를 들고 친구들과 이야기하며 서 있는 그 희생자는 곱슬곱슬한 붉은 머리에 주근깨가 난 것이 전통적인 미남도 아니고 두냐의 타입도 아니었다. 하지만 로우 컷 셔츠에 드러난 몸은 근사했고 그의 카리스마는 도저히 저항할 수 없었다.

남자가 친구들 곁을 떠나 불과 몇 미터 떨어진 곳에서 자신을 쳐다보고 있는 두냐에게 다가오기까지는 몇 번의 눈길만으로도 충분했다. 두냐는 가능한 한 스웨덴어로 말했고 남자는 영어로 대답했다. 그의 이름은 그의 입술에서 나오는 순간 잊어버렸다. 그저 빨간 머리 스웨덴 남자로 기억할 수 있으면 그만이었다.

남자는 돌벽에는 유령 같은 석고 모형이 줄을 서 있고 땀에 젖은 사람들이 열기 가득한 댄스 플로어에서 부딪치고 있는 지하로 두냐를 데려갔다. 그곳에서 두 사람은 내일은 없다는 듯이 춤을 췄다. 두냐는 남자가 어떤 식으로 자기 뒤에 서 있었는지, 너무나도 가까이 서 있어서 남자가 카르스텐보다 훨씬 크다는 사실을 어떤 식으로 느꼈는지를 기억했다.

댄스 플로어에서 어떻게 나왔는지는 기억나지 않았다. 모든 일이 아주 짧은 순간에 일어난 것만 같았고, 정신을 차려보니 두 사람은 호텔 방에 와 있었다. 두 사람은 방에 있던 술을 모두 비웠고 마침내 식구들이 모두 나간 집에 단둘이 있게 된 10대들처럼 서로의 몸을 탐색했다. 어느 순간 두냐는 잠이 들었고, 이제 막 눈을 떴다.

시간은 벌써 10시 30분이었고 다행히 빨간 머리 남자는 가버리고 없었다. 다리 사이에서 느껴지는 묵직한 통증으로 미뤄보건대, 오늘은 또 다른 섹스는 무리였다. 두냐는 크게 웃었다. 지난 몇 시간 동안 한 섹스 횟수가 카르스텐과 함께한 모든 섹스 횟수보다도 두 배는 많다는 사실을 깨달았기 때문이다. 그녀는 이제부터는 이 일을 전통으로 만들 거라고 다짐했다.

매주 화요일 밤마다 외출해 그녀의 자부심을 높일 것이다. 남자들은 늘 그렇게 하고 있었고 그것이 남자들 자부심에 도움이 되는 것 같으니까. 아주 오랜만에 느껴보는 행복이었고 기쁨이었다. 심지어 두통도 없었다. 규칙은 단 하나, 매주 다른 사람일 것이었다.

흥분할 수만 있다면 어떤 사람이건 상관없었다.

갑자기 울린 전화벨이 두냐의 생각을 방해했다. 스웨덴 번호였다.

"두냐 호우고르입니다."

"어떻게 지내는지 궁금해서 전화했습니다. 그냥 사라져버렸으니까요. 집에서 주말을 보내려고 갔나보다 했는데, 그렇게 놀라운 소식을 듣게 될 줄은 몰랐어요."

전화기 너머에서 한숨 소리가 들려왔다.

"솔직히 말해서 도대체 왜 혼자서 그런 일을 했는지 이해가 안 됩니다. 분명히 아주 끔찍했을 텐데요."

"거기에 있을 줄은 생각도 못했어요. 발견했을 땐 이미 늦었고요."

두냐는 마침내 전화를 건 사람을 파악하고 대답했다.

"하지만 클리판, 이제는 괜찮아요."

"확실해요?"

"그럼요."

"다행이네요. 그럼 크리스마스 잘 보내라고 인사해야겠네요."

"고마워요. 당신도요. 크리스마스 휴가 잘 보내세요."

"아, 그럴 겁니다. 2주 동안 휴가를 즐기다 오려고요. 사실 1년에 그렇게 많은 시간을 뺄 수는 없지만 베리트가 우겨서요. 몇 시간 뒤에는 공항에서 태국으로 떠날 겁니다."

"근사해요."

"나름 돈이 많이 들었으니 그럴 가치가 있기만을 빌어야죠."

"분명히 좋을 거예요. 여행 잘 다녀와요."

휴대전화 배터리가 거의 남지 않아서 두냐는 전화를 끊으려고 했다.

"한 가지 말할 게 더 있어요. 내 질문에 기분 나쁘지 않았으면 좋겠는데, 정말로 집에 갔을 때 그가 당신 아파트에 있었나요?"

"네."

두냐의 대답에 클리판은 아무 말도 하지 않았다. 해야 할 말을 생각하고 있는 게 분명했다.

"그거 참 이상하군요. 결국에는 죽이려 했다면 어째서 여기서는 당신을 살려두고 훼손한 시체들과 함께 차에 가둬둔 걸까요? 그냥 케블링에 공장에서 당신을 죽이는 게 훨씬 쉬웠을 텐데 말입니다."

클리판도 두냐와 정확히 같은 의문을 제기하고 있었다.

"왜냐하면 같은 사람이 아니니까요."

두냐는 더는 이 사건을 수사하지 않겠다는 결정을 내렸는데도 그렇게 말했다.

"두냐, 그게 바로 내가 의심하던 거예요."

"빌룸센은 수사 방향을 흐트러뜨리기 위한 미끼가 분명해요. 아주 교묘한 장치를 해놔서 결국 빌룸센이 기소됐을 거예요. 카티아 스코우에게서 빌룸센의 정액을 찾았거든요."

"빌룸센으로서는 잃을 게 없는 데다 당신이 빌룸센을 찾는 것보다 그가 더 빨리 당신을 찾을 수 있었군요."

"정확해요."

"그럼 이제 어떻게 하죠? 떠나기 전에 내가 해줄 게 있을까요?"

"네, 사실 한 가지가 있기는 해요. 스웨덴 번호판을 단 자동차 소유주를 알아낼 수 있을까요? 헬싱외르 항구 바다 밑에 가라앉아 있던 차인데, 왜 그곳에 있는지 알 수가 없어서요."

"찾아볼게요. 전혀 문제없어요. 번호만 알려주면 알아보고 연락할게요."

"HXN 674예요."

두냐는 휴대전화에 입력해둔 메모를 볼 필요도 없이 곧바로 말했다.

"좋아요, 문자로 알려줄게요. 행운을 빌어요. 모두 다 해결됐으면 좋겠군요."

"당신도 잘 지내다 와요."

두냐는 전화를 끊었다.

침대에서 나와 샤워를 하고 머리를 감고 세면대에 있는 모든 크림을 바르고 이제는 세탁할 필요가 있는 빨간 드레스를 입고는 이미 휴대전화에 도착해 있는 클리판의 문자를 읽었다.

그 차를 어디에서 찾았는지는 모르겠지만, 차주는 칼 에릭 그리모스네요. 지난주에 '식인귀'에게 희생된 스웨덴 법무부 장관이에요. 하지만 그 사건과 당신 사건은 아무 상관이 없겠죠? 클리판.

두냐는 짧게 답장을 썼다.

없어요. 완전히 다른 사건일 거예요. 아무튼 고마워요. 휴가 잘 보내고 와요. 두냐.

두냐는 창문으로 걸어가 커튼을 젖히고 눈 덮인 작은 공원을 내려다봤다. 공원 끝에서는 서른 명쯤 되는 아이들이 놀고 있었고 다른 쪽 끝에서는 두 남자가 크리스마스트리를 팔고 있었다.

두냐도 형을 마치고 몇 년이나 지난 뒤에 갑자기 살인을 시작한 식인귀 소식은 들었다. 덴마크 신문에서도 그 사건을 상당히 비중 있게 다뤘으니까. 잠시 두냐는 스웨덴과 덴마크에서 일어난 두 사건이 어떤 관계가 있을지 생각해봤다. 두 사람 모두 잘 알려진 범인이었다. 한 명은 덴마크 사람이고 또 한 명은 스웨덴 사람이지만 두 사람 모두 다시 범죄를 저질렀고 뚜렷한 흔적을 남겼다. 하지만 그 외에는 두 사건을 연결할 만한 공통점이 없었기에 두냐는 더는 생각하지 않고 빌룸센에 대한 단서를 고민하기로 했다.

이제 두 범인은 모두 죽었고 두 사건은 공식적으로 종결됐다. 어쩌면 헬싱외르 항구 바닥에서 찾은 스웨덴 스포츠카가 그녀의 수사를 재개하고 스웨덴 수사도 되살려줄 핵심 단서일 수 있었다.

간신히 들어왔어. 네가 여기로 오는 게 좋겠어. 되도록 빨리 와. -N.

파비안은 전화기에서 눈을 떼고 벽에 쏜 스톡홀름 시가지 지도 위에서 교외 주택 지역을 따라 움직이는 붉은 레이저 점을 쳐다봤다. 그는 토마스, 야르모와 함께 디에고 아르카스를 덮칠 계획을 설명하는 마르쿠스 회글룬드와 잉에르 카를렌의 설명을 듣고 있었다.

"시내를 중심으로 여기 원 안에 들어 있는 아파트 여섯 곳을 덮칠 계획이에요."

카를렌이 지도를 쳐다보면서 말했다.

파비안과 토마스, 야르모 모두 지금은 맡은 수사가 없었다. 적어도 공식적으로는 없었다.

"쿵스홀멘에 있는 블랙 캣도 함께 덮칠 거예요."

덴마크 쿠키를 들고 카를렌이 있는 탁자의 짧은 쪽 끝에 서 있던 회글룬드가 거들었다.

"그래서, 두 사람은 언제 디에고를 덮칠 건데?"

회의를 빨리 끝내려고 파비안이 물었다. 공식적이든 아니든 카르넬라 아케르만이 말한 대로라면 범인은 지금도 활동하고 있을 뿐 아니라 이식 수술을 받은 사람이 아직 더 남았으니 범행이 완전히 끝난 것도 아니었다. 그리고 지금, 니바는 밤낮없이 시도해 방금 휴대전화 운영 시스템을 해킹하는 데 성공했다.

"내일 밤이에요."

카를렌이 말했다.

"선배들이 너희 두 사람이 아니라 우리 모두라고 말해주면 정말 좋겠는데요."

회글룬드는 파비안과 토마스, 야르모를 똑바로 보면서 말했다.

"아주 대규모 작전이 될 테니 우리 팀 모두가 함께 가야 해요."

파비안은 토마스와 야르모와 시선을 주고받았다. 두 사람의 표정으로 보아 아직 니바의 문자를 받지 못한 것이 분명했다.

"조금 곤란한 시기인 건 알아요. 하필 크리스마스 휴가 직전이고요. 하지만 디에고 아르카스가 휴일이라고 쉬는 건 아니니까요."

카를렌이 말했다.

회글룬드가 리모컨을 눌러 지도 대신 나이트클럽 주변을 찍은 항공사진을 띄웠다.

"알겠지만 블랙 캣은 여기 한트베르카르가탄과 마주 보는 커다란 지하 공간에 있어요."

회글룬드는 레이저 포인트로 블랙 캣 부지를 가리키면서 말했다.

"하지만 출구가 세 곳이나 되기 때문에 우리가 흩어져서……."

파비안은 더는 회글룬드의 설명을 듣지 않았다. 야르모와 토마스 앞에 있던 전화기가 진동하기 시작했고, 두 사람은 니바가 보낸 문자 메시지를 클릭해 열었다.

"일단 뜰에 조명이 켜지면 기동대가 먼저 들어갈 겁니다."

회글룬드가 다시 레이저 포인트로 항공사진을 가리키며 말했다.

"다른 사람들은 폴헴스가탄 부근에서 버스에 탑승한 채 대기했다가 우리가 신호를 보내면 한트베르카르가탄에 있는 정문으로 들어가는 겁니다. 질문 있는 분?"

"아니, 없어. 완벽한 계획 같은데. 다른 사람들은 어때요?"

토마스가 전화기에서 고개를 들며 말했다.

"완벽하군."

야르모가 전화기를 주머니에 넣으면서 대답했다.

"중요한 건 완전히 무르익기 전까지는 그 누구도 개시 신호를 보내면 안 된다는 거예요. 가장 정신없고 취약할 때 진입하는 겁니다, 아시겠죠?"

"다른 말은 할 것 없고? 내가 할 일이 좀 많아서."

파비안이 말했다.

"아니요, 다 했어요."

카를렌이 한숨을 쉬면서 대답했다.

"그럼 아직은 조용하니 이때 크리스마스 쇼핑을 하는 게 좋겠어."

야르모가 웃으며 말했다.

"좋은 생각이에요."

토마스가 자리에서 일어나면서 말했다.

"잠깐만요."

회글룬드가 손을 번쩍 들면서 두 사람을 제지했다.

"잉에르하고 난 이 사건을 해결하려고 6개월이나 매달렸어요. 허무하게 기회를 날려버릴 수는 없다고요. 모두 상세하게 이해한 거 맞죠?"

"당연하지."

파비안과 야르모와 함께 회의실을 나서면서 토마스가 대답했다.

"맞아, 들어왔어. 하지만 난 NDRI가 아니니까 거미들이 나를 찾는 순간 이 재미는 끝이 날 거야."

니바가 말했다.

"거미라니?"

토마스, 야르모와 함께 서둘러 복도를 걸어가면서 파비안이 물었다. 커피 컵을 들고 부엌에서 나오는 에델만이 보였다.

"그거, 봇 말이야. 문제는 더 많은 데이터가 필요하다는 거야. 그것도 아주 빨리."

"좋아, 하지만 지금은 그걸 전달해줄 적절한 시기가 아니야."

파비안은 에델만의 표정을 읽으려고 했지만 그는 완벽하게 평온해 보였다. 파비안도 가능한 한 감정을 드러내지 않은 채 계속 걸으면서 에델만을 향해 짧게 고개만 숙여 인사했다. 에델만도 살짝 고개를 숙이고 파비안에게는 영원처럼 느껴지는 시간 동안 반장실을 향해 걸어갔다.

"너는 그냥 듣기만 하면 돼."

니바가 계속해서 말했다.

"어제 말한 것처럼 더 많은 장소랑 시간이 필요해. 특정 시간과 장소면 더 좋고. 지금은 두 개밖에 없잖아. 의회 문이랑 버려진 아파트. 그걸로는 부족해. 그러니까 휴이랑 듀이는 보안 카메라를 살펴보고 범인이 슬루센 주차장에서 나간 시간이 정확히 언제인지 파악해줘. 너는 무인 임대 창고를 살펴보고."

"가능한 한 빨리 알아볼게."

모퉁이를 돌던 파비안은 한 여자와 부딪쳤고, 그 바람에 여자가 들고 있던 가방이 떨어졌다.

"미안합니다."

여자가 덴마크어로 말했다.

"아니, 사과는 제가 해야죠."

파비안은 웅크리고 앉아 칫솔, 여행용 샴푸와 보디로션을 주워 빨간 드레스와 하이힐이 들어 있는 H&M 가방에 넣어줬다.

"덴마크에서 오셨어요?"

토마스가 가슴 근육에 힘을 주면서 물었다.

"네, 말린 렌베리를 만나려고 왔어요. 말린이 어디에 앉아 있는지 아시나요?"

두냐가 물었다.

"지금은 앉아 있지 않아요. 사실은 누워 있죠."

토마스가 씩 웃으며 말했다.

"안타깝게도 병가를 냈어요. 6개월 정도 돌아오지 않을 겁니다."

파비안이 가방을 돌려주면서 말했다. 두냐는 단추를 잠그지 않은 코트와 청바지, 흰 블라우스를 입고 있었다.

"내가 도와줄 수 있을 것 같은데요."

토마스가 말했다.

"좋아요, 자동차 때문에 왔어요. 차주가……."

"이봐, 내가 급하다고 안 했어?"

전화기 너머에서 니바의 고함이 들려왔다.

"미안하지만, 우린 가봐야겠습니다. 토마스, 가자고."

파비안이 서둘러 걸으면서 말했다.

급하게 걸어가는 세 남자를 보면서 두냐는 계속해야 하는 건지 확신이 서지 않았다. 더군다나 스톡홀름 수사국에서 아는 유일한 사람은 병가를 내고 한참 동안 돌아오지 않는다고 했다. 그런 생각을 하자 잠을 제대로 자지 못했다는 사실이 두냐를 덮치기 시작했다. 두냐는 그저 집으로 돌아가 머리끝까지 이불을 뒤집어쓰고 자고 싶었다.

"실례합니다. 왠지 길을 잃은 것 같아서요. 누구 찾는 사람이 있습니까?"

두냐는 몸을 돌려 자신을 향해 걸어오는 둥근 안경을 쓴 남자를 쳐다봤다.

"네, 사실 말린 렌베리를 만나러 왔는데, 아프다고 하네요."

"맞아요, 지금 아파서 쉬고 있어요. 하지만 내가 말린의 상사니 도움이 될지도 모르겠군요. 헤르만 에델만이에요."

남자가 두냐에게 손을 내밀면서 말했다.

"이런, 코펜하겐 경찰서 두냐 호우고르입니다."

악수를 한 에델만은 두냐를 데리고 반장실로 들어갔다.

"마실 것 좀 줄까요? 커피? 차? 감멜 단스크 작은 병도 있어요."

"아니요, 감사합니다만, 괜찮습니다. 미네랄워터 한 잔만 주시면 좋겠어요."

에델만은 람뢰사 두 병을 꺼내 각기 다른 잔에 따랐다.

"혹시 휴대전화를 충전할 수 있을까요? 아예 죽어버렸거든요."

두냐는 꺼져버린 아이폰을 들어 보이며 말했다.

에델만은 책상으로 가 충전기를 꺼내 왔다.

"얼마든지요. 그나저나 어떻게 들어온 겁니까? 내가 보기에는 만날 약속이 된 건 아닌 듯한데요."

"네, 맞아요. 그저 말린을 놀라게 해주고 싶어서 왔어요."

두냐가 전화기를 충전기에 연결하면서 말했다.

"그럼, 그냥 들여보내줬다는 겁니까?"

두냐는 고개를 끄덕였고 에델만은 고개를 저었다.

"코펜하겐 경찰서는 여기보다는 보안이 철저했으면 좋겠군요. 그래, 어떻게 도와드릴까요?"

"저는 살인 사건을 수사하고 있어요. 그런데 이번에 스웨덴 법무부 장관의 차를 찾았어요."

"에릭 칼 그리모스 말인가요?"

"네, 차량 번호가 HXN 674였어요."

"어디서 찾았나요?"

"헬싱외르 항구 바다 밑에서요. 이번에 스톡홀름에서 일어난 큰 사건의 피해자라고 알고 있어요."

"네, 맞습니다. 그저 확실하게 하고 싶어 묻는 건데, 어떤 사건을 수사하고 있습니까?"

"피해자를 강간하고 사체를 훼손한 살해범을 쫓고 있어요."

"그렇군요, 텔레비전에 나오는 유명인사하고 그의 아내 사건 말이군요."

두냐는 고개를 끄덕였다.

"그 사건은 끝난 걸로 아는데요."

"맞아요, 엄밀하게 따지면요. 그냥 마무리를 제대로 하고 혹시 우리가 놓친 게 없는지 살펴보고 싶은 것뿐이에요. 그러다가 이 연결고리를 발견한 거고요."

"연결고리라는 건 조금 과장된 표현이군요. 하지만 왜 그리모스의 차가 그곳에 있었는지는 알아내야겠죠. 분명히 합리적인 이유가 있을 겁니다."

"어떤 이유가 있을까요?"

"글쎄요, 그리모스는 차를 모으는 걸로 유명했죠. 비싼 차요. 그러니 자동차를 한 대 도둑맞았고, 그 차가 지하 세계로 흘러들어 갔을 수도 있겠죠. 당신의 가해자도 자신과 연결되지 않을 차가 필요했을 테고요. 하지만 말했듯이 정확히 어떻게 된 건지 알아보고 가능한 한 빨리 연락을 주지요."

두냐는 충전기에서 전화기를 빼고 일어섰다.

"나한테 직접 연락해주시면 좋겠어요."

두냐는 에델만에게 명함을 내밀었다.

"그러죠, 문제없어요. 그러니까 크리스마스부터 새해까지는 이 번호로 전화하면 된다는 거군요."

"언제든지 이 전화로 하시면 됩니다."

두냐는 에델만과 악수를 했다.

"내가 죽지만 않는다면 말이죠."

에델만은 크게 웃으며 두냐를 배웅했다.

파비안과 토마스, 야르모가 파비안의 집에 도착했을 때 니바는 수많은 이름과 전화번호를 화면에 띄운 채 가장 큰 모니터 앞에 앉아 있었다.

"이 사람들 모두 용의자라는 말은 하지 말아요."

모니터를 쳐다보면서 토마스가 말했다. 니바는 굳이 대답하지 않왔다.

이제야 파비안은 미지의 전화번호와 수없이 많은 장소와 시간을 연결해 특정인을 지정하는 삼각법을 사용한다는 이야기를 들어본 적이 없는 이유를 이해했다. 삼각법을 이용해 찾은 전화번호와 관련된 사람들의 이름은 끝이 없어 보였다. 니바는 숫자와 글자가 엄청난 속도로 올라가게 스크롤을 했지만 목록은 끝이 없었다. 아직 니바는 작업을 끝내지도 않았는데 파비안은 자꾸만 솟아오르는 회의적인 생각을 억누르려 애써야 했다.

"뭔가 잘못된 게 분명해요. 이렇게 많을 리가 없잖아요."

고무 밴드로 이두박근을 강화하는 운동을 시작하면서 토마스가 말했다.

"슬루센을 지나는 사람은 매일 수십만 명이 넘을 거야. 그러니까 데이터가 더 필요해."

니바가 짜증을 억누르면서 말했다.

토마스는 소파에 앉아 빠르게 감기로 슬루센 주차장 보안 카메라 촬영 영상을 보고 있는 야르모를 쳐다봤다.

"선배는 아직 안 끝났어요? 혹시 파비안의 비디오를 보고 있는 거 아니죠?"

"지금 막 찾았어."

야르모는 범인이 방독면을 쓰고 아담 피셰르의 자동차를 타고 나오는 장면에서 화면을 정지했다.

"오후 3시 33분에 주차장에서 나갔어."

"좋아요, 그럼 3시 32분을 한계로 잡아야겠네요."

니바가 컴퓨터에 명령어를 입력해 넣었다.

"그곳에는 언제 도착했을까요?"

"피셰르가 주차장에 들어갔을 때는 차 안에 없던 건 분명해요."

토마스가 삼두박근을 강화하는 자세로 바꾸면서 말했다.

"그랬다면 피셰르가 눈치챘겠죠. 피셰르는 자기 앞에 놓인 일에 대해서는 조금도 알지 못한 게 분명해요."

"제발, 그것 좀 그만해. 너무 시끄럽고 고무 냄새가 나잖아."

니바가 말했다.

"그게 뭐 어때서요?"

토마스가 짓궂은 표정으로 파비안을 쳐다봤다.

"피셰르는 저 주차장에 고정 자리가 있었을까? 집이 근처였나?"

파비안이 대화 주제를 바꾸려고 물었다. 다시 삼각법에 믿음이 생겼다.

"모세바케에 아주 멋진 아파트가 있었죠. 누구나 질투할 수밖에 없는 멋진 뷰가 있는 아파트예요."

마침내 운동을 끝낸 토마스가 밴드를 말면서 말했다.

"그렇다면 범인은 피셰르의 차를 따라 들어왔거나 미리 주차장에 도착해 기다린 거겠군요."

"미리 도착했을 가능성이 더 커. 보안 카메라를 초 단위로 살펴봤지만 피셰르의 차 뒤로 들어오는 차에는 모두 범인이 타고 있지 않았어."

야르모의 말에 토마스가 한숨을 쉬었다.

"그걸 어떻게 확신해요? 주차장에 들어올 때는 방독면을 쓰지 않았을 수도 있잖아요. 그러니까 기본적으로 피셰르 뒤에 들어오는 모든 차 운전자가 범인이 될 수 있다고요."

"음, 그렇다면 범인은 성별을 바꿔야 할 거야. 피셰르 뒤로 들어오는 자동차 일곱 대 모두 여자가 운전했어. 전문가라면 그 이유를 훌륭하게 설명할 수 있겠지."

"좋아, 우리 모두 너무 피곤한 게 분명해."

파비안이 말했다.

"난 아니에요."

토마스가 말했다.

"나도."

야르모가 말했다.

"뭐, 그럼 나만 피곤한 걸로 하지. 사실 그건 그다지 큰 문제는 아니야. 일단 피셰르가 주차장에 있던 시간만큼 범인도 있었다고 가정해보자고."

"그럼 11분이네요."

토마스가 윗입술 밑으로 입담배 스누스를 밀어 넣으면서 말했다.

"좋아, 그럼 안전하게 10분이라고 하지. 그럼 몇 명 정도 남지?"

파비안이 니바에게 물었다.

"수천 명."

니바가 모니터 화면에서 눈을 떼지 않고 말했다.

"아마도 이 자료랑 의회 건물과 외스트괴타가탄에 있는 아파트 자료를 한데 합치면 훨씬 줄어들 거야."

"배는 나만 고픈 거예요?"

토마스가 말했다.

"냉장고에 있는 건 뭐든지 먹어도 돼."

파비안이 말했다. 사실 파비안도 배가 고팠지만 전화번호 목록을 계속해서 줄여가며 계산을 수행하고 있는 컴퓨터 화면 앞에서 떠나고 싶지 않았다.

7분 뒤에 토마스가 마멀레이드와 치즈 샌드위치를 잔뜩 담은 쟁반을 들고 돌아왔을 때는 한 화면에 모두 들어갈 정도로 목록은 짧아져 있었다.

"이제 몇 명이나 남았어요?"

샌드위치를 크게 베어 물면서 토마스가 물었다.

"마흔세 명."

니바가 의자에 앉아 기지개를 켜면서 대답했다.

"계산은 끝난 거예요?"

니바는 짧게 고개를 끄덕였고 파비안은 실망감에 또다시 피곤의 안개 속으로 빠져든 것만 같았다. 물론 수백만 개에 비하면 43개는 아주 적은 수임이 분명하지만, 그래도 여전히 너무 많았다.

"이해가 안 돼. 어떻게 세 군데 장소에서 같은 시간에 있는 사람이 마흔세 명이나 된다는 거지?"

"정확한 GPS 좌표를 넣은 건 아니니까."

마지막 토스트를 집어 들면서 니바가 대답했다.

"그게 무슨……."

"내가 적용한 방법은 여러 기지국에서 삼각형을 만들 수 있는 모든 장소를 찾아낸 거니까. 전에도 말했듯이 이건 진짜 과학과는 거리가 멀어. 슬루센을 지나는 모든 차를 찾아낸 거니까."

"그건 잘 알겠어. 하지만 그렇게 눈이 많이 오는 날 늦은 오후에 의회 건물에서 가장 먼 출구를 지나는 차가 이렇게 많다고? 설마, 뭔가 잘못된 게 틀림없어."

파비안이 말했다.

"그곳이 중앙 다리에서 멀지 않다는 걸 잊었나봐."

"외스트괴타가탄을 지나는 차는?"

"한 대뿐이야. 괴트가탄 부근을 지났어. 하지만 그건 밤 9시야. 그 시간에 그곳을 지나는 사람은 대부분 주민이지."

"근데 왜 전화번호 옆에 가입자 이름이 없는 거죠?"

토마스가 모니터를 가리키면서 물었다.

"선불카드를 썼으니까."

"당연하지. 어떤 바보가 자기 이름을 등록한 전화기를 들고 범죄를 저지르겠어."

파비안의 말에 니바가 고개를 들었다.

"세상에, 왜 그 생각을 못했을까?"

"그럼 몇 명으로 줄어?"

"한 명."

"한 명이라고? 전화기는 켜져 있어?"

"잠깐만, 볼게."

니바의 손가락이 빠른 속도로 자판을 두드렸다.

"스누스가 필요해."

야르모가 소파 너머로 손을 내밀었다.

"끊은 거 아니었어요?"

토마스가 스누스를 건네면서 물었다.

"지금은 꺼져 있어."

니바가 계속 자판을 두드리면서 말했다.

"이 전화가 다른 곳에 있던 적은 없어?"

파비안의 말에 니바가 고개를 끄덕였다.

"악셀스베리. 셀메달스베겐 38번지나 40번지, 아니면 42번지에 있었어."

카르넬라 아케르만에게 지난 한 주는 악몽의 연속이라고밖에는 묘사할 말이 없었다. 매일 아침 그녀는 두 눈을 질끈 감고 두 손으로 자기 뺨을 치면서 이 모든 것이 꿈이기를 간절히 기도했다.

이틀 전에 세미라가 죽었다. 카르넬라에게는 일과 사랑하는 동생 말고는 살아갈 의미가 없었다. 세미라는 고통에서 벗어나 시력을 되찾고 싶다는 순수한 바람을 품었기 때문에 잔혹하게 살해됐다. 더구나 그 애로서는 입 밖으로 내보낸 적도 없는 소망 때문에. 그 애는 그저 자기 운명을 받아들이고 끝도 없이 이어지는 대기자 명단에 자신의 이름을 올렸을 뿐이다.

누가 세미라를 죽였는지는 알 수 없지만 두 가지는 분명했다. 세미라가 유일한 희생자는 아니라는 점, 경찰은 다른 사람을 범인으로 잘못 잡았다는 점. 물론 파비안 리스크는 그 사실을 알고 있는 듯했다. 리스크는 기드온 하스에 관해 물었다. 그 이름을 듣자마자 카르넬라는 솔직하게 말하겠다는 결심을 포기했다. 그러려면 어떤 힘에 맞서 싸워야 하는지를 깨달았기 때문이다.

그녀는 리스크에게 아직은 완벽하게 허가받지 못한 일들을 말하려 했다. 그것만이 진실을 밝힐 마지막 기회니까. 곧 기차는 떠날 테고, 그녀가 입을 다문다면 그 일은 세상에 드러나지 않을 것이다. 카르넬라는 생각을 정리하고 다시 리스크에게 연락할지를 결정해야 했다. 당연히 병가를 내고 집에 있어야 했지만 지금 그녀는 직장 책상 앞에 앉아 자신이 필요한 사람임을 입증해 보이려고 애쓰고 있었다.

그래도 최소한 혼자 있고 싶었고 그 누구하고도 말하고 싶지 않았다. 특히 계속해서 설문 조사를 거부하고 있는데도 전화를 걸어대는 지방 의회 여자하고는 절대로 말하고 싶지 않았다. 그런데도 지금, 사내 전화 교환 담당자가 그 여자한테서 또 전화가 왔다고 연락했다.

"네, 카르넬라 아케르만입니다."

그녀는 최대한 무덤덤하게 전화를 받았다.

"안녕하세요, 교환실이에요."

"네, 안녕하세요. 무슨 일 때문에 그러시죠?"

"죄송해요. 또 그 의회 여자분이 전화했어요. 계속 전화를 하네요. 또다시 전화를 받지 않으면 직접 방문하겠다고 협박을 해서요. 오늘은 어떤 전화도 받지 않으실 거라고는 말했어요. 포기하게 하려고 했지만……."

"좋아요, 받을게요."

"아, 정말 감사합니다."

카르넬라는 전화가 연결되기를 기다렸다가 대답했다.

"카르넬라 아케르만입니다."

"마침내 받았네요. 정말 통화하기 힘든 분인 거, 아시죠?"

"네, 요 며칠 너무 바쁜군요. 그래, 어떤 대답을 해드리면 되죠?"

"바쁜데 죄송해요. 제 이름은 에바 브리트 모스베리예요. 외스테르말름 지방 의회 행정국 소속이죠. 직원들 작업 환경을 조사하고 있고요."

"그건 보통 1월에 하지 않나요?"

"저런, 아니에요. 한 해가 끝나기 전에 자료를 완성해둬야 해요. 선생님이 마지막 분이에요. 몇 가지만 질문할게요. 3분이 넘지 않을 거예요. 그렇지 않으면 우리가 조사를 나가야 하고, 그 비용은 선생님이 부담하셔야 합니다."

"좋아요, 알겠어요. 빨리 시작하세요."

"좋습니다. 감사합니다. 건물 청소는 직원들이 직접 하나요, 아니면 청소 업체를 부르나요?"

"업체를 불러요."

카르넬라는 필요 없는 말은 한마디도 하고 싶지 않았다.

"좋습니다. 얼마나 자주 오나요?"

"일주일에 세 번. 월요일, 수요일, 금요일에요."

"직원들 근무 시간에 오나요, 아니면……."

"근무 시간이 끝난 뒤에 와요."

"알겠습니다. 어떤 업체를 부르죠?"

"올웨이즈 클린이요."

"업체 서비스에 만족하시나요?"

"네."

"아주 좋습니다. 설문에 답해주셔서 감사합니다. 행복한 휴일 즐기세요."

"벌써 끝났다고요?"

"몇 분 안 걸린다고 말씀드렸잖아요. 그럼 안녕히 계세요."

딸깍, 전화 끊기는 소리가 들렸고 카르넬라 아케르만은 손에 들고 있는 수화기를 한참 쳐다봤다.

말린 렌베리는 길게 숨을 내쉬고 휴대전화를 침대 옆 협탁에 내려놓았다. 통화는 기대 이상이었다. 자신이 거짓말에 소질 있다는 사실은 알았지만 이렇게까지 잘할 줄은 몰랐다. 경찰을 그만두면 배우가 되는 것이 좋을 듯했다. 아니, 그보다 더 좋은 것은 전문 도박사일지도 몰랐다.

말린은 침대를 앉을 수 있게 세우고 컴퓨터를 열어 올웨이즈 클린 홈페이지를 찾아 들어갔다. 올웨이즈 클린은 시간 약속을 칼같이 지키는 믿을 수 있는 업체로 가정과 사무실을 눈부실 정도로 깨끗하게 청소해준다고 장담하고 있었다. 하지만 안타깝게도 직원들 사진도 없고 남자 청소부가 있는지도 알 수 없었다.

결국 말린이 또 다른 역할을 맡을 수밖에 없었다. 말린은 휴대전화를 다시 집어 들고 청소 회사 번호를 눌렀다. 신호가 가는 동안 말린은 청소 회사 직원들 모두 이미 휴가를 떠나 전화를 받지 않으면 어떡하나 고민했다. 그럴 때는 사회보험청에서 근무하는 언니에게 올웨이즈 클린의 직원들 정보를 받으면 된다. 하지만 그럴 경우 언니가 안데르스에게 그 사실을 알릴 테고, 안데르스는 불같이 화낼 것이 분명했다. 니바 에켄히엘름에게 물어보는 것이 훨씬 더 나은 대안이지만, 니바의 능력을 인정해야 한다는 것은 짜증 나는 일이었다. 니바라면 누군가의 결혼 생활을 파괴할 만큼 빠른 속도로 그런 정보를 확보할 수 있을 게 분명했다.

"환영합니다. 올웨이즈 클린입니다. 무엇을 도와드릴까요?"

"안녕하세요, 말린 렌베리라고 합니다."

너무나도 불쑥 대답이 들려왔기 때문에 말린은 가명을 사용해야 한다는 생각조차 하지 못했다.

"올웨이즈 클린 웹사이트에서 약속한 것처럼 눈부실 정도로 깨끗하게 집을 치울 사람을 찾고 있어요."

"그렇군요. 단독 주택인가요, 아파트인가요? 방은 몇 개나……."

"아주 커요. 아마 비용이 상당히 들 거예요. 나는 남자 청소부를 원해요. 혹시 남자 청소부가 있나요?"

전화기 너머에서는 침묵이 흘렀다.

"단순히 청소 문제가 아니어서 그래요. 늘 남자분들하고 일하는 게 좀 더 수월하더라고요."

"알겠습니다. 남자 청소부도 몇 명 있기는 하지만……."

"잘됐네요. 혹시 이메일로 명단을 보내줄 수 있을까요?"

"글쎄요, 잘 모르겠어요. 그게……."

"한 가지 더 부탁할게요. 내가 직접 볼 수 있게 이름하고 사진도 함께 보내주세요."

불 꺼진 현관 앞 선반에는 장갑과 모자, 스카프가 가득 올려져 있었고 고리에는 겨울 코트가 몇 벌 걸려 있었다. 밑에 있는 신발장에는 부츠와 여러 개의 신발이 있었다. 좀 더 안쪽에 있는 고리버들 의자 옆에는 협탁이 놓였고, 그 위에는 구식 전화기가 보였지만 다이얼이 있는 진짜 전화기인지는 확인할 수 없었다.

좀 더 깊숙한 곳까지 볼 수 있도록 각도를 바꾸자 갑자기 불이 켜지면서 작고 둥근 거울에 뒤집힌 맨발이 보였다. 흰머리를 긁고 있는 노인의 발이었다. 파비안은 치아용 거울을 재빨리 밖으로 빼내고 우편물 투입구를 조심스럽게 닫은 뒤 계단으로 뛰어 내려갔다.

세 군데 전화 기지국을 이용해 니바가 찾아낸 곳의 지리적 위치는 전혀 정확하지 않았다. 셀메달스베겐 38번지부터 42번지까지는 입구만 세 곳이었고 각 층에 세 개 내지 다섯 개 정도 아파트가 있는 9층짜리 건물이었다. 게다가 니바는 최상의 시나리오인 15미터 반경만을 염두에 뒀을 뿐이다. 건축가가 정말로 기분이 나빴을 때지었음이 분명한 일렬로 늘어선 밝은 갈색 콘크리트 건물들을 올려다보면서 파비안은 최악 중에서도 얼마나 최악의 결과가 나올지 감히 생각조차 못했다.

토마스가 빨간불에도 멈추지 않고 버스 전용차선을 이용해 달렸는데도 이곳까지 오는 데는 20분이나 걸렸다. 더는 귀중한 시간을 낭비하지 않으려고 차에서 내리자마자 세 사람은 각기 다른 입구로 들어갔다. 이제 파비안은 두 개 층을 확인했고, 아직 일곱 개 층이 더 남았다.

한 여자가 유모차를 끌고 엘리베이터 안으로 들어갔다. 파비안은 엘리베이터 문이 닫힐 때까지 기다렸다가 마침내 혼자가 됐다는 사실에 안도하는 한숨을 크게 내쉬었다. 파비안은 다섯 개 아파트 문을 찬찬히 살피기 시작했다. 유모차와 입구를 봉한 쓰레기봉투가 나와 있는 곳도 있었다. 두 번째 집은 '우리가 여기 살아요'라고 손으로 쓴 글씨 옆에 코퍼, 올드 보이같이 가족들 이름을 모두 적어뒀다. 세 번째 집은 좀 더 꼼꼼하게 살펴볼 필요가 있었다. 'M. 칼손'이라고 적힌 우편물 투입구 밑에는 '제발, 광고지는 넣지 말 것'이라고 적힌 스티커가 붙어 있었다.

파비안은 한 손으로 초인종을 누르고는 다른 손은 코트 안으로 넣어 어깨에 멘 권총집을 만졌다. 파비안은 권총을 들고 다니지 않았다. 사격장이 아니라면 권총을 사용해본 일도 없었다. 권총을 들고 있을 때면 왠지 모르게 불편했다. 그것은 마치 모든 사람이 티셔츠를 입고 있는데 혼자서만 넥타이를 맨 것 같은 느낌이었다. 하지만 토마스를 비롯한 다른 사람들은 모두 무장하고 있어야 한다고 주장했고, 파비안도 그 말이 옳을지도 모른다고 생각했다. 어쨌거나 언제라도 총격전이 벌어질 수 있으니까. 범인은 이미 준비를 끝내고 아파트 문 뒤에 서 있을지도 몰랐다.

파비안은 다시 한번 초인종을 누르고는 권총을 빼 들고 주저하지 않고 방아쇠를 당겨야 하는 것은 아닐까 생각했다. 마음속 깊은 곳에서는 그 답을 알고 있었고, 파비안이 바라는 것은 단 하나, 자신이 틀렸으면 하는 것이었다.

그는 치아용 거울을 꺼내 손잡이를 펴고 조심스럽게 우편물 투입구로 밀어 넣었다. 그때 휴대전화가 진동하기 시작했다. 파비안은 거울의 각도를 조절하면서 남은 한 손으로 휴대전화를 들어 귀에 댔다.

"안녕, 아빠."

전화기 너머에서 마틸다의 목소리가 들렸다.

"안녕, 마틸다. 리센 이모네는 어때?"

파비안은 치아용 거울로 현관 앞을 살펴봤다. 다리가 여러 개인 털 달린 뭔가가 들어 있는 조명이 켜진 지저분한 테라리움과 벽에 기대어 있는 기타가 몇 개 보였다.

"나빠. 테오 오빠가 나보고 똥이라면서 때리려고 했어."

"테오가 왜 그런 말을 한 거야?"

"엄마한테 자기가 어젯밤에 나갔다 온 거 내가 말했다고."

"네가 뭐라고 했는데?"

파비안은 누군가 기타를 지나 현관으로 걸어오는 모습을 봤다. 그는 재빨리 거울을 빼내려고 했지만 우편물 투입구에서 빠지지 않았다.

"오빠가 밖으로 나가서……."

"마틸다, 아빠 가봐야 해. 나중에 얘기하자."

벌컥 문이 열리고 추리닝 바지를 입고 상체는 벗은 30대 중반의 남자가 뛰어나왔다.

"네 속셈이 뭔지 알아. 이 변태 관음증 환자 녀석아."

맥주 냄새를 풍기며 남자가 파비안을 벽에 밀어붙였다.

"경찰입니다."

파비안은 간신히 신분증을 꺼내 남자 앞에 내밀었다.

"이곳 아파트에 있는 용의자를 찾고 있습니다. 선생님이 대답하지 않으셔서 지금 집에 없다고 생각했습니다."

"그래서 우편물 투입구로 집 안을 들여다보고 있다고요? 그거 합법입니까?"

남자는 파비안을 놓아주고 그의 신분증을 낚아챘다.

"지금은 시간과 전쟁을 벌이고 있습니다. 지금이 용의자를 잡을 마지막 기회입니다."

파비안은 거울을 우편물 투입구 밖으로 빼내고 남자에게서 신분증을 돌려받았다.

"그렇군요. 그럼 이제 뭘 해야 하죠? 이제 나를 심문할 겁니까?"

"아닙니다. 필요하면 다시 연락을 드릴 겁니다. 마지막으로 한 가지만 묻겠습니다. 이웃분들을 잘 아시나요?"

"기본적으로는 아예 모른다고 할 수 있죠."

남자는 더는 아무 일도 일어나지 않는다는 사실에 실망한 것처럼 보였다.

"새벽마다 5시 30분이면 애새끼들이 돼지처럼 꽥꽥거려서 이주 미칠 것 같기는 합니다. 너무 심해서 신고를 할까 생각 중이었는데,

형사님한테 하면 될까요?"

"안 됩니다. 말씀드렸다시피 필요하면 우리 쪽에서 연락을 드릴 겁니다."

더는 대화를 이어나가지 않으려고 파비안은 몸을 돌려 옆 아파트의 초인종을 눌렀다. 등 뒤에서 집 안으로 들어가는 발소리와 문 닫히는 소리가 날 거라고 생각했지만 아무 소리도 들리지 않아 고개를 돌린 파비안의 눈앞에 옆집 남자의 얼굴이 보였다.

"필요하면 우리 쪽에서 연락을 드릴 거라고 말씀드렸는데요."

"하지만 구경하는 건 불법이 아니죠?"

"아닙니다. 하지만 내가 당신이라면…… 아니, 아닙니다."

파비안은 한숨을 내쉬고는 다시 초인종을 눌렀다. 아무런 대답도 없자 파비안은 치아용 거울을 우편물 투입구로 밀어 넣었다.

"그런 일을 해도 되는 겁니까?"

파비안은 남자를 무시하고 거울에 비치는 모습에만 집중하려고 애썼다.

"음, 그렇군요. 매일 새로운 걸 배우겠어요."

아파트 내부는 문이 열려 있고 불이 켜져서 훨씬 잘 둘러볼 수 있다는 것 말고는 위층 노인의 집과 거의 비슷했다.

"뭐 좀 근사한 거 있어요?"

"아니요, 따분한 것뿐입니다."

파비안은 천천히 거울을 돌리며 대답했다.

아파트 내부는 어디나 화려한 색이었다. 벽은 빨간색으로 칠해져 있었고 금색 테두리의 커다란 거울 위에는 스팽글을 잔뜩 단 얇은 노란색 커튼이 드리워져 있었다. 반대편 벽의 작은 선반들에는 다양한 색상의 티 라이트 캔들 홀더가 놓여 있었고 현관 바닥은 녹색과 파란색이 섞인 깔개가 완전히 덮여 있었다. 회색 스웨터와 묵직한 검은색 재킷을 빼면 모자 선반에 있는 옷들은 대부분 밝았다.

파비안은 거울의 각도를 바꿔 선반에 있는 신발을 살펴보려 했는데, 거울을 가득 채운 것은 방독면의 한쪽 눈이었다. 파비안은 충격에 깜짝 놀라 거울을 떨어뜨렸고, 거울은 우편물 투입구 안으로 사라져버렸다.

“어, 왜 그래요?”

“당장 집으로 들어가세요.”

“왜요? 뭐 중요한 걸 찾았어요?”

“들어가시라고 했습니다.”

“아이고, 무서워라. 살살 해요.”

남자는 몇 걸음 물러났지만 현관문은 닫지 않은 채 문턱에 그대로 서 있었다.

파비안은 자물쇠 여는 도구와 작은 윤활유 병을 꺼내 자물쇠를 열기 시작했다.

“아하, 그렇게 하는 거군요.”

1~2분 뒤에 파비안은 자물쇠 여는 도구를 열쇠처럼 돌려 천천히 문을 열었다.

“우아, 한두 번 해본 솜씨가 아닌데요.”

파비안은 아파트 현관 입구를 둘러봤다. 방독면은 맨 끝의 고리에 매달려 있었다. 우연일 수도 있지만, 현관에 방독면을 매달아두는 사람이 몇이나 있을까? 파비안은 좀 더 안으로 들어갔다. 첫 번째 문은 침실이었다. 침실도 거실처럼 화려했다. 벽은 포근한 노란색이었고 방 한가운데 있는 침대에는 1미터 조금 넘는 분홍색 이불이 펼쳐져 있었다. 파비안은 자신이 상상해온 범인의 모습을 떠올렸다. 범인의 집이 어떤 모습이리라는 확신은 없었지만, 한 가지는 분명했다. 이런 모습은 절대로 아니라는 것.

침대 머리 쪽 벽을 온통 차지하는 수납장의 맨 위 선반에는 빨간색 비단에 수십 개의 초와 향로가 놓여 있었다. 수납장 한가운데에는 땅에 박힌 돌을 찍은 사진 액자가 놓였고, 그 옆에 있는 낡은 스테레오의 턴테이블에는 〈앳 래스트-더 베스트 오브 에타 제임스〉 레코드판이 올려져 있었다. 파비안은 시작 버튼을 눌렀다. 레코드판이 돌아가고 바늘이 내려가면서 에타 제임스의 가장 유명하고도 애절한 노래 〈앳 래스트〉가 스피커 밖으로 흘러나오기 시작했다.

파비안은 사진이 담긴 액자를 들어 자세히 들여다봤다. 돌에는 아주 작은 글씨로 알아보기 힘든 글자가 적혀 있었다. 파비안이 알아볼 수 있는 글자는 연도뿐이었다.

ןידי םירפא

1977–1998

רחא והשימ בהוא ינא םעפ יא םעפ ףא
רחא והשימל הכה יבל םעפ יא היהי אל םעפ ףא
רחא דחא ףא אלו התא
חצנ דות לא לעו ,יח ינא דוע לכ
.יל םג זא .הלוכ בוש לכוא בורקב
בוש ונשגפנ ןכמ רחאל
דילא ילש החטבהה

아랍어는 아니었다. 아랍어라면 파비안도 상당한 수준으로 해독할 수 있었다. 이 글자는 다른 아시아 국가의 언어도 아닌 것 같았다. 어쩌면 히브리어일 수도 있었다. 에델만의 방에 걸려 있는 수를 놓은 글자가 이런 모양 같았다. 이 글자가 조지아어, 아르메니아어 같은 다른 아시아 언어가 아니라 히브리어라는 사실을 확인하려면 이 글자를 아는 사람을 찾아야 했다.

하지만 사진 속 돌이 비석임은 확신할 수 있었다. 누구의 비석일까? 이 주검 앞에서 비통해하는 사람은 누구일까? 이곳이 범인의 집은 맞는 걸까? 파비안은 사진을 찍어 니바에게 전송하고 다시 거실로 나와 다른 방으로 들어갔다.

방 안으로 한 걸음 들어서자마자 모든 의심은 사라졌다. 그 방은 아파트의 나머지 공간과는 확연히 달랐다. 포근한 색도, 마음을 따뜻하게 만드는 장식품도 없었다. 이 방 벽은 지금 이 순간의 파비안의 거실을 떠오르게 했다. 이곳에서는 범죄를 수사하고 있지 않다는 것만이 달랐다.

그 대신에 이곳에는 그 모든 일의 계획이 있었다.

왼쪽 벽에는 낡은 신문 기사와 사진이 가득 붙어 있었다. 다양한 나이의 오시안 크렘프와 마네킹을 든 경비원 사진이 있었고, 법무부 장관의 상징이던 모자와 모피 깃이 달린 코트를 입은 칼 에릭 그리모스와, 수사국에서 헤르만 에델만과 함께 일한 젊은 그리모스의 사진도 있었다. 세미라 아케르만과 아담 피셰르의 사진도 있었다.

그런데 파비안이 모르는 사람들 사진도 있었다. 갈색 머리에 단정한 여자는 덴마크 유명인사의 아내처럼 보였고, 엄청난 근육에 밝은 파란 눈, 강인한 턱을 지닌 남자도 있었다. 모든 사람에게 법정 기록, 신문 기사, 진료 기록은 물론이고 통근 시간, 직장 출입 비밀번호, 쇼핑 장소, 함께 어울리는 사람, 좋아하는 텔레비전 프로그램, 옷 입는 취향에 이르기까지 각 개인의 신상 정보가 자세하게 적혀 있었다. 한 스토커가 다른 사람의 세상에 거주할 때 필요한 모든 것이 갖춰져 있었다.

이 모든 것이 벽 위로 뻗어나가는, 압정으로 고정된 빨간색 밴드로 연결되어 있었다. 벽의 맨 윗부분에는 수평으로 시간이 적혀 있었다. 12월 8일 아담 피셔르를 납치하는 것으로 시작해 12월 24일에 끝이 나는 시간표였다.

오늘은 12월 22일이었다.

파비안은 마지막 이틀 동안 어떤 계획을 세웠는지 보려고 빨간색 밴드를 따라 내려가 봤지만 밴드 끝은 비어 있었다. 아직 압정이 벽에 박혀 있었지만 범인은 아파트를 떠나기 전에 마지막 이틀과 관계있는 사진과 종이는 모두 떼어낸 것이 분명했다.

이틀이 남았다.

아직 두 사람이 더 남아 있었다. 빨간색 밴드 두 개가 벽에 붙어 있는 이유를 그 외에는 설명할 방법이 없었다.

파비안은 방을 둘러봤다. 비닐 방수포 한 롤이 긴 벽에 세워져 있었고 가스관을 놓아둔 선반과 메스 같은 의료 기구를 넣어둔 선반도 있었다. 옷장에는 요아심 홀름베리의 경비원 복장 같은 다양한 옷이 들어 있었고 화장대에는 가발, 가짜 턱수염과 콧수염 같은 물건이 쌓여 있었다.

열쇠 보관함에는 여러 개의 열쇠와 패스카드가 들어 있었다. 표시가 된 열쇠는 없었기에 파비안은 서류철이 쌓인 작업대와 작업대 밑에 놓인 데스크톱 컴퓨터와 연결된 커다란 모니터로 시선을 돌렸다. 파비안은 컴퓨터를 켜보려고 했지만 키보드도 마우스도 없어서 니바에게 가져다주는 것이 좋겠다는 결론을 내렸다. 그 대신에 파비안은 서류철을 하나 집어 들고 펼쳤다.

서류철에는 아부 카비르 법의학 연구소 기록물이 들어 있었다. 모두 긴 표로 된 기록물이었다. 표에서 첫 번째 세로 칸에는 다섯 개로 이뤄진 숫자들이 쭉 적혀 있었고 두 번째 세로 칸에는 혈액형이, 세 번째 세로 칸에는 다섯 개 숫자와 관계있는 이식 가능한 장기 목록, 네 번째 세로 칸에는 각 장기의 상태를 10점 만점에 몇 점인지로 표기하고 있었다.

또 다른 서류철에는 장기를 산 사람들에 관한 정보가 있었다. 아부 카비르 법의학 연구소에 접촉한 사람은 수천 명이 넘는 것 같았다. 서류에는 이 사람들의 진료 기록과 이식 받은 장기, 그 장기를 제공한 사람들, 즉 다섯 개 숫자가 함께 적혀 있었다.

나머지 서류철에서 파비안은 마지막 연결고리를 찾았다. 마지막 서류는 모두 죽은 사람들의 사진이었다. 너무나도 끔찍한 사진을 보면서 서류를 한 장 한 장 넘기는 동안 파비안의 심장은 한없이 가라앉았다. 배를 가르고 장기를 모두 꺼낸 죽은 사람들의 이마에는 다섯 개 숫자가 적힌 종이가 스테이플러로 박혀 있었다.

"우아, 지금 이거, 잭팟을 터뜨린 거 맞죠?"

파비안은 방 안으로 걸어 들어와 그의 바로 뒤에 서는 이웃집 남자를 쳐다봤다.

"이런 사람이 옆에 살다니, 생각도 못했어요."

남자는 손으로 방 안 전체를 훑으면서 말했다.

파비안은 남자에게 집으로 돌아가라고, 아주 심각한 상황이다보니 필요하면 권총까지 꺼내 들고 명령하려 했지만 굳이 그럴 필요는 없었다.

"좋아요, 알겠어요, 안다고요. 내가 여기 있으면 안 된다는 거죠? 그냥 호기심 때문에 왔어요. 사실 옆집에 사이코가 산다는 걸 알게 되는 날이 얼마나 있겠어요. 진정하시죠. 전 갑니다."

남자가 현관을 향해 걷기 시작했다.

"잠깐만요."

"네?"

"이 집 주인에 관해 아시는 게 있습니까?"

"그렇게 많지는 않아요."

남자는 어깨를 으쓱했다.

"하지만 이 여자, 생긴 거 하나는 끝내줬죠."

"여자라고요?"

파비안은 자신이 잘못 들은 게 분명하다고 생각했다. 하지만 남자는 고개를 끄덕였다.

당연히 쉽지 않으리라는 것은 알고 있었다. 말린 렌베리는 올웨이즈 클린의 여자에게 이메일로 남자 청소부의 이름과 사진을 모두 보내달라고 설득하려고 온갖 감언이설을 늘어놓아야 했다. 심지어 일주일에 한 번씩, 적어도 6개월 이상 청소를 맡기겠다는 맹세까지 해야 했다. 이 일에 대해 우르술라가 뭐라고 말하는지 알아봐야겠어, 새로 도착한 메일이 있는지 보려고 이메일 아이콘을 누르면서 말린은 생각했다.

말린은 슬롯머신 핸들을 계속해서 내리는 도박 중독자처럼 지난 10분 동안 메일함만 눌러대고 있었다. 텅 빈 메일함을 볼 때마다 말린은 당장 올웨이즈 클린에 전화해 그들이 누구를 상대하고 있는지 제대로 알려주고 싶은 충동에 휩싸였다. 하지만 이번에는 메일이 제대로 도착해 있어서 그런 충동을 느낄 필요가 없었다.

안녕하세요, 말린

적임자를 찾을 수 있기를 희망합니다. 6개월은 상당히 긴 시간이니까요. 그럼 이만 줄입니다.

오사

말린은 목록을 살펴보는 대로 곧바로 연락을 주겠다는 답장을 보냈다.

첨부 파일은 용량이 상당히 컸다. 그 말은 올웨이즈 클린 담당자가 자기 회사의 모든 청소부 정보를 보냈다는 뜻이다. 하지만 시간이 많이 걸린다는 것 말고는 특별히 문제 될 일은 없었다. 게다가 모든 청소부의 정보를 보냈다는 사실은 남자 청소부가 그다지 많지 않다는 뜻일 수도 있었다.

말린은 일을 할 때는 혼자 있는 편을 선호했다. 병원 직원들은 언제나 제대로 쉬라고, 그렇지 않으면 컴퓨터와 휴대전화를 압수해버릴 거라고 경고했다. 다행히 매일 정기적으로 찾아와 청소하는 여자가 간호사들에게 말린이 일한다고 고자질할 것 같지는 않았다. 이미 말린이 컴퓨터를 들여다보는 모습을 여러 번 봤으니 고자질할 마음이 있었다면 벌써 오래전에 했을 것이다.

말린은 목록의 맨 윗부분부터 살피기 시작했지만 절반도 보지 못했을 때 병실 문이 열렸다. 말린은 재빨리 노트북 뚜껑을 닫고 이불 밑으로 숨겼다.

"여기 있었군요."

"두냐? 여긴 어떻게 왔어요?"

"근처에 오면 아무 때나 연락하라고 했잖아요."

두냐가 꽃다발을 들고 병실로 들어왔다.

"정말 예뻐요. 나한테 주는 거예요?"

"그럼요."

두냐가 나이트 스탠드 위에 있는 꽃병에 꽃을 꽂으며 말했다.

"물을 좀 가져올까요?"

청소부가 말했다.

"아, 감사해요. 그래주시면 고맙겠어요."

침대 위에 두냐가 앉을 수 있도록 살짝 몸을 비키면서 말린이 대답했다.

"얼굴 봐서 정말 기뻐요. 그래도 살짝 언질을 주지. 그랬으면 화장이라도 좀 했을 텐데요."

"그러게요. 화장을 좀 해야 할 거 같아요."

"두냐가 며칠 전에 나를 봐야 했는데. 아니다, 봤네요. 왜 말 안 했어요?"

"언제요?"

"덴마크에서요. 그때 내 모습은 정말 개복치 같았을 거예요."

"말도 안 돼요. 괜찮았어요. 무슨 일로 입원한 거예요?"

"이거 때문에요."

말린이 볼록 나온 배를 가리키면서 말했다.

"이제 괜찮아요?"

"그럼요. 아무튼 여기 앉아서 왜 왔는지 말해봐요."

"아주 길어요."

두냐가 침대 끝에 앉으면서 말했다.

"간단히 말하면, 당신이 옳았어요."

"물론 나야 옳죠. 그런데 뭐가 옳다는 거예요?"

말린의 말에 두냐의 얼굴에서 웃음이 사라졌다. 두냐가 막 말을 하려 할 때 청소하는 여자가 물병을 가지고 들어왔다. 두냐는 입을 다물었고 청소부는 꽃병에 물을 붓기 시작했다.

"괜찮아요. 말해봐요."

말린이 말했다.

"카르스텐 이야기예요. 우리 두 사람, 잘되지 않았어요."

"그건 당연해요. 잘되지 않을 거라는 게 분명해 보였으니까. 더구나 당신은 그 남자를 사랑하지도 않았다고요."

"맞아요, 하지만 사랑한다고 생각했어요. 우리는 거의 싸우지도 않았고……."

"아니, 그건 아무 의미 없어요. 장담할 수 있어요. 나는 안데르스랑 거의 매일 싸워요. 싸운다는 게 정확한 말은 아닐 수도 있어요. 다툰다가 맞을 거예요. 눈앞에 나타나자마자 투닥거리는 거예요. 하지만, 정말로 내가 그 사람을 얼마나 사랑하는지 알아요? 그 무엇보다도 사랑해요."

두냐가 울기 시작했기 때문에 말린은 입을 다물고 그녀를 안아줬다.

"알아요, 아주 힘들겠지만……."

"그냥 피곤한 것뿐이에요. 솔직히 말해서 내가 왜 우는지도 모르겠는걸요. 난 괜찮다고 생각해요. 어떻게 보면 처음부터 알고 있었으면서도 그를 떠날 수밖에 없는 굴욕을 당할 때까지 참고 기다린 거니까요."

"지금 헤어진 걸 행복하게 생각해요. 나 같은 모습일 때 헤어질 수도 있었어요."

두냐는 큰 소리로 웃으면서 눈물을 닦았다.

"안타깝지만 이제 가봐야 해요. 더 있으면 비행기를 놓칠 거예요. 만나서 정말 좋았어요."

"일단 내 사정이 조금 정리되면 연락할게요. 한 20년은 더 걸릴 것 같지만요."

두냐는 다시 웃으면서 침대에서 일어나 문으로 걸어갔다. 말린은 침대에 기대고 앉아 안데르스에게 마지막으로 정말로 사랑한다고 말한 게 언제였는지 생각했다. 말린은 안데르스에게 전화를 걸어 사랑한다고 말해야겠다고 결심했다. 하지만 당장은 할 수 없었다. 지금은 올웨이즈 클린의 직원들을 살펴보는 것이 먼저였다.

말린은 컴퓨터를 다시 열고 비밀번호를 입력하고 목록을 살펴나가기 시작했다. 예상대로 남자 청소부는 많지 않았다. 남자 청소부를 빠르게 살펴본 말린은 그 가운데 세 명을 걸러냈다. 세 용의자 모두 근무 시간이 끝난 뒤에 이스라엘 대사관에 들어갈 수 있는 열쇠가 있었고 출입구 비밀번호를 알았다. 따라서 이 세 사람은 누구나 그리모스와 에델만이 걱정한 기밀 유출자가 될 수 있었다.

말린은 세 사람의 이름과 개인 식별 번호를 파비안에게 보낼 메일에 입력했다. 보내기 버튼을 누르기 직전에 말린의 눈은 세 남자 바로 밑에 있는 한 사진에 고정됐다. 분명하게 이유는 알 수 없지만 그 사진 속 여자에게서는 어딘지 모르게 익숙한 데가 있었다. 사진을 확장해 본 말린은 자신이 이 여자를 분명히 본 적이 있다고 생각했다. 가깝지는 않던 동료였나? 아니면 수천 명 넘게 만난 증인 가운데 한 명이었을까? 어디서 봤는지 기억이 나지 않았다.

그러다 갑자기 자신이 이 여자를 어떻게 아는지 깨달았고 말린의 모든 근육이 한꺼번에 긴장했다. 이 여자는 이 병원에 입원한 뒤로 매일같이 만났고, 어떨 때는 하루에 여러 번도 만났다. 너무나도 자주 만났기 때문에 더는 그 존재를 생각해본 적도 없는 사람이었다. 그 여자는 마틸다가 인형 전원을 켠 순간부터 쭉 말린과 함께 있었다.

사실 지금도 그 여자는 말린과 함께 있었다. 대걸레를 잡고 그녀를 똑바로 보면서.

병동 직원들은 물에 산소를 공급하는 뚜껑 열린 보물 상자에 관해 열띤 토론을 벌이고 있었다. 문제는 직원 휴게실 상태가 아주 끔찍한데도 얼마나 더 손님들 대기실 환경을 밝게 하는 데 돈을 써야 하는지인 것 같았다.

두냐는 엘리베이터로 가려고 대기실을 지나기는 했지만 직원들이 열을 내는 어항은 보지도 못했다. 두냐는 카르스텐을 아파트에서 내보낼 생각에 골몰해 있었다. 오늘 저녁 늦게 집에 도착할 테니, 두냐는 몇 시간 안에 카르스텐의 짐을 모두 싸서 내보내고 자물쇠를 바꿔야 했다.

엘리베이터 버튼을 누르면서 두냐는 12시 20분임을 확인했다. 이제 곧 헤르만 에델만을 만난 지 두 시간이 되지만 아직 그에게서는 연락이 오지 않았다. 그렇다고 놀랍지는 않았다. 크리스마스 전에 연락해올 가능성은 거의 없다고 생각했으니까. 그 점에 있어서는 스웨덴 사람들도 덴마크 사람들과 비슷한 것이 분명했다. 무슨 일이건 크리스마스 휴가 뒤로 미룬다.

그 범인만 빼고 말이다.

두냐는 자신이 말린 렌베리를 만나고자 했던 진짜 이유를 떠올렸다. 그녀는 말린에게 덴마크에서 스웨덴 법무부 장관의 차를 찾았다고 말하고 이 기이한 우연에 관해 의견을 듣고 싶었다. 하지만 대화는 수사가 아니라 카르스텐 이야기로 흘러갔고, 그것도 나쁘지 않았다. 말린은 정말로 지쳐 보였고 확실히 지나치게 많은 일을 한 것이 분명했다. 말린은 출산을 하기 전에 몸을 회복하고 기운을 차릴 필요가 있어 보였다.

하지만 두냐가 잘못 판단한 거라면?

갑자기 두냐는 주저했다. 당장 병실로 돌아가 말린에게 이야기하고 어떤 반응을 보이는지 알아봐야 한다는 생각이 들었다. 분명히 오래 걸리지는 않을 것이다. 물론 다시 돌아갔다 온다면 택시를 타야 탑승 시간에 늦지 않게 공항에 도착할 수 있겠지만.

잠시 뒤에 도착한 엘리베이터 문이 열렸을 때는 두냐는 이미 몸을 돌려 말린의 병실을 향해 걷고 있었다. 거품이 뽀글뽀글 올라오는 어항 옆을 지날 때 기다리던 전화가 왔다.

"안녕하십니까? 헤르만 에델만입니다. 기억하실지 모르겠군요."

"당연히 기억하죠."

"연락이 늦어서 미안합니다. 하지만 생각보다 알아내기가 쉽지 않아서요. 아무튼 예상대로였습니다. 그리모스는 살해되기 몇 주 전에 포르셰 911을 팔았더군요."

"누구에게 팔았죠?"

"그것도 알아봤죠. 덴마크에서는 어떤지 모르겠지만 스웨덴에서는 자동차 소유주가 바뀌면 판매자가 운송협회에 그 사실을 알려야 해요. 보통 며칠 정도면 신고서를 접수 처리하는데 이 경우는 어제까지 소유자 변경 신고가 처리되지 않았다고 하네요."

"왜 그랬는지 아세요?"

"우편번호 숫자가 두 개 바뀌었다더군요. 그래서 등록을 못한 거죠."

"차를 사 간 사람은 누구죠?"

"말뫼 아르키텍트가탄에 사는 비에른 트로에손이라는 사람이군요. 베니 빌룸센이 사는 콘술트가탄에서 아주 가까운 곳이죠."

"그 차는 도둑맞았나요?"

"맞습니다. 경찰 기록을 보니 12월 14일 월요일에 말뫼 경찰서에 도난 신고가 들어왔는데 소유주 정보가 일치하지 않아서 일단 수사를 보류하고 있었다고 하더군요. 내가 문의할 무렵에야 소유주를 확인했다고 하고요. 직접 볼 수 있게 서류를 모두 메일로 보내드리죠. 혹시라도 미흡한 데가 있으면 다시 연락 주시고요."

두냐는 에델만에게 고맙다고 말하고 전화를 끊으며 말린을 귀찮게 하지 않는 편이 좋겠다는 결정을 내렸다.

시간이 서서히 느려지더니 결국에는 완전히 멈춰버린 듯했다. 말린은 감히 시선을 돌려 벽시계를 쳐다본다면 초바늘조차 움직이지 않는다는 사실을 확인할 것만 같았다.

일반적으로 말린은 겁을 먹는 사람이 아니었다. 말린이 겁을 먹는 일은 거의 일어나지 않았다. 마약을 복용해 정신이 혼미해진 사람이 손을 벌벌 떨며 그녀의 얼굴 앞에 권총을 들이민 극심한 스트레스 상황에서도 말린은 대부분의 동료와 달리 아주 침착하고 차분하게 대처할 수 있었다. 그런 자세야말로 가장 위험한 상황에서 꼭 필요했다.

하지만 이번에는 겁이 났다. 평생 처음으로 말린은 겁을 먹고 있었다. 지금은 그녀의 아이들 목숨이 달려 있었다. 환자복이 완전히 땀에 젖었지만 말린은 움직일 수 없었다. 공포가 날카로운 발톱으로 깊숙이 찌르고 내리눌러 말린은 그저 그 여인을 응시하면서 침대에 가만히 누워 있을 수밖에 없었다. 고작 30센티미터 정도만 손을 뻗으면 있는 호출 버튼을 눌러야 한다는 생각은 하지도 못했다.

두 사람 모두 아무 말도 하지 않았다. 아무 말도 할 필요가 없었다. 두 눈이 모든 것을 말하고 있었다. 두 사람 모두 정확히 이해하고 있었다. 되돌아갈 곳은 없었다.

아이샤 샤힌. 말린은 머릿속으로 여자의 이름을 불러봤다. 정말로 사랑스러운 이름이었다. 말린 앞에 서 있는 황갈색 피부에 선명한 파란 눈을 가진 여인만큼이나 사랑스러운 이름이었다.

공포가 서서히 그녀를 놓아줬다. 그 이유는 아마도 이 모든 상황이 너무나도 비현실적이기 때문인지도 몰랐다. 극도로 아름다운 존재가 극도로 공포스러울 수 있다는 사실은 자연의 법칙에 어긋나는 것처럼 느껴졌다. 갑자기 8년 전 기억이 떠올랐다. 두 사람이 보고 있는 장면은 너무나도 믿을 수 없는 일이라 마치 액션 영화를 관람하는 듯했다. 말린과 안데르스는 텔레비전 앞에 앉아 비행기가 쌍둥이 빌딩에 부딪히는 모습을 보고 또 봤다. 두 사람은 깊은 밤이 돼서야 그 일이 실제로 일어났음을 받아들일 수밖에 없었다.

말린은 용기를 끌어모아 여자에게서 눈을 떼지 않고 한 손을 호출 버튼을 향해 뻗었다. 하지만 호출 버튼은 침대 밑으로 떨어져버렸고 말린은 몸을 숙여 버튼을 잡으려고 했다. 발작하듯 떨리는 손으로 침대에 매달린 호출 버튼을 간신히 움켜잡고 누르려 했다.

하지만 너무 늦었다.

청소하는 여자가 말린의 몸을 타고 앉아 호출 버튼을 소켓에서 떼어냈다. 말린은 팔을 마구 휘저으면서 닥치는 대로 무엇이든지 손톱으로 할퀴려고 했다. 하지만 생과 사를 위해 싸워본 적이 한 번도 없는 말린의 팔은 곧 제압당했고 가슴 위에 얌전하게 고정되고 말았다. 이 여자는 어떻게 이렇게 강할 수 있을까?

산소마스크가 말린의 얼굴을 내리눌렀다. 가스가 쉭쉭거리며 새어 나오기 시작했을 때에야 말린은 자신이 마스크를 쓰고 있다는 사실을 알았다. 말린은 숨을 참는 일에는 소질이 없었다. 늘 누구보다도 가장 먼저 숨을 참지 못하고 수면 위로 올라오는 사람이 말린이었다. 지금은 올라갈 수면도 없었다. 아무리 답답해도 말린은 아래에 머물러야 했다. 오래 버티지는 못할 것이 분명했다. 정말로 빠른 속도로 포기하게 되리라는 걸 말린은 이미 알고 있었다.

말린의 폐는 폭발해버릴 것만 같았다. 필사적으로 마지막 힘을 다해 풀려나려고 애썼지만 말린의 팔은 말뚝에 박힌 것처럼 꼼짝도 하지 않았다. 움직일 수 있는 것은 머리뿐이었기 때문에 말린은 고개를 이쪽저쪽으로 움직여봤다. 좀 더 세게 고개를 돌리자 마스크와 얼굴 사이에 틈이 생겼다. 필사적으로 숨을 쉬면서 고개를 마구 흔들어 마스크를 떨쳐냈다. 말린은 자동반사적으로 팔을 누르고 있는 손을 비릿한 피 맛이 날 때까지 세게 물었다.

여자가 비명을 지르며 말린의 팔을 놓았다. 말린은 여자에게서 벗어나려고 몸을 옆으로 구르다 침대에서 벗어나 바닥으로 떨어졌다. 엉덩이에 심한 통증이 느껴졌지만 그것은 문제가 되지 않았다. 말린은 문까지 가는 데 모든 힘을 집중해야 했다. 빨리 저 아름다운 괴물에게서 벗어나 문을 열고 복도로 나가 도와달라고 외쳐야 했다.

말린은 일어나려고 했지만 엉덩이가 제 기능을 못하는 것이 분명했다. 말린은 제대로 굽혀지지 않는 한쪽 발을 질질 끌면서 문으로 기어갔다. 엉덩이 통증은 점점 더 심해졌지만 무시하고 문까지 가는 데에만 온 정신을 집중했다. 문 앞에 도착한 말린은 가능한 한 크게 고함을 지르면서 문손잡이를 잡으려고 손을 뻗었다. 하지만 손이 닿지 않았다.

두 손이 말린의 발목을 잡고 이제 막 도축한 동물처럼 질질 끌고 갔다. 말린은 저항했다. 두 손을 발로 차 떨쳐내고 다시 문으로 기어가 열려고 했다. 마음은 그랬다는 뜻이다. 말린의 몸은 포기해버렸다. 이미 엉덩이뼈가 부러졌으니 여자가 말린을 제압하는 데 필요한 것은 무릎으로 말린의 등을 세게 내리치는 것뿐이었다.

"마스크를 썼어야지. 이제 아이들이 살아남을 수 있다는 장담을 하기 어려워졌잖아."

여자가 말린의 뒤에서 말했다.

척추 사이로 뭔가를 찔러 넣는 느낌이 들고 서서히 온몸이 마비된다는 느낌이 다리 밑을 향해, 배 위를 향해 조금씩 느껴질 때까지도 말린은 그 말이 무슨 뜻인지 이해할 수 없었다.

2000년 4월 3일

아이샤 샤힌이 국경을 넘어 팔레스타인을 빠져나온 지 벌써 3년이 됐다. 그녀는 어머니가 저축한 돈을 이용해 간신히 스웨덴으로 올 수 있었다. 그녀는 스웨덴어에 재능이 있었고, 이민자를 위한 스웨덴어 교실에서 가장 우수한 학생 가운데 한 명이었다. 간호사로 일한 경력이 스웨덴에서는 아무 소용이 없었기에 그녀는 청소 회사에

취직했다. 천천히, 그러나 확실하게 그녀는 자신을 위한 안정된 삶을 구축해갔다. 하지만 모든 것을 뒤로하고 떠나서 다시 에프라임을 만나 절대로 헤어지지 않으리라는 꿈을 단 하루도 꾸지 않은 적이 없었다.

그래서 아이샤는 돌아올 수밖에 없었다.

수많은 위험을 감수하며 아이샤는 고향 마을 이마틴으로 돌아왔다. 편지를 받은 순간, 다른 선택의 여지는 없었다. 신의 손길이 있었기에 그 편지가 그녀에게 도달한 것이다. 아이샤는 편지를 단어 하나까지 외우고 있었다.

아이샤, 마치 당신이 이곳에서 내 어깨 너머로 이 글을 읽는 것만 같습니다. 계속 쓰고 싶지만 그럴 힘이 남아 있질 않습니다. 마지막 힘을 아껴 편지를 접고 봉투에 넣어 밤에게 줘야겠습니다. 신께서 굽어보시어 화창한 어느 날 이 편지가 당신에게 닿기를 희망합니다.

그의 편지는 아이샤에게 많은 것을 말했지만, 아무리 생각해도 알 수 없는 커다란 질문을 던져줬다.

그는 살아 있을까?

그 모든 불가능 속에서도 그는 살아남았을까? 아니면 그녀가 두려워하는 일이 벌어지고 만 걸까? 불확실성이라는 무거운 추가 아이샤의 가슴을 짓눌러, 빨리 그 답을 알아내지 못하면 질식해 죽을 것만 같았다.

언제나 신은 그녀와 함께 있었다. 무거운 배낭이 그녀의 어깨를 짓누르는 것처럼 온몸으로 느낄 수 있었지만 그녀는 알아차리지 못했다. 맑은 하늘에 뜬 반달이 앞을 볼 수 있는 충분한 빛을 내려줬기 때문에 다행히 그녀는 손전등을 끄고도 걸어갈 수 있었다. 아주 멀리에서도 마을이 완벽한 어둠에 휩싸였음을 확인할 수 있었지만 그렇다고 모든 사람이 잠들었을 리는 없었다.

어린 소녀일 때 그녀는 그곳에 정말로 많이 갔다. 그녀와 친구들은 그 나무들과 비석들 사이를 뛰어다니며 숨바꼭질을 했다. 그녀의 어머니는 그곳에는 저항할 수 없는 무서운 힘이 있기 때문에 거기서 놀면 언젠가는 벌을 받게 된다고 경고했다. 하지만 그녀는 계속해서 그곳을 찾아갔고 발밑에 무엇이 누워 있는지는 조금도 생각하지 않았다.

그녀가 이해할 수 있던 것은 오직 하나, 정전으로 온 마을이 캄캄해진 밤이 지나고 아침에 있었던 사건을 말해준 어머니의 이야기뿐이었다. 잠에서 깨어난 사람들은 벽 바깥에 있는 언덕 위에서 시체 세 구를 발견했다. 언제나 그녀가 그늘에 서서 두 손으로 눈을 가리고 큰 소리로 숫자를 세는 동안 다른 아이들은 재빨리 뛰어가 몸을 숨기던 언덕이었다. 세 사람 다 그녀가 아는 사람이었고 가장 어린 사람은 친구이기도 했다. 둘은 거의 매일 학교가 끝나면 같이 놀았고, 그녀는 그 남자애처럼 돌을 잘 던지는 사람을 본 적이 없었다.

그곳은 그녀가 기억하는 모습 그대로였다. 오르는 것이 즐거웠던 나무들은 그늘을 드리웠으며 돌벽 안에는 벤치가 있었고 여기저기 무덤이 흩어져 있었다. 낡고 뒤집힌 비석들도 있지만 대부분은 이제 막 새로 세운 비석이었다.

몇 분도 되지 않아 그녀는 찾아낼 수 있었다. 그 무덤들은 한쪽 모퉁이 끝에 일렬로 늘어서 있었다. 벌써 2년도 전에 만든 비석이지만 여전히 글자가 선명하게 보였다.

라신. 미하이르. 자크완. 타미르. 무자파르. 알타이르. 사피. 와심.

모두 아는 이름이었다. 다섯 명은 아이샤의 오빠였고 세 명은 이웃이었다. 하지만 이들 때문에 온 것이 아니었다. 그녀가 이곳에 온 것은 마지막 무덤 때문이었다.

이름을 새긴 비석 하나 없는 무덤 때문에 온 것이다.

아홉 번째 무덤 때문에 온 것이다.

그녀는 배낭을 벗어 접혀 있는 삽을 꺼냈다. 삽을 펼쳐 땅을 파기 시작했다. 땅은 단단하게 말라 있었다. 한 시간 뒤에 그녀는 무릎을 꿇고 앉아 여러 번 몸을 감싸고 두툼한 테이프로 고정한 아주 질긴 비닐 위에서 마른 흙을 쓸어냈다. 커터 칼로 비닐을 한 겹 한 겹 잘라냈다. 마침내 비닐에 싸인 몸이 모습을 드러내는 순간 그녀의 두려움은 사실이 됐다.

배가 열리고 장기가 적출된 채 훼손된 몸을 보면 그녀는 울음을 터뜨릴 거라고 생각했다. 크게 벌어진 텅 빈 눈과 목부터 배꼽까지 굵은 실로 꿰맨 자국을 보면 분명히 훼손된 그의 몸 위로 눈물이 쏟아져 내릴 거라고 생각했다. 하지만 그녀는 그리 많이 울지 않았다. 검은 잉크로 다섯 개 숫자를 적어 스테이플러로 이마에 찍어놓은 라벨을 봤을 때도 그녀는 거의 울지 않았다.

그녀가 느낄 수 있는 것은 미움뿐이었다.

그에게 함께할 것을 강요한 아버지와 오빠들이 미웠고 그저 옆에서 구경만 한 어머니가 미웠다. 그에게 총을 쏜 이스라엘 병사들과 그의 배를 갈라 그의 모든 장기를 적출한 그 의사를 경멸했다. 하지만 무엇보다도 손에 피를 묻힌 채 에프라임을 몸 안에 넣고 다니는 사람들이 가장 미웠다. 주님의 심판을 받아들이기를 거부한 사람들에게 크나큰 증오를 느꼈다. 아이샤는 조심스럽게 그의 이마에서 라벨을 떼어내 접었다.

그들이 누구건, 어디에 살고 있건, 모두 받아야 할 벌을 받게 될 것이다.

파비안은 컴퓨터를 니바에게 가져다주려고 차에 실었다. 스톡홀름으로 돌아오는 동안 파비안의 생각은 밖에서 내리는 눈송이만큼이나 휘몰아쳤다. 빨간불일 때 호른스가탄 쪽으로 우회전하다가 거의 부딪칠 뻔한 그는 CD플레이어로 크라프트베르크의 〈컴퓨터 월드〉를 틀고 다시 집중하려 애썼다.

물론 파비안이 놀랄 준비가 되어 있지 않은 것은 아니었다. 이미 오래전에 이번 수사는 상자 밖에서 생각할 필요가 있는 특별한 사건이 되리라는 사실을 알고 있었다. 어쨌거나 그들은 그 무엇도 우연에 맡기지 않고 수년 동안 꼼꼼하게 준비한 가해자를 상대하고 있었으니까.

하지만 이 모든 일을 꾸민 가해자가 여자라는 사실은 정말로 놀라웠다. 솔직히 말하면 지금도 범인이 여자라는 사실이 믿기지 않았다. 이웃집 남자의 말대로라면 아이샤 샤힌은 상냥했고 비현실적으로 아름답다고 했다.

아직까지는 샤힌의 사진을 찾지 못했다. 하지만 토마스와 야르모가 아파트를 조사하고 있으니 사진을 찾는 일은 시간문제였다. 일단 사진을 찾으면 설사 가장 먼저 처리해야 할 일은 아니라고 해도 분명히 파비안에게 사진을 보내주기는 할 것이다. 범인의 꼼꼼한 계획대로라면 이미 너무 늦었는지도 모르지만, 어쨌거나 두 사람은 나머지 두 피해자를 가능한 한 빨리 찾아낼 단서를 찾는 데 수사를 집중하고 있었다.

파비안은 집 앞에 있는 장애인 주차 공간에 차를 댔다. 어둠은 이미 오래전에 내려앉았다. 조수석에 있는 컴퓨터를 꺼내고 차 문을 잠그고 이제는 쏟아져 내리는 눈을 맞으며 재빨리 걸어갔다.

집으로 들어온 파비안은 부츠에 묻은 눈을 털어내고 거실로 들어갔다. 들고 온 컴퓨터를 하나같이 '처리 중'이라는 문구가 떠 있는 니바의 모니터들 옆 탁자에 올려놓았다.

니바는 어디에도 없었다. 큰 소리로 불러봤지만 대답이 없었다. 휴대전화를 꺼내 니바에게 전화를 걸었다.

"여보세요."

"어디야?"

"너희 집이지. 여기. 내가 힌트를 줄 테니까 어딘지 맞혀봐."

전화기 너머에서 물 튀는 소리가 들렸다.

파비안은 욕실로 걸어갔다. 니바는 휴대전화를 들고 욕조에 누워 있었다.

"빨리도 찾네."

니바는 전화기를 내려놓고 박수를 쳤다.

지금 그들은 그 어느 때보다도 까다로운 사건을 맡아 수사하는 중이었다. 그런데 니바는 파비안의 욕조에 누워 쉬고 있었다. 이곳에 없는 것은 초와 샴페인뿐이었다.

"니바, 대체 뭐 하고 있는 거야?"

"씻지 않고 컴퓨터 앞에 앉아 있는 데도 한계가 있어. 솔직히 말해서 이것도 너무 늦은 거야. 휴이와 듀이는 말할 것도 없고, 네 품격을 위해서도 꼭 필요한 일이고. 게다가 내 컴퓨터들은 모두 자기 일을 처리하느라 지금 바쁘단 말이야. 내가 할 수 있는 일은 없어."

"비석에 적힌 글은 번역했어?"

"탁자 위에 있어."

파비안은 다시 거실로 돌아가 공책에 적혀 있는 글을 찾았다.

다시는 결코 다른 사람을 사랑하지 않을 거야.

다시는 결코 다른 사람 때문에 내 심장이 뛰지 않을 거야.

당신 말고는 아무도 없어.

나의 사랑은 영원히 지속될 거야.

이제 곧 당신은 완전한 몸이 되고, 나도 그렇게 될 거야.

그때 우리는 다시 만날 테고.

약속할게.

파비안은 아무리 읽어도 시구와 그 의미가 질리지 않는다는 듯이 두 번을 연이어 읽었다.

"정말 아름답지."

파비안은 고개를 끄덕이면서 고개를 들었다. 니바가 하얀 욕실 가운을 입고 걸어오고 있었다.

"다른 걸 못 찾겠어서. 이거 빌려 입어도 되지?"

아니, 절대 안 되는 옷이었다. 니바는 소냐의 가운을 입고 있었다. 그 옷은 그저 공유할 수 있는 생필품이 아니었다. 하지만 파비안에게는 싸움을 걸어 경계를 분명하게 세울 기운이 없었다. 게다가 여전히 니바의 도움이 필요했다.

"그러니까 이게 모두 한 남자를 위한 일이라고?"

니바가 파비안의 옆에 서면서 말했다.

"그래."

"누군가를 너무도 사랑하면 이런 일까지 할 수 있단 거잖아."

파비안은 아무 대답도 하지 않고 고개를 끄덕였다.

"넌 소냐를 위해 어떤 일까지 할 수 있어?"

파비안은 니바가 그런 질문을 하는 이유를 분명하게 알았다. 하지만 이번에는 그녀의 장단에 맞춰줄 마음이 전혀 들지 않았다.

"법이 허용하는 한도까지."

"그렇게 낭만적인 대답은 아니네. 내가 얼마나 더 할 수 있었는지를 생각해봐."

"그게 무슨 말이야?"

파비안이 니바의 눈을 쳐다보며 물었다.

"그래, 나 말이야. 내가 법을 얼마나 어겼는지 생각해보라고."

파비안이 어떻게 대답해야 할지 고민하고 있을 때, 갑자기 전화벨이 울렸다.

"파비안입니……."

"없어졌어. 그놈들이 데려갔다고!"

전화기 너머에서 고함이 들려왔다.

"죄송하지만 누구신지……."

"그들이 데려갔어. 누구도 그 사람이 있는 곳을 모른단 말이야."

"도대체 누가 사라졌다는 겁니까? 전화를 거신 분은 누구고요?"

"안데르스 렌베리요. 나 아니면 도대체 누구겠어? 말린이 사라졌단 말이야!"

신이 그녀에게서 등을 돌린 걸까? 그 모든 길을 걷는 동안 늘 옆에 있었으면서도? 이것이 신이 그녀에게 내리는 벌일까? 그녀는 처음으로 그 긴 시간 동안 신이 정말로 자신과 함께 있었다는 확신이 흔들리기 시작했다. 아니면 그저 우연이 만들어낸 불행한 사건들이 자꾸 그녀가 실수하게 만드는 걸까? 그 외에 다른 이유는 있을 수 없었다. 이제 곧 목표한 모든 일이 끝나는 지금, 그럴 수는 없었다.

그녀는 거의 1시간 30분이나 늦었다. 5분도 아니고 15분도 아니고 88분이나 늦어버렸다. 어릴 때는 자주 늦었다. 하지만 스웨덴에 와서는 한 번도 늦은 적이 없었다. 12년 하고도 6개월 동안 그녀는 늘 제시간에 도착했다. 더구나 오늘은 늦어도 좋은 날이 아니었다.

수사관들이 가져간 증거물 안에 숨겨둔 카메라가 아니었다면 파비안 리스크는 그녀가 일을 끝내기 전에 아파트로 쳐들어와 그녀를 체포할 수도 있었다. 이제 더는 경찰관도 아닌 여자가 자신의 위치를 찾아내다니, 그녀는 믿을 수 없었다. 그저 자신이 사용한 전화기가 단서를 제공했다는 정도만 이해할 수 있었다. 그래도 전화번호를 가지고 그녀의 아파트까지 찾아내다니, 이해할 수 없는 일이었다. 몇 년 전에 그녀는 우메오까지 가서 익명으로 사용하는 선불 번호를 구입했고, 더구나 지난 며칠은 전화기를 꺼두기까지 했다.

참사를 피하려고 그녀는 재빨리 아파트로 돌아와 가장 중요한 물건들만 유모차에 쓸어 담았다. 그리고 파비안이 도착하기 직전에 아파트 밖으로 빠져나올 수 있었다. 이제 파비안은 많은 것을 알아낼 것이다. 특히 컴퓨터 안에서. 하지만 그런 것은 문제가 되지 않았다. 어차피 제시간에 알아낼 수는 없을 테니까.

중요한 것은 어떤 일이 있어도 피날레를 뒤집을 수는 없다는 것이었다. 그랬다가는 그녀가 쌓아 올린 모든 것이 무너져 내릴 테고 그녀의 계획에서 가장 중요한 부분이자 지난 10년 동안 그녀가 해온 모든 일의 가장 큰 이유를 실행할 기회를 갖지 못할 테니까.

그것만으로는 충분하지 않다는 듯이 임신한 경찰은 청소 회사 인력 명단까지 손에 넣고는 그녀를 분명하게 알아봤다. 하지만 아주 오랫동안 그 경찰을 지켜봤다는 사실을 생각하면 놀랄 일은 아니었다. 하지만 애초에 어떻게 청소부 명단을 손에 넣게 된 것인지는 도무지 알 수 없었다. 일단 지금은 그 이유를 밝혀낼 시간이 없었다. 지금은 어긋난 일을 바로잡고 앞에 놓인 일을 처리하는 것이 중요했다. 앞으로 어떻게 될지는 모르지만 이 모든 일에는 이유가 있으리라고 확신하는 것이 중요했다. 어떤 일이 있더라도 신이 그녀와 함께한다는 것은 분명한 사실이었다.

그녀는 무고한 사람들은 절대로 해치지 않겠다고, 그녀의 분노를 맞게 될 사람들은 모두 벌을 받아 마땅한 자들뿐이라고 맹세했다. 하지만 이미 덴마크에서 예외가 생겼다. 상황은 그녀가 통제할 수 없게 돼버렸고 그녀로서는 선택의 여지가 없었다. 코펜하겐에 있는 아파트에서 밤을 보내고 와야 했을 남자가 예상보다 몇 시간이나 앞서 집으로 온 것이다. 그렇지만 여러 가지 점에서 그 남자는 공범이라고 할 수 있었으니 그녀는 죄의식을 느끼지는 않았다.

하지만 그 여자 경찰에게는 아무 잘못이 없었다. 그 여자는 그저 자기 일을 했을 뿐이다. 그것도 아주 잘했을 뿐이다. 그녀와 그녀의 태어나지 않은 두 아이의 운명은 이제 신의 손에 맡길 수밖에 없다.

마침내 그녀는 폰톤예르가탄에서 주차할 곳을 찾았다. 뒷좌석에 있는 옷으로 갈아입고 자동차 문을 잠그고 차 열쇠를 왼쪽 앞바퀴에 올리고 재빨리 모퉁이를 돌아 이제 막 쌓인 눈을 밟으며 폴헴스 가탄을 따라 걸어갔다. 회색 강철 문 옆에 있는 초인종을 누르자 귀고리를 한 우락부락한 남자가 늦었다며 고함을 질렀다. 그녀는 지하철 앞으로 사람이 뛰어드는 바람에 늦을 수밖에 없었다고 해명했지만 남자는 들은 척도 않고 계속 고함을 질렀다. 그녀는 그저 조용히 고개를 끄덕이며 다시는 늦지 않겠다고 약속했다.

어쨌거나 다시는 늦을 일이 없을 테니 거짓말은 아니었다.

재빨리 청소 도구함으로 가서 청소 도구를 꺼냈다. 어젯밤 그녀가 떠난 뒤로 또다시 진공청소기를 돌리고 걸레로 닦아야 할 넓은 곳이 생겨나 있었다. 말라붙은 오염 물질을 닦아내야 했고 콘돔을 모아 버리고 화장실에서 다 쓴 화장지를 바꿔야 했다.

저녁에 있을 엄청난 행사가 시작되기 전에 모두 끝내야 했다.

그녀의 일정을 맞추기 위해서도 청소는 빠르게 해치워야 했다. 하지만 스트레스는 그녀에게 유리하게 작용했다. 우락부락한 남자도 저녁 행사에 온통 신경이 쏠려 있는 것이 분명했다. 다른 사람들이 그녀가 받는 스트레스의 절반만 받는다고 해도 그녀의 변신을 결코 알아채지 못할 것이다.

병원에서 마틸다가 인형을 만진 것을 발견한 뒤로 파비안은 계속 불안했다. 그 즉시 말린을 다른 병실로 옮겼지만, 이미 늦은 거였다.

어쨌거나 범인은 말린을 찾아냈다. 하지만 어떻게 찾아낸 걸까? 그리고 무엇보다 왜 말린을 찾아간 걸까? 파비안으로서는 그 이유를 생각해낼 수 없었다. 그저 지금 자신이 느끼는 가장 끔찍한 두려움이 현실이 되지 않기만을 바랄 뿐이었다.

말린이 있던 병동은 접수창구 컴퓨터 모니터 뒤에서 당황한 표정으로 서로 얼굴만 쳐다보는 간호사들이 자리를 지키고 있었다.

"어떻게 된 겁니까?"

자신만큼이나 간호사들도 당혹스러워하고 있음을 알면서도 파비안이 물었다.

"전혀 모르겠어요. 한 시간 전에 주간 근무조랑 교대했어요. 무슨 일이 일어난 건지 아직 알아보고 있고요."

키가 가장 큰 간호사가 대답했다.

"여기에는 환자분이 분만실로 내려갔다고 적혀 있는데, 우리가 확인한 바로는 분만실에 가지 않았어요."

모니터 앞에 앉아 있는 간호사가 말했다.

파비안은 서둘러 말린의 병실로 갔다. 안데르스 렌베리가 두 손으로 얼굴을 감싼 채 병실 한가운데서 의자에 앉아 있었다. 침대가 사라진 병실은 기이할 정도로 텅 비어 보였다. 고개를 들어 파비안을 쳐다보는 안데르스의 충혈된 눈은 지금까지 그가 계속 울고 있었음을 분명히 보여줬다.

"이 나쁜 놈아! 너 때문이야. 그거 알아? 다른 사람이 아니라, 바로 너 때문이라고!"

안데르스의 눈에서 뿜어져 나오는 증오는 너무 강렬해서 파비안은 몸을 돌려 병실을 나가고 싶은 충동을 꾹 눌러 참아야 했다.

"안데르스, 지금 어떤 기분인지 잘 압니다. 하지만 아직 어떤 일이 일어났는지 모르잖아요."

파비안은 의자를 끌어다 안데르스 앞에 앉으면서 말했다.

"여기 와서 다 안다는 듯이 말하지 말아요. 당신은 모르니까. 당신은 말린보다 훨씬 더한 사람이니까."

파비안은 안데르스가 하는 말을 알아들을 수 없었다.

"당신 아내하고 얘기했을 때 그녀가 뭐라고 했는지 알아요? 어?"

파비안은 고개를 저었다.

"당신이 매일 바람을 피운다는 거였어. 일하러 가는 거 말이요. 당신은 일밖에 생각하지 않는다고. 당신이랑 사는 건 텅 빈 껍데기나 허물을 벗은 껍질하고 사는 거랑 같다고 했단 말이오. 당신이 신경 쓰지 않는 건 아내랑 아이만이 아니었어. 당신은 일 말고는 그 어떤 것도 신경 쓰지 않는 거야. 나는, 당신이 말린의 친구라고 생각했는데."

안데르스는 파비안을 향한 원망을 쏟아냈다.

"안데르스, 제발 진정하고 우리가 해야 할 일을……."

"그러니까 내가 뭐라 그랬어. 분명히 말린에게서 떨어져 있으라고 했잖아. 하지만 당신은 그러지 않았어."

파비안은 몸을 숙여 안데르스의 어깨에 살며시 손을 댔다.

"만지지 마."

안데르스가 파비안의 손을 떨쳐냈다.

"말린은 아팠다고. 의사들이 너무 과도하게 일을 한다고 했다고. 정말로 심하게 일했어. 아이들을 낳기 전에 정말로 푹 쉬면서 회복해야 했다고. 하지만 당신은 말린이 쉬는 꼴을 못 봤지."

"안데르스, 너무 앞서가지 맙시다. 우린 아직 어떤 정보도……."

"정보라고?"

안데르스가 고개를 들고 파비안의 눈을 똑바로 봤다.

"그래, 당신은 무슨 일이 있는 것 같은데? 말린이 침대를 밀고 나가서 사탕을 사고 있을 것 같아? 그게 당신 생각이야? 이 눈보라 치는 날, 사탕이나 사자고 침대를 끌고 밖으로 나갔다고?"

파비안은 반박하고 싶었다. 말린은 목숨을 위협받는 상황에 처하지 않았다는 사실을 논리적으로 주장하고 싶었다. 지금으로서는 전혀 알 수 없지만 분명히 말린이 사라진 데는 납득할 만한 이유가 있을 거라고 말하고 싶었다. 하지만 감히 그런 말을 할 수는 없었다. 안데르스가 옳았으니까. 어쩌면 파비안이 생각하는 것보다 훨씬 더 옳을지도 모르니까.

"그러니까, 모두 당신 책임이란 말이야……."

안데르스는 무너져 내렸다. 파비안은 그에게 다가가 안아주고 싶었지만 마음을 바꿨다.

"안데르스, 어떻게 해서든 무슨 일이 있었는지 알아낼게요. 분명히 알아낼 겁니다."

안데르스는 또다시 파비안의 눈을 똑바로 보더니 고개를 저었다.

"어떻게든 알아낸다고? 아니, 그걸로는 부족해. 터무니없이 부족하다고. 어떤 일이 있어도 무슨 일인지 밝혀내고 말린을 무사히 데려온다고, 약속할 수 있어?"

파비안은 주저했지만, 마침내 고개를 끄덕였다.

"그럴게요, 안데르스. 약속합니다."

"안 그랬다가는 내가 당신을 가만두지 않을 거야. 당신이나 내가 어떻게 되는 건 신경 쓰지 않아. 말린을 제대로 데려오지 않으면 내가 무슨 수를 써서라도 당신이 이 대가를 치르게 할 거야."

하나의 인생 이야기, 또 하나의 인생 이야기. 쿵스홀멘에 있는 블랙캣의 어두운 입구로 자신만의 이야기를 지닌 인생들이 차례로 사라졌다. 얼음처럼 추운 날씨지만 모두 헐벗은 것이나 마찬가지였다. 이곳에 오게 된 사연은 저마다 달랐지만 어디에서 왔건 어떤 언어로 생각을 하건 간에 얼굴에 서린 공포는 똑같았다. 어두운 입구 안에서 그들을 기다리고 있을 일에 대한 두려움이었다. 실제로 어떤 일이 일어날지는 전혀 몰랐지만, 이야기는 너무도 많이 들었다.

경비들의 손은 어디에나 있었지만 대부분은 그저 우유를 짜려고 소를 우리로 집어넣는 것처럼 입구로 밀어 넣고 있을 뿐이었다. 아무리 서둘러도 충분히 빠른 속도로는 마무리되지 않았다. 다른 때 같으면 평화로웠겠지만 지금은 눈보라 때문에 한층 황량한 뒷골목을 끊임없이 살펴보는 경비들의 눈에는 스트레스가 가득했다.

가파른 계단을 내려가는 순간 칠흑 같은 거대한 구덩이 속으로 빠져들었다. 여자들은 강철 문이 닫히고 빗장이 잠기는 소리를, 열쇠를 달그락거리며 자물쇠를 잠그는 소리를 들었다. 콘크리트 천장에 일렬로 늘어선 벌거벗은 전구가 낡은 가구와 그 누구도 공유하지 못하는 기억을 감추고 있는, 맹꽁이자물쇠로 굳게 잠가놓은 방이 줄줄이 늘어선 길고 구불구불한 복도를 밝히고 있었다. 여자들은 또다시 강철 문을 지나 두툼한 빨간 커튼을 여러 겹 통과했다.

마침내 안으로 들어온 것이다. 내부는 여전히 어두웠지만 아무것도 보이지 않을 정도는 아니었다. 일단 어둠에 익숙해지자 천장과 벽이 온통 검게 칠해진 엄청나게 큰 방이 눈에 들어왔다. 가운데 솟아 있는 둥근 부분, 그러니까 여자들이 익히 들어 알고 있는 무대를 둘러싼 빨간색 소파 밑에서 작은 조명들이 빛을 내고 있었다.

여자들은 소파를 지나 검은 벽 안에 숨어 있는 문으로 밀려 들어갔다. 벽 뒤에는 천장과 양쪽 문에 있는 형광등 때문에 눈을 뜰 수 없을 정도로 밝은 복도가 있었다. 화장실과 거울, 비데가 있는 커다란 욕조에 도착한 여자들에게 경비들은 마지막으로 볼일을 보고 몸에 난 모든 구멍을 완전히 깨끗하게 씻으라고 명령했다.

시간과 맞서 싸우는 일은 불가능에 가까웠지만 그녀는 거의 모든 곳을 깨끗하게 청소했다. 개인실 가운데 몇 곳은 재빨리 진공청소기만 돌렸고 단체실 한 곳은 그저 베개만 뒤집고 눈에 보이는 콘돔들만 집어서 버렸다. 청소 도구함에 청소복을 걸고 배낭에서 화장품 가방과 옷을 꺼내고 있을 때 경비들의 고함을 들었다.

그녀는 재빨리 청소 도구함에서 벗어나야 했다. 여자들보다 한 발 앞서 욕실에 들어간 그녀는 맨 끝에 있는 화장실로 갔다. 그녀의 심장은 너무나도 빨리 뛰어서 개별적인 박동 소리로 구별할 수 없었다.

하지만 일단 드레스를 입고 신발을 신은 뒤 화장품 가방을 변기 물통에 안전하게 숨기고 나자 아이샤는 훨씬 차분해졌다. 이제부터 해야 할 일은 그저 벌을 받아 마땅한 사람을 처벌하는 것에 그치지 않을 것이다. 그녀가 아르카스가 누구인지를 알게 된 순간부터 간절히 고대해온 일이었다. 디에고 아르카스도 그 사람들 가운데 한 명이었다. 그 사실이야말로 신이 언제나 그녀와 함께 있음을 분명하게 보여주는 증거였다.

바깥쪽, 세면장이 여자들로 가득 차는 소리가 들렸다. 여자들은 아무 말도 하지 않았지만 그녀는 공포라는 냄새를 맡을 수 있었다. 그녀는 조금 기다렸다가 변기에서 나가 다른 여자들과 똑같이 행동하기 시작했다. 걱정 가득한 눈으로 머뭇거리며 발걸음을 떼고 등을 잔뜩 웅크렸다.

파비안 리스크는 잠기지 않은 아파트 문을 열고 들어가 코트를 벗었다. 여전히 술이 깨지 않았는데도 아무 문제 없이 집까지 차를 몰고 올 수 있었다. 술을 마시고 운전한 것은 이번이 처음이지만 너무나도 피곤했기 때문에 제대로 판단을 내릴 능력이 없었다. 넝마처럼 너덜너덜해진 파비안은 침실까지 걸어갈 수 있을지도 자신이 없었다.

안데르스는 파비안이 경찰서에서 가장 유능한 경찰관들을 풀어 말린을 찾게 할 거라는 확신을 심어준 뒤에야 병원을 떠나는 데 동의했고, 파비안의 차를 타고 엔스케데에 있는 집으로 돌아갔다. 집에 도착한 안데르스는 파비안에게 위스키를 한잔하고 가라고 했다. 파비안은 시간도 늦었고 운전도 해야 한다는 핑계를 대며 그냥 떠나오려고 했지만 안데르스는 적어도 위스키 정도는 함께 마셔줄 수 있지 않으냐며 고집을 꺾지 않았다.

알고 보니 안데르스는 스웨덴 위스키 협회 회원이었고 그 집 지하실은 전체가 위스키 저장고 역할을 하고 있었다. 안데르스는 스웨덴에서 이렇게 커다란 위스키 저장고를 갖춘 집은 별로 없다고 했다. 당연히 두 사람은 위스키 한 잔으로 그치지 않았고 위스키가 그들의 피를 희석하는 동안 둘 사이는 훨씬 편해졌다.

파비안은 아주 비싼 돈을 주고 구입했는데도 끝없이 고칠 데가 나오는 집에 관한 이야기부터 스케르홀멘에서 초등학교 교사 일을 하는 그의 직장 생활 이야기, 자신은 아이들을 가르치는 일이 좋아서 권력에는 전혀 흥미가 없는데도 동료들이 교장이 되어달라고 졸라댄다는 이야기같이, 하늘과 땅 사이에서 일어나는 모든 일을 안데르스가 시시콜콜 이야기하도록 내버려뒀다.

그리고 거의 두 시간이 흘렀을 때 파비안은 반쯤 남은 위스키 잔을 내려놓고 일어서서 잘 마셨다고 말했다.

"앉아요."

안데르스가 심각한 목소리로 말하며 파비안에게는 복종하는 것 말고는 다른 선택의 여지가 없다는 듯이 그를 쳐다봤다. 또르르 볼을 타고 흘러내리는 눈물을 내버려둔 채 안데르스는 말린 이야기를 꺼냈다. 자신은 말린을 정말로 사랑한다고, 말린은 이 세상에서 가장 소중한 존재라고 말했다. 그는 두 사람이 버스에서 만났다는 이야기도 했다. 그때는 54번으로 불리던 버스에서 만났다고 했다. 말린은 쏟아지는 폭우 때문에 버스에서 내리고 싶어 하지 않았고 마침내 둘은 오덴플란에서 내려 함께 우산을 쓰고 낄낄거리며 공중전화 부스로 들어가 두 사람의 직장에 아파서 출근할 수 없다고 통고해버렸다고 했다.

아직 반이나 남은 파비안의 잔에 또다시 위스키를 가득 부은 안데르스는 아직도 소냐를 사랑하느냐고 물었다. 너무나 이상하게도 파비안은 그 질문에 답할 준비가 전혀 되어 있지 않았다. 그저 자신은 소냐를 매우 사랑한다고, 지금은 어려운 시기를 겪고 있지만 두 사람은 정말로 손발이 맞는 부부라는 등의 틀에 박힌 정답을 이야기하려 했지만, 그런 말들은 입 밖으로 나오지 않았다.

그 대신에 파비안은 솔직한 심정을 털어놓았다. 지금도 소냐를 사랑하는 것 말고는 바라는 것이 하나도 없지만 두 사람은 점점 더 힘든 싸움과 의심이 큰 지분을 차지하는 관계로 변하고 있다고 말했다. 파비안이 자신의 감정을 헤아려보려고 어설프게 노력하는 동안 안데르스는 고개를 끄덕이며 그의 이야기를 들어주었다. 두 사람은 정말로 거의 친구가 되려는 것 같았다.

"우아, 당신은 정말로 모든 걸 엉망으로 만들어버렸군요."

마침내 안데르스가 입을 열더니 또다시 위스키병을 땄다.

"사랑이란 건 누군가를 사랑하거나 하지 않거나 둘 중 하나라니까요. 그거보다 복잡할 필요가 전혀 없어요. 분명히 불꽃이 아주 작아진 것 같지만, 소매를 걷어붙이고 달려들어봐요. 그래도 불씨가 꺼져버리면 그건 끝난 거니까, 변호사한테 전화해서 서류에 서명할 준비나 하고요."

파비안은 그런 말들이 위스키에 취해서 늘어놓는 헛소리라는 것을 잘 알았지만 왠지 그냥 떨쳐버릴 수 없었다. 자신과 소냐가 가능한 한 빨리 끝을 내야 하는 관계라는 생각에 파비안은 숨을 쉴 수가 없었다. 안데르스는 당연히 가지 말라고 붙잡았지만 파비안은 그의 집에서 나와 차를 몰고 집으로 달렸다.

파비안은 욕실에 들러 제산제를 여러 알 집어 들고 침실로 갔다. 어떠한 조명도 켜지 않았지만 커튼 사이로 스며들어 오는 가로등 불빛 때문에 니바가 침대에 누워 자는 모습을 볼 수 있었다. 니바는 침대 커버 위에서 자고 있었고 여전히 그녀가 입고 있는 소냐의 욕실 가운은 충분히 벌어져 있…….

도대체 왜 니바는 집으로 돌아가지 않은 걸까? 정말로 늦게까지 일한 걸까? 파비안은 니바를 그냥 자게 내버려둬야 할지 택시를 태워 보내야 할지 고민했지만 결정을 내릴 수가 없었다. 바로 그때, 파비안은 안데르스가 했던 말을 이해할 수 있었다. 그가 느끼는 주저함은 마침내 소멸하기 시작했다. 그 순간, 파비안은 여전히 불씨가 살아 있음을 알았고, 그 작고 파란 불꽃을 맨눈으로도 볼 수 있었다. 그 불꽃은 정말로 희미했고 꺼져갔지만 여전히 타오르고 있었다.

자신이 발견한 불씨에 고무된 파비안은 옷도 벗지 않고 니바를 깨우지 않으려고 조심하면서 침대에 누웠다. 니바의 느린 숨소리는 곧 그를 평온하게 만들어줬고, 숨소리가 한 번씩 귀에 들어올 때마다 점점 더 깊은 잠에 빠져들었다. 꿈의 세상이 그를 완전히 삼키기 전에 파비안은 그 불꽃이 꺼지지 않게 하려면 어떤 일을 해야 하는지 깨달았다. 자신과 소냐가 다시 제자리를 찾고 같은 방에 머물 방법을 생각해냈다.

이 일이 마무리되면 파비안은 곧바로 소냐에게 말할 생각이었다. 파비안의 생각은 너무나도 엄청나서 가족 전체가 아주 많은 일을 해야 하고 상당히 많은 부분을 조정해야 할 것이다. 마틸다와 테오도르도 많은 변화가 있을 테니, 아이들은 크게 저항할 것이 분명했다. 아이들은 학교를 옮겨야 할 뿐 아니라 친구도 새로 사귀어야 할 것이다. 하지만 그것은 아무 문제가 되지 않았다. 그래야만 네 사람이 함께 살아갈 수 있다면 힘든 결정은 아니라고, 결국 두 사람의 미래는 좋은 방향으로 변하리라고 확신하며 파비안은 잠에 빠져들었다.

그녀는 바지를 내리고 비데 위에 걸터앉아 새로운 여자들이 도착하면 늘 명령을 받는 것처럼 몸을 구석구석 씻기 시작했다. 그 우락부락한 남자를 비롯해 벽 앞에 서 있는 남자들은 그녀를 알아보지 못했고 자신들이 데려온 여자들이 한 명 더 늘었다는 사실도 눈치채지 못했다.

언제나 그렇듯이 제대로 해내지 못하는 여자가 있었다. 이번에는 그녀의 뒤에 있던 탈색한 금발의 폴란드 여자가 문제였다. 여자는 털썩 주저앉으며 씻을 수 없다고 버텼다. 스무 살을 넘지 않았음이 분명한 그 여자는 문제의 심각성을 모르는 것이 분명했다.

“당신들이 밖으로 나가야 씻을 거예요.”

그 여자는 울면서도 경비들에게 대담하게 말했다.

“네가 원할 수 있는 건 하나밖에 없어.”

한 경비가 그 여자 앞에 섰다.

“그게 뭔지 알아?”

그 여자는 반항적인 표정을 지어 보였다.

“잔말 말고 하라는 대로 하는 거야.”

경비는 손등으로 여자의 얼굴을 세게 때렸다. 여자가 반응하지 않자 경비가 다시 한번 여자를 때렸다. 이번에는 손등이 아니라 주먹으로 힘껏 쳤다. 얼마나 세게 때렸는지 여자의 머리는 가느다란 목 위에서 완전히 돌아간 것처럼 보였다. 여자는 의식을 잃고 바닥에 쓰러졌다.

경비는 손뼉을 쳐 모두 자신을 쳐다보게 했다.

"자, 모두 자세히 봐두라고. 하라는 대로 하지 않는 인간은 이렇게 될 테니까."

모두 의식을 잃고 쓰러진 여자에게서 시선을 떼지 않았다.

"좋아, 이제 할 일들 하라고."

생명이 사라진 폴란드 여자를 남겨두고 모두 욕실에서 나와 다시 소파가 놓여 있는 방으로 돌아갔다. 보이지 않는 스피커에서 귀를 울리는 음악 소리가 흘러나왔고 여자들 모두 무대를 향해 일렬로 서라는 명령이 떨어졌다. 그 순간 여자들은 서로 몸싸움하면서 가능한 한 뒤에 서려고 애썼다.

하지만 그녀는 되도록 앞에 서려고 했다.

"거기, 너, 무대로 올라가. 그래, 너 말이야, 이 망할 년아."

경비 한 명이 그녀에게 고갯짓하면서 말했다.

그녀는 경비 말대로 무대 가운데로 올라갔다. 강한 조명 때문에 앞이 제대로 보이지 않았다.

"돌아봐."

강렬한 불빛 속에서 한 목소리가 들렸다. 그녀는 그 말대로 했다.

"멈춰."

그녀는 빛 속에서 들려오는 목소리에 등을 보인 채 멈춰 섰다.

"앞으로 숙여봐. 천천히."

그녀는 상체를 숙이고 엉덩이를 쭉 뺀 채 다리와 등을 가능한 한 꼿꼿하게 폈다. 남자의 발소리가 무대로 향하고 있었다. 계단을 걸어 올라오더니 그녀 뒤에 섰다.

그동안 다른 여자들은 아무 말도 하지 않았다. 너무나도 조밀한 침묵이 흘러 그녀는 여자들이 숨을 쉬지 않는지도 모른다는 생각을 했다. 남자의 손이 그녀의 허벅지 뒤를 만지더니 계속해서 다리 안

쪽으로 들어와 만지작거렸다.

"음, 면도를 했군. 좋아, 마음에 들어."

남자는 손가락을 그녀의 몸 안으로 밀어 넣었다.

"마음에 들어?"

"음, 네."

그녀는 천천히 엉덩이를 돌렸다.

"옷을 벗어."

그녀는 일어서서 드레스를 풀어 바닥에 떨어뜨리고 한 걸음 앞으로 나갔다. 디에고 아르카스는 손가락을 코에 댄 채 그녀를 샅샅이 훑으며 주위를 돌았다. 갑자기 멈춰선 그가 손을 뻗어 그녀의 가슴을 만졌다.

"진짜가?"

그녀가 고개를 끄덕였다.

"몇 살이지?"

"숙녀 나이는 물어보는 게 아니에요."

디에고 아르카스는 번개처럼 빠르게 반응했다. 매서운 손길이 전한 얼얼함은 몇 분이 지난 뒤에도 사라지지 않았다.

"넌 숙녀가 아니야. 넌 재산이지. 내 재산이라고. 그걸 잊지 마."

그녀는 고개를 끄덕였다. 화끈거리는 뺨의 고통은 지나치게 안심하지 말라는, 벌써 이겼다는 생각은 하지 말라는 경고였다. 어쨌거나 그녀는 모든 일을 아직 마무리하지 못했다.

"꿇어앉아. 내 바지를 벗겨봐."

그녀는 무릎을 꿇고 앉아 디에고 아르카스의 바지 단추를 풀었다.

"마음에 들어?"

그녀는 고개를 끄덕이며 웃어 보였다.

"마음에 드냐고 말했잖아."

그녀는 디에고 아르카스의 페니스를 입에 물었다. 그리고 그의 페니스를 깊이 빨았다 내뱉기를 반복했다.

"여기 있는 년들은 모두 잘 보고 배우라고. 이렇게 하면 아주 멋지게 일을 해낼 수 있을 테니까."

디에고 아르카스가 그녀의 머리카락을 움켜잡고 자신의 물건을 그녀의 목구멍 깊숙이 밀어 넣었다. 그녀는 토할 것만 같았다.

흥분한 디에고 아르카스는 점점 더 빠른 속도로 몸을 움직였고, 얼마 뒤 절정에 도달했다. 아르카스는 오르가슴을 완벽하게 음미하면서 두 눈을 꼭 감고 있었다. 몇 초가 지난 뒤에야 그는 눈을 뜨고서 그녀를 쳐다봤다.

"누가 너한테 일어서도 좋다고 했어?"

"아무도 안 했어."

그녀는 거울 앞에서 연습하고 또 연습했던 동작을 실시하면서 대답했다.

단 한 번에 목표를 제대로 찌르고 집게손가락과 가운뎃손가락을 눈알 깊숙이 찔러 넣고 구부려 눈동자를 움켜쥐었다. 두 손가락으로 시신경을 집자마자 그녀는 재빨리 손에 힘을 줘 빼냈고, 재빨리 옷을 걸치고 무대에서 내려왔다.

파비안은 옷을 벗은 기억이 없었다. 하지만 지금 그는 완전히 벗은

채 똑바로 누워서 가슴에 앉아 자신을 깨우는 작은 공작을 뚫어지게 보고 있었다. 공작의 발은 작은 못처럼 그의 피부에 박혀 있었고 파비안은 공작을 쫓아낼까 생각했지만, 어떻게 반응할지 모른다는 두려움에 그저 가만히 누워 배 위를 어슬렁거리다가 자신의 아래쪽을 향해 걸어가는 공작을 쳐다보고만 있었다.

니바는 젖가슴이 움직일 정도로 힘차게 파비안 위에 올라타 있었고 소냐의 욕실 가운은 니바의 뒤쪽에 아무렇게나 던져져 있었다. 거의 절정에 이를 정도가 된 것으로 보아 니바는 한참 동안 그렇게 있었던 것이 분명했다. 공작이 훌쩍 바닥으로 뛰어내리더니 문밖으로 나가버렸다. 파비안도 모든 일이 끝나기 전에 저 새처럼 이곳에서 벗어나면 좋겠다고 생각했다.

이건 파비안이 원하던 것이 아니었다. 그에게는 계획이 있었다. 물론 니바의 움직임은 기분이 좋았다. 니바도 자기 안으로 들어온 파비안 때문에 기쁜 것이 분명했다. 니바의 눈 속에는 승리가 들어 있었다. 오랫동안 갈망하던 것을 마침내 손에 넣었다는 듯이.

그녀의 이마에서 솟아난 땀방울이 목과 가슴을 타고 천천히 미끄러져 내려 파비안에게 떨어졌다. 두 손으로 머리카락을 뒤로 넘기고 훨씬 격렬하게 움직이면서 니바는 허리를 뒤로 꺾었다.

이제 그녀는 정말로, 정말로 가까이 갔다. 그는 알 수 있었다.

격렬한 쾌락에 흐느낄 때까지 힘껏 몸을 밀어붙이는 니바에게 파비안은 강렬한 힘으로 반응했다. 파비안도 거의 다 왔다. 평생 이 순간을 후회하리라는 사실과 마찬가지로 그가 정말로 이것을 원하는가는 상관이 없었다. 더는 아무것도 중요하지 않았고 그 무엇도 그를 막을 수 없었다.

파비안은 그저 니바의 몸이 또 다른 파도에 휩쓸릴 준비를 하는 동안 가만히 고개를 들고 있었다.

모든 사람이 동시에 비명을 질렀다. 여자들뿐 아니라 경비들도 비명을 질렀다. 물론 그녀는 신경 쓰지 않았다. 그 정도 혼란과 공포는 충분히 예상했으니까. 누구보다 더 빨리 정신을 차리고 자신을 쫓아올 경비들이 있으리라는 것도 충분히 예상했다. 그녀가 예상하지 못한 것은 오직 하나, 디에고 아르카스가 그 방에 있는 누구보다도 큰 소리로 귀가 찢어질 듯한 끔찍한 비명을 내지른다는 거였다. 왠지 그녀는 디에고 아르카스라면 남자답게 그 상황을 받아들일 거라고 생각했다.

무대에서 고작 몇 미터 떨어졌을 때 경비 두 명이 쫓아오는 소리가 들렸다. 그녀는 뒤를 돌아보고 싶은 마음을 꾹 눌러 참았다. 주저할 시간이 없었다. 그 대신에 그녀는 온 힘을 끌어모아 더 빨리 걸었다. 이미 도주 경로는 여러 번 점검했고 가장 효과적인 방법으로 소파 위를 지나 감시실까지 가는 시간을 절반 이상 줄이려면 속도가 가장 중요하다는 사실을 알고 있었다.

처음에는 하이힐을 신고 있으면 속도를 높이기 힘들 거라고 생각했지만 발가락에 무게중심만 제대로 맞춘다면 문제없이 해낼 수 있었다. 그녀는 전혀 그 자리에 없는 것처럼 첫 번째 소파를 가뿐하게 뛰어넘고 두 번째 소파도 뛰어넘었다. 두 경비가 이미 그녀 뒤를 바짝 쫓는다는 것은 소리로 알 수 있었다. 두 번째 소파에서 네 걸음 만에 세 번째 소파를 뛰어넘자 문까지는 10미터 직선거리밖에 남지 않았다.

아드레날린은 분명히 그녀의 질주 속도를 3초 이상 높였고, 그녀는 재빨리 문을 열고 감시실 안으로 들어가 문을 잠글 수 있었다. 언제라도 경비들이 들이닥칠 수 있었지만 그녀는 잠시 숨을 고르고 손에 든 피 묻은 눈을 쳐다봤다. 이 눈이야말로 그녀가 사랑하는 사람을 다시 한번 완벽하게 만들어줄 마지막 퍼즐 조각이었다.

경비들은 문손잡이를 마구 돌리다가 재빨리 전략을 바꿔 문을 발로 차기 시작했다. 그녀는 감시 카메라를 쳐다봤다. 밖에 있는 경비는 모두 네 명이었다. 곧 열쇠를 찾아 문을 열고 들어오려 할 것이다. 어떤 열쇠도 소용이 없다는 사실을 깨달으면 그때는 총을 쏘기 시작할 것이다.

그녀는 책꽂이에 꽂힌 바인더 뒤에 숨겨둔 플라스틱 튜브를 꺼내 뚜껑을 열고 눈을 액체에 떨어뜨렸다. 뚜껑을 닫고 플라스틱 튜브를 질 안으로 밀어 넣었다. 물티슈로 손을 닦고 옷을 마저 입고 매듭진 밧줄에 매여 있는 거의 보이지 않는 낚싯줄을 잡아당겼다.

첫 번째 총알이 문을 향해 날아왔을 때 그녀는 밧줄을 타고 올라가기 시작했다. 그녀는 가볍고 민첩했으며 그 어느 때보다 팔 힘이 셌기 때문에 아무 문제 없이 밧줄을 타고 올라갈 수 있었다. 하지만 맨 위에 올라갔을 때가 가장 중요했다. 일단 몸을 뒤집어 뒤쪽에 있는 뚜껑을 닫고 환기통에 다리부터 넣어야 했다.

연습할 때는 큰 문제 없이 해낼 수 있었다. 하지만 그때는 손바닥에 땀도 흐르지 않았고 언제라도 경비들이 문을 밀고 들어올 수 있다는 스트레스도 없었다. 마침내 몸을 뒤집은 그녀는 밧줄을 끌어올리고 철제 뚜껑을 닫고 좁은 환기통에서 거꾸로 기기 시작했다.

1분도 지나지 않아 감시실 문이 부서지고 경비들이 들어오는 소리가 들렸다. 경비들은 그녀의 행방을 놓고 실랑이를 벌였고, 곧 그녀가 있는 쪽을 향해 총을 쏘기 시작했다.

총알 부딪히는 소리가 마치 확성기처럼 환기통을 타고 울려 퍼졌다. 총알이 닿을 수 없는 거리에 있는데도 그 소리가 어찌나 큰지, 그녀는 귀를 막아야 했다. 이제 1미터나 2미터만 가면 환기통은 두 갈래로 나뉘었다. 경비들은 그녀가 정확히 어느 방향으로 갔는지 파악하지 못할 테고 결국 서로 흩어져 무작위로 총을 쏠 것이다.

하지만 걱정할 일은 아니었다. 이제 얼마 안 있으면 경비들은 다른 일을 걱정해야 할 테니까. 그때가 되면 또다시 놀랄 일이 생길 것이다. 하지만 그 일은 그녀로서는 전혀 통제할 수 없었다. 통제할 수 있는 일이었다면 그녀는 이 밤을 전적으로 자신이 독점했을 것이다. 오늘이야말로 그녀가 아르카스에게 충분히 가까이 갈 수 있는 유일한 시간이었으니까.

예상한 것처럼 사격이 멈추고 몇 초 정도 침묵이 흘렀고 곧 사방에서 비명과 고함이 들렸다. 아래쪽은 통제할 수 없는 혼란에 싸여 있었다. 그녀는 마치 거대한 해일이 몰려온 듯한 기분이 들었다. 그녀의 밑에 있는 복도에는 사람들이 가득 찼지만 그녀는 더는 그 사람들의 표적이 아니었다. 이제는 경비와 여자 들이 표적이었다. 그녀는 큰 방으로 기어가 환풍구를 내려다봤다.

경찰들이었다.

총을 들고 방탄조끼를 입은 경찰들이 사방에 있었다. 심지어 몇 명은 천장에 숨겨진 채광창에서 내려오고 있었다. 적어도 열 명은 되는 경찰이 그 상황을 통제하려고 애쓰면서 영어로 모두 팔과 다리를 활짝 펴고 바닥에 엎드리라고 명령하고 있었다.

그 즉시 경찰의 말에 따르는 여자들도 있었지만 도망치려는 여자들도 있었다. 하지만 곧 상황을 이해하고 한 명씩 차례로 바닥에 엎드렸다. 경비 네 명은 뒤로 돌린 손에 수갑을 차고 바닥에 엎드렸고, 두 명의 경찰이 여전히 잔뜩 피가 묻은 손으로 얼굴을 감싼 채 엎어진 디에고 아르카스를 향해 걸어갔다.

그녀는 가능한 한 조용히 환기통 안을 기어갔다. 디에고 아르카스에게 벌어진 일을 깨닫고 당황한 목소리를 높이는 경찰들에게서 점점 더 멀리 벗어났다.

한참 기어가던 그녀는 금속 환기통 벽이 차가워진 것을 온몸으로 느꼈다. 환기통이 갑자기 1미터쯤 올라가다가 다시 직선이 됐을 때 그녀는 거의 다 왔음을 깨달았다. 환기통 내부의 기온이 영하로 떨어졌으니 얼어붙은 금속 벽에 젖은 손이 달라붙지 않으려면 속도를 높여야 했다. 역경은 오히려 그녀를 차분하게 만들었지만 그렇다고 상황이 달라지는 것은 아니었다. 그저 지금쯤이면 경찰이 다른 일에 신경 쓰느라 정신이 없기만을 바라야 했다.

몇 미터를 더 기어가 하이힐 신은 발로 철제 뚜껑을 힘껏 찼다. 한 번 더 제대로 차자 뜰로 나올 수 있었다. 이제 얼마 남지 않았다. 그녀의 계획은 모두 바라는 대로 되어 있었다.

철제 뚜껑을 다시 끼워 넣고 쓰레기통까지 가는 길을 밝혀줄 동작 감지등을 작동시키려 했다. 하지만 그럴 수 없었다.

동작 감지등은 이미 켜져 있었다.

그것이 얼마나 심각한 상황인지를 깨닫는 데는 잠시 시간이 걸렸고, 상황을 파악했을 때는 이미 늦어버렸다.

“이런, 이런, 여기까지 나오다니.”

그녀의 뒤에서 목소리가 들려왔다.

두 손을 번쩍 들고 몸을 돌린 그녀의 눈에 어둠 속에서 걸어 나오는 특별 기동대원이 보였다. 그는 한 손에는 총을 들고 다른 손에는 수갑을 들고 있었다.

파비안은 자신이 잠든 것인지 깨어 있는지 알 수가 없었다. 그 기억도 끔찍하게 왜곡된 꿈인지 실제로 있었던 일인지 알 수가 없었다. 너무나도 생생하게 떠올라 사실이 아닐 수 없었지만 그의 몸 위에서 뛰어다니던 작은 공작을 생각하면 꿈을 꿨음이 분명했다. 왠지는 모르지만 그 작은 공작은 요즘 그의 꿈에 자주 나타났다.

도저히 사실일 수는 없었다. 그는 작은 불꽃을 봤다고 확신했고, 소냐와 다시 제자리로 돌아갈 계획까지 세웠으니까. 하지만 지금 파비안은 감히 눈을 뜰 수가 없었다. 완전히 깬 상태였지만 자고 있다는 사실에 안심이 됐다. 눈을 뜨는 순간 차갑고 가혹한 진실이 그를 똑바로 보리라는 걸 알았기에 가능하면 오랫동안 그 순간을 미루고 싶었다. 하지만 시끄럽게 울리는 전화벨 소리 때문에 그는 달리 선택의 여지가 없었다.

"도대체 어디 있는 거예요?"

토마스 페르손이 물었다.

"그게 무슨 말이야? 무슨 일이 있었어?"

파비안이 몸을 일으켜 세우면서 물었다.

"무슨 일이 있었냐고요? 도대체 어느 행성에서 살고 있는 거예요? 디에고 아르카스 기억해요?"

아, 그랬지. 파비안은 니바가 그곳에 없음을 확인했다. 애초에 니바가 여기에 있기는 했을까? 그건, 분명했다. 그 사실은 파비안이 옷을 입고 침대에 누웠지만 어느 순간 옷을 벗고 있었다는 사실만큼이나 확실했다. 하지만 지금 파비안은 다시 옷을 입고 있었다.

"회글룬드와 카를렌이 파비안한테 엄청 화난 거 알아요? 분명히 불만을 접수할 거예요."

토마스가 계속 말했다.

"불만을 접수하다니, 무슨 불만?"

파비안은 두통을 느끼며 침대 밖으로 빠져나오려고 애썼다.

"잠을 너무 많이 잔 거요? 뭐, 모르죠. 아무튼 기동대가 들이닥치기 전에 이미 클럽 안은 난장판이었어요. 왜냐하면 아르카스가 엄청난 피를 흘리면서 무대에 쓰러져 있었기 때문이죠."

혹시라도 니바가 있는 것은 아닌지 둘러보며 욕실로 향하면서 파비안은 토마스의 말이 무슨 뜻인지 파악하려고 애썼다.

"어째서 엄청나게 피를 흘리고 있었는지 물어봐야 하는 거 아니에요?"

"토마스, 그럴 시간 없어."

파비안은 욕실로 들어가 얼굴에 물을 뿌렸다.

"진짜 따분하네. 야르모하고 나는 클럽에 없었기 때문에 무슨 일이 있었는지 보지 못했어요. 그래서 아르카스가 입원한 병원과 접촉해봤어요."

"그래? 왜 피를 흘리고 있었대?"

"눈이 사라졌대요."

"그게 무슨 말이야? 눈이 사라지다니?"

파비안은 수건으로 얼굴을 닦았다.

"내가 어떻게 알아요? 누군가 가져갔겠죠. 내 생각에는……."

"그 여자들 가운데 있겠군."

"맞아요. 마침내 깨어난 것 같아 기쁘군요."

"모두 다 체포했어?"

"모르죠. 아무튼 말 그대로 여기 잔뜩 있기는 해요."

"수사국에?"

"네, 제복 경찰과 통역이 모두 조사하고 있어요. 아예 말을 알아듣지 못하는 여자들도……."

"토마스, 잘 들어. 아주 중요한 일이야."

파비안은 셔츠 밑에 데오도란트를 뿌렸다.

"너하고 야르모하고 모든 여자 손에 수갑을 채웠는지 확인해. 한 명도 경찰서 밖으로 나가게 하면 안 돼, 알겠지? 단 한 명도 안 돼."

서둘러 욕실에서 나오던 파비안은 현관으로 들어오는 소냐와 마주쳤다.

"불가능해요. 회글룬드는 이미 완전히 머리끝까지 화가 났다고요. 절대로 우리한테……."

"회글룬드는 상관 안 해. 토마스, 이제 끊어야겠어."

"하지만……."

"그냥 하라는 대로 해."

파비안은 전화를 끊고 침착하려고 애쓰면서 소냐에게 걸어갔다. 그녀를 안아도 되는지 확신이 서지 않았다.

"안녕, 달링."

"안 안아줄 거야?"

"당연히 안아줘야지. 단지……."

파비안은 입을 다물고 소냐를 끌어안았다.

"한창 수사 중이기 때문에 지금 나가봐야 해."

"알아, 괜찮아."

소냐는 고개를 끄덕였다.

"옷을 좀 가져가고 아직 사지 못한 크리스마스 선물을 마저 사려고 온 거야. 오늘 저녁에 우리랑 함께 나갈 거지?"

파비안은 아무 말 없이 소냐를 쳐다봤다. 함께 갈 거라고, 계획대로 가족들과 크리스마스를 즐길 거라고 약속하는 것이야말로 파비안이 유일하게 하고 싶은 일이었다. 어쩌면 모든 일이 한꺼번에 해결될 수도 있었다. 아이샤 샤힌은 이미 구금되어 있으니 파비안이 할 일은 에델만에게 증거를 들이밀어 종결한 수사를 파기하고 새로 수사하는 것 말고는 선택의 여지가 없음을 알게 해주는 것뿐이었다. 하지만 이미 지키지도 못할 약속을 너무나 많이 했다.

"좋아, 알겠어."

"소냐……."

"파비안, 괜찮아. 아마 말 못할 뭔가를 하는 중이겠지. 하지만 우리랑 함께 나가서 크리스마스를 축하한다면 정말로 기쁠 거야."

"나도 가고 싶어. 하지만……."

"지난주 일요일엔 내가 너무 많은 말을 한 것 같아. 그리고……."

소냐가 고개를 돌렸다.

지금 말하려는 거야, 파비안은 생각했다. 소냐는 헤어지자고 말할 용기를 끌어모으는 중임이 분명했다. 어쩌면 두 사람은 당연히 그래야 하는지도 몰랐다. 어쩌면 어젯밤 꿈은(아니, 현실이었나?), 불꽃은 이미 사라졌고 두 사람의 관계는 죽어버렸으니 심각하게 썩기 전에 빨리 땅에 묻어버리라는 신호였는지도 몰랐다.

"당신이 원하면, 나도 원한다고."

소냐는 파비안을 쳐다보면서 말했다.

파비안은 다시 힘이 돌아오는 것을 느끼고 무슨 말이든 하려고 했다.

"아니, 아직 내 말 끝나지 않았어. 모두 끝이 나면, 지금 당신이 하는 게 무슨 일이 됐건 마무리를 짓고 나면, 우리가 다시 시작했으면 좋겠어. 정말로 처음부터 다시 시작했으면 좋겠어."

파비안은 고개를 숙여 소냐에게 키스했다. 정말 오랜만에 그녀는 진심으로 반응했다. 소냐가 마지막으로 기회를 주고 싶어 한다는 사실을 분명히 알 수 있었다. 하지만 갑자기 소냐의 입술이 굳더니 파비안의 입에서 떨어졌다.

"누구든 두 사람을 보면 당연히 질투하겠어요."

파비안은 재빨리 뒤를 돌아봤다. 완벽하게 옷을 갖춰 입은 니바가 거실에서 걸어 나왔다.

"소냐군요. 니바 에켄히엘름이에요."

니바가 손을 내밀었다.

"당신이 누군지는 알아요. 여기서 뭘 하고 있는지 모르겠네요."

소냐는 니바의 손을 쳐다보지도 않고 말했다.

"나를 도와 수사하고 있었어. 밤낮없이 일했거든."

파비안은 계속 말해야 하는지 결정을 내리지 못한 채 설명했다.

"미안해요. 두 사람을 방해하고 싶지는 않았지만 파비안한테 말할 게 있어서요."

니바가 파비안을 쳐다봤다.

"토마스가 네 가설을 설명해줬는데 일리가 있는 것 같아서. 디에고 아르카스에겐 왼쪽 각막 한가운데 심각한 흉터 조직이 있었어.

몇 년 동안 각막 이식 대기자 명단에 있었는데 갑자기 사라졌고."

파비안은 기다려야 한다는 사실을 분명하게 보여주려고 아주 퉁명스럽게 고개를 끄덕였다.

"세미라 아케르만은 오른쪽 각막에 문제가 있었다는 사실과도 잘 맞아떨어지지."

니바는 인쇄한 종이를 내밀면서 계속 말했다.

"난 가야겠어."

소냐가 몸을 돌려 나가려고 했다.

"잠깐만, 소냐. 오늘 어떻게 지낼 건지 말해줘. 옷도 가져가야 하잖아. 함께 커피 마실까?"

파비안의 말에 소냐는 두 사람을 쳐다보면서 입을 앙다물고 고개를 흔들더니 밖으로 나갔다.

"오, 이런, 화난 게 아니면 좋을 텐데."

니바가 말했다.

파비안은 몸을 돌려 니바의 눈을 똑바로 보면서 그녀가 무슨 생각을 하는지 이해해보려고 했다. 정말로 두 사람 사이에 무슨 일이 있었던 걸까? 아니면 그저 파비안을 놀리고 있는 걸까? 어쩌면 니바의 웃음은 필사적으로 답을 찾으려 애쓰며 허둥대는 파비안이 고소해서 짓는 것일 수도 있었다. 하지만 무슨 일이 있었는지를 물어서 스스로 굴욕에 빠지는 일은 절대로 하지 않을 것이다.

이제부터 파비안은 그저 아무것도 확신하지 못한 채로 계속 살아가야 할 것이다.

지금까지는 모든 일이 그녀의 계획대로 됐다. 몇 가지 사소한 차질은 있었지만 모두 해결할 수 있었다. 문제가 되는 것은 오직 하나 스웨덴 법무부 장관의 자동차뿐이었다. 덴마크 경찰은 헬싱외르 항구에서 장관의 차를 찾았다. 하지만 여러 가지 이유로 아직 두 나라의 사건이 관계가 있음을 알아내지 못했다. 그러나 국경 양쪽에 있는 경찰들이 두 사건을 한데 합치고 서로 의견을 주고받게 되기까지는 이제 시간이 얼마 남지 않았다. 결국 두 나라 경찰은 표면 아래 감춰진 진실을 알아낼 것이고 기드온 하스는 아득한 추억이 될 것이다.

가장 이상적인 상황이라면 그녀는 얼음을 채우고 에프라임이 도둑맞은 모든 장기를 집어넣은 방수 가방을 들고 빌린 차를 타고서 이미 공항으로 달려가고 있어야 했다. 심지어 탑승 수속을 마치고 비행기 안에서 샴페인을 마시며 축하하고 있어야 했다. 지금까지 그녀는 샴페인을 마셔본 적이 없고, 샴페인이 그녀의 마음에 들지 알 수도 없지만 결승점은 통과한 뒤니 충분히 마실 자격이 됐다. 더구나 그 샴페인 잔이 그녀에게는 생애 최후의 잔이 될 수도 있었다.

하지만 그녀는 공항으로 달리기는커녕 수갑을 차고 경찰서에 앉아 있었다. 이 상황은 아주 크나큰 차질이 생겼다는 말 외에는 달리 묘사할 방법이 없었다.

그럼에도 조금도 걱정되지 않았다. 그저 경찰이 그녀도 체포할 수 있다는 사실을 고려하지 않은 것뿐이었다. 다행히 이런 상황을 통제할 계획은 세워져 있었다. 피할 수 있다면 피하는 것이 가장 좋은 계획이었지만, 이제는 시행하는 것 말고는 다른 대안이 없었다.

뜰에서 그녀를 체포한 경찰은 그녀의 이야기를 모두 믿었다. 가까스로 다른 여자들에게서 떨어져 나와 환기통 속에 숨어 있었다는 말을 믿어줬다. 그 경찰은 그녀를 진정시키려고 애쓰면서 더는 걱정할 필요 없다고 했다. 그리고 그녀를 미니버스로 데려가 다른 여자들과 함께 있게 했다.

이제 그녀는 다른 피해자들과 조금도 달라 보이지 않았다. 적어도 그녀 앞에 앉아서 곰팡내를 풍기는 아무렇게나 수염을 깎은 경찰은 그녀가 다른 여자들과 다르다는 사실을 모르는 것이 분명했다. 그녀는 그 경찰이 예상할 만한 대답을 했고 경찰은 빠른 손놀림으로 그녀가 하는 말을 빠짐없이 받아 적었다.

하지만 파비안 리스크는 달랐다. 그는 이미 여러 번 그녀를 놀라게 했다. 갑자기 파비안의 동료 한 명이 뛰어 들어오더니 그 자신은 그녀를 알아보지도 못했으면서 일단 그녀에게 수갑을 채워 의자에서 꼼짝도 못하게 만들었다. 지난 1년 동안 그녀가 이곳에서 수도 없이 바닥을 닦고 자신들의 책상을 치우고 쓰레기통을 비웠는데도 아무도 그녀를 알아보지 못했다. 하지만 이제 곧 파비안이 도착할 테고, 그는 결코 다루기 쉬운 상대가 아닐 것이다.

그렇지만 그녀는 파비안을 살려뒀고 그가 도착하기 전에 버려진 아파트에서 떠날 수 있었다는 사실이 기뻤다. 결국에는 파비안이나 덴마크의 그 여자 경찰이 모든 단서를 연결해줄 테니까. 지금은 아니라고 해도 파비안이 그녀의 컴퓨터를 확인하는 순간 모든 단서가 연결될 것이다. 그녀는 지금보다 훨씬 더 걱정해야 하는 것은 아닌지 궁금했다. 그 계획은 아주 가느다란 실에 매달려 있었기 때문에 한 가지뿐만 아니라 여러 가지가 여전히 잘못될 가능성이 있었다.

하지만 그녀는 벌써 미래로 가서 모든 것이 잘됐음을 확인하고 온 것처럼 이제 그런 일은 전혀 문제가 아니라는 기분이 들었다. 언제나 후회하는 것보다는 안전함을 선호하는 그녀로서는 많은 점에서 그녀답지 않은 일을 했고 아무리 생각해도 침착할 이유가 전혀 없는데도 완벽하게 평온했다. 그녀는 신이 자신과 함께 있음을 확신했다. 처음부터 지금까지 쭉 그녀 옆에 있던 신이 마지막 순간에 그녀가 실패하게 내버려둘 리 없었다. 그녀는 의자에 몸을 기대고 눈을 감았다.

이제 거의 다 왔다. 그녀가 꿈꾸던 것보다 훨씬 가까이 왔다.

해마다 크리스마스이브가 되기 전 마지막 주 평일에 에델만과 관리직 경찰들은 모두 스타드후스켈라렌에 모여 오랫동안 크리스마스 점심 만찬을 즐겼다. 최근에는 이 점심 만찬이 확고하게 전통으로 자리 잡아서 디에고 아르카스를 체포하는 일처럼 대규모 작전이 시행되는 중인데도 절대로 취소하는 법이 없었다.

실제로 파비안에게는 시간이 없었다. 아이샤 샤힌이 블랙 캣에서 데려와 보호하고 있는 여자들 가운데 한 명이라면 어떤 일이 있어도 그녀를 놓칠 수 없었다. 하지만 공식적으로 샤힌을 체포하기 전에 에델만에게 수사를 재개해도 된다는 허락을 받아야 했다. 그 말은 파비안이 아무리 피하고 싶어도 이제는 가지고 있는 모든 카드를 탁자에 펼쳐놓아야 한다는 뜻이었다. 에델만의 승인을 받지 않는다면 샤힌을 다시 풀어줄 수밖에 없었다.

스타스후스브론을 건넌 파비안은 반대편 차선을 급하게 가로지르며 좌회전을 하고 자전거 도로까지 눈을 깊숙이 밀고 들어간 뒤에야 스타스후세트 밖에 있는 넓은 인도 한가운데에 차를 세울 수 있었다. 아직 정오지만 건물 동쪽의 식당 입구 앞에 켜둔 초는 이미 완전히 타버렸다.

파비안은 석조 아치길 밑에 있는 객실 뒤에서 에델만 일행을 찾았다. 왁자지껄한 소음으로 미뤄볼 때 벌써 상당히 마신 게 분명했다. 베르실 크림손 경찰국장, 얀 브링오셰르 검사, 안데르스 푸르하예 비밀경호국 국장, 에바 귈렌달 스톡홀름 경찰서장이 에델만과 함께 있었고, 잉리드 브란텐 법무부 부장도 있었다. 법무부 부장이 에델만 바로 옆에 앉았다는 사실은 최근에 두 사람이 상당히 자주 연락하고 지낸 게 분명함을 의미했다.

"파비안!"

그를 발견한 에델만이 소리쳤다.

"지금쯤이면 집에서 생강 쿠키를 굽고 있을 줄 알았는데?"

"지금 당장 말씀을 나누고 싶은데요."

"보시다시피 내가 좀 바빠서 말이야. 기다릴 수 있나?"

"안타깝지만, 그럴 수는 없을 것 같습니다. 지금 일어나기 곤란하시면 여기서 그냥 말씀드릴 수밖에요."

파비안은 그 자리에 있는 누구든 도대체 무슨 일이냐고 묻기를 바랐지만 아무도 입을 열지 않았다.

마침내 에델만이 언짢은 듯 한숨을 쉬면서 침묵을 깼다.

"아무래도 나 없이 조금 즐기셔야겠군요. 그다지 오래 걸리지 않을 겁니다."

에델만은 슈냅스 잔을 들어 단숨에 비우고 일어섰다.

두 사람은 조금 멀리 떨어진 빈 탁자로 걸어갔다. 두 사람이 탁자 앞에 앉기도 전에 관리자들의 탁자는 이전의 왁자지껄한 상태로 돌아갔다.

"그래, 무슨 일인가?"

에델만은 조금의 사담도 허용하지 않겠다는 의지를 확고하게 드러내는 목소리로 말했다.

"진짜 범인을 체포할 기회를 잡았습니다. 그러니 반장님 승인이……."

"그 사건은 이미 종결된 걸로 아는데."

"물론 그렇게 생각한다는 건 알지만, 아직 끝나지 않았습니다."

"그 문제는 내가 결정하도록 하지."

"헤르만, 칼 에릭 그리모스가 암시장에서 장기를 샀다는 거 압니다. 반장님이 이스라엘 대사관과 더 나아가 병리학자 기드온 하스와 연결해줬다는 것도요."

"그리모스는 죄를 저지르지 않았네."

"그런가요? 그렇다면 암시장에서 직접 간을 산 건 뭐라고 불러야 합니까?"

"일단, 당시 이스라엘에서는 장기 거래가 불법이 아니었어. 그리고 살고자 한다는 이유로 죄의식을 느껴야 한다는 것은 이해 못하겠네. 이 세상에서 조금이라도 더 오래 숨을 쉬고 싶고, 가능하다면 불멸을 꿈꾸지 않을 사람이 있을까?"

에델만은 슈냅스 잔을 들고 있는 종업원을 손짓해 불렀다. 종업원이 다가오자 그는 쟁반에서 두 잔을 들어 올렸다.

"잘난 척하는 거야 쉽지. 자네는 아직 인생을 절반밖에 살지 않왔으니까. 언젠가는 모든 게 끝날 날이 오리라는 걸 안다고 해도, 지금은 인생이 영원히 계속될 것처럼 살아갈 거야. 하지만 장담하지. 일단 자네가 내 나이가 되면 모든 게 바뀔 거야. 우리 나이가 되면 다른 사람보다 훨씬 더 초조해지는 사람도 생기게 마련이고. 나는 최소한 내가 직접 선택해야 할 상황이 되기 전까지는 그 누구도 죄인이라는 단정은 내리지 않을 거야."

"그렇게 별일이 아니라고 생각했다면 어째서 진실을 감추려고 갖은 노력을 다 하신 거죠?"

파비안의 말에 에델만은 잠시 당황해 아무 말도 못했지만, 곧 밝은 표정으로 크게 웃기 시작했다.

"젊은 견습기사라니, 내가 자네를 잘 가르쳤군."

에델만은 파비안에게 슈냅스 잔을 내밀면서 자신의 잔을 높이 들었다.

"건배하자고."

파비안은 슈냅스 잔을 받아 높이 들었다. 이번에는 거절하는 실수를 저지를 생각이 없었다. 그는 단숨에 슈냅스를 들이켰다. 도움이 되는 일이라면 무엇이든지 해야 하는 파비안이었다.

"알겠지만, 아주 웃긴 일이야. 자네를 볼 때마다 나는 꼭 거울을 보는 듯해. 이미 자네 나이 때도 갖고 있던 이 수염하고 배만 빼면 우리한테 다른 점은 그다지 많지 않아. 자네처럼 나도 모든 수사는 다 해결해야 한다고 확신했었지. 얼마나 많은 자원이 드는지, 어떤 결과가 나올지는 상관하지 않았어. 진실이야말로 그 무엇보다 중요하고 가치가 있다고 생각했지. 나이를 먹어보니 내가 얼마나 어리석었는지를 알겠더군. 이른바 진실이라는 건 그저 불가능한 희망에 불과하다는 걸 알게 됐지. 진실을 좇겠다는 이유로 정말로 나에게 중요한 모든 걸 계속 포기할 수밖에 없었지. 나야 이미 너무 늦어버렸지만 자네는 아니야. 이런 훌륭한 충고는 귀담아듣게."

"처음부터 크렘프가 무죄라는 것도, 진짜 범인은 따로 있다는 것도, 범인이 아직 모든 범죄를 끝내지 않았고, 또 다른 피해자가 나오리라는 사실도 분명히 알면서 반장님은 반장님을 보호하고, 반장님이 관여됐다는 사실을 숨기려고 수사를 엉뚱한 방향으로 이끌었습니다. 반장님이 아니었다면 우린 아담 피셰르와 세미라 아케르만은 살릴 수 있었을지도 모릅니다. 그런 인간의 충고를 들으라고요? 헛소리 마시죠."

"자네는 자네가 원하는 대로 힘껏 해보도록 해. 신경 쓰지 않을 테니. 이미 범인은 체포했고, 죽어버렸네. 이 사건은 종결됐고, 우리는 휴가를 즐길 거야. 자네가 무엇을 얼마나 믿건 간에 이제 자네가 할 수 있는 일은 없어. 단 한 가지도 말이야. 그러니 크리스마스를 즐기게."

에델만은 자리에서 일어나 걸어가기 시작했다.

"문을 닫고 오지."

에델만은 걸음을 멈추고 여전히 탁자에 앉아 휴대전화를 들고 있는 파비안을 돌아봤다.

"이번에도 그 망할 기밀 누설에 관해 말하려고 전화한 건 아니지?"

"안됐지만, 그래서 전화했습니다."

"그러니까, 서류를 아직 못 찾았다는 말이군."

"그래요, 하지만……."

"알아. 정확히 나도 그걸 걱정하고 있는 거야. 느낄 수 있어. 나는 한 번도 그걸 계속하는 데 동의한 적이……."

파비안은 일시 정지를 누르고 휴대전화를 탁자에 올려놓았다.

"제가 끝났다고 해야 끝난 겁니다."

에델만은 탁자 위 휴대전화를 뚫어지게 봤다.

"그러니까 니바가 또 나선 거군. 흥미로워. 언제나 자네한테는 그렇게 부드러울 수 있다는 게 말이야. 자네가 한 행위는 범죄일 뿐 아니라, 법정에서도 증거로 채택되지 못해."

"신고하려면 그렇게 하시죠. 하지만 그 전에 일단 앉으시죠."

파비안은 전화기를 주머니에 넣으면서 말했다.

에델만은 다시 자리에 앉아 파비안을 똑바로 봤다.

"나한테 원하는 게 뭔가?"

"수사를 재개해주시고, 저에게 전권을 위임해주십시오. 회글룬드와 카를렌에게 제가 범인을 수사할 수 있도록 조사실을 배정해달라고 말하고, 체포 명령을 비롯해 필요한 모든 서류를 30분 안에 준비해주십시오. 저기 얀 브링오셰르가 있으니 15분이면 충분하겠죠?"

에델만은 침울한 표정으로 앉아 있었다. 마침내 그가 고개를 끄덕일 때는 파비안은 벌써 일어서서 문을 향해 걸어가고 있었다.

더러운 흰색 벽, 언제나 형광등 두 개는 깜빡이는 갈색 전등갓, 군데군데 회색으로 변해 도저히 깨끗하게 할 방법이 없는 리놀륨 바닥 등, 확실히 익숙한 특징들을 분명히 알아볼 수 있는데도 파비안은 몇 미터쯤 걸어가다가 그 자리에 서서 혹시 잘못 온 것은 아닌지 고민했다.

보통은 아주 조용하고 매사에 느리기만 한 파비안의 부서는 지금 온갖 사람들과 새로운 얼굴로 가득 차 있었다. 파비안으로서는 전혀 상상하지 못한 모습이었다. 심지어 파비안의 방도 롤러로 손톱 소제를 하면서 전화하고 있는 제복 경찰이 차지했다. 그곳에서도 토마스와 야르모가 의자에 앉은 여자들에게 수갑을 채워둔 모습이 보였다.

경찰들은 여자들에게 여러 가지 질문을 하고 있었다. 어디에서 왔는가? 아르카스의 클럽으로는 어떻게 오게 됐는가? 어떤 일을 당했는가? 하지만 누가 아르카스의 눈을 빼냈는가라는 가장 중요한 질문을 하는 경찰은 없는 것 같았다. 여자들은 모두 아르카스의 인신매매에 희생된 피해자로 설정되어 있었고, 아마도 대부분은 옳은 설정일 것이다. 아이샤 샤힌은 경찰서에 오기 전에 빠져나갔을 수도 있었다.

하지만 반드시 그렇게만 생각할 수도 없었다. 클럽에서는 강도 높은 작전이 수행됐기 때문에 아이샤 샤힌은 다른 여자들처럼 이곳에 앉아 빠져나갈 순간만을 기다리며 경찰들이 납득할 만한 대답을 하고 있을지도 몰랐다. 잔뜩 겁에 질린 표정으로 자신만의 이야기를 만들어가며 잡혀 온 여자들 가운데 한 명인 것처럼 꾸미고 있을지도 몰랐다.

파비안은 재빨리 경찰서를 돌아다니며 그곳에 있는 여자들이 몇 명이나 되는지, 어떤 모습인지 살펴봤다. 여자들을 모두 같은 방에 넣고 눈을 들여다보면 다른 사람들과 구별되는 눈을 확인할 수 있을지 궁금했다. 하지만 무슨 일이 일어났는지 직접 목격한 사람이 있다거나 이번이 처음 만난 것이 아님을 보증할 방법은 없었다. 니바가 취합한 정보를 분석해 거짓말하는 사람을 찾아내는 동안 경찰들은 여자들의 이야기를 교차 검토해야 할 것이다. 하지만 여자들에게 있는 언어 장벽을 생각하면 아이샤 샤힌을 찾을 때까지는 시간이 걸릴 것이 분명했다.

하지만 시간이야말로 그들에게 없는 것이었다.

더구나 파비안의 머릿속에서 떠나지 않는 사람이 한 명 더 있었다. 말린을 찾는 경찰관들은 최선을 다해 수사하고 있었다. 말린 렌베리는 불법 장기 밀매에 관여한 적이 없으니 범인이 그녀를 다음 피해자로 만들 이유가 전혀 없다는 사실에 파비안은 희망을 걸고 있었다. 하지만 말린이 아직 살아 있다고 해도 어딘가에 묶인 채 두려움에 떨고 있을 것이 분명했다. 너무 늦지 않게 말린을 찾아낼 책임은 파비안에게 있었다. 안데르스에게 약속했을 뿐 아니라 말린을 무사히 찾아내지 못한다면 파비안은 절대로 자신을 용서하지 못할 것 같았다.

파비안은 취조실로 쓰이는 회의실을 급하게 지나치다가 갑자기 발을 멈추고 안을 들여다봤다. 순간 모든 의심이 사라졌다. 그녀는 수갑을 차고 회의 때면 야르모가 앉는 의자에 앉아 있었다. 그녀의 생김새를 전혀 몰랐지만 파비안은 확신할 수 있었다. 긴 황갈색 머리카락, 투명한 파란색 눈동자, 황갈색 피부. 다른 사람일 수 없었다. 그녀의 이웃 말이 맞았다. 그녀는 비현실적으로 아름다웠다.

파비안이 회의실로 들어가자 그녀는 고개를 돌려 그를 봤다. 그녀의 눈에서 파비안은 그녀가 자신을 알고 있음을 알았다.

"아이샤 샤힌?"

파비안이 물었다.

그녀는 고개를 끄덕였다.

"늦었네요. 벌써 다섯 시간이나 기다리고 있었는데."

"뭐라고요? 당신, 스웨덴어를 할 줄 알아요? 이라크 같은 곳에서 온 거 아니에요?"

제복 경찰관이 잔뜩 적은 서류를 내려다보면서 말했다.

"그 종이는 버려버려요."

경찰관이 당혹스러운 표정으로 파비안을 돌아보는 동안 그녀가 말했다.

"여기는 내가 맡죠."

파비안은 그녀의 침착함에 놀라며 의자에 앉았다. 그녀는 왠지 이 순간을 기다린 것만 같았다.

"그 말은 자백할 마음이 있다는 뜻입니까?"

놀랍게도 그녀는 또다시 고개를 끄덕였다.

"칼 에릭 그리모스, 아담 피셰르, 세미라 아케르만, 그리고 최근에는 디에고 아르카스를 살해했다는 사실을 인정하는 겁니까?"

"아르카스는 죽었을 것 같지 않은데요. 정말로 죽어 마땅한 인간이지만. 그것 빼면, 나머지는 모두 맞아요."

"공식 취조 때도 같은 대답을 할 겁니까?"

"일단 화장실부터 보내줘요. 1시간 30분 전부터 화장실에 가고 싶었어요."

파비안은 안 된다고 말하려 했다. 그녀의 요구를 들어주는 일이야말로 절대로 하고 싶지 않았다. 하지만 화장실에 다녀오겠다는 요구를 들어주지 않을 수는 없었다. 파비안은 의자에 고정해놓은 수갑을 풀어 자기 팔에 채우고 그녀를 데리고 화장실로 갔다.

파비안은 아이샤를 장애인 화장실로 안내했다. 변기가 일렬로 쭉 늘어선 큰 화장실과 달리 장애인 화장실에는 창문이 없었고 손잡이 가운데 한 곳에 그녀를 매어둘 수 있기 때문이었다. 유일한 문제는 그녀가 화장실 문을 직접 잠글 수 없다는 것인데 파비안은 그녀가 끝낼 때까지 화장실 문 앞에 서 있겠다고 엄숙하게 맹세했다.

그동안 파비안은 점심을 먹으러 나간 토마스와 야르모에게 아이샤 샤힌을 찾았다고, 예비 취조를 할 생각이라고 문자를 보냈다. 혼자 하는 것이 더 좋기는 하지만 점심을 먹은 뒤에 가능한 한 빨리 왔으면 좋겠다고 했다.

문제없어요. 1~2초도 안 되어 토마스가 답장을 보내왔다. 파비안은 토마스에 관한 자신의 평가가 완전히 바뀌었음을 인정하지 않을 수 없었다. 지금까지 파비안은 토마스를 사건 분석 능력은 전혀 없고 스테로이드제만 먹어대는 자만심 강한 젊은 녀석이라고 생각했다. 솔직히 처음에는 어떻게 야르모가 그 어린 녀석을 참아주고 있는지 모르겠고, 애초에 에델만이 왜 그런 녀석을 고용했는지 도무지 이해할 수 없었다.

하지만 지난 며칠 동안 파비안에게는 다른 토마스가 보였다. 물론 지금도 짜증 나는 면이 있지만 토마스는 누구보다도 빠르게 머리가 돌아갔고 집중력이 뛰어났다. 파비안은 그 어느 것도 사라지지 않도록 수사 자료를 모두 챙겨 온 사람은 야르모가 아니라 토마스일 거라고 확신했다. 게다가 토마스는 그 누구보다도 집단 내 다른 사람들에게, 그리고 진실을 발견하는 일에 유난히 강한 충성심을 지닌 것 같았다.

파비안은 계속 시계를 쳐다봤다. 그녀가 화장실에 들어간 지 거의 10분이 지났다. 파비안은 슬슬 언제라도 속았다는 걸 깨달으면서 바지를 벗은 채 서 있게 될 것 같은 기분이 들었다. 그녀의 차분함에는 뭔가가 있었다. 왠지 걱정할 것은 없다는 사실을 전하려는 것 같았다. 그가 놓친 것이 있었나? 기어갈 수 있는 공간? 아무리

돌이켜봐도 어떻게 놓쳤는지 알 수 없을 정도로 분명한 탈출구가 있는 걸까?

파비안은 다시 시계를 쳐다봤다. 이제 11분 하고도 30초가 지났다. 화장실에 들어가면 상당히 오랜 시간을 보낼 능력이 있는 파비안이지만, 아이샤 샤힌에게는 인내심을 발휘하지 못하고 세게 화장실 문을 두드리면서 빨리 나오라고 소리쳤다. 안에서는 아무 대답도 들리지 않았다. 다시 화장실 문을 두드리면서야 파비안은 자신이 무엇을 놓쳤는지 깨달았고 거칠게 문을 열었다.

아이샤 샤힌의 다리는 바닥에서 살짝 떨어져 있었다. 그녀는 벽에 걸린 고리에 매달려 있었고 수갑을 찬 팔은 손잡이에서 최대한 멀리까지 뻗어 있었다. 그녀의 입은 크게 벌어졌고 눈은 감겨 있었다. 돌돌 만 흰 손수건이 그녀의 목을 단단히 죄고 있었다.

재빨리 화장실 안으로 뛰어 들어가 고리에서 그녀를 떼어내고 바닥에 뉘었다. 희미하지만 맥박은 뛰고 있었다. 하지만 숨은 멈춰 있었다. 파비안은 인공호흡을 하면서 그녀의 폐 속으로 공기를 불어 넣고 또 불어 넣었다. 마침내 아이샤가 기침을 하면서 깨어났다.

"내가 누군지 알겠습니까?"

파비안이 물었다. 그녀의 눈 속에서 그는 드디어 걱정을 봤다.

"그렇게 쉽게 갈 수는 없습니다."

파비안은 다시 손목에 수갑을 차고 그녀를 일으켜 세웠다.

"볼일은 충분히 봤기를 바랍니다. 아주 긴 수사가 될 테니까요."

보통은 파비안은 취조받는 사람에게 커피나 차를 제공했고, 가끔은 간식도 냈다. 경험은 그에게 취조받는 사람이 편하게 느낄 때 훨씬 흥미로운 대답이 나온다는 사실을 가르쳐줬다. 하지만 이번에는 아무것도 주지 않았다. 왜 그런 선택을 했는지 이해할 수는 있었지만, 여전히 그녀가 스스로 죽으려 했다는 사실에 화가 나 있었다. 그녀는 자신의 임무를 마쳤고 이 세상에 남길 것이 아무것도 없음이 분명했다.

하지만 파비안은 아직 끝나지 않았다. 파비안은 이유를 알아야 했다. 도대체 어떤 끔찍한 일을 겪었기에 이런 일을 할 수 있는지 알아야 했다. 그녀가 어떻게 이 모든 계획을 세우고 생각했으며, 어떻게 모든 장애를 뛰어넘었을 뿐 아니라 늘 한발 앞섰는지 알고 싶었다. 파비안에게는 단 한 번 마주 앉아서는 알아낼 수 없는 의문이 너무나도 많았다.

하지만 지금은 그 어떤 질문도 하지 않을 생각이었다.

파비안은 녹음 버튼을 눌렀다.

"녹음. 파비안 리스크. 2009년 12월 23일 오후 3시 16분. 아이샤 샤힌과 마주 보고 있음. 변호사 동석은 용의자가 거부함."

파비안은 그녀의 눈을 똑바로 봤다.

"당신이 칼 에릭 그리모스, 아담 피셰르, 세미라 아케르만의 생명을 앗아갔습니까?"

"네, 맞아요."

파비안은 그녀에게서 눈을 떼지 않았다. 그녀도 눈을 돌릴 생각이 조금도 없는 것 같았다. 왠지 파비안은 그녀가 눈꺼풀을 깜빡이는 모습조차 보지 못한 것 같았다.

"지금 내가 이름을 말하지 않은 사람 중에도 납치, 감금한 사람이 있습니까?"

"네, 있어요."

"그 사람들 이름이 뭡니까?"

"소피에 레안데르하고 당신 동료 말린 렌베리요."

"그 사람들은 아직 살아 있습니까?"

"지금까지는요."

"그 사람들을 어떻게 했습니까?"

"누구 말이에요?"

"말린 렌베리 말입니다."

"먼저 소피에부터 말하죠. 말린은 여전히 자고 있을 거예요. 계속 자는 한 위험하지는 않을 거예요."

파비안은 그녀의 말이 무슨 뜻인지 잠시 고민했지만 일단은 그냥 넘어가기로 했다.

"좋습니다. 그럼 소피에 레안데르에 대해 말해보죠. 그 사람에게서는 어떤 장기를 빼냈습니까?"

"왼쪽 신장이요."

"장기는 왜 뺐습니까?"

"그 여자 것이 아니니까요."

"그럼 누구의 장기입니까?"

"에프라임 거예요."

"에프라임이 누구입니까?"

그제야 그녀는 눈길을 돌렸다. 파비안은 그녀가 마른침을 삼키는 모습을 봤다. 해야 할 말을 고르는 것이 분명했다.

"그는 남자예요. 내가 그 누구보다도 사랑한 남자."

"남편입니까?"

그녀는 고개를 저으면서 수갑 찬 손으로 눈을 훔쳤다.

"녹음기는 소리만 녹음됩니다. 따라서 다시 한번 질문하겠습니다. 그 남자는 남편입니까?"

"아니에요."

"남자친구입니까? 아니면 가족?"

"아니에요."

"하지만 그 누구보다도 사랑한 남자라고 했잖습니까?"

"맞아요, 그게 그렇게 이해하기 힘든 말인가요?"

"그거야 당신이 얼마나 분명하게 정의하느냐에 따라 다르겠죠. 당신 말은 왠지…… 어떻게 정의해야 할까요? 왠지 조금……."

"당신은 단 한 번도 누군가를 강렬하게 사랑해본 적이 없군요."

그녀는 파비안의 눈을 똑바로 보면서 말했다.

파비안은 하려던 말을 잊어버렸고, 이제 시선을 피하는 사람은 자신임을 깨달았지만, 이미 너무 늦었다. 그는 아주 힘든 취조가 되리라고 생각했다. 하지만 입을 다문 용의자가 아니라 그저 어깨만 으쓱하면서 모든 범행을 자백하는 용의자와 마주 앉아 있었다.

"당신이 가져간 모든 장기가 에프라임의 것이란 말입니까?"

파비안은 다시 질문을 계속했다.

"네, 맞아요."

"그럼 소피에 레안데르에 대해 묻죠. 아직 살아 있습니까?"

"그 질문은 벌써 했잖아요."

"어디에 있습니까?"

"안전한 장소에요."

"다시 한번 묻겠습니다. 소피에 레안데르는 어디에 있습니까?"

"내가 안내해줄게요."

"말로 가르쳐주는 게 좋을 듯합니다만."

"다시 대답할게요. 내가 안내할 거예요. 그게 싫으면 직접 찾아야 할 거예요. 그럼 그 여자가 살아남을 가능성도 그만큼 줄어들겠죠."

"지금 어디에 있는지 말할 수 없다는 겁니까?"

"제대로 이해했네요."

귀중한 시간을 버리지 않으려고 최소한의 내부 인력과 외부 인력을 투입했다. 사실 경찰서 인력들은 대부분 블랙 캣을 급습한 뒷수습을 하느라 출동할 여력이 없기도 했다.

오직 차량 세 대로만 움직이는 경찰들은 마치 사람들의 출입을 막아버린 것 같은 텅 빈 스톡홀름 도로를 달려갔다. 크리스마스이브 전날이지만 사람들은 밤새 심각한 눈보라가 불어올 것이라는 일기예보 때문에 평소보다 빨리 친척 집을 향해 출발했거나 집 안에 틀어박혀 있는 것이 분명했다.

파비안의 옆 조수석에는 아이샤 샤힌이 앉아 있었다. 그녀의 손과 발에는 족쇄가 채워졌고 혹시라도 차 밖으로 뛰쳐나가지 못하도록 두 손을 묶은 사슬 사이에 안전벨트를 끼워뒀다. 앞에서 차를 타고 달리는 야르모와 토마스, 뒤에서 따라오는 구급차의 구급대원들과 직접 통신을 주고받을 수 있었지만 모두 거의 말을 하지 않았다. 평소라면 입을 다무는 법이 없는 토마스조차도 꼭 필요한 말 외에는 하지 않았다. 세 사람 모두 이제 곧 보게 될 모습에 완전히 사로잡힌 것처럼 극도로 신중했다.

"신호등 앞에서 좌회전해요."

앞을 똑바로 보고 있는 아이샤 샤힌이 말했다.

"신호등 앞에서 좌회전."

파비안이 앞 차의 야르모에게 전했다. 야르모는 왼쪽 차선으로 옮기더니 드로트닝홀름스베겐으로 좌회전해 서쪽으로 향했다.

자동차는 방향을 바꾸지 않고 베스테르브론과 호른스툴을 지나 E4 남쪽 도로를 따라 계속 달렸다. 아무 의미도 없고 결과를 바꿀 수도 없겠지만 파비안은 그들이 어디로 가고 있는지 생각해보지 않을 수 없었다.

고속도로를 벗어나고 다리를 하나 지난 뒤에 엘브셰베겐까지 갔을 때도 파비안의 머리에 떠오르는 장소는 없었다. 그곳에서 몇 킬로미터를 더 달려 회전교차로를 지나고 마겔룽스베겐에 접어든 뒤에야 파비안은 이곳에 다녀간 지 일주일이 채 되지 않았다는 사실을 생각해냈다.

하지만 큰 소리로 말한 사람은 토마스였다.

"이렇게 여러 개 빌렸으니 분명히 할인을 받았겠어요."

오른쪽으로 등대처럼 빛나는 높은 탑이 보였다. 1분 뒤에 세 대의 차량은 차 한 대 서 있지 않은 획달렌 무인 임대 창고 주차장으로 들어갔다.

파비안은 이 상황을 가늠해보려 했다. 아이샤 샤힌은 아담 피셰르가 비닐 덮인 탁자에 묶인 채 난도질당한 장소로 파비안을 데려왔다. 힐레비 스툽스가 단서를 찾으려고 이 넓은 창고를 샅샅이 뒤졌지만 놓친 게 있음이 분명했다. 그게 아니라면 아이샤 샤힌이 그들을 엉뚱한 장소로 데려왔는지도 몰랐다.

"좋아, 빨리 안으로 들어가서 상황을 살펴봐. 우린 여기서 기다릴 테니까."

파비안이 다른 사람들에게 말했다.

"알겠습니다."

토마스가 대답했다. 그는 권총을 점검하면서 차에서 내렸다.

"나는 왼쪽으로 갈 테니까 넌 오른쪽으로 가."

야르모가 재빨리 어두운 건물 안으로 사라지면서 말했다.

20분쯤 뒤에 아무 이상 없다는 전갈을 받은 파비안은 아이샤 샤힌의 안전벨트를 풀고 차 밖으로 데리고 나왔다. 예상한 대로 눈은 점점 더 거세게 내리기 시작했다. 얇은 드레스와 하이힐 차림의 아이샤는 부르르 몸을 떨었다. 그녀가 갈아입을 옷을 챙겨 올 시간이 없었던 파비안은 트렁크에서 담요를 찾아 그녀의 어깨에 둘러줬다.

두 사람은 힐레비 스툽스의 연장통들을 바쁘게 살펴보는 야르모가 있는 곳으로 걸어갔다. 점검을 마친 야르모는 연장통을 한 손에 하나씩 들고 다른 사람들에게 고개를 끄덕여 준비가 됐음을 알렸다.

"좋아요, 가자고요."

아이샤 샤힌이 입구로 경찰들을 안내하는 동안 토마스는 총을 겨눈 채 계속해서 주위를 둘러봤다.

움직이는 속도는 매우 느렸다. 하이힐은 얼어붙은 눈 위를 걷기에 적합한 신발이 아니었고 발을 묶은 사슬 때문에 아이샤 샤힌은 종종걸음을 칠 수밖에 없었다. 하지만 일단 문에 도착하자 그녀는 비밀번호를 입력하고 문이 옆으로 움직여 열리자 안으로 들어가 형광등을 켰다. 내부 상황을 확인하려고 토마스가 먼저 들어갔고, 몇 분 뒤 이상 없음을 확인하고 돌아온 토마스를 따라 다른 사람들도 모두 창고 안으로 들어갔다.

창고 안은 매우 따뜻했다. 전기 모터가 움직이는 소리가 들리고 문이 닫히면서 바깥쪽 겨울을 차단해버렸다. 내부를 둘러봤지만 지난번에 마지막으로 보고 갔을 때와 특별히 달라진 점은 발견할 수 없었다.

콘크리트 바닥 위로 다리를 묶은 사슬을 질질 끌면서 아이샤 샤힌은 커다란 복도를 가로질러 아담 피셰르를 찾은 곳을 향해 걸어갔다. 정말로 그곳이 목적지가 맞는 걸까? 파비안은 여러 의문이 마음속에 쌓였지만 질문을 해봐야 아무 소용없음이 분명했다. 어쨌거나 아이샤 샤힌은 그가 듣고 싶은 답을 해주지 않을 것이다.

마침내 사슬 끌리는 소리가 멈추고 사람들 모두 여전히 출입 통제 구역임을 알리는 테이프가 쳐진 곳에서 몇 미터 떨어져 서 있었다. 아담 피셰르가 있던 창고의 문 앞에는 톱으로 잘라낸 둥근 구멍을 임시로 막아놓은 합판이 보였다.

"저 테이프랑 합판 좀 치워봐."

야르모가 토마스에게 말했다.

"저 위에 있는 열쇠를 꺼내는 게 더 쉬울 거예요."

샤힌이 고개로 창고 앞을 막은 미늘 문 위로 뻗어 있는 케이블 커버를 가리키면서 말했다.

토마스는 당혹스러운 표정으로 파비안을 쳐다봤다. 파비안은 재빨리 고민했지만 아무 문제 없을 것 같아 토마스를 향해 고개를 끄덕였다. 토마스는 한쪽 발로 소화기를 밟고 다른 발은 창고 잠금장치를 밟고 케이블 상자로 손을 뻗어 작은 보라색 플라스틱 칩을 들고 바닥으로 풀쩍 뛰어내렸다. 잠금장치에 플라스틱 칩을 댔지만 빨간 불만 들어올 뿐 문은 열리지 않았다.

"안 되는데요?"

토마스가 다른 사람들을 돌아보면서 말했다.

"내가 해볼게요."

아이샤 샤힌이 수갑 찬 손을 내밀며 말했다.

토마스는 주저했지만 야르모와 파비안이 고개를 끄덕이자 플라스틱 칩을 아이샤 샤힌에게 건넸다. 그녀는 종종걸음으로 움직였다. 하지만 창고 앞 코드 박스로 걸어가지 않았다. 그녀는 창고가 늘어선 복도를 따라 계속 옆으로 걸어갔다. 파비안은 그녀가 왜 그런 행동을 하는지 이해가 되지 않았다. 그녀가 옆에 있는 창고 문에 열쇠를 대고 다섯 자리 비밀번호를 입력할 때에야 비로소 그 창고 역시 빌렸음을 알 수 있었다. 그러니까 아담 피셰르가 있던 곳에서 불과 몇 미터 떨어지지 않은 곳에 얇은 강철 벽 하나만을 사이에 두고 또 다른 피해자가 누워 있었던 것이다.

그 뒤로는 모든 일이 너무나도 빠르게 일어났다.

전기 모터가 작동하고 문이 열리기 시작했다. 그와 동시에 아이샤 샤힌은 바닥으로 엎드렸고, 그녀가 미늘 문 밑으로 사라지자 다른 사람이 미처 반응하기도 전에 문은 다시 닫히기 시작했다.

"이게 무슨."

토마스가 고함을 지르며 미늘 문이 완전히 닫히기 전에 멈추려 했다. 하지만 이미 늦었다. 미늘 문은 곧 완전히 닫혀버렸다.

"이런, 정말 잘했군. 자, 이제 어떻게 하죠?"

토마스가 다른 사람들을 쳐다보면서 물었다.

"당연히 들어갈 방법을 찾아야지."

야르모는 스톱스의 연장통을 열면서 말했다. 야르모에게 보안경과 앵글 그라인더를 넘겨받은 토마스는 창고 문 앞으로 걸어갔다. 곧 불꽃이 사방으로 튀기 시작했다.

"파비안, 왜 멍하니 서 있는 거야? 뒤쪽으로 빠져나갈 곳이 있는지 살펴봐야지. 나는 다른 창고를 살펴볼 테니까."

야르모는 합판을 치우고 창고 문에 난 구멍으로 들어갔다.

하지만 파비안은 가만히 서 있었다. 왠지 아이샤 샤힌이 사라진 문 뒤에서 무슨 일을 꾸미고 있을 거란 불길한 예감이 들었지만, 아무 말도 하지 않았다. 한 구급대원이 저 멀리서 뛰어왔다.

"이 안에는 없어."

야르모가 창고에서 나오면서 말했다.

"뒤쪽에도 없습니다. 뒤쪽에는 복도와 창고 말고는 없습니다. 이곳은 왠지 끝도 없이 이어진 것 같습니다."

구급대원이 말했다.

"창고 밖으로 빠져나올 방법은 없을 것 같군."

야르모가 앵글 그라인더로 반쯤 작업을 마친 토마스를 보면서 말했다.

"저 안에서 뭘 하고 있을까요? 증거를 없애는 거 아닐까요?"

또 다른 구급대원이 말했다.

"글쎄요, 이미 충분히 기소하고도 남을 증거는 확보했어요."

야르모가 어깨를 으쓱하며 말했다.

"게다가 이미 모든 걸 자백했고요."

파비안이 말했다.

6분 뒤에 토마스는 앵글 그라인더를 껐다. 경찰들은 총을 빼 들고 창고 앞으로 갔다. 문 앞에서 잠시 기다리는 동안 아무도 말하지 않았다. 모두 조금 전에 일어난 일 때문에 충격에서 헤어나지 못하는 것 같았다.

"누가 먼저 들어갈래요?"

토마스가 물었다.

파비안은 날카로운 가장자리에 베이지 않도록 조심하면서 몸을 천천히 구멍으로 들이밀었다.

아이샤 샤힌은 문에 기댄 채 칼이나 날카로운 무기로 파비안을 공격할 수도 있었고 그를 붙잡아 인질로 삼을 수도 있었다. 하지만 파비안은 갑자기 달려드는 범인도 목을 향해 날아오는 칼도 걱정할 필요가 없었다. 그저 이미 짐작하고 있던 모습을 확인했을 뿐이다.

"전혀 위험하지 않아. 모두 들어와."

파비안은 밖에 있는 사람들에게 소리치고 창고 구석으로 갔다.

아이샤 샤힌은 구석에 쭈그린 채 앉아 있었다. 그녀는 사슬이 허락하는 한도 내에서 다리를 넓게 벌리고 있었고 드레스는 말려 올라가 있었다. 팬티는 입지 않았고 긴 황갈색 머리카락이 얼굴을 뒤덮고 있었다. 그녀의 팔에는 파비안이 예상한 것처럼 주사기가 꽂혀 있었다.

야르모는 무인 임대 창고에서 그녀가 빠져나갈 공간은 없다고 단언했지만, 그녀가 바라는 것이 바로 그것이었다. 첫 번째 시도는 파비안이 가까스로 막았지만 결국 그녀는 자신이 원하는 일을 해냈다. 이제는 그 누구도 자신을 체포할 수 없고 벌을 내릴 수도 없는 곳으로 완전히 가버린 것이다.

다른 사람들이 차례로 들어와 파비안의 뒤에서 그녀를 보고 당연히 하리라고 예상한 질문을 했다. 파비안은 고개를 끄덕였지만 토마스와 야르모는 그 대답을 받아들일 수 없는 것 같았다. 두 사람은 재빨리 파비안을 지나쳐 아이샤 샤힌에게 다가갔다. 아직 체온이 식지 않았다는 결론을 내린 두 사람은 맥을 짚고 호흡을 살폈다. 두 사람이 어떤 결론을 낼지 알고 있는 파비안은 환자복을 입고 강렬한 전등불을 맞으며 비닐 덮인 탁자에 누워 있는 소피에 레안데르에게 다가갔다.

소피에 레안데르의 입에는 영양분 공급관이 꽂혀 있었다. 한쪽 팔은 링거액에 연결되어 있고 다른 팔은 자동 조절되는 투석기에 연결되어 있었다. 감은 두 눈 아래 보이는 시커먼 테두리가 아니라면 소피에 레안데르의 얼굴은 도자기 인형처럼 창백했다. 아주 희미하게 들썩이는 가슴과 손가락 끝에서 느껴지는 맥이 아니라면 파비안은 너무 늦게 왔다는 결론을 내릴 뻔했다.

"이 사람에 관해서는 뭘 알고 있지?"

야르모가 파비안 옆에 서면서 물었다.

"아직은 이름이 소피에 레안데르라는 것밖에 모릅니다. 불법으로 구매한 콩팥을 떼어냈다는 거하고요."

파비안은 조심스럽게 환자복을 들쳤다. 소피에 레안데르의 허리에 여러 번 감아둔 붕대에 스민 혈흔으로 볼 때 엉덩이 안쪽부터 한쪽 옆구리까지 절개한 것이 분명했다.

"하지만 지금 니바가 알아보고 있으니……."

갑자기 파비안의 휴대전화가 울리기 시작했다. 발신자 이름을 보고 파비안은 니바가 어디선가 자신을 도청하고 있을지도 모른다고 생각했다.

"이 녀석도 양반은 못 되겠어요."

파비안이 문자를 확인하면서 말했다.

"1969년생이고 1993년부터 1998년까지 신장 이식 대기자 명단에 있었다는군요. 그 무렵에 대기자 명단에서 사라졌고 스웨덴을 떠나 이스라엘에 정착했고요. 지난해 여름에야 남편인 에즈라 레안데르와 함께 스웨덴으로 돌아왔고. 그때부터 무월경증 때문에 산부인과에서 치료를 받았다는군요."

"무월경증이 뭐예요?"

토마스가 물었다.

"생리를 하지 않는 겁니다."

파트너와 함께 탁자 옆으로 다가오던 구급대원이 대답했다.

"아마 임신이 하고 싶었나보군."

야르모는 두 구급대원이 소피에 레안데르를 살펴볼 수 있도록 자리를 내주면서 말했다.

파비안은 대답하지 않았다. 그저 전화기를 들여다보고 니바의 문자를 다시 읽으면서 '에즈라'라는 이름을 되뇌었다.

"파비안, 왜 그래?"

마침내 야르모가 물었고, 파비안이 고개를 들었다.

"이 사람하고 결혼한 사람…… 이 사람 남편이…… 기드온 하스가 분명해요."

"기드온 하스라고? 그걸 어떻게 알아?"

"에즈라가 기드온 하스의 중간 이름이에요. 우연일 리 없어요."

"그게 무슨 말이에요? 이 사람이 그 장기 이식 전문가하고 결혼했다고요?"

토마스의 말에 파비안은 고개를 끄덕였다. 방금 알아낸 사실이 의미하는 바에 경악한 파비안은 토할 것만 같았다.

"좋아, 그러니까 자기 아내를 위해서 새 콩팥을 찾아준 거군."

여전히 그 모든 일을 이해하려고 애쓰면서 야르모가 말했다.

"그 때문에 만난 게 아니라면요."

토마스가 대답했다.

"하지만 한 가지 이해되지 않는 게 있어. 분명히 이 사람은 오랫동안 여기에 있었을 거야. 몇 주는 됐을 거라고. 이 사람이 하스와 결혼한 게 분명하다면, 그는 분명히 자기 아내가 사라졌다는 걸 알 테고, 어떤 일을 당하고 있을지도 알았을 텐데?"

"그런데 왜 실종 신고를 하지 않았는지 모르겠다고요?"

파비안의 말에 야르모가 고개를 끄덕였다.

"진실이 드러나기를 원치 않았겠죠."

파비안은 의식을 잃은 채 탁자에 묶여 있는 여자를 내려다봤다.

"그래서 자기 아내를 희생시켰다니, 진짜 망할 놈이네."

토마스가 말했다.

"우리가 데리고 나가도 되겠습니까?"

구급대원이 물었다.

파비안은 고개를 끄덕이고는 끈을 자르고 영양분 공급관을 빼고 투석기를 제거하는 구급대원을 도왔다. 구급대원들은 소피에 레안데르를 이동 침대에 싣고 밖으로 나갔다.

"다들 무슨 생각을 하는지는 모르겠지만, 저 사람이 아주 위급한 게 아니라면 우린 그 망할 녀석을 잡으러 가는 게 좋지 않을까요?"

토마스가 말했다.

"잠깐만 기다려봐."

파비안은 정확히 어디를 찾아봐야 할지 확신하지 못한 채 창고를 둘러봤다. 이렇게 떠날 수는 없었다. 아직은 아니었다.

말린 렌베리 때문이었다.

아이샤 샤힌은 말린이 어디에 있는지 말해주겠다고 했다. *그 사람은 일단 내버려둬요. 말린은 아직도 자고 있을 테고, 계속 자는 한은 위험하지 않을 테니까.* 아이샤 샤힌은 그렇게 말했고, 파비안은 그녀를 믿었다.

하지만 지금 파비안은 꼼짝없이 갇혀버렸다. 아이샤 샤힌이 그 어떤 단서도 남기지 않고 떠나버렸다면 파비안으로서는 말린을 찾아낼 방법이 없었다. 혹시 세 번째 창고 열쇠가 있는 건 아닐까? 파비안은 비닐 덮인 탁자 밑과 다양한 통들과 용기에 꽂힌 호스, 수술 도구, 밴드, 수술 과정을 상세하게 적어놓은 서류 등을 샅샅이 뒤졌다.

"파비안, 미안하지만, 도대체 뭘 찾고 있는 거예요? 우리, 가야 하는 거 아니에요?"

"잠깐만, 이것만 보고……."

파비안은 아이샤 샤힌 앞에 웅크리고 앉아 그녀의 손을 폈다.

"도대체 뭐 하는 거예요? 그 녀석한테 이렇게 시간을 많이 주면 안 되는 거 아니에요?"

"토마스 말이 맞아. 여기서 이러고 있을 이유가……."

"제발! 집중할 수 있게 입 좀 다물어요."

파비안은 버럭 소리를 지르고 아주 크게 몇 번 숨을 들이마셨다. 뒤에서 토마스와 야르모가 시선을 교환하는 게 느껴졌다. 파비안은 아이샤 샤힌의 몸을 뒤집으면서 이리저리 만져봤지만 그 어떤 단서도 찾을 수 없었다.

그는 단 한 곳도 놓치지 않고 들여다봤다. 단서는 나오지 않았지만 그대로 창고에서 나갈 수는 없었다. 분명히 뭔가 이상했다. 알 수 없는 무엇이 파비안의 모든 감각을 들쑤셔 온몸을 따끔거리게 했다. 분명히 뭔가 크게 속았다는 느낌이 들었다.

잃어버린 고리는 아이샤 샤힌의 오른쪽 발목을 채운 족쇄 뒤쪽에서 찾았다. 족쇄 뒤에는 갈색 얼룩이 묻어 있었다. 갑자기 파비안은 모든 상황을 이해할 수 있었다. 아이샤 샤힌의 화장실 자살 시도와 극도의 차분함이 무슨 뜻이었는지를 분명하게 알 수 있었다. 어떻게 이곳에 있는 경찰들 모두가 놓칠 수 있었을까? 세 사람 모두 엄청나게 심각한 스트레스 때문에? 파비안은 크게 한숨을 쉬는 토마스와 야르모를 돌아봤다.

"그녀가 아니야."

"그녀가 아니라니, 무슨 말이에요?"

토마스가 심드렁하게 물었다.

"그게 무슨 말이야?"

야르모는 조급하게 물었다.

"피해자와 바꿔치기한 겁니다. 그래서 우리를 여기로 데려온 거예요. 여기를 봐요."

파비안은 여자의 정강이를 손톱으로 긁었다. 손톱으로 긁은 자리에 하얀 피부가 드러났다.

"이건 갈색 크림이에요. 그리고 이건……."

파비안이 긴 황갈색 머리카락을 잡아당기자 그 밑에 있던 소피에 레안데르의 성긴 머리카락이 드러났다.

앞유리에서 와이퍼가 최대 속도로 움직이고 있었지만 엄청나게 빠

르게 내리는 눈송이를 치우기에는 역부족이었다. 눈송이는 으깬 코코넛 볼만큼이나 컸다. 구급대원들은 무인 임대 창고에서 45분 이상 머물지 않았는데도 이미 도로는 거의 눈에 파묻혀 보이지 않았다. 구급대원 몬스는 눈이 이런 식으로 계속 내리다가는 스톡홀름 남부 종합병원까지 갈 수 없을지도 모른다는 생각이 들었다.

지금은 몬스가 운전대를 잡을 차례였지만 두 사람 모두 스테판이 훨씬 괜찮은 운전자라는 걸 알기 때문에 스테판이 운전석에 앉을 때도 몬스는 아무 말 하지 않았다. 어차피 어두울 때 운전하는 걸 좋아하지 않는 데다 헤드라이트를 켜봐야 내리는 눈 때문에 눈이 멀 것처럼 아플 때는 몬스는 운전을 하고 싶지 않았다.

구급차에 올라탄 뒤로 두 사람은 한마디도 하지 않았다. 5년을 함께 일하면서 두 사람이 아무 말도 하지 않은 것은 이번이 처음이었다. 두 사람은 보통 태양 아래 있는 모든 일에 관해 이야기하거나 라디오를 들으면서 흘러나오는 음악을 헐뜯고는 했다.

두 사람이 좋아하는 음악은 거의 일치했다. 콜드플레이에 관해서만은 서로 의견이 달랐는데, 개인적으로 몬스는 콜드플레이가 위대한 밴드라고 생각했지만 스테판은 참을 수 없어 했다. 스테판은 콜드플레이의 노래가 나오면 채널을 바꾸거나 라디오를 꺼버렸다.

한번은 몬스가 스테판에게 정면으로 맞섰다가 크리스 마틴의 작곡에 비교되는 기타리스트 존 버클랜드의 단점에 관해 장황한 설명을 들어야 했다. 그 뒤로 스테판은 크리스 마틴의 곡을 소화할 수 있는 수많은 기타리스트를 줄줄이 읊었다. 존 프루시안테와 조니 그린우드 사이의 어딘가에서 몬스는 다시는 스테판에게 맞서지 않겠다고 결심했다.

하지만 지금은 라디오도 듣지 않았다.

어느 정도는 날씨 때문이기도 했다. 그러나 날씨만으로는 모든 걸 설명할 수 없었다. 자살한 사람을 처음 보는 것도 아니고 죽은 사람을 처음 보는 것도 아니었다. 무인 임대 창고에서 본 것보다 훨씬 끔찍한 모습도 많이 봤다.

하지만 이번 사건은 뭔가가 있었다. 몬스는 왠지 모르게 피부 밑으로 계속해서 기어가는 강렬한 불안을 잠재울 수 없었고, 스테판도 같은 상황이라는 것을 알 수 있었다. 경찰들의 눈에서도 같은 불안을 봤다. 특히 그 가운데 한 명에게서는.

이번 사건에는 분명히 이해할 수 없는 뭔가가 있었다.

갑자기 뒤쪽에서 쿵 하는 소리가 났다. 아주 단단한 금속 물질이 바닥에 떨어진 듯한 소리였다. 몬스는 곧바로 스테판을 쳐다봤다. 스테판도 몬스를 보고 있었다.

"저 소리 들었어?"

몬스의 말에 스테판이 고개를 끄덕이며 말했다.

"일단 멈추고 살펴봐야 하는 거 아닐까?"

"되도록 빨리 병원에 도착하는 게 좋을 것 같은데."

몬스는 뒤에 있는 의식을 잃은 여자를 빨리 병원에 넘기고 근무를 마치는 것 말고는 바라는 것이 없었다.

그때 또다시 소리가 들렸다. 구급차 안으로 금속이 바닥에 부딪히는 소리였다. 스테판은 이번에는 속도를 늦추고 경광등을 켜고 후딩에베겐에서 도로 옆에 차를 세웠다.

몬스는 저항의 의미로 한숨을 쉬었지만 결국 모자를 쓰고 문을 열고 눈 위에 섰다. 스테판도 똑같이 추우라고 왼쪽 문을 열어놓고 그런 소리가 나는 이유를 생각하면서 구급차 옆을 따라 걸어갔다.

문이 하나 제대로 닫히지 않았거나 타이어가 터진 것이 분명하다고 생각했다.

하지만 그런 일이 일어났다고 생각할 여지는 없었다. 모든 것이 제대로 있어야 하는 상태 그대로 있었다. 그때 또 다른 소리가 들렸다. 이번에는 금속 물체가 떨어지는 소리가 아니라 긁히는 소리에 가까웠다. 구급차 안에서 누가 움직이고 있는 것이 분명했다. 잘못 들었을 리 없었다. 피해자는 의식을 잃은 채 묶여 있었다. 하지만 틀림없이 누군가가 구급차 안에서 소리를 내고 있었다.

몬스는 얼음처럼 차가운 문손잡이에 손을 댔고, 그 즉시 장갑을 끼고 나오지 않은 것을 후회했다. 그는 구급차 문을 열고 안으로 들어갔다. 천장에 있는 등을 켜고 이동 침대에 누워 있는 여자를 내려다봤다. 여자는 창고에서 봤을 때처럼 아주 깊이 잠든 듯했다.

유일하게 이상한 점이라면 여자를 묶은 끈이었다. 여자의 다리를 묶은 끈은 조금 풀린 듯했고 여자의 몸을 고정해야 할 두 끈은 풀어져서 버클이 땅에 닿을 정도로 늘어져 있었다. 금속 소리는 버클이 바닥에 떨어지면서 낸 소리가 분명했다. 하지만 긁는 소리는 알 수가 없었다. 몬스는 벽에 가득 놓인 도구와 장비 들을 쳐다봤다. 이상한 점은 없었다. 구급약 상자 하나가 완전히 닫히지 않은 채 약간 비뚤어져 걸려 있었지만 그 외에는 이상한 부분은 없었다.

몬스는 이동 침대에 누워 있는 여자를 보면서 다시 한번 무슨 일이 있었는지, 실제로 있기는 했는지 알아내려 했다. 하지만 곧 포기하고 한숨을 쉬면서 풀어진 끈을 집어 여자의 엉덩이 주위에 단단히 맸다. 끈을 매고 그녀의 환자복을 똑바로 추스르던 몬스는 우연히 여자의 허벅지 안쪽에 눈길이 갔다.

어쩌면 그것은 부드럽고 따뜻한 피부 때문이거나 아무도 무슨 일이 있었는지 알지 못한다는 사실 때문인지도 몰랐다. 어쩌면 그 순간의 열기 때문인지도 몰랐다. 어쨌거나 뭔가가 몬스로 하여금 조심스럽게 환자복을 들어 그 밑을 들여다보게 했다.

여자는 팬티를 입고 있지 않았다. 몬스로서는 상상도 하지 못한 일이었다. 사실 몬스는 자신이 어떤 상황을 기대하고 있었는지도 알지 못했다. 그저 당연히 무성한 털이 있을 거라고 생각했을 뿐이다. 어쨌거나 몇 주 동안이나 창고에 묶여 있었으니까. 하지만 털은 하나도 없었다. 어쩌면 여자는 레이저로 털을 영원히 없애버렸는지도 몰랐다.

몬스는 금지된 생각을 떨쳐버리고 재빨리 환자복을 여몄다. 갑자기 몬스는 자신의 왼손을 바라봤다. 왼손에 꽂혀 있는 주사기가 그 모든 일을 설명해줬다. 열려 있던 구급약 상자와 풀려 있던 끈도 모두 설명이 됐다. 심지어 여자에게 털이 전혀 없는 이유도 이해할 수 있었다.

안타까운 것은 너무나도 늦었다는 사실이지만.

노란색 섬광등을 번쩍이며 제설기 세 대가 나란히 움직이면서 눈을 치우고 있었기 때문에 제설기를 추월해 앞으로 나갈 수는 없었다. 하지만 사실 파비안에게는 크게 문제가 되지 않았다. 그저 혼자 있고 싶다는 이유로 아무 목적 없이 스톡홀름을 돌아다니고 있었으니까.

창고 바닥에 죽어 있던 사람이 아이샤 샤힌이 아니라 소피에 레안데르였다는 사실은 파비안뿐 아니라 토마스와 야르모에게도 엄청난 충격이었다. 피해자를 발견했을 때 여전히 따뜻한 체온이 유지돼야 한다는 단순한 이유로 피해자를 몇 주 동안이나 살려두다니, 그런 치밀함은 토마스조차도 정신을 못 차리게 했고 살면서 이렇게 끔찍한 일은 처음 본다는 말을 계속 되풀이하게 했다.

세 사람은 몇 분이나 지나서야 그나마 분별 있는 대화를 주고받을 수 있었다. 구급차와 연락하려는 시도가 여러 차례 어긋난 뒤에 세 사람은 갈라지기로 했다. 토마스와 야르모는 가능한 한 빨리 스톡홀름 남부 종합병원으로 달려가 구급차가 어떻게 됐는지 알아보기로 했고 파비안은 집으로 가 니바와 계속해서 작업하기로 했다.

하지만 집에 간다고 파비안이 할 수 있는 일이 있을까? 니바에게 할 이야기가 있으면 그저 전화를 걸면 될 것 같았다. 토마스와 야르모가 병원에 도착하자마자 그에게 전화할 거라는 생각을 하는 순간 자신이 제설기를 따라 베스테르브론으로 가고 있다는 사실을 깨달았다. 이 속도대로라면 다리를 건널 때까지 몇 분이나 걸릴지 몰랐다. 그는 정차 금지라는 표지판을 무시하고 경광등을 켜고 의자를 뒤로 젖혔다.

화장실에서 샤힌이 자살을 시도한 뒤로 파비안에게는 그녀가 죽음을 도피처로 택할 것이라는 확신이 있었다. 이제는 모든 복수를 끝냈으니 더는 살 이유가 없으리라고 잘못 추론한 것이다. 하지만 그것은 단지 파비안의 반응을 제대로 이끌어내기 위한 행동일 뿐이었다. 파비안은 아이샤 샤힌의 아파트에서 본 액자에 적혀 있던 비석의 글귀를 생각했고, 해답은 늘 자기 앞에 있었음을 깨달았다.

다시는 결코 다른 사람을 사랑하지 않을 거야.

다시는 결코 다른 사람 때문에 내 심장이 뛰지 않을 거야.

당신 말고는 아무도 없어.

나의 사랑은 영원히 지속될 거야.

이제 곧 당신은 완전한 몸이 되고, 나도 그렇게 될 거야.

그때 우리는 다시 만날 테고.

약속할게.

파비안은 머릿속에 들어 있던 글귀 중 다섯 번째 줄을 속으로 읊었다.

'이제 곧 당신은 완전한 몸이 되고, 나도 그렇게 될 거야.'

그녀는 아직 끝내지 못했다. 모든 장기는 모았지만 아직 그의 몸의 일부가 되지 못했고, 그녀 또한 완전한 몸이 될 수 없었다. 그녀는 그의 무덤으로 가야 했다.

무덤은 어디에 있을까? 혹시 스웨덴을 빠져나갈 생각인 걸까? 어떤 이름으로 빠져나가려는 걸까? 어쩌면 이미 발트해 국가로 향하는 여객선을 타고 있을지도 몰랐다. 핀란드 국경을 가로질러 북쪽으로 달아날지도 몰랐다. 빠져나갈 방법은 무궁무진한 것 같았다. 아이샤 샤힌은 한 번도 아니라 여러 번 이미 파비안을 바보로 만들었으니까.

같은 일이 말린 렌베리에게도 일어났을지 몰랐다. 파비안은 늦기 전에 아이샤 샤힌이 말린이 있는 곳을 가르쳐줄 거라고 생각했다. 하지만 이제는 더는 무엇을 믿어야 할지 알 수가 없었다. 말린은 여전히 자고 있을 것이다. 계속해서 자는 한 위험한 일은 없을 거라고 샤힌은 말했다. 그렇다면 말린이 깨어나면 무슨 일이 생기는 걸까?

휴대전화 벨이 울렸다. 파비안은 재빨리 전화를 받았다.

“야르모야. 구급차는 병원에 온 적이 없다는군.”

“구급대원들은 어떻게 됐죠?”

“우리가 아는 건 사라졌다는 사실뿐이야. 하지만 구급차에 GPS가 있으니까, 니바가 벌써 추적하고 있어. 그나저나, 어디 있는 거야? 니바 말이…….”

“지금은 설명할 시간이 없습니다.”

파비안은 전화를 끊고 의자를 똑바로 세우고 니바에게 전화를 걸었다.

“도대체 베스테르브론에서 뭐 하고 있는 거야? 뭔가 흥미로운 거라도 있어? 아니면 눈 때문에 갇힌 거야?”

“구급차 위치 찾았어?”

“뭐야? 질문을 질문으로 받는 거야?”

“우리한테는 시간이 없으니까.”

“폰톤예르가탄 10번지에 있어.”

“폰톤예르가탄이라, 한트베르카르가탄에서 가깝지 않나?”

파비안이 있는 장소에서 몇 분 거리라는 말을 듣자마자 그는 경광등을 끄고 기어를 바꿨다.

“좋아, 지금 블랙 캣 뒤쪽에 있는 것 같아. 잠깐만…….”

“왜?”

“알아볼 게 있어서…… 맞아, 그렇네.”

“뭐가?”

“말린 렌베리의 전화기가 다시 켜졌어. 그 전화기도 같은 곳에 있네.”

파비안은 급히 전화를 끊고 한편으로는 계속 도로를 살피면서 말린의 전화기로 전화를 걸었다.

"안녕, 파비안. 빨리도 걸었네요."

말린이 전화를 받으리라는 기대는 하지 않았지만 아이샤의 목소리를 듣는 순간 실망이 온몸으로 독약처럼 퍼져갔다.

"말린을 어떻게 했어?"

"니바가 또 찾은 건가요?"

"약속했잖아. 당신을 믿었다고."

"누구를 믿을지 선택하는 건 완전히 당신 책임이죠. 게다가 난 말린은 기다릴 수 있다는 것 말고는 아무 말도 안 했고."

"기다린다고? 얼마나 오래 기다린다는 거지? 지금 말린은 임신 말기라고, 젠장."

"당신이 나를 내버려둔다는 게 확실해질 때까지?"

파비안은 다리 끝에 있는 출구 전등을 보고 우회전해 롤람브스호브스파르켄을 돌아 동쪽에 있는 롤람브스호브스레덴을 향해 달려갔다. 이제 얼마 남지 않았다. 1, 2분이면 도착할 수 있었다.

"내가 왜 그 말을 따를 거라고 생각하지?"

"당신이 약속한 건 나만이 아니니까."

아이샤는 파비안이 병원에서 안데르스와 나눈 대화를 언급하는 것이 분명했다. 도대체 감시 카메라를 몇 대나 설치해놓은 걸까?

"말린이 깨어나면 무슨 일이 생기는 거지?"

파비안은 왼쪽으로 돌아 폴헴스가탄 쪽으로 달려갔다.

"자고 있는 한 말린은 위험하지 않을 거라고 했잖아."

물론 대답을 기대하고 한 질문은 아니었다. 시간을 버는 것이 중요했다.

"그럼 실제 문제와 부딪혀야겠지. 지금으로서는 되도록 오래 잠들어 있는 게 말린에게는 좋다고만 말할게."

"실제 문제라니, 어떤 문제 말이지?"

"당신들 자원을 나를 찾는 게 아니라 그 문제에 쏟아붓는 게 좋을 그런 문제?"

폰톤예르가탄 쪽으로 차를 돌리자 구급차가 보였다.

"당신은 최소한 네 명을 죽였어. 모두 윤리적으로는 문제가 있을지 모르지만 법적으로는 당신이 저지른 일과 비교하면 범죄라고는 할 수 없는 일을 한 사람들이라고."

"법적으로라고? 스웨덴에서는 자전거를 훔치는 건 범죄면서 남의 장기를 훔쳐서 이식하는 건 범죄가 아니라고?"

파비안은 엔진을 끄지 않고 차에서 내려 도로를 가로질러 구급차를 향해 달려가면서 어깨에 멘 권총집을 풀러 권총을 꺼냈다.

"그 사람들은 다른 사람을 납치하고 고문하고 죽이지 않았어."

"직접 한 건 아니지. 하지만 그들의 돈이 에프라임의 몸을 가르게 한 거야. 그 사람들 돈 때문에 에프라임은 유린당하고 생명을 빼앗겼어. 나뿐만 아니라 그 사람의 유일한 생명을 가장 돈을 많이 낸 사람이 가져간 거야."

파비안은 구급차 운전석으로 갔다. 운전석은 텅 비어 있었다.

"물론 역겨운 일이야. 당신이 왜 그런 일을 벌였는지 이해할 수……."

"아니, 당신은 아무것도 이해하지 못해. 절대로."

파비안은 구급차 뒤로 돌아갔다.

"왜 내가 이해하지 못한다는 거지?"

파비안은 구급차 문을 열고 어둠 속으로 권총을 겨눴다.

"당신은 그런 식으로 누군가를 사랑해본 적이 없으니까."

구급대원 둘이 바닥에 죽은 듯이 누워 있었다. 두 사람 사이에 있는 이동 침대 위에서 뭔가 반짝이는 물체가 보였다.

"당신은 그 누구도 사랑할 수 없는 사람처럼 보이니까. 아무튼 약속을 지킬 수 있길 바라."

아이샤는 전화를 끊었다. 파비안은 구급차로 올라가 구급대원들을 살폈다. 두 사람 모두 맥박이 있었고 숨을 쉬고 있었다. 이동 침대 위에서 반짝이는 물체는 전화기였다.

말린의 휴대전화.

파비안은 말린의 휴대전화를 집어 들고 뚫어지게 보면서 구조를 요청했다. 갑자기 말린의 전화기가 진동하기 시작했다. 파비안은 전화기에 뜬 문자를 읽었다. *노벨파르켄.*

그 외에 정보는 필요 없었다. 파비안은 그 문자가 뜻하는 내용을 정확하게 이해했다.

어둠 속에서 말린은 비명을 지르며 벌떡 일어났다. 오직 자신이 혼자 있다는 사실을 깨달은 뒤에야 말린은 차분해질 수 있었다. 당혹스러웠고 그 어떤 것도 확신하지 못한 채 말린은 자신에게 일어난 일을 생각해보려 애썼다. 그녀가 마지막으로 기억하는 것은 병원 바닥에 누워 범인으로 밝혀진 청소하는 여자와 사투를 벌인 일뿐이었다. 침대에서 떨어져 엉덩이가 바닥에 심하게 부딪히는 바람에 기어가야 했던 일도 떠올랐다. 지금은 다시 병원 침대에 누워 있었는데, 원래 누워 있던 것과는 다른 침대임이 분명했다. 옆쪽에 손잡이가 있는 최신 플라스틱 침대 같았다.

방은 느낌이 비슷했다. 너무 어두워서 무엇 하나 보이지 않았지만 말린은 이 방이 스톡홀름 남부 종합병원의 병실보다는 작다는 것은 알 수 있었다. 심지어 비명을 지를 때 울리는 소리도 달랐다. 게다가 이 방은 침대 옆이 벽이었다. 원래 있던 방에서는 침대 머리 쪽에만 벽이 있었다. 하지만 말린이 다른 병실에 있을 뿐 아니라 전적으로 다른 장소에 있음을 확신하게 만든 것은 바로 냄새였다.

물론 말린을 움직이지 못하게 고정해놓은 끈도 이전 병실과는 다른 점이었다. 말린은 다리부터 가슴까지 끈으로 단단하게 묶여 있었다. 생각하면 할수록 공황 상태에 빠질 것 같아 말린은 기운을 낭비하지 않도록 터져 나오려는 비명을 꾹 눌러 참았다. 지금은 비명을 지를 때가 아니라 제대로 생각하고 예리하게 관찰할 때였다. 숨을 쉴 때마다 그녀를 묶은 끈이 조금씩 느슨해진다는 사실 같은 것 말이다. 10분 뒤 말린은 두 손을 움직여 끈에서 벗어날 수 있었다.

하지만 뭔가를 해냈다는 소박한 승리감도 갑자기 오른쪽 갈비뼈를 세차게 차이는 느낌 때문에 끝나고 말았다. 어째서 이렇게 갈비뼈가 아픈지 이해할 수 없었다. 세 번째로 갈비뼈가 차이고 나서야 말린은 자신이 쌍둥이를 임신하고 있음을 깨달았다. 어떻게 아이들을 잊어버릴 수 있었을까? 약을 주입한 걸까? 말린은 두 손으로 거칠게 움직이는 오른쪽 옆구리 아래쪽을 만졌다. 왼쪽은 아무런 움직임이 없었다. 지나칠 정도로 고요했다.

빨리 이곳을 빠져나가 도움을 청해야 했다. 말린은 몸을 감싸고 있는 끈을 풀려고 애썼지만 매듭이나 버클은 만져지지 않았다. 왼쪽 팔을 뻗어 벽을 더듬었지만 스위치나 브레이크를 조절하는 장치는 어디에도 없었다. 그런데 손을 뻗어 벽을 밀 때마다 침대가 조금씩 움직인다는 사실을 깨달았다.

침대에는 브레이크가 걸려 있지 않았다.

말린은 왼손을 벽에 대고 힘껏 밀었다. 침대가 어둠을 뚫고 몇 미터쯤 달려가더니 반대쪽 벽에 부딪혔다. 두 손으로 벽을 더듬어 마침내 온갖 제어 장치와 탭, 버튼으로 가득 찬 패널을 찾아냈다.

딸칵, 스위치를 눌러 불을 켰다. 예상대로 방 안에 있는 물건들은 모두 새것이었다. 보호 비닐을 뜯지 않은 곳도 있었고 문 주변의 벽에는 이제 막 페인트를 칠했다는 글이 적혀 있었다. 침대에 매달린 링거액은 텅 비어 있었기에 말린은 팔에서 바늘을 빼고 엄지손가락으로 꾹 눌러 지혈했다.

패널 위에는 인터넷과 전화를 연결하는 단자가 있었지만 컴퓨터도 전화도 보이지 않았다. 말린은 몸을 일으켜 벽에 있는 수납장을 뒤졌다. 압박붕대, 테이프, 다양한 가위가 들어 있었다. 말린은 가장 강력한 가위를 꺼내 끈을 하나씩 잘라냈다.

끈을 모두 자른 말린은 침대에서 일어나려다가 그만뒀다. 엉덩이 통증이 너무 심해서 움직이려고 했다가는 고관절이 완전히 나가버릴 것 같았다. 말린은 침대를 카누처럼 밀면서 문을 향해 이동했다.

천장에서는 붙박이 조명등이 빛나고 있었다. 방 밖은 양쪽에 문이 쭉 늘어선 넓은 복도였다. 모든 방이 조금 전까지 들어가 있던 방과 비슷한 것 같았다. 방마다 문 주위에 이제 막 페인트를 칠했다는 표지가 붙어 있었다.

그녀는 병원에 와 있는 것이 분명했다. 하지만 어떤 병원이지? 개인 병원일까? 이곳이 병원이라면 왜 아무도 없는 걸까? 하지만 사실 그런 일들은 문제가 되지 않았다. 이곳에서 빨리 빠져나갈 수만 있다면 그 밖의 것들은 아무 문제가 되지 않았다.

어느 쪽에 출구가 있는지 알 수 없었기에 말린은 복도 끝에 이중문처럼 보이는 곳을 향해 그저 벽을 밀면서 똑바로 나가기로 했다. 문 앞에서 전선을 잡아당겨 열고 안으로 들어갔다. 말린이 방 안으로 들어가자 조명등이 켜지면서 커다란 램프 밑에 있는 수술대를 부드럽게 비췄다. 전선과 호스와 연결된 장비들이 있었고 번쩍이는 둥근 금속 탁자에는 다양한 수술 장비가 놓여 있었다. 수술실은 완벽하게 새것처럼 보였다. 아직 단 한 번도 사용하지 않은 수술실 같았다.

외부 세계와 연결할 방법을 찾으려고 말린은 서랍장과 진열장이 있는 곳으로 침대를 움직였다. 그때 잔뜩 흥분한 목소리들이 복도에서 들려왔다. 숨을 곳을 찾아 고개를 돌리던 말린의 눈에 반대편에 열린 문이 보였다.

"밖에 있는 차 안 보여? 왜 불이 켜졌겠어? 유령이라도 있다고 생각하는 거야?"

가까이 다가오는 목소리가 말했다.

말린은 반쯤 열린 문으로 가려고 남은 힘을 모두 끌어모아 수술대를 힘껏 밀었다. 하지만 열린 문에 닿기도 전에 복도로 향한 문이 활짝 열렸고, 세 남자가 수술실로 뛰어 들어왔다.

"내가 뭐라고 그랬어?"

가운데 남자가 말린을 가리키면서 말했다.

나머지 두 남자의 표정은 바뀌지 않았다.

"실례지만, 당신은 누구고, 여기는 왜 온 겁니까?"

가운데 남자가 손가락으로 흰머리를 빗으며 강한 억양으로 물었다.

"나는 말린 렌베리라고 합니다. 스톡홀름 수사국 소속이고요."

말린은 그 남자를 본 적이 있다고 생각하면서 말했다.

"내가 왜 여기 있는지 모르겠어요. 사실 여기가 어딘지도 모르겠고요. 하지만 여러분이 저를 집으로 가도록 도와줄 수 있겠네요."

"수사국 형사시라고?"

그 남자가 말린에게 다가오면서 말했다.

"네, 강력반이요."

"그렇군요."

남자가 고개를 끄덕였다.

"안타깝지만, 나는 도와줄 수가 없겠군요."

남자가 두 남자를 돌아보면서 말했다.

"3번 방으로 데려가."

"그게 무슨 소리예요? 좋아요, 여기가 비밀 장소라면 나도 비밀을 지킬게요. 그저 집으로 보내주기만 하세요."

"이런, 정말 안됐소."

두 남자가 침대를 밀기 시작했을 때에야 말린은 그 남자를 어디에서 봤는지 기억해냈다.

눈보라는 점점 거세졌다. 파비안이 세르겔스 토리를 지날 때는 자정이 조금 지나 있었고 수백만 크로나를 투자해 불을 밝혔는데도 유리 오벨리스크는 보이지도 않았다. 아이샤 샤힌이 보낸 '노벨파르켄'이라는 문자를 보자마자 파비안은 그것이 무슨 뜻인지 알 수 있었다.

그곳에는 새로 옮긴 이스라엘 대사관이 있었다.

주변 주민들이 반대하고 있고 아직 그 어떠한 정치적인 결정도 나지 않았다는 기사를 읽은 적이 있지만 카르넬라 아케르만이 은밀하게 암시한 것처럼 그 누구도 대사관 이전이 기각되리라는 생각은 하지 않았고, 벌써 이전 작업이 상당히 진행된 것이 분명했다. 파비안도 그 아름다운 건물을 잘 알고 있었다. 그 건물이 스웨덴 산림 연구소였을 때, 그때는 손을 잡고 다녔던 파비안과 소냐는 그 앞을 수도 없이 지나갔다.

파비안은 토마스와 야르모에게 되도록 빨리 합류하라고 연락했다. 어쩌면 두 사람은 이미 도착했을 수도 있었다. 스톡홀름 남부 종합병원에서 이곳까지의 거리가 더 멀기는 하지만 두 사람은 쇠데를레덴 고속도로와 센트랄브론을 이용할 테니, 끝없이 이어지는 교통신호와 교차로를 피할 수 있었다.

파비안은 스트란드베겐 끝에 있는 왕립 모터보트 클럽을 지나고 곡선 도로를 따라 왼쪽으로 돈 뒤에 자동차 불을 끄고 언덕을 올라가 차를 세웠다. 원래는 아주 먼 곳에 차를 세우고 조용히 걸어서 건물 안으로 들어갈 생각이었지만 말린이 언제라도 깨어날 수 있다는 생각을 하자 지체할 수 없었다. 어쩌면 말린은 이미 깼을 수도 있었다. 이 순간 말린이 어떤 일을 겪고 있는지는 모르지만 생각만으로도 참을 수 없을 정도로 두려웠다.

파비안은 한쪽 구석에 탑이 하나 서 있는 요새처럼 생긴 이전 스웨덴 산림 연구소 건물을 향해 계속 올라갔다. 건축 자재를 덮은 방수 시트가 바람에 사방에서 펄럭거렸다. 야르모와 토마스의 차는 어디에도 보이지 않았다. 하지만 스트란드베겐의 곡선 도로에서 속도를 높이는 자동차 소리를 들을 수 있었다. 뒤를 돌아보자 수없이 흩날리는 눈송이가 언덕을 오르는 헤드라이트 불빛을 사방으로 퍼뜨리고 있었다.

처음에는 도대체 왜 헤드라이트를 끄지도 않고 차를 멈추지도 않는지 이해할 수 없었지만, 곧 그 이유를 깨달았다. 저 차에 탄 사람은 야르모와 토마스가 아닌 것이 분명했다. 파비안은 본능적으로 눈 위에 몸을 던지고 높게 쌓아둔 보드 뒤로 기어갔다. 헤드라이트 불빛이 잦아들면서 자동차가 파비안이 있는 곳에서 몇 미터쯤 떨어진 뜰에 멈춰 섰다. 자동차 문이 열렸다 닫히는 소리가 들리고 세 사람이 내린 것 같았지만, 그들이 하는 소리를 듣기는 불가능했다.

"아니, 아니, 아니, 내 말을 들어. 저 아래 차가 있……."

처음 듣는 목소리였지만 경찰로서의 경험으로 파비안은 그자가 아이샤 샤힌 다음으로 반드시 잡고 싶은 용의자 기드온 하스임을 알 수 있었다.

"알람이 저절로 울릴 리는 없……."

목소리가 점차 작아졌고, 세 사람이 건물 안으로 들어가는 모습이 보였다. 파비안은 벌떡 일어나 서둘러 쫓아갔지만 문은 잠겨 있었다. 파비안은 건물 뒤로 돌아갔다. 건물 뒷벽은 대부분 비계에 덮여 있었다. 1층 창문에서도, 2층 창문에서도 불빛이 흘러나오지 않았다. 세 남자는 지하로 내려간 것이 분명했다.

장갑도 겨울 부츠도 없었지만 파비안은 비계의 기둥을 잡고 올라가기 시작했다. 가까스로 2층에 도달했을 때 강렬한 바람에 실려 온 눈송이들이 그의 얼굴을 손톱처럼 할퀴었다. 마침내 파비안은 유리창을 깨고 페인트 통과 브러시가 잔뜩 널려 있는 텅 빈 방으로 들어갔다. 휴대전화를 손전등처럼 켜고 그는 서둘러 복도로 나갔다.

긴 복도를 따라 한참을 걸어가자 1층으로 내려가는 넓은 계단이 나왔다. 건물 보수 공사는 1층에서 멈춘 것 같았다. 바닥은 들려 있었고 천장에서는 전선이 밖으로 나와 길게 늘어졌다. 1층에서 한참 헤맨 뒤에야 파비안은 지하로 내려가는 좁은 나선 계단을 찾았다. 파비안은 좁은 복도를 따라 계속 걸어갔다. 바닥에는 보호 비닐이 덮여 있었고 이제 막 칠한 페인트 냄새가 났다. 5미터쯤 나갈 때마다 파비안은 멈춰 서서 소리를 들었다. 세 번째로 멈췄을 때 소리가 들렸다.

발걸음 소리는 점점 더 커졌다.

파비안은 전화기를 끄고 한 손으로 벽을 더듬으면서 문을 향해 걸어갔다. 가능한 한 조용히 방 안으로 들어갔지만 너무 늦었다. 그의 움직임을 감지한 조명등이 몇 초 뒤에 아주 환하게 방을 밝혔다.

하지만 그것이 가장 끔찍한 부분은 아니었다. 그 방은 새로 꾸며 모든 것이 반짝이는 듯 보였지만 얼마 전에 사용한 것 같았다. 파비안은 수술대 앞으로 걸어갔다. 수술대는 닦여 있었지만, 급하게 닦은 것이 틀림없었다. 수술대 아래쪽과 수술대 다리 한 곳에 핏자국이 있었다. 파비안은 수술대에서 1미터쯤 떨어진 곳에 있는 배수구로 걸어가 시커먼 물속에 손을 넣었다. 핏덩어리와 연골 조직, 머리카락 한 움큼을 건질 수 있었다.

파비안이 다시 일어서서 둘러보니 조금 열린 옆방 문 옆에 검은색 쓰레기봉투가 쌓여 있었다. 그 안에 든 내용물을 예상할 수 있었지만 직접 봉투를 열고 들여다볼 자신은 없었다.

쓰레기봉투를 향해 걸어가며 파비안은 엔스케데에 있는 집으로 걸어가 초인종을 누르는 모습을 상상했다. 현관문을 열고 파비안을 보는 순간 안데르스는 모든 상황을 이해하고 무너져 내릴 것이다. 안데르스가 비명을 지르며 덤벼들 수도 있겠지만 그는 그저 손으로 입을 막고 주저앉을 것이다. 파비안이 할 수 있는 일이라고는 무릎을 꿇고 앉아 그를 안아주는 것뿐이리라.

파비안은 쓰레기봉투의 매듭을 풀었다. 잘린 두 팔과 다리 한쪽이 보였다. 다른 쪽 다리는 다른 봉투에 담겨 있었다. 파비안이 찾는 것은 다섯 번째 봉투에 있었다.

카르넬라 아케르만의 머리였다.

자신의 반응에 파비안은 죄의식을 느꼈지만 어쩔 수 없었다. 아직 늦지 않았다는 사실에 안도했다. 아직은 기회가 있었다.

말린은 남자들의 손에서 벗어나려고 발을 차고 팔을 내저으며 비명을 질렀다. 이제는 기절할 정도로 심각하게 아픈 엉덩이 때문에 지르는 비명이 아니었다. 아무 의미도 없고 빠져나갈 수도 없다는 사실을 잘 알지만 말린은 자신의 목숨을 위해 비명을 지르고 있었다. 두 남자의 손은 너무나도 강했다. 머지않아 두 남자는 말린을 완전히 장악할 테고, 그녀는 비명을 지르는 일 말고는 아무것도 못할 게 분명했다.

그때, 말린으로서는 기드온 하스라고밖에는 생각할 수 없는 흰머리 남자가 다가왔다.

"이제 곧 훨씬 평온해질 겁니다."

흰머리 남자가 주사기를 들어 보이면서 말했다.

말린은 마지막으로 남자들 손에서 빠져나가려고 했지만 그럴 힘이 남아 있지 않았다. 이마에 맺힌 땀이 멈추지 않고 흘러내렸다.

"몸을 돌려."

여전히 아무 말도 하지 않는 두 남자가 말린을 옆으로 돌려 등을 하스 쪽으로 향하게 했다. 주삿바늘이 들어오는 느낌은 없었지만 약물의 효과는 즉시 느낄 수 있었다. 모든 근육이 이완됐고 엉덩이 통증이 마침내 가라앉았다. 깨어난 뒤로 처음으로 고통을 느끼지 않았다.

"내가 뭐랬어요. 훨씬 나을 거라고 했지요?"

하스의 말에 말린은 거의 고개를 끄덕일 뻔했지만 간신히 참았다. 그 남자의 말에 맞장구쳐줄 생각은 전혀 없었다.

"집에 가고 싶어요. 무슨 말인지 알겠어요? 빨리 가봐야 해요."

말린의 말에 하스가 크게 웃었다.

"정말로 여기서 떠날 수 있다고 생각하나보군요."

두 남자도 크게 웃으며 말린의 팔과 다리를 끈으로 묶었다.

"나한테 원하는 게 뭐예요?"

"이분은 내버려두고 건물을 살펴봐."

하스의 말에 두 남자가 고개를 끄덕이고 밖으로 나갔다.

"내가 뭘 원하느냐고요?"

하스가 한 손을 자신의 가슴에 얹으며 물었다.

"침입자는 내가 아닌데요?"

"난 지금 내가 어디에 있는지도 모른다고요. 제발요."

말린이 눈물을 꾹 눌러 참으며 말했다.

"이야기가 이미 끝난 걸로 아는데요. 내가 알고 싶은 건 당신 말고 또 다른 사람이 있는가 하는 거예요. 저 밑에 주차한 차가 당신 건가요?"

"모른다고 했잖아요. 내가 스톡홀름 남부 종합병원에 있을 때 청소하는 여자가 날 공격했다고요."

"청소하는 여자가요?"

"그래요, 내가 그 사람이 수사 중인 사건의 범인임을 알아본 순간……."

말린은 입을 다물었다. 갑자기 모든 상황이 이해됐다.

"여기, 대사관이에요?"

하스가 퉁명스럽게 고개를 끄덕였다.

"그럼 왜 집으로 돌아갈 수 없는지도 알겠군요."

하스는 말린에게서 등을 돌리고 뭔가를 가지러 갔다.

"하지만, 기다려요. 당신은 할 수……."

"아니, 정확히 그게 내가 하려는 거예요."

하스는 웃으면서 또 다른 주사기를 가지고 왔다.

"당신은 감사해야 할 거예요. 잠이 들어서 아무것도 느끼지 못할 테니까."

"하지만 아기는 어떻게 하고요? 쌍둥이를 임신했다고요."

말린은 더는 눈물을 참을 수 없었다.

하스가 다가와 말린의 배에 손을 올렸다.

"쌍둥이를 임신한 거죠. 한쪽은 이미 생을 포기하고 있군요. 느껴지지 않나요? 생명은 여기에 있군요."

하스는 말린의 배 오른쪽을 만지고 다시 왼쪽을 만졌다.

"그리고 여기에. 하지만 얼마 남지 않았어요. 그게 무슨 문제가 될까요? 어차피 당신들은 곧 다시 만날 텐데."

하스가 주사기를 내려놓고 말린의 위쪽 팔을 끈으로 조이고 있을 때 그녀가 생각한 것은 단 하나, 이런 식으로 끝날 수는 없다는 것이었다. 그녀는 완전히 무방비 상태였고 임신 중이었다. 어째서 이런 일을 당해야 하는 거지?

"적당한 혈관을 찾았어요."

하스가 다시 주사기를 들어 올리면서 말했다.

"잠깐만요, 제발, 기다려요. 안데르스에게, 내 남편에게 전해줘요. 내가 정말 사랑한다고요. 너무 오랫동안 그 말을 하지 못했어요. 약속해줘요. 제발, 약속해주세요."

"당신 남편은 그 어떤 소식도 듣지 못할 거예요. 무슨 일이 있었는지도 모르겠죠. 당신은 어느 날 갑자기 없어진 뒤에 돌아오지 않은 거예요. 물론 당신 남편은 이런저런 이유를 생각해보겠지만, 그 어느 것도 진실에 가깝지 않을 거예요. 그러다 오랜 시간이 지나면 점점 더 생각하는 시간이 줄어들 테고, 결국에는 다른 여자를 만나게 되겠죠. 누가 알아요? 쌍둥이를 낳게 될지."

말린은 하스에게 침을 뱉었다.

"지옥에 가서 불에나 타버려."

하스가 조심스럽게 웃었다.

"물론 내가 틀렸는지도 모르지만, 당신은 천국이니 지옥이니 하는 걸 믿을 사람으로는 보이지 않는군요. 물론 이런 상황에서라면 당신의 믿음도 바뀔 수 있겠……."

갑자기 복도에서 들려온 고함과 총소리에 하스는 입을 다물었다. 곧바로 또 다른 총소리가 두 번 들렸다. 잠시 침묵이 흘렀고 하스의 주머니에 꽂혀 있던 무전기가 지지직 소리를 내기 시작했다.

"지금 나오셔야 할 것 같습니다."

토마스 페르손은 겁을 먹는 사람이 아니었다. 하지만 지금 느끼는 감정은 겁을 먹었다고밖에는 묘사할 방법이 없었다. 방광이 비워지면서 따뜻한 소변이 다리 안쪽을 타고 내릴 때 토마스는 두려웠다. 총에 맞은 것은 이번이 처음이었고, 지금까지는 총에 맞으면 엄청나게 아플 거라고만 생각했다. 하지만 무지근하게 욱신거리는 통증 외에는 아무것도 느낄 수 없었다. 그 이유는 어쩌면 지금은 아드레날린이 솟구치고 있기 때문인지도 몰랐다. 일단 아드레날린이 가라앉고 나면 그때는 정말로 총을 맞는다는 것이 어떤 느낌인지 알 수 있을지도 몰랐다.

총알은 토마스의 오른쪽 허벅지를 관통한 것이 분명했다. 청바지는 시커멓게 피에 물들었고 하얀 타일 바닥으로 피가 떨어져 내렸다. 바닥에는 훨씬 많은 피가 고여 토마스를 꿇어앉게 하고 토마스의 수갑을 토마스의 손에 채우고 있는 남자는 신발에 피를 묻히지 않으려고 한 발을 움직여야 할 정도였다.

토마스는 한 번도 신을 믿어본 적이 없었고 지금도 사실은 믿지 않았지만 계속해서 머릿속에서는 같은 말을 되뇌고 있었다. 너무 늦지 않게 파비안만 여기 보내주신다면 훨씬 나은 사람이 되겠습니다. 제발, 간청합니다. 너무 늦지 않게 파비안만…….

"또 뭐가 있는 거지? 경찰인가?"

두 남자가 고개를 끄덕였다. 하스는 손을 뒤로 묶인 채 무릎을 꿇고 앉은 토마스와 야르모를 쳐다봤다.

"너희도 수사국에서 나온 건가?"

토마스와 야르모는 고개를 숙였다.

"다른 녀석들은 어디에 있지?"

토마스와 야르모는 표정을 바꾸지 않고 계속 바닥만 내려다봤다.

"다른 녀석들은 어디에 있느냐고 물었는데?"

"없다. 우리뿐이야."

야르모가 대답했다.

"그건 네 말이고, 네 동료는 어디에 있지? 파비안 리스크 말이야."

야르모는 어깨를 으쓱했다.

"이 나라 모든 사람처럼 집에서 크리스마스 파티를 즐기고 있겠지. 여긴 크리스마스가 아주 큰 행사니까."

하스가 남자들에게 고갯짓을 했다. 한 남자가 야르모에게 다가가 발로 얼굴을 세게 찼다. 야르모가 옆으로 쓰러졌다.

"나도 크리스마스가 뭔지는 알아. 리스크가 가족과 함께 집에 있지 않다는 것도. 똑바로 앉아."

야르모는 일어나려고 했지만 몸이 말을 듣지 않았다.

"일어나라고 했다."

한 남자가 야르모의 머리카락을 움켜잡고 일으켜 세웠다.

"자, 이제 우리가 이 사태를 어떻게 해결할 것 같나?"

"우리와 함께 경찰서에 가서 자백해야지."

야르모가 대답했다.

하스가 큰 소리로 웃기 시작했다.

"적어도 유머 감각은 있군그래. 하지만 난 자백할 게 하나도 없어. 알겠지만 이제 곧 자기 생명을 되찾고 싶고 그를 위해서 기꺼이 약간의 돈을 지불할 용의가 있는 사람들이 나를 영웅으로 떠받들 거야. 지금도 사람들은 외국으로 나가서 더러운 호텔 방에서 의사 면허증을 빼앗긴 알코올 중독 의사들에게 자기 몸을 맡길 준비가 되어 있지. 이 일에서 가장 좋은 점이 뭔지 알아? 이 일이 스웨덴 땅에서 일어나는 게 아니라는 점이지."

하스가 손을 번쩍 들어 올렸다.

"그래서, 이스라엘의 승인을 받은 건가?"

야르모가 물었다.

"이스라엘이라."

하스가 콧방귀를 뀌었다.

"그 녀석들은 자신들이 뭘 만들어냈는지도 몰라. 그 녀석들은 자기들이 장기 이식을 금지하는 이빨 빠진 법을 통과시켰으니 새 장기를 요구하는 사람들도 줄어들 거라고 생각하니까."

"당신 아내가 잡혀간 것도 알고 있었지? 그런데도 우리한테 연락하지 않았어. 범죄 사실을 알고도 신고하지 않았다면 형법 제17조에 따라 처벌될 수 있어."

토마스가 말했다.

"이런, 너는 아무 말도 하지 않을 줄 알았는데. 무서워서 오줌이나 질질 싸는 녀석이니까 말이야."

하스가 토마스 앞에 쭈그리고 앉았다.

"맞아, 그렇지. 물론 나도 불법을 저지르긴 했어. 하지만 어째서 수년 동안 계획한 일을 해내기 직전에 불만이나 터뜨리고, 내가 늙었다고 한 달에 한 번 간신히 정상 체위나 대주는 여자 때문에 위험을 무릅써야 하는 거지?"

"아내를 사랑하니까."

하스가 다시 크게 웃었다.

"농담도 잘하는군. 넌 경찰이 아니라 코미디언이 됐어야겠다."

하스가 일어서더니 두 남자를 쳐다봤다.

"둘 다 죽여버려."

두 남자가 토마스와 야르모에게서 몇 미터 떨어진 곳에 섰다. 권총을 들어 총알을 채우고 두 사람 머리에 겨눴다.

"안 돼, 제발, 원하는 건 뭐든지 말할게. 제발, 부탁이야."

토마스가 고함을 질렀다.

야르모는 아무 말도 하지 않았다. 그저 두 눈을 감았을 뿐이다.

파비안은 토마스가 살려달라고 외치는 소리를 들었다. 열린 문틈으로 양복을 입은 남자들이 무릎을 꿇고 고개를 숙인 동료들에게 총을 겨눈 모습이 보였다. 곤돌렌을 떠나기 전에 카르넬라 아케르만이 보여준 사진 속 남자도 있었다. 지금 그녀는 몸이 잘린 채 쓰레기봉투에 들어 있었다.

갑자기 움직여 다시 불이 켜지게 할 수는 없었다. 하지만 간신히 재킷 안으로 손을 넣어 권총을 꺼내고 총알을 장전할 수 있었다. 살려달라고 울부짖는 토마스의 목소리는 점점 더 커졌다. 파비안은 천천히 권총을 들고 문틈으로 총구를 겨눴다. 두 동료의 운명이 파비안의 손에 달려 있었다.

하지만 파비안은 총을 쏠 수 없었다. 정확히는 두 손이 너무 떨려 방아쇠를 당기지 못했다. 파비안의 손은 아무 쓸모가 없었다. 아무리 노력해도 방아쇠를 당긴다는 그 간단한 임무를 해낼 수가 없었다.

파비안은 그저 어둠 속에 숨어서 마지막으로 파비안 리스크가 있는 곳을 말하면 살려는 준다는 소리를 들었다. 야르모와 토마스는 그가 이곳에 있다는 사실을 아는 것이 분명했다. 하지만 야르모는 자신은 아는 바가 전혀 없다고 말했고, 파비안은 갑자기 이 모든 일이 어떻게 끝날지 깨달았다.

총알이 두 사람의 두개골을 관통하자 토마스와 야르모는 바닥에 쓰러졌고 이미 오래전에 포기해버린 파비안은 천천히 총을 내렸다.

총알이 발사된 뒤에는 침묵이 따랐다. 완벽한 침묵이었다.

하지만 오래가지는 않았다.

두 사람이 몇 미터 이상 떨어진 배수구까지 흐를 정도로 뒤통수에서 많은 피를 흘리며 웅크린 것을 보는데도 파비안은 또다시 두 사람의 비명을 들었다.

비명은 파비안에게로 돌아와 있었다. 그 소리는 계속해서 커져만 갔다.

“저 녀석들을 대사관으로 데려가서 무단 침입을 하는 바람에 방어하다가 죽인 걸로 해. 나는 저 뚱뚱한 여자를 처리한 뒤에 이곳을 치우고 갈 테니까.”

기드온 하스가 말했다.

파비안은 온몸이 정신없이 떨렸다. 남자들은 파비안의 동료들을 한 명씩 붙잡은 채 질질 끌고서 이중문 밖으로 사라졌다.

파비안을 비난하는 두 사람의 비명은 사라지기를 거부했다. 그 소리는 파비안이 일어설 때까지도 계속해서 점점 더 커져만 갔다. 몇 초 뒤 방이 다시 한번 밝아졌다. 결과는 생각하지 않고 파비안은 발로 문을 몇 센티미터 정도 벌려서 열었다. 파비안에게 등을 지고 투명한 비닐 앞치마와 얼굴 가리개를 쓴 기드온 하스가 보였다.

기드온 하스는 캐비닛으로 걸어가 배터리로 작동하는 수술용 톱과 강력한 톱날을 골랐다. 톱이 제대로 작동하는지 확인하고 두 남자가 사라진 문으로 들어갔다.

파비안은 눈물을 닦고 생각을 정리하려고 애썼다. 하지만 불가능했다. 생명을 잃은 두 동료의 비명이 모든 것을 삼켜버렸다. 파비안은 완전히 실패했음을 인정했다. 더는 잃을 것이 없다는 느낌이 들었다. 그는 수술실로 들어가 길게 핏자국이 난 이중문을 향해 걸어갔다. 이중문을 열고 핏자국이 이어진 복도를 내려다봤다. 하스는 어디에서도 보이지 않았고 복도 양쪽에 있는 문들은 굳게 닫혀 있었다.

파비안은 두 손으로 권총을 움켜잡고 문을 하나씩 발로 차 열었다. 침대와 나이트 스탠드가 있는 방도 있었지만 모든 방이 이제 막 페인트칠을 했고, 아무것도 없었다. 심지어 아직도 천장에 전선이 매달린 방도 있었다. 마침내 찾아낸 하스가 주사기를 들고 말린에게 몸을 숙이고 있는 방은 비닐 덮인 가구 말고는 이제 막 개조를 끝낸 것 같았다.

"침대에서 떨어져."

파비안은 자신이 외치는 소리를 들었다.

하스는 한 손에 수술용 톱을 잡은 채 몸을 돌려 파비안을 봤다.

"리스크, 결국 여기 있었군."

"빨리 쏴버려!"

한쪽 팔에 주사기를 느슨하게 매단 채 침대에 묶여 있던 말린이 소리쳤다.

"뭐 하고 있는 거야? 빨리 쏴!"

비명 때문에 파비안은 말린의 말을 거의 알아들을 수 없었다.

"침대에서 떨어지라고 했다."

파비안은 방 안으로 들어가면서 말했다.

"여기 어디쯤 있을 거라고 생각했지."

하스가 뒤로 물러나면서 말했다.

"톱을 내려놓고 손을 머리 위로 올려."

하스는 그가 시키는 대로 했다. 파비안은 재빨리 침대로 달려가 말린의 팔에서 주사기를 빼고 손목을 묶은 끈을 풀기 시작했다.

"모두 다 지켜보고 있었군, 안 그래?"

하스가 물었다.

파비안은 아무 말도 하지 않고 계속 권총을 하스에게 겨눈 채 끈을 풀었다.

"도대체 왜 아무 일도 하지 않았는지 궁금하군. 총을 들고 있었으면서도 말이야. 어쩌면 장전하지 않았을 수도 있겠군. 하지만 그건 아닌 거 같아."

이제 파비안은 권총을 두 손으로 들고 있었다.

"그래, 내가 무슨 생각을 하고 있는지 아나? 아니, 사실 생각이 아니야. 분명히 아는 거지. 넌 총을 쏠 수 없어, 안 그래?"

"입 닥쳐."

"동료들 머리에 총을 들이대도 넌 총을 쏠 수가 없는 거야."

하스가 손을 내리면서 말했다.

"도대체 뭘 기다리고 있는 거야?"

말린이 다른 손을 끈에서 빼려고 애쓰면서 소리쳤다.

"기다리는 게 아니야. 무기력한 거지."

하스는 몸을 숙여 바닥에 떨어진 전기톱을 집어 들었다.

"내려놔."

파비안의 손이 심하게 떨렸다.

"안 그러면 어떻게 하게? 날 쏠 거야?"

하스가 한 손으로 톱을 들고서 말했다.

"못할 거야."

하스는 전기톱을 작동하고 파비안을 향해 흔들어댔다.

"왜 나를 쏘지 않는 거야?"

파비안은 떠는 손에 집중하느라 몸을 숙여 자신을 향해 날아오는 톱을 피할 생각조차 하지 못했다. 톱은 파비안의 헤어라인을 치고 바닥으로 떨어졌다.

파비안은 두 손으로 머리를 만졌고, 권총은 바닥으로 떨어졌다. 두피가 벗겨지고 두개골이 만져졌다. 피가 이마를 타고 눈을 덮을 정도로 흘러내려 바닥으로 떨어졌다. 토할 것만 같았다.

파비안은 넘어지지 않으려고 침대를 잡았다. 한 손으로 있는 힘껏 두피를 눌렀지만 피는 멈추지 않고 계속 얼굴로 흘러내렸다. 자신의 심장 소리와 토마스와 야르모의 비명 사이로 말린의 비명이 들렸다. 하지만 왜 비명을 지르는지는 알 수 없었다.

하스는 기어서 파비안에게 다가오고 있었다. 분명히 뭔가를 찾는 것 같았다. 당연히, 파비안이 떨어뜨린 권총을 찾는 것이 분명했다. 말린은 파비안이 권총을 멀리 차버리기를 바랄 테지만, 파비안은 권총이 어디 있는지 알 수 없었다. 눈을 덮는 피 때문에 아무것도 보이지 않았다.

그때 총소리가 들렸다.

한 발. 두 발. 세 발. 연달아 세 번 총알이 발사됐다.

파비안은 배에 통증을 느끼고 더 많은 피를 흘리며 야르모와 토마스처럼 바닥에 쓰러질 거라고 생각했다. 하지만 그는 쓰러지지 않았다. 몸의 어느 곳에서도 총을 맞은 느낌은 나지 않았다.

말린! 저 망할 녀석이 말린을 쏜 것이다. 파비안은 침대를 쳐다봤다. 침대는 비어 있었다.

도대체 무슨 일이 생긴 건지 알 수가 없었다. 좀 더 자세히 보려고 눈을 덮은 피를 닦아내려 했지만 피는 마구 쏟아져 내렸고, 이미 파비안의 발밑에는 엄청난 피가 고였다. 그때 파비안은 바닥에 누워 있는 말린을 봤다. 말린은 두 손으로 권총을 잡고 있었다.

"빨리 움직여!"

파비안은 말린의 말을 들었지만, 그 말을 이해하지는 못했다. 그는 몸을 돌려 문밖으로 사라지는 시커먼 그림자를 봤다.

"총에 맞았어. 하지만 되돌아오기 전에 여길 빠져나가야 해. 나 좀 도와줘."

말린이 말했다.

파비안은 온몸에서 피가 빠져나가는 것처럼 빠른 속도로 힘이 빠지는 것을 느꼈지만, 마침내 말린을 침대에 올리고 침대를 밀면서 밖으로 나갔다. 출구가 어디인지 알 수가 없어 긴 복도에 나 있는 핏자국을 따라 움직였다. 하스는 어디에서도 보이지 않았다.

두 사람은 엘리베이터를 타고 1층으로 올라와 눈보라 속으로 나갔다. 파비안은 차가운 바람을 전혀 느낄 수 없었다. 또다시 말린의 목소리가 들렸지만 한마디도 알아들을 수 없었다. 하지만 무슨 말인지 이해할 수는 있었다. 파비안은 말린의 겨드랑이에 두 손을 끼고 눈 때문에 꼼짝도 하지 않는 침대에서 들어 올려 질질 끌고 언덕을 내려가기 시작했다. 언덕을 내려오다 넘어졌지만 다시 몸을 일으켰고, 또다시 넘어졌다. 마침내 자동차에 도착한 파비안은 말린을 뒷좌석에 태웠다.

차는 한 번에 시동이 걸렸다. 머리에서 뿜어져 나오는 피 때문에 거의 앞을 보지 못했지만 파비안은 눈에 파묻히지 않고 간신히 후진으로 언덕을 내려올 수 있었다.

하지만 그 뒤로는 그 어떤 것도 기억나지 않았다. 스트란드베겐을 따라 달리다가 왕립 극장 밖에서 함가탄 쪽으로 좌회전하는 것도 잊어버리고 최고 속도로 달려 아무도 없는 눈 내리는 스투레플란에서 '매와 비둘기' 상 앞으로 돌진했다는 것도 모두 생각나지 않았다.

신께서는 언제나 그녀와 함께 있다는 사실을 다시 한번 입증해 보이셨다. 그녀가 의식하고 있는가에 상관없이 신은 그녀가 신을 필요로 하는 순간 개입해 행동하셨다. 그 임신한 여인만 해도 그랬다. 그녀는 절대로 그 여자를 해칠 마음이 없었다. 실제로 에프라임을 훔쳐 간 사람들이 아니라면 그 누구도 다치는 것을 원치 않았다. 하지만 그 임신한 여자가 없었다면 그녀는 공항으로 올 수 없었고 이스탄불을 거쳐 텔아비브에 도착할 수도 없었을 것이다. 파비안 리스크는 그녀가 어디로 가는지 알고 있었다. 하지만 임신한 동료를 구하려면 그녀가 빠져나가게 내버려두고 동료를 구하러 가는 것 말고는 달리 선택의 여지가 없었을 것이다.

아이샤 샤힌은 수화물을 찾고 아무 문제 없이 세관을 통과했다.

방수 가방은 얼음이 녹아 새는 곳은 없는 것 같았다. 그녀는 미리 빌려둔 지프를 타고 계획대로 네 시간이 채 되지 않아 이마틴에 도착했다. 국경 검문소에서조차 군인들은 그녀가 어디로 가는지, 무슨 일 때문에 가는지 상세하게 물어보지 않았다.

그녀에게는 신이 수년 동안 그녀가 해온 일을 기특하게 여기고 그녀를 위해 레드 카펫을 깔아준 것만 같았다. 그 모든 훈련 과정과 계획들, 그리고 그녀가 의심을 극복해온 모든 과정을 칭찬해주는 것만 같았다. 그녀는 정말로 성공하리라고는 감히 믿지 못했다. 하지만 신의 도움으로 그 모든 일을 직접 해냈고, 이제는 오랫동안 꿈꿔온 순간에 거의 도달했다.

그녀는 마을 밖에 차를 세우고 어두워질 때까지 기다렸다. 여행 가방에서 방수 용기를 꺼내 에프라임을 다시 한번 완벽하게 만들어줄 장기가 들어 있는 비닐백을 꺼냈다. 비닐백을 배낭에 넣고 마지막 길을 향해 떠났다.

비석은 거의 10년 전, 그녀가 꽂아둔 곳에 그대로 놓여 있었지만 글자는 태양 빛에 바랬다. 그녀는 비석에 적힌 글을 지우고 다시 써넣었다. 삽자루를 펼쳐 땅을 파기 시작했다. 충분히 땅을 파낸 그녀는 에프라임을 싸고 있는 비닐 위에서 흙을 털어냈다.

지난번에 왔을 때는 엄청나게 꿰맨 상처가 그녀를 끝없는 어두운 증오로 가득 차게 했지만, 이제는 그 상처가 보이지도 않았다. 어둠은 마지막 한 방울까지 그녀의 몸에서 빠져나갔고, 그녀가 느끼는 것은 사랑뿐이었다. 너무나도 깊고 따뜻한 사랑이라 낮은 밤기온조차도 그녀를 춥게 만들지 못했다.

그녀는 갈비뼈밖에 없는 그의 가슴에서 접힌 비닐을 꺼내고 방수백을 열었다.

먼저 콘택트렌즈 통을 열어 각막을 꺼내 처음에는 왼쪽 눈에, 그 다음으로 오른쪽 눈에 넣었다. 이제는 에프라임이 다시 그녀를 볼 수 있게 됐다. 폐를 꺼내 조심스럽게 오른쪽 갈비뼈 안에 넣었다. 다시 한번 에프라임의 따뜻한 숨결이 느껴졌다. 간과 두 콩팥은 두 사람의 사랑을 순수하게 지켜줄 것이다. 마침내 그녀는 지금부터 두 사람을 위해 다시 뛰게 될 심장을 에프라임에게 줬다.

모든 것을 제자리에 넣은 그녀는 가능한 한 몸을 붙여 에프라임 옆에 누웠다. 재생 버튼을 누르고 휴대전화를 가슴에 얹었다. 휴대전화에서는 한때 그의 라디오에서 흘러나오던 음악이 들려왔다. 그 노래를 처음 들은 날부터 그녀는 매일 밤 홀로 침대에 누워 그 음악을 들었다. 그녀는 작은 양철통에서 알약을 꺼내 입에 넣고 삼켰다.

이제 얼마 남지 않았다. 두 사람은 곧 다시 만날 테고 다시는 헤어지지 않을 것이다. 그녀는 하늘에서 빛나는 별을 바라봤다. 별은 너무나도 밝게 빛나고 있었고, 그녀는 자신이 지금처럼 행복한 적은 없었음을 깨달았다.

에필로그

2009년 12월 22일 ~ 2010년 4월 14일

복잡한 기분을 느끼며 두냐 호우고르는 비행기를 타고 코펜하겐으로 돌아왔다. 그녀는 스웨덴 법무부 장관의 차가 헬싱외르 항구 바닥에서 발견된 이유를 설명할 방법이 있다는 사실에 놀랐다. 조금은 이상하고 허술했지만 완벽하게 신뢰할 출처가 있는 이유였고, 그것은 두냐에게는 수사를 재개할 확실한 근거가 사라졌다는 뜻이었다. 그 정도로는 충분하지 않다는 듯이 두냐는 카르스텐의 바람까지도 잡아냈다.

하지만 그 모든 일에도 불구하고 이상할 정도로 두냐는 몇 년 안에 지금이 가장 강해졌다는 느낌이 들었다. 하이힐을 신고 활주로를 달리듯 걸을 때는 상쾌한 기분마저 들었다. 어째서 이런 기분이 드는지 정확히는 알 수 없지만, 이제부터 두냐는 자신만의 나침판을 따라갈 생각이었다. 그 누구도 다시는 그녀를 함부로 대하지 못하게 할 것이다. 얀도, 카르스텐도 마찬가지였다.

더러운 슬레이스네르는 말할 것도 없었다. 그 망할 인간은 또다시 그녀의 껍데기 속으로 기어들어 다른 부서로 옮기라고 협박할 것이다. 하지만 두냐는 그럴 생각이 전혀 없었다. 꿋꿋하게 버티면서 적절한 순간이 오면 날카로운 꼬챙이로 거침없이 슬레이스네르의 눈을 찔러줄 것이다. 마침내 기회가 오면 자신이 무엇으로 맞았는지도 모를 정도로 거칠게 쳐주고 말 것이다.

현관문을 통과하지도 못할 정도로 커다란 꽃다발을 들고 집에 도착했을 때 카르스텐이 가진 열쇠는 열쇠 구멍에 들어가지도 않았다. 카르스텐은 그날 종일 느낀 불안이 훨씬 더 커지는 것을 느꼈다. 두나에게 전화했지만 받을 수 없는 전화라는 자동 응답 메시지만 들렸다. 그는 계단에 앉아서 기다렸다. 한 시간 뒤에 실케보르의 어머니가 전화를 걸어와 어째서 그의 물건을 잔뜩 실은 이삿짐 차가 도착했는지 이유를 물었다.

구겨진 후드에서 씩씩거리는 소리를 내며 연기를 뿜어내는 자동차 뒷좌석에서 말린 렌베리는 23분이나 애쓴 끝에 밖으로 나올 수 있었다. 파비안의 휴대전화를 찾아 응급센터까지 전화를 거는 데는 또다시 6분이 걸렸다. 전화를 받은 여자는 정말로 위급한 일인지 의심했지만 어쨌거나 구급차를 보내준다는 데는 동의했다.

파비안의 상처는 깊지 않았지만 이미 2리터 이상 피를 흘렸기 때문에 수혈을 받아야 했다. 파비안은 RH-O형으로 같은 피만 수혈받을 수 있었다. 보통 스톡홀름 남부 종합병원은 온갖 종류의 혈액을 보유하고 있지만 그날 밤에는 길이 미끄럽다는 경고에도 불구하고 수많은 사람이 나와 교통사고를 당했기 때문에 RH-O형 피가 완전히 바닥나고 말았다. 적절한 피를 구할 때까지 파비안은 진정제를 맞으며 기다릴 수밖에 없었다.

그사이에 말린은 제왕절개 수술을 받았다. 2.3킬로그램의 창백한 남자아기가 엄마의 가슴에 올려졌다. 제시간에 그곳에 도착한 안데르스는 탯줄을 끊을 수 있었고 곧 남자아기의 뺨에는 혈색이 돌아왔다.

이름을 놓고 끊임없이 다툰 끝에 두 사람은 남자아기가 태어나면 닐스라고 부르기로 했다. 하지만 따뜻한 남자아기를 가슴에 올리는 순간 말린은 안데르스에게 아기 이름을 러브라고 하면 어떨까 하고 물었다. 안데르스는 좋다고 했다.

몇 분 뒤에 1.2킬로그램으로 태어난 여자아기는 끝내 혈색이 돌아오지 않았다. 하지만 자신의 쌍둥이와 함께 엄마의 가슴에 나란히 누웠고, 부모는 그 아기에게 정해진 이름을 불러주기로 했다. 여자아기는 틴드라 시브 엘리사베트 렌베리가 됐다.

12월 28일 월요일이 되자 파비안은 퇴원해도 좋을 정도로 회복했다. 오후 2시가 지나 병원에서 나온 파비안에게 헤르만 에델만이 경찰서로 오라고 했다. 파비안이 원하는 것은 가족을 만나는 일뿐이었지만 한편으로는 12월 23일 밤의 일을 완벽하게 보고하고 싶은 마음도 있었다. 그래야 수사팀이 꾸려져 두 경찰관 살해 사건을 수사하고 기드온 하스를 쫓을 수 있을 테니까.

하지만 보고를 받는 사람도 없었고 또 다른 수사팀이 꾸려지지도 않았다. 경찰이 그 사건을 수사할 생각은 없다고 했다. 에델만은 그 사건은 이미 종결됐고 재개할 이유가 없다고 했다. 더구나 이스라엘 대사관은 야르모 페이비넨과 토마스 페르손이 죽었고 대사관 직원이 다쳤지만 경찰이 불법으로 무기를 소지하고 대사관에 침입한 사실에 불만을 제기했다고 했다. 이스라엘 대사관은 경찰관을 죽인 총알을 증거 자료로 보냈다. 총알은 모두 파비안의 총에서 나간 것이었다.

에델만은 파비안에게 사직서에 서명하고 6개월 치 급여를 받거나 불법 침입, 인종 차별, 살해 혐의로 조사를 받는 것 가운데 하나를 택하라고 했다.

파비안은 악셀스베리에 있는 아이샤 샤힌의 아파트에 있는 모든 증거 자료가 사라지고 파기됐다고 해도 말린 렌베리와 니바 에켄히엘름이 증언해준다면 모든 혐의를 벗을 수 있을 거라고 확신했다. 또한 세 사람이 함께한다면 하스와 하스의 사촌인 이스라엘 대사를 기소할 충분한 증거를 확보할 거라고 확신했다. 그렇게 되면 에델만과 법무부의 주요 인사들 모두 기소될 것이며 스웨덴 정부 전체가 위태로워질 수 있었다. 진실이 세상에 드러날 테고, 어떤 계획을 세웠건 간에 이스라엘 대사관에 있는 수술실은 처음 계획을 수행하지 못하게 될 것이 분명했다.

하지만 파비안은 사직서에 서명하기로 했다. 이제는 자신의 스승이던 사람을 우습게 여기게 됐다는 사실은 중요하지 않았다. 에델만이 틀렸음을 분명하게 보여주고 진실을 드러내고 싶은 마음은 굴뚝같았지만 파비안은 지금 이 순간 정의를 실현하고자 하는 마음 때문에 자신에게 소중한 유일한 것을 망치고 싶지 않았다.

파비안의 마음속에서 뭔가가 지금이 소냐와 아이들에게 그의 마음을 보여줄 유일한 기회라고 말하고 있었다. 파비안은 가족을 위해 모든 것을 할 준비가 되어 있었다. 소냐가 여전히 자신에게 마지막 기회를 줄지, 파비안의 고향인 헬싱보리로 옮겨가 모든 것을 다시 시작하자는 제안을 그녀가 받아들일지는 알 수 없었다.

그저 파비안이 아는 것은 단 하나, 시도조차 해보지 않는다면 자신을 결코 용서하지 못하리라는 사실뿐이었다.

토마스 페르손과 야르모 페이비넨이라는 두 스웨덴 경찰이 석연치 않은 이유로 대사관에 침입했다 살해된 뒤, 3월 말에 이스라엘 대사는 본국으로 소환됐고, 며칠 뒤에 새 대사가 부임했다. 이스라엘 대사의 교체 사실은 스웨덴 언론의 주목을 그리 받지 못했고 그 누구도 그 이유를 공식 라인을 통해 물어볼 생각을 하지 않았다.

이스라엘 대사가 교체될 무렵에 이스라엘 대사의 사촌인 기드온 하스도 함께 본국으로 소환됐다는 사실 또한 그 어디에도 보고되지 않았다. 공식 재판은 열리지 않았지만 익명의 소식통에 따르면 두 사촌은 이스라엘판 관타나모 수용소라고 할 수 있는 1391 수용소에 수감됐다고 했다. 이 글을 쓰는 지금, 두 사람의 생사 여부는 아무도 모른다.

2010년 1월 4일

듣기는 했지만 믿지는 않았다. 아무도 큰 소리로 말하는 사람은 없었지만 그 소문은 전국의 닫힌 문과 커튼 뒤에서 들불처럼 번져나갔다. 그로서는 모두 헛소문이라고 생각했다. 믿기에는 너무나도 터무니없는 이야기였으니까. 적어도 처음 몇 년 동안은 그렇게 생각했다. 하지만 2002년 9월 15일 일요일에 모든 것이 바뀌었다. 그것은 벌써 7년 전 일이었고 지금은 실제로 일어나는 일에 비하면 소문은 정말 새 발의 피라는 사실을 명확하게 알았다.

한 지인이(그는 절대로 진짜 친구는 만들지 않았다) 명상과 무술을 결합한 기공 수련인(이곳에서는 수련이 금지되어 있다) 법륜공을 몰래 수련하는 모임에 들지 않겠느냐고 물었다. 법륜공을 수련하면 영혼이 고양되고 신체가 완벽해진다고 했다.

그는 주사위에 조언을 구했다. 루크 라인하트의 《주사위 인간》을 읽은 뒤로 그는 언제나 주사위에 의견을 물었다. 주사위는 4라고 답했다. 그것은 하라는 의미였다. 그로서는 조금 주저하긴 했지만 주사위의 의견을 따르는 것 말고는 달리 선택의 여지가 없었다.

그런 결정을 한 바람에 그는 자신이 중국 북동쪽, 심양 외곽 위홍구의 마산지아 강제 수용소에 있다는 사실을 알았다. 모두 7년 하고도 3개월 22일 동안 음식이라고 묘사하기도 힘든 음식을 먹으며 간신히 서 있기도 힘든 작은 감옥에서 버텨왔다.

잡혀 온 뒤로 그는 매일 15시간씩 삼엄한 감시를 받으며 이곳에 있는 수많은 공장 가운데 한 곳에서 강도 높은 노동을 해야 했다. 그는 미국으로 수출할 짝퉁 명품 옷이나 조립식 장난감, 스트링라이트에서 삐져나온 실을 잘라내는 일을 했다. 실수하면 가차 없이 벌을 받았다.

주사위가 없고 언젠가는 이곳에서 벗어날 수 있다는 확신이 없었다면 그도 다른 사람들처럼 분명히 무너져버렸을 것이다. 일단 무슨 일이 벌어지는지를 깨닫고 나면 그때부터는 죽음이 빨리 자신을 구원해주길 바라는 것이 유일한 일이니까.

이곳에서 그들은 고문을 받지도 않았고 끔찍한 상황에서 노예처럼 부려지지도 않았다. 그들의 노동 덕분에 심양 정부는 분명히 돈을 벌기는 했지만, 어느 날 쥐도 새도 모르게 그들을 잘라내 그들이 줄 수 있는 것들을 판매하는 것만큼 돈이 되는 일은 없었다.

필요한 장기를 꺼내 그때그때 팔아치우는 것 말이다.

그들의 몸을 늘 살펴보고 의료 검사를 하는 이유는 그 때문이었고, 고문을 할 때도 정말로 많은 달러를 벌게 해줄 신체 부위는 절대로 손을 대지 않는 이유도, 정기적으로 죄수들이 사라진 뒤에 다시는 돌아오지 않는 이유도 모두 그 때문이었다. 하지만 그는 조금도 걱정하지 않았다. 오랜 시간이 흐르면서 그는 자신이 이곳에서 빠져나갈 유일한 티켓이 장기를 적출하는 날임을 확신했으니까.

그 사실을 처음으로 깨달은 것은 거의 3년 전이었다. 그때 간수들은 갑자기 그의 방으로 들이닥쳤지만 그를 때리지도 않았고 그가 가진 물건들을 마구 엎어버리지도 않았다. 그때는 자정이었고 그는 이동 침대에 실려 복도로 나와 삼엄한 경비 속에서 문을 통과해 밖으로 나와 바리케이드를 넘어갔다.

그날 그는 강제 수용소에 끌려 들어간 뒤 처음으로 수용소 밖으로 나왔다. 지금도 그는 자기 폐를 가득 채우던 밤공기를, 구급차에 실리기 전까지 몇 초 동안 음미했던 밤하늘의 별들을 선명하게 기억했다. 그날 그는 구급차에 실려 심양에 있는 병원으로 옮겨졌다.

일단 병원으로 들어간 뒤에는 마취를 했고, 깨어났을 때는 다시 수용소 방으로 돌아와 있었다. 몸통에는 피 묻은 붕대가 감겨 있었고 붕대 밑에 아무렇게나 꿰맨 상처가 옆구리를 따라 몇 센티미터쯤 그어진 것으로 보아 그들은 그의 신장 가운데 하나를 떼어낸 것이 분명했다. 물론 그의 허락을 구하지는 않았다. 중국 정부는 그의 몸이 자신들 소유인 것처럼 취급했고 언제라도 나머지 장기 가운데 하나를 떼어내려고 그를 다시 병원으로 데려갈 수 있었다.

일주일쯤 뒤에 간수들은 그에게 다시 공장으로 돌아가 노동을 하라고 명령했고, 그 뒤로 그는 한 번도 병원으로 실려 가는 일이 없었다.

지금까지는 말이다.

나흘 전에 그는 한 번도 와보지 못한 검사실로 끌려갔다. 의사는 짙은 파란색 죄수복을 벗어보라고 했다. 청진기로 등 왼쪽을 아주 오랫동안 세심하게 검사한 의사는 그의 가슴에도 똑같이 청진기를 대고 한참을 검사했다. 이번에 필요한 장기는 그의 심장임이 분명했다. 이미 다른 사람의 심장을 택했거나 그의 심장이 불규칙하게 뛰는 등 어떤 결함이 있어 적당하지 않을 수도 있었지만, 지금까지 그는 꾸준히 준비해왔다. 그들이 그를 선택하는 순간이야말로 그에게는 마지막 기회임을 정확하게 알고 있었다.

수십만 명이나 되는 강제 수용소 죄수 가운데 그런 상황을 자신에게 유리하게 활용할 수 있는 사람은 없었다. 그들은 그저 무너져 내렸고 자신의 이름조차 잊어버리는 지경에 이르렀다. 그것은 그들이 기본적으로는 좋은 사람들이기 때문이었다. 그가 가진 장점이 바로 그거였다. 그는 본질적으로 좋은 사람이 아니라는 거.

그를 아는 사람은 그 사실을 믿지 못할 것이다. 사람들은 대부분 그가 유쾌하고 매력적이며 사려 깊은 사람이라고 생각한다. 하지만 그것은 전적으로 틀린 생각이었다. 그가 기억할 수 있는 아주 어릴 때부터 그는 다른 존재들에게 고통을 가하는 일이 즐거웠다. 어릴 때는 동물만을 괴롭혔지만 조금 커서는 사람 역시 괴롭혔다. 그의 정신이 다른 사람들과 달리 지금도 예리하고 날카로운 이유는 바로 그 때문인지도 몰랐다.

그의 부모는 그 모든 일이 우연히 일어난 것이 아니고 다른 아이들의 잘못도 아니라는 것을 깨닫기까지 몇 년이나 걸렸다. 자신들의 작고 귀여운 입양아가 비열한 인간임을 깨닫지 못하고 있었다. 아들의 정체를 알자마자 아버지는 아들의 손을 놓아버렸다. 하지만 어머니는 그를 정신과 의사에게 데려가고, 의사의 충고대로 권투를 시키는 등, 자신이 할 수 있는 일은 모두 했다. 하지만 그 모든 노력에도 소용이 없었을 때 어머니의 눈에서도 희망이 사라졌다. 몇 년 뒤, 의무 교육이 끝나고 라인하트에게 영감을 받은 그는 주사위를 던져 자신의 삶의 경로를 선택했다. 부모에게 이제는 그들 곁을 떠나겠다고 말했을 때 그 사람들은 즐거움을 숨기느라 정말로 힘들어 했다.

뭔가 삐걱거리는 소리가 들렸다. 그는 자리에서 일어나 앉았다. 분명히 복도 끝에 있는 출입 통제 문의 자물쇠를 따고 여는 소리였다. 자정이었고, 이전에 그랬던 것처럼 덜거덕거리며 바닥을 굴러

오는 이동 침대의 바퀴 소리가 선명하게 들렸다.

그는 점점 더 다가오는 이동 침대 소리를 들으며 주사위를 꺼내 두 손안에 넣고 흔든 뒤 두근거리는 마음으로 펼쳤다. 정확히 원하던 숫자가 나와 있었다. 그의 손바닥에서는 점 세 개가 나란히 두 줄로 서 있었다. 주사위의 점은 이미 오래전에 사라져 움푹 팬 자국만 남아 있었지만 그것은 6이 분명했다. 그가 간절히 바라던 6이 분명했다.

그들이 방 가까이 다가왔다. 이제 몇 초 뒤면 자물쇠를 열고 그를 이동 침대에 뉘어 데리고 나갈 것이다. 그는 재빨리 주사위를 입에 넣어 삼키고 베개 밑으로 손을 넣어 2년도 전에 공장에서 몰래 가져와 매트리스 구멍 안에 숨겨둔 가위를 꺼냈다.

문이 열렸다. 간수들이 뛰어 들어올 때 그는 최대한 놀란 표정을 지었다. 간수들은 그에게 방 밖으로 나가라고 재촉했고, 그를 이동 침대에 뉘어 3년 전에 그랬던 것처럼 낡은 복도를 지나고 통제 문을 나가 엘리베이터에 태웠다. 하지만 오늘은 별이 보이지 않았다. 그 대신에 비가 거세게 내리고 있었다. 구급차로 들어가기 전에 그는 입을 크게 벌려 갈증을 해소했다.

죄수복은 완전히 젖어서 그의 몸에 착 달라붙었다. 미처 예상하지 못한 상황이었다. 간수가 그의 오른팔을 바라보기만 한다면 그 즉시 셔츠 소매에 감춰둔 가위를 발견할 것이다. 하지만 긴장한 채 이리저리 시선을 돌리고 있는 간수 가운데 그 누구도 가위를 발견한 사람은 없었고, 병원에 도착하자마자 그는 병원 직원에게 넘겨져 밝은 복도를 따라 이동했다.

병원 직원들은 급하게 서두르고 있었다. 지난번처럼 이번에도 모든 게 이미 준비되어 있고 그는 곧바로 수술실로 들어가게 될 터였다. 수술실에는 녹색 수술복을 입고 마스크를 쓰고 라텍스 장갑을 낀 수술팀이 기다리고 있을 것이다. 수술팀은 그의 가슴을 열고 심장과 그리고 거의 모든 장기를 꺼낼 준비를 하고 있을 것이다. 그의 몸에서 장기를 모두 꺼내면 그들은 이미 준비를 마친 소각로에서 그를 태워버릴 것이다.

수술실로 들어가자 마취과 의사가 그의 왼손을 들고 엄지손가락으로 혈액이 좀 더 모이도록 부드럽게 문지르더니 가장 큰 혈관에 바늘을 찔러 넣었다. 그와 동시에 간호사가 그의 젖은 셔츠를 잘라내고 알코올을 듬뿍 묻힌 솜을 긴 핀셋으로 집어 그의 가슴 부위를 닦아내기 시작했다. 마취과 의사는 손에 쥔 주사기를 정맥과 연결된 얇고 투명한 관에 꽂았다. 주사기에는 튜브를 타고 그의 몸속으로 들어가자마자 그를 영원히 잠들게 만들 액체로 가득 차 있을 게 분명했다.

그는 그들의 시선이 자신이 아닌 다른 곳을 향할 기회가 오기만을 간절히 바랐다. 하지만 수술실에 있는 사람들은 그에게 등을 돌리고 간호사가 허리에 비닐 앞치마를 묶는 동안 두 팔을 활짝 벌린 사람 말고는 모두 그를 뚫어지게 보고 있었다. 주사기에 든 액체는 이미 관을 따라 3분의 1쯤 내려오고 있었다.

이제는 시작해야 할 시간이었다. 그는 지난 몇 년 동안 매일 밤 한 시간씩 연습한 대로 오른팔을 수술대 밑으로 뻗어 가위가 바닥으로 떨어지기 전에 잡았다. 마취과 의사가 갑자기 소리를 지르는 것으로 보아 그가 하는 일을 눈치챈 것이 분명했다. 그는 정맥에 꽂힌 바늘을 빼내려고 애쓰면서 똑바로 일어나 앉으려 했다. 하지만 마취과 의사가 그의 팔을 잡고 가슴을 내리눌렀다. 아직 오른팔은 움직일 수 있었다. 늦기 전에 마지막 기회를 잡아 행동해야 했다.

그는 단 한 번에 정확히 노리던 곳을 찔렀다. 직접 볼 수는 없었지만 넓게 펼친 가위의 두 끝이 남자의 목을 뚫고 후두의 양쪽 끝을 나란히 관통했음을 알았다. 마취과 의사는 무슨 일이 일어났는지 전혀 이해하지 못한 것처럼 비명을 지르기 시작했다. 그가 들고 있는 가위를 오므렸을 때에야 마취과 의사는 비명을 멈추고 거칠게 까르륵거리는 소리를 내기 시작했다. 마취과 의사는 그를 잡고 있던 손을 놓고 뿜어져 나오는 피를 막으려고 본능적으로 자신의 목을 움켜잡았다.

그는 왼팔에 꽂힌 튜브를 잘라내고 그를 덮치려는 사람들에게 덤벼들었다. 가위를 마구 휘저으며 할 수 있는 한 가장 큰 피해를 입혔다. 지금까지 이렇게 많은 피는 본 적이 없었다. 너무나도 많은 피가 흘러 그는 제대로 걷지도 못해 문 옆에서 몸을 피하고 있는 비닐 앞치마를 입은 남자에게 다가갈 때까지 몇 번이나 미끄러졌다. 이동 침대를 타고 수술실에 들어오자마자 그는 앞치마를 두른 남자가 외과 의사임을 알았고, 그 방에서는 유일하게 함부로 희생할 수 없는 중요한 사람임을 깨달았다.

그는 앞으로 몸을 날리며 다리부터 뻗어 나가 외과 의사의 다리를 걷어찼다. 외과 의사는 앞으로 넘어지면서 바닥에 얼굴을 세게 부딪쳤다. 여러 사람이 그를 쫓아오는 소리가 들렸지만 이미 그는 외과 의사를 붙잡아 일으켜 세우고 한 손으로는 외과 의사의 오른팔을 뒤로 돌려 잡고 다른 손으로는 외과 의사의 경동맥에 피 묻은 가위를 바짝 댔다. 쫓아오던 사람들이 모두 제자리에 멈춰 서서 그가 인질을 앞세우고 수술실을 떠나도록 내버려뒀다.

복도에서도 병원 직원들은 동작을 멈추고 그가 명령하는 대로 바닥에 엎드려 가만히 있었다. 구급차는 아직 병원 밖에 있었지만 그를 데리고 온 간수들은 어디에도 보이지 않았다. 휴게실에서 커피를 마시고 있거나 이제 막 콩팥을 하나 떼어낸 불쌍한 인간을 데리고 다른 차로 수용소로 돌아갔는지도 몰랐다.

일단 구급차에 도착하자 외과 의사는 그에게서 벗어나려고 시도하면서 살려달라고 빌었다. 그는 그저 고개를 저으며 자신이 결정할 문제가 아니라고 대답했다. 주사위가 6을 보였으니 그도 그 누구도 그 결정을 바꿀 수는 없었다.

그는 외과 의사를 똑바로 누이고 두 손으로 가위를 잡고 외과 의사의 가슴을 찌르고 또 찔렀다. 커다란 구멍이 날 때까지 가슴을 찌른 그는 손가락을 찔러 넣어 갈비뼈를 가르고 여전히 희미하게 뛰고 있는 심장을 밖으로 들어냈다. 외과 의사의 심장은 그가 몸에서 분리해냈을 때에도 여전히 살아날 기회가 있는 것처럼 멈추지 않고 뛰었다.

하지만 6은 6이었다. 그로서는 어떠한 의문도 제기할 수 없는 절대 숫자였다. 그는 심장을 바닥에 내려놓고 발로 짓이겼다. 그리고 구급차에 올라타 출발했다. 그의 심장이 너무나도 세게 뛰는 바람에 그 어떤 소리도 들리지 않았다.

마침내 그는 주사위가 떠나라고 결정한 곳으로 뒤도 돌아보지 않고 달려갔다. 떠나 있던 15년 동안 그는 한 번도 돌아간다는 생각을 해본 적이 없었다. 하지만 이제는 결정했다. 아니, 정확히는 주사위가 결정했다. 지난 몇 달 동안 몇 번이나 주사위에 물어봤지만 언제나 대답은 같았다. 그러니 돌아가야 한다는 데에는 의심의 여지가 없었다.

그는 헬싱보리로 돌아가야 했다.

감사의 글

미

그토록 인내해줘서 고마워. 그것도 아주 힘들 때 말이야. 언제나 멋지고 완벽하게 필요한 도움을 줘서 고마워. 너의 생각과 피드백은 그저 여러 도움 가운데 하나가 아니었어. 네가 없었다면…… 아니, 그건 생각도 할 수 없는 일이야!

카스페르, 필리파, 산데르, 노미

너희와 함께 같은 식탁에 앉아 있을 때에도 아빠가 완전히 다른 곳으로 떠날 수 있다는 사실을 이해해줘서 고맙구나!

요나스

시간과 에너지와 생각과 아이디어를 나눠줘서 고마워요! 당신보다 좋은 사운딩 보드는 어디에도 없을 겁니다!

아담, 안드레아스, 사라, 그리고 보크페를라게트 포룸의 모든 분

여러분은 최고의 출판인이자 가장 재미있는 사람들입니다!

망누스

당신의 모든 의학 지식을 나눠줘서 고마워요. 진주양파가 우리 눈만큼이나 크다는 사실을 알려준 시간은 정말로 행복했어요!

라르스

총알을 장전하는 방법과 커튼 뒤에서 일어나는 모든 일을 상세하게 열정적으로 설명해줘서 고마워요!

미카엘과 예니
너희야말로 정말 나의 절친이야! 《얼굴 없는 살인자》를 30부나 사주다니 고마워!

헬싱보리 아카데미보크한델른 서점의 엘렌과 스벤 오셰, 벨라의 모든 분에게 나의 첫 책을 읽어주고 좋아해주고 이야기해주고, 여러 사람에게 추천해줘서 고맙습니다!

그리고 마지막으로 2014년 여름에 밖으로 나와 어디서도 들어보지 못한 《얼굴 없는 살인자》를 구입해주신 모든 분에게 정말로 감사하다는 말씀을 드립니다. 여러분과 여러분이 소개한 내 책을 읽어준 친구분들과, 또다시 자신의 친구분들에게 내 책을 소개해준 그 친구분들까지 모두 감사합니다. 내가 이곳에 앉아 파비안 리스크에 관한 세 번째 책을 쓰고 있는 것은 모두 여러분 덕분입니다!

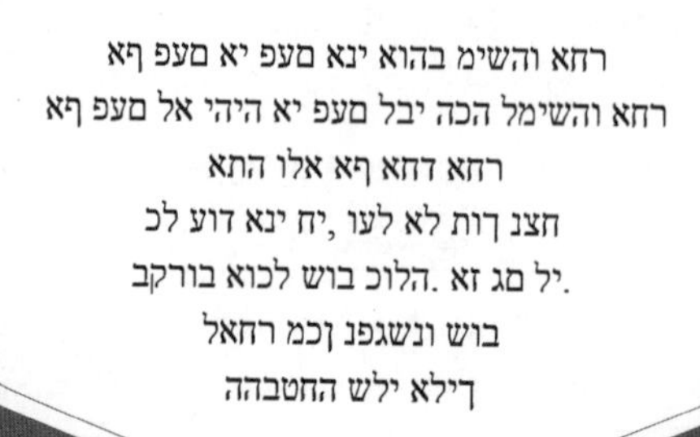
אף פעם אי פעם אני אוהב מישהו אחר
אף פעם לא יהיה אי פעם לבי הכה למישהו אחר
אתה ולא אף אחד אחר
כל עוד אני חי, ועל אל תוך נצח
בקרוב אוכל שוב כולה. אז גם לי.
לאחר מכן נפגשנו שוב
ההבטחה שלי אליך

다시는 결코 다른 사람을 사랑하지 않을 거야.
다시는 결코 다른 사람 때문에 내 심장이 뛰지 않을 거야.
당신 말고는 아무도 없어.
나의 사랑은 영원히 지속될 거야.
이제 곧 당신은 완전한 몸이 되고, 나도 그렇게 될 거야.
그때 우리는 다시 만날 테고.
약속할게.

파비안 리스크 시리즈 2
편지의 심판

제1판 1쇄 발행 | 2021년 7월 23일
제1판 2쇄 발행 | 2021년 8월 31일

지은이 | 스테판 안헴
옮긴이 | 김소정
펴낸이 | 유근석
펴낸곳 | 한국경제신문 한경BP
책임편집 | 이혜영
교정교열 | 김명재
저작권 | 백상아
홍보 | 서은실 · 이여진 · 박도현
마케팅 | 배한일 · 김규형
디자인 | 지소영
본문디자인 | 디자인 현

주소 | 서울특별시 중구 청파로 463
기획출판팀 | 02-3604-590, 584
영업마케팅팀 | 02-3604-595, 583 FAX | 02-3604-599
H | http://bp.hankyung.com E | bp@hankyung.com
F | www.facebook.com/hankyungbp
등록 | 제 2-315(1967. 5. 15)

ISBN 978-89-475-4734-5 03850

마시멜로는 한국경제신문 출판사의 문학 브랜드입니다.
책값은 뒤표지에 있습니다.
잘못 만들어진 책은 구입처에서 바꿔드립니다.